稀見清代科舉文集選刊

陸

陳維昭 編

復旦大學出版社

補學軒批選時文讀本

〔清〕鄭獻甫　選評

陳　晨　點校

補學軒批選時文讀本提要

《補學軒批選時文讀本》二卷，清鄭獻甫選評。

鄭獻甫（一八〇一—一八七二），廣西象州縣人。原名存紵，字獻甫，號小谷，又自號識字耕田夫、草衣山人。以字行世，世人慣稱「小谷」。道光十五年（一八三五）中進士，任刑部主事。一年後，請假歸丁父母憂，遂不出。後掌教兩廣諸書院。同治十一年（一八七二）卒於桂林。傳見陳澧《象州鄭君傳》、《清史列傳》。有「江南才子」和「兩粵宗師」之稱。編纂有《補學軒文集》《續刻》《外編》、《補學軒詩集》《續刊》、《四書翼注論文》、《愚一録》、《補學軒制藝》、《制藝雜話》、《象州志》等。

《補學軒批選時文讀本》二卷，録明清四書文共四十篇，逐篇批點，後附總評。就篇目而言，明代爲沈練、張元、歸有光、王樵、章世純、金聲、陳子龍、陳際泰、黎志陞、劉侗、項煜、吴韓起十二人十四篇，清代爲沈受祺、張標、韓菼、儲在文、王汝驤、王澍、方苞、方粲如、嚴虞惇、陸鼎金、吴櫝、張大受、葉自端、儲欣、張江、孫昭、陳兆崙、管世銘、祝堃、朱栻之、王德名、顧元熙、宋湘二十三人二十六篇，可見鄭氏既重啓禎間江西派、雲間派四書文，亦重康雍乾間韓菼、宜興派、金壇派、桐城派、考據派等四書文。就宗旨而言，程燦策《補學軒制藝序》云：「小谷《制藝雜話》中勉學者讀《十三經注疏》以植其體，覽廿二史以宏其用，浸淫於秦漢諸子及唐宋諸家以恢充其氣，蓋其素所得力者。然也於有明作者，指數心稽，各有取法，而體格稍變，詞藻稍腴……溯自乾隆、嘉慶之間……而其弊也，士子遂務爲新奇，抛荒經義。近三十年來……其弊也，空疏浮僞，殊失先正博大精深之義。小谷之文以韓蘇之筆力，運賈董之經術，洵爲救時藥石。」與之相應的，鄭氏序所云「指示機括運動爲主」的宗旨，乃是在「或深於經，或熟於史，或閱於世，或長於情」的情形下，推明各位四書文作者在「練意」、「練識」、「練局」、「練氣」、「練筆」、「練句」中如何「各就其性之所近，而求其學之所入必有獨至處」。

是書存清同治八年（一八六九）貴州臬署刊本，藏上海圖書館、哈佛大學漢和圖書館等處。另存清同治八年至光緒八年（一八八二）黔南節署刻本一種，藏福建省圖書館，爲鄭小谷先生全集六種之一，爲前者的翻刻彙集本。今據清同治八年貴州臬署刊本校點整理。

序

象州鄭獻甫自撰

余嘗笑茅鹿門之批古文、鍾伯敬之批詩、張侗初之批時文，如以管窺天、以蠡測日耳。余少時最薄時文，已而頓悟時文實由艾千子、何義門批本入則準。吾聰明所至，窺前人之機括，以示後學之機括，亦有不可略者。其本意縱不盡如是，其本體則固應如是也。昔之文曰八股，後皆爲六比，今直似四片解事者，前中後亦不雜厠，然而木寓龍非常山蛇矣。夫一將之麾馭三軍之衆，惟所指揮皆整以暇者，其部署分明也。數尺之柁持萬斛之舟，惟所運動皆平且捷者，其轉捩輕便也。文何以異於是？唐之律賦排比動宕，宋之策論起伏縱横，得其機括故耳。余壯年多出遊，族中諸子弟學文者求講習，因手批二十首示之，或見少，又批二十首補之，批尾之語比撰文尤詳，皆以指示機括運動爲主。往年藴小泉司馬頒刊於嶺東，今者林貞伯臬使又欲刊於黔西，而遠乞冠數言於其首。余老矣，批本久未覽，其煩而絮者，不審作何語。人各有會心，文各有真面，能者不必俟吾言。然或因見吾言而適有觸焉，則不必藉此，亦不必不藉此也，是則欲刊而傳之意也。若如謝公晚年，舉似裴公《語林》，輒曰「都無此」，則不敢爾。時戊辰之秋中元節。

序

林肇元撰

咸豐甲寅、乙卯間，余家遭兵燹，藏書暨先人著作盡失，所未失者枕函小鈔本，余師鄭小谷先生批選四十首耳。十餘年戎馬奔馳，久已無暇流覽，其備歷險阻，猶携以自隨，受業於師，不忍棄置，且欲視吾力以廣其傳也。同治丁卯冬，從軍中奉特簡來黔，下車觀風，得生童文若干卷，多清雋可誦，特未盡合於法度，豈時亂士荒，厥學抑學之鮮所師承歟？今盜賊日漸衰息，貢士之典屢舉，士之志於學者，擇良師益友相切劘，學問之道亦日進，此頹而復振之時也。余顧樂之，而猶見夫習舉業者之間未盡合於法度，爰將余師批選時文校刊而公於衆。夫選文惟其是，不必劃名家墨卷若鴻溝也；作文亦惟其是，固必本氣盛言宜爲鵠凖也。余師平日論文以機括爲主，機得則氣行而言亦隨之。選文祇此，而批論之妙實後來選家所無，學者誠能多讀書，多蓄理，樹根柢，發爲文章，參以余師之論，觸類旁通以幾於至善，是亦可矣。刊本初成，序其所以，惟諸君子鑒焉。己巳夏五林肇元謹序於紫泉池館。

目録

上卷

下卷

上卷

王孫賈問曰　一章

陳兆崙

諷聖以媚者，非折之以天不屈也。蓋賈諷子以媚，而子必曰不媚。（題之曲折已見。）是但可明己之志，而未能服賈之心也。苟無所禱，又焉用媚乎？今夫修之則吉，悖之則凶，殃慶之報，各以類至。夫是故天者人之心也，强其心之所不欲，而心勿受，而天亦勿受，而效命於天之下者亦猶是矣。（直以「天」字坐在「心」字内，大奇。）然而肉食者鄙，彼烏知之！衛之俗漓矣，家師巫祝，人尚諂諛，（出題得法，下筆不煩。）諺傳有「與其媚奥，寧媚竈」之説，斯言也，非必專爲仕宦者發也。（寬一步，又生一意。）王孫賈聞而嘆曰：「然哉！然哉！（個中人語。）吾今且權傾一國，不可不接引賓客以自取重。而吾子至止，遂以此言進。」（只自序事，不覺行題。）夫媚何道也？奥與竈，何尊而何卑也，理至易明，而顧若不得其解。蓋奸雄氣焰逼人，而因微示之意譎甚，亦鄙甚。（斷定。）此而强折其言，以爲君子不見利而争，不見害而避，造物不予我以脂韋之骨，即我之定分當在蒙難之中，此不媚奥亦不媚竈之説也，賈之心不服也；（「何謂」二字，王孫太無狀；「不然」二字，夫子更不假。文於中間代想出兩答，不惟文境開拓，文理空明，而題句字字夾攻出色、倒映生奇，真絶世不傳之妙也。）抑或顛倒其詞，以爲君子不棄舊而憐新，不好朝而惡暮，天下競趨於洶洶之地，而我之深相結者偏在寂寞之鄉，此寧媚奥不媚竈之説也，賈之心愈不服也。（俗諺兩語，豈容不著一言？妙在不於王孫口中著論，亦不於夫子口中下駁，反從旁位指出，並與「其」字、「寧」字皆顛倒成其妙絶。）而夫子曰：「嗟乎！爲此言者，其謂求福乎？抑謂樂禍乎？謂樂禍而禍亦可樂耶？（又開二意，不呆一筆。）以我之巧言令色，日相承於不見不聞之處，而事之者益謹，報之者不靈，予不負鬼神也，鬼神其負予哉？（「天」字壓住「奥」與「竈」，亦無所禱矣。）抑亦心乎愛之而莫能助也，有制其命者也，謂求福，福亦未始不隨之。聚人世之勢位富厚，輒相償於受命如響之餘，而其惡漸盈，其釁愈厚，予固茫乎若迷耳，鬼神其不予告哉？」夫亦懷欲陳之，而未得路也。（出語愈婉，説理愈透，王孫胆落矣。）有奪之鑑者也，其媚也，其禱也。其禱也，其獲罪於天也，而謂斯言然乎？（點法。）蓋不必辨夫我之不屑爲媚，而但原其媚之有故，則罪何可逃？（此處只申明作意。）又不必辨夫於彼於此之媚孰得孰失，而第斷以媚之無益，則禱何足恃？夫豈我立異以爲高？實緣彼擇術之已拙，而奸雄之氣索矣。（越説得卑，越難受得住。）士大夫聞子説，即何至燔柴於奥而煬竈之禍烈耶！

或以王孫爲侮聖人，謬甚。王孫正是重聖人，故欲獻囊底餘智、盜賊餘贜，殊不料青天白日做不得魔也。「不然」一答，全不對「何謂」一問，聖人亦知彼心解力行固已久矣，提出「天」字壓倒一切，指出「罪」字普示衆生。王孫賈倘如范文子，必且令宗祝祈死，不暇效狐鬼行媚耳。文看書不落俗解，行文更有古意，輕置題面，專透題意，又不從正面直攻，而從旁面横攻，且從兩面夾攻，境象既新，陣勢尤宕，所以卓然可傳。〇凡問語有「何謂」之言，答語必有「所謂」之解。獨此章，問者佯爲不解，答者置若罔聞，令人索摸不着。作者從此得間，即從此生奇，憑空代撰答詞，覺得如此而賈不服，如彼而賈不服，則必要當頭打截，不但使文境奇離不測，並顯得聖言的確不易，此真有功於四書佳文也。俗人循題敷衍、逐句描畫，尚苦解説不清，安能於無字句處、不思議中、𢡟然得此玲瓏透剔新變之文？〇文氣非空則不靈，文勢非動則不活，故走正位，踏實地，作呆語，即終歲作百文，亦終身無一字。如此題，在王孫口中若略爲張皇，在夫子口中若重爲批駁，無論所説者皆呆相，其文已成兩截，其氣必且兩斷矣。能手必專於空中領取、動處鼓蕩，使吾氣如水之浮物，如風之捲雲，不必處處循題，自然絲絲入扣，方是靈活之品。〇前路出題，古峭閑冷，不傷於平；後路叙意，精簡婉切，不傷於直。筆致最縱宕可喜。然前出王孫語，他人極費手，尚未明了，此若不用意，更饒波折。讀起數語，知插叙「奧竈」之法，讀收二語，知化去「問答」之法。後叙夫子語，他人恐緩落，每欲直瀉，此偏不急落，且爲颺開。讀承接數語，知不煩急點之法，讀開下二比，知不妨先做之法，此皆變化可學處。若通體之練意奇矯、練句古勁，則讀者自能知之。

子貢欲去告朔之餼羊

章世純

無名之供，賢者之所以欲去也。夫告朔之禮，已廢於時矣，而特羊之供，其不謂之無名者乎？且三代之主，皆稱天以舉物，以王從天，以諸侯從王，以民從王與諸侯，故其事有本，而下是以不悖。（來頭鄭重，開局莊嚴，正爲下文「禮」字埋根。）是故天子有頒朔之典，諸侯有告朔之文。（只出「告朔」，不出「餼羊」，作法皆王、唐家範。）天也者，人君之所甚重也，而告朔而行，則猶重王也；（照「禮」字。）王也者，諸侯之所甚重也，而告廟而行，則猶重祖也。（照「禮」字。）若是則其儀從豐矣，奉以特羊，而亦殺事乎？（「所以羊雖小而禮甚重」，如此出題，句不惟逼緊子貢一面，並逗夫子一面。）先王以爲人事，非爲鬼神也。事之爲鬼神而舉者，事專於神，有加腆矣，（承接皆古。）使神之樂之也；事之爲人事而舉者，事專於人，請之而已，意固不在祭也。（不寫「欲去」，反寫「初供」，説得關係之至。）故特羊之供，如人之有謁，而以贄而往者，效己之誠寓焉而已，是以儀薄而意重；（照「禮」字。）亦如人之有請，而先有入者，有省於人不可徒往，是以假物以明心。而自魯先公以來，循而不改，蓋明於義而敬於其事，抑去先王尚近，故王章猶明耳；自文公而後，漸而怠棄，（「所以欲去」之緣，由有此推論。）蓋不明於其義，不達於其供，亦去先王已遠，故人心愈玩耳。顧事則廢矣，（「所以當存」之意，見有此發揮。）而將事之物，則猶月具也，物具則不知所以用之，以爲文焉而已矣；（照「禮」字。）君不舉矣，而有司之守，則猶不改也，有司效之而不知所以用之，以爲己職焉而已矣。

夫天下之重莫如名實，道舉其實，則其實爲有利於天下，夫豈獨其實爲有利於天下？雖其名之所存，亦天下之所以惜也。已去其實，則其名爲無益於天下，夫豈獨其名爲無益於天下？將其用之所費，亦物力之所以敝也。（文氣一境進一境，一步緊一步，勢雖流轉，味似冲淡，突用提筆團結，使特起峰巒，振起采色，機局工妙之至。蓋前路層層虚機，偏用實述，此處確確實理，反用空論，文之變化不測至此。）於是有識之士，觀時而爲務，（至此方寫「欲」字，大奇。）曰：「國家之患冗費多也。」今之無實而供者，盡冗費之類也，（二比題面，無一字繁費。）物雖小，而將謹民財自小者始，且魯國之患虚文盛也；今之無實而供者，盡虚文之類也，事雖微，而革文從忠自微者始，於是乎欲去告朔之餼羊矣。事之壞也有由，告朔之始怠，自閏月不告朔始也；（推原已精，步驟亦遠，是能於氣盡語竭之後復開生面者。）閏月不告朔，則餘月不告朔之始也。其因循也有故，告朔之又怠，則自有疾之不視朔始也； 有疾不視朔，則無疾不視朔之始也。至於其事已廢，而崇實之儒乃欲併去其虚文，而典禮於是乎無餘矣。（古宕不凡，盤曲如意。）古道之所以廢，大抵皆然，非獨此也。（有此遠致，有此奇懷，不可以時文讀也。）

提筆將「餼羊」看壞，提筆將「子貢」代想，一切文機並室，而題理亦窘矣。作者於「告朔之典」、「餼羊之供」逐層推論出來，然後將「告朔之廢」、「餼羊之費」逐層推想出去，不獨下文「禮」字有根本，題「去」字亦非無謂，老手截題，古法立格，平岡千里，綿亘傲兀。凡爲文，思路甚窄、筆路甚窘者，宜服此開擴其心也。○題有宜急起直追以扼其要者，亦有宜前引後推以盡其藴者，當先爲斟酌其定分，然後構思有路，布意有格，練局有勢。如此題，記事小題耳。「餼羊何以當去」、「子貢何以欲去」，直從此處着想，則必撰出一番道理，發出一番議論，落筆自寬；然但只顧此面，忘却彼面，下文「夫子所謂爾愛其羊我愛其禮」者，不能相照矣。文獨留住「欲去」意在後，先言「朔典關係之重」，次言「餼羊陳設之善」，然後拍到「魯國」，從「循而不改」説到「漸而怠棄」，再拍到「子貢」，從「小費」説到「革虛文」，文氣寬博有餘，尤妙在中間「夫天下」一段，凌空起勢，踏實説理，不必沾沾題面，而玲瓏淡沱，不覺隱隱呈露，此作者最得意處也。○自隆、萬之機行，而成、弘之法廢，學者數以平直無作意者，指爲王、錢家法，不知實王、錢罪人也。看此文，逐比承接，逐處開合，儼然步伐前民，而通體古意蟠屈，生氣聯貫，但覺波瀾不窮。此種行機，乃爲善機耳。

子曰君子之於天下也　一章

沈練

君子行義於天下，有真見，無成見也。夫適者、莫者，與無適、莫而不能義之與比者，治一身不足，於天下奚當焉？君子不然，所謂範圍天下而不過者與！且夫事之來我前者，莫不各有當然之理，審其所當然，而應之以自然，非應之以必然也。若夫私心自用，（是「適」也。）侈議更張，異學相高，（是「莫」也。）争言寂静，其尤者又好爲高深不測之量，游移兩可，而自託於中庸。彼固謂於義應爾也，而天下卒以多事。（陡落「義」字，筆極緊，是「無適無莫，而仍不能義之與比也」。）夫子曰：「是適也，是莫也，是無適無莫，而仍不能義之與比也，則未嘗奉教於君子也。」（上面已層層安頓，此處乃字字點醒，作法得未曾有。）去適者成莫，去莫者成適，適與莫互爲乘除；（不點一字，不幫一句，不平一筆，總以互説爲奇。）適此必莫彼，莫此必彼適，彼適與莫相爲倚伏。此適、莫而顯背於義者之誤天下也。（「適」、「莫」、「義」三字連着，一氣直下，詮題極得解。）馳騖於適、莫之外，而務爲隱怪，終成風俗之憂；　調停於適、莫之中，而與爲委蛇，已覺性情之薄。此無適與莫而陰託於義者之禍天下也。惟君子虛其心以待天下之事之來，（**大轉局。**）虛則靈，靈則明，而曲直是非無纖微之弗悉；惟君子平其心以觀天下之事之變，平則公，公則薄，而張弛緩急無措置之弗宜。（**「比義」緣由，即君子本領。此處截住頓發，故有機勢。**）是故可者可之迹，似適而非適也；否者否之迹，似莫而非莫也，義焉而已。（**「義」字總不另出，故妙。**）義有不敢於天下者，揆時度勢，不以官禮誤蒼生；義自不忍於天下者，盡性踐形，不以虛名壞名教。可經可權，可常可變，而天下之畏事者拙，而天下之喜事者狂。（**筆力斬斬有聲。**）是故可者有時而否，無適而非徒無適也；否者有時而可，無莫而非徒無莫也，義之與比而已。義爲天下所固有，即以還之天下，而奇術異能無敢逞；義爲天下所未有，即以補之天下，而因陋就簡弗能安。無方無體，無思無爲，而天下之獨斷者偏，而天下之兩歧者惑。古君子其精義之學裕於吾身，其行義之功著於天下，建白總規乎時勢而聲色不驚，製作必酌乎古今而聰明不作。（**結局博大，出筆渾古，乃異乎老辣而近俗者。**）《易》曰：「時行則行，時止則止。動靜不失其時，其道光明。」言比義也。世有其人，天下事無不治矣。非然者，與其高語圓通，竊似義非義之義以害義，又不若適者之尚可有爲、莫者之尚可有守也。（**有此掉尾，具見全神，持**

論亦真切不腐。）

雖是三句題，必須一氣讀，若云「無適無莫矣，然後義之與比」，則謬；若言「已無適無莫矣，猶要義之與比」，則更謬。凡講先輩死法、不知領略題中真解者，每以爲不可急搶末句，豈知此題若畫住末句、先發上文？豈復有道理之言耶？作者「草枯鷹眼疾，雪盡馬蹄輕」，清空直捲，銅鋒鐵鋌，當此破碎，文之有力有氣有神可見者。○「適」之非義，人所共知；「莫」之非義，亦人所共知。惟有適有莫而自謂義，無適無莫而冒爲義，此種乃疑似可惡耳。文於前路安「天下卒以多事」，以後曰「誤天下」，曰「禍天下」，曰「待天下之來」、「觀天下之變」、「乃不敢於天下」、「不忍於天下」、「即以還之天下」、「即以補之天下」，然後結以「天下無不治矣」句，一路專從治世者取義，故專爲治世者説法。初看似借此好包羅史事耳，不知其正確點首句，不落閑文，非可爲草草讀者言也。○凡文有摇曳以作風神者，有塗飾以取色澤者，有提頓以作氣勢者，有閑散以取血脉者，此偏掃而空之，提起健筆，直出直入，抽其巧思，獨往獨來，到處皆似生造，而一種堅栗之神、英鋭之氣、爽朗之概，無不色色精絶。場中有此好手，投之所向，無不如意者。先輩大家，當亦畏此後生墨卷矣。

子曰孰謂微生高直或乞醯焉

祝　堃

名不可恃，有相逼而來者焉。（妙！恰合題位。）夫微生高之直，共名之而不知其誣，然而有乞醯者，固已謂其直而來矣。夫子若曰：「名者實之賓，（全篇作法，片言揭出。）苟無其實，而矯託其名，則必不能禁人之猝然以相試。」（扣題極緊。）世有望重鄉閭，譽滿衆口，既已聲稱之洋溢，孰爲窺測夫隱微？而偏有其細已甚之事，（流動。）來於忽不及防之時，如微生高者。（落句矯。）今夫葆天德之真者，私意不得而干之；敦古誼之隆者，俗情不得而附之。直之於人大矣。（隱提「直」字，即暗攝「乞」字。）微生高何以得此？意日與高周旋者，有以深信乎高，且樂得有高，因以其名奉之，而人遂從而和之乎？（上句「謂」字來由，即從下句指示，扣題極緊，鑄題極融。）持論無取乎過刻，而此若不可包蒙，吾不解謂之者何所據也；　録善亦貴乎從長，而此若無可恕取，吾不解謂之者何所見也。　且夫直之實見於人，而必由於己者也；（提句清爽，開局渾成。）直之名成於己，而亦未嘗不驗於人者也。　吾誠專爲乎其實者，將身世之間，穆然其無所稱也，循循然其無以加於人也，渾淪樸訥之中自具百折不回之氣，蓋其任天而動，止以求乎吾心之安，初不計世之位置吾於何等，（文心静穆，文氣渾融。從大處起議，從空處傳神，足以包孕衆有，彈壓一切。）而嘗試吾以何事，此蓋無暇爲人也，而人亦遂淡漠以相遭；（句法足以起懦，妙於對針，不同强凑。）吾而專爲乎其名者，將人己之交，卓然其有可指也，（高之成名在此，敗名在此。）孑孑然其有以異於人也，作意矜心之下或亦得一時衆好之情，（「或」之「乞」妙，從高心中慮入。）蓋其色取而違，非不託於率真之道，特恐世之窺吾於不及檢，而乘吾於不及防，此蓋無不爲人也，而人亦遂倏忽以相及。（噫！或人來矣。）不然天下以直聞者不一人矣，天下之以乞來者亦不一物矣，而疑高者、信高者、愛高者、惡高者皆嘖然於或乞醯焉之事，何以故哉？（原本直接，似覺太平，今改作反接，方不至突。且下句是不了語，只可囫圇點出，不必仔細着議。）蓋天下慷慨好施之象，每易爲流俗之所推。想高之以直名也，殆平居緩急之求，有取諸宫中而不靳者，或遂真信乎高，謂豈區區者而不予畀也，（高之直，妙從或人心中想出。）而以此一乞爲重高之由。（如此扣住，便不走下。）而人情耦俱無猜之餘，亦未必習焉而不察。想高之久以直著也，其平居本末之際，有流於旁觀而不覺者，或亦不能無疑於高，（「疑信」二義，妙參活筆，故法緊而理圓。）謂是瑣瑣者斯其所取也，而以此一乞爲試高之具。（此意是主。）在高久假不歸，方且居之不疑，在或突如其來，不料事有相左，乞鄰而與，尚得謂之直乎？是以君子重戒浮實之名也。

起句是突，無謂；　接句不倫，無脉，制題最爲費手。　文偏從毫不相關處，説出相關之意，是以略點題面，重發題間，眼高手辣，陽合陰開，令人嘆爲得未曾有。○凡題句承接甚緊者，細思之，或當從容；　而出題句承接不粘者，細思之，或當消息潛通。　只粗心人逐句呆看，逐句分想，所以滅没不見耳。　此題若單出上句亦有靈機，單出下句亦有閑趣。　惟合截爲題，則即下句以證上句不得，蓋其語只半也；離上句竟作下句不得，蓋其接甚緊也。　故能手窺破此關，知高之得名，或以日用周旋之故，此是來由；　而高既得名，反招薄物細故之投，此是去路。　憑空撰出，妙論不粘。　微生身上，不帶題中字眼，放筆直書，稱心快發。　而題之筋節皆動，骨肉皆融，氣脉皆貫。　具此鎔鑄妙手，樂意相關，生香不斷，彼尚是生成者未爲奇也。○文固要意思高超，亦要興會發越，且要陣勢奇偉。　如此文，今人已讀過，則此題凡人皆解矣，然使照此意行之，必僅能作前一段論頭。　後一比話柄，雖亦明順無弊，而閲者寥寥不歡，作者必鬱鬱不快，安能流動充滿至此耶！○胸有積理，筆無停機，才寫一行，已滿半幅，文成後，擲筆申紙朗吟之，當亦拍案曰：「非第一人，不能位置我也！」

十室之邑必有忠信　一章

儲在文

聖人不廢學，人當善全其質也。夫非質之難，而善全其質之難。忠信而不好學，雖聖人亦不能矣。子意曰：「人之所以入道者，天人參焉，而人之事爲可據。」（語淡氣古。）自夫棄且褻者之多也，而盡心於人事者，轉見其天分之優。於是謂天定勝人，而其誣實甚。吾蓋以身權之，而知其然也。（題中兩「某」字，全相現於毫端。）何則？造物純厚之氣，不能無所鍾，雖人事日新，詎以世道之升降而異？（緊按「十室之邑」。）先民典型之傳，不能無所寄，則人材相望，詎以封域之大小而殊？故十室之邑，忠信者出焉，（先説所以「必有忠信」。）其他不敢知，（淡語不易學。）而如某者則必有之矣。然是忠信也，成之則底於成，而坐聽之則終至敗。其移於習者，紛華眩其耳目，巧利中其心思，挾質以游，而百物皆能乘其虛而入，是必學以固之，而後不忠不信之端不搖於外也； 其拘於氣者，忠厚皆患其愚，言行亦虞其確，任天而動，而百行皆以執其一而偏，是必學以通之，而後小忠小信之蔽不錮於中也。（此處若接說「某之好學」則呆矣，若竟說「人不好學」則妄矣，突用提空之筆，將「忠信」、「學」相資之故、相通之義，先與特地揭明，大旨既得，全題自出，筆筆高渾，句句精實，氣之雍容猶其末焉者也。）古之聖人育之以術序，董之以詩書，所以養其忠信者甚詳而有法。 而迨乎教澤之既衰，則惟有循循誦習之途，可以自防其朝夕，而不至因循以喪其天。（到此可以粘住說矣，仍不粘住說，更用足文局陣，蓋前一比只發「忠信不能外學」之理，未明「忠信可以爲學」之功，故此比另起議論，理足而氣古，局離而神合，不可以時文求之。）古之學者博習而親師，論學而取友，所以保其忠信者心安而不遷。 而至於風俗之既失，則惟有孳孳克治之意，可以內斷之神明，而不至濡染以漓其性。（此方是聖人心中語、意中事。）故某也，（只此點過，最妙。）少之所學，至老不衰，而人或倦矣； 中心好之，斯須不去，而人則厭矣。 優游而失之，（古宕，不可易視。）勤苦而得之； 紛雜而亡之，專一而存之。 某之所幸全其忠信，而人之不如某者，不在彼而在此也。（大旨了然。）嗟夫！古之道不絕於今，塗之人皆可爲聖，忠信者遍於天下，而好學實難。某誠不自揆，願以身爲衡，而與天下權於天人之輕重也。

此題上二句不過作話柄，不煩代爲申説；下一句却是一現身，又不得呆爲張皇。俗人拈得此題，非向上二句作「才不擇地而生妄論」，即向下一句作「學不因聖而廢謬語」，否則因「某」字生議論，「處己以吾無隱乎爾」、「望人以吾何慊乎哉」以爲得兩「某」字妙諦，不知皆一派風痺，不關痛癢。文掃去種種牽掛，獨「忠信之不可廢學」與「忠信之如何好學」提筆般般揭出，題面不過一點，更不參一語，而局陣渾古，氣味醇古，筆路道古，令讀者恬然無營，肅然起敬，此真學養並足之文。〇昔人謂大家之文以理勝，名家之文以意勝，其餘不過趣勝耳。此文得力處只是理足，豁目處只是理明。今人於經史不能讀，程、朱性理，曾、王學記，更不知爲何物，故遇此等題，告以此等意，亦一字做不來，故常勉學者多讀書，强積學，使理足以養心，如水之足以養魚，則説書細，行文古，必不徒學市井狡獪兒作生活矣。〇「百物皆乘其虚而入」，「百行以執其一而偏」，兩語透盡後世不學人之弊；「循循誦習之途」，「孳孳克治之意」，兩語該盡後世好學之功。蓋時文代言，非此深至醇古之詞固難相稱，然理境精潔，文境尤深渾，沈吟數遍之後，如飲醇醪，如聽古琴，如對有道之士，睟面盎背，不覺鄙吝盡消。其義藴真切由學，其氣格高華由才，此當以文外求之。○題上節有本分意，末句亦有本分意，俗手逐句發揮，必逐句死煞，即使略去題面，進求題意，彼不知從何處下手，須識「夫子説上」二句，見「聖人不必要過人之資，只此忠信已足」；説下句，「見學者不當恃本然之質，使此忠信徒存」，曰「十室」，曰「必有」，曰「不如」，虚字抑揚，使題義真切耳。作此題用描頭畫角之筆、一挑半剔之句，則與兒童何異？作者游神象外，得意個中，專從實處摇動正義，而題自融結，文自超渾，審題者又不可不知有此法。

居敬而行簡以臨其民

方燊如

大賢辨簡，而以敬爲臨民之本焉。蓋必居敬以先之，而所行始爲有本也，民豈徒以簡臨哉？意若曰：「儒者齋居一室，非必有斯世斯民關於其慮也。」而苟念制心爲制行之本，猶必潔清其志氣，以先爲之主而待其餘。（煉句渾有味。）又况撫世御物，所係至重，未有不理其本焉，而漫言清净，以與萬物相見者也。今雍以伯子問也，蓋欲觀其所以臨民者何如，而夫子以簡許之，想夫子必有見於世之臨民者，好爲綜覈名實之治，而操之已蹙，（反「不簡」之弊，切定「臨民」之旨，兩句先看作一串。）將恐民不聊生，意欲修舉廢墜之文，而責之已詳。又或日不暇給，故欲得一簡者以行而宜之，而特未明言其居之者何在也。蓋人之行，未有不本於居；而人之居，要當一出於敬。以之居心，則不聞亦式，不見是圖，（「居心」、「居身」，「居」字切實。）宅之以端莊静一之地，而好惡之無節者，不得樊然而淆。（「不淆」、「不奪」，「簡」字自然。）以之居身，則淫樂慝禮之不接，奸聲亂色之不留，納之於規矩準繩之中，而事物之無窮者，不得紛然而奪其敬也。（此是程子之説。）如是即安有不簡者？顧或者以檢身不及之方，爲與人求備之術，勵明作有功之氣，忘惇大成裕之風，於是法令滋章，舉措煩擾，猶以爲臨之以莊，其道固當如是。而斯時之民，已有願息而不得者，則行簡之不可不講也。（先定程子之説，便遞朱子之説，中間有此絶妙文思，「爲」、「而」字跌出精義，「爲」、「而」字翻出波折，「爲」、「敬」字逗出義藴。理致題如此，尋求得間，無文字處皆有奇文，無義理處皆有義理，切不可草草讀過也。）静專也而動直行之，（此是朱子之説。）舉其宏綱，撮其機要，粲然條貫，

（有條理之簡。）而節目不病於闊疏。謹嚴也而忠恕行之，修其教不易其俗，齊其政不易其宜，晏然安和，（無紛更之簡。）而聰明罔聞其亂舊。由是正朝廷以正百官，（爲「臨民」補出源頭。）皆得休息乎無爲，而民承其委，端冕以臨之，所謂天子穆穆、諸侯皇皇者此也；始邦家而終四海，（爲「臨民」推出究竟。）皆載清浄以甯一，而民近其光，垂裳以臨之，所謂王道蕩蕩、王道平平者此也。是則敬以法天之行健，而簡者其確然示易之端，故民亦承天之休而無斁；敬以象帝之欽明，而簡者則御衆以寬之助，故民亦苦順帝之則而不知。苟如是，亦庶乎其可也。（團結全題，醒豁大旨，極有經義。）

程子之説，居敬自行簡，「而」字不轉；朱子之説，居敬又行簡，「而」字另轉；各宗一旨，皆有理。文獨兩説並用，一氣相承，以儒説之參差，成文陣之離合，卷舒如意，變化入神，稿中另一格奇文。〇人即知用程子説，不過如其前二比；即知用朱子説，不過如其後二比。誰能在中間推闡出奇，覺得「而」字轉關，即局法轉捩。文字不必向别處苦索其解，只將題目次第出得妙，則文生。不然，將儒説先後頓得安，則文亦生。又不然，將己意蹴踏作得勢，則文又未嘗不生，只粗心人自閉塞其文機耳。〇即得程子意作出比，朱子意作對比，何嘗不成文？但文思已板而文勢亦板矣，故前後安頓四比，中間轉翻一段，「而」字分外出色。由此類推，可以隅反。或前半篇一意，後半篇一意，局法苦呆板不靈者。即於前半之下、後半之上，中縫想出奇文。或上半股一意，下半股一意，筆法苦繁重不老者，即割兩股上半、兩股下半，相次處各爲小比，而筆法有不靈，局法有不活者乎？此是文家秘法，特於此篇説出，讀者幸留心焉。○「居敬」一層，「行簡」一層，「臨民」一層，最苦不相貫通，另起爐竈，文於講下即擒「臨其民」立論，三層次第一綫穿定。其反面説「民不聊生」、「日不暇給」，已非妄談「敬」、「簡」之理，末比「民承其委」、「民近其光」，説得精妙，至此而「臨以端冕」、「臨以垂裳」亦復典確不易。到結處説「承天之休」、「順帝之則」，直與「敬」、「簡」合鑄。此老精審題分，融洽文律，所以色色工妙。

子謂子夏曰女爲君子儒無爲小人儒

王　澍

爲儒不可不慎也，賢者當審其幾焉。蓋儒一也，而有君子小人之分，則在爲己爲人之間而已矣，故夫子欲子夏慎之。且夫人苟無志於爲儒則已耳，業已置身儒者之林，而有志於吾道之大，其自命固已不凡。（題上句本「當然」，不消重説；下句則「所以然」，必須逆控。文開口便安頓得法。）而或以一念之不慎，而其究也遂爲學術之分途，則非爲儒之過，爲儒而不審其幾之過也。（全力注「爲」、「無爲」三字。）子夏，儒者也，夫子恐其或誤於所爲也，（即挑下句以逆出上句。）故以語之曰：「女之欲爲儒也，豈顧問哉？雖然，儒亦有辨。其儒而志在爲己，（他人刺刺不休者，此只落落還題。解此乃知全力攻其要處。）力行不欲居人後，成名不欲居人先，循循然爲己之所爲，不顧世之知與不知者，是君子儒也；（了上句。）其儒而志在爲人，力行固不欲居人後，成名亦必欲居人先，皇皇然爲人之所爲，惟恐人之或不知者，是小人儒也。（了下句。）今女誠欲爲儒，（安頓之法，用截斷之勢，以下方好作轉。）則女之所以自期，固將尊所聞行所知，以希於深造自得之域，而必不肯苟且以自蒙；即我之所以期女，（再用一層，又是一意，並題中「謂」字亦有情。）亦惟望女正誼明道，以入於仁義中正之途，必不願女小成而即止。其必欲爲君子儒，固無可疑者，（此處頓得重，以下方轉得醒。）然途以相似而歧，物以相混而亂，推爲儒之意，固當以君子定其趨，而究爲君子儒之實，尤當以小人立其戒。（全題筋節，全篇氣勢，專在此數句，生出妙處，只在將兩句平放，再將兩句合想耳。）且夫小人之儒，未有不以君子之儒自冒者也。（本是激重上句，偏爲單發下句，蓋必將「小人之似君子處」説足，然後「爲」、「無爲」乃有根，否則君子與小人本不同，何待作此分提，深爲警戒耶？看題之細至此。）其心誠切切不忘乎世，而其尊聞行知者若甚篤焉，以視乎切己自好之儒無以異也；　其學誠刻刻欲衒於世，而其正誼明道者若加切焉，以視乎反己自修之儒似有過也。（「所以必説」下句，「所以必重」上句，特地揭明。）此而不知戒，則以爲君子儒之力，不免適成爲小人儒之歸。　故必反其願外之心，而力而致之於内，（惟能「無爲」，乃能「有爲」，兩句作一氣看。）有幾微之近名，必務克之，而所以修諸身者不敢浮也；　更謹其幽獨之萌，而務絶其端於始，有一意之不實，必力去之，而所以存諸心者不敢忽也。　如是以爲儒，能不爲小人儒，而後能爲君子儒。（至是乃醒出全面。）蓋儒之中，爲君子難，爲小人易，而爲儒者，終身好學未必成君子，一念徇外即流爲小人。其分在人品邪正之殊，而其初在一念誠僞之介。　非審之至明，則無以決其幾；　非操之至力，則無以要其至也。　女其慎至哉！」（題後餘波正題中實義，聖言所包括固在此也。）

此題不是論人品，是辨儒術，亦不是辨儒術，是戒學者，自以「爲」、「無爲」作主。俗人但知以辨儒術在前重發，以戒學者在後總按，文氣便了無生趣。作者獨窺得題間，因略去題面，反以下句鞭緊上句，覺得聖言之周詳，實切學者之毛病，因用側作之局，使全篇筋節俱靈，無一呆意，無一平筆，無一死句，文至此，乃不愧制題之目。〇「子夏本是欲爲君子儒」，「夫子亦望其爲君子儒」，上句原不消説；「子夏豈誤爲小人儒」，「夫子亦豈憂其爲小人儒」，下句亦不消説。總原小人儒最似君子儒，故爲君子儒易流入小人儒，夫子特地明爲劃開，正是危微之關，不是黑白之别也。若先將君子儒小人儒説得兩不相關，則爲君子爲小人，豈其一無分辨而待聖人之指示路途乎？文會得此旨，故創得此局。寫「爲」字，便苦「無爲」者混淆；寫「無爲」，正使「當爲」者乾净。語雖兩重，意只一串，則機法生，而局勢活矣。〇文雖六七百字，其要不過三數語耳。思此數句如何安頓，此數句如何發明，此數句如何完繳，則大意已了，而大勢亦成，不在處處留意也。如此文，前路「其必欲爲君子儒」二句，頓住法也；「且夫小人之儒」二句，提起法也；「此而不知戒」三句，反透法也；「如是以爲儒」三句，正找法也。惟欲提起，則先頓住，解此則前半文字能自爲矣；惟欲正找，必先反透，解此則後半文字能自爲矣。今人不知全篇打算，遂乃逐處填湊，其明白者不過前後有次第，彼此不重複，承接勿間斷耳，其實不能通體活動，便是全局死板，文之生機從此絶矣。學者讀此等文，須先領此等秘。

子游爲武城宰　一章

嚴虞惇

相士有道，可以風世焉。蓋滅明行至高，非子游不能取也，此其可爲得人者法矣。今夫治有大體，而必以人材爲先，凡以助流政教，懋美風俗，由此起也。（單擒「得人」入想，即泛從「得人」起議，不粘子游，並不粘夫子與武城，落落大方，疏疏入古尤妙。反眩到底，不用正拍，此所以高古不可及也。）通方勝則士品衰，延攬疏而吏道雜，上以耳目取士，士以苟且從之，蓋兩相需而兩相失矣。子游，文學之選也，（題目只作個緣起。）其宰武城也，夫子嘗以得人詢。夫得人者，非朝進一人，暮進一人，舉而用之之謂也。（有此一層推進，便有中二比闡發。）尋常物色而外，間有特達之知；流俗毁譽之餘，獨有孤芳之賞。（渾括中二句，仍不出中二句，俗手必拈「由徑入室」落筆矣；渾括此一章，仍不點醒此一章，俗手必將夫子、子游挽住矣。）故旅進旅退，雖得十百人如無有也；　而潛德幽光，雖得一二人不爲少也。　且夫人之品，不必於其大也，一步履而若有典型，一往來而必於軌物。　人皆尚速，我爲其迂；　人皆尚通，我爲其介。　寧使世有不近人情之議，而必不敢忘古處自命之心，君子以爲守己當如是也。（有上段之渾渾落墨，便容得此二比之超超空行，讀者置身題外，放眼題巔，如登高而流覽衆景，偶然指點，皆盡其勝，較之逐處品題，不得其概者，相去遠矣。　然只是看書得大旨，落筆有閑情，故不必節節爲之，而無一意不包，無一字不括耳。　筆底粘滯之輩，亟宜千百萬回讀之。）觀人之法，亦不必於其全也，義可以不屑萬鐘而不能不失色於簞豆，志可以矯語貪賤而不能不易節於公庭。　即其偶然，可徵素守；　即其大略，可定生平。　寧使世有落落難合之疑，而必不敢徇隨聲附和之迹，君子以爲相士當如是也。（前比從滅明邊想，此比從子游邊想。）彼滅明之行事不盡述，而行不由徑，非公事不至，即此二端誠無愧於得人之稱矣。（只作指點，高絶。）滅明固良士，而子游亦豈同於俗吏之見乎？　噫！　有以合乎世，必違乎古；　有以同乎俗，必離乎道。（仍用渾舉。）（別寄感慨，無一呆句。　俗人打疊全題，手忙脚亂，那得有此神致！）蓋古人之所思見而不可得，《風雨》之詩所爲作也，則二賢之流風餘思，其感被於後世者何如哉！

夫子熱腸，子游冷眼，滅明高躅，三面精神，不容一面冷落，作者獨落落寫意，以爲「守己當如是」，以爲「相士當如是」，說來款款相入，似自作一篇古文。而恰值此一個題目者，如此看書，如此命意，如此行文，那得不卓然於埃壒之表，而不可扳也。○凡題有閑散處，有緊要處，文字亦有點次處，有括論處，然審題不真，落筆便左。如此題，「夫子之問」、「子游之答」，此閑散處也，若煩爲述敘，便緐而拖沓，安能直截横行？「徑之不由」、「室之不至」，此緊要處也，若另起重發，便斷而呆板，安能玲瓏四映？文窺得此間，遂掃盡枝葉，探其本根，拈出「守己相士」之論。題之閑散處，反似用重筆；題之緊要處，反似用輕筆。讀者不能指爲某處做某句，作者並不自知爲某處做某句，而題中面面周到，字字包括，豈非超超元著乎！○文體要高妙，盡去其拖泥帶水之見則幾矣；文氣要清疏，盡去其替身蓋面之詞則幾矣。此文無一句敷衍，故高妙；無一字塗飾，故清疏。而讀者總要領略大意，管攝全局，方能悉其所以然。若妄謂某處警策，某處渾古，某處淡宕，便終身難討入處。

非公事未嘗至於偃之室也

沈受祺

舉賢者之無私謁，又見得人之實焉。夫澹臺滅明，武城之賢者也，（□題亦□□文高調。）無事不私謁武城宰，武城宰亦賢者也，則以其無私謁而取之。武城宰者，（承題接小講，奇。）言偃也，因聖人得人之問，而述其實以對曰：「日暮之間，（本題起。）不足以定人也。澹臺滅明，少長於武城，武城人易熟之。偃，宰也，（淡語甚奇。）宰武城也，久而後，始熟其性情也。甫至武城，（從上句落下。）而盛聞其名，迨晉接其人，不異乎所聞也。（古淡乃爾。）甫至武城，（從上一句，落此一句。）而知其一出門亦必以正，及察其一見賓亦復不苟，猶夫其出門也，蓋不獨武城人所稱行不由徑而已也。偃嘗憶其始至也，如昨也，其在歲終與，其在正歲與，意者其不棄絶偃也，故惠然肯來也，即與之論武城之教治政令焉，恨相見之晚也。（題本説未至，文偏説所至；本説非公事，文偏説因公事，蓋因公事而至。一面領得足，則非公不至；一面拍得醒，高棋先閑着，名將先伏軍，老處不到，後來尚不見也。）偃嘗思其繼至也，不一也，其爲四時孟月之吉與，其爲月吉與，意者其不鄙夷偃也，故不一其來也，每與之議武城師田行役焉，未嘗不移日也。既而思之，其惠然肯來也，乃有事於教治政令也，非然則讀邦法而勸戒也，非然則禮屬民而飲酒於序也，其至自歲終與，其至自正歲與，何嘗爲偃而至與！既而思之，其不一其來也，乃有事於師田行役也，非然則祭祀喪紀而蒞其事也，非然則禮會民而射於州序也，其至於四時孟月之吉與，其至於月吉與，何嘗一爲偃而至與！（得此推求，「非公」乃有着落；得此跌宕，「未嘗」愈有神情。文情似本韓子《與于襄陽書》，韓文古峭，此文古宕，各不相同。）以偃之不肖，奉教夫子，何至私其行也！豈遂爲滅明所棄絕也？（以上皆是叙事，此比略用評論，仍不肯别生議論，乃是對聖人説話。）正其以上下之交有其道矣。即不以私也，以武城之人，而數數見於武城宰也，何爲者也？蓋滅明以武城宰視偃，不以偃視偃也。（筆外有筆，句外有句，神味悠然不盡。）以偃之愚，奉教夫子，何至惰其學也！豈遂爲滅明所鄙夷也？正其以敬業樂群有其時矣。（亦何深曲乃爾！）即以道見也，不前宰武城之前，不後宰武城之後，（看似淡遠之至，又實深刻之至。）而必出王游衍於武城宰之室也，何爲者也？（只此四字奇。）蓋滅明以偃之室室武城宰也，（提筆古峭似韓子。）不以偃之室室偃也。是以非公事未嘗至於偃之室也。（題句費如許事乃出得。）以武城人之言如彼，（通體筆墨淡遠，至此純一不變。）既得其動必以正乃爾；以偃之所見如此，又得其自守之嚴乃爾。夫子所謂得人也，如是乎？不如是乎？」

有「非公不至」一面，有「因公而至」一面，從「所至」歷歷想「所未至」，題中數虛字乃肖，題妙既得，文局亦生。迨至數字脱口，題完文亦完矣，不妄發一議論，不自參一詞語，亦淡遠，亦深透，亦清超。此爲晉人用筆，顔筋柳骨，尚未具體，何況歐褚以下？〇凡題有説了此一層，必再申彼一層，而後道理始足者，其法當用補。有當説此一層，必先頓彼一層，而後神吻始肖者，其法當用截。非此則出題先不明白，行文安得神奇？如此題，直説「高人不見邑宰」，縱使議論痛快，華采飛騰，試按之題句，有何趣味？且説成「不以私至偃室」，則「非」字、「未嘗」字、「也」字，不啻删去尤爲悖妄，有識者知其不可略，乃又徒事虚描，其爲鄙夷更甚。讀此文乃知虚字亦可實做，但又不從題目中寫，而從題目外寫，不從題目正寫，而從題目反寫，局法迥不猶人，因思路迥不猶人也。〇題句是後來追憶之詞，亦是師前叙事之詞，硬作評量，便屬誕妄。大聖人之前，許罵人、贊人、自詡得人者乎？以此繩後來作者，大率是市人鬧語。惟此文用意深奇，出言淡古，通篇皆追叙口吻，後比略爲論次，仍不説破，用「正」、「其」、「以」三字代爲尋求，用「何」、「爲」、「者」三字私爲詰難，都推彼意，不參我言，收處婉出，全題即止，神既雅淡，氣尤謙下，宛是對大聖人説話，煉局奇，煉氣醇，不愧代賢立言之目。〇凡文作論斷體則易出色，作叙事體則難出色，蓋束之以口吻，囿之以事迹，限之以神情，自己不容參一語，外間不能游一筆，未免平淺無味耳。然《左傳》一書半是叙事，《史記》一書亦是叙事，彼獨奇横疏宕不同者，或追叙，或插叙，或鋪叙，或類叙，或夾叙，安頓有法，布置有勢也。讀此題文，可得此旨。墻東老人欲競爽先輩，作此題文，全仿此作意，獨提比曰：「有可以指屈計者，意之所矜，無有不陰識於中也；有無容分別觀者，與之已習，無不可一言以蔽之也。」數語精工似勝，然按之對大聖人前説話，自己矜詡，自己解釋，遠不及此文之妙矣。

子曰齊一變　一章

陸鼎金

聖人急於變齊之心，（主意先立定。）進魯以激齊也。蓋變齊猶未至道，則當變愈急矣。子以至魯愧之，而復以魯至道誘之，進魯乎乃以激齊也。今夫窮則變，變則通，謀國者類然，而强者每有所恃而不爲動。（擒「變」字，即側「變齊」，開口咬定。）夫自恃其强，幾謂苶然積弱者，每變愈下矣，而一觸乎崇王黜霸之素心，偏欲退强者而儕於弱，由是進弱而底於純，則矯俗之權，即觀世之識也，知此者可以論齊之變。（題從「齊」説起，文即以「齊」收住，筆力縱横無匹。）夫元勳開國，莫大乎齊，懿戚建藩，莫長於齊，學則武王之師，尊則邑姜之父，（既單領「齊」字，即單承「齊」字，此處乃極費心思，極用手法，以下乃勢如破竹矣。）雖宗國如魯，且不敢與齊等。（此處入魯尚未妙。）齊先公簡禮從俗，五月報政，周公曰：「魯後世其北面事齊矣，魯地最近齊，魯先公多娶於齊，自齊霸術興，始敗我於乾時，疆埸之役至於今未已，魯之弱，齊爲之也。」（凡作新奇文字，必有新奇議論，此段先説「齊魯相關之處」，故見得「夫子非欲變齊，乃急欲變魯，然非先變齊不能變魯」，借他人之主位翻動此文之客位，篇中得力在此。）觀於康樂之來，而知魯變則齊忌；觀於汶田之復，而知齊變則魯安。故變魯不如先變齊。雖然，以變論二國，則齊自變齊、魯自變魯可也，變齊而只爲昔日之齊，變魯而只爲昔日之魯可也。（挑剔以醒作意，游行以逼奇思。）而乃謂齊之變，必先取徑於魯，而後歸宿於道，何哉？（讀至此，試思以下如何落筆發難。）人情於素所狎侮者，謂莫予敢競也，一旦謂彼之所處，我必變而後得參位置焉。（脱去「題意」，只説「人情」，最是文心巧變。若稍合「齊魯正論」，無論不能解鈴，並且味同嚼蠟，安得超起入神至此耶？）雖以平日驕矜之氣，亦恧然而自消。（此比是激齊。）人情於素所欣艷者，謂遠莫能致也，一旦謂彼之所進，我亦至而不過稍從容焉。（□□□□□□中作此二比，題意不待正言而□□□□心解。）雖以一時沮喪之懷，且毅然而思奮。（此比是□□。）夫魯，齊之所素輕者也；而道，又齊之所陽慕者也。（即此本題詮解，前比不是以我解題，乃是以題解我，文至此，樂不可言矣！）論齊而曰：「一變僅至於魯，所以愧齊而激之使變也。」論魯而曰：「一變遂至於道，所以誘齊而激之使不一變也。」夫齊可變矣，何以必至魯也？不以富强自喜，斯朝有戒慎之心；不以機智相高，斯野有馴良之俗。舍其舊乃可以謀其新，此一變至魯之説也。（還他扎實道理，不是虛蹈機鋒，此比乃正注文字。）夫既至魯矣，何以變即至道也？朝有戒慎之心，則九經可以具舉；野有馴良之俗，則六行可以漸興。思其艱即可以圖其易，此一變至道之説也。蓋進我儇子臧之民，而與樂辟雍不能也，不如示以從公之旗馬也；驅俟著履發之衆，而以登明堂不可也，不如訓以君子之貽穀也。（前路風雲捲地，此處江漢朝宗，妙論翻瀾，古意磅礴，讀者如觀戰鉅鹿，不自覺其耳目心思之動矣。）折齒之主知問名，而後父子之倫可正； 舍爵之賊知饋馬，而後君臣之義猶存。故道者齊之歸，而魯者齊之徑也。（確是至魯事迹，確是至魯文諦，而魯之「至於道」亦出神奇之至，乃精奇之至，不是徒爾狡猾。）齊猶能變，矧魯之易易者乎？然則進魯所以激齊，而激齊正所以進魯也。（此乃題之要意，亦是作者主意，然非得通篇之橫妙，顯不出此處之精妙。古文結束，大筆濡染，神乎技矣！）吾安得謬爲此説、諛魯、嘗魯而且誤齊也？

問從來此題皆是平説，從來講家亦是平説，場中則有側重「魯一變」以求新者，然夫子不單説魯，必陪説齊。此即側重「齊一變」之來路。作者熟於齊、魯相關處、春秋雜事，獨出手法，幻出題解，而文之離合皆奇。此如李光弼將郭子儀之軍，刁斗森嚴，旌旗變色，其實只此數萬健兒耳。雖末路點明作意，實前路先安作意，特故逆之以别開境界，自成一部署，使讀者如入桃花源嘆爲仙家，豈知雖出天外，亦是人間？學者能領其構思之妙，而不震其立解之奇，則於行文之機，思過半矣。○凡題有此一種意見，即有此一種思路，且有此一種文機； 有彼一種意見，即有彼一種思路，彼一種文機。非必如「周有大賚」、「宗詩宗書」，確有異解也； 又不必如「吾豈匏瓜也哉」、「爲星爲物」，各出異端也。凡體之有平側，意之有賓主，勢之有輕重，略一變换，即各一光景，如卜卦然，一爻變，則卦體不同矣；如奕棋然，一着變，則棋勢不同矣。學者能於此處領悟，則觀前人同題之文，觀後人共作之題，皆可見文心之奇變而不拘、局法之新鮮而不板，此實天下間不可思議妙物也。昔人論蔣德峻「三以天下讓節」題文云：「作者主讓周，得此奇文；使之主讓商，亦必另有一篇奇文。」讀此文者宜通此旨，乃可了了有會。〇文有先得起頭而順手以推至後者，亦有先得結局而回身以溯其前者。此文又皆不然，渠蓋先得「愧齊而激使變」、「誘齊而使之不一變也」中間兩小比妙文，是此篇主意所發處，亦是通篇主意所收處。因而先爲此兩意安根，故有前一段文字；因而又爲此意結局，故又有後一段文字。學者解此，則每題思吾之主意，使醒豁不窒，則文之間架已立，題之曲折自呈。或補其前，或點其後，或提其中，皆是申明主意，不是發明題目，此之謂我爲政者，宜急講也。〇凡題，作大難之端不難，收大難之端則難；作繫鈴之人易，作解鈴之人不易。鼂錯謀削七國之權，所見非不是也，而應之者别無奇策，所以身死名滅，爲天下笑。古大禹治九州之水，所處非不駭也，而行之者早有定計，所以功成事集，爲天下福。讀金正希《侍於君子》一篇，小講陡發創論，令人愕視，而通篇只申明此意而止。讀陳大士《前日於齊》篇，小講突下駁語，令人悶殺，而通篇只解脱此意而止。文所以貴一氣自爲舒卷、一篇自成結構者，其妙盡在此處。此篇合觀，只以「魯激齊」句是主意耳，然試告之他人，而示以此文，愚者敢用，能者必不輕用，蓋恐自己走入荆棘不得脱耳。俗人循題布局，逐段爲文，無論首尾横決，前後煩復，即使明順不亂，亦如死蛇在地，病馬在途，形骸具而筋骨亡，未見有騰躍飛鳴之勢者也。

如有博施於民　一節

項　煜

聖賢曲商濟世，而寫無窮之心焉。夫施濟之仁，聖人誠病之矣，而病又何心？然則子貢未爲過也，且人而病則必謂之不仁，而亦有緣仁得病者。（擒「病」字入「仁」字，看題則水乳交融，行文則風雷並疾。醫書以手足麻木爲不仁，即此起句所本也。）夫仁可以無至於病，而不可以不知病。此博施濟衆，夫子亦愀然與子貢商也，然而不敢必其有，而曰：「如有，則即賜也。」亦原知千古無仁人之施濟，而特虛擬一極治，以慰吾徒饑渴之懷；亦原知千古無施濟之仁人，而第懸想一成勞，以息夫子安懷之轍。（「子貢之問」先有「猶病」之意，故其詞亦虛爲想像，從此看破，則全題皆串，只做子貢一面而夫子一面已隱然言下矣。行文極緊，由制題極融也。）蓋求仁之願若此，（頓住法。）而獨以施濟當仁，（轉下法。）則是仁必事施濟也。謂仁必事施濟，則是不事施、不事濟，而將終無以事仁也。（拈「事」字直下，更以「心」陪説，見「所以事在此，所病即在此」，此段醒出全題。）夫不施不濟而即可謂仁，非仁人之心；必施必濟而方可謂仁，非仁人之事。必施必濟而遂無一不施不濟，則聖人之事；稍不施不濟而遂若無一能施能濟，又聖人之心。聖人豈不知仁之不事施濟也？（題面。）而當其悲憫竟似仁之必事施濟者，倘以爲施濟亦仁，不施濟亦仁，則病必不劇矣。（反掉，醒出「病」字，見得「惟堯舜知病，非堯舜不自知病」。）聖人亦自知施濟之不啻仁也，而迹其咨嗟反似施濟之未可當仁者，倘以爲不施濟非仁，乍施濟即仁，則病可速已矣。（此掉更分明，見得「不爲堯舜則無病，爲堯舜乃真有病矣」。）堯舜猶病何居？夫至於病而仍相與終日施，終日濟，堯舜之仁也；知其必病，而仍相與躊躇所以施，躊躇所以濟，又夫子、子貢之仁也。（如此解説，全旨爽然，總是申「緣仁得病」一句話耳。）子貢有施濟之心而無其力，夫子有施濟之力而無其權，堯舜有施濟之權，有施濟之力，而終未敢慊仁之心，故夫施濟之言存之爲求仁之願可也。（忽作三排，分疏三面，議論奇快，筆勢奡宕，作此題者，夢不到此。）

要知「如有」二字，是子貢極力摩空，先有「猶病」之意，「猶病」二字，是夫子極口賞贊，仍本「如有」之懷，非是子貢之問大而無當，夫子之答斥而不許也。自宋人以閉户自了漢，侈言見心一腔仁，乃以子貢此等言論爲誤於求仁，豈知絶頂論仁，堯舜有是心。堯舜有是心，夫子亦有是心，惟仁本無私，故心無慊時，此之謂病耳，非以「堯舜猶病」句斥子貢荒唐也。如此看題，首尾貫通，左右迴合，遂以精爽之筆，三入三出，當者無不立碎，特閲者不克審其看題之法，便不解其行文之法，或反以奇横而武斷之，則過矣。○題中「如有」字、「何如」字、「何事」字、「必也」字、兩「乎」字、一「諸」字，全體涵泳，俱是全體摩空。今人見子貢之問，道理甚實，夫子之答，神理甚虚，前路必重發子貢意思，後路必虚描夫子言語，且過渡必曰「賜誤矣，此乃聖人之事，豈徒仁者之事哉」，且以「聖如堯舜亦病之也」，如此轉折，毫無道理，而文亦前後兩斷，首尾不貫，安能破空横行乎？作者獨於子貢一面用虚寫，反於夫子一面用實寫，其妙只是見得「兩個聖賢，只一副心腸」，故起處「亦原知千古無仁人之施濟」、「亦原知千古無施濟之仁人」兩小比，超出題巔，罩定題尾，通篇機局不外此。○有「猶病」一層在此，則必有「不病」一層在彼，凡道理一反看便分明。惟此題，則見「惟求仁則宜有此病」，即「聖人亦常抱此病」，斷無「不病」一層可説，即下文「立達」云云。近求之方，亦不過教其下手工夫，隨地推去，此「病」字古今不脱也。若此爲「猶病」，而别求無病，則如後世儒者，謂一腔惻隱，民胞物與，慈惠滿懷，以是傲然自足，乃真是麻木不仁者，豈可與考古聖賢之藴乎？此文中兩比，「病必不劇」一層，「病必可速已」一層，竟用反掉，以明正旨，道理乃十分醒露，全題竦豁。此處團結，正是極用意處，愚者或以爲挑弄「病」字，豈不可笑！○最苦學者作問答題，便如左右射，平者前後兩段，野者彼此混牽，即使明白無疵，豈尚有一毫血脉、一絲神氣乎？此文讀至末幅，「至於病，而相與終日施，終日濟」，「知其病，而仍相與躊躇所以施，躊躇所以濟」，令人點首稱服，亦令人拍案叫奇，可見具此等心思，尤要具此等口舌，乃能爽快絶倫也。然用力不在此處，着意只在開講下筆時，即將此兩層照定，故一筆扭定，一氣呵成，滅盡問答之迹，而道理絲絲入扣，文字着着争奇。余平日論文，最愛開口咬定，然後隨手放去者，使初構思時，無此兩層，則此處突插此兩筆，直謂不成文可耳。學者宜細細思之。

譬如爲山　一章

吴槓

聖人策人以自强之功，無旁貸其責者矣。蓋人各有己，人之不能爲功於吾，猶吾之不能爲功於人也。譬之爲山，其止其往，豈有任之責者歟？今夫天之所與我者，豈偶然哉？（即注兩「吾」字落墨。）賦之以成聖之性，篤之以希聖之才，寬之以作聖之日，（魄力甚大，語氣亦疏，不爲靡靡之談。）此豈待相爲助者而悠悠爾乎？夫輕數年之積，而坐廢於垂成，則前者可傷；（上一層。）畏一日之難，而不振其始念，則後者可惜。（下一層。）此皆不知己之力，實足以勝宇宙遠大之任，而漫以求人，故卒以無成至此。（妙不拍合題氣。）由今觀之，吾人之學，忠信以爲基，徙義以爲崇，始之格物窮理以廓其規，終之盡性致命以造其極，（題有「譬如」字，故應安頓「爲學」字意，難在出語雙關。）功裕於不息，責專於自强，此其道吾嘗譬之爲山。（煞出首句，有力。）設有爲山者於此，（只作指點，便有妙會。）其學山而未至於山也，而爲之力方殷，其未至而已，幾幾乎至也，而山之各已立，前乎此者不知幾經層累，而今得有，是所未成者一簣耳。（只出此句，留住下句。）又設有爲山者於此，以其意中已虚擬一山之象也，亦可名之爲山，以其目中全未有山之形也，而但見此平地，後乎此者不知幾何作輟，而今但止，是雖方覆乎一簣耳。今夫人之情，未有睹功之垂成，而不從旁慫恿之者，其或設一不然之憂，而爲可成可隳之論，則或轉諭以爲戒，戒之亦正以諭之也。（此處若直落，然而止焉，則竟止矣，然而進焉，則竟進矣，何嘗不可？然出兩「吾」字太急，出「進」、「止」字亦太直矣，此游衍文心，乃覺斷續有致，跌落有神，學者須專從此處領其妙。）人之情，未有睹功之難就，而不爲局外悼嘆之者，其或作一或不然之想，而爲勉强慰藉之辭，又將反阻以爲勸，勸之亦何異阻之也。（不説「吾止」、「吾進」，反説「人諭」、「人阻」，加一倍之法，亦舍其面而攻其背也。）然而止焉，（突落有神。）則竟止矣，累年之積荒於一旦，九仞之高虧於一簣；然而進焉，則竟進矣，畢世之功始於一日，莫殫之業基於一朝。噫嘻！此果誰爲之而誰任之乎？（用「誰」字逼兩「吾」字。）且夫爲山至高也，爲山而託於一簣至少也，始基之積非多於層累之經營，精華果鋭之氣非及曩時之力也。（此處可以出兩「吾」字矣，仍不直出兩「吾」字，故用提空之筆，連者斷之，直者曲之，蓋必加一倍翻跌，乃能加一倍拍醒也。）向使未成一簣者，（抱轉前文，反逼下節，須領其語言之妙。）而自强不息，則不過一舉手投足之易，雖有阻之者而不害其成。而苟一簣方覆之初，而忽焉中怠，則雖或推於前或挽於後，亦斷無策以振之使起。然而成毀異勢，功業相反，何哉？有志之士，安得不撫躬而流連起嘆曰：「是吾之責也夫！是吾之責也夫！」

此題命意，皆知重兩「吾」字，然落筆即點兩「吾」字，不惟題意不透，文機亦不生，安得婉曲有味乎？作者獨處處呼動兩「吾」字，仍處處躲藏兩「吾」字，令讀者但覺波瀾起伏，筋節玲瓏，隱隱有兩「吾」字在意中，隱隱有兩「吾」字在言下，直至末路，如畫龍點睛，破壁飛去，神乎技矣！〇題之眼固在兩「吾」字，題之神則在兩「一」字，若不先透此旨，則「止爲吾自止」，「進爲吾自進」，此亦何消説者。此文領比「所未成者一簣耳」、「雖方覆乎一簣耳」，便安頓得法，截住得勢。以「人諭」、「人阻」兩層，承上有根，逼下有勢，然後跌「竟止」、「竟進」兩層，此乃其極意經營、用心結撰處，解此則通篇狡獪，可以一眼看破矣。文字之妙，不過竭力逼緊，忽一語放開；趁勢跌落，忽一筆提起。此文「今夫人之情」二比，放開法也；「且夫爲山」一段，提起法也。作者一一擺出，讀者可一一領會矣。○或謂此題可以分發，不限定合發，此門外漢語也。凡題有雷同之字，押住分别之意，若分發則落到雷同處，能不合掌乎？此文正妙在截住分别意，故能極力挑弄。

先進於禮樂　一章

張大受

聖人救禮樂之弊，惟決其所從而已。蓋禮樂非先進無可從也，乃人之論禮樂若此，將從其爲君子者耶？但從其爲野人者矣。夫子爲用禮樂者救其弊也，謂夫移風易俗莫善乎禮樂，先王酌文質之中，百世無弊矣。而或上失其官，下失其議，聽人心之靡然，而不能正其所守，則亦用禮樂者之過也。（妙在不拍到「從先進」，只虚收「用禮樂」，故領局可直從「用」字逆呼。）夫用禮樂者之有先進也，自有後進始也。彼所謂先進者，其用之也，率由無過矣，而擬之後進，反遜其文明；彼所謂後進者，其用之也，實意寖衰矣，而較之先進，似改其樸陋。（「所以謂之野人」、「所以謂之君子」，本有正面可做文，獨略爲點題，毫不加意，可知掃去人云亦云之弊，必從此等處悟入矣。）即溯先民之所尚，而導之以大禮必簡，大樂必易，猶恐人情倦而思去也，況斥之以野人之目也；　即鑒末流之所趨，而戒之以禮勝則離，樂勝則流，猶恐人情習而難返也，（詮題不用鋪陳之法，而用提振之法；　出題不用點次之法，而用翻跌之法。　加一倍精采，增一重筋節，通體摇蕩如生，乃知死守正面，呆湊常語，此真門外漢也。）況尊之以君子之稱也。自君子、野人之論出，用禮樂者竟將安所從耶？（「野人也」，「君子也」，出此二句，上面加一「況」字，便是絶妙文心。）不知禮樂之用久而必弊，將必有出而救之者，吾是以竊有志焉。彼先進漸流爲後進者，時既衰也，非文武爲之君，周召爲之相，必不能制禮作樂，翻然易天下之所從，而不溺於習俗之非；　乃後進可挽爲先進者，道不變也，即守官之柱史，執籥之伶工，亦可以定禮正樂，慨然正一身之所從，而不失乎古初之盛。如吾用之，舍先進其奚從哉？（已經落「吾」字，似可直粘「吾」字，説出「聖賢維持世道本懷」，文偏擲筆空中，一開一合，似閑處落墨，而本題愈覺精神，文氣愈覺流走，不呆詮題之妙法。文武、周召、柱史、伶工皆「吾」字襯托，非「吾」字替身也，而「所以則吾從先進」之意已透。）君子之譽，可蹈之而不願也，（此方貼「吾」字正位。）目欲睹官禮之遺，耳欲聞雅頌之正，吾不敢舍先進而從後進者。迹近於違時，而志遵乎法古，野人之譏欲辭之而不忍也，辨其度而簡以栗，審其音而思以深，吾固違後進而必從先進者。（二比亦只還題，毫不着意，通篇得力皆在空處做。）精之可以淑性，而廣之可以同民。吾從先進而人之用禮樂者，漸去其踵事之華，是大道之幸也，非予之力也；吾從先進而人之用禮樂者，終厭夫樸略之舊，是世風之漓也，實予之憂也。執時人之論，禮樂之弊，何所極乎！（上面題氣已了，此處文氣亦了，悠然遠想，睪然長思，題後摇曳，大旨收拾，全章點醒，意趣通體，無一正詮之筆，真大奇。）

前路論「君子」、「野人」品目，中間作「用」字、「從」字大旨，末路乃結「吾」字本懷。作此題者皆知此法，然涉筆皆陳陳相因者，何也？詮其正位便多公家言，寫其常理便少疏宕氣，即使處處警策，亦如木馬不行，泥龍不飛耳。此文題面皆用淡語叙過，題神則用轉筆蹴起，又不妄作議論，亦不别作波瀾，只從其空曲之處，或襯一層托起，或翻一層跌下，或進一層挽回，使題自玲瓏相映，文亦生動不拘。想其落筆時，浩浩落落，固無有人之見存也。○凡善作文者，不過避其正面，擊其反面；避其本位，擊其旁位；避其實處，擊其虚處而已。讀此文，而又知不必避正面，避本位，避實處也，執筆便思此一層如何跌落則醒，此一層如何駕馭則靈，此一層如何映帶則活，則雖作正面，作本位，作實處，皆如峰巒羅列，中有雲氣往來，江河奔流，上有波文蕩漾，抑揚盡致，微婉多風，行文至此，學與養俱可得其大概矣。○學者每苦構思不曲，尤苦運腕不靈，每題到手，虛而與之委蛇，則無微不入矣；每筆將落，遠而作其氣勢，則無處不活矣。看此板重之題、確實之理，經其筆下一縈一拂，動力甚微，而着着生，層層變。噫，技止此乎！

仲弓問仁子曰出門如見大賓使民如承大祭

朱栻之

仁莫要於主敬，即出門使民可驗矣。蓋心無不敬，斯心無不仁，如見如承，仁者主敬之學，不於是著哉！且夫仁人心也，一心之操舍，即一心之敬肆繫之，即一心之理之存亡繫之。第恐際冠裳則檢，（珠簾倒捲，通篇俱如此。）當履錯則疏，對俎豆則嚴，臨涣號則玩，將敬與肆交乘，而其心已不能存，即其心已不能仁。説在夫子答仲弓之問仁，以爲天下無不當敬之地，故聖學之精，嚴於跬步；天下無不當敬之人，故王道之大，不狎一夫。（看題先渾弄，數語已括盡全題，看他以下逐層搜出之妙。）有如猝然而語人曰「見大賓」，其人必震而恪，（題字生新，最難出落，偏以陡然提説爲奇妙，有考據，故有梳剔，題中兩個「大」字從來易忽。）何則？大夫言客不言賓，惟諸侯朝於天子，與諸侯自相朝，稱大賓，動之以后王君公，而猶玩狎者無有也。（只收「見賓」，不拍「出門」，故有勢。）且猝然而語人曰「承大祭」，其人必肅然敬，（先從「見賓」、「承祭」起，不從「出門」、「使民」起，此相題生機之法。）何則？時享言祭不言大，惟五年禘，三年祫，稱大祭，臨之以先王先公，而猶怠忽者無有也。（頓得宕。）雖然必大賓而後言敬，有稍不如大賓者，存頫問聘而已形其泰，降而至於出門，趾高焉而有餘泰矣；　必大祭而後言敬，有稍不如大祭者，禴祀蒸嘗而已形其肆，降而至於使民，頤指焉而有餘肆矣。（有前二比頓宕，故有此一段跌落，文勢生動異常，尤妙在挑出「大」字，中間更有一層，然後出到「出門」、「使民」等字。　題中下三字，前以陡出爲奇，上二字，又以紆出爲奇，「如」字尚未做，而題已片片打碎矣。）是豈足以言存心？（奇絶。）且夫日集躬桓蒲穀之倫，而與言防檢不能也，不如即此尋常之酬酢也；　日處駿奔執豆之班，而與語闲存不能也，不如即此統馭之百姓也。（再提振一筆，跌蕩一層，落雨如字，生色筆致，疏豁可喜，動宕有神，走機之文，一往清快，難得百折婀娜，此等直宜日日揣摩也。）入虛如有人，況已儼然出矣；爾室猶相在，況已固有民矣。敬肆之機於是焉在。則爲仁者，豈僅曰「出門」、「使民」已乎？（「仁」字在此，才出到正位，便撇去正位。）由肆心推，出不慎步趨，使可同僕隸；由敬心推，出即七介速，使即九獻尊。擬之曰「如見」、「如承」，（方正出題字。）而户牖不啻都宫，指顧無非靈爽。抑爲仁者，（「仁」亦不在此。）又豈僅曰「見大賓」、「承大祭」已乎？（煉句清辣，最見丰采。）肆者肆於有，目接之賓祭，或轉無賓祭於其心；敬者敬於無，意造之賓祭，常若有賓祭於其目。擬之曰「出門如見」、「使民如承」，（移步换形。）而常惺之心，即惺生象；有主之地，所主呈形。（名句如子書。）無畏乎大廷，無慚乎屋漏，無愧乎帝天，無悔乎鰥寡。以此言敬，心何不敬？以此言仁，心何不仁？學者主敬之功，其自此著乎？由是以己及人，更有恕道焉。

題之字面，輕重不倫，題之義藴，發揮易了，總不過言「易肆之地，易忽之人，亦有至敬之心」耳。文獨逐層洗發，逐字搜剔，由開而合，當順反倒，以平爲奇，做出無數好勢，别生無數妙機，此真能於平地作峰巒，絶妙文筆也。〇「見賓」、「承祭」、「出門」、「使民」舉似之語，最難出落自然，徐徐引入則無神，亟亟硬點則無理，作者只想得如何出此八個實字，則有佳文矣。又「見賓」、「承祭」，其事太重，「出門」、「使民」，其事太輕，中間應有一層襯托乃妙文，遂拈兩「大」字作一推闡，留兩「如」字作一粘合，題中人所忽者，經其手法，獨開心花，讀去如疊障排青，奇峰插翠，令人應接不暇。〇文必立一見解，求新非新也；必創一局陣，求奇非奇也。惟據衆所共見共聞之作，苦心經營，略爲位置。將攻此層，先攻彼層，使其勢躍躍不能止；將犯正面，偏犯旁面，使其神超超不可測。而格局一定，耳目一新，閲者人人稱奇，此乃萬選萬中之技耳。〇敗棋之死着，高棋之活着，其故何也？彼胸中有全局，故手中無虚子也。此題最可憎者，莫如鋪寫「賓」、「祭」典禮，塗飾「見」、「承」字面，使題事如塵封。此文小講「冠裳」、「俎豆」等語，提比「朝聘」、「禘祫」等語，中間「頻聘」、「蒸嘗」、「躬桓」、「蒲穀」、「駿奔」等語，皆他人死着也，即皆此文活着也，學者可以悟矣。韓子云：「水大則物之大小畢浮，氣盛則言之高下皆宜。」其意亦猶是也。

夫聞也者 一節

金聲

聞亦有學，可以取必於世焉。夫道莫大於仁，能取能違，而能不疑，以此求聞，亦聞之矣。嘗論世俗之中，未有真能見人而信之者也，故尚聞焉。君子亦知夫特見者之不可以幾也，而終不忍誤天下以隨聲附和之事，故兩有所不任，而獨期於自達，（此聞人所必聞之故，不然小人而見君子，吾恐掩著不工矣。不從「聞人」發論，反從「世人」下針，所謂對面照出好意也，接筆挽上「達」字，不肯輕拈「聞」字，筆之曲在此，亦先擒後縱法也。）下之則無是心矣。（渾括全神。）其心以爲吾言行才氣，但得一二人有力之口，即可以漸騰千萬人無心之耳，而莫吾非也。士患學問之際，所以急人傳誦者無術耳，何太自苦哉！（「代」字訣，暗攝「必聞」之意，是緊着，又却是領「夫聞」之神，則先着也。）其出於人口而入於人耳者，固聲之爲也；其必有自見以動此一二人而傳千萬人者，則色之爲也。（以「聲」字陪「色」字，而「聲」字正埋「色」字。）色不貴其難犯，而樂其可親，故莊焉者弗爲也；亦無俟於深造，而責成於旦夕，故生焉者弗爲也。（平提「色取仁」句作頓，留出「行居」二字，爲下兩「必聞」作勢。）由是而聖賢之門，名教之地，殆詡詡焉有一取仁之術，不重不遠，而捷得之指視；　由是而一飲其和，一炙其光，亦既藉藉焉有一仁人之稱，相告相問，而取效於齒牙。（直出「取仁」二字，乃趁勢趨到「必聞」，若忘却中間「行居」二層者，不知正扼重「行居」二層也，以縮爲伸，將翔復集，文之機勢出此。）而要聞人之才，與聞人之力，固不盡此也，且第如此焉，尚未可必也。（如此轉關，如此折落，「必」字精神百倍，而已經點醒，隨即遞折，五句有四轉，此爲出題制局之法。）道德之具足以縛人，而不念精神之有限，既飾其外，復飾其内，則行之必求其合，此兩失之事矣；（「所以行之必違」、「所以居之不疑」，力與揭出本旨，妙與「必聞」相關，不與「必聞」相反，俗手此作二句，必碍兩「必」字矣。）出入之途無以安身，而不知手足之易亂，若以爲是，若以爲非，則疑焉而不敢居，此自敗之道矣。　夫一念而欲欺盡邦家之人，（前比代字發意，此比論斷説理。）非忍而爲之，則將何以爲心？（對「仁」字。）且一念而必欺盡邦家之人，非求益者也，又何惑乎此行？（對「色」字。）而於此益觀聞人之深也。（處處停蓄，即節節提撥，出題所云，不盡此也，尚未可必也，以此申之。）行必違，而後其胸中竟無一行仁之意，足以奪其所取；（繳「取」字奇。）居不疑，而後此舉止實爲中心安仁之人，無或至於失色。（繳「色」字妙。）覿面相對，固已欽其長而莫見其短；（「色」之爲。）游揚之餘，又孰即其聲以深求其實。（「聲」之爲。）至若聖神操鑑，或懷衆好必察之心，用人焉瘦哉之術，而以斯人遇之，固懼不免也。然如此者亦希矣，雖欲不聞，烏可得哉？（忽又掉轉，與小講起句相發見，「不得」却「聞得」，兩「必」字，以鬆爲緊，以縱爲擒，解此，自無一平筆。）噫！一念求聞，則必至此，已稍彿如此，又將難聞矣。（王己山云：「繳『夫聞』，醒『必聞』，到底返他一個是『聞』。」）如此得聞，方之達士，宜何從耶？

題眼在二「聞」字，題神在兩「必」字，最苦題句重贅，題義繁多。且「色取」一句與「必聞」相關，「行居」兩層與「必聞」似左，若安頓「取」字一比，「行」字一比、「居」字一比，然後折落「必聞」，抱轉「夫聞」，則通體呆笨不靈，全神破亂不見，安得舒卷如意，超妙入神，看去若生龍活虎不可捉耶？作者即以題之關礙處爲文之神奇處，由「色取」句透出「聞」字妙術，即由「色取」句攝足「必」字全神，似乎追入死地，忽用重筆折退，隨用輕筆翻進，令人莫測所至。以下名山乍窮，平地自見，分寫「居」、「行」兩層，却攻「色取」一句，尤爲不傳秘訣。於兩「必」字爲加一倍精神，於一「聞」字爲合一家眷屬，題解盡此，文局生此，作意亦見此矣。極力截斷，正極力完成，奇文恐急索解人不得。○凡題有數層意思者，不可呆作數層洗發，必審定某一層爲重，某一層爲輕，某一層宜先宜後。或單提一層貫串，或並作數層結束，如此則局法必不板重，文心必不平直，題事亦不繁重矣。但此是常法，又有變法。此題「取」字、「行」字、「居」字並重，雖側注無可下手，文即因「色取」一句，與下兩句合用，直趨之法鈎醒，因「行」、「居」兩句，與下兩句左，遂用逆折之法翻落，因難見巧，化板爲活，通身筋節最奇。雖是題目本有，亦要文人做出。凡平叙直解者，無論不明白，即使明白，亦作講章，作家書，非作文字也。○凡題有功效者，或重在效；有感應者，或重在應。此種似乎兩段，最忌説成兩橛，但於前路急搶不得，於後路另轉又不得，於中間過渡更不得，故必要相其機勢，運我理解。如此題，一「夫聞」提頭，兩「必聞」押脚，中間若呆向各句覓義，則段段破碎，處處支離，抱轉「夫聞」，必要鑾來，落到「必聞」，又要另來，題之聯者斷矣，文之生者死矣。文講下攝「必聞」起步，即爲「夫聞」領氣，以下全從聞人心中秘計，又從俗人耳中竊聽，復以君子眼中冷觀，寫「取」字、「行」字、「居」字，無一句不是「求聞」心機，即無一句不是「必聞」事勢，尤妙在「而聞人之才」、「與聞人之力」數語，逆翻「必」字之勢，轉用「未必」之詞，使讀者爲之拍案叫絶，乃知「必」字到底未嘗點出，而開口即已咬定，即謂只做兩「必」字可也。若俟做完上數句，再做末兩句，極力向「在邦在家」索解，請問做得一字出色否？〇小講「世俗未有真見人而信之者也」與末路「若至聖神操鑑」數句，正是首尾對照，通體主意在此。蓋聞者只可欺世俗之人，豈可逃神明之鑒，公然下兩「必」字，似太重，不知世俗之人多，神聖之人少，聞者所以操其券。作「必」字，不從世俗中寫其無不如意，反從神聖邊寫其有所難免，此所謂透一層醒出也。俗本於此處多不批注，故讀者於此兩處多不領解，今爲特詳之。

誦詩三百　一節

韓　菼

《詩》足以致用，爲徒誦《詩》者惜也。夫誦《詩》者，將以多而已耶，不能遇《詩》於政與言之間，謂之未嘗誦《詩》也可。且吾嘗博觀載籍矣，《書》以記言也，（按「爲政」。）《春秋》以記事也，（按「專對」。）然《書》之教疏通知遠，《春秋》之教比事屬辭，故知善讀古人之書者，未嘗不事與言兼之。既而審定詩篇，相與弦歌，而後知感人之深，（筆意大方不俗。）使人得之以成其材，以澤躬於《爾雅》，尤莫善於《詩》也，何也？（不定做「誦詩」二字，必分按「事」、「言」兩層，此前路得力處。）盛世之音安以樂，則有豳蜡之遺；近世之音哀以思，則多茂草之嘆。故王者省方問俗必陳之，陳之何意也？亦可知非徒學士歌吟之具矣。其爲和平之聽，有清風肆好之情；其爲怨誹之辭，亦温柔敦厚之致。故列國聘享會盟多賦之，賦之何意也？亦可知非徒一室咏嘆之資矣。（如此點綴，最爲生動，不但「爲政」、「專對」有情，並「雖多」字、「奚爲」字亦復動摇欲出。）然則吾之逸之而存之至三百餘篇，非徒示多而已。（點「三百」，順挑一「多」字，不呆。）吾亦見夫今之爲政者孔棘矣，猛則殘，寬則慢，何道而競絿之胥泯也？吾曰：「盍誦《詩》？」又見夫今之出使者况瘁矣，言不能足志，文不能足言，何道而輯洽之交致也？吾亦曰：「盍誦《詩》？」（寫《詩》之有益於政言與誦者之有取資於政言，反從「不達不能」處逗露，逆扼至「誦《詩》」，見得「既誦《詩》」，則他皆不足慮矣。拍筆至曲，自然醒露，而末句亦到。）蓋《詩》以道政固也，（已到即撇去。）吾獨謂《詩》所述之政則難耳，（轉出此意，逗出奇思，即鋪寫《詩》詞出，亦不板。）《雅》、《頌》所紀告成功於天地鬼神，《二南》所稱被深仁於昆蟲草木。度今日授我以政，（進一步説，加一倍寫，正面分外呈豁。）即俟之以期月，俟之以數年，亦不至責我以功之盛而化之神如此也，則學於《詩》之爲政者，雖使今日布之優優，而尚多愧矣！（有此跌頓，以下翻跌，自然落紙而飛。）《詩》可以言固也，吾獨謂詩人之立言則難耳，勞人思婦感時而能寫其所難言，孝子忠臣遭變而曲明其所不忍言。度今日我行四方，即辭亢不可，辭卑不可，亦不至迫我以情之苦而勢之難如此也，則學於《詩》之爲言者，雖使今日出之亹亹，而殊未工矣。若之何猶不達也！（落下，必加一倍出色。）上下千餘年得失之林，遍覽十五國貞淫之異，而卒不能治一時焉，治一國焉。雖或有微長，而達則否矣。（出題字無鈍思，故無順語。）夫素絲羔衣，古三事大夫所夙夜者謂何？吾日誦之而負之也哉！若之何猶不能專對也。感發於匹夫塗巷之思，服習於朝廟文章之盛，而獨不能歷山川焉，奉玉帛焉。雖間有酬答，而專則否矣。夫雨雪寒暑，古駪駪征夫所諮謀者謂何？吾嘗誦之而謝之也哉！雖多亦奚以爲也？（「雖多」，上文已透出，此處不煩。）所以讀一詩，而我情我才皆若有詩焉，願與之讀全詩。讀全詩而一言一動猶如無詩焉，未敢許爲讀一詩者矣。常言《詩》之失愚，豈《詩》之故耶？（餘波綺麗，妙緒紛披。）

《詩》之有益於事言，誦《詩》之見效於事言，一層。惟其見效所以貴多，一層。

既已無效何取乎多，又一層。文必層層洗發，而後曲曲盡致，然鋪寫繁而陣勢重矣。文絶不呆寫一層，竟不遺却一意，而又翻空作跌，進步寫生，從旁擊刺，使題事分外出力，環中得意，豈非超超入神！○凡文提筆便走實地，無不蹶者。游思即在空際，無不活者。然亦有不能脱空又當踏實者。如此題，前後當重發「《詩》之所以有益」，中當重發「不達不專之故」，後路當重發「多之奚以爲」，此是定法，不容變局。文於前路用「陳《詩》」、「賦《詩》」，别徑落脉，隱攝末句，於題前後路用「全詩」、「一詩」，餘波作結，明挽首句，於題後中間不説「《詩》之有益於事言」，反説「不能事言者之宜誦《詩》」，則命意緊，而制題活。到正詮處偏不正寫，用加一倍法，寫《詩》之益，即用進一步法跌誦之功，故順落處亦能跌落。末比「而若之何猶不達也」、「而若之何猶不能專對也」，安得兩「猶」字上便翻得兩「不」字透，而「徒多無益」之旨露矣。全體踏實，乃全體翻空，此妙尤爲平正題換骨丹。讀者能一一推其用心，而一一得其用筆，則不患文字之不活矣。○文莫妙於善跌，然翻不起則跌亦無勢矣；文莫奇於善翻，然跌不重則翻亦難奇矣。故平實之題，無架空之法，則只有翻跌可出色。蓋避其正位，而聲其旁位，一法也。置其正面，而射其對面，一法也。

又有反賓作主之法、以縮爲伸之法、欲退先進之法，筆筆用逆，處處用離，文之機法盡矣。〇此文得勢固在行文之變，得手尤在制題之緊，他人作三層轉折者，此只用一氣鼓蕩。惟其説首句，即關動末句，所以每出一意，每下一語，皆無呆實之詞，並中間驅遣《詩》詞，點綴誦《詩》，皆别有意以貫之。沉者皆浮，實者皆空，静者皆動，此尤不可不急講。

曰夫子何爲對曰夫子欲寡其過而未能也

王德名

聖賢相交以心，使者曲爲之通焉。夫何爲之問，以寡過望伯玉也，曰欲曰未能，伯玉之心，不因使者而如見乎？且從來惟聖人能無過，下此有過而求寡，斯已賢矣。（正面，只兩句揭出。）顧此意也，身之者（伯玉。）不自言，旁觀者（使者。）不及知，惟一二良朋密友相視莫逆焉。而至懷婍修於異地，詢素履於伻來，（此處若正拍便是俗筆，再粘便是庸手，看他收住。）則其心往往不傳。有如蘧伯玉，使人於孔子，伯玉之心來矣。（妙句善於領局。）孔子與之坐而問焉，孔子之心往矣。使使來而不能併其檢身若不及者以俱來，（扣下句。）是伯玉之心來而未嘗來也；（即用「來」、「往」二字，不許旁參一字。）情往而不克致其相觀之謂摩者以偕往，（扼上句。）是孔子之心往而未嘗往也。而子則以「何爲」問矣，此固切磋琢磨之所由寓，夫豈朋友慰問之常也哉？惟然而使者之對，有難焉者。（已經落下，便易順走，看他生出波瀾之法。）今夫賢士大夫之用心也，上不敢以從容中道自擬，下亦不甘以動輒得咎自居。而左右近習之事主也，譽則患乎言大而非其真，謙又患乎貶損而失其實。（提筆空中，游神象外，一從伯玉邊落想，籠超題面。一從使人邊落想，罩起題神。只讀此數句，便開人無數竅矣。）借使子曰：「夫子何爲？」而對曰：「口無過言，身無過行，是吾夫子也。」以時言樂笑義取之對推之，何必不然？且以伯玉自治之嚴，而精而進之，當亦無難至斯也，然而夸矣。（忽從「問焉」之下、「對曰」之上，想出一番問答，撰出兩樣言語，不惟夾得使者所言之妙，並題中兩個「曰」字、兩個「夫子」字，亦覺處處有情矣。單作下句題，用不得也。）使子曰：「夫子何爲？」而對曰：「言未寡尤，行未寡悔，是吾夫子也。」以寡君寡大夫之例例之，（有此一例，方説得一理。）何必不然？且以伯玉克己之懷，而反而叩之，當亦其所任受也，然而疏矣。（更進一層，便多一波，文之不平直在此。）乃伯玉之使不然，若曰：「過於其黨，夫子不能無也。」顧不能遂無，而不安於有，則見其欲寡也。（題面只此點逗，以前路已夾出精采也。）有然寡至於無，夫子所甚願也，而過以不寡而常見其少，以欲寡而常見其多，則又若未能也，（詞氣二曲肖。）有然有是哉！子曰「何爲」，實而徵之之詞也，而曰「欲」曰「未能」，虛而擬之，惟虛也，愈得其實。（此句已拍到，使人便易走下，接句即勒住，有此現成證據。）不見是圖，冥冥之所以不墮也。子曰「何爲」，觀其既往之意也，而曰「欲」曰「未能」，併可驗將來，於來者，而可證其往。日進無疆，五十之所以知非也。而伯玉之心真來，孔子之心真往矣，（抱轉前文，完成全局。）而使者亦無負其使矣。「使乎！使乎！」此子之所以嘉嘆不置也。

人看此題多重下句，故作此題易抛上句，即知其不可略，亦不過敷衍閑文，吆喝空調，反使擒下句不捷也。作者能置其實際，領其虛神，在夾縫中尋味妙諦，無一處不怡，當無一字不醒露，兩句題如此作法，真覺天造，不關人謀，那得不超然爲群才冠也！〇「欲寡過」，題之精理也；而「未能」，題之妙語也；至「夫子何爲對曰夫子」，此八個字不過一閑文耳。粗心看，便隨手抹去，誰能領取到此耶？不知題有一字即有一義，否則直作一句題足矣。場中以此題程文，即以此意題鵠，解人俱當能曉也，但苦想不出精意，幻想不出文心，便構不得局陣耳。作者將伯玉一邊心事，早含於夫子一邊口語，覺得「何爲」一問，先有「寡過」一層，特不意出自「使人」，乃款款懇懇爲此曲折也。以此看題，即以此立局。夫子爲主，伯玉爲客，使人爲介，中間撰出答詞，横生妙論。乍讀似奇想天開，其實有此文情，即有此文格，原只在人人意中，並非怪也。○若只作一句題，亦用中二比義，不過尋常小趣耳，且不入口氣。而用論體，亦於作法未合。惟施之此題，乃見其妙，然妙處不在舍實擊空，而在即實即空。蓋有此兩層夾襯，則正位一綫想定，看似布置閑文，實乃透入題扃，繞出題背，及拍到本面，乃不煩言矣。若只凌空起議，而不能扎實透題，則於下句亦未免太略矣。

吾猶及史之闕文也　一節

陳子龍

即二事而有今昔之殊，此春秋之衰也。夫史之闕文，良史也；有馬借人，賢士大夫之事也。春秋已衰，而此風邈矣。若曰風俗之變，因乎時勢，歲月之間先後異觀者，亦已多矣。若夫記言之臣，後世之所考也；當塗之子，天下之所望也。而不能參鏡列國之書，廣揚諸侯之譽，此二大事也，（本是小事，以爲大事，見解迥異。）而變可勝言哉？吾聞周之盛時，（起筆本可直入，文偏作襯筆，妙爲「猶及」二字作勢。）司典之官彙於王府，君子之馬以俫賓王，此王者之風也，而吾不及見矣；（文機生此句中。）至於齊晉主盟，赴告之策交於友邦，車馬之富以惠失國，此伯者之風也，而吾亦不及見矣。（此句起「猶」字，尤緊。）若夫吾生之初，（二比敘上句，只輕發。）伯國之業衰矣。然同盟之邦不廢聘問，執簡之士因得以詳稽其事焉，而未詳者則闕而不書。若所稱老聃、南史、倚相之流，（頓，是題面。）文章簡直，尚可風也。執政亦少鄙矣。然境外之交固多賢者，文辭之會或得以私致其情焉，而有馬者則借人乘之。若所見晏嬰、子産、叔向之徒，言論綢繆，亦可懷也。當是之時，史官有徵信之書，而善惡易知；士大夫有慷慨之情，而交遊及遠。（此處可直落，末句偏爲頓，是前文作勢之法，且亦隱爲末二比安頓也。）數十年以來，而天下之事漸異矣，至於今者，（二比敘下一句，亦輕發。）盟會之事既稀，而諸侯之使不以情相告，國安得有信史乎？於是作史之人，恣其胸臆以示博綜，而失於誣矣，豈如向者之史，後世得以考其得失哉？弱小之國益貧，而世卿之貴（更得所以然。）

大率以賄聞，士安從所取資乎？彼其鈞駟之家，厚自封殖以相侈大，而不假借矣，豈如向者之馬，儕輩得以通其有無哉？嗟夫！此固吾之所及見也，而竟不可復得耶？且夫國史之重也，惟其慎而邪説之是非不得摇之；（忽用重筆，提出作意，古來絶妙文心。）士大夫之尊也，惟其有德於人而匹夫之權勢不得奪之。今國史既不足信，則放言横議之流，皆思著書立説以自見，堯舜爲虐，桀紂爲仁，而天下之禍在於文章矣；（題前推原，已自新異，「猶爲」、「猶及」字作勢，題後闡發，更自警闢，「且」、「爲」、「矣」、「夫」字曳聲，此種筆法直可騰九天、入九淵矣。）士大夫既不好施，則衰奇詭俠之士，皆能輕財廣交以自立，小者却贈，大者借軀，而天下之權將在布衣矣。（出比是蘇、張一流，對比是荆、聶一流，説來歷歷不磨，大開眼孔，放着襟胸，小儒終身夢想不到。）嗚呼！此春秋將變之勢也。

凡題有補襯，有證佐，有推原，有推闡，只是學者讀書不多，蓄理不富，所以極意審題，鏤心刻骨，仍如廢井耳。此文前路層層作勢，後路層層抽緒，皆是作此題所夢不到者，非特才雄，亦由理足。非此，則時文乃學呀呀空語，何足貴耶！至筆陣之古勁、文思之奇雄，自是卧子上品。〇作文非欲抛荒正位，推闡旁位，蓋非敲擊旁位不能醒豁也。如此題，若重發「史闕文」、「馬借人」兩段，然後裝上「吾猶及」，再跌「亡矣夫」，亦自各有實義，可成片段，而文陣呆板不靈，文思窒礙不通矣。須知實字研義理，必在虚字審精神，則道理一絲穿定。此文講下即爲「猶及」字尋源，並爲「猶及」字作勢，則轉到「今亡矣夫」，更覺沉痛，是故寬一步即逼緊一步也。解此而行文之機出矣。○中間何嘗不發「闕文」正位？何嘗不用「馬借人」典故？然句句有「猶及」字精神，句句是「猶及」字義理，讀去無一呆語，故佳。○末路還清「今也」分位，抱轉「猶及」神情，全篇結構已了。今試抄此一篇，截去後一段，請能手亦補綴不來。忽提出主意，闡發名理，推見數百年情事，大眼如炬，高唱入雲，不覺精神百倍，乃知前路安「王者之風」、「伯者之風」二句，中間頓「美惡易知」、「交遊及遠」一筆，正爲末二句安根，不然，小講「此二大事也」句，陡爲安頓，殊無發明矣。看似末路斷絶之後忽湧奇情，實則筆墨未落之先早含定見。古人製局之妙，即在審題之中，使題位層層湧現，局法亦處處新奇，必非某處提幾句，某處束一比可以按腔排板爲之也。○既説「吾猶及」，則「猶及」之前，自有一層襯托；既説「今亡矣」，則「亡矣」之後必有一番感慨。所發處雖出人意表之外，實在題界之中，俗人尋索不到耳。識此可悟補題之法，專在無字句處用心。若隨題布置，儘可發明，而題中脱落妙文，正復不少。

侍於君子有三愆　一章

金　聲

從侍得愆，兼得時言之妙於君子矣。夫言不言俱有愆以中其間，爲之侍者亦難矣，雖然，以此得愆何幸也。（妙會在此句。）嘗謂學者莫患乎無愆也，（人莫患乎有愆，此偏説「莫患乎無愆」，題解得竅在此句。）今與宵小常人處，則終日無愆矣。是故事賢友仁，不惟是儀型懾心、訔誤相規也，當其前即啓口耳，（二句折法。）正使種種之伏愆立見，能開我以檢察之門。（全局主意在此。）夫愆莫愆於應静而躁、應露而隱、應明而瞽，（小講已擒定「愆」字起議，此處即應緊頂「愆」字領題，奇在乘勢將「躁」、「隱」、「瞽」極力掀出耳。）中之肺肝之微，不暇檢之語默之際者，脱不遇君子，何由得此三者哉！（倒捲下句，逆揭首句，奇在從反面着筆，須知其無一字平點，無一句直下，不惟自己忘却愆，並自己見得好，反面用加一倍逼之。）其人業已不如己矣，吾議論峰起，不顧其時，反令驚我氣壯；　寂默無語，莫測其藴，反令欽我神遠。惟吾口舌之啓閉，不復問彼顔色之順逆，（此言與宵小常人處，則無愆。）反令改顔動色，（文氣到此極緊，其勢極閑。）逡巡而就吾幅，而不得此於君子之前也，（看他陡然一句拍合，大奇！）於是侍而愆隨之矣。（只此一句是順。）愆而三叢之矣，侍者不知也；　逼君子而立陳，君子不言也。（此見遇君子則愆出。）試自反而畢見，（此從侍者邊看。）啓助可以相長。侍則有言，必君子言及之可言也，否則躁，或者鑒是爲吉人之寡而不言爲慎也。（總以首句爲主，蟬聯説下，局勢自奇，且見得「免於愆」之難，若徒謂化「三爲」、「兩對」，則淺矣。）夫以言愆，乃更有以不言愆者也，虚心可以相質。侍果不能無言，亦君子言及之隨言也，否則隱，或者乘緒論之遽及而直言無隱也。乃顔色未見，免愆於躁，未免愆於瞽也。忽應言，（突接亦妙接也。）忽不應言，言不言，惟君子之操縱闔闢，而不敢自主持也，（一句開。）謂惟此乃有主持耳。（一句合。）吾惟伺君子之論次意向，以爲吾語默之準，（一句功。）而語默悉當。（一句效。）不然舍君子而何往不自由也，（得此反掉逼出，乃爲醒透之至。）徒侍以取愆哉！倏及倏不及，倏言及而色不及躁隱瞽，亦若君子之顛倒鼓弄，而不關自造也，（一句推開。）謂惟此乃可自省耳。（一句挽回。）吾惟借言語之先後動静，以消我鄙吝之根，

（一句已足。）而陶鑄已多。（一句更進。）不然侍君子而所望何極，徒一言之約束也哉！

（前比反掉，猶人意中；　此比反掉，出人意表。　題事乃十分完成。）

題之精神在第一句，題之條目乃下三句耳，誤認條目作精神而重發之，則首句不過一虛籠，前路不過一虛領，能從此中討出絶妙消息乎？文獨將注所謂「時然後言，則無三者之弊」，翻轉説「謂惟有三者之弊，乃能時然後言」，覺得聖人喫緊爲人，學者加意克己，更爲警策非常。不但題事十分醒露，而文法亦十分變化，無處不戛戛生新矣。若照常前虛冒二小比，中分三大比，末總束二小比，即使字字精切，亦是處處死煞，安能全篇文字生動，精悍之氣、奇矯之力、色色照人，不可方物乎？〇板重之題最難寫得跳脱，尋常之格最難變得奇矯，其法總在先争上流耳。今將題目思之，「侍君子而乃以取愆耶，亦何貴侍也」，「如此則終身不侍君子，終身可以無愆，豈非教人以遠耆德、比頑童之故智乎」，文必有此一重結塞，乃特追出一重解悟，見得學者輕墮冒昧粗疏之失，不能自改，由未嘗自見，因而想到「侍常人則終日無愆」，逼出「侍君子則不能無愆，於是乃可自省，亦可自持」，從上流特筆翻出，則數重結塞皆可一串解悟，此能合數筆爲一筆寫之法也。〇將題目立定案據，而以吾文一一寫之，庸手耳；　將己意立定格局，而以吾筆一一申之，乃名手也。此文小講，起一句自翻大案，接一句自解大案，通篇只申說此兩句大旨，而題之精義與題之曲折，無不處處透出，不知是我去制題，反似是題來合我，弄筆至此，乃鬼神所不可測者。○其妙處在末兩比，收筆反掉，得主意分明，使論者不容强辨。尤妙在小講下提筆逆點，得題目輕便，使自己不至費累，與大士《人之有德慧術智》篇入題處同一法門。　讀者須於此智處極力揣摩，加意想像，倘悠然會於心，則一題到手，縱横順逆，開口不凡矣。○通篇只做首一句，然不脱下三句，何也？其法在「逼君子而立陳」與「試自反而畢見」二句。　解此，則下三句在首一句看出，首一句即在下三句指點，何用呆做「躁」、「隱」、「瞽」正面耶？作者《夫子温良恭儉讓以得之》文亦如此。

生而知之者上也　一章

葉自端

知不一其等，惟不學者無與焉。　蓋生知不可得，而民下必不可居，則自力於學而已。學知困知，夫何擇哉？且生人之所不可必者知也，而斯人之所大可恃者學也。（題上二句有兩「知」字，下二句有兩「學」字。）故吾不遽責人以知不知，以寬其途，而必觀人於學不學，以嚴其等。（一篇主意隱括，曰「不可必」，曰「大可恃」，曰「不遽責」，曰「必觀」，只用四句詮題，却有四層周折，此用筆筋摇脉轉之妙也。）舍曰不學，則必生而知之者而後可也，亦思生而知之者居何等哉？（講末已出「不學」字，此處逆控「不學」字，倒折而入，陡提而起，全題皆動，以下鋪寫，上句亦不呆叙上句矣，此極妙控題之法。）心思猶是，耳目猶是，天獨縱之而無所惜，在天亦不過特出一奇，以絶斯人之妄冀，若曰此則可無待於學者也。或邃古而生，或中天而出，天又若甚愛之而多所吝，在天亦惟恐數見不奇，以致斯人之退讓，（此比並無奇思，亦無名句，而筆墨疏宕入妙者，以手寫一句，神注全題故也。他人作此一句，則有出單句者，可借去矣。）若曰此則可以學可以不學者也。（總不用一呆筆。）上也，若其生而已，次也，則有學已矣，若其並不能爲次而不甘於下也，則有困學焉已矣。（二字頓住，四句落下，如此折落，如此遞串，題中筋節皆靈，練局之緊，用筆之活，制題之妙，皆令鈍根人立變。此處出題之妙，由前比安頓之妙，文所以要全篇打算，若到此處方講，此處豈能超超入神？）學則心純，純則無物足以相引而使之眩。人有生而不能即知者，未有生而不能學者，學以學其知，非學其生也。（此比亦平平叙題，却不肯呆呆下語，故上承下注，神動天隨，解此則死着皆活着也。）方事攻苦，而心已無不通，較之生知，則固其次也。困而思奮，奮則力足以自勵而不敢怠。我之所限於生者知之德，我之所不歉於生者學之功，學亦求免於困，不以困而自諉於生也。幾經攻苦，而心亦不終蔽，較之生知，居然又其次也。（出兩「次」字作兩平，而全神亦注一「下」字，又不呆點「上」字，全局主意了然。）之二者，（平點題面，必提動題意，全篇皆筋摇脉注，不可捉拿。）上不足慕，吾有吾學，次亦不足畏，吾奮吾困，所不欲居者，下之名而已。（主意在此一句。）奈之何有困而不學者？未必其妄希逸獲也。人之困困於天，彼之困困於己，天困之可解也，己困之不可逭也，並未淺嘗而輒已也。物受困猶覺其苦，此受困反覺其甘，以爲苦猶可望也，以爲甘不可言也，民斯爲下矣。（到此方落末句，亦不徑落末句，先爲吞吐之筆，此比作「困而不學」正面，亦全力呼動下句「矣」字，不同上句「也」字，此文所以無死句也。至全篇出題，不添一字，不雜一字，而神致皆栩栩如生，妙極！）嗟乎！人固有生而上者，此豈生而爲下者哉？不學焉而有不下者哉？然後知生知之無事於學者，（通篇作意極緊，此處結束甚明。）以其不學而無損於知，非謂其學焉反無益於知也。彼次與又次之勉勉於學者，非一學焉而即等於生知之上，正慮不學焉而日流於斯民之下也。上不可得，下不可居，學與困學之間，其求知者之所處乎！

題雖平列四等，而意實側注一面，蓋聖人不以上望人，亦不遽以下處人，只要學耳。文將「上也」先頓二比，將「下矣」另束二比，中間以「次也」、「又次也」平叙，題面位置極妥，題意呼應極醒，得力只在閑處挑撥，使大旨洞徹。而篇法之妙不見股法，股法之妙不見句法，句法之妙不見字法，通體無一處不活動，無一處不貫串，真所謂字字挾飛鳴者矣。〇凡數句題，必有一句最要；數字題，必有一字最要。先握其要，則左縈右拂，全體皆靈；不得其要，則直叙平鋪，全體皆死。如此題，人知握「學」字爲是，但「生知者」、「學知者」、「困學者」、「不學者」，各有本分，自宜各爲安頓，豈有故意顛倒、妄爲輕重、不顧眉目者乎？然各還本位，便各成死句。文先打全局於始，更運密意於後，最得力者，是講下「舍曰不學則必生而知之者而後可也」、「亦思生而知之者居何等哉」，一句翻身逆入，一句轉身高唱。讀此，即俗人胸中亦文機勃然，况才人腕下有不文勢暢然者乎？然知重此二句，尤當知重起頭四字，苟作得「舍曰不學」句，則一篇大旨，可從一言領取。棋家有先着，有緊着，有要着，觀此可以悟制題之法，並可以悟制局之法。若但滑口讀去，便不悟。○凡文當以篇奇，不當以股奇，作文亦當以篇構，不當以股構。故文之佳者，雖若隨題起止，隨手安頓，而全篇必筋摇脉注，不可割斷；文之陋者，即使極意經營，逐字鍛煉，而全篇必瓦合磚砌，不能舒卷。此制題拙與巧之别，即制局死與活之别也。此文先頓「生知」二比，次叙「學知」、「困知」二比，末束「不學」二比，請問有何奇特？且似故爲平淺、疏略、簡直之筆，而作單句題移不去，作少句題用不着，此便是最高手法。蓋人之所以靈者，全在骨節處玲瓏，故運動有神；文之所以妙者，亦在筋節處提控，故動宕有勢。若全向本面生意，作本分語言，則亦木偶人而已矣。○每語學者能將題目字字出得精神，句句點得醒豁，則全篇之妙文已具，何者？凡題有宜先襯一層而後出者，有宜先翻一筆而後醒者，不解此則突；有宜直點某句而後顯者，有宜先點某句而後捷者，不解此則迂。至從此一句落到彼一句，從下一句挽到上一句，有宜停頓作勢者，有不宜停頓作勢者，有宜跳躍疾呼者，有不宜跳躍疾呼者，總於審題時想得分明，則作文時必出得自在，不待苦心逐筆逐句力爲之，而全篇大勢在胸中，大機在腕下，墨方落而勃勃不可遏矣。此文出「生而知之者」，用逆唱法；出「困而不學」，用順跌法；出中二句，用平轉法；而「上也」、「次也」、「又其次也」、「民斯爲下矣」，逐句點次，逐句飛動，令人處處刮目。故愚者忘却題目，自去行文；智者忘却文字，只要出題目。千古秘法，一言揭出，讀者留心毋忽。況此題最爲板重，出題最爲繁難，滚作不可，串作亦不可，文只平等順還，平等直點，而全勢動蕩如此，則凡題之不板不繁者，愈可知矣。

下卷

子夏之門人問交於子張　一章

沈受祺

兩賢之論交，互有其弊焉。夫言不折中於夫子，師也過，（恰證。）商也不及，於論交亦云「記者意謂」。（四字非率下。）交友之道，始學貴慎交而不峻以絶人也，成德可容物而不寬於大惡也。子夏之論交過於隘矣，子張之論交過於濫矣，吾得而詳述之。（通篇文字出此。）子夏之門人，學交於子夏可也，乃問交於子張，蓋不安其師之説，將以廣其學於師之友也；子張有所聞，據聞以直告可也，乃云子夏云何，蓋不信其友之學，將以詰其非而證我是也。（此二比是「記」，以下乃各本人語，蓋題首四句本「記者事」也。此題不用提，不用領，不用鈎，一直順起，一氣順接，文章本天成，不惟不須人巧，且亦不用人力，奇之又奇矣。）於是子夏之門人對曰：「吾願承夫子教，夫子乃不教我，而反詰我子夏之言，吾嘗問交於子夏，而有以教我矣。（是門人語。）子夏之言曰：　學者之交，不可不慎也。與人交而能益我所未能，是可者也，親以兄事，敬以師事，而猶恐與之弗逮焉；　與人交而有損我所固有，是不可者也，疾之如讎，避之如寇，而猶恐拒之未力焉。（是子夏語。）子夏之言如此。」於是子張告之曰：　「吾固疑子師説，子今述告我，果異乎吾所聞之言。　吾嘗奉教於君子，而今以告子矣。（是子張語。）吾所聞之言曰：　君子之交，不可不廣也。　有懷德抱道而爲賢者，不以等夷待也，而必尊之。　若夫衆固無異乎人耳，豈忍不之容而厭斁焉？或居仁由義而爲善者，不啻讃褒已也，而必嘉之。　若夫不能固不免於不善耳，豈忍不之矜而棄置焉？（是所聞者語。）吾所聞之言如此。（是子張語。）自吾論之，子夏拒人之説殆非也，（接入後半。）有如我之懷德抱道，（此以下皆是子張駁子夏語。）居仁由義，而爲大賢與，固有不必拒者焉，於人之賢與衆，何所不容？（大賢尊賢嘉善，此包上統説以肖「何所不」三字。）賢與衆而外，亦何所不容？於人之善與不能，何所不容？善與不能而外，亦何所不容？（「何所不」三字應加此二句，乃能奕奕有神。）有如我之無異於人，不免於不善而爲不賢與，又有不能拒者焉。　人將以我爲衆人而拒我，望其有容也難矣，如之何其能以我之衆人而拒人之衆人也？人將以我爲不能而拒我，冀其矜我者寡矣，如之何其能以我之不能而拒人之不能也？」（此是記者語。）子張之言如此。

有門人語，有子夏語，有所聞者語，有子張語，有記者語，是五人口氣也。又有子夏語，是門人所述，聞者語，是子張所述，則又三人口氣也。而記門人述語，記子張述語，皆是記者語，而又只一人口氣也。如演劇然，各種脚色，作各種聲口，無不有條有理，奇矣；如像聲然，各種口音，只是一個撮弄，無不惟妙惟肖，則更奇。俗人一味斷做，便一筆鈎消，而題之精神全没矣。○凡題有宜用議論者，則當直作議論，曲爲叙述者迂也；有宜用叙述者，則當婉作叙述，徑發議論則謬矣。如此題，當時記者既並存其説，聖人又未斷其詞，若照後儒議論，妄指前賢是非，則衍説或寬或嚴之弊，既無指明，私添孰中孰正之談，又近妄誕，豈是代言口氣、時文體格乎？作者獨見此秘，通篇只提比「蓋不安其師之説」二句、「蓋不信其友之説」二句，是代爲推原，及後幅「自我論之」、「子夏拒人之説殆非也」三句，是代爲承接，其餘俱直叙本文，未嘗私攙一語，未嘗别添一字，竟成絶妙文章。讀者能細會其用心，徐察其用筆，乃知題中幾個人名、幾般口氣、幾個虛字，俱非無用之文，但能出得分明，安得齊整，便是天然入妙也。○文以句奇，不如以筆奇；以筆奇，不如以股奇；以股奇，不如以篇奇。此題文，只想得「於是子夏之門人對曰」一句，「子夏之言曰」一句，「子夏之言如此」一句，及「於是子張告之曰」一句，「吾所聞之言」一句，「所聞之言如此」一句，與收處「子張之言如此」一句，而全篇大旨得，全篇大局成矣。然細按之，皆題中所固有，凡人所共知，何以妙手拈來如話如畫，都似天設？尋味至此，乃拍案叫絶耳。讀此文而不領略大旨，統覽大勢，徒求一句一筆一股之間，有不嗤爲人云亦云、了無奇者乎？○凡離題而作之文易工，靠題而作之文難工，更束以比偶，限以口氣，拘以問答，則直蟻行九曲珠，人渡一木橋，未免全無快意之處矣。作者獨能不着一字，又不略一字，譬之高手按着棋枰之格，一步不改移黑白之子，一般不變换先後之序，一着不倒亂而及其既定，觀之便是絶妙棋譜，更不必别談棋局，豈非至神至奇之手乎？學者未必遽知此等文，然讀書不解此等文，惡知自然而然之妙耶？○「子夏之門人問交於子張」，與「子張曰子夏云何」，一對；「對曰」二字，與「子張曰」三字，一對；「子夏曰」三字，與「異乎吾所聞」，一對；「可者與之」二句，補出「學者」二字，與「君子尊賢」二句，一對；此前四比也。

「我之大賢與」，與「我之不賢」三句，一對，此後四比也。白文天設，文字天成，實是空前絶後之作。

所謂立之斯立　四句

張標

聖不移時而化，智者信其説也。夫作而應，應而速，立道綏動之説，愚者疑焉，而智者信之。曉子禽者曰：「儒者身居後世，不知三代；身處三代，不知黄虞。」其見日陋，其持論日卑，欲出一語仿佛大聖人之所爲，亦卒不可得。（緊接「所謂」，針對「子禽」。）嗟乎！不疾而速，化馳若神，於今缺有間矣，未易爲淺見寡聞者道也，（接筆超脱，著語婉曲，且並能將四「斯」字透出。）雖然世亦未嘗無傳語焉。（虚拍「所謂」，恰接上句。）夫人幸而生逢明聖，睹朝廷立一法，行一意，而百姓胥象指焉，則爲之揚扢其休嘉；或不幸而生當末流，慕古初建一治，奏一功，而君上若無爲焉，則爲之想像其盛美。（「所謂」粘夫子説，則有著；離夫子説，則無著。文偏從下四句功效推出首二字來由，「謂」字既不空拈，「所」字又可反逼，通篇得機得勢在此段。俗手先領「夫子」，再擒「所謂」，抹倒無數妙義矣。）於是言之不足，且長言之曰： 化如何盛，效如何捷。（是想像之神，是形容之妙。）居今之世，述其一二語，（其語是「謂」字。）已不恒經見矣，况欲求其人以實之，苟非大聖，其孰能當此而無忝者乎？（其人是「所」字，虛拍到「夫子」，仍不正粘「夫子」。）今使一邦一家之中，（此處突用提筆，特領全題，妙在反振得勢，從「立」、「行」、「來」、「和」逆出「立」、「道」、「綏」、「動」，得力在此。）不煩經畫而已，農桑醉飽，詩書弦誦，咏樂郊而雍雍丕變，君相可絶無事，宇宙可絶無功，此必不能。（以「必不能」壓住，將形四「斯」字之神奇，先説四「斯」字之鄭重，以下一跌，便千丈强。）故有瀕於危者焉，望其有以翼之也； 有倀倀莫適者焉，冀其有以開之也； 有瞻烏靡定而鴞音未變者焉，思其有以安集而漸移之也。 不有立之，奚自立？不有道之，奚自行？不有綏之動之，奚自來且和？（只是反勒本文，不是順出全題，讀此文須領此秘。）然而難言之矣。（上面四句勒定，此處一句折轉。）昔之有天下者，播嘉穀一聖，敷寬教一聖，典禮教胄，猶難兼官； 賓四門一時，舞干羽一時，頑民悍侯，亦嘗接踵。（波瀾壯闊，筋節靈通，其實爲四「斯」字作勢。 若無此段反跌，文固平直； 若非此段思議，理亦空淺。 作者最得力之處也。）又有甚者，英年踐阼，而衢謳奏於耄耋之期； 父子皆聖，而雅頌作於數傳之後。若是乎，上作焉不必應，或遲之而應，遲之又久而後應。(「斯」字不擊其面，筆力乃透其背。)今我爲之説曰：「夫子而在上位也，作以一日，應以一日，其誰信之？且作以一日盡帝王之事，應以一日盡帝王之功，又誰信之？不知此非予一人之私言也，人亦有言。」(接法奇宕，局陣雄厚，俗手必用「而何以吾謂夫子之在上位也」云云，一直踏下，一波不生矣。此偏不直出「古有是言」，反云「吾爲之説」，安頓兩個「誰信之」在前，則一落「所謂」，加一倍生氣，此最是文章秘訣也。)立之斯立，上方鞠謀，下已樂生也；道之斯行，董戒不勞，人已共率也；綏之斯來，人思豫附，版圖日廓也；動之斯和，黎民於變，兵草不試也。因念昔吾夫子，衮衣惠我，三月而弭民謗；釋争謝過，一言以感强侯。此雖小試其端乎，異日宰天下，不當如是耶！而後撫立道綏動之説，而流連起嘆曰：「其殆謂吾夫子乎！其殆謂吾夫子乎！」(到此方合到夫子身上，尋出夫子事迹，只在末路略略指點收住。俗手拈作正意，發於中間，必致死句下矣。)

「立」、「行」、「來」、「和」，得邦家之神效也；「立」、「道」、「綏」、「動」，得邦家之極功也；四「斯」字，則夫子得邦家之妙用也。不粘夫子，重發此四句，便是浮詞；粘住夫子，重發此四句，又無實際。且題截去「夫子之得邦家者」句矣，不抱住上文，泛寫此四句，便無歸宿；　緊抱住上文，實寫此四句，又似糾纏。總之，不善領「所謂」字耳。　領得「所謂」字，則擒得「謂」字起，順衍此四句，另用「所」字撲，逆粘此四句，後用「夫子之得邦家者」一呼，滚落此四句，層層蓄勢，步步逆入，緊處忽鬆，合處忽離。　俗人但賞其善行機，善擊虚，而不知其正善肖題也。　若將「所謂」字囫圇看，不折開作，則落筆便走入窮地，能如此之重波疊浪、蹴起文勢乎？○人但知此文能將「所謂」字在後逆點，不知此文能將「所謂」字在前順裝。　試思此題，前路如何入手，將先發八個實字耶？則語無來頭；　題如何出，將渾籠四個「斯」字耶？則語無歸着；　意如何醒，作者獨能擒「謂」字落想，使下四句道理，合於首二字精神。　見得古來本有是説，其語已不經見，求其人何從指實耶？如此逆扼下四句，皆貫以首二字矣，故趁勢提動全題，八個實字作一段，更折轉全題四個「斯」字作一段，逐處做下四句，皆逐處有首二字，此其審題得手處。　俗但知先發實字，留住虚字，若施之此等題，則呆板矣，截斷矣，豈復洋洋成篇乎？○文字最忌處處粘連，須使之貌離而神合，筆止而神行，徑絶而雲通，乃爲樞機盡致。　其法不在作完一段，再起一段，要在未作前段，先有後段，然後成竹在胸，妙緒在手，層層安根，層層作勢，層層點染，人以爲奇峰突插，妙義環生，不知作者早於未落筆之先，步步在胸中算定也。此文於「孰能當此而無忝者乎」，本可直接「因念夫子」云云，忽用「今使一邦一家之中」四句，振起題中八個實字，句句爲四「斯」字作勢，又用「然而難言之矣」句翻跌四個「斯」字，仍句句爲一「謂」字作勢，再用「今吾爲之説曰」句逆控首二虚字，仍句句爲一「所」字作勢，三段文字，一氣跌宕，全於他人思路所不到處翻來，實處皆空，静處皆動，具此手筆，架空危行數十里可也。

此謂身不修不可以齊其家

王汝驤

身不修者之於家，齊之而愈不可也。蓋人未有自知其身之不修，而不以之齊其家者也。觀於辟之爲害，而其不可也奚疑哉？且人嘗憚於修身，然無不樂言齊其家，彼蓋陰冀乎身之可自藏，而妄意其家之可以强而使，此即正告之以齊必在修，其所詭於中者不釋也。（題句不用正結而用反結，正爲憚修身而樂齊家者打破後壁，得此游刃而入、脱穎而出，題句之所以要如此出，亦與醒出矣。）惟與窮乎身不修之形，而究極夫以不修之身而齊其家者之所以爲弊，則修齊相屬之謂不待正言而決矣。（筆已逗其背，此處不拍其面，亦可。）有如好惡之辟，其蔽至於諺之所云，此而謂之身不修，其無辭矣，此而決其家不齊，不必問矣。然而彼方且顧其家而欲齊之也，不自謂其身之不修也；然而彼愈益憂其家而必且齊之也，正自以其身之不修也。而豈知其斷斷不可哉？（急安頓「身不修」一句，又安頓「家不齊」一句，俗人謂題目了矣，豈知全力趨「不可以」三字則須還他「齊其家」口氣？不得用「家不齊」話柄，特此鄭重，翻跌趕出全題，即逆振全局，得力專在此。）何以言之？夫所謂齊者，（領局開局。）必其家之中，無親疏長幼，美與惡一劑其平，而截然而無所於紊；又必其家之中，無智愚賢否，好與惡一禀吾範，而帖然而無所於争，則齊矣。今以不修之身爲之，（是做「齊其家」，不是「家不齊」，看他突裝「身不修」接住。）美惡以愛憎而淆，御人既無不爽之鑑；好惡以情欲而亂，在我亦無一定之衡。鑑之淆也，則無所取法；衡之乖也，則又無以服其心。（「何以不可」，已經申明，仍與領起，妙在「不即」作了語。）於是家之人，此亦一是非，彼亦一是非，紛紜變亂，而迄不知其所裁，因而然其所然，不然其所不然，專擅改易，而幾不可以復制。而彼於此乃始汲汲以齊之，以己之所爲美者使之勉而就，以己之所爲惡者使之遷而革。惟吾之所好，欲其徇焉而莫之或違； 惟吾之所惡，欲其遠焉而無敢或蹈。（通體用排句平敘，專單句轉捩，此自記明云「以單行之神作排偶之體也」，前路已經申説，非此處急爲颺開，文便直而少味。）而其家之無所取法者自若也，（上面布得神奇，此處拍得矯變。）相與上下於畸輕畸重之中，而參差之象，視諸其準而群以爲惑，則家既與身而相疑； 而其家之心所不服者愈甚也，紛然出入於所左所右之内，而擾攘之狀，逆於吾意而積不能平，則身且與家而争勝。 夫以相疑之心，成争勝之勢，（收拾全勢。）大者乖戾日積而害至於不可知，小亦嘻嗃無度而閑卒於不能立，至是乃喟然曰： 「家之不可齊，蓋若此也。」（一句迫害入死地。）嗚呼！ 豈家之不可齊也哉？（一句提出空際。）此謂身不修不可以齊其家，昭昭然也。（此處趁勢落出，如躍如飛，擲筆悠然意滿。）夫然，故經所謂齊其家在修其身者，可無正言而明也。

開局之奇横，轉局之靈矯，運局之生動，至此無可置議，亦無以復加，然只是爲「不可以」字寫生耳。 思此三字，前路如何安頓，中間如何翻逼，後路如何轉拍，至出此三字，而大勢已成竹在胸矣。 古來製局之奇，只在制題之妙，讀者當益信吾言，俗人乃謂某處當提幾何，某處當排幾筆，某處當散幾行，豈非瞽者説書，伶人唱曲？何得濫與吾文章事耶！○文有説理未嘗不是而按題殊覺不佳者，非布勢不工，即行機不活也，所有名言皆死局耳。如此題，實説「身不修」有文字，實説「家不齊」有文字，實説「身不修則家不齊」亦有文字，乃如題反做，終不能使題活現，蓋未知看「其不可以」局法也。文不説「身不修者不能齊其家」，乃説「身不修者之欲齊其家」，見此輩恣睢自用，冀幸或然，殊不知斷斷不可者，故急以此「謂」字點破，否則何不曰「身不修則家不齊」，而曰「不可以齊其家」耶？文中亦有「身不修」正面語、「家不齊」正面語，而驅駕風捲雲飛之勢，實地皆空，死地皆活，令讀者亦忽接忽續，忽離忽合，忽起忽止，卒然不能究其所至。○題上半「修身」有「不」字，下半「齊家」無「不」字，文妙從此窺破。講下「此而謂之身不修其無辭矣」，此句順與坐實；「此而决其家不齊不必問矣」，此句逆爲翻空，勿認作平頓。蓋身之不修彼所自知，而家之不齊彼所未信，於是欲以不修之身齊之，如此布勢，自然得勢，以下皆翻跌出奇矣。○善爲文者通體排偶而生意屈曲如意，不善爲文者通體散行而死氣雜湊不靈，故文不可不言機。此篇「夫所謂齊者」一句領起，「則齊矣」三字收住，題之反面説也；「今以不修之身爲之」一句轉捩，「鑑之淆也」四句頓煞，題之正面説也。

「於是其家之人」，一句順落，「而彼於此乃始汲汲以齊之」一句逆翻，「而其家之無所取法者自若也」二比跌轉，「乃喟然曰家之不可齊蓋如此也」一句收住全局，「嗚呼！豈家之不可齊也哉」一句呼出全題。此數處，筋節已通，則中間排句偶勢皆由鼓蕩而出，如車之有軸，如舟之有柁，如罝之有機，偶然撲弄，通體摇震，雖重如山，頑如石，亦爲驅駕而行矣。此是不傳秘法、不易定法，故多用雙圈以醒目，讀者切勿草草閱去而不思也。

獲乎上有道　三句

陳際泰

嘗謂士之學至矣，名譽不聞，友之罪也；名譽聞矣，君不之用，君之罪也。（淡淡着筆，落落大方。）由是言之，友之權不亦重乎？故欲獲上，非此無由焉。（題中本分意思、當然文理，只此數句已明白無遺。）蓋上之隔於下，猶下之隔於上也。君無懸知於士之理，而士無自薦於君之權；君有自信於其人之端，而士有相信於其友之素，故上未易獲也。能見信於友則上獲矣，不能見信於友則上終弗獲矣，（索性點明，不留餘地，俗手到此，更不能下筆。）何也？先王鄉舉里選之事，即授於平日相與爲競之人，則友者乃其民也，幼有以相習，長有以相知，命端如此，而後耳目真，故古者比閭族黨之勢重；先王籲俊論秀之法，或闕於其鄉所嘗在朝之士，則友者乃其臣也，得舉則功隨，失舉則譴及，責能如此，而後保任精，故古者公卿大夫之權尊。（精於經文，明於古制，於題之所以然處發論，實能使難了之理、難靠之事顯出筆墨之表。俗人執講章作時文，試爲駁詰，便多不通，所謂自家瞞自家也。必如此，乃知一題有一題之精意，一筆有一筆之妙理，非有學問之人說不來耳。）由是士能勉於自愛，（平淡還題，一正一反，不煩疏鑿。）則友雖仇也，有其舉之而莫之敢廢，何者？信之耳，是故匹夫有善可得而舉，以有此具也。由是士或甘於自暴，則友雖昵也，有其廢之而莫之敢舉，何者？不信之也，是故匹夫有不善可得而棄，以有此具也。故上之獲士有道也，（涉筆便亦灑然，題後餘意，題外正意，寫來皆成名理。）不憑於不相知之人，獨寄其權於友，故不勞而得真士；士之獲上有道也，不務於不必急之事，獨致其實於信，故不詭而結主知。夫信友誠當豫也，則悅親寧可緩乎！

所以能信之故說不得，所以不信之故亦說不得，能手就題行文，不過上一個人、下一個人、中一個人，説得消息相關而已，斷不能鑿出名理，發爲高論，覺此包羅甚富，與後世標榜秀才、薦舉大吏不啻薰蕕。故學者欲工於經藝，必先精於經學，徒向舊本頭作生活，無益也。○本題從「下位」説起，以「明乎善」收住，大意只見誠之不可不豫耳。語勢全趨下文，義藴亦全在下文，雖各句皆云「有道」，不可先扼住也。此題若實發「獲上之在於信友」，則交游結納，無數浮詞出矣；若實發「信友之可以獲上」，而薦舉游揚，無數僞意生矣。其實「友」字先靠不住，「信」字尚靠得住耶？文洞明三代古制，説得朋友一倫，兼君親兩倫，確然有並重處，故專攻一路，而精理名言，四方俱照，此所謂大意得則全體舉，不待枝枝節節而爲之也。○後世取士，糊名易書，何必信友？後世升官，按年計俸，何必信友？題目爲閭里論秀、州序鄉飲、盛世朝廷説法也。平日不讀古書，下筆安得古文？學者執筆爲文，無論深淺不等，高下不齊，但必要有獨得之處，或深於經，或熟於史，或閲於世，或長於情，提筆空中，守定大旨，則不煩繩墨，自成體段，較之死守高頭講章相去遠矣。初學未能此種文，然不可不讀此種文，以開眼孔，壯胆氣，堅脊梁。蓋每讀此題，且勿閲此文，只窮吾心思才力以求之，見得常意如此，奇意如此，似乎更無餘藴矣，復讀彼文字，乃出我意表，此時必有所得。〇凡佳文必處處傍題，而佳文正處處離題；凡佳文必處處用意，而佳文正不必處處着意。何也？傍題之文，按脉切理，或僅肖其形；着意之文，顧後瞻前，或反餒其氣。能手則一題入眼，四面俱亮，得大要所在，放筆直書，古氣横溢，似乎全不顧題目虚實、反正、曲直、語勢者，及文理已足，文局亦完，又似乎全不修前後、左右、上下字句者，彼非力有不足，心有不暇也。善制題者，如斬亂絲，一劍下而紛紜皆解矣；善布局者，如遊名山，一峰出而陂陀皆夷矣。大士平時佳文，每有結聚一兩處而他則不顧者，透發一二句而餘則不問者，評者多以不打磨盡善少之，不知無用之文反累名理，故不如灑落孤行、濃淡相間爲得古文疏宕真氣也。讀此文者，宜通此旨。

殺人以梃與刃　三節

張　元

大賢言時君虐政之害，必兩詰之而指其實也。夫政之行而至率獸食人，虐已甚矣，大賢猶必兩致其詰而指言之，夫固因其明以通之也哉。且夫人之情，不得其形而概語之，則無以深中其心，故常略而不聽； 不由其漸而驟語之，則不免深犯其忌，故常拒而不入。（領略立言大旨，探討作文主意，提筆從空處落墨，如策論之有冒頭，此文之大關鍵也。若拈定題目字句構思，那得夢此！）孟子知之，（入題法。）其於惠王雖有願安承教之心，而猶不廢乎因明通蔽之術，始而曰：（下字皆不苟。）「殺人以梃與刃，有以異乎？」此其事無當於王，（看書從此處得解，行文即從此處得竅。）雖稍知事理者，未有不能別白而明言之也，而王果曰：（只加一「果」字，妙絶！）「無以異也。」既而曰：「以刃與政，有以異乎？」此其事漸及於王，使憚於自責者，未嘗不深忌而諱言之也，而王又曰：「無以異也。」（一路布陣，兩比皆設疑，故下面承接處，一撥即醒，一挑即破。）夫不難於梃與刃之對，而難於刃與政之對，然後語之有故而入之有由矣，孟子乃申告之曰：「王知政之能殺人，亦知王之政所以殺人者乎？（小講是渾冒，讀者不得其解； 此處是申明，讀者俱知其妙，得竅只在前二比文字，作一個樞機，「孟子知之」句起，「始而曰」、「既而曰」兩句承，「孟子乃申告之曰」轉，只是順題直叙，却能弄題如丸，且所發揮又皆在題中無字句處，真大奇矣！）蓋其民已窮而斂愈急，而常棄之於必危之地； 財已盡而賦不休，而每用之於無益之中。 蓋觀王之禽獸，則肉肥而盈庖，馬肥而盈廐，此何以養之？厚斂以養之也。（一一唤醒。）觀王之民，則生者多饑色，死者多饑殍，此何以致之？厚斂以致之也。獸得以食人之食，而人不得以自食其食；（洗刷末句，逆映前文，出語刻酷畢肖。）獸不能以自食乎人，而王固驅之以食乎人。（「率獸」句，洗刷刻酷。）同生而異類，人物之辨也，（筆力蕩邁，氣體流逸，復有古文體段。）至是而始反其常；貴人而賤畜，王者之政也，至是而不由其道。王之民，不死於梃，不死於刃，而死於政者何限也？（總結前文，形迹俱化。）王亦反而思之乎？」

聖賢立論，當知其理義之深；聖賢立論，尤當領其語言之妙。否則據理直談，痛快淋漓，末節已足，何必設梃與刃之喻，又設刃與政之喻，作此何消説者，此問彼答，毫不憚煩耶？文不但寫其義理，並能悉其語氣。覺題之由淺而深，由緩而急，由泛而切，妙處不在傳注之中，且不在字句之中，惟慧業人能見其所以然，而一回拈出一回新，雖至愚者亦知其所以妙矣。○凡題有主意處，開口須咬定；文字有主意處，開口亦須喝破。故行文如陣然，或背水，或依山，或平地，雖復壁壘未立，而左指右揮，早具蛇鳥之勢。由是戰如雷霆，解如風雨，没如鬼神，總之自完其陣而已。若先不定布何陣，則已先不解何陣，臨事張皇，隨機改易，必逐處潰裂矣。

此文握定「不得其形而概語之」，「不由其漸而驟語之」，作主意，開講即爲冒論，通篇便有歸宿。老泉《辨奸論》起曰：「事有必至，理有固然」，突安二句。東坡《倡勇策》起曰：「致勇莫善如倡，倡莫善如私」，先揭二句。潁濱《隋論》起曰：「人之於物，聽其自附，而信其自去」，反形二句。讀者但訝其奇，莫測其旨，而通篇不過發明此二句而止。作文徒欲完成題目主意，而不先求完成文字主意，此所謂「俯仰隨人，所有要着皆是死着」也，安得首尾相顧乎？○空論文字之妙，又不若先審題目之妙。若此題，第一節有「殺人」二字，第二節有「殺人」二字，第三節有「食人」二字，理本貫通，不難提挈，然前路能倒出「食人」二字乎？不能也，前路能暗含「食人」二字乎？不能也。蓋孟子開口兩喻，緊接「惠王承教」一語，題前更不容安「急賦重斂」等意，即欲急搶，無從急搶，若竟照題，一節二節爲之，則語氣兩斷，何能一貫？作者獨念其語言之妙立論，曰「此其事無當於王」、「此其事漸及於王」，明透下文，只是申説上節，此爲絶妙機局，故其語雖在上二節盤旋，其神已在末一節吞吐，殆至蓄水而決，不過迎刃而解，而人但見其文之自相開合，自相詰難，自相承接而已，不知其串起題目、聯起題情正在此落落數言中。

壯者以暇日(至)兵矣

黎志陞

民不可以迫使，故貴修其暇日焉。夫以孝弟忠信爲武略，則有不容猝圖者矣。(針對復仇，自有此解題，亦鎔鑄成片矣。)修之暇而制之亦暇，斯古今用兵之要乎？且人亦無事可以速得志於天下，而挫衄之後獨有所不可，何也？(擒「可」字，按「暇」字，妙切時勢以立言。)國家方承新造之餘，人人望兵知畏，而我復汲汲報仇，聲言治兵，此豈可得之民乎？是莫如寬然陰用其教，待其可使而後使，(片語扼全題。)諒王者當如是耳。今者省薄深易，而民之肢體加强，國之倉廩加實矣，有食有兵，請與秦楚從事可乎？未也。(輕挑末句，以便逆找上文。)大抵教不能旦夕而成，民未可一朝而使。必也多予之以爲善之日，而以孝弟忠信爲之具；隱結以從王之義，而以父兄長上爲之端。因徐而俟其後，可也。(提出全題大旨，並點清全題實字，似乎發揮無餘矣，末句忽挑「可」字作揚筆，以上點次却爲飄舉，蓋將架空危行，必先踏實作勢，否則文不堅矣。)則嘗聞之矣，(虛標其勢，徐布其體，總無一直下之筆。)王者革命，師有仁人之號；白者復仇，兵有君子之名。而未可明言其意也。（特頓一筆，呼出文機。）凡人之大有用者，必其精神先有以動人，故老弱鈍耗、無足重輕者舉足略也，而緩急是圖，終當付之年力可恃之人，此王者用壯者意也。（此意。）且凡人之有所事者，又最患倉皇計日而畢事，故拳勇技擊、立可募集者直一旦事也，而仁義爲師，斷無猝然可以苟成之理，此又王者用暇日意也。（又一意。）而亦俱未明言也。（特復一句，激起文勢。）惟使之暇焉云耳，若已捐此日爲太平虛徐之歲月，而不復憶報仇雪耻之情；但使之修焉云耳，若止望其爲賢人君子之行事，而未始齒之於材官武夫之倫。修之已久，出入皆是，而始有悟臨陣無勇非孝者矣，疾視不救非弟者矣，無禮不逐非忠者矣，許國不誠非信者矣，欣然報國恤而就死地，固其所也。（題中字眼，前路已一一提明，題中筋節，此處乃一一蹴起。前明挑「可」字，反輕發；此直趨「可」字，反重壓。氣越停頓得住，勢越激宕得起，尤妙在關河放溜，蓄堤决水。「孝弟忠信」，不於「修」字内發揮，反於「使」字内點醒，空靈不測，超妙入神，此真古來行機聖手。）是故此時民愛身，則國家受愛身之福，何者？重顧其身，必重念其家；重念其家，必重惡其相累。身負孝弟之名，而使其父兄係纍於他人，忍乎哉？此可見仁人桑梓之情，遂足以託國矣。此時民不愛身，則國家受不愛身之福，何者？輕棄其身，必重顧其義；　重顧其義，必深惡其相累。身負孝弟之名，而使父兄係纍於他人，忍乎哉？此可見仁人桑梓之情，遂足以託國家矣。此時民不愛身，則國家受不愛身之福，何者？輕棄其身，必重顧其義；　重顧其義，必深惡其相負。窮履忠信之行，而使其長上挫辱於我仇，又甘乎哉？此又可見仁人氣誼之隆，遂足以禦敵矣。而況披堅陳利，（補句。）以犯孝子悌弟忠臣信士，造物者從而惡之矣，秦楚豈不思焉？而又必俟王之使撻也哉！（末句字面仍用翻跌文法，絶不肯平平落筆。）

題爲雪耻者説法，自不諱作權術家奇語。若將上四句畫住重頓，末一句挑出另講，則不惟文局不緊，而章旨亦不合矣。文握定「撻秦楚」作主，「壯者暇日」、「孝弟忠信」、「父兄長上」並作武略之用，立論似奇，製局愈工，宜其爲陳卧子所深賞也。〇凡題精神在末句，文即結局在末句，然上面重重實義，輕置不得，重做不得，截發又不得，安能舒卷由我乎？故能者欲製局，先制題，看得上四句工夫，專爲下一句地步，則義意串矣。又上文有「喪秦辱楚」等句，知末句正明繳上文，不是另抒别意，遂不妨於題前挑撥末句出來，見得「如此可乎未也，如彼可乎未也」，因趁勢裝上題中實義，又隨手按住題中虚神，任我各句單講，横行直撞，竟若忘全題者，而其實層層爲「可使」蓄勢，處處爲「可使」埋根。不知者以爲分做各句，知者以爲單做末句耳。以縮爲伸，因逆得順，機法至此，真神明矣！○佳處在中間飛渡一段，而作意實不在中間飛渡一段也，惟前路鼓得文機，故此處作得文勢。吴蘭陔取劉禹錫圍棋詩評之云：「前路雁行布陣衆未曉，後路虎穴得子人皆驚。」可謂酷肖之語。然大凡文字妙處，將欲揚之，必故抑之；將欲吐之，必故吞之；將欲操之，必故縱之。若順勢直下，隨手直寫，中間無數妙義不可見矣。局法涣散，筆勢平沓，此猶其餘病也。○嘗謂布題欲鬆則制題先緊，接筆欲縱則起筆先擒，人多不見信。試思此題，文講下「於可乎未也」句後直擒「用壯」、「用暇」二比，似乎氣勢亦順，然義理不足，機法不奇矣，故用「大抵教不能旦夕，而成民不可一朝而使」趁勢撇去，全題隨手揚入虚步，是此處結練甚固，以下忽然放開便有奇境，忽然收回亦有熟路。俗人講求不精，每有縱筆拓去而轉筆不來者，因此改塗易轍，依草附木而行，以爲步步不離其宗，不知步步走入死地耳，急宜以此等藥之。

然則廢釁鐘歟曰何可廢也

劉侗

有駭於觳觫者，可以窮不忍之心焉。夫一釁鐘也，人以廢疑，而王亦有難議廢者矣，然不忍者，將何術而處此？孟子若曰：「人君不忍之心與不可之事，（按「不忍」以安題根，擒「不可」以清題界。）兩者常相因也。」故有所不忍而舉一事，而事又不可輒舉；有所不忍而廢一事，而事又不可輒廢。保民之主，不知幾縈迴焉。如胡齕所稱王不忍牛，而思以舍之，王於此時全未計及夫鐘也。乃牽牛之人，固將以釁鐘也，對曰：「王今者舍牛，（首句輕輕按住。）亦未知夫釁鐘之説乎？樂作而聲之，鐘也者，樂之首事也；鐘成而落之，釁也者，鐘之首事也。然則廢釁鐘歟！」夫天下破格之殊恩，爲庸人所駭，故有目不欲睹，耳不欲聞，一經解釋，未嘗不稱快一時，而延之每數十百年，而莫之敢議者，在有司以奉行爲無過，至情至性不得而動之也；國家習舉之彌文，爲末世所尊，故有措不關重，置不關輕，偶爾蠲除，豈遂謂隕越典型，而争之每數十百言，而莫能諭止者，在流俗以汰革爲更張，實心實政不得而奪之也。（在牽牛意中無此等見解，在齊王意中亦無此等見解，獨於兩邊閑文外忽有所感觸，有所領悟，遂縱筆於題縫中寫之，與上句無關，與下句無關，而題中精神盡出，此所謂意得環中，神遊象外，能令讀者心花怒發。）遂令堂下煩稱臆説，據國法而難好生之君；堂上輾轉咨嗟，違本念而行先王之禮。王於斯時，直漫然應之曰：「何可廢也？」（末句亦輕輕按住。）蓋王中持平不可竟廢之意，方牽制於人言；孤行不忍不舍之心，亦徘徊於初念。覺觳觫一見，耿耿難消，而制作當年，寥寥莫問。當斯際也，而權宜出矣。

不忍一牛是仁心，必易一羊是仁術，此兩句問答閑文，正是碍住「仁心」、逼出「仁術」之機關，作者從此領悟，破空發論，題面只輕輕點出便了，或以爲小中見大，或以爲虛際見實，或以爲斷者使連，作者只落落寫意而已。文機活潑，文局離奇，乃令數百年想像不盡。○要知題有可以逐句發揮者，有不可以逐句發揮者，至兩般口氣，尤易成兩橛文字，作者偶粘住便不活矣。試思此題，若在牽牛口中張皇廢釁之非，又在齊王口中解説廢釁之非，則兩邊聒絮，無一語關合，其於章旨「仁心仁術」不暇問矣。作者胸中有史書，目中有時事，專於牽牛者相難處，見得有司之陋，至情至性不得而動；末俗之弊，實心實政不得而奪。所以有此莫可解之端，故王亦漫然應之，色然難之，而下文「術」字隱隱打動矣。讀者只賞其奇，不了其旨，便觀其外而茫然。〇有題中大處發揮不盡，而遂從小中指點出來，使全體不待煩言而解者，如方望溪《先進於禮樂全章》文，中比「嘗觀一鄉一邑之間，又觀一人一家之事」是也。有正面刻畫不醒，遂從對面照映來，使本旨較常解而更透者，若金正希《侍於君子有三愆一章》文，通體謂「惟侍君子乃有愆，若侍小人則無愆」是也。有兩邊敷衍不得，遂從中縫摩蕩出來，使題界不待畫而已包者，此文中二比「破格之殊恩」、「習舉之彌文」是也。學者守住高頭講章數行小字、濫時文幾個死架，伸紙便吃吃作文，心如廢井，手如枯木，須急從此等文着眼。〇或疑中間實發固大佳，前後輕點恐太略，不知本旨已向夾縫中特寫矣，而前又代牽牛者陳詞，後又代舍牛者設想，不惟使中比無着，而題句呆實，文局亦破斷矣。況此題，只是個「不可廢」之意，上句「與」字本知其必不然，下句「何」字亦知其不當然，非可更參以商量不中聽之語者，故只好如題點出，順題頓住，且前路不必鈎下句，下句不必挽上句，制局之最奇正在此。今人只見題目中幾個字，便助我意思中幾筆文，殊不知「黄鵠一舉識山川之紆曲，再舉知天地之方圓」，所飛者高，故所見者大，彼枌榆之鷃鵲固籬落間物耳，宜其知此不知彼也。

左右皆曰賢未可也

儲欣

賢不以左右而可，於其易可者先慎之也。夫曰賢出自左右，甚易可矣，矧皆曰賢乎而國君以爲未也，蓋其慎也。從來君與賢之相遇，豈盡天作之合哉？（題是一個「曰賢」，文並冒三個「曰賢」，收處只一句鈎清，老手。）蓋亦有人焉，進説於君，以爲賢者先容矣，吾謂國君進賢之慎，尤當自左右之先容始，何則？左右之稱，有爲人主之重臣者，所謂置諸左右是也，其人皆保傅之尊，（先將「左右」尋源，正爲「不可」埋根。）職司啓沃，而三代以下久無此交修罔棄之虛懷，則典已廢矣；（此比是賓。）有爲人主之近臣者，所謂簡乃左右是也，其人只擕僕之屬，力給趨走，而官制日弛又加以寺人愛幸之錯處，（此比是主。）則品益雜矣。（一句開下。）然則左右而曰賢且皆曰賢乎，而得遽以爲可乎？（結上二比。）顧左右而曰賢且皆曰賢乎，而不易以爲可乎？（開下二比。）其易以爲可者，何也？（「權」、「樹黨」兩意，看其文心一綫相引之處。）凡大僚之特薦一賢也，人主每以攬權而忌之，（生出「大僚」、「外朝」兩陪，即生出「攬」。）若左右之屬，小人耳，雖侈口曰賢，（此是「曰」字。）而恒諒其意念之無他；（緊從「攬權」生來。）凡外朝之公薦一賢也，人主每以植黨而疑之，若左右所處，禁地耳，雖衆口曰賢，（此是「皆曰」。）而猶念其交遊之無素。（緊從「樹黨」生來。）雖然，不可以不慎也。左右即不奸權，安知其不嗜利？進一賢而使利歸左右，名器不足重矣，又況利之所歸、權之所移也。（頂上「攬權」，生出「嗜利」，頂上「樹黨」，生出「市恩」，確是左右人本色。妙在將「嗜利」併入「奸權」，將「市恩」併入「樹黨」，又隨手縱筆撇去，雖四層轉折，實一綫牽引。）且令左右絶不奸權，絶不嗜利，而使吾賢因左右之言而進，而賢不已輕乎？（就「賢者」說。）左右即不樹黨，安知其不市恩？進一賢而使恩歸左右，國勢由此日淆矣，又況恩之所歸、黨之所成也。且令左右絶不樹黨，絶不市恩，而使吾君因左右之言而進賢，而進賢不已苟乎？（就「人主」說。）是故闇主之所可，明主之所慎也。左右之伺上甚微，其君好爲名高也者，而所稱必曰抱道之儒；其君好爲厚實也者，而所稱必曰濟時之彦。蓋國君之意旨各殊，能飾於大廷，（頂「外朝」。）而不能飾於深宫燕私之地，（頂「禁地」。）固左右所微爲伺也。正以伺我甚微，而明君於此，乃益加慎耳。（反面已透，正面自醒，故未可只一句便足矣。）庸主之所易可，賢主之所先慎也。左右之逢君甚巧，君或讀書而慕得人之慶，則共舉一賢以迎其所喜；君或退朝而抱乏才之憾，則共舉一賢以解其所憂。蓋國君之忻戚，有時未喻於百僚，（頂「大僚」。）而早已喻於朝夕侍御之近，（頂「小人」。）故左右得巧以逢也。彼雖逢我甚巧，而賢君於此，祇知有慎耳。慎之何如？亦曰未可而已矣，未可非絶之也。（「左右」字先點後做，「未可」字先做後點，文之變化，不可方物。）進賢之念迫，雖左右不逆料以不肖之心，然而寧聽之也。進賢之事重，豈左右而遽信其有知人之哲哉！故曰：「於其易可者先慎之，斷自左右始。」

「左右」二字，與下二段同；「皆曰賢」三字，与下兩句同；「未可也」三字，又與下三段並同。文須一氣貫注，若分字發揮，未有不彼此各移者。此篇前路單尋「左右」之源，確是此句「左右」之脉，以下「皆曰賢」三字，皆從「左右」想來，「未可也」三字亦從「左右」推出，勘得「左右」來歷甚明，説得「左右」情狀極透，又移不到「曰不可」、「曰可殺」兩處去。史事已熟，筆法尤佳，讀之令人靈心慧舌，不知其何以生也。〇「攬權」、「樹黨」，是大臣薦賢之弊；「嗜利」、「市恩」，是小人薦賢之弊。今人但知「嗜利」、「市恩」二意，不敢用「攬權」、「樹黨」二意，恐犯下「大夫皆曰賢」句也。文偏以「大僚」二字提出「攬權」二字，以「外朝」二字提出「樹黨」二字，妙是反剔「左右之易」，可取下意以照本題，即反意以形正位。識者但覺其是「左右」陪筆耳，忽從「攬權」接出「嗜利」，從「樹黨」接出「市恩」，意境既新，局法尤變，乃知前比安頓此數句之妙。不然，此處突説「不攬權而嗜利」、「不樹黨而市恩」，豈不語言少味耶？〇大凡理路既熟，故横推直説，無不醒目；筆路既熟，故上承下注，無不應手。中比四層轉折，只一意分合，如雲之離合於空中，如風之盤旋於地土，其出不窮，其轉不定。筆路生雜者、枯窘者，尤宜奉爲换骨丹，日服之也。〇每嘆陳大士《學而時習之全節》文，前比用「中情不嗜」、「深悟不生」分比，後路以「自久者言」、「自暫者言」分比，忽於後二比中合頂前二比，又生出無數妙文。出比生出「間」與「止」二意，先就「止」字生出「輟圖」、「徙業」二意，後就「間」字生出「生之」、「熟之」二意，却輕撇「止」字，重按「間」字。對比生出「躁」與「迫」二意，先就「躁」字生出「不恬」、「不入」二意，後就「迫」字生出「安之」、「危之」二意，亦輕撇「躁」字，重按「迫」字。一意化數意，數意歸一意，先後不齊，輕重不等，詳略不拘，可謂神明之至。因彼太曲勁，此較圓爽，故姑即此以爲學者示之，有心人日誦數遍，心想數遍，吾知於篇法、股法、筆法必有得也。○題是爲「可不慎與」説法，宜從此「未可也」生議，文通體不急急點出，只從「左右之易以爲可，因其官甚小而地甚近」、「人君之易以爲可，因其伺之微而逢之巧，則未可也」，不用頻頻虚唱，而道理已足，精神自生。末路結束數語，格外生波，總不肯呆論直説，何也？三字本雷同，到處可移易，他人只見得此一句題便行文，必有想到「人君乃深思之，曰此殆未可也」、「人君乃旋悟之，曰此真未可也」，以爲點題精妙，不知乃公家話頭，可令人一抹而去之耳。

邑於岐山之下居焉邠人曰仁人也

管世銘

遷國而仁在斯民，宜其民之亟稱也。甚矣，太王之避寇，太王之仁此邠民也。邠民何心，能不爲之稱道哉？且夫所居民樂，非仁澤之入人深者不能也，而其尤深者，則更驗之所去民思。（入「仁」字，看是拘拘扣題耳，乃有此快論，有此妙句。）古之人遷國圖存，事非獲已，而其息争求寧之意，未嘗不洞徹乎群情，用能邦已維新，而德猶懷舊也。（恰扣，應有此新語。）太王去邠逾梁，而當去之之始，其告耆老之詞，所謂仁人之心，其言藹如者也。（吊下乃人所知，截下乃見手法耳。）由是問關胥宇，遂作周京；倉猝省山，聿荒帝宅。岐山之下，至今以爲王迹所基焉，而在當日則第邑於此而居焉斯已矣。（出題如此爾雅，如此渾古，非大手筆不辦。）地無崇岡峻嶺，則不足以限戎馬之足，而制其侵陵，太王所依以爲邑者，岐也。（作首句不煩，亦不略，甚得體。）王公設險以守其國，庶幾出蒸黎於鋒鏑，而得所寧居。國無沃壤膴原，則不足以繁生植之宜，而允荒其疆理，太王所闢以爲居者，岐山之下也。大人度地以居其民，固將業婦子於堇荼，而阜兹新邑。獨是太王邑而居之，未嘗强邠人盡邑而居之也。當是時，與太王先至於岐山之下者，內惟骨肉天性之愛，而自厥妃公子而外，誰與訴其仳離？外有艱難跋涉之臣，而自司空司徒以推，少得申其號召。（直下老横，淩空結撰，題是從「邑」字起，文亦從「邑」字起，刀不連上，然何以渡下，看他用「當是時」截住，忽牽綴如許，點染生色，令人眉飛肉舞。此等文，非理氣至足，不能婉轉如此也。）若夫躋堂之父老，于耜之丁男，饁畝之家人，求桑之紅女，隔夕陽而不見，指芮鞫於何方，惟有搔首登高，抑鬱誰語已耳。（晉人清論，唐人小賦，神妙却到秋毫巔矣。）至於邠人之言，太王又惡得而聞之哉？然而邠人固非木石爲心，身被而不生其感者也。往日之撫綏無論矣。（看此一句，撇去一切，「仁人」乃無泛語。）强鄰悉索以後，民不知兵，使其赫一怒而發三軍，何不可早駾昆夷之喙？而爲萬民而忍垢者，寧姑俟一方别啓，安不戰以尊生，此其意可伏而思也。（「也」字有聲。）平時之愷悌可歌矣。來朝走馬以還，言猶在耳，使其籲衆蹷而勤三誥，亦誰敢不承康共之謀？而屬故人而勉謝者，並不忍驅迫相加，聽擇途以自處，此其心可度而知也。邠人曰：「仁人也。」豈以太王業已居岐而邠民能改此稱哉？夫太王居岐之事，後世但稱其智，（「邠人」陪客。）是猶得其半而未得其全；敵人方笑其孱，更屬窺其外而不窺其内。自邠人誦以仁人而歸之，數傳而王，高山且以爲天作也。（遠韻。）

守題稍不嚴緊，命意必不深細，增上一句，添下一句，皆可以通融用得矣。此文勿徒賞其風神絶世、格韻過人，而忘彼經營之苦也。情可以生文，文可以生情。策士逞論，有才而無情，難入耳也；腐儒迂談，有理而無情，難動心也。故莫妙於文，莫奇於情，况此文又上下多情語耶！文處處從「邑居後」落想，截上有情；處處以「仁人也」勒住，截下有情。而尤妙於從夾縫中忽發閑情，攄寫深情，别具至情，令人諷詠不置。學者能細爲領略，資以開發，枯木亦可生花也！〇作文必别出一種見解，别發一種議論，别做一種機局，未免有由外强合，不必皆由中生成也。

名手則不然，道理共見，節目共知，不過將吾心思虚而與之委蛇，以吾筆力曲而爲之紬繹，而花草自生，局陣自成。彼日學枯淡老横生硬爲古者，即使姿質不凡，摹仿相肖，而吾之性情已蕩盡矣，何從得筆歌墨舞、情深韵遠之文乎？吾論文最厭平直，亦最憎枯槁。作者全集俱在，温雅有餘，精悍不足，學者恐易流於聲調。惟此兩篇，開發才情，導引靈性，雖古人亦未有多見者，故亟取爲鈍根人作换骨金丹也。

百官族人可謂曰知（至）大悦

管世銘

至性足以感人，宜其無間於遠近也。夫百官族人，皆向之不悦行三年之喪者也，至是而皆以知禮稱世子。四方之來吊者，孰無至性？其有不同聲悦服哉？且古孝子之哀其親也，路人爲之雪涕，過客至於停車，况本其休戚之所相關、唁賻之所常及者乎？（空中激昂，全神湧現，更不必作拍合題面之筆，故奇。）滕世子感孟子不可他求之語，而力行三年之喪，至於五月居廬，未有命戒，宜向日父兄百官之不悦者，至是益當嘖有煩言也。（全力反掉，更不消留正路。）不知風木終天之痛，（承接之勢，以提比作轉筆，文之欲煉氣者，可以悟。）本有生所不言而同然，溺於習俗之安而忍而爲恝，目瞿茕疚，日與棘人之毁瘠相親，而不犂然有當於其心者，必非人子也。（題從「百官族人」起，文即從「百官族人」入，但其所以「可謂曰知」之故，在上文重爲申説，便連虚爲吆喝，又脱此比，直就孝子之感人與旁觀之動心處，特地發揮，全旨了然，而筆句尤莊雅，可百回讀也。）綴衣末命之揚，亦有位所攀號而莫及，牽於故事之襲而强以相争，身侍諒闇，日與嗣主之哀思相接，而不幡然盡改乎前説者，必非人臣也。是故百官猶昔之百官，族人猶昔之父兄也，而其可於心而謂於口者，前後如出兩人矣。且事以罕而聽睹争先，（渡下「四方」句，大雅。）誠以至而風聲及遠，知禮之譽，豈特百官族人之藉藉於國中乎？夫諸侯五月而葬，同盟畢至，世子居廬既久，將及先君窀穸之期矣。滕爲文之昭，復行古之道，四方之所願觀禮而來者也。夫言國君之喪禮者，玉越五重，几仍四轡，璧翣容衣之盛，遣車牢醴之豐，宗祝執事之無缺於供，袒免周親之咸在乎列，以及喪主之臨奠有儀，擗踊有節，附棺必謀其誠敬，卜兆必計其完安，四方所觀類不出此。（由「百官出四方」不難，由「來觀出大悦」亦不難，最苦「顔色」、「哭泣」二句費手耳，文偏從此間放筆凌空，羅列閑文，抛置正面，神致甚遠，詞旨甚腴，陡然落到題目，令人色然而駭，適然而驚，此等文心真怒發也！）而當時滕世子之知禮，豈在是哉？目可得見，一顏色之戚而已矣；耳可得聞，一哭泣之哀而已矣。（誰能於此題下「而已矣」字，可見要出此一句，先有上一段。）而至悲所感，内外同傾；真孝所流，戚疏具化。人情於意望不到之遭逢，忽已適如所願，而轉不禁嗚咽之霑巾者，喜極而悲也；人情於慘怛難堪之景象，亦既實獲我心，而反不覺歡顏之破涕者，感深而服也。吊者大悦，夫何疑於用情之不類哉？（頓住莊重，此處本可落「吊者大悦」句，分明指點，忽又從人情泛寫，使文氣空演，奇情壯采，令人千百回讀不置也。又一比開，一比合，尤妙尤奇，前比即杜詩所謂「喜心翻倒極，嗚咽淚沾巾」也。）而要之世子之心，知有親而已，知有親而盡於大事而已。非特吊者之悦不敢知，（扣題之首尾如此。）即百官族人之不悦如初，亦將不暇問也。然而至性之感人，則孟子風草之言猶信。

東坡云：「作詩即此詩，定知非詩人。」余謂：「作文必此文，亦知非文人。」如此題，「百官族人之可謂」一層，「四方之來觀」一層，「吊者大悦」一層，眉目既多，轉折不少。若只渾寫大意，則連上數句亦得；若必逐句分疏，則拆做各句亦得。安得運掉如意，婉轉關生乎？作者相題有識，專從首尾旁觀者入想，不向中間居喪者落筆，便能一氣相生，不用數處着力，而出以深情，挾以遠韵，導以和氣，令讀者如飲醇醪，不覺心醉，如遊洞天，不覺神遠，前輩各大家所未有也。〇通篇得手只是不粘住題目，得意只是不呆説道理，便通靈不窮矣。如「百官族人」句，若徒從百官族人説，發出「何以可」、「何以知」，此亦本分意也。「四方來觀」之句，若徒從四方來觀説，發出「顔色之戚」、「哭泣之哀」，此亦本分意也。然而各不相顧，即毫不相生，通體求一二語到，題亦不可得也。文獨置去面目，直抒性情，「百官之可」、「四方之觀」、「弔者之悦」，或從對面照出，或從旁面跌入，或從反面形來，筆筆不犯正位，筆筆乃透裏層，文至此，安有扶墻摸壁之苦哉？〇前比「必非人子」、「必非人臣」兩層，與題似毫不相合，而説得深入，遂爾獨超，此着筆在題巔法也。若已經出題，然後叙題，無此一比矣。末比「喜極而悲」、「感深而服」兩層，於題句似爲爽朗，而説得空泛，遂爾閑遠，此着筆在題間法也。若呆説對比，不説前比，便不值一文錢矣。中間插入閑文，集成遠勢，看似貪用書卷，堆積無益耳，豈知張皇閑處，越逼緊要處？此如高手著棋，似閑閑下子，落落應手，不知彼眼中乃先有一煞著而後布此也。作文解此秘，可以無死句下，無滯言中矣。

賢者與民並耕(至)爲與

王　樵

異學欲君之事乎耕，大賢即農末之難兼者以折其妄也。蓋農末相資，其不能兼者勢也，况賢君以治而資民之養，奚不可乎？可以知許行之妄矣。且夫天生人而授之職，使之各致其能以相生也。故君職治教於上，安人也，而非厲人也；民各有職通工易事於下，相濟也，而非相厲也。（起講統論大意，恰好如題起止。）何許行之言述於陳相者？則以並耕而治爲賢君之能事，而以厲民自養病滕君之未賢。（題之結局，在「然則治天下」二句，題之生意，却在「百工之事」二句，文以陳相語爲珠，以孟子語爲龍，故前半詞語宜直點。）如其言也，則孟子世禄井田，所以分别君子、野人者非與？必不然矣，孟子於是而遽斥其非，則彼説之未窮，或吾義之不白也。（此處從末二句折辨，拈出下數重問答，牽一髮而全身動，摇一柁而大舟行，全在此處得手。）乃詰知曰：「許子必種粟而後食乎？」曰：「然。」（拈重問答，忽總挈下數重問答各因，恐文勢板重，亦且文心寂寞，故亦變化求奇。）夫許子匹夫而自食其力可矣，然粟可以自種而食也，布不可以自織而衣也，釜甑不可以自爲而爨也，耒耜不可以自爲而耕也，（原批，若錢、王諸公爲之，只是直叙，此却先作一翻，將全題挈起，以下又作波折，然無淩駕之病，此正、嘉脱化成、弘處也。）其不能兼者已見於此矣，而孟子姑置之也。（此處之波折已生，以下之筋節亦揺動矣。）詰其衣而曰「衣褐」，詰其冠而曰「冠素」，及問以自織，則曰「以粟易之」，問以何爲不自織，則曰「害於耕」，然則人君欲並耕而治，豈不害於治乎？（趁勢揺動末二句，仍不倒插末二句，又爲停蓄作勢。）而孟子不遽言也。窮其説至於「以釜甑爨，以鐵耕，皆不能自爲，而以粟易之也」，然後辨之曰：（前面蓄之，此處決之，不蓄不奇，不決不快，決之順由蓄之逆也。）「如子之言，以粟易械器者，所以濟陶冶之養而非厲陶冶；（原批，前二段用逆，此處用順。）以械器易粟者，所以濟農夫之用而非厲農夫。（首節前路藏過，此處忽插入。）奈之何君有倉廩府庫則爲厲民以自養乎？且如許子之意，（「如許子之言」，「如許子之意」，波瀾層出，局勢相生。）不欲以自養者而煩人，則許子何不自爲陶冶？而械器皆取諸其宫中，何爲紛紛交易而不憚煩乎？」於是陳相曰：「百工之事，固不可耕且爲也。」（前路數十行文，要討出此二句口吻，前如龍戲海，此如龍銜珠矣。）然則治天下者，天地賴我以裁成，其視百工之事何如也？而欲以並耕治之，則是以許子勢不暇爲者，責君以必爲矣。神農之道，果如是哉？群生待我以咸遂，（只用順落，不用回顧。）其視利器用者何如也？而欲以耕且爲之，則是以許子身不能兼者，期君之必能矣。賢君之事，果有此哉？吁！即其說而折之，陳相之不能復對也，宜矣。

數行題目，數番問答，說書支離不清，此如滿屋散錢，即覓得一條索子，正不知從何處穿起。文乃握定題珠在手，即擒定題珠起步，層層停蓄，層層注射，層層從宕，題中字句皆文內波瀾，得此於嘉靖間，尤希物也。○將辨文之妙，須先清題之緒。此題問答雖繁，陳相本意不過「欲人耕且治」，孟子意中不過「論人君不可耕且爲」，而難以遽折其非。故先就許行身上難處，要使陳相口中吐供，殆說出「害於耕」句，已破矣，仍置之，直到「不可耕且爲」句，逼出矣，然後折之，則孟子之旨明，而陳相之口窒，此所謂題中之字句，即文內之波瀾也。「草枯鷹眼疾，雪盡馬蹄輕」，作者正別無他異。○凡主意非一口即咬定則不緊，然必一口咬盡又不活，其法在先擒而後縱以行機。如此篇，「孟子於是而遽折其非」數句，一口咬定也。然細味「孟子於是而遽折其非」數句，非一口咬盡也，以下「其不能兼者已見於此矣」句，忽然一擒，「而孟子姑置之也」，又忽然一縱，至「豈不害於治乎」，忽然再擒，「而孟子不遽言也」，又忽然再縱，如狡貍之戲鼠，如神龍之戲珠，直到「然後辨之曰」句，方用正筆、順筆、重筆煞出。是前面危行數十里，旁照十二乘，雖題中「耕織」、「衣冠」、「釜甑」等類事，亦如水流物，如風捲雲，但見點綴成奇矣，千古奇境，即千古快境，恨不抄萬本讀萬遍，爲鈍根人作鼎丹也。○「以粟易械器者」數句，是孟子折辨上數重問答，且「許子何不爲陶冶」數句，是孟子逼出下一重問答，文於「然後辨之曰」以下，用「如許子之言，且如許子之意」，蹴起波瀾，順縈題目，看似變化從心，實則步步爲營，字字到地，至「於是陳相曰」數句，則題目醒而文局完矣，文之細緻如此。○凡題神在末一句始醒出，文字必不到末一句方發揮，或於前路敲擊，或於背面注射，或於去路推闡，及到本位，乃不煩言。此題末句「然則」字緊頂上「固」字，此間毫髮難插，文於「治天下之不可耕且爲」扎實道理，前半吞吐略盡，折辨亦明，只要等「陳相口中吐露直供」即下手，故出了上文「固」字，即緊接末句「然」字，因勢利導，迎機立斷，末兩比直游衍自在，不惟無煩回抱，且亦不消實發。讀者能於此處參悟行文，自有輕重、斷續、詳略之奇文。

得天下有道（至）斯得民矣

顧元熙

道有存乎所得之先者，即天下與民可遞推也。夫道不係乎天下與民，則得之者本無所謂道也。（一承便深曲，刻露不可及。）特即是以推諸民，而道之有遞先者不已可見乎？從來廣遠遼闊之境，馳騖者所日籌於意中，而不識其境之何以通也。（突從「得天下」說起，終以「爾也」收住，此章本爲「馳騖者」說法，小講先用渾籠，次用逆折，收用勒清，筆氣盤旋如意，可謂曲而達之文。）欲抑馳騖者之思而不可得，則莫如就其急功近名之念，（六「得」字。）以指其旋至立效之機，（二「斯」字。）而因以斂其好大喜功之習，（二「有」字。）以爲遠圖之不在遠者，此固其顯然者耳。（留得下文住。）今夫得之與失，對鏡而明，例推而見者也。以所由失而知其所由得，而謂得天下者之在得其民，得其民者之在得其心。（題字皆上文所有者，先爲提出。其特在上文外者，另爲拍醒。）其誰弗知之？而誰弗信之？要之，其中有道焉。（出得鄭重有勢。）將謂道在天下，而責之天下，則無可操之道，（道本不在此。）無論智取術馭之操切乎天下者非道也，即禮樂刑政亦治天下之模，而不可爲取天下之本；將謂道在得民，而責諸民，則又無可恃之道，（道亦不在此。）無論刑驅勢迫之束縛乎民者非道也，即招徠要結亦能致民之我附，而必不能信民之終不我欺。蓋得天下者在得民，而道既不係乎天下之民；得民者在得其心，而道又不係乎斯民之心。縱亟亟於天下與民，又烏睹所謂道哉？（全注「所欲與聚」、「所惡勿施」二句，故於題面盤旋，實於題後涵泳，令讀者悠然有會。）而吾以爲得之自有道者何也？道在虛者無可憑，而由天下以推之民，則自虛而徵諸實者，此其見端；（此題之妙畫不出，此文之妙説得出，精力不減羅文止。）道在外者無可務，而由民以推之其心，則自外而斂諸内者，此其見端。（目注下文，手寫本題，鏤空叩寂，徵實步虛，此比真天下絶妙文心。）嘗見體道以順天者，未始有天下之見存，未始有民之見存。而從之成群，用徵土宇版章之日闢；結而莫解，自見謳歌訟獄之攸同。執天下與民以徵其道，而道終無可指也。何以無求於天下而天下從，無求於民而民從？而或違道以計功者，非不知天下之有民，非不知民之各有心。而急以圖之，遂有力征經營之事；煦且嫗焉，亦無過羈縻勿絶之爲。結天下之民之心以飾其道，而道又多所窮也。何以日望於天下而民弗應，日望於民而民心弗應？（以上吞吐殆盡，以下漂流不禁，於題中數虛字刻畫，皆有意味。）無他，理之先後不可以混淆也，勢之遠邇不可以倒置也，而情之向背順逆又不可以僞爲也，則且舉易曉者以告知曰：「得天下有道，得其民，斯得天下矣；得其民有道，得其心，斯得民矣。」而究之道在天下乎？道在民乎？曷返而求之於仁哉？

以下文「欲」、「惡」二字爲「道」字真精，以本題「民」、「心」二字爲「道」字外殼，以下文「爾也」二字爲「有道」歸宿，以本題「斯」、「矣」二字爲「有道」借徑，本題寫而不寫，下文不寫而寫，作者不見本題，讀者不見本文，相喻於筆所未到，此爲凌空，此爲踏實，文秘到此地位，無餘藴矣。○前路論其理以發難，後路即其事以發難，自設疑案，自留破綻，文心已玲瓏，不着紙，尤奇在中間正詮，不向題目呆呆求解，只將作意隱隱示機，讀者息心以思，不惟題妙盡現，文妙亦盡現，自把金針度與人，即其詞索其意，真爲古今奇格。○得訣只將下文兩句先坐入「道」字中，反將本題二層倒裝在「道」字上，於是「道」字如水之流，由遠一坎溯近一坎，而尚非水之源也；如火之光，由遠一重窺近一重，而尚非火之種也。玲瓏絶妙之題，固有此玲瓏絶妙之文，學者看書不細心，試遇此種題與閲此種文，必不解爲何等語，或更向「得民則得天下」、「得心則得其民」一路張皇，一派浮藻，直可謂之讀四書未熟耳。

思天下之民（至）重如此

張　江

元聖廑澤民之思，其責己者重也。蓋抱堯舜之澤者己也，民有不被，己實爲之，烏能釋厥重任哉？昔伊尹耕莘樂道，意囂囂也，及一旦環顧天下，而愀然實甚。（筆力曲折，文勢警動。）夫是時，桀爲不道，天下一溝中矣，（實坐溝中。）然任其責者實有在，何以愀然？爲尹其忘昔之樂哉？（一起。）非也，（一落。）正爲（一轉。）向所樂之堯舜而思耳。（扼「思」字。）昔之日倏咨朕而倏警余，堯舜各一己耳；今之日誦其詩而讀其書，已（空中振宕「若己」二字。）亦一堯舜也。此不得藉口於天地之有憾也。天地之視其民，已居然堯舜之民矣，（又緊抱「堯舜」二字。）彼諄諄以先覺使己者何爲？而卒貽咎於造物之不仁，即天亦笑其多事，此並不得太息於斯民之不幸也。（此比是題之所以然處，即文之所以然處，看似說盡無餘蘊矣。）民之在天下，固儼然一堯舜之天下矣，彼侃侃以道義繩己者何人？而猶坐視此窮簷之倒懸，即民更何以待命，而要尹竊竊於己之不澤天下之心，不如是輒已也，苟可已焉，其任猶輕而易釋也。（前二比題面已完，此一跌題境忽變，妙在趁勢直走末句，仍不放出末句，而轉出「匹夫匹婦」四字，閑着亦緊着，贅處皆妙處，從正希《夫聞也者》篇得來。）今使天下之大，更無或脱於淪胥之下，即令非堯舜，且惕然於朕躬之有罪，而不遑以即安；　乃至一夫在宥，必無不厝諸衽席之中，則雖在堯舜，且歉然於安民之其難，而不免於猶病。（「今使」句極力推開，「乃至」句極力跌落，二比如一比。）何也？重也，而尹之戛戛乎思之不置者如此。（警動至此，水石皆飛，全題一句押住。）此即有不任，（總不順落，不直轉，全以開合取勢。）而鰥寡孤茕本不足傷如天之量，天下或進原其情；　而惟其自任，斯顛連困苦皆引而歸同患之真，在己必不偶貸其責。人第見英雄豁達大度之概，有所棄置以全其功，有所假借以行其志，（對針章旨發論，竟用提翻，忘其爲板比文字。）其汲汲乘藉於時者，若彼之利而使也；　（翻一句輕結「彼」字，尤對射有情。）而豈知聖賢萬物一體之懷，必不忍有無告之冤，必不敢有無辜之殺，其斤斤刻責於心者，如此之嚴以謹哉！（妙處不可思議。）不然，尹亦天下之民耳，使其頑鈍竄廢，（不使一平筆，不使一腐語。）茫然不知思，將與匹夫匹婦交相推納之不暇，何暇問天下也？

題句本一氣趕下，文法亦一氣鼓行，而中間轉側，騰挪不測。如神龍之行空，欲飛不飛，但見雲氣；如鷙鳥之搏物，欲落不落，惟聞風聲。此真通身筋節並靈之文，正希變色，大士失步，頑鈍根人日日服此可也。○「不忍天下之窮，故自任天下之重」，題意原自直捷，然使先發「思」字一層，再頓「若」字一層，另裝「任」字一層，題事並弄成死蛇矣。文將「思」字納入「任」字，併入「己」字，將數字總入「重」字，講下二比，先完題面，接手一提，翻動題尾，使題內重累文字趁勢摇撼，借勢驅駕，無不一一飛動，尤妙在無一平接之筆，無一順下之語，無一呆分之意，攫拿不定，起落皆飛，令人玩其文機，幾忘題妙。噫，技至此耶！○「思」字以下數層，只是「重」字之一意耳，人亦知如此看題，但「堯舜之澤」、「溝中之納」、「夫婦之義」，筆下驅駕不靈，但有四顧躊躇之苦，而無一氣鼓蕩之神。且「堯舜」一層，猶易粘住，「夫婦」二字，幾如贅設矣。文窺得此間，即偏從此破，先將「天下之民」數句打入「思」字直下，即將「天下之民」數句煞出，「重」字反挑，單留「匹夫匹婦」四字另轉，見得泛言天下之人皆當被澤，己之任已重，況天下當無一不被澤，己任不尤重耶？即無關之閑文，得有用之奇勢，不惟字字不遺，亦且字字飛動。其法與金正希《夫聞也者》篇同，而彼以奇峭勝，此以警動勝，合則兩美，不妨並存，學者可互觀而得也。〇昔人謂作兩比文字，如兩扇石門，此最笨人耳。能手必講開合之法、進退之機、淺深之理，是固然矣。然亦有「何消説」之詞對「所當然」之説，以爲反正者尤謬。如「學而節」，將「不時習則不説」作開，將「時習則説」作合；「巧言節」，將「不巧令則不鮮仁」作開，將「巧令則鮮仁」作合。此亦流水不合掌之文矣，其實無所發明，便成鈍置，何不分而用之，將反面作二比於前，將正面作二比於後，使吾文動蕩不板耶？此文篇法固奇，股法尤奇，忽而提空，忽而轉合，出比揚開則極力揚開，而不肯粘住，對比拍合則極力拍合，而不待另爲，一氣流行，兩邊回合，極盡文章能事。

今之人修其天爵　四句

方　苞

欲得人爵者，其情之變可睹也。蓋以要人爵，則修之時已棄其天爵矣，（制題具此承中。）特其既得而其情益著耳。且人情未有於其迫欲棄之事，（逆擒「棄」字，以找「修」

字，奇句足以驚人。）而汲汲以爲之者也，而亦有之。（接法。）蓋有所欲得於彼，（「要」字。）而不得不爲之於此，（「修」字。）以爲有求者不可無所挾耳。（「以」字。）若而人也，（「人」字。）固不待其得之時，而知其棄之惟恐不速矣，若今人之於天爵是也。（至此只解得起句了然而已，不實不空，不平不直，小講之字字有力者。）夫今人知有人爵耳，（出語便爾爽利，全題無不摇動。）然其於天爵則未嘗不修也。蓋先王尚德尊賢之風雖泯，而流聲餘思之所被，亦尚知儒術之爲高，即一時從人横人之術方張，而巖處奇士之所歸，亦借其虚聲以相市。（「修其天爵」四字上文所同，「以要人爵」四字本題所獨，作者説來，「修天爵」亦大不同，此爲精切，此爲精妙，不但使全題字字皆隱動也。）此仁義忠信，亦有時爲公卿大夫之階而從而修之，而要之者相望也。（只落上節，已翻起下節。）夫仁義忠信之可樂，（以「樂」字起「苦」字。）非今人所知也。以人欲横决之身，而强就於義理，亦不勝其自苦，而又欣然有幸心焉，（先有棄之心，後爲修之事，寫來句句可笑。）以爲吾不歷夫修之苦，無以與夫得之甘也，姑束身於其中，（「姑」字用得刻。）以俟他日之獲吾所欲，（從上節先透下截。）而快然自恣以適己。蓋驟而即之，居然一仁義忠信人也。（押句令人笑來。）仁義忠信之可樂而不倦，（以「不倦」起「厭」字。）益非今人所知也。守違心拂志之事，而相待於久長，亦不勝其相厭，而猶勉之無有怠色焉，以爲得之期一日未至，即修之事一日難已也，姑抑心以自强，安知吾願不旦暮可副，而决然舍去而無傷？（前自爲解説已奇，此自爲勉力更奇。）蓋雖久視之，仍然一仁義忠信人也。而人爵既得矣，而所修者一切不然矣，（前已汲汲欲棄，此處滔滔直下，更不消用轉筆矣。）不獨求其任人爵之來而不與，如古人之風而不可得也，即欲其如向之假道於仁、託宿於義、矯飾於忠信而亦不可得也。蓋其棄之也决矣，（出「棄」字，如釋重負於地。）以爲匹夫而語仁義，蓋以仁義爲鑿枘也。今既有公卿大夫以自鎮，（「鎮」字是今人之所恃。）雖出入於小節而何傷哉？（此筆是「棄之無妨」。）且所號爲快意之事者，苟合之爲仁爲義爲忠爲信之説，皆與背馳而無一可爲者也。（此筆是「不棄之害」。）夫吾向之於仁義忠信亦寄耳，本非失吾故常，而何爲是戀戀歟？（接筆即是提筆，吐氣即是吐供，刻酷處，令今之人不敢讀。）富貴而不恣睢，是以富貴爲桎梏也。使常用吾仁義忠信以自撓，（「撓」字是今人之所惡。）雖與之以天下而何樂哉？（此筆是「不棄可厭」。）且所貴乎高明之地者，正以不仁不義不忠不信之事，惟所欲爲而一無忌也。（此筆是「急棄之方樂」。）夫仁義忠信之爲吾繫累也亦久矣，今乃無所顧慮，而復爲是擾擾歟？（愁後言愁，痛定思痛。）是皆其修之時而自計已審者也，（一句收上二比。）故曰修之時已棄之也。

（點作意。）嗟乎！變古易俗，莫知所底，求存故往，亡則去之，要人爵而猶必於天爵之修，君子謂其事已古矣。（每下愈況，落筆黯然。）

凡「既」字是事後變計語，惟此「既」字是事前定計語，通篇不作旁人指斥之詞，作本人打算之語，落筆便爾出神，但説「修以爲要，修即是棄」，融兩截爲一個念頭，無此刻酷之奇文也！〇「修天爵」是起頭，「棄天爵」是收尾，「要」字乃「修」之來路，「得」字乃「棄」之來路，「既」字乃「修且棄」之轉關也，如此看題，即如此行文，故通體以「修」與「棄」相互説，「要」字、「得」字，具用爲「修」與「棄」之解結錐。俗人見「修」與「要」對，「得」與「棄」對，便終身不解此題妙處。〇細思「本欲棄之，何爲修之，爲要人爵故耳」、「既已修之，何遽棄之，爲得人爵故耳」，如此寫生，亦自善制，然而題分雖首尾同貫，而創意造言未必峻拔如此也。文獨用緊字訣制題，用代字訣行文，將本題上二句徐讀，下二句急讀，合四句滚讀，都向本人心中自己打算，口中自己商量。「修」字極不忍耐而反勉焉，「棄」字極不能待而反留焉，全身在「要」字、「得」字上用意，語語刻露，筆筆譏刺，令讀之者欲苦、欲笑、欲駡而不能已，此又其文外獨絶處。○此本兩截題目，文亦作兩截發揮，非是滚串不清者，妙在用意之奇，亦不在擒字之緊。故凡作兩截題者，必先將題打成一片，而後摇此動彼，不煩兩顧，又必將題還他兩截，而後上眉下目，不能混一筆。但果能打成一片，則雖還他兩截，而寫上截處，即翻動下截，不用轉筆矣；點下截處，只伸出上截，不用挽筆矣。此文最得手，尤在提比單作「修其天爵」四字，已是確切戰國時人語，而「棄」字之病根、「要」字之作用、「得」字之機關，無不尋其源而探其本，以下作上，截一比作下截一比，何嘗糅雜成團？而單作一截題者，一句用不着，一字移不去，故此事須從本原上領取，若徒恃巧思，徒恃巧筆，亦未必有能至焉者也。

詩云既醉以酒（至）文綉也

宋　湘

知良貴之足重，宜不以在人者易矣。蓋仁義飽而聞譽施焉，貴莫良於此也，尚何在人者之足願哉？今夫人争重人貴，日轉移於趙孟而不悔者，豈真有異情哉？彼蓋有甚甘甚悦焉，而其中又不足以勝之，夫是以終身受命於人，而亦□□其所甚願也。（反擊

「所以」二字，順落「不願」二字，有此抑揚自然，涌見全力，在此處宜玩。）若君子則何以不願哉？蓋嘗撮人貴之所貴，其可甘可悦者，不過一二端；　而良貴之可貴，其至甘至悦者，亦不過一二端。（先將「人貴」與「良貴」平寫，不將「人貴」與「良貴」對寫，極力反呼「不願」二字，留出「所以」二字，作法分明可見。　今人作虛字，只硬挑虛字，而不知厚積其勢，所以文無機局，筆無起伏也。）夫使以彼可甘可悦之數，而出吾之所爲至甘至悦者，不足以相敵，吾不矯語人以不願也；　又使以吾至甘至悦之數，而取彼之所爲可甘可悦者，僅足以相敵，吾尤不誣我以不願也。　夫吾至甘至悦之數，則固萬非趙孟所貴者，竭其勢力之所致之足以相敵者也，何也？彼其勢力之所致之所爲可甘可悦者，膏粱之味耳，文綉耳，若吾之所爲甘悦則曰德曰仁義。　然則膏粱可飽，仁義不可飽，奈何曰仁義何嘗不可飽？《詩》云「既醉以酒，既飽以德」，言飽乎仁義也。（題目只消點染，不消發揮，看他數語耳，而各句醒露，逐字分明。）文綉可施，而仁義不可施，奈何曰仁義何嘗不可施？令聞廣譽施於身。　若此者，正味受之於天，華衮錫之於命，甘潤承之先王，豐美成之學問。（發揮正旨，渾括大意，不爲枝葉之言。）鐘鳴鼎食焉而飽，疏食飲水焉而亦飽，在己不在人也；　紆青曳紫焉而施，布衣韋帶焉而亦施，足己不待人也。（上面逐層安排，此處一筆申說，首尾亦顧盼耳，而文氣已成，題神已現，尤奇在一毫不費力也。）然則膏粱者，衆人之所願，（陪一句。）而君子不願，非矯也，（三字一挑。）言飽乎仁義，（兩句一點。）所以不願人之膏粱之味也；（「所以」字，自然飛出矣。）然則文綉者，衆人之所願，而君子不願，非誣也，令聞廣譽施於身，所以不願人之文綉也。（兩句一點。）

自記云：揭出「不願」二字，全力跌響「所以」字，鈎心鬬角，筆筆飛動，「令聞廣譽」由「飽仁義」來，雖是遞串，而下面「膏粱」、「文綉」是兩件，兩「所以不願」是兩脚。上引以一「詩」、一孟子自言，前路單拈《詩》入者欠細，「飽乎仁義」、「令聞廣譽」，自是「良貴之可貴」實際，但細諷白文，爲世俗下棒喝，全在兩「所以」、「不願」字，是畫龍點睛處也，呆詁上截，以爲發揮實義，神理終不得躍然。〇按自記，論題分極確，論文法亦明，然余尤取其機之最顯也。試思題，既重「所以」字，文自應做「所以」字，若講下直曰「吾得爲人明所以然之故矣」，則一切順下，必且一句告盡，安得挑弄如飛、騰出有神乎？須知「孟子不曰不願」云云，而「必曰所以不願」云云，正爲當世人外重内輕者信不及也。解此，則前路必有一番激蕩，後路必有一番申明，而題字不過借作中間過文，更不向中間索解，愈逼愈緊，愈緊愈醒，愈醒愈老，所以竟有如許做法，豈非一眼注定即一氣呵成者耶？俗人逐句詮題，逐段爲文，讀此亦可旋其面目矣。〇此題前有方文輈作，甚爲周旭之所賞，其前八行文精悍入時，鈎勒得彀，餘則枝葉可笑，不如此之清空一氣、橫老雙鈎者，正由專力攻其虛字而又分勢做其實義也。可見道理雖同，手法不甚捷，則扣題不甚緊，學者更參觀方作，則了然矣。〇每語人實字領其義理，必在虛字領其精神，惟先得其精神所在，則題位甚仄，題界自真。凡所發揮，縱之橫之，舉在個中，不致畫虛字爲虛字，分實字爲實字矣。看此文前路「可甘可悦至甘至悦」之詞，及後路「疏食飲水布衣韋帶」之語，與中間點次兩比，安置全題，何嘗不是實字？何嘗不做實義？而通體全爲「所以」字出力，則實處皆虛，平處皆奇，静處皆動。不知者昧昧談文，曰某處做某句，某處做某句，豈不可笑之甚！

宋牼將之楚　一章

歸有光

大賢聞時人有以利説君者，因遏其欲而擴之以理也。夫拔本塞源，聖賢救世之心也，觀其於時人問答之間，可概見矣。昔宋牼將爲適楚之行，孟子遇於石邱之地，邂逅之際，見此大賢，可謂遭逢之幸矣。孟子未知其所往，故問其何之，而欲得其説也。（特以「孟子」作主，故從「孟子」直入，兩重問答，兩比鋪叙，似乎參錯不倫，妙在將下文「先生之號」分配便爾，妥貼如意，略插一句，實未添一字，而文之神妙乃至此。）牼則曰：「吾聞秦楚交惡，兵民重遭其困，吾將入楚則説楚，入秦則説秦，庶幾失此在於得彼，二王期於一遇也，兵民於此獲休息乎？」牼之志如此。（能插此句，於此節便奇。）孟子欲攻其所蔽，故不求其詳，願知其指也。牼則曰：「吾謂秦楚構禍，彼此兼失其利，秦固爲失，楚亦未爲得，使知不利之爲非，將爲利之是從也，吾言舍是無餘策矣。」牼之號如此。（天然配合，不待做作，妙在留住「則大矣」、「則不可」六個字。）孟子於是揭諸聖賢之道、人心天理之不可泯滅者，告之曰：「天下紛紛於争，而先生從而欲息其争，志則大也；人心滔滔於利，而先生從而和之以利，號則不可也。（古文氣脉，古文機局，古文神理，看似平平無奇，實則前無古人，後無來者。）且義利之辨嚴矣。（二句單轉，千鈞强力。）先生以利説乎二王，（二比略爲點次，並不實爲發揮，以題精神不在呆處也。）上説而下從之，由是國之有臣，家之有子弟，争以利心事其君親，天理亡而人欲肆，不奪不厭，其亡也忽焉，天下自此多事矣；（着語淡遠至此。）先生以仁義説乎二王，則上倡而下從之，由是臣之於君，子弟之於父兄，莫不以仁義激於中，人欲泯而天理明，不後不遺，其興也勃焉，天下自此太平矣。先生何必以大志而用乎小，舍仁義而求之利哉！（二層平激，一氣貫注。）是則誤其説則其害甚大，擴以理則其效甚速，解紛息争莫有要於此者。先生行矣，其以吾言告諸秦楚，吾將拭目而望太平之有日也。

「先生之志」、「先生之號」八個字統結前文，「則大矣」、「則不可」六個字隱籠後段，眼明手快，機暢神流，得此清純之作，而前後位置天然，叙次油然，是直渾古大家。俗人必將問答兩重隨手揭過，直將義利兩段極力發揮，且以爲扎實有意，無論未必切當，亦只是後兩段題文耳。〇得訣只在於第一重問答，插一句曰「牼之志如此」，第二重問答，又插一句曰「牼之號如此」，只此兩處得力，全篇皆得勢矣。是以趁勢將「則大矣」、「則不可」點作過文，如水之出峽，如雲之舒空，亦朏至，亦淡宕，亦清古，吾幾無以名其妙。蓋文必做作而後工，議論而後奇，尚非至者也。惟任乎題之自然，略一點次，略一安頓，略一提束，而前後爲之飄舉，自有氣脉，乃真不可及者。○或疑後兩段語甚鄭重，詞多繁委，今乃寥寥點過，得毋蹈虛有餘，譬實不足乎？不知此文「義」、「利」兩層，即申明「志」、「號」兩句，特以作「則不可」之注脚耳，不能握其要害，而徒見其枝葉，所以震於詞語之繁，豈知老手制題、名家立局，正自絲絲入扣也？若無此見解，必苦其累贅，別處搜議論猶不暇，安能行乎其不得不行，止乎其所不得不止耶？

舜發於畎畝之中　二節

孫　昭

天之任聖賢者大，（以「天」字作眼目。）故其成聖賢者備也。（從「故」字得消息。）蓋人窮則呼天，豈知天之所以成之哉？觀舜、説諸人，不可識天意耶？今夫福澤厚庸流，而艱難試傑士，（**落落數語，炎炎大言，全題大旨已透**。）雖未可爲通論哉，然而碌碌者無奇，天不任之則不窮之。（奇語，却是至語。）以予所聞，往往如此。（短勁，合音節。）伏處巖穴，寧必有衡命之意，（上節只作舉似，故能不用呆詮，下節全爲「故」字寫生。）乃忽焉而發矣，忽焉而舉矣，在旁觀或未及知也；　托迹風塵，亦無委命之心，乃無端而竟發矣，無端而竟舉矣，即其人亦未盡知也。（「故」字隱隱可想。）吾觀古之大有作爲，其崛起於華胄榮遇者幾何哉？如舜、説而下是也。（了上節。）之人也，其後固皆當大任，心泰性定，無所不能矣。（了下節。）而原其先之拂抑，何心叢百憂，身經多難，不能如其意之所欲爲哉？（此數句用倒出，便呼得「故」字起，撇得「天」字出，妙手故無閑着。）此其故皆天也。（鄭重分明。）蓋天之意，有其將然者焉，（「將」字，有如此妙會。）任以大故，而降不遽降，天之期是人也厚；　有其必然者焉，（「必」字，有如此妙會。）爲心爲身不使之逸，所行所爲不使之順，天之試是人也巧；　有其所以然者焉，（「所以」字，有如此妙會。）心淪於静，動之以增不能，性流於肆，忍之以益不能，天之成是人也備。（題中字字拋磚落瓦。）然則天意固不可測，而貧賤不難自立，人苟自奮，舜、説諸人，特其先達者耳。（指點了却題目。）不然，世之窮厄而滅没者何限，又烏能於農工販負之寄迹，榮及當時、聲稱後世哉！（短篇乃有此餘波。）

題雖兩節，意只一層，不過言「天之成就人才有如許作用」耳。上節「發」、「舉」等字，不過爲下「先」字安根，舜、説諸人不過爲下「其」字填實，俗眼見其上節如此繁重，下節如此轉折，必且手足無措，豈知能者已一眼看定，一字擒定，不過略寫大意，而題字無一不精神，此真點化凡骨金丹也。○凡作文不能發揮題意，只是排弄題字，原爲纖小家數，然不能認真題字，何能認真題意？如此題虚神，只必「先」字人所留意耳，其餘不爲「大任」作顢頇語，即爲「增益」作迂腐語，豈能筋節俱靈乎？作者獨看一「將然」、一「必然」、一「所以然」，覺得生成妙訣，而特地排寫，鄭重點出，令人拍案叫絶，題面更不必着一語，而題意更不必添一語矣，此豈非天仙化人之筆乎？○前人非故意作短篇，亦非故意抛題面，只是領略大意，得其要害，則不必添其枝葉耳。然此是論理，不是論文，文則更當於神氣、韵致、骨法中細辨之。神氣完足，韵致駘宕，骨法堅蒼，則數十語有千百語之勢；神氣枯窘，韵致蕭條，骨法弛懈，即千百語無數十語之勢也。此文得之墨卷，並得之解首，豈貌爲高古者所能致哉？讀者能領此秘，乃許讀此文，若但貫其簡老，則門外漢耳。

古之賢王好善而忘勢古之賢士何獨不然

管世銘

下士固賢王之素也，而賢士之自處可進觀矣。夫賢王好善忘勢，疑獨賢王擅其美矣。抑思古之賢士，而豈無以自處乎？何獨不然，亦進觀焉可耳。且士當不得志之日，輒思得古賢王而事之，於是君臣遇合之間，若其美獨歸於人主。（即注「何獨」句用意。）抑知王能好士，王正不能掩士，則伸士之賢者，固當與王並分其重焉。而如或疑之，則亦淺之乎論士矣。今使士而可賤，則古人早已卑而置之矣，而何獨古之賢王好善而忘勢哉？（隨手直提，翻身仰射，題以賢士爲主，故擒「士」字，逆入「非但」，呼起下句也。）蓋其取人以身之德，既已兼體而無遺，惟其有之，是以好之也。（補法到。）好之至，則凡可以奉士者畢致焉，而猶不能無憾，其挾全量以出之也有然。（坐實「然」字，即呼動「不然」，佳文必無呆語。）其求賢爲國之心，又實肫然而無間，所好在此，所忘在彼也。（「而」字出。）忘之至，則凡可以傲士者立奪焉，而初不知何有，（是「忘」字真精神。）其擴虛懷而受之也又然。然使第謂好善忘勢，惟賢王也則然，亦未統觀乎古之君臣，而吾恐賢士之真將不出矣！（將用順筆呼出，先用逆筆壓住，以下文機自生。）古人君動則左史，言則右史，故拜書訪範，明徵乎柱下之編，而操簡執筆之徒，又能並傳其精思，則赫然在耳目矣。士當困厄閭里，心賞曾無幾人，而其淺者，大都知之而不能言，言之而不能盡，遂使獨行之傳，無所據以盡表章揚厲之神，此亦考古者之恨也。（賢王之「所以然」，前比已説明，賢士之「何獨不然」，下文方申説。此比直是從上句過渡下句，閑着耳。看其提筆空中，游神象外，作此絶妙文字，發出絶大議論，覺此題本意實意如是而不可易者。此由胸有積理，文有遠致，不可摩仿而得也。）古人君前有鸞旗，後有屬車，故適館造廬，焜耀於輿人之誦，而擁篲迎門之事，猶將附其榮名，則昭然若前日矣。士當落寞空山，徒侶猶難默喻，而其甚者，方且附會之而冀其有以便於己，垢厲之而謂其無以異於人，遂使國士之風，罔所證以執疑似異同之口，此尤蔑古者之罪也。（以上叙「賢王」，以下叙「賢士」，似乎各用一筆而已。其實上半股全爲下半股作勢，尤奇在不用一耦句而文愈開拓，不用一尖語而文愈奇特。如食諫果，如遊名山，令人探索不盡。）然而可以意測也，五百年元會之期，王者主於上，名世輔於下，其器量原未有以低昂也，而謂感知己之恩，遂不憚貶損其風規，以自附讓善於君之義，不幾令莘渭笑人乎？抑亦可以理推也，上下古風雲之會，九五飛於天，九二見於田，其德望殆不能相統攝也，而如席降尊之寵，或不禁震驚其意氣，以苟安奉教於下之思，不轉令脂韋藉口乎？而何獨不然乎？（自然出落，但必至此始落，若在前便出「何獨」字，則轉身已走下矣。）夫士而不然，吾意古之賢王，早以爲不足當其所好矣，樂其道而忘人之勢，此古賢士之真也。

此題注雖平列，而意則側重，蓋專爲古賢士寫照也。但只出此句，截去下文，則每苦落到「賢士」便説不得，文將「然」字於上句著坐實，即於上句隱挑動，此所以不看成兩橛，亦不混作一段也。但僅得此虚法，不能發出實理，文亦索然無味，妙在於「賢王之所以然」、「賢士之或不然」處别有窺見，另有發揮。覺孟子當年所以不説古賢士亦然，而説「古之賢士何獨不然」者，實有此一番妙解，故擲筆横行，若全不顧題目，而精神踴躍，題目無不了然，此爲神到、理到、興到之文。○凡題目分看各句，有本分意；合看數句，亦有本分意。人但知分看，而不知合看，故逐句發揮，逐節挑剔，而題中之筋節不見矣。即逐句照應，逐節關鎖，而題縫之精神亦不見矣。故不貴分看，而貴合看，分看只得有字句處之理，合看乃得無字句處之神也。文只將「賢王之所以然」、「賢士之有不然」合來並看，則中間妙諦皆具於書中事迹，特粗心人不知審題，即熟讀《國策》、《史記》、《漢書》無益耳。○凡作兩層發揮，最忌兩邊呆寫。如此題，寫賢王處，雖有實義，然平寫實義，何能關動下句？寫賢士處，雖用虛步，然徒解虛步，何能配得上句？俗手必用上全下偏死法過渡矣。文極力寫「賢王之所以然」，正對照「賢士之或不然」，句句覺其相反，乃句句見其相關，則寫賢王處皆寫賢士處也，安得有一呆語耶？○布局宜在未落筆時構定，更宜在既落筆時參定。此文有中二比奇意，故前二比輕輕頓上句，末二比虛虛還下句，使正面神理俱在空際發明，意思絲絲入扣。若前先重發，後又重發，中比必枝節剩語矣。○題字有先點後發揮者，有斷不可先點後發揮者，此題「何獨」字是也。解此，則除去「何獨」字，單想「不然」字，故妙義環生。俗人將四字囫圇讀，故一筆囫圇寫，不惟隱去多少，妙義不可見。試思已出「何獨不然」句，以下直爲申解，必犯下文；另爲游衍，又不接下文矣，此間豈復有文字乎？看此文前路處處作勢，後比輕輕拍轉，只用「然而可以意測也」、「亦可以理推也」兩句，追出「何獨」之根，而不點「何獨」之面，末乃以「何獨不然乎」落題，粗心看去，以爲尋常出落，不知彼通篇得手正在此。

人之有德慧 一節

陳際泰

人生大不得意之事，未可謂非幸也。夫疢疾，世以爲大不幸也，顧獨不念德慧術智之所由來乎？則大不得意者，何其不爲大得意者乎？且人於患難之來，身受焉而不爲安也，曰此世之疢疾也；心憂焉而不能暫釋也，曰此吾心之疢疾也。（「慧智」是好字面，「疢疾」是不好字面，最好者存乎不好，題語之可怪在此，文字之得竅在此。）夫有形之疢疾，物齊可攻，而無形之疢疾，有望而却走者矣，則於是乎日夜謀所以去之，是何其見事之淺也！（起四語是「疢疾之可惡」，中四語是「疢疾之可危」，收處加一「去」字以逆提，存乎神理。）去疢疾將自去其德慧乎？去疢疾將自去其術智乎？無慧而德愚，無智而術拙，無德慧術智而行塞，無疢疾而德無慧、術無智。是疢疾者，愚之所苦而智之所貪也，非貪其疢疾，不欲置此身於昏蒙之地而已矣；（此題出「疢疾」不難，直點可也；出「智慧」甚難，即特提亦不可也。文得訣在未落筆之先，因其奇語作此奇勢，遂字字玲瓏，翻出似乎自作翻議，不知乃是點題，有此神妙之筆，然只是小議「去」字，安得好耳。）抑疢疾者，人之所争而天之所靳也，非靳其疢疾，不欲多予人以奇異之資而已矣。（頓一句已到題矣，忽揚一句使離題去，然正用「恒存乎」元神，不擊正面而擊背面，不爲吐語而爲吞語，虚字躍躍紙上，此乃知用中鋒犯正位者費盡氣力不討好也。）均一德也，（前已逆入，此可順承。）其所謂居性之質者，向特忠厚已耳。既而靈通微妙，非世一切之德之所能躋，此豈偶然而致？吾以爲生而遂有德慧者，或上聖能之而不數數也。均一術也，其所爲接物之方者，向特應酬已耳。既而彰往察來，非世一切之術之所能逮，此豈無故而然？吾以爲生而遂有術智者，或天縱能之而要亦不數數也。蓋人心之量可以無不至，安而適焉，而已有所不至矣。（此題只用奇語虚冒，不得用常語申明，要留下「故」字地步也。此比略爲實發，仍是虚神，故能超超行空。）疢疾者，所以用其至之之資也，外之境愈涉而愈精，而内之神愈厲而愈出，使安逸焉，不幾誤認此心之量之爲戔戔者乎？（反掉以醒「恒存乎」之神，逆控以足「恒存乎」之理，總不正申，故不佔下。）抑人心之力可以無所不開，散而用焉，則已不能開矣。疢疾者，所以斂其開之之勢也，吾之紛紛可悦者既塞其竇於彼，而中之殷殷可憂者自專其功於此，使安逸焉，不幾謬輕此心之力之爲靡靡者乎？（前内外就「心之量」言，此就「心之力」言。）有德有慧，有術有智，此誠爲可羨可樂之事，然不知所以致此者，非安坐而可幾也。（只收得「恒存乎」之前，不收到「恒存乎」之後，可悟以縮爲伸之法。）即昔之無慧者而倏有慧，昔之無智者而倏有智，此又誠爲可愕可疑之情，然不知所以致此者，非奇秘而足怪也。（以「奇」字對「恒」字，尤妙。）善處不如意之事者，當逆操乎天之所蔭，彼其所以成人者，有反而用之者矣；（即提比「天之所靳」而申言之。）且善處不如意之事者，當順觀乎人之所美，彼其所以自用者，有樂而取之者矣。（即提比「智之所貪」而申言之。）嗟嗟！人之疢疾何負於人而固戚戚乎？

凡題有「當然」一層，即有「所以然」一層，其法可以發揮爲奇；有「當然」一層，又必有「何以然」一層，其法可以翻駁爲奇。惟此題，不惟「所以然」處説不得，即「何以然」處亦翻不得，蓋其理全在下節也。突然着此奇語，又纍然累此實字，作者勿論行文何如，即問何以出「德慧」、「術智」、「疢疾」等字而已，不知所措手矣。俗手到此而窮，能手即因此而巧，步步踏空，層層用逆，專做「恒存乎」大旨，無一筆不是攻破，即無一句是説破。讀者沉吟涵泳，游思久之，乃知動刀甚微，着紙甚輕，而題事已砉然而解。○得訣只在小講一意反駁，與提句一氣直捲，使全題玲瓏盡翻，以下故不用另取頭緒，亦不用重點題目，可以全力摩挲「恒存乎」之神矣。蓋文有以紆徐而妙者，亦有以奇突而妙者，只在相題之神氣而爲之耳。設此題不用倒出，不用急點，則必先從「德之何以慧」、「術之何以智」處入手，於是承以「此豈無所由來哉」、「此豈無所由致哉」，亦可得「恒存乎」正面，然似「疢疾」只是一個名目，則落「疢疾」只得兩個字眼，題之悟妙亦何由見乎？且不從「疢疾」逆翻而入，反從「慧智」順導而下，則有一層點醒，必有一層解説，意思必直走下文，能如是之掩抑入神否耶？○凡題中虛神，向題巔一唱便領得起，向題旁一擊便逼得出，其法只要到題即咽住，或到題即揚開，使其神理躍躍喉舌間乃妙。如此文末二比「然不知所以致此者，非安坐而可幾也」、「不知所以致此者，非奇秘而足怪也」，此到即咽住之法；前兩比「吾以爲生而遂有德慧者」、「吾以爲生而遂有術智者」，此到即揚開之法。惟咽住故能籠其首，惟揚開故能透其背。俗手乃向題前摸寫，向題後摇曳，宜其句句入死地也。

親親而仁民仁民而愛物

吴韓起

隆於親以相及，而君子不匱於天下矣。蓋親也者，民物之所不敢望也，隆之此，而餘特差次以及之，於君子豈有議哉？嘗謂量力而爲善，匹夫之事也，由今思之，未始非帝王之事也。（起即注兩「而」字，乃不是一章語，撰句亦奇婉有味。）夫力準於理，（接法。）理當則安；力出於勢，勢窮則節。（全篇定此「理」、「勢」二語。）合二者而審量焉，而在宥天下之道，全乎其間矣。（語本莊子。）愛弗仁，仁弗親，豈恝然於民物？君子以爲人莫不期於至厚，而薄者恒多，謂其無以廣之也；莫不期以相歡，而交惡恒多，謂其無以繼之也。（「親親」二字緩出，不得特提，又不得玩其由上頓挫而下之妙，全題精神領出，全題格局唱起，此處最宜留意。）今我必求爲可廣，又求爲可繼，莫如先之於親親，（特出此二字，即截講此二字，乃定法也。）而民與物，特以次而漸及焉，何也？親也者，身之本也，不則身之枝也。爲身之本，則必有合萬國之歡心，以事其二人之文；爲身之枝，則必有推原其祖宗，而不獨富不獨貴之義。是故發乎孝弟，形乎禮樂，被之以巽量之數，而不敢自同於泛濫之施。非君子之好爲區别也，君子之將有爲於天下也，理與勢而已。（將「仁愛」納入「親親」之中，則「親親」已具「仁愛」之理，特施之有本有序有等，不得混耳，玩其消納民物，絶不鋪叙民物處。）夫由懿戚而之群黎，由群黎而之異類，（由「親親」推到「仁愛」。）此理之順也。反是（領上。）而混同一視，此理之逆也。（有此頓筆乃足。）理之逆者，（有此推筆乃曲。）而我或行之，何嘗不歸於慈祥豈弟之爲？然有其意未必有其事，不若擇其順者而行之，而有意兼得以有其事也，（正合以完題分。）君子之權此至審也。（「而」字元神。）由親睦而之平章，（由「親親」漸分至「民物」。）由平章而之咸若，此勢之易也。反是而朝野一體，此勢之難也。勢之難者，而我或行之，何嘗不崇以如天好生之號？然有其聲未必有其實，（名句如話，宛轉有神。）不若即其易者而行之，而有聲兼得以有其實也，君子之揆之至熟也。是故敬老爲其近於父也，敬長爲其近於兄也，近之足矣，何必同乎孝子之事親也？（領上文。）至有不敢斷一木、殺一獸者矣，勿斷勿殺之足矣，撫之摩之而後愉快乎！蓋君子知易世而後，必有以刻薄寡恩而原於道德之意者，莫如先立於無弊以待之；必有以愛無差等而流爲異端之教者，莫如設權於中正以防之。君子所以不窮於天下，其在斯乎！（「君子之順推而漸薄」、「君子之順施而常厚也」，總是認得「親親」字真耳，如此推論，殊覺有關係，不然，此乃自然而然，人所共曉者，何必特與分別，過爲防閑耶！）

「仁民愛物」，上文已有，此只有「親親」二字耳。上「親」字，上文亦有，此只有下「親」字耳。粗看此等題，覺道理極富，境地甚寬，將「親」字、「民」字、「物」字排寫，將「親」字、「仁」字、「愛」字分寫，然後轉合「而」字完局，則全體無一字合題矣。作者領取真意，洗刷閑文，獨從「親親」握要，有「本」一層，有「序」一層，有「等」一層，俱導源求解，不逐坎發論，「而」字自然出現，筆意疏豁，文境新鮮，尤時下庸腐者寶丹也。〇題重説「民之不當親」、「物之不當仁」不得，即説「民之惟當仁」、「物之惟當愛」亦不得，以此併上文之所包也，作者必出「親親」順推「民物」，乃是古今定法，但勢不得專做「親親」，抛荒「民物」，又未免顧盼不安。文乃緊從「理勢」説法，處處以「親親」作主，處處以「親親」提頭，不用挑筆，不用倒筆，偏能變化不窮，流利不窘。手腕不活動者，當日夜誦之。〇文之奇横者不肯作一常語，文之緊醒者不肯作一閑語，以藥平板者、寬緩者、直踏者，誠要方也。然氣或矜張不静，神或急迫不閑，惟理得於心，文注於口，汩汩然其來不窮，洮洮然其清不翳，其出之甚易，味之甚鮮，乃文家矜貴清華上品也。文前路一提，何嘗不高渾？末路一束，何嘗不豪雄？中間兩比，何嘗不超雋？然酷似夏侯太初、嵇叔夜、李太白言語，一往清快，了無做作，於此服其文品之高。

示樸齋制義

〔清〕錢振倫 撰

石 超 點校

示樸齋制義提要

《示樸齋制義》不分卷，錢振倫撰。

錢振倫（一八一六—一八七九），浙江歸安（今浙江省湖州）人。原名錢福元，字侖仙，後字楞先，號示樸。同治進士錢振常之兄，内閣大學士翁心存之婿。道光十八年（一八三八）進士，改庶吉士，授翰林院編修，官至國子監司業。與弟錢振常同撰《樊南文集補編箋注》十二卷，另有《鮑參軍集注》、《示樸齋駢體文》六卷、《示樸齋駢體文續存》不分卷、《示樸齋制義》四卷、《制義卮言》八卷、《示樸齋駢體文剩》等。

《示樸齋制義》共收録錢振倫的時文一百四十六篇，其中題目出自《論語》的時文六十九篇，出自《大學》和《中庸》的十二篇，出自《孟子》的五十九篇，另有鄉墨三篇，會墨三篇。每篇文中有圈點和夾評，文末有總評，部分文末另附有自記，鄉墨和會墨文末都附有座師評語。錢振倫所著中對後世産生重要影響的是《樊南文集補編箋注》、《鮑參軍集注》和他的駢文。其駢文宗法唐人，張之洞《書目答問·別録》稱「《示樸齋駢體文》

用唐法」，並將其作爲清人駢文宗唐的後期代表。

錢恂稱《示樸齋制義》四卷初刊於咸豐七年（一八五七），已佚；再刊於同治七年（一八六八），微有不同（錢恂《吴興錢氏家乘》卷二）。本書所用爲同治五年（一八六六）夏日袁浦講舍刊本，現藏於蘇州大學圖書館，湖南圖書館另藏有同治四年刻本。今以蘇州大學館藏本爲底本，其他選本作爲參校本，具體如下：《或曰以德》以《大題求是》所録選文進行參校；《曾子曰以能問於不能》、《子路問成人》、《原壤夷俟》、《子曰有德者必有言》以《兩論聯章合璧》所録選文進行參校；《人能充無欲害人之心》、《鼻之於臭也四肢之於安佚也》以《孟題一新》所録選文進行參校；《頌其詩》以《三朝墨準新編》和《制藝約鈔四種》所録選文進行參校。

序

制義之興五百年，而有明爲盛。然其優者，宏通簡要，足以羽翼聖經，扶植名教；其劣者，亦或流於佻薄險譎，而爲世道憂。我朝文運昌明，一衷於清真博雅，故名臣如京江、安溪輩舉出其中，然則制義之繫於人心風俗，豈不重哉？蓋文者，言也。孟子論「知言」而力絶夫詖淫邪遁，以爲生於其心，害於其事；發於其事，害於其政。況制義爲國家取士之具，四子六經之書所恃以闡明者！使天下之士，蔑棄先民之矩矱，於經史子集，束之高閣，而各率其空疏之胸臆，競趨於凌亂蕪雜，儌幸於苟得，此其於人心風俗何如哉？

歸安錢楞仙司成，少負盛名，早登科第，顧以不能隨俗浮沈，終制不出。仲宣侍郎駐節袁江，汲汲興學，與司成同年，將延之主講，以訪於人，則云孤介不可近。侍郎曰：「如斯即良師也。士習之所以浮僞，文教之所以陵遲者，正坐迹太近爾。」具禮聘之。至則與侍郎情相洽，而論文亦甚相合也。出其所爲文，法律一本先正，而贍之以學，於國朝則追步方樸山、陳句山，而有明正、嘉之格義，隆、萬之機法，啓、禎之才氣，亦備具於中焉。察其爲人，誠實和雅，獨至奔競之徒，則嚴絶之。謂其有乖士類，殆人所云「不可近」者歟？故其所以教人者，爲士而已，爲士之文而已。其文空疏，則其人之不學可知；其文凌亂而蕪雜，則其人之躁妄卑鄙可知。不知自反，而欲持是以弋獲科名，即使幸而有得，豈國家所以取士之本意哉？

昆田以司成之文徵諸古而合也，而又未嘗不合乎程墨之式，則於今而亦合矣。士苟正其心術，端其趨向，即此一編，以蘄至於清真博雅，翼聖經而植名教，爲名臣之選，不亦偉哉！侍郎惓惓於士林，爲刻斯文以垂範，昆田不揣固陋，竊爲序之，以告天下之汲汲於科名者，在此不在彼也。同治五年歲在丙寅仲春之月，南清河吴昆田序。

目録

論語

學庸

孟子

鄉墨

會墨

門人山陽朱殿芬雲臣、定遠王士錚又錚、山陽潘金芝漢泉、山陽何其傑俊卿、山陽何其燦奂卿、山陽何其濬智卿、山陽王寯季超、清河袁長清問渠、清河程人鵠振六、婁縣汪鴻達少浦、安東張輪輿卿、山陽金克勤子勝、山陽單淮均甫、山陽單瀛小洲　同校

論語

賢賢易色（至）言而有信

人有誠於好善者，而人倫以次盡焉。夫賢賢不誠，即無望其盡倫矣。事親事君，與朋友交，好善者又各盡其事如此。子夏若曰：「吾人浮慕乎善之途，即亦無冀乎善之效矣。」惟夫樂善之誠者，驗之庭闈爲篤行，而移之朝宸爲真忱，下至周旋氣類之間，亦復肫然其不苟焉，蓋有歷驗之而各如其分者。（講下虛含不倒挈，最是。）今夫人性本善，而率性之道，莫重於人倫。此固日用之常行，而一以貫之也。自來觀人者，必自賢賢始，何哉？於稠人中而别之曰賢。其等焉者耳，非必有名義之相維也。而瞻景行者，必移其私暱之情以求達，洨之旄曰「姝子」，山之榛曰「美人」。蓋戀結之緣未深，即移之忠孝而必不摯也。（呼起中二項。）抑其泛焉者耳，非必有情誼之相感也。而溯道範者，必罄其寤寐之致以相輸，善之澤而膏沐爲容，箴之貽而瓊琚緝佩。蓋傾企之懷未切，即施之契好而無自通也。（呼起末一項。）賢賢易色，非自殫其好善之誠，而將分致於人倫者哉！一在事父母。夫從事之獨賢也，（借映首句。）馳驅原隰，而瞻望徒勞，有求其事父母而不遑者，（互下句。）顧當其事，則固責無旁貸也。承顏養志之時，亦自有分以相繩而不容越，求竭其力，則豐不爲侈，即儉不爲虧，彼自盡其能耳，而何容借助焉？（順拖末二句。）一在事君。夫賢者之難測也，（互上句。）眷戀庭闈，而屢徵不起，有出以事君而不忍者，顧當其事，則固義無所逃也。盡瘁鞠躬之地，亦自有才之所限而不能加，既致其身，則成不居功，即敗不避罪，彼自效其能耳，而奚藉旁參焉？匪特此也。賢者自係可友之人，（朋友與賢爲一類，此處再加梳櫛。）而友不必盡賢於我。流品紛而古誼薄，所崇尚者，類不離投贈之文。若人獨引爲氣節之事，蓋言之發者，非必攸關出處，（抱中二句。）第使一端稍昧，即自處於不肖，（再抱首句。）而不可逭也，能弗硜硜乎踐之？抑賢賢者仰企之義，而與朋友交，則並有對待之形。儔類積而猜忌生，其相負者，或不盡當躬之過。若人獨抱爲性命之慚，蓋信之垂者，不惟如質尊親，設使充類以推，抑恐自外於有道，而莫余齒也，能弗拳拳乎守之？惟秉彝攸好，（收第一項。）既足以移其深匿之情；斯達道能行，（收下三項。）各有以申其無欺之志。有人如此，奈何以未學疑乎？

題中二句，天然成對。四比立局，勢必以「事父母」對「賢賢」，以「事君」對「交友」，是割先賢錯綜之文，以就時文板對之式也。或前路分點，後路總發，局勢又似一節。題文不得已而提重首句，將下三項平列，意良苦矣，然又不免前偶後奇之弊。成均課士，惟首卷張生松坪作以末段遥對首段，自是解人，餘悉可商，因拈此以示作法。（自記）

重規疊矩，風格老成。

君子食無求飽居無求安敏於事而慎於言

觀君子所不暇求，而知志之有在也。夫居食何必不安飽？而君子不求焉者，以志在事與言也。敏焉慎焉，其嚴於自治如此。從來真儒之識趣易見，而精神難窺，何也？蓋有相反以爲用者也。人第見淡然無欲，幾疑枯槁之性成，及觀乎樞機之發，（全從題之竅奥處咬出汁漿。）而所以矯輕警惰者，卒未嘗盡置於空虚，然後知忘情於彼，乃其悉心於此焉耳。吾思君子，君子之與曲士異者，在能先却乎世俗之緣。（二比於分領之中寓開合之勢，言外仍留得就正一層。）今使靈府之中，早挾夫紛華以爲主，則凡吾儒職分所縈，皆將緩圖自假，而何能併力以究厥功？君子之與曠士異者，又不徒在能却乎世俗之緣。今使遭逢之地，第付諸任誕以爲宗，則凡日用彝常所繫，亦將脱略鳴高，而豈復專精以修其業？即如一食也，大烹以養聖賢，飽豈必爲君子諱？且君子亦非故甘藜藿，第覺終日皇皇，未暇措意於食者，則無求也。其無求飽何爲者？（急呼下截。）一居也，閑曠以就士類，安豈必爲君子疑？且君子亦非充隱蓬茅，第覺窮年矻矻，未暇措意於居者，則無求也。其無求安何爲者？無他，以有所當敏者在也，（全篇關鍵在此。）以有所當慎者在也。敏何在？在於事；慎何在？在於言。事非徒云課業，而皆性分不可解之圖。（緊抱上截。）人情食必致珍羞，居必營廣厦，若不勝黽皇之致，何獨於力行之地而一任怠荒？移所求以謀之，將鋭志於未事之始，而氣與之相迎；殫精於臨事之時，而力與之相副。其斯爲遜志時敏也與？言非徒慮啓羞，而即器量不可掩之據。人情食必防腊毒，居必懼巖墻，若不勝却顧之懷，何獨於矢口之餘而自甘縱逸？置所求以懔之，將借鑒於妄言之愆，而静以鎮其躁，斟酌於當言之節，而謙以持其盈。其斯爲敬慎不敗也與？然則從其識趣窺之，（二比於分收之中寓蟬聯之勢。）食雖惡而不必耻，居雖陋而不足憂，舉世俗之紛營爲累者，獨遊於暇豫之天，而君子固別有見真之地； 從其精神窺之，事不足而不敢隳，言有餘而不敢盡，舉世俗之玩忽終身者，獨臻乎深沈之詣，而君子又豈有自滿之時？猶必就正有道焉，可不謂之好學乎？

照注「志有在而不暇及」，從兩「無求」折入兩「於」字，自爲題結不解之緣，其前路不用倒提，後路不作結束，皆文律細處。

孟武伯問孝　二章

孝以敬身爲本，當思求勝於今也。夫武伯方以疾貽父母憂，豈復能養？若子游，則當思別於今矣。夫子答之，敬之旨，固無不包乎？從來事孰爲大？事親爲大； 守孰爲大？守身爲大。是故失其身而能事其親者，吾未之聞也。顧權門之逾閑已久，（金繩鐵索鎖紐壯。）拳拳於守身，而已覺無餘； 聖門之立範獨嚴，沾沾於事親，而猶形不足。雖理本同原，而其隨問爲答者，措辭自分深淺爾。不然，懿子問孝，子既示以無違，而復以禮申之，蓋言敬也。（提「敬」字老。）武伯爲懿子之子，果能持己以敬而不間斷？吾知必逮其生事之樂，不若懿子之愴懷葬祭矣，豈不愈於今之從政者乎？如之何又以孝問？

且夫孝者，所以養親也，至不能養親，而徒以自養，已非孝矣。若併不能自養，而致蹈於疾，尤不孝矣。孟氏之臣叛，武伯執之，子曰：「子之於臣，禮意不至。」豈非世禄之家，鮮克由禮故與？兹以父母之憂疾警之。蓋第以縱欲耽淫爲戒，而求爲螻蟻之貪生；（對證發藥，奚落不堪，非沾沾映合「犬馬」也。）抑且以覆宗殄祀爲防，而諷以老牛之舐犢。自古無不敬其身而能敬其親者也，然而詞愈卑，心愈苦矣。獨是論孝於世家，與論孝於吾黨則有異，何也？凡貽父母以憂者，皆不顧父母之養者也。（以上章作墊，跌入下章，自然合拍。）例於世俗所稱不孝，則今之孝者，固已勝之。若蕲至於古之純孝，則四夫孺慕，（「敬」字亦非空言。）既當守衹見之齋夔；即世子修儀，亦必懍寢門之候問。蓋禮主於敬，敬形於養。夫至以敬爲養，（兩章融成一氣。）則所以自敬其身者，又不待言，而豈武伯所能幾及也哉！説在「子游問孝」。子游，習禮者也。其問孝，吾不知第求齒於今之孝者與？抑將有進焉者也？如第求齒於今之孝者，則夫調旨甘，潔滫瀡，而能事畢矣。獨念吾所致養者何人，而可以不敬者何事，爲充其類於犬馬，轉似不敬其身，特貽身以難防之疾；（説到子游，反將武伯一面放鬆，而聖門身分愈見。）不敬其親，反予親以難受之名。此固責備賢者之旨乎？夫言豈一端而已，夫各有所當也。總之味於養身者，求爲今之孝而不能；志於養親者，囿於今之孝而不可。因人設教，其主於敬則同耳。雖然，敬者，禮之有形者也；（上一章是來路，下一章是去路。）色者，禮之無形者也。游多通脱，而夏近拘迂，此其指又可參觀而悟云。

人多脱略「今之孝者」二句，文提出作主，乃見兩章問答，身分懸殊，可爲是題的解。

多聞闕疑 二段

與務外者論言行，而約以寡過之方焉。夫多聞多見，（承題便見分曉。）張所以干禄者率在此。然非闕疑殆而慎其餘，則尤悔至矣，盍各致其力歟？且儒者匡居稽古，類各有致身通顯之一途，使斷斷然力争以爲不可從事，此必不得之數也。惟即此一途之中，（多聞見。）而嚴其不可爲者，（闕疑殆。）復善施其可爲者，（慎言行。）則其途至狹，其事亦至難。非好爲苟難也，誠以身世多艱，而寡過之非一日事爾。師爲學，今夫言揚事舉者，（開局堂皇。）當代之恒科；多識前言往行者，吾徒之本業。此亦何惡於學哉？雖然，猶有慮。今使置身簡册之林，典章羅列，半皆當途待問之資；時局迭更，又有前事堪師之驗。本曩昔所聞者，（先安頓第一層。）一一纂述而敷陳之，何不可動人主之聽者？至因其參錯不齊，（折入第二層。）犁然求衷於義理，則即《詩》、《書》習見之文，其難信者正多矣。夫聞而既闕所疑，將其餘之可言者，本自無幾，（折入第三層，點其餘醒甚。）然而不敢亟亟於言也。等是言而言於當言之際，則著爲嘉謨；或言於不當言之時，則滋爲流弊。君子於此，蓋其慎焉。世之輕易其言者，（用拓筆以斷之。）徒以言爲建白資耳。誠念夫上書求試，未必邀縻爵之榮；惟口啓羞，已甚於褫鞶之辱。一人之言，千人尤之不稍假，則所以求寡其尤者，宜何如懔懔歟！若猶未也，吾懼其終身爲怨府也。（遥接「則」字。）（米南宫書，無垂不縮。）今使厠迹賢豪之列，通材達識，半在馳驅皇路之班；瑰意高名，數下徵辟邱園之詔。就同時所見者，一一摹效而揄揚之，（是見不是聞。）安在不延當軸之譽者？至苦其矯持失實，欿然自反於初心，則即日用常行之迹，（是殆不是疑。）其未安者正多矣。夫見而既闕所殆，將其餘之可行者，本自無幾，然而不敢貿貿於行也。均之行而行乎所不得不行，則堪爲楷式；或行乎所不可盡行，則坐困材能。君子於此，蓋其慎焉。世之躁率於行者，徒以行爲表暴地耳。誠念夫飾躬干進，方期得附翼之光；貶節貽譏，轉致招噬齊之痛。一日之行，百日悔之而奚追，

（本題祇是求寡尤悔，下文二語，始造到寡尤悔地步也。）則所以求寡其悔者，宜何如兢兢歟！若猶未也，吾懼其終身皆困心也。師爲學，亦蘄於言行之寡過可矣，遑云禄乎？

學之博，擇之精，守之約，注書之體則然。若行文，自宜兩項分疏，斷無横截三比之理。即分疏而硬作三排，亦嫌抹却題中皺折。此等爲書塾熟擬之題，然率爾操觚者不少，管緘若見人作《愛之能勿勞乎節》文，總病其直，此語殊可深味也。（自記）

長比兩扇，盛於歸、胡，而後人以爲厲禁，蓋懲於直布袋之弊，遂因噎廢食也。如此題，豈不以兩扇爲正格，祇要做題目入思議耳。

夏禮吾能言之　二段

聖人欲存二代之禮，而無如言之無徵也。夫夏殷之禮，子非不能言，而徵則不能自爲政也，奈何虚望於杞宋哉？昔韓宣子適魯，備觀册府之藏，（借周説入，與《中庸》題作法不同。）曰：「周禮盡在魯矣。」夫考本朝之軌物，則車書一統，原不獨分寄於侯封；而溯異代之典章，則玉步已更，安得不借資於後裔？不謂窮年參訂，其稍堪自信者，轉無以考信於人也。夏后氏禀秩叙之倫而作夏禮，致孝致美，（直起是入手，再作提筆，則頭上安頭矣。）悉闕無間之精神，而鳴條之攻，則固非所計及也。且禮以時爲大，（能見其大。）吾也手編魯史，既繫正月於春王，而列國紀年，有不廢乎建寅之令者，殷殷乎於爲邦寄微旨焉。以云能言，夫安敢謝爲不能者？然言不足重，有徵之而後重吾言也。試思遊豫爲諺詞所頌，（善於覓間。）而二龍不御，疇稽疏密於時巡？典則爲王府所貽，而鈞石久淪，孰訂重輕於古尺？則意者儒生之守缺，不如藩服之得全，明德而未湮也，吾惟有乞靈於杞耳。夫溯禹甸之畇畇，泥輴山樺，且訖四海以同風。自會稽久隸蠻荒，而四百年制作之隆，祇係於東樓之片壤。（至此再作引滿之勢，則收句彌見勁勒。）是禮之所延亦僅矣，乃之杞而不足徵，則何也？殷先王秉嚴肅之氣而作殷禮，不競不絿，具見日躋之學問，而坶野之誓，則又非可預防也。且禮與《詩》相通，（對法有情，其難轉在出比。）吾也系出戴公，既緝五篇於《商頌》，而中年託迹，有尚沿乎章甫之冠者，籍籍乎於達人忝虛譽焉。以云能言，夫豈必讓爲不能者？然言不足傳，有徵之而後傳吾言也。試思立社以宜柏著稱，（運典俱有新色。）而臆説相沿，莫考遺編於臣扈；分職以王制爲據，而後儒聚訟，徒爭歧出於《周官》。則意者末冑之旁參，不若宗支之代襲，象賢而惟肖也，吾惟有邀福於宋耳。夫瞻殷士之芒芒，小其大球，且合九圍而作式。自朝鮮孤懸海島，而六七作纘承之緒，祇留於白馬之故封。是禮之所託亦微矣，乃之宋而不足徵，則何也？文獻不足故也。（一路蓄勢，總爲逼出此句。）故宫可識，無如簡策之湮亡；喬木徒存，久嘆老成之彫謝。足則能徵，而空言無補，固吾之不幸，抑亦杞宋之責也夫！

劈分兩比，處處作盤馬彎弓之勢，方與「故」字緊相呼應，若多作感慨，便成一節題矣。

君子之於天下也

天下待治於君子，可爲成德者驗所施焉。夫君子所以爲君子，無所驗焉不見也。驗之於天下，非善觀君子者乎？聞之世閱人而爲世，世何人之能故？則凡託形寓宇，亦任其膠擾以終身而已。有才德出衆者起，世或執私見而妄爲測焉，（對中二句。）又或持高見而不敢測焉，（對末句。）究之無不可測也。彼其超於神明之外者，未嘗不在形氣中也。今且見夫事故之日紛也，人情之不一也，率臆以行之，（「適」、「莫」。）而無以通天下之志；　隨時以逐之，（不「比」義。）而無以斷天下之疑也。　蓋天下之無君子久矣，（出「君子」鄭重。）惟品詣克臻乎純粹，天必不使神靈之質，第留爲自淑之資，故有君子，而天下之責望咸屬之；　惟識趣既越乎尋常，天必不使凡近之徒，仍沿其自封之習，故有君子，而天下之流品悉宗之。　爲君子者，將何術以處此？今使君子有自見爲君子之心，而率天下以從我，（對兩「無」字。）則形勢必有以相阻，而君子之術窮。　試思天下有成法，而行於古者格於今；　天下有同風，而宜於此者戾於彼。　群萃州處之間，已不勝參差之致，從可知天地之大，萬物之廣，皆我所不容措置者也。　蓋以天下還天下，斯君子所以爲君子耳。　又使君子有自諱爲君子之心，而强我以就天下，（對「之與」。）則精神不能以相副，而君子之術又窮。　試思析天下以爲國，而國之人聽命焉；　析天下以爲家，而家之人聽命焉。　類聚群分之族，各有其莞攝之端，從可知天地之大，萬物之廣，又我所不容淡漠者也。　蓋君子能用天下，而君子乃不爲天下用耳。　然則挾私見而妄測君子，（仍應講意分承。）非也。　道不遠人，明示以親切而可按，而效之乃終或歧之。　常人滯乎迹，故囿於天下之内；　君子會其神，故争乎天下之先也，而君子要非離以自全也。然則執高見而不敢測君子，又非也。　入神致用，若爲所顛倒而不知，而矯之乃適以正之。常人治其紛，故逐乎天下之賾；君子貞夫一，故挈乎天下之樞也，而天下乃其放而皆準也。（沈吟摩蕩，恰好收合「也」字，神理。）無適也，無莫也，義之與比而已。

將「君子」與「天下」回環操縱，下文實義，盡數攝入「之」、「於」二字中，司成少作已高渾如是！

小人懷土

惟土是懷，小人之自棄其德也。夫小人無德，然未嘗無所懷也，觀其懷土，不已異於君子乎？且夫人寓形宇内，凡夫形之所寓者，皆非神之所宅焉者也。自神明不足以自持，乃惟即棲吾形者以求其固，爲問形之既敝，棲於何存，而其繫戀之情，要自膠於中而不能釋。如君子之所懷，非在德哉！言德則不與鍾毓爲緣。東西之聖，而其揆則同；南北之强，而惟中不倚。使因一方稟氣之殊，而思緣飾焉以文其陋，其亦甘於污下之歸矣。（從「德」字翻出「土」字，思議新穎，鈍根人百思不到。）言德並不以推行爲滯。恭敬之持，而夷狄弗棄；忠信之踐，而蠻貊可行。使因一已棲蹤之便，而思閉拒焉以擁其尊，即奚解於偏私之累矣。何則？反乎君子，必小人也。問其所懷者維何？

亦曰：「士而已矣。」狐之死而首其邱焉，馬之駑而戀其棧焉，（將畜類作對照，不堪奚落。）其沾沾於士者，爲其舍是而無可用也。若夫秉靈毓粹，親奉夫四方有事之箴，夫豈必踐其迹乎？小人不知也，迹其處心有素，時時惟貨殖是謀。而得是士，則蹂躪以自娛；失是士，則倉皇而莫措。群焉而嬉，人倫無殊物類也。惟此懷之紛然者，憧擾以終身而已。斤削之利而遷地弗良焉，（所謂物於物也。）章甫之資而適越無用焉，其拳拳於士者，爲其離是而莫予容也。若夫悦禮敦詩，相期於不家食吉之義，又何爲拘於墟乎？小人不知也，迹其賦性成貪，在在與僉邪爲伍。而得是士，則依勢以作威；失是士，則處窮而思濫。執焉不化，簪纓不啻韁僧也。惟此懷之戚然者，彷徨於中夜而已。然則究其懷之之意，其巧取而豪奪者，固已顯背乎德而不辭。要其心非必有惡於德也，惟背焉，而士乃始可保耳。宴安之酖毒，深中者無自啓迷。故當憑藉有資，計不離乎貨寶之總，即或遷流靡定，已早存夫壟斷之私。（反正相生，題無剩義。）極其懷之之情，其念舊而思鄉者，亦或姑託於德以自解。要其心仍非有羨於德也，姑託焉，而士將自此長耳。繫累之情形，沈溺者末由自拔。故當恣睢惟命，期共推爲閭里之雄，即或折節求全，亦不過爲一鄉之愿。（索性説到盡頭。）其諸異於君子之用歟！

是懷土，不是懷居。思力沈雄，言之有物。

君子懷刑

由懷德而進徵之，君子之自治嚴矣。夫人之不免於刑者，以其自遠於德也。君子懷之，而德不日修乎？嘗思尚德緩刑者，王者所以治世也，而儒者獨不可引之以治心？（用大士一意翻兩層法，恰好爲中比伏根。）以德爲高名而急於自矜，則有攖所忌而排之者矣；以德爲坦途而疏於自檢，則有乘所忽而攻之者矣。人世之禍福何常，而總恃吾身無致禍之道，斯憂患之意也。試由懷德而進徵之。寅畏懍於旦明，誠不以恣肆者干尤悔矣。然懸擬之而即於虛也，（承上入題，筆情頓挫。）出門而遇赭衣，行路亦爲怵惕，君子得懲忿窒欲之方焉。矩矱遵乎師保，更不以逾越者即慆淫矣。然崇奉之而虞其泛也，刻木而爲獄吏，流俗指爲不祥，君子得衡慮困心之學焉。審是而君子所懷，孰有切於刑者哉！貪昧隱忍之舉，萬不必爲君子疑。而君子之蹈刑，或在氣節。彼夫面折廷爭，攖顯禍而翻以爲榮者，終衰世之見也。（人徒知君子無數刑之理，不知如此二種君子亦當微分其過，若夫成仁取義，同不在此例也。）使吾身有翹君過之實，並使國家有殺諫士之名，不有傷忠愛之心乎？君子雖遭際隆平，而獻替之餘，有不敢將以盛意者，其懷固凛凛常存耳。誣罔奸利之條，亦何至爲君子設。而君子之捍刑，或在疏狂。彼夫指奸斥佞，蹈不測而遂成其名者，終才士之累也。使忌才者成殺士之心，並使憐才者貽薦賢之悔，不益短豪傑之氣乎？君子雖罕言結納，而酬酢之際，有不敢掉以輕心者，其懷乃拳拳莫釋耳。（二比横竪説來，頭頭是道，義藴無所不備。）且夫明罰敕法，必前世之君子創之，以冀後世有所守，乃委曲周詳而詔之者。訟獄平情之用，而隱爲身心取益之資，然後知防檢之方無精粗一也。故軌步繩趨，直不啻憲典之顯垂其側，而但以爲神明之糾殛，則猶寬。且夫執禁齊衆，必在上之君子行之，以冀在下識所懲，乃咨嗟涕洟以用之者。摧殘當罪之誅，而時有灾痛切身之想，然後知恐懼之念無賢否均也。故臨深履薄，直不啻對簿之自發其譽，而但以爲清夜之爰書，則更淺。（歸到君子修德之功，兜裏完密。）桎梏而死非正命，知遺體不敢毁傷，在家則可爲孝子；機事不密則害成，知保身必由明哲，在國則願爲良臣。此君子修德之功，始於無争，而終於不辱者也。

懷刑謂畏法，大注最爲明切。前明項水心作後比，「堪誅」、「堪殛」等語，論似奇而實謬。近時作者專以無形之刑立説，豈以聖言爲粗而更精之耶？是作不但實詮「刑」字，並見得君子亦有可以致刑之勢。危言悚論，如讀箴銘，乃知靠空腔做「懷」字者，衹坐本領不濟耳。

君子懷刑（其二）

以刑爲懷，君子之治心切矣。夫惟君子不犯刑，然惟君子不妄刑。其懷之也，非猶是懷德之心哉！且先王明罰敕法之意，與君子反身修德之事，固同出於一原者也。自夫人昧於同原之故，遂謂法於君子，判然其不相及，豈知朝廷不擇人以立法，而惟冀人之離法以自全，則凡防患於未萌者，固懔持而不敢縱矣。（他手「刑」字不敢黏「君子」説，遂費無數斡旋，安得此快論以破之？）然則君子所懷，豈獨在德哉？從來脱略之風熾，則賢豪之嬰禍恒多，而志士多苦心焉。薄物細故，豈能盡防？乃先事而默驗其機，無在非致謗招尤之地。從來煩酷之令開，則巨憝之幸逃彌巧，而聖賢有精義焉。密網嚴科，斷難遍及，乃因事而獲思所反，未始非束身寡過之方。言有刑也，又君子所必懷矣。（出比放鬆一層，對比鞭緊一層，獨得「懷」字真詮，前篇氣節、疏狂二義，猶未免責備賢者，此則義更圓足矣。）君子之爲人所敬者，理也。使偶蹈愆尤，而盡没其生平之美，非仁人所敢出矣。不獨議賢議貴之明設其條也，即至帷薄不修，簠簋不飭，猶復曲爲掩諱，以冀激發其耻心。在朝廷恒思所保全，而君子處此，直以爲百身之莫贖焉。此誠意所由，始於慎獨耳。君子之爲人所忌者，勢也。彼徐窺瑕累，而陰快其排擠之私，又宵小所甘心矣。不獨清流濁流之自罹其禍也，乃至淵源所授，酬答所通，亦復廣肆株連，以冀盡殲乎善類。在旁觀方代爲感憤，而君子視之，猶悔爲吾黨之激成焉。此凝道所爲，終於保身耳。（《大學》、《中庸》二證，是此題了義。）無論綱常名教，其懍懍於寤寐者，不敢逾也。文章以壽世，而猶虞獲咎於謗書；言論以文身，而尚恐罹辜於偶語。惟恃此和氣謙德，藹然見俯仰之皆寬。（金石之言，當各書一通於座右。）無論舞智營私，其惕惕於影衾者，弗敢蹈也。閭里有浮薄之士，戒子弟以遠之；勢豪當熏灼之時，杜門户以避之。獨留此亮節清風，超然爲嫌疑所不及。（到底精警不懈。）蓋戒懼之心至，則修省無日敢忘，故平生之遺行無聞，猶變色於雷霆之警；義利之辨明，則羞惡不容自昧，故身後之榮名莫必，尚驚心於斧鉞之誅。彼小人烏足以知此！

前作以雄渾勝，此作以新警勝，其爲實詮「刑」字則一也。

不患莫己知求爲可知也

爲莫知者示所求，將責以可知之實也。夫患莫己知之人，未必全無可知者，特所當求者，在此不在彼耳。故與患無位並論之，且知希我貴之説，固當世所以鳴高也。吾謂充其鳴高之念，或轉隳其務實之心，何也？（一轉便深。）誠以莫知爲慨，即不能無所挾持，而漫以責人，試即彼之責人者，使之還以自責，則即一二端之表見，且未必踐其實而無遺憾焉。蓋黽皇方自此始已，不患無位，患所以立，固已。吾且進言欲己知者。（承上伴説，他章移掇不去。）位者，時命所定，遇之蹇，弗能强耳。若夫知，則窮愁放逐猶得申其夙藴，以徵潛德之光，而顧孤芳之莫賞焉，即何怪鬱鬱以久居也。位者，君相所加，分之隔，弗敢怨耳。若夫知，則婦孺顓蒙或且頌其高名，以作景行之慕，而又同聲之罕應焉，其能無怦怦而欲動也。（不看壞此層，是。）然則患莫己知，其意宜無惡於天下，獨是知者，必有可知之實者也。無可知而徒以莫知爲慨，吾徒當無此妄情；有可知而猶以莫知爲憂，君子亦無此躁氣。蓋所以勵其爲者，其事不用患而用求。（字字還他著落。）持躬之事存乎行，行者知之的也。古之人扶綱植常，於行亦何所遺憾？然或以事細而弗録焉，或以情隱而弗宣焉。蓋躬備百行，其可知者，（「可」字著實。）不過一二節而已。我自顧踐履幾何，即皇皇焉求爲不欺之詣，未識有一節之合乎古人否也。（鞭辟近裏，有儒先篤實氣象。）而寂寞之蹤，何足慮與？傳世之業存乎學，學者知之符也。古之人旁搜遠紹，於學亦何所不窺？然或以所見者同，（淡語皆有史味。）而聲掩於並時焉；或以所授者誤，而名闃於後世焉。蓋身兼衆學，其可知者，不過一二藝而已。我自問精力幾何，即汲汲焉求爲不巧之圖，未識有一藝之造乎古人未也。而幽沈之況，豈足悲與？謂都會之區，其見知也較易；荒遐之境，其見知也較難。似也究之，果有可知，則雖聲塵遠乎人迹，（語必透宗。）終不能格以罕通之勢，而掩其獨得之奇。況居遊本非絶域也，名教之責備何窮，亦求爲當盡者而已。謂並營之務，其相知也恒多；異趣之徒，其相知也恒少。似也究之，誠有可知，則雖謡詠肆於庸流，（直窮到底。）且不能逞其巧蔽之情，而絶其必傳之緒。況倡和不乏同儕也，功力之徒勞何限，抑求爲有益者而已。患莫知者其思之。

剥落數十層，擺脱千萬語，文惟真者差可耐久耳。

子曰父母之年　一節

知親年之不可恃，則喜懼有交至矣。夫惟父母有是年，而吾殆可致於父母也。一喜一懼，爲子者可不知哉！從來無窮者，其孝子之心乎？心雖無窮，要必有實境焉，（一語破的。）而後可以盡吾孝。夫實境何可多得也？從其已然者以爲推，而獨處乎可幸之途矣；從其未然者以爲推，而又處乎可危之勢矣。究之幸與危，非有二念也，亦惟無負此當前之實境斯已爾。何則？遠遊之戒，此能致於父母，而不欲致焉者也；無改之箴，此欲致於父母，而不能致焉者也。（以上兩章爲類記，取徑特新。）夫人子之能致於父母者何？亦恃有其年而已。上古神靈之算，變而不可常矣。年屬於父母，未必獨據其奇崛之數，以任我之全致焉，則盛衰不外恒情也。（放平說，彌見深摯。）夫恒情則固易知者也，與齡延紀之徵，誕而不可信矣。年屬於父母，並不能別神夫演迆之權，以俟我之徐致焉，則修短皆關定分也。夫定分則固明知者也，如是而不知，烏乎可哉？吾謂知之者有二說於此：一則從其已然而計之也，（兩「一則」必須點出。）壽而臧者應有之遭，使必據其已然者，而自以爲榮，則設心亦覺其不達，而子於父母，不敢不設是想也。

吾父母所已享是年之日，皆吾所得致於父母之日。故有處同氣之中，獨欣然願爲人兄者，亦謂等此涓竢之報，而取數爲較多也，喜何如耶！一則從其未然而計之也，（「懼」字一面，著語最難；「未然」二字，何等藴藉。）老有終者必至之數，使必防其未然者，而引以爲戚，則舉念亦覺其不祥，而子於父母，更不得不設是想也。吾父母有不能常保是年之日，即吾有不能終致於父母之日。故有膺徵辟之榮，獨懔乎願乞終養者，亦謂祇此聚順之常，而訂期爲已促也，懼何如耶！是知捧檄而樂者，幸其逮事之榮；受杖而驚者，惕其積齡之瘁。門内之修，本無奇節，但舉念不離嬰稚，而已徵夫至性之旁皇。有酒食以娱者，（此意作開筆則庸，作補筆則厚。）今日之樂；不鼓缶而歌者，大耋之嗟。高年之感，諒有同情，設孺懷稍涉曠觀，而何解於彝倫之攸斁？爲人子者其知之。

題不嫌涉俗情，但過於粗囂，不特非聖人語氣，抑豈孝子身分耶？文以致於父母作骨，是喜懼真情，實是「知」字的解。

子曰古者言之不出　二章

鑒古人之所耻，而得守約之方焉。夫古人有不出之言，則亦有難逮之躬，况今人乎？然則求免於失，其惟以約而可哉！且今人事事不如古人，（語妙天下。）所勝於古人者，獨言而已。抑知言苟可逞，古人非必故斂之，惟際夫議論之有餘，而彌思精神之見絀，則回思古今人不相及，至退而求寡過之策，夫亦當擇一術以自全矣。（筆曲而達。）慨自矜誇之相習也，躁妄之成風也，（暗籠次章説入，盤至題巔。）侈然自放，以爲天下事無不可爲。且謂古人亦有爲之者，此即告以古人之不可幾及，而彼不信也，顧亦聞古人之言否乎？夫古者言之不出，果何爲哉？非必煩支是戒，斤斤焉爲失口之防，惟是踐履之途，有與吾言相印證者，而氣不覺其自餒。夫以古人之才略，其運量可以無不周，而矢口顧吶然，焉知其神明所注，不過一二端而已？（蒼渾不減鍾陵。）亦豈躁囂懲忿，鰓鰓焉爲失辭之警？惟此操修之地，有奉吾言爲質據者，而衷不覺其自慚。夫以古人之精勤，其術業可以無不進，而陳辭猶默然，焉知其詣力所營，不過一二事而已？無他，誠見夫躬之不逮，而動之以恥也。獨是古人往矣，其微渺之思，大抵多由心悟，而迹象不得以盡傳。（二比將古人身分抬高，即從妄擬古人，預鈎「失」字，轉入「以約」，自不煩言而解。）嘗有抗希往哲，輒思摹繪焉以肖其真，而局外推求，轉覺形骸之外，去之彌遠者，則妄測乎古人所未言，失固大；誤會乎古人所已言，失猶大也。且其深厚之氣，大都得自神全，而時會復有以相限。嘗有私淑前型，每思奮迅焉以窮其勝，而暮年折節，始悔是由天授，非關人力者，則求越乎古人所未逮，失固多；角勝乎古人所已逮，失尚多也。無以其以約乎？更事久而觀變熟，乃覺一生舉動，罔不與悔吝爲緣，思其力之所不及，憂其智之所不能，擾擾者終何益也。（此處將下章身分捺低，全篇義理一貫。）約以持之，而得名不大，獲禍亦輕，可以保天下之奇士。閱人多而慮患深，乃覺當世艱虞，在在與材力相窘，智小而謀大，力小而任重，岌岌者弗克終也。約以限之，而未必見長，先求藏拙，亦以全天下之中材。豈必無失？失亦鮮矣。若夫君子持躬，自有本末。誠不可以妄擬古人者，躐等而競進；（補出正論，即以下章爲去路。）亦何可以甘讓古人者，積廢而隳功？夫是以欲訥於言，而敏於行也。

是題前人名作頗鮮，曾見近人選本，所刻粗駁殊甚，而作者多奉爲金科玉律，不可解也。閱課乏當意者，拈此以質同志，俾知連章題當以義理貫通耳。（自記）

締構謹嚴，議論精確，中二偶發透今不如古，尤覺精神百倍。

子謂公冶長　一章

記聖人之論兩賢，爲妻之記也。夫長之縲絏固非罪，容則有道無道而咸宜，妻以子，妻以兄子，非夫子之特識哉！且《虞書》垂釐降之文，（發端莊雅。）《周雅》詠相攸之樂，女辭家而適人，古帝王固慎於許可焉。孔子在魯，德無與儔，而位非獨絕。當日婚媾是謀，起寒微者不可擬於大舜，膺膴仕者亦難比於韓侯，而定論昭垂，其人即有附之以傳者，斯亦千古之至榮已。《魯論·公冶長》一篇，皆論人物賢否，而先以論列門人。若門人而申以婚姻，則於誼尤親，宜爲記者所託始也。（入題得間。）一爲公冶長，一爲南容。閭里好修之士，其操行或不求人知，非採其孤芳，則詆娸何已。子謂公冶長，蓋有獨排衆論以謂之者，而能通鳥語之説不與焉。（扼重兩子，謂方見聖人特識。）世家由禮之流，其淑躬本易爲人見，非傳其真際，則揚搉仍虛。子謂南容，又有不遠人情以謂之者，而携寶來朝之説不與焉。謂長維何？疑於不可妻，而必明其可妻是也。長之遭逢不偶，高隱可懷，儼屈前賢於胥靡；乞援無策，疇垂盛誼於左驂。明爲非其罪，而縲絏之中，何足累乎？夫亓官見出，傳無明文，而當日傳命於歸，要自定謀於特賞，（意翻空而易奇。）以子妻之，吾黨退而誌之。謂容維何？（補筆爲支對。）不明言可妻，而自見其可妻是也。容之閲閲素高，謹言爲本，自絶累於磨玷之緣；尚德垂聲，猶借鑒於蕩舟之報。觀其有道之不廢，而無道之免刑，不可信乎？（天然妙對。）夫孟皮弱行，事多隱恨，而當日遺孤擇偶，尤能曲慰乎同懷，以兄子妻之，吾黨又退而誌之，則且合兩事而並論焉。（此後兩賢相反處作翻。）筮仕臻司寇之階，當官而行，自無枉縱，則有以兩婿爲亞，疑向隅抱戚，當先加以營救之圖者。要以末世用刑，本無一定，得子言而俗見盡袪，不妨以免刑之故而見優，仍不必以嬰刑之故而見絀，此可與遠子之譏參觀而互證也。歸妹承殷人之緒，（此用外注避嫌之説作翻。）數傳以往，未著閨箴，則有以二女同居，疑良匹難逢，或姑出以避嫌之舉者。要以嘉姻胖合，各有時宜，得子言而平心等視，不必以子之故而抑長，即不必以兄子之故而重容，此可因誨髽之訓舉一以例推也。

珠圓玉潤，文取稱題，而氣骨自然高古。

敏而好學不耻下問是以謂之文也

論衛大夫之文，而節取其學問焉。夫勤學好問，文之一端也。文子好且不耻如是，謂之爲文，有以夫！若曰：「吾言今之從政者，而譬諸斗筲之人。」蓋甚矣，其無學問之意也。夫風流之令譽，爲當世之所尊；儒素之功能，又爲時流之所苦。尚論名卿，適有一二端與之合者，使必舉他事以刻繩之，三代而下，安得有完人也？子疑文子之謂文乎？凡人性情所嗜，名必歸之。（題前空發議論，不著一字，而全題神理都到。）薦紳之族，其力可遍涉紛華，獨有締淡漠之緣者，則略其循例之勳猷，而别傳真際，斯固人心之至公也。凡人積累所成，福必報之。高明之家，其業本迥殊寒畯，獨有爲刻苦之事者，則原其好勝之結習，而予以榮施，斯又天道之不爽也。古之論謚，（埶筆伏根。）有以勤學好問爲文者，以觀文子。明達其性生，然不敢恃明達而廢考稽也，則學尚焉。賓筵垂戒，典章幸未就湮。兹更以纂服維勤，對賜書而識淵涵之味。人言敏不必學，乃以敏而專所好也如是。崇高其素分，然不敢恃崇高而輟咨訪也，則問尚焉。臣僎同升，風度猶然共仰。兹更以治賓分掌，合僚屬而示謙受之思。人言下不必問，乃對下而忘其耻也如是。是在盈廷集議，未必飾終有典，而竟爲不易之評；而在吾黨論人，要因一節相符，而即有可通之例。（「是以謂之」四字，必須加此梳櫛，若以當日議謚爲定論，便失題目。）是以謂之文也。富貴無異人之處，非有力求其異者，則其詣不尊。威鳳祥麟，不殊飛走，（天葩吐奇芬。）而品爲獨貴者，謂其文采之足觀也。文子何卓然乎！精所學則古韵猶芬，廣所問則名流皆類。嘗有豪杰乘時，顯榮既饜，其終也，但求齒於六藝之門。彼因歉於學問之事，而獨於文乎靳之；（名雋獨絶。）此既耽於學問之事，而何弗於文乎優之也？此亦可爲自異者勸矣。官骸皆必敝之端，非有立於不敝者，則其傳不永。金石尊彝，祇供玩好，而器能不朽者，謂其文章之可寶也。文子何淵然乎！學所至則册府留名，問所垂則寒儒感泣。嘗有名臣秉政，勳業可銘，其究也，翻列於儒林之傳。彼有餘於學問之外，而若於文乎掩之；此專致於學問之中，而何幸於文乎彰之也！（出比低一層說，對比高一層說，末句得此，可云推蕩盡致矣。）此亦善爲不敝者地矣。賜何疑焉？

此司成甲辰蜀闈首題文，不刻入闈墨，蓋歸輅遣興之作，非擬程也。然一種擺脱之致，非諸作所及。

子謂子産有君子之道四焉

觀聖人之論鄭卿，而知道之可貴也。夫世之論子産多矣，罕復衷於君子之道者。子獨謂其有四，非論人之特識哉！昔子言君子道者三，曰「我無能焉」；（入門下馬氣如虹。)君子之道四,曰「未能一焉」。豈非道積厥躬,轉若望道而未見歟?若夫春秋諸大夫,本罕完人,第使綜計生平落落數大端,有與君子之道不相盭者,則不得不亟亟表章之,如所記「子謂子産」是。稱「子謂」者,類出於懷古之崇情,如「子謂韶」、「謂武」是也。(重頓「子謂」,恰好以上下二章爲證佐。)以子産名傳遺愛,非同並世揄揚,繼孔圉得謚而及之,則儼然相期於古人,而持論不嫌從覈。稱「子謂」者,或係乎同時之特賞,如「子謂公冶」、「謂南容」是也。以子産兄事多年,非比傳聞仿佛,先平仲善交而表之,則肫然見許爲儕類,而推崇務貴存真。獨是學者多稱子産尚矣,(出題得間。)未聞以君子之道衡之者。子顧謂其有四,何哉?從來務末不如務本,(卓立。)子産通歷朝之典,當世以博物推之,而根柢不係乎此也。以博物概子産,則亦以多聞概胥臣乎?確指之曰君子之道,(惟子産有君子之道,可見他人直無當於君子之道。)誠以學問之醖釀,直貫天人,而恃原以往,自有大用之而大效,小用之而小效者。彼爲命之長,獻衣之誼,特其牽連而得書者耳。卿材也本諸儒修,知立品之殊於苟且焉。從來見偏不若見全,(堅對。)子産擅衆母之名,史家以循吏列之,而運量不盡乎此也。以循吏賅子産,則亦以游俠賅季札乎?實核之曰有君子之道四,(惟子産有君子之道四,可見他人尚不得有四。)

誠以理蘊之淵涵，必臻完美，而取給不窮，自有推諸此而此驗，推諸彼而彼驗者。若濟渡之仁，畜魚之智，或其流傳而失實者耳。小邦也持以大體，知居心之遠乎偏畸焉。道無窮盡，不獨君子體之，豈得以四者包之？要以躬行所踐，自有得多得少之殊。（此即外注吴氏之義，妙在不涉貶駁。）故子路之治蒲，乍見焉而適合善之三；子產之相鄭，論定焉而僅據道之四也。隨舉强名，非如四術四維之定數，子之謂之也謹而嚴。道不虚行，必於四者寄之，尤必賴君子存之。當夫軌轍既同，無煩榮古虐今之見。（尚恐出比放低，再補此意以圖之，周浹旁皇，毫髮無憾。）故子賤之因斯取斯，不嫌仰成於衆君子；子產之應有盡有，尤能闇合於古君子也。長言咨賞，幾如四佐四友之並陳，子之謂之也詳而備。列之忠敬惠義，而子產爲不朽矣。

扼重題首二字，義藴精深，方見聖人論人特識，拙手但解切鄭發論，不特預占下文，且隱背書旨矣。

季文子三思而後行　二章

聖人尚論魯衛之臣，教忠也。夫爲臣而過用其思，則能知不能愚矣。子於季文、甯武，所爲互形以見意歟！且人臣鑒輕躁之過，相率而趨於詳慎，此有國者之深幸也，而亦爲有國者之隱憂，何則？世運變而遭際殊，（一氣旋折，不見連章之迹。）國無有治而無亂之理，爲臣亦無有巧而無拙之理，至不爲其巧而爲其拙，則非深慮者所能爲，而人品從此判焉矣。孔子時，魯惟季氏最强，而原其專政之初，實自文子始。顧相三君無私積，當時猶以忠於公室稱之。夫古之爲忠臣者，必無幸於榮懷，（提筆爲下章影子。）無渝於艱險，惟國是利，而不爲身謀。文子他不具論，世競傳其三思後行一節，子聞之曰：「思者所以研理也，再思則理明；思者所以析事也，再思則事决。再斯可矣，焉用三哉？」今夫從容推鎮之度，其在儒生畏事，有挾以自藏者矣。然亦惟朝野清明，庶職修舉，乃得容其漫緩耳。（自來忠烈，轉念便做不成。二比不惟題中轉關，其古義若龜鑑，忠肝如鐵石，直是有關世道人心文字。）若夫世變所臨，有稍事徘徊而名節因之盡喪者，然後知成戇直之操者，類皆略浮譽而存孤衷也。今夫成敗利鈍之途，其在老成陰謀，有擇以自便者矣。然亦惟承平日久，故事奉行，乃得任其趨避耳。若夫元黄反覆，有力求委順而禍患出於所防者，然後知持危疑之局者，類皆置私圖而貞真性也。不聞甯武子之風乎？武子仕衛，始文公，越成公，出奔坐獄，躬與周旋。其有道而知也，是詳思者所能爲也；　其無道而愚也，是詳思者所不敢爲者也，而武子卒忍而出此。夫豈非無幸於榮懷，無渝於艱險，（複筆回應，自成章法。）惟國是利，而不爲身謀者哉？明乎不可及者，在此不在彼，不惟想見古忠臣之節，亦可爲凡有位者風矣。獨奈何魯之後季氏日强，而衛且曰政由甯氏也！（餘波綺麗爲〔二〕。）

兩章義理相足，不難推波助瀾。文中幅提空發論，而前後以簡筆點題，落落詞高，是爲大方家數。

子華使於齊　一章

聖人惜無謂之與，非所以例當與者也。夫子之使赤，苟當與，何待請者？明乎君子之用心，思固當與並，何妨代籌所與乎？從來庸衆之居心，隨在而謀所取也；　君子之居心，則隨在而謀所與。夫施從其厚，即使稍鄰過當，亦何妨姑徇其情，而究之好行其德之殷懷，（立片言而居要。）未足語稱物平施之至理。不然，援定分以與人，何爲代籌夫推惠之與也？聖門弟子三千，身通六藝者七十二人，其間貧富互見，（原思已包括在內。）顧未有以賙恤傳者。豪俠之舉，非聖賢事也。自子華使齊，而冉子沾沾以粟請。

夫求也，性喜積財，以富於周公之季氏，猶爲之聚斂而附益之，於肥馬輕裘之子華，又何妨陳乞而多與之？然而夫子不顯拒者何也？有毋尸饔，言之成理。迨至自與五秉，（點題有翦裁。）轉若以子之與釜與庾爲未足者，不知赤富者也，非急者也。求豈未見今日之赤，抑並忘乎昔日所聞乎？吾聞之也，君子周急不繼富。（主峰。）今夫天生聖賢，（二比措詞甚簡，而陳義甚高。）而第使之流解推之惠，誕降亦覺虛生，而要之益寡裒多，自裁成之一事，淡於所不必與，（不繼富，正爲周急地。）將以留其所當與而已；　今夫弟子從師，而但向之乞升斗之恩，信道亦殊不篤，而特以量能授食，即善任之一端，見爲分之當與，則並渾乎情之當與而已。（九百之與，却不徒是周急。）即如原思爲宰，與粟九百，爲宰非爲貧也，與宰非與思也，夫何待言？顧夫子於思，（從此得間，不惟挽合巧便兩題義，亦不致打成兩橛。）任之以爲宰之勞，而不强之以適齊之役，毋亦斟酌於事前，有非及門所能測識者乎？思之辭禄，固介士之深情；　子之言毋，乃匪頒之定理。而又申一説曰：「以與爾鄰里鄉黨。」五家爲鄰，二十五家爲里，萬二千五百家爲鄉，五百爲黨，九百之粟，能遍給乎？則君子之必周急可知也。且思之鄰里鄉黨，皆不知誰何之人，子猶爲之殷殷計及，何獨靳於及門之子華？則君子之不繼富，更可知也。（滴滴歸源。）

此題前人名作率多，兩平實則前後叙事繁簡互殊，頗難支對。汪文端《立誠編》首作轉用散行，職是故也。文用横擔法，較彼作尤簡勁。

樊遲問知　二章

聖人對知、仁之問，未足以賅動、静之全也。夫仁、知不外乎動、静，當務當先，爲遲發耳。進徵其全，所爲由所樂而窮其效歟！從來理無淺深，視人所造以爲淺深耳。聖賢之學，不外知、仁二端。（兩章各還分際。）有求乎知、仁之功者，即課諸能知、能行而已，足以矯其失；有造乎知、仁之極者，即窮乎一闔一闢，而幾莫能罄其藏。在聖人答述自言，非必顯分高下，及門正得類記之以供互證焉。嘗考《大易》之義，（探原立論，即提「動」、「静」作主，而不覺其倒，由筆渾也。）乾動而坤静，人受天地之中以生，而知者見之謂之知，仁者見之謂之仁，備斯德者，其夫子乎？斯詣躬備之，即蕲與吾黨共勉之。如樊遲者，固告以愛人、知人而未達者也，胡日者又以知、仁問？今使置日用常行之理，而求之杳冥恍惚之塗，則其識已昏。而何所謂知？民義當務，鬼神敬而遠，救遲之失也，而知之道，豈外是也？（此理原敬上徹下。）又使廢堅勵刻苦之功，而希夫浮慕淺嘗之效，則其情已躁。而何所謂仁？先其所難，後其所獲，救遲之失也，而仁之道，又豈外是也？蓋就動、静之互根者言之，其趨於義者爲動，其略於神者又似乎静；其俟所獲者爲静，其勉所難者又似乎動。（二比借「動」、「静」二字，分貼上章各層，錯綜變化，虚空粉碎，真乃頭頭是道，面面皆圓。）從八之始基，不得不區分其義，可知求爲知、求爲仁者，斷不𢙣然於事爲之迹，而本爲斯世所共由。若就動、静之極致言之，微特急所務者爲動，即推而遠者，何莫非動？微特置爲後者爲静，即争所先者，何莫非静？渾涵之全量並不煩曲，赴其程可知純乎？知純乎仁者，直欲浩然與造物者游，而更爲名言所莫罄，日者夫子蓋自道其心得也。曰知者、仁者無所擬諸？（全篇提「動」、「静」作主，此處仍如題不紊。）一樂水，一樂山焉。進原乎其體，則一動一静焉；推極乎其效，則一樂一壽焉。動、静之倪不可見，而山水若曲爲傳，（扼重中二句，便可以「山」、「水」對「樂」、「壽」。）變動不居，安貞有定，非徒事遊覽之適，游覽者轉無以逾之。稱水而嘆原泉，登山而小天下，胥是道也。動、静之符不可知，而樂壽自旋而致，俯仰自得，悠久無疆，絶不爲責報之圖，責報者卒無以過之。疏水之笑浮雲，假年之懷學《易》，胥是道也。惟知、仁待聖而全，（兜裹完密。）故中道别具從容之妙；惟知、仁盡人可勉，故下學務殫切近之功。不然，必執動、静之全德以衡人，則如賜之達、回之賢，尚或難之，獨樊遲也哉？

上章劈分兩義，下章叠架三層，此最難以製局。文提「動」、「静」驅駕，而於各章層折，轉得絲絲入簆，所謂文成而法立也。

可欺也不可罔也

申言君子之本懷，可不可一準於理也。夫理之所有者欺，理之所無者罔，同一告君子，而可否殊矣，夫子申逝陷之義如此。且世有仁人，人皆思以術窮之，爲善者其懼矣，而正無慮也。其受焉者，非必見愚於術，而即所以行吾仁；其拒焉者，非必求破其術，而斷不使窘吾仁。即人之所以窮我，而權衡出焉。斯仁者之術已，可逝不可陷，君子固不從井救人矣。雖然，猶有進。夫井之有人，（井中之告不便是「罔」，二句特充類至盡耳。此處入題，極見斟酌。）特理之一端焉耳，以君子痌瘝在抱，凡顛連而無告者，皆曲構其形似以相嘗。平情以察，蓋即逝之屬也，所謂欺也。抑井之有人，猶理之所有者耳，以君子忠厚爲懷，凡意念所難防者，且百出其譸張以相困。充類以推，或皆陷之機也，所謂罔也。夫以欺若彼，以罔若此，（有此二比一束，出「可」、「不可」倍有勢。）此在發奸摘伏之才，謂以我用人，無人用我，必概從擯斥，而後免於累其心。其在忘身殉物之士，謂任人負我，毋我負人，即胥與委蛇，而終無所疵其志。豈知君子於此可不可固自有辨。言之緩者動以情，貢其欺者恒投於所不及察，豈真不能察乎？世將望我以長者之事，而我先待以不肖之心，斯即佻薄之見端矣。然非一投而無不投也，（轉筆捷。）吾身即可捐，豈施於無所置身之地？吾力雖不愛，豈用於不煩致力之時？夫以君子之虛衷，而投焉忽拒，則其情之誣罔，亦可見耳。（股首從「欺」字折出「可」字，股末從「不可」字補出「罔」字，運法不板。）言之急者聳以勢，售其欺者或激於所不及詳，豈遂不能詳乎？世方示我以飢溺之危，而我過甚其遲疑之見，斯又隔膜之難安矣。然非一激而無弗激也，恤灾雖切，而安有不經見之灾？捄禍誠殷，而安有無所因之禍？夫以君子之同患，而激者立窮，則其勢之誕罔，亦可知耳。然則爲君子計，惜其見罔，何嘗不惜其見欺？而不必也。好察之情，或流於谿刻。（議論名警。）凡精神所不到者，亦正爲天地留其有餘，故機心所感，君子有時居無識之名，而不必因一事之被蒙，并悔其救敝扶傷之意。爲告君子者計，冀其受欺，何嘗不冀其受罔？而不能也。兼愛之弊，終至於自窮。

凡委曲以求全者，乃即爲萬物所以託命，故挾筴相乘，君子有時蹈拂情之戾，而斷不使無端之曲説，得敗其濟人利物之功。（「可欺」不失爲仁，「不可罔」亦正所以全吾仁，滴滴歸源，墨無旁瀋。）子何疑仁之不可爲乎？

題句與上文一例，然「井有人焉」之告，不得便謂爲理之所無。提比推説最圓通，篇意主救人，仍不似孟子文字，心細手和之作。

能近取譬可謂仁之方也已

仁有無事遠求者，以方之盡人可能也。夫遠者難能，取己所欲而譬諸人，則近之至矣。有是方在，何必空言施濟乎？從來無私之謂仁，而論仁者輒曰「仁」、「術」。夫術似非仁，而仁究不容無術。且全乎仁者，誠無藉於術；而通其術者，亦可至於仁。固知抱難償之願以論心，不若求可據之途以從事也。欲立立人，欲達達人，此惟仁者有然，特是聖固難能，而全乎仁者亦正不易。（此處截清，自無連上之弊。）然則遂將無事於仁哉？（突然另起，是承上，正是截上。）今使猝然而語人曰：欲立即立，欲達即達，則凡未至於仁者，皆自處於隔膜之地，而仁之詣以窮。有道焉，約旨以求，而隨在皆有所致力，斯近莫近於此矣。又使猝然而語人曰：　一立而無不立，一達而無不達，則當世無仁者，且爭趨於殘忍之途，而仁之望終絶。有道焉，相形見絀，而撫念自覺其難安，斯近莫近於此矣。夫施濟之難能者，以其遠耳，然則可能者維何？曰於近取譬，深匿之懷，終身莫發其覆。試爲直抉其隱衷，（是取。）而蓄念待償者，歷歷有端倪之可指，則執柯伐柯之下，自求肖焉而無患於歧。痌瘝之抱，轉念旋昧其初。試爲求端於己事，（是譬。）而設身以處者，明明有成例之堪徵，則挹彼注茲之辰，亦推暨焉而不窮於用。斯豈敢遽言仁哉？而仁之方在是矣。天下無孤懸之仁，而方則由虚而底於實。今夫渾化之功，一念起而萬物在宥，（仁者能自製方，此則遵用而已。）及其顯垂於治象者，未嘗無設措之勞。取以譬焉，不能遽泯夫人與己之形，而對鏡之情，自確呈而不容恝。謂彼固神而明此，亦無嫌墨以守也。方之所爲，徹始終而同塗也。天下無姑待之仁，而方則由作而要於成。今夫龐熙之治，主極端而四海咸休，究其起教於本原者，仍自有推恩之序。（聖者推此方以迄於至極，此則初試而已。）近以取譬，無暇遽責夫博與衆之效，而能盡之力，必求致而不容辭。謂彼特放而準此，乃先求約以操也。方之所爲，隨大小而有效也。堯舜既往，而仁之理終不絶於天下者，此物此志也。賜欲求仁，亦量其所能者行之可矣，遑云聖乎？

拈出「方」字，正見爲仁實落下手處，俗手知截「施」、「濟」，而不知截「立」、「達」，説成萬物一體，皆連上文字也。看此作何等明切！

不圖爲樂之至於斯也

聖人嘆《韶》之爲樂，積久而始悟也。夫樂至於斯，而猝然嘆曰不圖，以學之已閲三月也。然則《韶》之爲樂，固非夫子不能知哉。意謂事之一涉即知者，皆非其至焉者也。凡音之起，由人心生，而古人之心，所寄於音者獨深，則驟以音求之不可得，迨遲之又久，而聆古人之音，如見古人之心焉，斯贊頌爲難窮矣。（他手講下不敢點「不圖」者，恐其一説即盡耳。若點出「不圖」，而仍縮向題前，何至犯手。）噫！吾不圖終身於樂，而於樂之妙，仍未之知也。爲邦而師《韶》、《舞》，此郅治之成規耳。顧儒門之誦習，不參以專家之授受，而其用不靈。迄於今而視精行端，其揭真傳以流露者已如斯。盡善而溯虞廷，此論世之特識耳。顧憑臆之權衡，（是學之三月後語。）不證以按器之推求，而其情不洽。迄於今而耳擩目染，其鑒苦心若告語者又如斯。謂作樂關於天授，則神靈宜莫如上古之奇，乃吾觀《雲門》、《咸池》、《六英》之製，（侈陳舜德固癡，竟作游詞亦謬。二比從旁面著筆，摹天繪日，固不如托月烘雲也。）其調非不奧，而或苦其荒誕而難憑，獨推斯爲元音焉。且后夔承命，獨詳於依永和聲，料其審陰審陽，不能自外於伶倫之管，何以鼗乎鼓、軒乎舞？乃奄有衆長，一至於斯也。隨魂夢以周旋，蓋如聞廣野鈞天之奏已。謂作樂以告成功，則尺度宜莫如後人之密，乃吾觀《大夏》、《大濩》、《大武》之垂，其制本代興，而猶議其幾微之有憾，獨於斯嘆觀止焉。且臯陶矢謨，賡唱於明良喜起，極其多材多藝，豈必遠邁乎姬旦之名？何以如天幬、如地載？乃迥絶攀躋，一至於斯也。緬浮蹤而想像，猶儼聽空堂絲竹之音已。然則樂雖至於斯，未涉其境，弗喻也。（講下出「不圖」，後不作出落，而官止神行，合全篇以成章法。）溯黟黑頎長之慕，平生之私淑，不應獨愬於重華，不圖訪求萇叔以來，幾閱歷徒勞，而始得相逢於意外，此其機。若或啓之，又必需之歲月而徐啓之。自少至老，大抵履之後難，及之後知者也。然則樂苟至於斯，久湮其緒，必宣也。極聲希味淡之遥，心法之淵源，疇克上窺夫精一，不圖奔竄陳完以後，任宗支漸替，而尚存遺響於人間，此其業。幸而留之，還藉寄之嗟嘆而永留之。自古至今，未有美而弗愛，愛而弗傳者也。（「也」字餘音，至今未寂。）

曩余作此題，以質同年張子佩比部。張云「不圖」二字，乃聖人三月後豁然頓悟，若題前多作襯墊，便失衝口而出神理。其論極精，然講下直出「不圖」，又苦一瀉無餘，因此余亟毀稿，而張亦擱筆。事閲十年，偶然憶及，急起追之，未知與題吻有合否？（自記）

季札觀止，是驟聞驚喜之詞，夫子則學習既久，恍有心得，贊嘆雖同，境界自别。此文真能道出聖聖相契神理，不徒以口吻宛合爲工。

多聞擇其善者而從之多見而識之

藉聞見以免妄作，蘄臻於善而已。夫多聞以資所從，多見以資所識，其中未必盡善，而有擇有不擇焉。子何敢妄作哉？且吾人明善復初，未有不取諸人以爲善者也。然無論今人古人，皆有善而不能盡善。取諸古以供追步，辨之不可不嚴；取諸今以備澄觀，存之不妨稍恕。要以懲師心之自用則辨焉，（善抱不脱。）可舍不善以求善，即存焉者亦無非折衷於善。不知而作，我豈有是哉？（「聞」、「見」靠定「作」字，是。）不有先我而作者乎？冥心孤運，謂可逞自我爲祖之奇，徐而溯諸典籍之垂，而後知一人之志業，必不能勝千百世遞傳之志業，此其事利用聞。不有並我而作者乎？創獲是矜，謂可收閉户自精之益，出而遊於賢豪之侶，而後知一人之精神，并不能勝千萬人各用之精神，此其事利用見。且夫多聞多見，大約求其善斯已耳，而其間亦微有異。（**題之罅隙即文之波瀾。**）讀史以尚論見長，每取前人之孰佞孰賢，分析焉而無毫釐之恕，乃至鄉閭鑒別，肆口爲月旦之評，有疑於清議之過激者，非嚴於古而寬於今也。得諸聞者成名而去，可取善於不善之中；得諸見者定論未伸，難區不善於善之外。（**傳誌之文，所以必俟身後。**）一則用擇，一則未能用擇，其勢有難以並行者已。景行以高山爲喻，每取往哲之一言一動，則效焉而無趨步之差，乃至宗旨顯標，相約爲應求之舉，有累於朋黨之招尤者，非榮於古而虐於今也。資於聞者懸的爲招，別善於不善而指歸始定；資於見者借端取證，渾善於不善而權度自存。（**馬援《誡兄子書》，人猶議之。**）一則當擇，一則無藉於擇，其事有不嫌歧出者已。而我於是決所從，生長宗邦，方策之留貽不少，使臆見可以自逞，（**中間拈「善」字總發，至此仍如題分疏，方不奪下文之界。**）即奚煩探索之勞？乃合古人所作者，分類參稽，善不善誠不能一致，第即先進可宗之理，以伸夫前修竊比之懷，其顯示我作者，（**語不離宗。**）已如是範圍而不過也，能不拳拳乎守之？而我於是深所識，周旋列國，交游之表見孔多，使拘墟可以自封，又奚藉旁參之力？乃合今人所作者，平心細揣，善不善誠未易明言，（中幅疏明，此處不同添設。）第即兩端可執之塗，以資夫欲辨忘言之契，其隱牖我作者，又如是取給而不窮也，能不默默乎存之？義理無窮，敢希徇齊敦敏之詣；聰明可用，庶免索塗擿埴之譏。知之次也。

白文首句多四字，照注所從「不可不擇」記，則善惡皆當存之，梳櫛獨清，通篇緊跟「作」字，著筆尤密。

抑爲之不厭誨人不倦

詣有次於仁聖者，合人已以轉計焉。夫爲之誨人，非有外於仁聖之道也。由不敢而轉計之，不厭不倦，子故懸思此詣與？且幾康傳敕命之歌，輔翼著憂民之訓，自古神靈出世，未有孤據一夐絶之詣，而置修己治人於度外者也。顧度量相越，即修己治人，亦各有難易之分，惟甘爲其難，遂不必過躐其等，而回思遷慮，遂若別構一詣於心目之間。（是九字題分際。）若聖與仁，則吾豈敢？辭仁聖者，辭其生安之質耳，而大道多夷，未嘗堅拒後賢相絀黽皇之力。設曰我非仁聖而力不足焉，非君子之所以成己。（是「豈敢」後轉捩語氣。）辭仁聖者，辭其神化之功耳，而牖民孔易，或且遠期同志廣分覺悟之權。設曰我非仁聖而權可謝焉，又豈君子之所以成人？成己維何？爲之而已。修途之奧窔何窮，自顧絶塵而奔，必不及仁聖之速，則即日斯邁，月斯征，尚恐愚柔之自畫者，而奈何以厭乘之？（題字先用反點。）成人維何？誨之而已。同類之顓蒙何限，自問丕應予志，必不及仁聖之靈，則即憤必啓，悱必發，尚恐標置之過高者，而奈何以倦出之？且夫精神各有專精，（空中提振，文境始寬。）浮慕乎爲聖爲仁，奢而莫或償也，不如實致於持循之地；功力必當漸進，驟希乎爲聖爲仁，躁而且中蹶也，莫若退守乎迂拙之程。（言之親切有味。）世有仁聖，即爲之名可不立，若猶是擇善固執之修也，果可冥心以頓悟乎？抑勤劬者勝乎？（「抑」字至此始點，仍係借徑。）世有仁聖，并誨之迹不易窺，若猶是面命耳提之責也，果可秘密而默傳乎？抑詳盡者宜乎？博學無名之説，或疑相許之非深，究之一藝可訾，皆仁聖所自具之功，而鄙事似覺多能，（二比稍稍説著自己矣，妙在用作前半比，至股末，仍復颺開。）實假年但期寡過。設吾也侚齊夙擅，亦奚藉此辛勞者，徒以仰追千古，遥遥莫即，而援此已千已百以相衡。文章得聞之機，或疑見推之未盡，究之束修以上，皆仁聖所不遺之類，而兩端有所必竭，實一隅非欲自私。設吾也動變無方，亦何須此諄復者，徒以澄觀萬類，切切難忘，而標兹與潔與進以自鏡。「則可謂云爾已矣」，仁聖云乎哉？

大注：「爲之，謂爲仁聖之道。誨人，亦謂以此教人也。」要騰挪「抑」字，先要不脱「聖」、「仁」，若將兩項攬入自身，鮮不成三句題者。

出辭氣斯遠鄙倍矣

道有見於辭氣者，君子之學全矣。夫辭氣之出，其端至微，而鄙倍即因之見焉，君子遠之。其斯爲道積厥躬乎？且吾人奉道爲歸，初不必於言求勝也，而言之所發，往往足以驗道力之淺深。德器既涉於浮，發諸言而覺其不雅矣；性情或流於戾，發諸言而覺其不馴矣。反是以思，而沈潛於道味者，自見其德音秩秩焉。動容貌，正顔色，君子所貴乎道者如是。夫有其容，則文以君子之辭，而辭之所發爲氣，（「氣」字不略。）然則辭氣之出，不又驗道之一端哉？草野自囿顓愚，雖横議無足責耳。若既躋於浚明夙夜之班，（此君子兼德位言之。）一敷陳而朝列咸瞻焉，一周咨而鄰封取則焉，宜何如懔懔也？淺人自甘疏陋，雖游談莫與譏耳。若躬厠於學士文人之列，一辨論而愚智判焉，一酬對而禍福睍焉，宜何如兢兢也？夫辭一出而氣即流焉，氣之粗而不雅者則爲鄙，氣之梗而不馴者則爲倍，皆君子所切戒者也。其爲叙事之辭也者，洽聞殫見，亦孰不以典核相期？而才之雄者，又或增飾繁華，以見其敷陳之美。乃庸陋之氣中於隱微，則委巷瑣屑之談，有羼入於正言莊論之餘，（「鄙」不必嫚詞惡謔，凡不雅者皆「鄙」也。）而不自知其不類者。無他，道腴之所藴不深，則雖多言舉典，而終未免於俗情也。其爲析理之辭也者，硁愚訂頑，亦孰不以精深爲尚？而辨之詳者，甚或推原杪忽，以求其思致之微。乃愎戾之氣秉於曩昔，則異學披猖之論，（「倍」不必邪設淫詞，凡不順者皆「倍」也。）有流露於口講指畫之頃，而不自訝其失倫者。無他，道脉之所承不篤，則雖極遠窮高，而終不離乎臆見也。夫然而爲君子者，宜有以遠之矣。是必未出之前，所爲導以中和者，足以養其氣而使之静。不苟同於人，則俗説豈得而混？（分貼「鄙」、「倍」，字法老確。）不立異於人，則謬論豈得而參？大雅不群，斯當世之鄙且倍者，皆有格不相入之勢。亦必將出之際，所爲範以壇宇者，足以攝其氣而使之平。學賅於博，則趣何至隘而卑？説反於約，則旨何至歧而誤？折中至當，斯吾心之鄙且倍者，亦有徐而自化之機。（「遠」字亦分兩義。）至是而君子之道以全，子大夫亦務其大者可矣。

潛心體會，義蘊精微，是謂深人無淺語。

曾子曰以能問於不能　二章

大賢論仁、勇之詣，而所指之人可見矣。夫精義理而忘物我，惟顏子能之；有才有節，惟子路能之。曾子相提並論，意深哉！昔子思作《中庸》，以舜爲知，（尋見證佐，方能自暢其説。）即繼以顔淵之仁、子路之勇。夫顔淵、子路所造，似未可與舜争衡。顧子思之學，原於曾子，當日論仁、勇之詣，或懷曩躅以溯真修，或排衆論以伸特操，（題緒苦繁，各從「能」末二句綰合。）蓋其推挹爲已至已。其論仁之詣奈何？曾子曰：吾心浩蕩之春，盡人可充其量，而中以衷懷之狹隘，則其見日私。若乃能者自勝於不能，多者自勝於寡，而好問不嫌折節也；有者不至於亡，實者不至於虛，而若谷自具淵衷也。人情薄於責己，必至厚於責人。（入「犯而不校」句，有波折。）虛心如此，亦何至來非意之干者？然即有犯焉，而是非之辨，施諸酬酢而皆融，其不校也，又何其寬以恕乎！蓋居盛鳴謙，（剥進一層，方是顔子身分。）或近要名之事，凖以不伐善之意，則高堅本自難窮；以德報怨，第爲遠禍之方，推以不遷怒之情，則横逆彌當目反。人有空山偃蹇，

（空中提得筆起。）至殫其平生之好學，而幽光或未遽彰。試爲探藴於精微之域，觀善於憂患之途，而後知天地沖和之氣，有非斯人莫克全者。昔者吾友嘗從事於斯矣。其論勇之指奈何？曾子曰：斯世艱大之任，盡人可仔其肩，而存以俗見之依違，則其氣日餒。若乃六尺之孤，才不才未敢料，（題之板重處，以疏快之筆破之。）而受所託者，可以不食言也；百里之命，濟不濟未敢知，而膺斯寄者，可以不僨事也。人情誤於平居，必至摇於當局。長才如此，亦何至攖不測之遭者？然臨大節焉，而義利之關，試之危疑而益厲，其不可奪也，又何其堅以定乎！蓋不學無術，有時著效於受遺，（霍光。）原以三年可使之懷，則酬知有素；所事非君，亦或留名於殉主，（王彦章。）準以食焉不避之義，則許國彌尊。人有宿草荒凉，至率其一意之孤行，而事後尚無定論。（長比忌作直布袋，至此亦天然一曲。）試使受任於危難之辰，就義於從容之地，而後知天地剛大之氣，有非斯人莫克充者。君子人與？君子人也〔二〕。斯言也，不必明言顔淵、子路，而知爲兩賢發者。合之論士，一足以任重，一足以道遠也。（確證。）或疑夫子獨美顔淵，子路似稍不及，（以下章爲子路，似近創解，此處略作補筆，恰好與講首相配。）然觀曾西論子路，至謂吾先子之所畏，其心折可知矣。仁與勇可過軒輊哉？

以下章爲子路，用張惕庵説。（自記）

順兩章之文勢，作兩賢之定評，可謂洪鐘無纖響。

子曰三年學不至於穀不易得也

聖人以實學望天下，而慨求禄者之多焉。夫學非以期穀也，然三年於學，而不志是者鮮矣，子故以不易得爲慨乎。且學古入官之説，凡爲力學者勸也，所慮者，上以此觀士，士即以此應其上。挾砥行立名之具，爲求榮干禄之謀，而學術幾爲天下晦。三代以下，躁進成風，欲期於大器之晚成也，抑已鮮矣。何言之？十年樹木，百年樹人者，（籠題有勢，高挹群言。）國家之所以造士。故有文章經術，本異庸流，而英主儲賢，必老其材而後用者，恐其所養之未優也。十年讀書，十年養氣者，聖賢之所以律身。故有顯秩高官，驟加夙慧，而老成見事，且謂所遭之不幸者，懼其所受之已淺也。而無如專於學者之少也，正以志於穀者之多也。無已，試以三年爲衡。三代之人材，必由庠序，三年則通經之候也。（「三年」字有疏證。）夫一編吟諷，或終身不能罄其藏，顧何以發篋陳書，輒詡揣摩之有得，然後知吾人建白之念，未始非躁競之所自開也，疇弗慕雉膏之食歟？三代之士類，亦隸職司，三年則考績之期也。夫爾室潛修，豈小試所能竟其用？顧何以興廉舉孝，且偕計吏以同升，然後知朝廷汲引之權，未始非歆羨之所由起也，疇思好爵之縻歟？（著此句，「不易得」方有根。）今且有人於此，其襟期之超曠，直通乎天地，萬物之原以供其蘊蓄，而惟恐出之太遽，則材淺而業亦不光。故無論三年中所肄未精也，礪才砥德，鑿鑿乎有可以共見之資，而苟使藏器之更深，則所造尤難以相限，此吾斯未信。惟開也能見其端，（曾點、漆雕開已見大意。）而果以自鳴者，未足喻斯意也。其器宇之閎深，直統天民，大人之業以厚其敷施，而惟恐就之太卑，則身輕而道亦終褻。故無論三年中所如不偶也，握瑾懷瑜，騤騤乎有不可終閟之勢，而苟非挽推所能致，則其守尤得以獨全，此善爲我辭。（由求活仕季氏，究不若閔子汶上之辭。）惟損也能持其操，而急於求售者，奚能淡斯懷也？吁！豈易得哉！豈易得哉！夫考槃興嘆，本非盛世所宜，登進日難，致有學而終無穀者，斯亦君相之過；（放寬一層作開。）抑挾策干時，更屬儒流所耻，仕途既雜，（透過一層作合。）有得穀而未必學者，豈非風俗之憂？世有志於穀者乎？吾願奉其學以終身耳。三年云乎哉？

訓辭深厚，足以鎮浮止競。司成蚤年科第，而服官廉静，風骨凛然。讀此文，可以見其所養矣。

不忮不求(至)室是遠而

即《詩》以悟道，毋以遠自諉矣。夫不忮求未可自足，勇者當兼知仁以冀後彫也。若學而未底於權，何異《唐棣》之諉於遠乎？且《詩》本緣情，而有謂不關乎理者，此三代以下之論，非《詩》教也。聖人立教，主於感發人之善心，而善之量務造其極，善之功必循其序。故言情而卒歸於理者，(扣題明了。)其《詩》在所必採；離理而求白其情者，其《詩》在所必删。緼袍不耻，子以許由，非論《詩》也，何忽及《雄雉》之詩？(即從《雄雉》影起《唐棣》，巧不可階。)且是詩爲思婦之作，故首章曰：「我之懷矣，自詒伊阻。」三章曰：「道之云遠，曷云能來？」似未暇及於學道之事者，乃詠其卒章曰：「不忮不求，何用不臧？」子路勇者也，(他手但解從「道」字聯絡，不如扼「勇」字尤有把鼻。)勇者喜於有爲，而不能持久，不意聞斯二語，若將終身，適與其本趣相反。抑知道不遠人，(鈎題尾，并照應中三章。)所爲造極而通變者，何嘗不自卑近基之？而不能執是道以盡道，若遽以自足，則何用不臧者？亦何足以臧矣？夫所謂道者何也？忮求，欲之淺者也。進之明不足則惑，理不足則憂，氣不足則懼，由貧富之地，而至於造次顛沛之無違，斯歲寒之松柏也。（數行直作一筆書。）知之盡仁之至，不賴勇而裕如者也。然造道亦正賴勇，故適道之前，其基必始於學；而適道之後，則更由立以達權。苟未可與，毋自足也，非即臧猶未臧之説哉！特恐陵節以施，則將舍近而求遠，而畏難苟安，又諉咎於道之本遠。噫！諉咎於遠，豈特學道爲然哉！（失勢一落千丈强。）逸《詩》有曰：「唐棣之華，偏其反而，豈不爾思？室是遠而。」今《三百篇》不録，（用外注挽適道章。）豈以偏反之義，近於反經合道爲權而删之耶？抑柔靡之姿，（挽「歲寒」章。）望秋先零，不若松柏之質，經霜彌茂耶？觀其謝權於思，而歸過於室，將終身遠矣，何無勇至此？（挽題首，并補「知者」章。）吾黨類次記之，如《雄雉》之處境，（收束整密。）實已超逾乎俗，而據以盡道則未精。如《唐棣》之懷人，何妨紆曲其辭，而移以思道則多闋。子曰：「未之思也，夫何遠之有？」雖謂爲子路發可也。（别趣。）

兩詩詞本以類從，中間隨手點化，而義理自然貫串，得隆、萬人佳處。

孔子於鄉黨 二節

觀聖自鄉黨始，易一境而已變矣。夫《鄉黨》一篇，皆記夫子言貌之不同，即以異於朝廟爲例，恂恂便便，記者誠善狀歟！且學者善觀聖人，未有不從其所處之境以爲據也，而要不能執一境以爲衡。夫惟探本於聖人誕降之區，（筆大如椽。）復參證乎典禮之至隆，名分之至肅，則可以該出處之大端，則聖容之隨地各殊於是乎見，此篇首發凡之恉也。及門侍夫子久，知聖人言貌之不同，無不於所處之地分之，（總提單落。）而特首書之，曰「孔子於鄉黨」。高視聖人者，謂質稟神靈，必非風俗之所能囿，此伊尹生空桑之謬説也。（設色奇警。）夫子清芬代襲，猶是鼎銘傴僂之遺，而凡父兄宗族之言歡，挹其風者，恂恂乎和氣自薰，卒未聞雄辯高談，侈然有表異於鄉人之意。蓋至似不能言，而人幾忘乎其爲聖人矣。偏視聖人者，謂禮崇本始，必於桑梓而有加隆，此魂魄戀故鄉之鄙見也。（俗儒妄測聖人，率不外此。兩層撇去，殊快。）夫子素位而行，不改俎豆嬉遊之志，而凡酬酢往來之相值，親其範者，恂恂乎中孚皆吉，并未聞廣咨博采，慨然有市德於鄉人之情。蓋至似不能言，而人又執是以爲聖人矣。抑知天理之流行，固一在而無不在者也；（轉關靈緊。）泛應之曲，當又隨在而無定在者也。其在宗廟朝廷，一則禮法之所存焉。制作之精心，駿奔之定位，皆留貽於立談之頃，略觀大意可乎？夫子爲列聖格其靈，則即一名一物之昭垂，必爲詳究其源流，而要非於見聞侈博。夫瞻道範於宮墻，固謂韋布而有宗廟之美矣，孰知在廟言廟如是哉？（誓抱不脱。）一則政事之所出焉。官方之修廢，民俗之隆污，並取决於敷奏之辰，不求甚解可乎？夫子爲公室維其統，則當大事大疑之贊畫，必爲確陳其利弊，而並非以詰難見長。夫懍周行於模楷，且謂閭門而有朝廷之肅矣，孰知在朝言朝如是哉？觀於「便便言惟謹爾」，而後知執鄉黨以觀聖人者非也，而又知離鄉黨以觀聖人者，又未必是也。（面面皆圓。）由近及遠，《大學》起教之規；自行而藏，乾道憂違之旨。記者繼記在朝之容，而仍終之以居鄉之事，凡以發明時之爲義云爾。（結穴。）

題關在「其在」二字，無平列之理，却亦無側重一邊之理，似此方能如題。

君子不以紺緅飾紅紫不以爲褻服

君子之服慎於微，先致辨於間色焉。夫紺緅猶爲赤黑之間色，况紅紫乎？不以飾，不爲褻服，君子之慎於微者如此。從來一王之興，必易服色，明乎服之以色爲重也。顧論色之正，興王創制，先於其大者垂之；若論色之間，儒者闡修，先於其小者慎之。《鄉黨》記孔子朝擯聘問之後，次及衣服之制，而特書君子。（不略題首。）蓋雜引古禮之言，而聖人亦不外是也。（發端冠冕，不見倒挐之迹。）我周以火德王，色尚赤，夫子嘗言惡紫之奪朱，爲間色也，間之云者，不必兩色適均也。（江慎修以紺緅爲間色，近人猶疑之，得此疏解便圓。）即一色之中，微參異色，而已不得爲正。《魯論》記君子不以紺緅飾，或曰「紺爲齊服」，是誤以紺爲元也；或曰「緅爲練服」，是誤以緅爲縓。《爾雅》：「一染謂之縓。」釋者曰：「此今之紅也。」（映帶天然。）若鍾氏染羽，三入爲纁，五八爲緅。蓋以纁入赤則爲朱，以纁入黑則爲紺，皆四入也。以紺入黑乃爲緅，則又黑於紺矣。至飾之爲義，領緣與袖緣不同。（「飾」字不略。）爲人子者，父母存，冠衣不純素；孤子當室，冠衣不純采。茲以間色黜之，大率以領緣之説爲近，特是紺緅固赤黑之間色，而非即紫也。何也？古者染黑之法，通於染赤，皆以赤爲基，而一則輾轉加深，以入於元，紺緅其未成元者耳。（原原本本，令讀者一覽了然。）若紫則自有染之之物，故地官染草所儲者多紫，茢之可以爲紫，猶茅蒐之可以爲紅也。五行各有間色，以火克金，則赤白合而成紅；以水克火，則赤黑合而成紫。謂非相雜而適均者耶？《魯論》復記之曰：「紅紫不以爲褻服。」夫衣必正色，既云褻服，非纊繭緼袍之屬，（褻服不略。）即中衣袒服之倫，似可略矣。慨夫齊桓有敗素，管仲使染爲紫，而價十倍，殆以費省而色艷，與紺緅之屢經濡染者異歟？君子觀紫綏始自魯桓，知時尚相沿，駸駸乎有不止於褻服者，并不若《鄭風》之詠茹藘，猶知爲婦人作也，與紅並黜之。（從紫串紅，亦見隨手之變。）蓋燕私之意不介於儀容，服妖之占尤嚴於五事，固不得以細故而忽之爾。總之，紺緅深於紫，紅則淺於紫，皆間色也。（題解了然。）不以爲飾，則不以爲服可知；不以爲褻服，則不以爲朝祭之服可知。君子之慎微如此。（如以下文爲餘波。）若夫衣之緇素與黃也，裼之必得其宜；冠之元也，用之必得其地，則尤致謹於正色者也。

從「紫」字驅駕兩節，方聯絡有情，不徒以考據明確見長。

失飪不食不時不食

食有準於天人者，不容昧其宜也。夫飪者人所調，時者天所定，反是則昧其宜矣，宜子之不食乎！且羹齊詳於內，則物候詳於《月令》，皆記者之各傳其學也。《鄉黨》一篇，類記聖人飲食之經，故其詞較簡。人事之當然，亂之則紊；天道之自然，違之則乖。觀其所棄而所取者可知已。歷稽不食，豈止於色臭之惡哉？（翻入，有精義。）遠而宗古皇之俗，茹毛飲血，何不以無事相安？而調劑既開，若獨優於聖賢之養，此《鼎》之所以象夫飪也。誕而述異教之宗，戒殺餐和，何不以清虛自適？而取携有節，要無傷於孝子之心，此《隨》之所爲取於時也。若之何其失飪乎？凡事莫不有當然之節，而惟不求甚解者，爲不足譏。飪有宜熟而生者，腽肥之品初試焉，而其體不柔；飪有宜生而熟者，鮮美之姿久鬱焉，而其天轉損。（每句必析兩義，以抉其精，先輩法。）夫一端偶誤，豈必遽傷精義之功？然而苟且之情何可漸也，有投箸而起焉耳。若之何其不時乎？凡物莫不有自然之機，而惟亂次以濟者，爲不可救。有未至乎時者，滯淹之氣積於內，而其脉不舒；有已過乎時者，枯槁之姿入於中，而其精易耗。夫一節稍乖，豈必盡戾致和之抱？然而新奇之尚所必防也，有對案而嗟焉耳。其不食也，有斷然者。彼夫怨興中饋，蒸梨而或出其妻；計出愚氓，揠苗而見嗤於子。（俯拾即是，異樣精采。）世俗之情，未堪深論，以不食者存其理，則傅鼎不紛，宓刑深畏，遂以是垂調爕之經。庸君嗜味，腼熊而遂肆其殘；暴客興嫌，羞鼈而或譏其小。意外之變，幾不勝窮，以不食者守其常，則考銘溯舊，鯉賜從新，（句法工琢。）遂以是見中庸之學。子之審乎食之宜者如此。

「鄉黨」題存小中見大之見，落筆便成浮響。文義藴精邃，而以矜煉之筆出之，總緣小題不宜大做也。

寢不尸　五節

記聖人容貌之變，一理之常而已。夫子非有意於變，乃自獨處至於接人，而極之於敬天，記者微窺其變，故類記之。《鄉黨》一篇，備載聖人之言動，間有文已見前，而篇中不容漏略者，則複舉焉，不必避其文。是故入太廟每事問，（天然陪襯。）子與或人辨之，兹之記，由事君之禮推及之也。子見齊衰者、冕衣裳者與瞽者，見之雖少必作，過之必趨，門人專記之。兹之記，因容貌之變類列之也。容貌何變？自寢與居始，《鄉黨》記寢不言矣，又記狐貉之厚以居矣。（略映。）非有人類相接，天戒相怵，固無所事於變。（首節説得圓。）記者以爲寢者，人所不及持，而子獨能持；居者，人所及持，而子又無事矯持，則不啻變矣。不尸也，不容也，旁觀見爲變，聖人適其常而已。雖然，莫謂聖人無變境也。如前所記見齊衰者、冕者、瞽者是，《鄉黨》記去喪，記元冠，記視疾，而未及所見，即前所謂作與趨者，亦合三者統言之。兹更分析其辭曰：雖狎必變，明言變以示所哀也；雖褻必以貌，隱言變以示所尊與矜也。（處處得間。）齊衰，即凶服也；（聯絡妙。）變文，避複也。凶服之人，或閒居而彼臨，或延致而我往，皆謂之見，而恐不及察於道塗之間。在車而變容，無所不用其哀矣。（「升車」節在下，故此節不作襯。）引式之類，更有負版。民數之登，固合冕者之貴，瞽者之廢，而罔弗與焉者也，敢不敬歟？（起下妙。）夫子敬人，抑亦敬天。《鄉黨》記飲食之節特詳，皆家居之常度，如當暑吉月，亦天運之有常者，兹各舉其變，（迴應有指與物化之妙。）而容與之俱變。有盛饌必變色而作，敬其禮者，不敢居於狎與褻之流也；迅雷風烈必變，敬其怒者，不敢耽於寢與居之適也。（起下妙。）皆通於天人之故，而隨在流露者也。故曰：至變者其容，至常者其理。（詘然而止。）

從書法逐條梳櫛，自然錯落成文，似唐人説經文字。

冉伯牛仲弓言語宰我子貢政事冉有

記聖門之與難者，於冉氏得三賢焉。夫伯牛、仲弓之德行，固媲美顔、閔矣。繼言語而論政事，冉有非其首選哉？（發端冠冕。）昔舜有五臣，而禹、稷、契皆軒轅之後；武有十亂，而周、召、畢皆姬氏之宗。一門繼美，世艷稱焉。孔子在魯，族姓不繁，而當日弟子追隨，有一姓而得數賢者，類列之餘，正可參觀其盛爾。陳蔡相從，德行首列顔、閔。夫顔淵之父爲顔路，亦嘗受業杏壇，而德行之選，猶不及焉。若閔子二弟，行誼無聞，尤不足論矣。其有一門而同在與難之列者，（總提單落，操縱自如。）於冉氏得三人焉，而長於德行者，曰冉伯牛、仲弓。夫冉耕歌其《芣苢》，斯人斯疾，夫子惜之。即仲弓請事於仁，而父賤行惡，且以騂角之勿用爲喻，兩賢遭遇多艱，固不俟陳蔡時矣。吾聞清門聚處一方，或在南者貧而賢，（借史引入，影合冉有，便無痕迹。）或在北者富而賢，以彼窮居偃蹇，固天實爲之母，亦不工於聚斂附益故歟？要其植躬不苟，卓卓在人耳目，即以儕迹顔、閔，夫何慚？抑聞冉牛、閔子、顔淵善言德行，宰我、子貢善爲説辭，（從此遞入言語，自不必另起鑪竈。）同爲冉氏之子，而仲弓獨不與。説者謂「雍也仁而不佞」，其於德行，有體諸身不能宣諸口者，不知踐履之純無關辯論，闇修之篤自異辭章。雖微特仲弓不必以言見，即伯牛亦何必以言見？則以列言語科者，有宰我、子貢在也。雖然，莫謂冉氏皆德行選也，（應講下。）更有列政事之首者，曰冉有，冉有何以列政事？以其仕於季氏也。夫第論仕於季氏，則惟伯牛不詳仕履，與顔之居陋巷，閔之辭汶上略同。（嶔崎錯落，層層補繳，而不覺其重。）此外仲弓亦爲季氏宰矣，何以區之於德行也？蓋求之爲人，篤雅有節。其晝也，或同於晝寢之予；其藝也，可方於達材之賜。觀於三年而自信足民，此亦有所長，非苟而已耳。嗚呼！聖門七十二賢，冉氏著録凡五人，冉孺、冉季，行事不概見，列四科者，其尤著耶？伯牛、仲弓，亦既繼顔、閔之軌矣，即求也之退，抑豈大遜於由之兼人者？（落下不苟。）綜十哲而隸分途，（史家作傳，或以人品爲類，或以世系爲類。）固足見聖門陶鎔之盛，摘三賢而爲合傳，亦足爲一家世系之光也。

題不難於聯絡首尾，而難於點化中間，又須補上顔、閔，留下季路諸賢，蓋四科十哲，本皆平等，非可意爲軒輊也。文破整爲散，神明於法，而不見用法之迹。

言語宰我子貢政事冉有季路

繼德行而誌與難之賢，言語、政事其次矣。蓋子貢、季路，皆有軼事見於陳蔡，一與宰我列言語，一與冉有列政事，非類列哉？從來不朽有三，立德之外，即繼以立言、立功。（「立德不可幾，立功、立言，其庶幾乎？」見《晉書·杜預傳》。）大聖人因材施教，將德必有言，而發之爲辭章之選；亦德惟善政，而恢之爲幹濟之材。蓋雖與立德分途，究非若後世辯説之流。功利之士，與德相背而馳也，至與難而諸賢又無所用矣。吾黨記陳蔡諸賢，德行獨多，而冠首者爲顔淵，誠以其幾於聖人也。或謂陳蔡之役，（提出作意。）子曰：「匪兕匪虎，率彼曠野。」而道大莫容，獨顔淵於夫子有微契焉，豈非其品較粹者，其誼亦較親歟？顧有未可概論者。今將執德行以概言語，（從此得間第四段，自不可刊置。）則當日兕虎之歌，未以語顔淵者，固嘗先以語子貢，故犯圍而出，默籌告糴於野人，惟子貢實有濟艱之力，維時一貫之陳，未嘗不相期以進德焉。（互筆皆有至理。）且信陽作宰，賜本以達政見長，何以不列政事而列言語？即言語之科，又以宰我先之乎？我知之矣。從來論説之才，樸遬者似難以濟辯，及其吐辭不易，恐河漢轉或遜長，予之實所以勝於賜之華也。（繫鈴解鈴，辨才無礙。）夫子虛車爲戒，「今吾於人，聽言觀行」，或偶於予示其端。究之推詳繫姓，既獨精於五帝之書；宛轉方人，亦善別於百王之等。（尋見證佐。）説辭最善，宰我與子貢並稱，則不得以陳蔡之役，宰我無事而軒輊之也。吾黨之繼德行而誌者如此。今將執德行以概政事，則當日兕虎之歌，未以語顏淵者，又嘗先以語季路，故病莫能興，深慨有窮於君子，惟季路時吐不平之鳴，逮夫慍見之後，未嘗不相規於知德焉。（并顧德行。）且小邾來要，由本以一言取重，何以不列言語而列政事？即政事之科，又以冉有先之乎？我知之矣。從來勛名之路，退遜者似難以圖成，及其月計有餘，恐奮矜無以遠過，求之許所以異於由之哂也。（强對。）夫子名分爲防，如曰有政，「吾其與聞」，亦間於求申其旨。（尚恐宰我、冉有過於冷落，特添此補筆。）究之何加奉訓，既徐播於富教之規；無倦爲箴，亦勉圖於先勞之效。顓臾將伐，冉有與季路並見，則不得以陳蔡之役，冉有無言而倒置之也。吾黨之繼言語而誌者又如此。不然，游、夏兩賢，於陳蔡一辭莫贊，何以列諸文學也哉？（結醒全篇，作意恰好落下。）

道光間，山西出是題，余喜其似熟而生，屢思爲擬墨而未果，總以不可刊置下

段爲難也。及閲全墨，非但不能劃清下段，并多一節感慨語，則爽然若失矣。偶然憶及，補成之。（自記）

緊跟上節，從書法先後處穿穴，精義已爲此題鐵板注脚，信乎佳文衹在白文也。

季康子問弟子孰爲好學　七章

聖人於兩賢之死，一惜之，一慮之焉。夫顔淵已死，而其死可惜；季路未死，而其死可慮。吾黨類誌聖言，豈無故哉？嘗思晝夜者，死生之道也，死乃人之所必不免，而所以處死則不同。是故盡其道而死者，正命也；桎梏死者，非正命也。（雙峰屹立。）於是有已死而深惜其死者，若孔子之於顔淵是已。（此比以首章爲總冒。）陋巷之絶蹤久矣，康子乃以好學爲問，好學非乏其選，其如人之數惟命爲操，已即於死而不可挽耶？夫死不可挽，而惟作無因之費，以誇飾終之典，則誣其死者實深。愛子莫若父，爲椁之舉，於鯉也靳之。（點第二章。）至賢如顔、路，忽不免鍾愛之過情，同時若從者，若門人，（借點第四、第五章。）類不離乎淺見，庸豈知「天喪予！天喪予」，未嘗不深慨於夫人乎？（點第三章，仍帶入第四章。）蓋至是而夫子慟矣。慟則不忍見其死，慟則益思善處其死，乃「回也視予猶父，而予之視回猶子」者，（以第五章次節爲去路，仍挽合首章作收。）反中奪於厚葬之謀。然則附同驥尾，其莫解於短命之傷也夫！於是有未死而深慮其死者，若孔子之於季路是已。（此比以第六章爲總冒。）杏壇之請業屢矣，日者乃以事鬼神爲問，事鬼神即有其義，究之人之理惟生爲貴，豈未至死而可預期耶？夫死不可期，而惟挾激烈之氣，以處多難之秋，則蹈乎死者彌速。知弟莫若師，聖德之容，於侍側示之。（將第七章首節支對，第二、三、四章絶不添設，其妙總在出比，剪裁有法目。）故賢如閔子，既見爲沖和之可挹，同時若冉有，若子貢，亦各肖其真情，獨奈何誾誾如、侃侃如，終不能潛移夫行行乎？蓋至是而夫子樂矣。（一慟一樂，天然關目。）樂則無暇計其死，樂則益懼不得其死，乃子也逆料乎弟，而由之仰答乎師者，卒難免於覆醢之慘。（以第七章次節爲去路，仍挽合第六章作收。）然則輕於鴻毛，其尚昧於知生之義也夫！

七章類列，記者豈無意乎？文以兩章對五章，而條理井然，不見支絀之迹，所謂「文章本天成，妙手偶得之」。

子貢問師與商也孰賢　二節

方人者於兩賢，若先有愈之見存也。夫孰賢一問，未必不以師之過，賢於商之不及也，宜聞夫子云然，而直以爲師愈乎？今夫人必實有所見，然後出而衡人，乃能確指其學問之優絀，而不至任意爲低昂。自非然者，見理未真，即衡材不易，挾先入之疑，（横空盤硬語。）以求定論，終不能援定論，以破先入之疑，如子貢是已。子貢方人者也，師與商，辨之宜早辨矣。其在聖門，志趣與師略同，規模與商迥異，一旦瞻言二子，得毋先挾師愈之見在其意中，（全題在握。）而特不能不折衷於夫子也？此孰賢一問所自來哉？且夫君子之爲學也，（題縫提空。）不肯好爲其難，不敢樂趨於易，馴而致之，自出於智愚賢否之倫，而不必與人争勝負。而聖人之論人也，既知其性之所近，又知其學之所成，切而指之，適如其有餘不足之分，而非必以我爲區分。曰「師也過，商也不及」，就師論師，固實見其過，而非謂師過商也；（此處藏得「中」字，却不説破，避末節也。）就商論商，亦實見其不及，而非謂商不及師也。未知孰賢愈云乎哉？蓋在夫子，有得乎師與商之實，祇覺難能者未仁，不可者弗友，因其問而别白焉，正欲以參觀互證，解達材所未析之疑；而在子貢，第循夫過不及之名，翻疑賢大者可以容人，見小者不能成事，即其品而衡量焉，正得以較短絜長，見此日有可徵之信。曰過者賢乎哉？賢則愈矣；不及者明，明未之及也。夫子既云然，其誰曰不然？（接入「然」字，一片機神。）賜亦當釋然，人豈不信然？然而然非不然而然，然則師愈與？是説也，子貢固先有愈之見存，而不敢遽云愈者，非不知師之過，商之不及，但必待夫子論定之，乃知過之賢於不及，即過之愈於不及也。以是方人，其庶幾乎？而抑知子所謂過不及者，過乎道之中，（至此方結出「中」字。）與不及乎道之中，而非師過商、商不及師之謂也。未知孰賢愈云乎哉？

就全章書理而論，自當以「師也」二句爲定評，下二節衹是申其説耳。就本題作法而論，却當握定「師愈」爲子貢發問之本旨，中二句尚渾淪其詞，直至下文，方見分曉也，是作游刃於虚，絶不犯手。

公西華曰由也問聞斯行諸　二段

問同而答異，賢者覆述其説焉。夫華非有偏主於由、求也，乃同問聞行，而一曰「有父兄在」，一曰「聞斯行之」，宜乎覆述以爲證歟？且聖門學者，於聖言無不存心而體察者也。己所問，則不能爲再三之瀆，勢必出而質諸人，如樊遲述舉錯之説是；（絶妙反對。）人所問，則可取爲互證之資，不妨還而質諸子，如公西華述聞行之説是。如子於子路之問，而曰「有父兄在」；冉有之問，而曰「聞斯行之」。（畫上即情〔三〕題位。）彼兩賢者，固已各得一説以去矣。（入題首極輕雋。）維時從旁竊聽者，則公西華也。（出比從由、求著想，對比從子曰著想，入脉極真，籠題極穩。）迹其立朝可使，視夫由之治賦，求之爲宰，而隱參以並駕之形，故於兩賢之不謀同詞，遂將静驗以求其合；抑其小相願爲，視夫由之見哂，求之見許，而微窺其參差之致，故於夫子之叩端以竭，儼若記言而筆之書。（語妙天下。）曰：「今而後，可以理問聞斯行之説矣。」（出落神妙，總由涵泳白文得之。）其首以爲問者非由乎？夫由之於道也，誠不知其何如，而即由之問，測由之心，豈非堅守夫「惟恐有聞」之旨，而不欲稍阻其行之氣乎？吾黨設身處此，（用代字訣推勘，便不覺題位之窄。）以爲一往直前，既得伸見義必爲之志；中行獨復，并無悖當仁不讓之心。度夫子於此，必有如其意以予之者，而夫子異矣。一若許身非易，本以專命爲嫌；求益雖殷，尤以速成爲戒。曰「有父兄在」，此一説也。（各還一説，衹是收入兩「子曰」分際。）其繼以爲問者非求乎？夫求之於道也，誠不知其何如，而即求之問，測求之心，豈非甫聆夫「有父兄在」之箴，而彌恐或紊於行之序乎？吾黨設身處此，以爲逡巡守約，既遠於奢心莫副之尤；坐鎮俟時，并泯夫陵節而施之弊。度夫子於此，必有申其説以戒之者，（字法妙。）而夫子又異矣。一若學期有獲，果確自可無難；道不虚懸，實事尤當求是。曰「聞斯行之」，此又一説也。由前之説，苟衡之奮發有爲之旨，而未免差池；由後之説，試返之周詳審慮之懷，而又形刺謬。赤蓋求其説而不得也，敢以質之夫子。

前路不作翻跌，正面不作互勘。覆述師説，正是善味聖言。文至此，始當得「如題」二字。

季子然問仲由冉求　五節

時人之於兩賢，再問而皆妄測也。夫子然以得由、求自矜，子故别陳大臣之量，然豈列於具臣而遂可以從之相薄與？（起極超渾，而界畫已清。）從來聖門之學問，非流俗所能軒輊也久矣。自夫人生長華胄，見有一二託迹者，輒思挾之以取重。聖人於此，將欲特伸夫至高之名，不得不姑抑夫及門之品，奈聞者不察其恉，而遂謂惟吾驅使爲也。

魯自公室失政，季氏擅權，豈不曰從吾遊者，吾能尊顯之乎？（題前緣起，伏「從」字無迹。）由、求皆政事才，不幸而爲季氏宰，然而退朝之晏，子獨於政事辨之。夫家有事，不當有政，則家有陪臣，不當有大臣。彼子然者，習見夫季氏專政，有類魯君，而由、求又各輸其材以爲之用，深喜賢者出吾門下，侈然以可謂大臣爲問，殆將以重由、求者重季氏與？（頓住首節。）子以爲由、求者，季氏所挾以爲重，而非吾黨所賴以爲重也。欲折其氣，先薄其人，曾是之問，（點過次節。）何異之有？且夫大臣，有以德言者，有以位言者。其以德言者必道，（三節爲題之主峰，故提出，另發大臣兼德位説，義尤圓足。）而後可致君，正心誠意，既厚積以固其基。當夫密勿襄猷，苟微窺夫功利之端，而必奉身以勇退，此爲邦而法四代，惟回也獨備其全，而如由、求，則固絀於學者也。其以位言者非君，更無所謂道，渭聘莘徵，必委蛇以養其望。當夫旁求下逮，苟稍褻以頤氣之使，而甘藏器以待時，此宰費而用善辭，惟損也能持其操，而如由、求，則又屈於遇者也。（點過四節。）名以具臣，夫復奚辭？不謂子然於此，又以輕由、求者重季氏也。蓋見夫冉求任事以來，泰山之旅，曾弗能救；聚斂之謀，無改於德。由雖賦質稍剛，而顓臾一役，亦徒周旋其間。儻所謂道污則從而污者，平時之積習既然，（急遞五節，「然則」字寫得有機有勢。）夫子之持論又然，遂信以爲當然，而不復究其所以然。曰：「然則從之者與？」噫！定、哀之際，賢者非託足私家，别無筮仕之區，此不足爲由、求罪。（題後論斷，與講下一段相配。）特康子之問從政，由也果，求也藝，猶有延攬之心焉。子然生長酣豢之鄉，積成妄誕之見，先不知季氏不應有大臣，又烏知從之者爲何事哉？吾甚惜夫季氏事君，而由、求所事則非君也；吾甚信夫季氏無君，而由、求則猶知有君也。（以落下爲結束，筆力千鈞。）

季氏固是權奸，子然僅爲紈袴，觀其忽揚忽抑，茫無見地，不過一味鋪張而已。告以具臣尚不悟，直至末節，大聲疾呼，乃始心驚膽落也，文不深看似合。（自記）

夾敍夾議，絶不凌躐，中權扼重「所謂大臣」節，能使全題筋摇脉動，庖丁運斤，批郤導窾，神乎技矣。

然後爲學

學有必於讀書者，賢者述之而深訝焉。蓋學而後入政，未聞以政學也。由欲解使羔之過，宜以讀書爲不必然歟？若曰：人自良能而外，斷未有不學而能者也。顧學之事不一端，總以能善其事而止，而其致力之途，可不問焉。儒者恪守殘編，若欲取古今人材盡出於一途，而外此即不得與其列。噫！可異已。有民人，有社稷，而顧曰必讀書乎？（倾題處藏過「何」字，於後幅補出，全篇自不犯手。）則是學之徑本寬，而自隘之也。一意孤行之概，窮其歸趣，豈不闇合於古人？乃必挾此擬之後言，議之後動者，殫精焉以求肖，其拘墟而不容旁騖則然。（頓足「然」字，方能轉出「後」字。）則是學之效本捷，而自迂之也。狹隘酷烈之辰，得一小康，豈竟無裨於當世？乃必抱此窮年莫殫，累世莫究者，悉力焉以俟通。其緩圖而不容徑遂又然。惟然而後爲學，則非然者皆不齒於學矣；（出落靈緊，於題界、題氣兩相吻合。）果然而後爲學，則未然者并無望於學矣。謂學道而後愛人，則凡繭絲之勞、保障之務，悉於書乎具之，（二比承上分柱，持之有故，言之成物。）此其説豈不誠然？顧愷悌之懷，豈書所能盡乎？後儒鍵户攻文，咸謂公輔之才，非是人莫屬，至身任朝廷之兵食，而拘牽不化，致擾民而曾不悔心，將書之罪歟？抑學本不囿於是歟？謂學禮而後能立，則凡壇壝之則、祈報之經，悉於書乎徵之，此其理豈不信然？顧精意之享，豈書所能傳乎？曲士窮經匿迹，妄意禮樂之盛，（史事羅胸，不覺遇題觸發。）必百年後興，至諮以一代之典章，而幽冥莫知，且聚訟而迄無成議，將書之弊歟？抑學本有通於是歟？後生之空疏可慮，誠宜勸勵以老其材，正惟勸勵之殷，而所以鼓學之氣者，不容緩矣。由之爲此，非謂併學於仕，而可無事於學，正恐舍仕爲學，而將自厭於學也。何爲矻矻終身務醉古人之糟魄？雜途之躁進堪虞，亦將裁抑以防其弊，正惟裁抑之切，而所以樹學之類者，不容孤矣。由之爲此，誠知吾黨即政爲學，而政猶在學之中，直恐當世棄學爲政，而政且爲學之敵也。（對尤力周題外。）何爲斷斷置辨刻繩始進之階梯？敢以質諸夫子。

題句連上不得，然又須完却「何必」語氣，文理解既融，手法尤敏，真無一字猶人。

赤也爲之小孰能爲之大

聖人深許禮樂之才，不必以小相疑也。夫赤爲之小，特謙詞耳。如以非邦爲疑，則爲之大者誰乎？子之許赤，殆即以進點歟？且人各有能有不能。能者之不必自諱，猶不能者之不必自强也。而惟藏器之深者，即其所能之中，猶若歉然未完其量。自高論者挾其臆見，壹似其能爲不足珍。乃彼所謙讓而不居，未必人之勝任而愉快。此亦有所長，非苟而已也。（神情宛合。）宗廟會同，皆諸侯事，而點以非邦爲疑，殆以赤所爲者，特小相乎？想赤也束帶修儀，習聞夫禮敬樂和之美，又不敢侈然以自信也，姑以末節程功，方且自抑其能，而何妨自託於小也？輕裘著度，深悉夫禮明樂備之難，又不欲積然以自棄也，思以微長奏績，則雖自居於小，何嘗不自任其爲也？猥曰：爲之小也，則必有爲之大者矣。而吾竊思之，進而求之制作之原，内焉幽贊於神明，外焉感通乎氣類，當有爲其深者矣。（公西之上，原有爲其大者，但曾皙非其人耳。）然使後人數典，屏器數爲彌文，將先王顯庸創制之精神，又何所寄乎？則安得謂作之聖者獨深，而述之明者爲獨淺也？切而課之身心之地，奏假以無言契妙，威儀以定命爲符，當有爲其精者矣。然使盛舉躬逢，薄典章爲末迹，將吾儒春誦夏弦之肄習，又何所資乎？則安得謂通其意者獨精，而諳其事者爲獨粗也？以云爲之大也，其孰能之？其孰能之哉！人生得力之端，自謙謹者視之，而每形不足。篤雅表臨尸之敬，雍容接與國之歡，吾黨有真事功，一存以斂抑之風，彌覺淵深而莫窮其際。然後知矜氣乘之，不若虛心受之之爲當也。（三子無分優劣，由之見哂，特言不讓耳。）器宇雖分静躁，遷地焉弗克爲良。彼勇可取材，藝能從政，不同爲三代大道之行，而未可輕議者哉！當世致用之具，自達識者視之，而每若無餘。入廟勤每事之諮，誦《詩》試四方之對，朝廷有大典禮，概應以闊疏之見，至或幽冥而莫知其原。然後知曠懷遇之，不若實事求之之爲真也。識量有何崇卑，齊觀焉可參其化。彼先勞無倦，富教能加，不合之萬物一體之懷，而各有隱契者哉！（三子見地，誠不如曾皙之超；曾皙踐履，亦不如三子之實。弦韋互佩合之，便成聖人全量。此謂「篇終接混茫」。）

一路問答至此，戛然而止。玩「孰能爲之」語氣，可見三子各求實用，亦有曾皙做不到處。若沾沾從小相比較，則滯矣。文象外傳神，於斯事得大解脱。

子貢曰必不得已而去　二節

兵食有可去之理，聖人無遁詞也。夫至不得已之時，而能必免於死乎？去兵去食，信不可去，聖賢所得爲者，如是而已。從來富貴利禄之途，類與小人共之；而艱難盤錯之務，獨與君子謀之。此已天下不平之事矣。聖賢處此，事愈迫而愈難，莫若即理之較長者爲之。或且疑其知理而不知勢，則未思執理而不能取勝者，即徇勢而未必獨全也。足食足兵，而民信之。夫民至於信，則兵食自長處於足，又安得有死地哉？（此處補足，以下不必再作斡旋語。）然而子貢且緦緦焉，爲不得已計矣。夫曰不得已，必其外患之頻仍也，則較重於二〔四〕者，宜莫如兵。顧試思擁積疲之卒，無宿飽之儲兵，其用吾命乎？集新募之軍，乏重賞之勸兵，其感吾恩乎？（淺人祇慮兵食之不可去，不知添兵仍無兵，攘食仍無食也。）然則子所云去兵者，未爲失策也。再曰不得已，必其度支之告匱者也，則較重於二者，宜莫如食。顧試思恃攘奪之計，括殷富之藏，食其終不盡乎？聚不逞之流，窺重貲之積，食其終能保乎？然則子所云去食者，亦未爲失策也。而或者曰：「信，無形之物，附兵食而存者也。兵食既去，信豈能孤立於天地間乎？」抑知民不可一日而無食，國先不可一日而無民，無信是無民也，無民是無國也。於是决其辭曰：「自古皆有死，民無信不立。」蓋挾明敏通變之才，其應事必求有濟，而不知天之終不可違。夫兵則盡去，食則盡去，此亦何煩持擇者？（不解他手，何以說出許多作用。）世必曰：去無益之兵，汰老弱而存精壯。然則所謂去食者，亦將舍粗糲而求精鑿乎？聽之一死，而後知受任於危難者，惟此鞠躬盡瘁，爲足酬國家養士之恩，而就養從容，不得議吾謀之拙。抑存每問愈下之見，其持論必叩其終，而不知說之有時而止。夫去兵禍小，去食禍大，此豈别有轉機者？（不解他手，何以說出許多妙處。）世必曰：去兵而兵愈存，廢行伍而專召募。然則所謂去食者，亦將棄饔飧而茹毛血乎？决之一死，而後知論事於旁觀者，惟此褒節顯忠，爲足存攸好秉彝之正，而陳詞激烈，不必慮吾説之窮。嗟乎！事勢當難爲之際，聖賢亦無如之何。所賴以立者，區區無形之信而已。不然，不安於去兵去食，務爲一切苟且之事，則求免於死，而死也彌速。（打破後壁，陶庵所謂不獲於義，而又不免於死也。）歷觀後世之變，聖人之言，可易耶？不可易耶？

兩「不得已」原是假設之辭，去兵去食，正見舍此更無他法。明季作此章題者，多斡旋，蓋緣有感而作，不若此文空舉其理也。

惜乎夫子之説君子也

賢者惜時人之説，仍不没其初意焉。夫子成以存質立説，固自以爲君子者，子貢深惜之，能不先如其意以予之乎？從來立言以蘄不朽者，其人類非庸碌者流也。雖然，君子一言爲知，則當矯拂時趨，仍必立吾言於不敗之地，庶使逐響景從者，陰食乎君子之福，尤使有識咨賞者，無所疵乎君子之心。（一講先作正論，恰好以反筆承上。）未有率意徑行，如夫子去文存質之説者。惜乎上古渾樸之風，遞嬗而盡失其本恉。（直接，妙。）乃有得其近似者，事涉師心，名尊法古，遂囿一世於惷愚喬野，不復顧其理之安。惜乎歷聖顯庸之制，閱久而漸即於彌文。乃有鑒於末流者，情存忿俗，功比迴瀾，遂蔑三代之禮樂聲容，以求攄其論之快。（展步法。）今夫人有迫欲赴之一途，尚恐立志未堅，計惟逾量焉以趨其軌。聞其説者，苟昧其用意之所存，而彼不服也。人有果自信之一詣，尚恐他端見奪，不恤過當焉以要其成。聆其説者，併誣其造就之所至，而彼不甘也。（再落中四字。）如夫子之説，求渾噩之規，以力匡浮靡，殆取於惡其文著之君子者。夫冠倫之譽，難及也，亦正難居。誠念夫一著述之細，後世流爲丹青；（愈是君子，持論愈不可不慎，駟不及舌，已隱然言下。）一舉動之微，當世效爲風氣。則立説之始，當亦大費躊躇矣。顧美名争慕，有務臻完備，而克成爲君子，即有孤行一意，而仍不失爲君子，何遽苦無位置之區歟？懲紛華之習，而務返古初，殆近於用過乎儉之君子者。夫成德之稱，可羡也，亦殊可懼。誠念夫以法救弊，法既有時而窮；以身率物，身亦有時而盡。則立説之時，更當别存遠見矣。顧微旨各存，有吐之爲經，而不愧爲君子，即有持之成理，而未始不出於君子，（是子成身分。）焉敢故斬品題之目歟？粹詣果能實踐，何必指之以言宣？乃末俗可維，在夫子方矜議論之奇，而吾且爲稱量以出也。明效即屬定評，豈必名之自己享？乃孤芳自賞，在夫子别成標寄之逸，而吾自當應念以酬也。君子也，其如駟不及舌何？（如土委地。）

定須從「惜乎」起也，字住中間，操縱離合，則存乎隨手之變。（自記）

書理是先揚後抑，題氣則先抑後揚，其吞吐得宜，全在展步之寬、運筆之活。

子曰舉直錯諸枉能使枉者直（樊遲退節）

以聖言爲論知者，覆述舉錯之説焉。夫舉錯兩言，子非專爲知發也。遲專屬之問知，所爲即能使之説而轉述之哉？且吾黨習聞聖論，往往轉述前言，（起講只能空做，無實詮法。）然使聞之於後，而惟申其前説也，則固不及憶也；抑或啓其更端也，則亦毋庸憶也。即啓其更端，而與前説相發明也，則雖憶之而亦毋煩贅述也。若遲之問知於夫子，則不其然。夫遲之見於夫子也，非爲問知地乎？問知則賢奸之辨，當有見爲一定者，而神明之鑒始真。吾意子必曰：「枉者之不能爲直，猶直者之不能爲枉也。」（題前送難，正是「何謂」之根。）且問知而曰知人，則淑慝之塗，當有嚴爲區分者，而旁燭之功始盡。吾意子必曰：「枉者不可使混於直，猶直者不可使混於枉也。」乃不意夫子於此，若有以識拔爲知者，而曰舉直；　若有以棄置爲知者，而曰舉直錯諸枉；　且若有以潛移默化爲知者，而曰舉直錯諸枉，（一氣趕出，仍還他渾淪，故妙。）能使枉者直。使必舍舉錯而別求神化，在知者何嘗故示其奇。　夫子曰：「知者，固具其能也。」惟能坐照夫萬物，而後萬物無遁情；　亦能普照夫萬物，而後萬物無殊俗。　夫刑措之治，大抵徒託空言矣，至是而若已操其左券焉。（空中宕住。）使必合直枉而竟付齊觀，在知者必不若是之謬。　夫子曰：「知者，固神於使也。」簡拔必先，不使英杰下同於儕俗；　風聲既樹，可使庸愚亦勉爲善良。　夫耻格之風，幾難望於叔世矣，至是而若可決諸意中焉。　則意者因使成能，因能成知。　古今原有郅隆之治，而非徒恃其權。　顧既明云舉錯矣，始則舉不盡舉，懸一直於枉之先；　繼則錯無可錯，合諸枉於直之内。　誠如子言，幾若風俗轉移，氣質變化，無非完此舉錯之功。　則意者由知而舉，凖舉爲錯。　君子别有妙用之全，而非徒恃其識。　顧遲則惟問知矣，先舉錯而厲其精，知者有别直於枉之鑒；　後舉錯而收其效，知者又有轉枉爲直之方。　洵如子言，更若彰癉既立，頑善同歸，無非還此知人之量。（用代字訣，語氣自然，如題而止，别無截下法。）此遲之追憶所言，而終莫解所謂者也。

覆述題例，作游移語，此則截去「何謂也」三字，不能布疑陣矣。法在握定題首二字，用代字訣，則騰挪伸縮，地位自寬，此妙未許躁心人領取。

君子於其所不知蓋闕如也

君子不以不知爲諱，得闕疑之義焉。夫理所不知，君子不强爲知也。由以奚正爲說，其盍思闕如之故乎？夫子故儆之曰：「昔者誨由以知，曾詔以不知爲不知矣。」（頂門一針。）特恐質稟兼人，以爲一物不知，儒者所耻。殊不思負成德之材者，本不徒矜乎博辨；守勿欺之學者，尤戒强作夫解人。試爲平心設想，而幾義理所未安。夫固有術以處此矣，野哉由也！其未奉教於君子乎？君子見古今之義藴無窮，難知之數必多於易知之數，（是不知根原。）盛氣以淩之，不學焉而徒致誚也，所恃者虚衷之默受而已；君子見一身之精神有限，未知之數必多於已知之數，師心以斷之，貽誤焉而弗勝悔也，所信者歉懷之退守而已。然則爲君子者，不以無所不知爲貴，而以不强所不知爲貴也。於其所不知，蓋闕如也。（撇去有識。）必窮於邃古之遠、寰海之遥，此誕而不必知者耳。即此尋常日用之間，或以公義廢私恩，或以私恩害公義，（隱然與衛事針對。）其所不知正夥矣。有王者作，躬秉夫敷錫皇極之權，乃能揭定分以爲經，而天下無所滕其口。而不然者，設身不能善處，姑自安於訥焉，夫何敢逞私與？必極於墜简之湮、廋辭之僻，此瑣而不屑知者耳。祇此家國遞嬗之際，或謂父命重於天倫，或謂天倫重於父命，其所不知更微矣。有聖人起，（淵淵作金石聲。）心通乎精義入神之學，乃能析微茫以垂教，而後賢無所贊其辭。而不然者，載筆稍有獻疑，且深没其文焉，夫烏可臆斷與？其闕如者，非置其務於達觀，遂可存而不論也。嘗有變生倉猝，（漢戾太子事，即引衛事斷之。）盈廷幾至糾紛，而前人事迹偶同，轉得據經以爲斷。誠謂存此是非於當世，將我所不知者，安見他人不知之而自有定論也？疑以傳疑，史裁所以有闕文之例。抑非冥有心於頑鈍，遂可藉以自封也。嘗有事出創行，議禮輒如聚訟，而晚年平情自反，翻悔吾黨之激成。（宋争濮園，明争大禮，有謂持之過激者。）誠謂俟吾識力之漸充，將今所不知者，安見異日不知之而得所折衷也？（是闕如究竟。）慎之又慎，多見所以垂闕殆之箴。由亦奉教於君子可矣。

固是泛論闕疑，却隱然爲衛事而發，墻宇重峻，吐納宏深。

如有政雖不吾以吾其與聞之

爲賢者轉一説，益知政之不可假矣。夫魯不用孔子，所不與聞者其事耳。如有政則與聞，而謂名其可假乎？若曰：「昔我公問政，而吾歷陳九經之目，蓋將期於大用，而不徒參末議已也。」（壓題法，亦補題法。）顧空言之啓迪，竟無補於高深；而耆老之居諸，復不階乎樞要。致令從遊者屈身小就，轉似肉食者謀，非儒生所得預焉，良可異已。子言有政，吾何以云其事哉？今夫事之類至瑣，非局外人所能測也；（承上作轉，天骨開張。）而政之體至尊，亦非一二人所得私也。蓋就政之初意論之，明良康濟，闕失無多，而猶必詢及芻蕘，令愚賤各陳其一得，未始非深心防制，（古義若龜鑑。）陰戢夫尾大不掉之萌；即就政之末流論之，衰弱相仍，空名徒擁，而終以曾參寮寀，俾商略不阻於旁觀，亦或賴清議維持，（煞有關係。）稍裁夫跋扈自由之氣。然則吾之不聞者，非不吾以故也，無政故也。而如曰有政，政之出也必光明，朝廷施令，何嫌何猜？嘗有庶司之議論，與鳳旨頗或參同；私黨之糾彈，與當軸率多闇合。而外廷抗辯，終以不經象魏，滋天下之疑者，（不經鳳閣鸞臺，何爲詔敕？）知出政必不若是詭秘矣。雖吾也事權不屬，久虛徵夢於周公，而君上無私，何弗垂末光以燭幽隱焉？圜橋而式化也，吾其扶杖而觀之。政之行也必寬大，辰告遠猷，無侮無拂。嘗有六七少年，日夜講求於內；使者數輩，分行營謀於外。而流弊叢生，終以不恤人言，貽末途之悔者，（介甫之用吕惠卿。）知行政必不若是紛擾矣。雖吾也組綬已辭，但託大夫之從後，而中興有望，何弗念故舊而搜遺材焉？停車而訪道也，吾其借箸而籌之。行蹤久隔於權門，一室抗懷，取質時流而輒形迂拙。曩昔用賦之訪，（對面一證。）亦徒然相市以虛文，乃以吾之不獲與聞，而知政之共見者不容誣，即知事之密圖者别有在。刀筆筐篋之業，甚未可得意而自矜也。（冉有一團高興，說得冰寒雪冷。）名姓已睽於朝籍，田間託處，仰瞻旒扆而但慨高寒。吉月朝服之臨，（水面一證。）或且謂奉行乎成例，乃以吾之不獲與聞，而覺政之宣布者并無其暫，遂覺事之喧競者習以爲常。江湖魏闕之懷，其能弗因端而觸發也？（出位之戒與戀闕之情，並行不悖。）於求乎奚責焉？

義法謹嚴，聲情遒鬱。

爲君難爲臣不易

有合君臣而交儆者，人言可備述焉。夫爲君既重，則爲臣自不可輕，曰難曰不易，子故爲定公備述之。意謂昔君以使臣事君爲問，臣既舉君臣之義以爲對矣。（緊切定公説入，取徑特新。）夫論上下文孚之理，君與臣誠互有感通之義，而不必盡同；而論尊卑各盡之常，君與臣要同居艱苦之途，而未嘗稍異。載稽時諺，猶如見古人咨儆之風焉。君問一言興邦，而臣述人言，人之言其爲君發乎？抑不僅爲君發乎？（「人言」二句本平文，祇出落處微作側勢。）其專重於君，而徐及於臣乎？抑先及於君，而不略於臣乎？夫君與臣，固皆有爲之之責在也。禄位果可自矜，不獨首出庶物也。即百僚庶尹，亦俱叨一命之榮。（訓詞深厚。）乃神器之授也，而慨息傳之；使命之膺也，而咨嗟告之。此固非快心娱志之資矣。權勢果堪相轄，不獨分統一尊也。即末秩微員，亦豈等齊民之列？乃臨莅之嚴也，而稱曰不穀焉；班聯之列也，而目爲待罪焉。更無容傲世誇俗之地矣。是故爲之事不一途，而君之責爲最重。人之言曰：「爲君難矣。」堯仁湯智，而沴氣猶聞，（雄渾處不减熊、劉。）何在非難諶之天命；周誥殷盤，而輿情弗率，何在非難保之人心。蓋嘗睠懷馭朽之箴，而見所其無逸，小人之依，不獨爲嗣君儆戒地也，爲君者常如是也。若夫爲之責由君而及臣，爲之勢似由難而得易。人之言曰：「爲臣不易矣。」倉庚之微，而一官遂爲世守，（解從一端得間，題蘊自出，必欲包舉無遺，則累幅寫不盡矣。）由職業之不易精；原隰之暫，而五善不廢周詢，由謨猷之不易建。蓋嘗循省履冰之義，而悟成敗利鈍，非所逆睹，不獨爲老臣靖獻設也，爲臣者復如是也。念克艱厥后之文，主治者豈暇逸自耽，遺百爾以錯盤之任，顧爲臣亦未可即安也。崇高誠屬美名，慄慄者時懷蹎垤；徵辟豈非盛典？翹翹者獨畏招弓。人之言若異乎君起臣喜之常，而別繪其憂危之象。論責難於君之義，輔治者方規箴特獻，勖九重以兢惕之情，顧爲臣又何容自便也。圖籙之竊窺何限，志剛者終戒武人；鼎鐘之濫厠何窮？形渥者獨懲公餗。人之言兼賅乎君群臣堅之旨，而并不必爲軒輊之詞。（竭力放平正，以蹴起下文側勢。）若夫居爲君之尊，而深維此一言之義，邦之興也，不重賴於知之者乎？

不泛作箴銘體，獨勘出難與不易之故，是能濬發於靈府者。

子曰有德者必有言 三章

聖人重言仁，參之尚德之言而益見也。夫德足賅言，猶仁足賅勇，宜適之尚德而絀力也。君子志仁，豈所望於小人哉！且天以皆善之性畀人，而福善禍淫之理即寓焉，宜乎無人而不從事於善矣。顧善有全量，亦有偏端。其淺者，既執偏以爲全，（浩浩落落，一氣孤行，而三章義蘊自曲折相赴。）又其甚者，至躬蹈於淫，而不惜身受其禍，非天之靳人以福也。誠以善之量難窮，修者猶或失之，而悖者斷無或得之也。春秋時，世教既衰，其僞君子惟相高以言，（是三章總提，恰是首章緣起。）而真小人則相誇以勇，非言與勇之不可用也，由昧其秉彝之德，而莫知心德之爲仁也。子曰：不朽有三，而德繼以言，德則烏有無言者？達德有三，而仁繼以勇，仁則烏有無勇者？特慮徇末而忘其本，則予之言尚須觀行。由之勇無所取材，尚可論乎便佞恣睢之輩耶？天下事有可必，有不可必，大類如是。抑聞仁與義爲定名，道與德爲虛位，（用側勢入次章，而末章字面亦隨手影起。）故道有君子小人，而德有凶有吉。其實凶者，非德也。遡稽往籍，以善射之羿，蕩舟之奡，而不免於戮辱之悲，力可恃乎？以躬稼之禹稷，而卒成夫艱難之業，德可廢乎？春秋時，羿奡滿天下，而爲禹稷者，夫子一人而已。（主峰在此。）南容三復白圭，一旦進質及此，觀於不答而出，師弟之際，必有相契於微者，君子哉若人！尚德哉若人！嘉其能，謹言也；（補「言」字，天然妙諦。）抑嘉其能，絀力也。雖然，夫子亦未嘗無力，特力舉九鼎，而不以力名。故齊人疑爲知禮而無勇，（先挽首章，再落末章，極梯棧鈎連之妙。）若羿奡之於禹稷，則非仁與勇之分，而君子小人之别。夫君子之求全於仁也至矣，然且辨義未精，似則淆之；致功未熟，久則違之。小人則又何説？且小人亦不專爲恃勇作亂者流。世有能言之徒，（借勢併補「言」字，旨恢之而彌廣，思按之而逾深。）借心性之游談，爲利禄之捷徑，豈不居然成德之君子者？究之皆禹稷其口，而羿奡其心者也。君子而不仁者有矣，夫未有小人而仁者也。然則由天道言之，其積累者必獲馨香之報，而不義自斃，亦斷無解免之途；由人事言之，其上達者尚未臻完備之修，而從欲惟危，又孰挽沈迷之轍？故曰中心安仁者，天下一人而已。（結穴。）

次章尚德，末章論仁，本與首章義理相通，文迴環串插，悉成名論，在明人中於陶庵、卧子爲近。

子路問成人　二章

人有未易深求者，當各還其本量焉。夫知廉勇藝之無偏，言笑取之適當，子非不以望人，而子路以爲何必然，即文子又豈其然哉？且吾人造詣之淺深，其有本量乎？力之果者，非不足以起頑懦，而以語中和之德則尚偏；性之恬者，非不足以鎮紛囂，而以論時措之宜則殊矯。此其故惟賢者自知之，亦惟聖人平衡之也。今夫踐乎形以作則，（提筆補腦。）而知仁聖義之交融；率乎性以成能，而喜怒哀樂之悉中。此夫子之本量也。然豈能執是量以繩人哉！負兼人之才者爲子路，以彼甘貧不怨，臨難不辭，（預伏三項，爲對比也；不敢明點，避倒裝也。）而鄰國相要，且欲得其一言以取信，斯豈畫地以自限者？問及成人，將以擴其所未成也，而子曰：由毋自安於小成也。知非武仲不爲知，廉非公綽不爲廉，勇藝非卞莊、冉求不爲勇與藝，在四子得名而去，豈識剛柔調劑之功？而先王之範以敬和者，不啻各救其偏，秩然規模之大備，以是言成。蓋未盡乎子之本量，而亦庶幾近之矣。（語有斟酌。）使由也躬任不辭，謂非取法乎上之思乎？不知舍其當然者，而不思從事，則其自棄也實深；强其未然者，而據爲己功，則其自誣也彌甚。（後説所以引終身誦之爲證。）思義、授命、不忘，準乎子之言而亟俯就焉。雖子路於此，亦祇泛論乎今，（補點。）初非自明其得力。而既姑置所不必然，自當實致其所必然，然則子路之本量可知已。禀異人之質者爲公叔文子，以彼滕口必懲，載吸必戒，而畢生取給，且務懍乎一介以求安，斯豈虚馨之純盗者？子問於公明賈，將以堅其信也，而公明賈對曰：何告者子人以不信也？言非其時則人厭，笑非其樂則人厭，取非其義則人厭，在夫子率臆而行，豈有世故周旋之見？而輿論之争爲傳述者，不啻各符其隱，油然形迹之胥忘，以是徵信。蓋非襲乎子之本量，而轉無心合之矣。（此比措語更圓。）使子也深許不疑，謂非善善從長之説乎？不知未審其不然，而輕隨其譽，此事第損乎精明；（上章「何必然」，下章「其然，豈其然」，惟此可以屬對。）灼見其不然，而姑徇其辭，此念尤傷乎忠厚。不言、不笑、不取，衡以賈之説而胡相懸焉？雖吾子於此，亦祇並懲其過，（補點。）未嘗實指其姱修。而始則猶望其然，繼則深慮其未盡然，然則公叔文子之本量可知矣[五]。（竟住，老絶！）

兩章文法參差，屬對動成偏絀，又章旨各有所重，未便側注一邊，以供凌駕，所謂整散俱難也。此作提出夫子之本量作定盤針，題義方有歸宿。至裁對之法，自當以「見利」三句對「不言」、「不笑」、「不取」；「武仲」五句對「時言」、「樂笑」、「義取」。惟嫌出比近於倒置，文將「今之成人」節入子路口氣，則前半比便可暗伏至後半比，折入「曰」字，亦恰好與對比「子曰」對照。經營慘澹，所謂「成如容易却艱辛」者。

子路問成人　一章

聖人論成人，兩列之而寄慨焉。夫求成乎人，事非一端，然未有非人而可言成者，此子答子路之問，而復寄慨於今歟？昔子貢問士，子既歷陳士品之殊，而獨略於今之從政者，謂其無足算也。（扼重「今」字一篇大旨。）雖然，明乎今之不足爲士，未明乎今之尚可爲士。幾疑聖人所以衡人者，一惟完備之是求，盍觀子路之問成人？夫由問成人，非問古人也，子與論成人亦非論古之成人也。（他手所衍爲正意者，先爲撇去，入手老絶。）如必與古爲徒，則何不曰知若大舜，廉若伯夷，勇若武王，藝若周公？（首節頭緒已煩，文偏添出四人作襯，而不覺其板重。）乃如武仲、公綽、卞莊、冉求之類，大抵不出於今人。而惟是節之以禮，和之以樂，蓋偏至之詣，必資於今，所以使人不自難也；渾全之功，不限於今，所以使人不自畫也。以是文即以是成，何嘗過爲高論哉？雖然，亦思今之時，爲何如時乎？嗜欲盛而攘敚興，則狷介之操廢矣；（首節用總，次節用分，法變。）係戀深而趨避熟，則忠烈之節隳矣；　我虞爾詐，變幻無常，則然諾不欺之風渺矣。先王陶淑之澤，既不能深入於人心，而同時獨行之士，又湮没而無以自見。舉前數者，而以必然之説持之，誠知其難也。（「何必然」句不略。）天下無不成而可言人者，（首節重「成」字。）設高行美材，震驚流俗，而實未免於偏駁之端，斯亦大雅之羞矣。進求於聲律身度，雍雍化衆有之長，乃知缺一於是未可謂成，而所以爲吾黨繩者賅而備。天下無非人而可言成者，（次節重「人」字。）設矜情飾貌，自命通才，而實陰趨於禽獸之路，斯尤世道之患矣。確按之利害初終，卓卓有不誣之節，乃知反一於是直不爲人，而所以爲當世慮者簡而嚴。由前之説，苟擬以上哲神靈之目，而尚遜全功；（所謂論其大成，則不止於此。）由後之説，第遠於叔季澆僞之風，而已成高詣。一則曰亦可以爲成人矣，再則曰亦可以爲成人矣，（兩「亦」字用併點法。）所爲優絀，不嫌同辭也，然而傷今之感在是矣。（歸到「今」字作結。）

拈是題者，因下節有「今」字，遂於上節添出「古」字，文獨不沿此誤。通篇格律森謹，尤足以愧汗漫之才。

或曰以德報怨　一章

聖人明報施之説，而直道存乎其間矣。夫以德報怨，或人自以爲厚，而不知其不直也。行以直道，而何至窮於報德哉？且古今有至公之一途，過於薄者私也，過於厚者亦未嘗不私。自矯情者務從其厚，充類焉而其義輒窮。聖人於此，亦惟即人情所難堪者，而一應以大公之理，蓋平施焉不流於薄者，自加隆焉不失爲厚矣。不然，春秋之世，修怨者終身無已時。或人獨斷斷持以德報怨之説，此豈無所見而云然？（先安頓或人一面。）達觀之情，可以祛一心之累；柔道之用，可以息一世之紛。自來畸人異士，各行其志，亦自有言之成理者，而特不可以過當之名，爲常行之法。（次節一駁便倒。）子曰「何以報德」，而其説不已自窮哉？且夫太上之隆，有德無怨；末俗之媮，少德多怨；恒人之情，有德有怨。即聖賢持論，亦必不能避怨之名，而廢報之説，顧所斟酌於報之之道者維何？曰直也。（特地提起，文勢如層巒複嶂，追出「直」字爲主峰。）就所怨之事而論，其鉅與細，不能無辨矣。（是公憤當報，是私仇則不當報。）嘗有豪杰沈淪，細人或多加侮，而當局轉任受而不辭者，以爲事之無足較耳。若夫枕戈飲泣，戴天有不共之情，則斷不以閲日稍深，而遂昧夫復讎之義。蓋本絜矩以爲心，而若者當報，若者不當報，是即人心之直之所由見也。就所怨之人而論，其賢與奸，不能無辨矣。（是君子則不必報，是小人則不必不報。）嘗有鄉閭共處，平生積不相能，而臨事或量材而授任者，以爲人之有可用耳。若夫元惡巨憝，法令在必誅之數，則斷不以啓嫌有素，而反加以申救之條。蓋原秉彝之攸好，而若者不必報，若者不必不報，是即三代之直之所由行也。以直報怨，何以異於或人之説哉？蓋將留有餘之情，以供無窮之用者也。如是而後見人之德，如是而後可以施己之德，以德報德，尚何疑哉？（末句一點便足。）子之酌乎天理人情之安，而準所施以爲報也，大旨如是。後世人心不古，恩怨糾紛，一二自好之士，輒思以奇節矯之。宰執含容被誣，而故寬其罪，是沿或人之説，而不得爲直也；諫臣植節被舉，而即劾其私，是反或人之説，而亦不得爲直也。（推波助瀾，才溢未已。）然後知聖人之言，固行之萬世而無弊者也。

每讀史至恩怨之間，不獨小人各行其私，即君子亦未免糾結不已。看聖人下一「直」字，何等光明，何等擺脱！中二比反覆比勘，陳義甚精，此處探得驪珠，餘皆鱗爪矣。

原壤夷俟　二章

聖人以禮垂訓，老與少胥受裁焉。夫原壤自恃其老，童子不安於少，皆非禮也。一叩其脛，一使將命，非因人以設教歟？昔夫子言志，有曰：「老者安之，少者懷之。」夫老者固當安，而非可以積惰將也；少者固當懷，而非可以驕矜逞也。隨其賦質之偏，而以禮節之，斯聖人之教已。（提筆老重。）粵自抑戒垂耋年之範，而朋友之攝，見於威儀；發蒙昭養正之基，而作聖之功，先於應對，久矣。夫禮之不可以已也，吾黨乃比類而誌焉。一曰「原壤」。夫作《貍首》之歌，而謬妄至加於母氏，其滅裂夫禮者，原非故人所忍聞，然猶冀其老而悛也，奈何其夷俟仍故態乎？老者必死，老者恒諱言死，不知秉傲睨之官骸，以消優游之歲月，則不死而其禍尤深。（狠語，亦痛語。）叩脛以杖〔六〕，懲其賊也，而言外復深戒之。一曰「闕黨童子」。夫習畋漁之業，而分財陰厚於有親，其漸摩於禮者，或亦聖人所嘉許，然非謂其少而寵也，奈何於將命忽致疑乎？少者終成，少者恒急於成，不知恃聰明之助長，以參耆宿之忘〔七〕年，（語極遒煉。）即幸成而所存已薄。答或之問，明非益也，而因端亦使聞之。吾因之有感矣。自搢紳以任誕相高，而綱紀日隳，世運遂以有淪胥之象，（讀干令升《晉紀總論》，爲之慨然。）乃或明知其侮慢之難堪，姑示委蛇，而後徐待其斃，此容之而陰以殺之也。爲歷舉孫弟之未聞，無述之可耻，俾知宇宙雖廣，斷不容敗常亂俗之輩，視息以偷生，庶箕踞狂呼者，或稍維以禮法焉。持論而薄子桑之簡，其此義也哉。自子弟以浮華成習，（王、楊、盧、駱，所以皆不足取。）而名譽稍起，老成已决非迓福之資，乃或偶喜其文章之外見，一加奬借，而轉益發其狂，此愛之而適以害之也。爲微示居位之非分，並行之失儀，俾知壇宇雖寬，斷不容負才任氣之流，駢肩以託迹，庶佩觽容遂者，亦躬習夫禮容焉。進見而許互鄉之潔，（比例精切。）其此恉也哉。若夫巨奸以敭歷爲榮，而秉命不融，乃有期頤之壽；巧宦以引援相尚，而咿唔未畢，遽儕通顯之班，此則後世之變，聖人所不及料也。

矜煉名貴，似儲中子。

俎豆之事則嘗聞之矣軍旅之事未之學也

聖人自述所長之事，以陳問者左矣。夫俎豆軍旅，事不能以兼營者也。彼嘗聞而此未學，子之對靈公者，不已決哉！且人臣匡居抱志，豈不欲成不器之材，以應無窮之叩哉？雖然，性情或有所耽，即材具不無所限，就其所耽，可以發藏於宿昔；困其所限，斷難取辦於臨時。敬承明問，竊嘆君好武而臣好文，抑何所遭之相左耶？（翻用顔駟語妙。）公問陳，豈以臣薄有微長，可如王孫賈之治軍旅乎？（跟上問陳來，則軍旅自應提明，非比他題，不可倒挈也。）臣竊追溯先王制作所存，總計平生學術所在，其學焉而稍有所聞者，非軍旅之事也，俎豆之事也。饘鬻奉鼎銘之訓，（「嘗聞」一面，説得親切有味。）幼時之嬉戲，既有以習其儀容，而入廟襄勞，復問之同列而不敢忽，蓋飫此舊聞者早矣。設逢鉅典之與觀，則夙蘊堪攄，請曰維君子使。典章探故府之遺，列國之周遊，既有以明其器數，而伐檀削迹，猶肄之弟子而不敢忘，蓋綜此多聞者久矣。設遇大儀之垂訪，則探懷以授，遑云則有司存。若乃易俎豆之事，而爲軍旅之事，（節拍道緊。）其闢土開疆，取快於意氣者，較俎豆之事而更雄。要以慈不掌兵，則被章縫之服，（筆力破餘地。）聆金革之聲，而勢已有所不稱。此庭陳勇爵，就列者別有英材，而恒人何能與其選也？其出奇料敵，變化於須臾者，視俎豆之事而更捷。要以兵固詭道，則强迂拙之儔，責權謀之效，而策已必其不工。此書號陰符，誦習者或闕秘授，而局外何從涉其藩也？未之學也。（自講下至此數行，直作一筆書。）助祭也先以習射，在泮也終以獻功，豈無臨俎豆不忘軍旅者？顧其事自有專長耳。半生删定简編，曾莫收一技成名之效，作計亦覺甚疏。然使執此以兼彼，而既恐合之兩傷；（運筆明快，似陳大士。）抑或舍此以就彼，而彌覺用其所短。夫農圃不如曲藝，且有所絀矣，況攻取之大略乎哉？酬酢也可以折衝，禮義也可當干櫓，豈無即俎豆以爲軍旅者？顧其事終求覈實耳。曩昔周旋壇坫，甚至獲知禮無勇之名，相形亦殊可愧。然使强不知爲知，而既恐欺人之貽誤；即盡棄所學而學，而更苦改轍之已遲。（直窮到底。）夫辭令不能使材，且難勝任矣，況兵戈之凶器乎哉？微臣不敏，請從此辭。

題面雖平，題意自分賓主，此作先用挨講，後用總發，製局最工。行文於嶄絶之中，仍不失對君語氣。

君子不以言舉人不以人廢言

君子析言於人外，而相因之弊除矣。夫以言舉人，而人不可恃，勢必以人廢言矣。君子不然，又何有相因之弊哉？且吾人衡量天下士，未有不以宏攬爲意者也。所慮者，徒存宏攬之心，而不察當世分歧之故，則其始輕信者，其繼必至於輕疑，然後知賢哲持衡，所爲慎於推許者，（天梯石棧相鈎連。）蓋深慮異日決裂之悔，而豫爲之防也。不然，言者人之表見也，人者言之樞宰也。（「人言」先用平提，然後作側勢，反撲首句。）使當世之建言者，一一如其意之所欲出，而量其躬之所能行，則其人可用，其言説可傳。夫豈非有其舉之莫敢廢者哉？（落清首句。）而君子曰：「人固不若是易舉也。」勿論言之涉於虚也，切莫切於論治之言，（安頓首句二比。）當夫太息陳書，亦見當世積重之形，實有可回之勢。設令假之事權，即所慷慨自許者，已扞格而不可行，然後知幹事之與議事，固顯然異致也。即奈何輕爲推轂乎？勿論言之流於駁也，精莫精於講學之言，當夫口講指畫，亦若前聖相傳之緒，實有獨契之微。試爲按其踐履，將所斐亹臚陳者，終參差而不相附，然後知任道之與談道，固判然兩途也。即奈何遽試明揚乎？（首句詮發已透，即借餘勢反撲次句。）夫操鑑者，挾可據之途，以冀廣收乎得人之效，其立意甚殷。一日所舉非人，大負所望，乃悔當日作計之迂，勢不至因其人之故而并廢其言，不止懲羹而吹齏，因噎而廢食，固人情哉！而君子曰：「言又不若是輕廢也。」（落清次句。）從來惟多欲者喜論治，吾特不使遂其欲耳。（安頓次句，二比。）若其揣量國是之宜，以指其所利，而防其所害，察相旁求，未嘗不資爲龜鑑也。即或語鄰浮藻，人虚而言亦虚，而修辭足以感人，雖賢聖無能棄其説。從來惟植黨者多講學，吾特不欲附其黨耳。若其深察人心之蔽，以求其自慊，而戒其自欺，修儒遠紹，烏容弗奉爲楷模也？即或業擅專家，人駁而言亦駁，而命意足以自永，在後世不能禁其傳。蓋言之數恒多，人之數恒少，（總括題旨，要言不煩。）君子期許雖殷，斷不能於積習所沿，而别用其轉移之術；舉者其盛心，廢者非其本意，君子精詳爲鑑，乃轉得以周防有素，而曲全其忠厚之情。人其以君子爲法也可。

名作如林，不得已而用側串，亦好手避熟法也。其點題遥作對待之勢，末幅又以整比束之，皆變而不詭於正處。

君子謀道不謀食（至）禄在其中矣

君子有專所謀者，初不計所報之相反也。夫爲道謀，即不暇爲食謀，君子非爲禄地也，抑思耕之與學，其效正有不可知者乎？且儒者抗心希古，必屏絶乎庸俗冀幸之情者，亦謂紛其心以弋利，必不能專其力以正義也。豈知利固豪傑所不争，而争利者原非盡得？義爲聖賢所堅守，而守義者豈必終窮？試爲按迹以求，壹似先事之迂圖，未必非兼營之勝算已。（推開作收，運筆敏妙，用合筆便礙下。）今夫世之盛也，横經負耒而選秀，即援詔糈之條；（翻下二句意，爲首句作緣起。）世之衰也，閉户讀書而高隱，不免斯飢之嘆。他人處此，蓋有謀食而不暇謀道者矣。然非所論於君子。君子知道心之醞釀，其供我以探索者，本不勝層累曲折之情。仁之聚也在熟，（句法工琢。）藝之殖也毋荒，乃以絶口腹之緣，而不容浮慕。君子知道味之涵濡，其牖我以咀含者，尤不勝慘澹經營之致。芻豢之色勝而肥，膏粱之願飽以德，更無復滅裂之報，而何事紛營？謀道不謀食，君子有然，且夫謀食之計莫如耕，而謀道之功則惟學。（落法老。）古聖性成岐嶷，恒不辭夫稼穡之勞，蓋有即耕爲學者矣。然而食之鄙不容託也，老農老圃之事，請業者直下等於細民，故並耕之説未興，而遠大自期，且必逆防其流弊。是耕即不餒，亦不屑爲也，謂其中之途徑，非所習也。（先將反而悉力改透，轉入下二句，方無語病。）後儒志役紛華，始從事於漁獵之具，且有以學爲耕者矣。然而道之抱自有真也，《采薇》、《采蕨》之歌，高餓者且垂聲於千古，故僞學之禁雖設，而顯榮不羡，無妨恪守其宗風。是學即無禄，亦不可廢也，謂其中之旨趣，爲獨深也。獨是儒修無旁貸之情，而人事有不齊之數。（題字儘數出清，此處只用虛轉。）使耒耨之利無愆，豈不讓謀食者以獨操之券，無如年豐不免啼飢也？（前半比做「耕也」句，後半比做「學也」句，雖順遞，無異分發，若裝頭添足，便疵累者出矣。）終歲胼手胝足，曾莫酬力穡之勞，而一室闇修，乃忽從寂寞之鄉，而報以神明之壽，其亦旁觀稱羨，而驚爲稽古之榮者哉！使率育之期不爽，且得傲謀道者以獨得之奇，無如力田未必逢年也。半生鋤雨犁雲，竟致失滿篝之望，而十年養氣，或且望邱園之束帛，（筆情貽宕。）而指爲經訓之菑畬，儻亦當局撫心，而歎爲意外之遇者哉！如是而君子之謀誠得矣，然自是而君子之憂方大矣。（落下不率。）

題勢上合下開，分點之後，再加結束，便似一節題文。文之得訣在中間，悉力翻空，後比便可如題順遞，其吐屬高秀，則胸次爲之。

仁能守之莊以涖之

仁有進於知及者，莊涖又其已事矣。夫仁至能守，視知及爲進，況復莊以涖之乎？子爲遞舉之，亦曰其已事則如此耳。從來修德之與修容，其理本相因，而事之難易則有間矣。乃德非可以淺嘗，而固執必原於慎擇；亦容非可以襲取，而形外必本於誠中。

由層累之功，以成爲昭宣之範，將出身加民，不已可幾於無憾耶？（收題不溢。）不莊涖則民不敬，而莊涖豈止進於知及哉？夫仁守之操，於莊涖之先也明矣。（提重「仁守」，而「莊涖」趁手帶出，所謂一筆作兩筆用。）就仁之全體論之，其彙萬理而稱元者，自先萬物而作睹，無論莊涖所以全仁，即不僅莊涖而亦無非全仁也，而知及可該也。（補法密。）就仁之積功推之，其治己者愈課而愈密，斯臨民者彌考而彌精，是以莊涖爲仁之進境，非以莊涖爲仁之止境也，而知及其始也。天下有未仁而遽希莊涖者，仁不可見，而莊涖則可見也。（騰挪法。）不知外見之威儀，初不出內修之渾厚，則仁未守而言莊涖，何異知未及而言仁？天下有離仁而冒託莊涖者，仁不可飾，而莊涖則可飾也。不知性功之邃密，乃以彰治象之端嚴，則外仁以言莊涖而所謂莊者非莊，何異外知以言仁守而所謂仁者非仁？（處處不脱知及。）今則仁能守之矣，今且由仁守而莊以涖之矣。然而莊之爲學本於仁，而不始於仁也。（中二從反而作逆勢，至此出比，仍用逆捲，如持長絙以挽萬斛之舟，對比順遞，則沿流而下矣。）理必有所積，則流之始光，秉明哲之淵衷，而於長人觀其德，即於御衆著其威，式玉式金，固不僅良有司之聞望。究之，責莊涖先責其仁，責仁仍先責其知，則其操乎仁守先者不可没也，而所能乃卓卓傳之。（虛字不略。）然而守之爲量見於涖，而不盡於涖也。理必攬其全，則功始無闕，仰森嚴之雅度，而天覆之藴益彰，即天亶之聰益著，如圭如璧，慨然有高世主之規模。究之，非仁而知不足據，非莊涖而仁不足憑，則所望於莊涖後者不容已也，而所以先明明見之。動之不以禮，未善也。

大注：「學至於仁，則善有諸己，而大本立矣。」靠此作主，截上自清，不徒以騰躡虚空爲巧。

不能者止

明止之一途，陳力者有轉計矣。夫人各有能有不能，止則無不可爲者，求以不欲自解，子故終引周任之言與？從來位事惟能，而今之謝事者卒鮮，豈果能者之多與？抑不能而强以爲能者之多與？豈知材略不必其盡優，而職業不容以坐廢。遡稽往訓，知古人之爲不能者謀，未嘗無餘地以相處已。（腦後下針。）吾引周任之言，既曰陳力就列矣。顧力有所能任，即有所不能任。幹濟豈其無意？而艱難盤錯之迭出者，或竟過於志之所期。棟則撓焉，鼎則覆焉，此殆有限於才分者矣。（不能有兩種。）力有所能施，即有所不能施。奔走豈敢告勞？而束縛馳驟之相乘者，或大拂乎性之所受。（此尤有說不出之苦，舍止更無别法。）木則斵而小焉，玉則教之琢焉，此殆有關乎遭際者矣。論才分則得以不能求原，論遭際尤得以不能自白，而周任又明明決之，曰不能者止。蓋就任大責重而論，（承起比出比。）吾所不能者，未必無能之者也。吾以空疏寡效之士，混迹其間，則從容養望者，既觀望焉，而不欲顯其長；勇敢有爲者，復旁撓焉，而有以掣其肘。不仁孰甚焉？古之人志樂卑棲，至幸轉一階而輒自引退者，豈矯情哉？暮歲尸居高位，迴憶微官之自效，聲名遠不如前，則何如一止以避賢路與？就倒行逆施而論，（承起比對比。）吾所不能者，亦未必無能之者也。吾以進退無據之身，周旋其際，則肆志妄爲之日，（此真活地獄矣，不解何所樂而戀之。）既坐視焉，而不敢攖其鋒；情見勢敗之時，復牽率焉，而有以分其謗。不知孰甚焉？古之人生當叔季，至微窺禍本而急賦遂初者，豈好名哉！末流貶操自甘，而回思夙昔之孤標，蹤迹顯然異轍，則何如一止以全晚節與？（苦海無邊，回頭是岸。）境無論豐悴，惟此淡泊凝静之志，（正本清源之論。）必不可忘。侈靡積而取給多，或當止而輒難自決，究之不能者，烏可强求也？榮華久竊，鼎彝無可載之功；血氣既衰，鐘漏有待盡之勢。何得援無以爲家之説，謂宦隱之可安？（駑馬戀棧，大率以此説藉口。）職無論崇卑，惟此特立獨行之操，必不可廢。援繫廣而牽制苦，或求止而不克自由，究之不能者，誰爲相代也？（林下何曾見一人。）大厦將積，賓客彷徨而無策；奥援盡散，妻帑零落而疇依？何故託主恩未報之談，謂乞身之匪易？（此尤可惡。）周任之言又如此，是固未嘗爲不能者寬矣，求其何以自解耶？

題句打穿後壁，已將後世文飾遮掩伎倆盡行覷破，非此明快之筆，不足以達之。

君子疾夫舍曰欲之而必爲之辭

内多欲而飾於辭，君子所深疾也。夫君子不禁人之欲，乃舍曰欲之，又從爲之辭，則可疾甚矣。求何曲爲季氏解乎？從來名與利二者，必不容並域而存者也。小人好名之心，恒不敵其好利之心，然利有時而不敢嗜，以名有時而不可居也。有人焉宛轉推原，爲之曲圓其説，遂可以深没其求利之迹，（筆力勁達。）而無損於名，然後人欲肆而天理滅矣。求乎夫子欲之之説，（坐實「欲之」，方能轉出「舍曰」。）非求所自言乎，至以子孫憂爲解，則又似季氏爲有辭，而不必定出於欲之也。其未奉教於君子乎？君子律己甚嚴，本自處於無欲，然有不敢概繩者，以爲生人嗜好之路，悉數難窮，豈能律若儒修，而易以所苦？君子與人爲善，亦豈願人之多欲？然有不妨姑恕者，以爲當世貪猥之流，本真莫掩，猶得惕以清議，（語皆老重。）而大爲之防。欲之則竟欲之，未聞舍曰欲之也，而必爲之辭也，何哉？以欲之蘊蓄而莫遏也。其迹類涉於卑污，舍曰欲之，何所託之尊乎？夫權門積慮處心，抑豈不畏辨奸之牘？爲之辭，則陰爲計者，既足以快其私；（隱衷如見，可當牛清之犀。）陽爲覆者，復有以關其口。策無便於是者矣。奸誠可殛，而長奸者誰與？以欲之横決而莫窮也。其情顯形於頗僻，舍曰欲之，何所持之正乎？夫巨室挾私妄作，亦終懼于懲惡之條。爲之辭，則雄於世者，既得以張其焰；傳於後者，又得以匿其情。計無巧於是者矣。惡誠可誅，而黨惡者誰與？吁可疾也！從古横征苛斂，皆逞欲之技耳，而主聽未必能熒。一自隨聲逐響之輩，以爲足國而不病民，則其計決矣。當其徵引古義，（荆公新法，豈能箝天下之口？）轉謂代籌民隱，務存體恤之心，而閭閻之竭蹶以將者，一似不相督而樂輸者。然是掊克而得循良之譽也，君子所以念豺虎之逐。從古篡竊窺覦，特縱欲之尤耳，而人心未必終附。一自獻諛貢媚之流，以爲逆取可以順守，則其勢成矣。當其固執撝謙，幾謂堅守臣衷，（老瞞以後，已成故套。）不改忠貞之操，而神器之逼脅以奉者，一似不得已而始受者。然是奸雄而博靖獻之名也，君子所以嚴斧鉞之誅。識燭幾先，早肺肝之如見；論垂事後，尤黑白之難誣。求何甘爲君子之所疾乎？

摹繪小人情狀，儕鶴多用斂筆，陶庵多用縱筆，文則斟酌於二者之間。

遠人不服而不能來也

觀遠人於權臣之時，已異乎修德之説矣。夫遠人不服，必内治之不修，由、求相季氏而不能來，子故先言之以爲戒與？若曰：子言顓臾固而近費，是謂近者既併，而始可以及遠也。此時置近論遠，鮮不以爲迂圖，抑知季氏爲政，必無近聞而遠不知者。（行文亦鶴盤遠勢。）由、求佐政，必無專意於近，而全置夫遠者，則即乖異之頻聞，而悟撫綏之無策，其隱然爲患者，已先居其一端已。由、求相夫子，亦聞修德來遠之説乎？而今日之遠人何如者？遠人雖自安僻陋，而評量夫名義則甚公，嘗有雄才竊據，其機權百出，足以制豪傑而莫敢言，而絶域流傳，轉以抵隙攻瑕，肆戲詞之嫚侮者，（匈奴之嫚吕后。）道長之誚，即此例也。夫曷禁其徵索也？遠人雖間蹈狂愚，而分别夫質奸則甚智，嘗有刀筆乘時，其巧詆深文，足以排直諫而不復用，而驕藩嘗試，轉以發蒙振落，供游説之潛窺者，（淮南之薄公孫宏。）文衣之舞，即此流也。夫何怪其憑陵也？不服矣，當思所以來之矣。而今之由、求何如者？既不能謙受陳謨，（「不能來」亦還他實際。）如有苗之收功於伯益；又不能懷柔敷化，如越裳之歸意於周公。古訓具存，而平時爲夫子地者，不外功利之私，則所以致其來者已左。業不能率禮招携，如青齊之立勳於仲父；（不但不及古人，亦併不如霸國，確是季氏身分。）并不能馳聲望歲，如荆楚之呈效於葉公。霸圖已末，而比肩爲夫子陳者，更出苟且之策，則所以勸其來者尤疏。將謂從政者新，勢未暇以圖遠乎？夫古人亦何嘗馳域外之觀也？異類苟懷叵測，每覘一二人之黜陟，以爲從違，故俊乂登朝，而醜虜聞風，遂旋悔其侵漁之計。（中國相司馬矣。）知服者何心，即知不服者何心，此其機有不自遠人始者，而何爲憒憒也？將謂居位已卑，力不足以及遠乎？夫古人亦豈必尚長駕之策也？荒陬易阻見聞，恒即一二事之貪廉，以爲向背，故名臣寡欲，（暗用張奐事。）而邊氓銜感，遂各泯夫猜忌之私。知來者何象，即知不能來者何象，此其弊有不僅遠人止者，而何爲默默也？至於邦不能守，而尚思動干戈於邦内乎？

「遠人，謂顓臾」，朱子注書則可，若行文，則有口氣黏殺顓臾。不但與上文「邦域之中近於費」等句自相矛盾，并下文「謀動干戈於邦内」亦全失針對。呼應之妙，似不若渾説爲得也。向蓄此疑，偶見《義門讀書記》已言之，因成此藝。（自記）

「遠人」推開説，作勢似寬，然遠人所以不服，正從分崩離析而起，則説到「謀動干戈」，乃一步緊一步矣。出經入史，自能暢所欲言。

懷其寶而迷其邦　二段

陪臣以仁知之説進，聖人不必易其説也。夫懷寶迷邦，從事失時，豈所以論孔子，而必以是爲仁知？誠不可也，子故隨問答之與？昔我孔子學不厭爲知，教不倦爲仁，當世久有定評矣。不謂權詐者流，習聞此譽，至設必不然之説以相詰難，聖人於此，亦姑據理答之，（所謂以不解解之。）固非及門問仁問知者比，必爲一一分析其恉也。如貨遇孔子於塗，而曰「予與爾言」，彼固挾一不可之見在意中也。（勒題简勁。）進一説曰：予豈不知夫世之所謂仁也。（開口便肖。）而由仁之理，推仁之施，意其人必盡攄素藴、廣濟衆類者與？今且有人焉，高談克復，當世以博愛推之，乃徵其夙學，既深閉固拒而莫測所藏；撫兹時艱，又狹隘酷烈而不爲之所。如是則可謂仁乎？夫誠窺於聖量之深，（比中惟此是正論。）則懷其寶者，非無意於韞匵之待沽，而即此狂簡歸裁，亦各收夫先覺先知之益，亦安所謂迷其邦者？然而此意不足爲陽貨道也。曰：惡有如是而可謂仁哉？輝山媚川者，潛德之幽光；振聵發聾者，至人之宏願。必若所云，則誠不可矣，（貌合神離，恰是當日問對光景。）而邦之何以救迷？子若未之喻也。（起次段。）轉一説曰：予豈不知夫世之所謂知也。而就知之名，盡知之用，意其人必樂就成功、善乘大勢者與？今且有人焉，窮極精微，當世以多能目之，乃有懷欲遂，既席不暇煖而俯就弗辭；相遇偏疏，至轍環將周而所如輒阻。如是則可謂知乎？夫誠識夫聖情之切，則好從事者，特無逃於君臣之大義，（正疏處用暗，反駁處用明；正疏處用平，反駁處用側。皆避直法。）而一切偏端小試，亦分見夫行可際可之功，又安所謂亟失時者？然而此衷不必爲陽貨辨也。曰：惡有如是而可謂知哉？獻技呈能者，鍾毓之厚意；因利乘便者，豪傑之夙心。必若所云，則誠不可矣，而時之何以勿失？子仍若未之喻也。（所以下文陽貨再問。）

值無謂之周旋，作無情之晤對，傳神曲肖，當領取於筆墨之外。

邇之事父

《詩》有資於事父者，益已見於邇矣。夫人倫必自邇之始也，《詩》之言事父者特詳，學之不已資其益哉！昔吾行在《孝經》，（取徑生別。）而自天子以至庶人之孝，莫不引《詩》言以爲證，非徒以徵記誦也。蓋立愛惟親，推本焉而其天自厚；孝思維則，永言焉而其味愈長。義本無邪，而旨通不賈，竊願與及門共勉之也。興觀群怨，既各徵學《詩》之益，尚未及於人倫之大也。夫人倫之當盡者不一端，而爲小子所尤切者，有不自邇之始哉？一生有不能處邇之日，（不略題首二字，恰好與下句對照。）不可存不常處邇之心。儒者聰明漸啓，略窺干禄之書，而竊計孺慕之年，已若促迫而不能終養，即何貴尋章摘句之紛紛也。天下有不容處邇之情，不可存不樂處邇之志。少年才藻自雄，例作遊人之賦，而回首庭闈之地，轉若淡泊而無事深求，即何貴扢《雅》揚《風》之亹亹也。以言乎邇，則事父尚已。事以聚順爲最樂，而《詩》多賦離別之情，《陟岵》之言勞，《翩雎》之靡盬，皆有求邇而不得之情。而聚順轉略焉者，謂其迹之不藉侈陳也。（《詩》有君臣宴享之樂歌，獨父子則至敬無文，除却離别感傷，自不復形諸歌咏。學之云者，學之以事父，非學之以作詩也。近人詩題，解此者罕矣。）若夫韜光匿采，躬際夫内而不出之辰，則菽水足以盡其歡，亦衡茅彌以貞其志，以視瞻周道，而聘四方者，果孰得而孰失焉？攬古什以長吟，有油然識門庭之慶耳。事以安常爲最先，而《詩》多叙憂傷之故，《小弁》以伸慕，《車舝》以刺讒，皆有在邇而見遺之勢。而安常獨無聞者，謂其誼之不煩文飾也。若夫襲慶承庥，恪奉夫色思其柔之訓，則弓冶足以衍其業，亦堂構益以永其基，以視悲逝梁，而嗟發笱者，又何去而何從焉？撫陳編而懷古，益悠然識名教之寬□。□故二《南》爲起化之地，而資爲庭訓似近私，就邇而切求之，則各尊其親之旨也。篤媍修於門内，禀命者獨重嚴君，而琴瑟之調以將其順，壎篪之合以篤所生。（妻子、兄弟，皆邇之一邊事。）苟印證於彝常，而時見尋源之有獲。《南陔》爲絜養之篇，而佚其笙辭又多惑，由邇而翫味之，則無適非孝之方也。求懿美於天倫，索解者無煩達詁，而學其温柔以爲婉容，學其風諭以爲幾諫。（義更新穎，然只好推作餘波，若恃爲正意，便蹈空矣。）試推求夫義類，而彌徵取給之不窮。由是資於事父以事君，而效又可推於遠矣。

此章題臚列《詩》詞，則苦其罣漏；專求超悟，又遁入元虚。文隨舉見例，而言外自包得全《詩》大旨，由用筆高渾也。

其未得之也　二節

有專營於得失者，難言鄙夫之所至矣。夫未得不必得，既得不必失，鄙夫兩患之，至患失而何所不至哉？子故爲與之者戒耳。且宦途之得失，與修途之得失，其理未必相背而馳也。（分風劈流，摛詞無懦。）特修途以是非爲得失，恐失之心必不可無；宦途以榮悴爲得失，恐失之心必不可有。有人焉亟求其榮，復不甘於悴，則利禄專營，不忍言其流弊之所極矣。何謂鄙夫不可與事君哉？夫事君者，必置得失於度外者也。其上之樂行憂違，得則行道以濟時，失則修身以見世，乃至勳名既遂，猶復辭成功於寵利，則勇決而不留，乃至危難猝逢，終能援去就以力争，而凛然有不移之操。若夫鄙夫，其（略用側注，是兩節作法。）而超然有無累之神；其次之難進易退，得則審量而後入，失未得之也，患已至矣。例以學古入官之義，則不敦品行，不工文章，（形容盡致，可當牛渚之犀。）接人既面目可憎，獨居亦語言無味，此亦何在可得者？而惟是摩揣素精，乃別有拖紫紆青之捷徑。古稱得之不得曰有命，而彼直患得之也，蓋私憂切也。（是患得，不是患不得。）既得之，患又至矣。充夫寵斷罔利之才，則必善逢迎，必深要挾，黨援蟠結於要路，恩澤丐及於子孫，此亦何在可失者？（警絶。）而惟是豪華既饜，乃時有鐘鳴漏盡之先聲。人情自我得之，自我失之，亦復何憾？（妙對。）而彼更患失之也，蓋後慮周也。吁！患得之見，鄙焉已耳。苟患失之，而從前之鄙態自此盡彰，而日後之鄙蹤又將誰託？則將窮工極巧，而惟恐不爲鄙夫；（踸踔盡致，落末句，分外得力。）則竟倒行逆施，而并不自安於鄙夫。直無所不至矣。人心有廉耻，而後有所不屑爲，患失者恬然不愧，謂美官我自爲之耳。暮夜之賷緣何已，而題其姓氏，或致爲秉筆之污，則不必臚陳夫檮杌之書，（至此轉用渾寫，是謂文品。）即此内念之鑽營，固可懸想而知其事。人心有忌憚，而後有所不敢爲，患失者悍然不顧，謂吾輩富貴自若耳。奸雄之氣焰何窮，而露其端倪，已足爲履霜之戒，則不能遍鑄夫神奸之鼎，即此私衷之縈擾，不欲同時而見其人。蓋始謀曖昧，即爲轉念之所由生；而末路猖狂，并爲初心所不及料。（收束完密。）鄙之爲禍，一至於此，與之者可弗慎歟？

此甲辰考差作也，原稿已失，約略追憶足成之。（自記）

詁題深切，而用筆仍復渾成，自是名家高境。

微子去之

魯惜賢人之去，以商臣發其端焉。夫微子之時，不盡以去傳，即以去論，已爲後世去國者立之準，故首記之。聞之賢人之去留，國家之存亡繫焉，故《夏書》終於《汝鳩》、《汝方》，而《商書》則終於《微子》，此就一代之史言也。（一朝作史，殿之爲終；異代論仁，推之爲首。微子一生，關係重大如此。）《魯論·微子》一篇，大抵明聖人不忍去國之意，於同時之隱遁者，多嗟咨而嘆息之，乃於篇首大書前朝去國之人以爲冠，抑獨何也？論曠世相感之情，則一人如此，必舉前人之如此者以起例。（此比是全篇發端。）如論文王之至德，先論泰伯之至德是也，乃先世自宋人衍胄，而孤標遠蹈，時懷曩躅於象賢。論並行不悖之旨，則一人如此，必舉一人之如彼者以相形。（此比是本章發端。）如論南容之免刑，先論公冶之縲絏是也，乃獨夫以淫酗傾基，而抗節遄征，已燭先幾於元子。吾黨故特書之曰「微子去之」。至無謂者，太史執简之争，向使帝乙傳統，通兄較弟賢之變，（明季苦争移宫，乃保一童昏之天啓，豈非數耶！）而不泥子以母貴之常，夫亦何至於去者？無如天命將終，勢不能擇賢以紹統，則舊云刻子，惟促以出迪之謀，而去者竟去矣。難爲常者，世卿易位之法，（周「問卿」章注作對，得無中生有法。）向使輔相陳謨，執貴戚反覆之圖，而不等異姓進退之節，夫亦何止於去者？無如委任素薄，并不能廢主以行權，則天毒降灾，自知爲遜荒之續，而去者終去矣。以其知可及相衡，去似於事爲易，然非此去，（照箕子。）而籌自獻之謀者，終覺餘望之未絶，是微子固爲兆之資也。以願爲生臣相比，去似於誼爲疏，然非此去，（照比干。）而秉不回之節者，亦苦付託之無人，是微子又分途之備也。其去也，既爲逃遁於外，則是天空任飛，必不至坶野陳師，親睹代興之慘，故面縛銜璧之説悉從誣；（駁得倒。）其去也，特爲求存宗祀，則是千鈞一髮，并不料上公庸建，更垂錫命之文，故抱器歸周之詞可勿録。（撇得凈。）蓋自孔子定三仁之論，而後知微子之去，以視箕子之奴，比干之死，固似異而未嘗異；（應起比對比。）以視諸賢之去，又似同而不盡同也。（應起比出比，四語乃題之了義。）

春秋之時，諸賢紛紛去國，即孔子亦不能不去，特其不忍忘世之心，與沮、溺丈人自别。求諸前代，惟殷之三仁，庶幾異世同心，此全篇託始之微旨也。窺見此旨，自然語必透宗，文情沈摯，猶其餘事。

孔子下欲與之言趨而辟之不得與之言

聖人有意於狂，狂者無意於聖也。夫子之下車，誠冀得與之言，而接輿不終於狂耳，趨而辟之，豈獨爲狂惜哉！昔子嘆予欲無言，而子貢慮及小子何述。蓋聖人以言垂教，有求親於聖，（一往疏快。）而未獲與之言，未有獻讖於聖而轉降與之言，且有不屑與言而尚思竊聞其言，從未有渴思與言而轉若厭聞其言者。有之，自楚狂接輿始。接輿之歌，其詞在似嘲似諷之間，其迹在若近若遠之際，果足以感車中人否？未可知也。然而孔子下矣，欲與之言矣。從來狂者每具深心，商紂之暴，箕子以爲奴受辱。（此狂身分極高。）接輿名有並傳者，停驂而就之，夫烏知不以我之與言，宣彼不忍明之言？將自是而狂者之本趣，可大白焉，即殷有三仁之旨也。從來狂者多略細故，季武之喪，曾晳以倚門獻歌。（此狂亦在可裁之列。）接輿事有相類者，傾蓋而陳之，夫烏知不以我之與言，盡彼各異撰之言？將自是而狂者之蹊徑，可就範焉，即在陳思裁之懷也。而孰知事有大謬不然者？（轉落勁。）接輿以爲吾之歌也，特冀其聞聲猛省，而非必調高求和也。設與之言，而彼所執裾以陳者，皆夙所厭聞，而要不外吾所料。唐堯遜位，許由尚洗其耳，（古人亦有爲之者。）夫何煩强聒與？吾之過也，亦知其相視莫逆，而非爲附迹以傳也。設與之言，而彼所持之有故者，一受其牽率，而不得反吾之真。武王遷鼎，首陽自食其薇，（兩襯並確。）夫豈能强同與？蓋至趨而辟之，而子真不得與之言矣。吾以嘆聖人所見之大也。凡人以孤孑自命者，其操行究勝於貪鄙之徒。（平情之論。）當夫歷聘陳詞，亦既落落其難合，乃者此人小異，就令與言，而彌發其狂，而固可損過以就中。況因與言，而盡反其狂，而更可引類以爲助歌者？自欲鳴高下者，何妨折節不可見澄清之志哉？吾益嘆聖人所遇之窮也。凡人以微詞相感者，其用心終殊於娼嫉之類。（接輿一流，皆深愛聖人者，特所見者狹耳。）當夫書社見沮，自知倀倀其何之，乃者欲訴無因，似相與於無相與，而苦於若即仍離，轉令以不狂爲狂，而爲是反以相激。（語尤深痛。）下者拱立以須，辟者絶塵不返，不已見行路之難哉？進記沮、溺丈人之流，而不可與言者，且踵相屬也。（悠然不盡。）

聖人用世深心，自與隱士異趣，然至沮、溺丈人，所遇不謀而合，而孔子亦隱然託於逸民矣。往復沈吟，傷心人别有懷抱。

子夏曰君子信而後勞其民　一節

君子全上下之交，其素所積者異也。夫信者，非爲勞與諫設，謂惟是而後可用耳。彼蒙厲與謗之名者，盍以君子爲法乎？且儒者與人家國，必待事機既會，而始思聯上下之交，此其勢常不及。（倒扳一槳。）惟誠以孚庶類之情，斯用其力而不爲刻；惟誠以感一人之志，斯匡其過而不爲疏。非然者，自處於隔閡之途，而徒咎上下之不我從也。其感之無本也實甚，何則？挾厲民之見以勞民，挾謗君之私以諫君，此理所必無也。（先補此層，得尊題法。）乃或勞民而恐民憚勞，將有息勞以避厲之迹者；諫君而慮君愎諫，將有懼諫以釋謗之嫌者。皆未奉教於君子者也。君子愷悌爲懷，先有與民休息之意，（探原立論，是「信」字之根。）所謂興利而除弊者，又不徒以法令繩之。此義明而後草野無不孚之臂指。君子誠正爲學，無非共君休戚之心，所爲糾謬而繩愆者，尤不欲以氣節任之。此義明而後堂廉無相隔之性情。所謂信也，蓋立於勞與諫之先者也。（與「後」字緊對。）必謂用勞不可爲政，則怠惰偷安之輩，將以厲之説辭勞。不知服之不倦者，奉公上而效力；養之有素者，先天下而用情也。夫以貴使賤，亦復誰敢抗違者？而古之人期會臨民，或咨嗟涕洟以詔之，謂如是而後誠可格耳。（「信」字無可實詮，文從側面形容，深厚可味。）不然，上懷醉飽之心，民有杼空之嘆，君子惜下交之未深已。必謂直諫皆以沽名，則飾非文過之君，且以謗之説拒諫。不知詢及芻蕘者，人君求言之體；將以祗恪者，大臣納誨之心也。夫以是弼非，亦復何所瞻顧者？而古之人伏闕陳書，以齋戒釁沐以奉之，謂如是而後志可申耳。（兩「而後」字十分滿足。）不然，士以批鱗賈禍，君以規瑱叢愆，君子嘆上交之未摯已。且夫清净之理、唯諾之風之不可爲訓者也。綢繆於未雨，匡拂於無形，（題前一層。）夫豈非君子所素裕者？顧不存勞與諫之名，恐時至而無以應矣。信以裕其原，而賦鼙鼓者情通如響，占納牖者誠至斯孚，吾儒所以必尚有爲之學。且夫操切之政、節烈之情之難乎爲繼者也。歌澤門而任怨，從龍比以效忠，（題後一層。）夫亦屬君子所不辭者。顧必冒厲與謗之咎，恐勢危而莫或試矣。信以保其終，而成大功者歌舞臚歡，格非心者賡颺媲美，大人所以不求獨是之名。人其以君子爲法也可。

入手先撇去「厲」、「謗」二字，見地高人數籌。篇中闡發「信」字，委曲詳盡，後幅補出不廢勞諫之名，不冒厲謗之咎，樹義正大，抒論明通，如讀陸宣公奏議。

子夏聞之曰 一節

賢者明君子之道，教不躐等也。夫游以有傳有倦爲疑，由未知學者之區別也。道不可誣，聖難爲例，宜夏聞言而嘆其過歟！昔孔子以天縱之聖，萬殊一本一以貫之，（**高一層説入，壓題法。**）顧平生誨人不倦，文章可得聞，性道不可得聞，豈非已所造者不敢以繩人，而及門之賦質各殊，亦不能强而合耶？子游見子夏之門人小子，而有「末也，本之則無」之説，是殆以灑埽、應對、進退爲先，而本轉在所後也。是將以先焉者爲傳，而後焉者皆在所倦也。推極其説，直以傳焉者爲勤於始，而倦焉者無以保其卒也。夫南方之學得其菁華，本與篤信謹守者殊科，（**先揭流弊，「過」字一點便醒。**）然高明之士承其流者，或致窮大而失居，而在當時已無解於欲速成之弊。子夏聞之用慨然也，曰：「噫！言游過矣。」（**第一個「君子之道」。**）君子之道，其散見於形器者，未嘗不默寓於神明，使謂勞精敝神，第求工於繁重之數，度君子必不甘於自畫如是也。夫孰先焉而孰後焉？其廣迪夫中材者，未嘗不相期於上哲，使謂約言卑論，獨深靳夫秘密之藏，度君子必不薄於待人如是也。夫孰傳焉而孰倦焉？（**安頓各句，俱見匠心。**）特是全而不可闕者，教者之盛心也； 分而不可齊者，學者之本質也。游不見夫草木乎？夭喬異形，剛柔異性，而一類之中，又自有大小之不同。物有然，人何獨不然？譬諸草木區以別矣。是以君子之道，（第二個「君子之道」。）其培植足以葆彝良，留真樸，而外之亦足以敬業而樂群，材之篤也。（二比是設教本旨，仍借草木作映發。）善於因必誣以不能至之程，是猶讀種藝之書，而揠以助其長也，烏乎可也？其成就足以敦名節，樹綱常，而微之亦足以束身而寡過，匠之能也。隨其用必誣以不能受之量，是猶參進學之解，而嗤不以莛爲楹也，烏乎可也？若夫合本末而一以貫者，固非無其詣矣。（接入末二句，語尤淋漓入化。）生質以徇齊表異，故嬉戲可決髦齒之成； 神智以創獲見奇，故曲藝皆稱作者之聖。釣弋小技而化育涵焉，《鄉黨》一篇而天則見焉，微特非傳與倦所能囿，抑亦無先與後之可言。有始有卒者，其惟聖人乎？（大海迴風生紫瀾。）此非君子所能幾及者，而游以責之門人小子乎？噫！言游過矣。

此節句句禿接，不用虚字，轉關題氣，最難體會。文起講從聖人逆入，講下將題中關鍵字趁勢揭出，賴有「子夏聞之曰」五字，可以斷做。既入口氣，即不容凌躐也。脱稿頗速，懼以修飾傷其真氣，未知能恰到好處否？（自記）

「君子之道」九句，曲折最多，朱子自謂於同安寓次無事體貼出來。此作融會白文本注，循題詮次，亦明晰，亦渾成，而文采斐然，令人玩味無窮。又不直似講章語録，極學人才人之能事。

仕而優則學

課學於既仕之後，亦善用其優而已。夫仕未易言優也，而亦何可虚負其優也？優則必學，商故爲既仕者訓歟？且人自身入宦途，輒曰一行作吏，此事便廢。斯其人非惟無志也，抑亦無才。（吐屬名雋。）蓋才之所裕，既不至苦役其形；則志之所營，必不肯自荒其業。古之人所爲宦成而德與俱進者，胥是道也。何則？學也者，終身之事也。顧今之言學，罕有爲既仕之人課者；（空中提起，自留得下句在。）今之言學，并有爲既仕之人病者。夫非以仕之未優故耶？一人也，或趙魏而有餘，或滕薛而不足，雖其遭際使然，然而優絀判焉矣。（「優」字析出兩義。）夫吾人負當世之望，而藏器未深，則有驟列秉鈞，而頓减平生之聲譽者，安所得措置不驚，落然見充周之詣力乎？一事也，或鳴琴而治，或戴星而亦治，雖其情性使然，然而優劣殊焉矣。夫吾人際時事之艱，而鞅躬盡瘁，則有身親決罰，而自苦延算之不長者，安所得委蛇多暇，悠然樂泮奐之居諸乎？(「而」字轉關。)而如其運量所周，極諸遺大投艱而不窮於用，夫豈以無術之業自等於師心？如其光陰甚富，除以簿書期會而未盡其藏，又豈以玩愒之情自安於將落？(「則」字接榫。)則繼以學有斷然者。山川險易之形，憑虚而不能構也。既仕矣，遊迹所經，一一得之目睹，而未必無勢之難通。(仕後之學與未仕之學，正自不同，文特言之鑿鑿。)學以證之，則歌謡所布，圖籍所陳，皆得以資其經畫之才，而非徒於見聞角勝。古名臣考獻徵文，視遊覽之蒐羅，尤資實用者，良有故已。典章因革之迹，匡坐而莫與諮也。既仕矣，職司所轄，歷歷出自躬親，而未必無疑之待析。學以精之，則故府右稽，先民可訪，乃益以妙其弛張之用，而非徒以記誦專長。古名臣剬詩緝頌，視草野之編纂，別具體裁者，伊有由已。束身於爾雅之途，則聲色嗜好之緣，不至相乘於所忽；(所見者大可作官箴。)遍覽乎成敗之局，則功名福澤之氣，猶將善保乎其終。學亦何負於仕哉？

玩注「必先有以盡其事，而後可及其餘」，題首三字，自應重頓。有謂上句「優」字不重者，亦曲説也。通首指陳親切，皆閲歷有得之言。

曾子曰吾聞諸夫子（至）是難能也

述聖論以嘉魯卿，其孝之難能可見也。夫稱莊子孝者多矣，子獨以不改父臣與政爲難，曾子述所聞，非欲人勉所難能哉？昔孔子之學，惟曾子獨得其宗，行在《孝經》，曾子傳之，若《魯論》二十篇，亦曾子門人所記。故獨稱子，如三年無改之爲孝，亦既大書不一書矣。而曾子猶口述聖論而著之者，以爲虛懸其理，不如實指其人也。（**上文證佐確鑿，得此二語，實處皆空。**）曰百行以孝爲本，（**卓立。**）閔子之稱孝也，但徵之間於人言。若排衆論而標獨賞之奇，則師訓之闡幽更切。三家惟孟較賢，（**堅對。**）懿子之問孝也，曾示無違於禮法。若從先代而溯詒謀之善，則聖言之陳義尤精。吾也聞諸夫子矣。孟氏有莊子，世莫不以孝稱之，顧或陳絜養之無僭，（**其他句不略。**）頌成書之有託，則猶夫人所能者。不觀其臣與政乎？抑不觀其父之臣與政乎？夫其父固獻子也，想其雞豚不察，牛羊不畜，早深嫉夫聚斂之臣。故夫布列庶僚者，家本非貧，賢稱二士；（**截金爲句。**）室兼可庇，友並五人。爲問莊子，少歲承家，有简棄老成者乎？如是者不改。且其禮爲身幹，敬爲身基，早自裕於經邦之政。故夫敷宣衆務者，薦賄於楚，朝可獻功；

屬賦於鄁，力能借助。爲問莊子，五年在位，有變更舊法者乎？如是者與之不改。今而知其他之不足爲莊子難也，所難能者，惟是而已。（字字如土委地。）處勢不逢其所便，求將順而於義或乖，流及既衰，不幾用憸人以爲調停，（包孕幾許。）沿弊法以爲紹述乎？有獻子之加人一等，不啻身以孝先，（補腦。）而列於臣則輦重且登車右，措諸政則儆備必衛公宫。乃知事屬守成，無藉聰明之用，益徵顯親揚名之有公評也，此亦可以垂錫類之箴矣。持衡不急其所長，雖稱善而其真反掩，變本加厲，不幾樹私人以爲善任，易祖制以爲多才乎？以莊子之好勇爲名，（無義不搜。）或不專以孝著，而用其臣則爲老自足見優，師其政則學禮先能定位。乃知誼闕庸行，尤崇祇恪之心，益嘆隨聲逐響之猶皮相也，此亦可以擴知人之識矣。噫！非夫人潛窺穆行，烏知莊子造詣之純？（雙收章法完密。）非曾子敬述夙聞，又烏知夫子垂訓之切哉？

題中頭緒繁多，難其逐層安頓意議，周匝運典，亦名貴不蕪。

衛公孫朝問於子貢曰　一章

淺於窺聖者，折其説而聖量見矣。夫朝疑焉學，不過欲得一師以抑仲尼也。文武之道，分寄於人，而師何常乎？子貢明之，且自古帝王必有師，如尹壽緑圖之類，説者詳之。顧其事罕見於典册，毋亦惟是輕世肆志者流，設言之以張其教歟？若夫孔子，匹夫而爲百世師，（詞鋒卓立。）則斷無推其所自出以陵其上者，有之，自衛公孫朝始。公孫朝者，所見迴出太宰黨人下，特見吾夫子周遊列邦，辨萍實，辨商羊，當世以博學推之，心不能平，以爲不深究仲尼所從學，無由知仲尼之師；（肺肝如見。）非推本仲尼之師，無以抑仲尼之名而使之下。妄人之見，無足深責，而獨異其陳於子貢之前也。子貢知足知聖者也，慮夫淺人不足與深言也，（片言居要。）妄人尤不可與戲言也。皇古之神靈荒渺不可稽矣，託始於文武之道，知儒生進退百王，斷無干朝章以自取戾者。生尚文之世，則亦凜從周之志而已。（句法堅煉。）宥密之心傳精微莫能喻矣，徵實於道之大者小者，知至人範圍萬類，斷無遺迹象而可得會通者。辭生知之名，則亦盡敏求之事而已。道未墜地，而不在人乎？（承接處有官止神行之妙。）賢者所識，是文武之道之燦陳而可見者也；不賢者所識，又文武之道之纖悉而不遺者也。斯何在不足資夫子之學哉？抑何人堪爲夫子之師哉！一物之菁華所萃，皆有不能終秘之奇，譬諸觀螻蟻而知陣，觀飛蓬而知車，庶類亦其效其能，以供神而明者之創制。而必謂獨造之淵微，（賢不賢得其迹象，而夫子會其神明；賢不賢得其分屬，而夫子爲其統匯。末二句爲全章歸宿，此二比亦全篇結聚處也。）翻資於群流之啓迪，則未知運造化而生於心者，通於神非滯於迹也。一家之孤詣所營，皆有各不相通之勢，故夫求義理於微言，考名物於箋注，諸儒亦自承其緒，以待繼而起者之表章。而苟謂大宗之遠紹，第守乎别派之分傳，則未知集群聖以爲大成者，賅乎細并忘乎鉅也。夫子焉不學而亦何常師之有？嗟乎！夫子之道大矣。告以師文武者，人或不信，惟夫搜尋僻説，舉一無足比數之人，（如項橐、老聃之類。）而以爲聖學所從出。世或譁然應之，彼則曰：「孔子，吾師之弟子也。」此亦曰：「孔子，吾師之弟子也。」子貢辭而闢之。繼朝而問者，猶紛紛而起，（所謂一邱之貉也。）吾黨故連類書之，見妄人之識趣大略相同云。

合下三章觀之，當時必有忌孔子之名而思所以折之者，非太宰黨人意存欽挹者比也。文風格高騫，足以雄視一切。

百姓有過在予一人

觀周王之任過，所以爲百姓者切矣。夫百姓不能皆仁人也，然有過則曰予一人之過，武王之薄於責人又如此。且堯咨舜，舜以命禹，心法相傳，無異詞也。若征誅告誓之詞，則時勢各殊，不必相襲，然觀湯曰：「萬方有罪，罪在朕躬。」寬以律人，正其嚴以律己，乃知殷人先罰而後賞，與周人先賞而後罰，（借賓定主，并見心法同源之故。）其用心非有異轍者。故毋野陳師之語，遂與不謀而合焉。《泰誓》言：「雖有周親，不如仁人。」夫仁人則無過矣，然豈可以概百姓哉？以仁人相化，而蹈於過者常少；以仁人相形，而見爲過者常多。（即從「仁」字襯出，「過」字不惟與「湯曰」節畫界，而入題亦覺有情。）則雖岐郊讓畔，久飫深恩，而林林者尚恐微瑕之爲累。去仁人者近，而得過猶或自知；見仁人者稀，而有過并不自覺。當夫前徒倒戈，早忘大義，而蠢蠢者安期污俗之維新？《書》又曰：「百姓有過，在予一人。」百姓之犯法也，其初亦有所畏而不敢出也。（迫於不得已。）至於恣睢成習，且驅之必出於是途，則肆然作矣。我思攘奪也，幸其無灾逋逃也，（按切商季，自然不可刊置。）萃之有藪，此必有任其咎者。然前此有過而種毒滋深，彼獨夫實促迫之；今此有過而導和無術，予一人又因仍之也。拯溺救焚，豈所望於愚賤者而伊誰諉與？百姓之作非也，其始亦有所愧而不欲居也。至於淫侈相沿，而非是且有所不可，則恬然安矣。（陷於不自知。）我思群飲也，忘其沈湎朝歌也，味其非時，此必有縱其愆者。然前此有過而陷溺自甘，彼獨夫若招携之；今此有過而挽回不力，予一人亦漠視之也。（「在予」句説得懇切，非徒作引咎語。）滌瑕蕩穢，豈可責於顓蒙者而敢自寬與？且過在百姓，人或規之，在予一人，位既尊而莫爲規也。張弛之權稍紊，則群黎之日用飲食，皆隨其偏重之勢以叢愆。故知懸書讀法，（加倍寫法。）特爲勸誘之虚文，而睹罔念之作狂，當識效尤自上。過在百姓，久旋悔之，在予一人，機一誤而不可悔也。裁成之術偶疏，則末流之箕帚耰鋤，各乘其不備之防以滋戾。故知赦咎輕刑，已屬含容之下策，而對無端之捍綱，何殊灾痛切身？斯言也，隱合南巢口實之慚，而罪己斯興，并可紹薪傳於禹泣；（究其所從來。）恪遵西伯如傷之戒，而貽謀從厚，初不期變發於殷頑。（推其所終極。）蓋自是而開國之政，以次具舉，又不獨大賚之在善人矣。

此與上文「萬方有罪」二句意義相同，正見湯武心法之一。朱子不作注，以易曉也。曾見前人文，有據蔡《傳》作一句，讀者不知彼有「今朕必往」句，故作别解施之此處，不成歇後語耶？要知今《泰誓》可疑者，多如「王曰無畏」之類，朱子隨文解義，並不强求其合，即此節可知矣。擬此正之。（自記）

固與「萬方」二句同義，而說來確是商季之過，精心結撰，掃盡陳言。

子張問於孔子曰　一章

政以惠民爲本，合法戒以垂訓焉。夫張問從政，固欲知所尊與屏也，因問惠而備詳美惡之目，意深哉！《魯論》記夫子論政，大率因人設教，而非舉全量以相示也。若明舉夫虞夏殷周之制，而復以性所易溺者儆之，則莫如顏淵之問爲邦；（天然陪襯。）默師夫堯舜湯武之心，而更以弊之易蹈者防之，則莫如子張之問從政。記者因執中之傳，而綜其大綱，必以寬則得衆爲始明乎政，未有不始於惠民者也。（一篇主意。）出政然，從政何獨不然？原政之大裨於民者，不必變化矜奇，祇此中正和平之矩，兢兢乎可爲法焉，是爲尊；政之貽害於民者，不必荒淫敗度，即此狹隘酷烈之私，慄慄乎可爲戒焉，是爲屏。古有君子，政以惠先，費於何有？進而推之，勞不怨，欲不貪，泰不驕，威不猛，五美之目如此。胡張於此？進求惠而不費之說，豈以美爲不易尊乎？抑知乾始能以美利利天下，（此段另發。）而不言所利蓋民之賴乎？上者本不在推解之私，上之遍給於民者，即不外農桑之務。君子曰：「此其道利用因。」由是役使之經，權衡有準；痌瘝之隱，取給不窮。（化四爲兩。白文兩「又」字、兩「君子」，文法本以類相從。）勢必擇其可，欲自得於仁，皆所以妙其用惠之方，而無所窘也。周詳之念，履境戒盈；齋肅之型，隨時作睹。衆寡小大而無慢，衣冠瞻視而可畏，抑所以重其施惠之體，而不容輕也。知其所法，即知所戒，如不教而殺，不戒視成，慢令致期，咸以爲民不能堪。至出納之吝，似無傷於與人之惠，而孰意同爲四惡哉？蓋虐與暴與賊之弊，在本無行惠之心，而以氣之盈者懾之。（跟定「惠」字。）民未曉然於在上之旨，而嚴刑峻罰，遽以相加，所以横決夫政者其弊顯。有司之弊，在過存市惠之心，而以器之小者尼之。民方殷然於在上之恩，而瞻顧遲疑，久焉弗逮，所以陰阻乎政者其弊微。子告子張如此。凡政之法，儲之必備；政之戒，又防之必周矣。爲仁以惠居末，可以見生物之心；（再尋襯義，與前幅遥應。）從政以惠爲先，可以識養民之旨。書之以繼帝王之治，有以夫。

長章以驅駕見長，此則層次秩然，不容淩躐。文提「惠」字作主，寓變化於整齊，如九成之臺，一一皆經衡劑而成者。

學庸

至於用力之久而一旦

爲致知者程其力，莫難於久之一旦也。夫用力不久，猶不用也，窮理而至於久，蓋必知是而後可云一旦耳。朱子補傳意曰：「昔孔門論仁之旨，嘗曰有能一日用力於仁矣。」夫去非以歸於是，則將致力於轉移，而一日之爲機至速；（分肌擘理，迎刃而解。）由始以究乎終，則當程力於積累，而一日之爲候恒遲。豈致知與力行異乎？亦猶爲仁者得克復之一日耳。如《大學》始教，以至極爲期，則因已知之理而窮之者，固非旦夕之功矣。雖然，事在學者，則未知其用力焉否也，又安論其久不久哉？（反跌蓄勢。）至於肆吾力以直造深微，（接出「至於」二字，入題緊截上清。）勢不能以庸近之端，鄙夷而弗視；更不能以繁重之數，厭棄而弗親，則甘苦恒得於躬歷。竭吾力以遍探義藴，勢不容以躁矜之氣，一蹴而妄幾；尤不容以昏惰之神，半塗而輒止，則惑怠亦藉以時參。

蓋天下未至之程，必相期於久，（頓「久」字爲「而」字地步。）而後致功切。百工之居肆也，殫能竭藝，而甚者或遲之累世而成。可知疑者未信，殆者未安，皆久中必歷之艱劬，非好勞也，謂己百己千之必滿其候也。（米南宫書。）天下已至之境，必忘其爲久，而後造詣深。種樹之成書也，培實深根，而過此不問其發榮之驗。可知優而柔之，饜而飫之，皆久中自然之節奏，非緩待也，謂勿正勿助之適會其期也。夫必如何而後爲久之一旦哉？（虚喝「一旦」，有盤馬彎弓之勢。）凡日以積而長，日積而月，月積而歲，力之不繼，而姑就今兹之一旦爲限，（以襯托之筆折入題目，舒展自如。）亦奚不可者？然淺嘗終殊於深造，惟相期於久者，獨得其併計之贏。而曩昔之鑽研，若符券默操以取償於一旦。凡日以新而變，日日而新，又日而新，力之莫副，而懸擬他時之一旦自慰，亦奚不可者？然虚願終異於實修，惟忘其爲久者，恒處乎自强之健。而有憑之學問，若鬼神陰相以改觀於一旦。此一旦也，非別有所謂豁然貫通也，即此用力之久之一旦也。（如土委地。）朱子釋格致之義如此，彼良知頓悟之説，殆未有以相勝也與？

曩孫簣谷先生撫吴時，甄別出是題，謂本題九字，當一氣急讀，若從「而」字作大轉關，鮮有不犯貫通者。是課前列皆髫年初學，而槃槃大才，類不出其所嗤，信

乎墨調之迷人也。余舉以課童生，因師其説，以爲擬作。（自記）

「至於」直至「焉」字，文勢方住，似此盤旋操縱，恰如題分，真有運斤成風之妙。

孝者所以事君也

孝盡於家，而事君之教成矣。夫僅以事君責國人，教無本也，孝以導之，而教不已成於事君哉？（先將俗解作襯筆。）從來移孝作忠者，君子所以自治也，而教人之道亦因之，非作而致其情也。我懔乎舉家之尊，而明發有懷；人自懔乎舉國之尊，而夙夜匪懈。此際觀型有自，益信不匱之可以錫類焉。何則？君子有國，即君道也。有君之尊，爲我治者，皆得而臣之，此治國者所爲，以事君之義望國人也。（他手説成君子之事，君則君子，乃國之臣矣。文將「君」字坐實，君子一面，領脉獨諦。）而成教必自其家始。君子有私厚之義，豈能偕國人而共崇之？乃恩隆怙恃，而名繫嚴君，則知立愛惟親，（君子之事父母比於事君。）已舉天無二日，而顯垂其則。君子有常尊之分，何難合國人而督率之？乃勢隔堂廉，歌興孔邇，（國人之事君，同於事父母。）則知致身有道，亦準此生三如一，而共獻其忱。夫不有孝乎？非君子之教於家乎？而國之所以事君者視此矣。以孝之大者而論，則立身揚名，凡可致於吾親者，非必誇耀於國人也。顧歸美之情，其庸有異乎？人臣直諫敢言，重其名者，第目爲氣節之事。（將事君屬國人説，題義易劃成兩開，文獨融洽乃爾。）逮見君子孝治光昭，其婉容幾諫，而思貽以令名者，一我之嘉謨入告，而冀熙夫鴻號者也，則所以殫匡拂之忱者，誼不容薄已。以孝之隱者而論，則先意承志，凡曲慰於吾親者，非必取給於國人也。顧媚茲之念，其庸有殊乎？人臣急公奉上，畏其勞者，至疑爲促迫之端。逮觀君子孝思維則，其絜膳馨羞，而不遺夫餘力者，一我之輸租納税，而自效其愚忠者也，則所以盡馳驅之用者，義不容逃已。然則論許身之志，求全於公義，或不能兼顧夫私恩。（反襯法。）若國人而勉篤棐之誠，則並行原不悖也。上下之交不隔，事君者猶是家人婦子之情，而幽隱畢陳，固將援苞栩懷歸、采薇靡盬之辭，以曲將其摯愛。然則論擇士之途，相期爲忠臣，未有不先求於孝子。（正襯法。）乃由君子以示承歡之準，斯取則尤不遠也。庭闈之範既端，事君者各懷無忝所生之蘊，而職司所屬，亦且懔涖官不敬、戰陣無勇之戒，以大發其公忠。此君子之自盡於親，即國人之各盡於君者也。進徵諸弟與慈，不益見成教之效哉！

「孝」字貼「君子」説，「事君」貼「國人」説，章句分析最明。拈是題者，説成移孝作忠，便與「成教於國」之旨不合，文獨不沿此誤。

子曰道之不行也　一節

聖人慨中道之難，析言之而義始備也。蓋道不外乎中，而明行自爲兩事，知愚賢不肖，各有過不及焉，可勝慨哉！且千古無分歧之道，分歧者皆可離者也，至論道之所從入，不得不判知行以爲兩途。求行者務竭其力，恃識者失之，而况乎其并無識也？（奏刀甚微，砉然已解。）求知者務精其識，恃力者失之，而况乎其并無力也？氣質各偏，皆無由底於中庸之域，可述聖訓以相印證耳。夫子以民鮮能中庸，而復申其旨曰：「斯道之流行於天地間也，不重賴有行之者哉？不先賴有明之者哉？」今將求道之行，則必躬歷乎道之程塗，凡懸揣而約計者，皆不得與乎行之數，非道之不當明也，言行則無暇言明耳。（明自明，行自行，則題緒自清。他手膠擾，總誤於妄添互筆耳。）顧思道之供人積纍，本在亦趨亦步之間，絶非有徑之曲，路之歧，使人畏難而却阻，而何以卒不行也？（跌得醒。）我知之矣。堅白異同之流，其詞甚辨，而迄無自底於成；無極太極之說，其義甚精，而苦無以既其實。求明而不求行，斯則智者之過，然使矯乎知之過，（轉捩有力。）而謂鄙陋昏迷之子，轉得存乎道之真，則未思愚者盡塞其明，蔽於識而不能通，即積於力而不及赴也。夫以坦然共由之道，而臆測是矜，既憧憧而莫適；（側串之後，仍復放平。）管窺自囿，更倀倀其何之？敏鈍異而失則同，奚自得用中之詣也哉？今將求道之明，則必洞悉乎道之底蘊，凡無心而闇合者，舉不得與乎明之數，非道之不貴行也，言明則無暇言行耳。顧思道之牖人神靈，本屬徹内徹外之事，絶非有境之奇，景之幻，令人眩惑而失精，而何以終不明也？我知之矣。志士刻苦之操，其情甚篤，而或未必由於衷；豪傑激烈之概，其節甚奇，而或未必裁以義。求行而不求明，斯則賢者之過。然使鑒夫賢之過，而謂因循懈惰之流，轉得存乎道之拙，（傳道自在賢、知，彼謂擇愚、不肖而授之者，二氏之議也。）則未思不肖者盡置其行，靳其力而不肯用，益屏其識而不及窺也。夫以顯然共著之道，而苟難是好，既有不求甚解之心；暴棄自甘，并有不反三隅之累。勤怠異而失則同，何自見擇中之準也哉？資稟限於一偏，難齊有餘不足之分；裁成闕於素念，空懷深造有得之功。中庸鮮能，猶飲食之鮮知味矣。

此文京師所作，後主講杭州，出是題，曾作論題一則云：題緒苦繁，《章句》「知者知之過」十句，分析最清。統觀諸作，率有數弊。題無定格，究以兩扇爲正，六比分截兩「我知之矣」，便無點處，一弊也；「不行」、「不明」，理雖相通，而行文斷宜畫開，今云欲求能行，必先能明，添一互筆，便與「知者知之過」道理全背，二弊也；「過」、「不及」二句，須先串後平；兩項平列，則「不及」句苦於無根，三弊也；或以「愚」、「不肖」先作襯筆，意在歸重「賢」、「知」，而題句又成倒置，四弊也；題祇説中庸之難，若於後比暢發損過，就中等意，便是喧客奪主，且横隔下節語脉，五弊也。五弊之中，第二弊犯者尤多，總緣俗本講章添出「行必先明，明必先行」二語，遂至無事自擾耳。（自記）

理脉真切，妙有才調，以濟之故，不致與《語録》相近。

天下國家（可均章）

聖人極知之所至，而先擬難窮之境焉。夫天下國家，不僅可以見知，而知則恒於是見。子思承子論大知之後，而復引其言曰：曩論大學之道，修身以上，皆明明德之事，而充其所至，且及於家，及於國，及於天下，蓋未有離本而虚懸一境者也。顧論致功，則順叙其程；而視成事，則逆綜其數。《中庸》、《大學》並無殊指，玩「問政」章，幾爲諸節自見。)且考信於實修，必分呈其效；　而求端於粗迹，不妨渾舉其名。　吾先爲知者縱言之。　人即陳義至精，必無離宇宙而逃於空虛之理。(先安頓中庸一面，轉捩始圓。)就其全者析之，而有不能廢知者，則行之於近，推之於遠，固皆其符驗焉。　人苟審端致力，又無舍内蘊而專求外象之理。　即其偏者求之，而有足以見知者，則小用爲分，大用爲合，亦即其借資焉。　夫非猶是天下國家乎？讀史覽前朝之迹，天下也而擾攘之數多，一國也而争奪之數多，一家也而嘻嗃之數多，茫茫往事，恨不起古人以代籌而不必籌也。(朱子與陳同甫論漢祖、唐宗，祇是架漏過日，正所謂「中庸不可能也」。)誰非虞夏黄農之裔？其神遊目想者，皆代嬗於天下國家，以有此今日者也。　則何不平論古之識，而於斯境歷考之？匡居深胞與之懷，天下之待我者幾事？一國之待我者幾事？一家之待我者幾事？息息痌瘝，(用《孟子》「廣土」章意。)恨不得斧柯以假手而不必假也。　等此被聲食味之倫，其獨居深念者，仍自囿於天下國家，而藐然孤處者也。　則何不寬論世之權，而以斯境他屬之？勢紛者不可以穴見窺。　天下之形異於國，國之形亦異於家，天資限於方隅，一端坐困矣，遑論他端？第不解有人於此，何以了然先悟？曰：　若者爲天下，若者爲國，若者爲家。(從均之者看出天下國家，絶不俯□，而下文已可直接。)地大者不能以小道試。天下之局難於國，國之局尚難於家，詣力甘於淺近，分給立窮矣，奚論遍給？第不解有人於此，何以毅然自任？曰：其置我於天下，置我於國，置我於家。可均也，此固知者之能事也，然則難能者莫中庸若矣。

人謂此題無破題，緣四字不能分破，又無替代法也。余謂祇能暗破，通篇不免透「知」字，但忌犯實耳。（自記）

以中庸爲主，以題目爲賓，構思運筆，具有羚羊挂角之妙。

南方之强也君子居之

别强於南，居之者從其類焉。夫南方所爲，似異乎强，然而寬柔不報，制勝在是矣。君子居之，非從其類乎？若曰子問强而吾先言南方之强。夫南方之地，非子所棲，即南方之學，亦豈能責子以效法？特是挾成見以來，不得不舉大反乎是者，以先爲之極。（北鄙殺伐之聲，正是題之反面。）蓋以柔克剛，即以柔爲剛，而異途之别出，亦有心人所爲託以自全已。「寬柔以教，不報無道」，此其詣未知於大方無隅者何居？要之，與發問之初旨，不必侔也。而吾所謂南方之强者，大類如是。南方之性多浮，故超詣自成，恒不若涉於迹象者之確有可據，此其教之不欲自張也。（南人之學，清通簡要。）然自來學問之林，有刻苦數十年，而妙旨所關轉屈於一言之徐悟者。夫悟之，而我已據其盛名矣，强矣。南方之體多弱，故風流相尚，恒不若憑乎險要者之勢有可乘，此又報之不敢顯圖也。然自來功名之會，有紛争數十載，而畫疆自守轉得貽累世之苟安者。（熟觀南北史及五代史自見。）夫安之，而我已操乎勝算矣，强矣。誰歟其居之者？今使執鄉曲之見，而謂南人終於南，則豪傑産生遐壤，（用陳良事，妙。）而樂觀有道，且擬諸出谷之能遷，强不以南盡居，豈必以南限也？正惟不以南限，而居之者乃自矜獨得之奇。今使徇分域之説，而謂南人自爲南，則孱王板蕩中原，（用宋高宗語，尤妙。）而自顧微軀，輒不知瞻烏之誰屋，强不於南見居，豈必於南歸也？正惟不獨南歸，而居之者亦自有一長之取。我儀圖之，其君子乎？一身之遭而不能徑也，古之人或委曲以行其意，而意不傳焉。夫除輕重之見，而俗流不必介於懷；泯恩怨之私，而横逆且以生其愧。豈必屢試而效者？顧惟屏居南服，直以爲道在於斯也。楚因以君子著稱，其亦存斯鬱抱哉！（恰有兩君子作證。）當世之濁而不容激也，古之人或韜晦以避其名，而名轉盛焉。夫懲前事之刻，而静鎮以養其尊；息兩地之争，而談笑以休其力。豈盡率臆而行者？乃既僻居南荒，遂以爲計無過此也。越卒以君子爲號，其亦習此沈謀哉！若由君子居之，而進乎中庸之君子，則子所當强，正自有在，南固失之，北亦未爲得也。（餘波韵絶。）

按史文字，尚議論者，遜其藴籍；善運化者，無此渾融。

故君子和而不流强哉矯

首論君子之處人强己，不囿於南矣。夫第以和論，似近於南方之君子，然有不流者存。君子之强，不已見爲矯乎？且吾人持不拔之操，未有不近人情而可行者也。然必事事求合於人情，轉未必事事悉當乎天理。（名雋可味。）蓋容衆有方，本無乖戾，而涣群爲吉，亦戒詭隨。學者奮發有爲，勢必就涉世以爲託始。誠知成德無施不可，則性至通而自然有節，此際固已異人已。（入題得間，全篇制勝在此。）吾言南北之强，而女也，北方之學者也，誠欲抑其血氣之偏，或者取法於南方，庶可矯枉而反諸正乎？豈知南方之君子，尚非女所當强之君子也？吾思其故，蓋先驗諸君子之處人矣。君子知健與順合體，而所以示接物之準則曰和。（從「强」字引出「和」字。）謙光如挹，天下覘吉暉焉。此其詣，非南方之所難，而亦非南方所能盡也。君子知剛與欲殊情，而所以窮媚世之弊則曰流。（從「强」字撇去「流」字。）隨波以遊，識者憂污習焉。此其轍，非南方所群蹈，（下語俱有分寸。）而亦或南方所不免也。必也和而不流乎？論擇術之精，必和而後能不流。（照注「擇守」，分比下三段，仍不能通用。）今使同而不和，則不煩轉念，已自處於比匪人之歸。君子近情之事，本非溺情。其立於不敗之地者，定識務慎始基也。斯何如決擇歟？論守道之篤，即和仍節以不流。今使知和而和，則曾未幾時，而漸入於不可知之域。君子從俗之緣，懼鄰徇俗。其持乎易潰之防者，定力尤能爲繼也。斯何如堅守歟？强哉矯乎？强以孤詣自名，一有對待者以相形，則强難自信。和所以見强，非所以配强也。（精妙似子。）當夫溫顔以接，非不藹藹以可親，究之其可教者，常存不倦之懷；其不可教者，亦有不屑之誨。然後知南方之寬柔，其强或出緩圖；君子之不流，其强自昭介節也。（苦心爲分明如此，方是中庸之不可能也。）夫介節之謂矯矣。强以不屈爲義，必求調劑者以相勝，則强亦立窮。和所以用强，非所以制强也。（語語破的。）當夫惠風如薰，非不溫溫其無試，究之不屑言報者，有犯無妨不校；不必不言報者，自反未嘗不忠。然後知南方之不報，其强或有深機；君子之不流，其强自存直性也。夫直性之謂矯矣。嗟乎！以不强爲强，則南方誠君子之偏端；求當强而强，則和尚非君子之全量。（看書如桶底脱。）女欲從事，請得而備述可乎？

題是論「强」，不是論「和」。文從「寬柔」節轉身，探驪得珠，何處著公共家語？

夫婦也昆弟也朋友之交也

倫有次於君父者，等交也，而分各殊矣。夫夫婦昆弟，不必以交言，斯交專屬於朋友矣。倫之與我相等者，不可繼及乎？今夫世宙甚遥，使惟是以分相臨，而不復以情相合，則人類或幾乎息矣。顧猶是情也，有定者不期而自合，所以均之使不紛也；（以意括題，不事覼縷。）無定者必擇而後合，所以維之使不散也。此中恩誼稍殊，正難執一格以相繩爾。如君臣父子，此固分之至嚴，而不敢以交言者也。（筆如分水犀。）言其次者。執公爾忘私之義，陟岵陟岡且非所恤，而何有於結契之微？（從君臣引入三項。）然而林總相依，有各顧其私者，并有於公之中析爲私者則何也？論立愛惟親之旨，琴賡壎和且不能齊，而何有於塗人之遠？（從父子引入三項。）然而雲禍代襲，有自行其愛者，并有由不愛而至於愛者則何也？曰夫婦奇偶爲對待之理，其恩本易合，而特恐黷而争。蕃育必先辨姓，異者化而爲同；壹齊要以終身，恒者期於可久。誰無夫婦，如賓如友儷體者，所以交相得也。（從夫婦呼起朋友。）曰昆弟先後爲遞嬗之機，其勢本易分，而尤慮其文而僞。親愛極於富貴，同根尚切孔懷；患難終以和平，鬩墻仍資禦侮。雖有兄弟，不如友生同氣者，所以交相警也。（從昆弟呼起朋友。）然則夫婦昆弟，莫不有交誼存焉。而顧不明言交者，則以交之爲義，固專屬於朋友者也。（交代清楚。）以睽隔之形骸，而引爲氣類，則朋友之誼與夫婦同。（從朋友挽合夫婦。）古有千里懷人，而託言於絲蘿之附者矣。以交屬之，大則性命之相孚，小亦威儀之攸攝，豈無凶終隙末，漸失本真，而車笠訂於平生？（五者祇是達道，尚賴有行之者。）其意固明明可白耳。以隨行之齒讓，而藉爲觀摩，則朋友之情與昆弟等。（從朋友挽合昆弟。）古有四海同心，而廑懷於敬恭之地者矣。以交成之，入室可與之俱化，出門彌見其有功，豈無利合權傾，徒誇結納，而蘭臭關於分定？其味又息息相通耳。是則夫婦昆弟，分視君臣父子爲稍輕，究之懔無成之義，則陰必從陽；念天顯之親，則少無凌長。其不言交者，亦以示防制之嚴，而不得盡忘其等級。（合之上二項，仍爲一類。）朋友之交，情視夫婦昆弟爲稍泛，卒之殫契慕之忱，則賢能易色；佩切偲之訓，則義且掩恩。其必言交者，尤以資彌縫之助，而何容概薄爲緒餘？（別於上四項，自爲一類。）五者，天下之達道也。

截去上二句，題義似爲一類。然夫婦昆弟不言交，朋友言交，此中却須分析。文補、挖、鈎、帶，諸法悉備，而語勢仍是不了，留得下文總束地步，故佳。

嘉善而矜不能所以柔遠人也

於遠人中别其才，柔之之道備矣。夫善與不能，皆往來於吾國者也。嘉焉矜焉，柔遠之經，不已備哉！從來身居異域者，固難語於上國之人材也，孰知異域之中更自有不同之致？蓋材之良者，雖野處而不匿其秀；材之楛者，雖遷地而奚克爲良。即偶然寄迹之時，爲之因材而篤焉，斯大體克敦，而所以綏和異域者至矣。柔遠之經，既送往而迎來矣，若其居於吾國者，不有善與不能之分哉？從來前王之典將墜，必有絶域之人傳之。（議論有關係，包括無數史事。）四夷也扈鳩識紀，句吴也雅頌徵歌，善與人同，何容任其泯汲也？尊其體以嘉之，而材略咸得以自見，於此見宏奬之方焉。從來中國之教漸衰，必有殊方之人敗之。被髮也野祭成風，負耒也並耕立説，能無足録，豈可過示優崇也？寬其政以矜之，而惷愚猶得以自全，於此見包荒之度焉。（此比跟「送往」説。）

「嘉善而矜不能」，恩之加於遠人者又如此。此亦足以結戀於往者矣，而非必市往者之恩。（「善」、「不能」，先用串説，次用平説，文勢不板，「而」字亦到。）國家幅員一統，不聞書徵逐客，懼爲敵國之資，況下材之碌碌者乎？惟念夫聲教偶殊，倫類未容以漠視，而賓於王者析圭有慶，客無好者彈鋏胡嗟，惻怛之天懷，有隨機而各應者爾。此亦足以興起乎來者矣，而非必邀來者之譽。（此比跟「迎來」説。）朝廷俊乂雲興，不聞感嘆需才，思作異方之借，況齊氓之蚩蚩者乎？惟念夫行蹤既託，氣誼即屬於相關，而歌維縶者有客來儀，弛負擔者非羈何忌，招徠之勝算，有因物以曲成者爾。遠人固當柔也，此即所以柔之矣。蓋操切之政，非所施於旅人。在吾國良莠既分，善則表裏爲旌，不能則游民有罰，（以賞善罰惡作襯，是從寬。）誰得議其刻覈者？以遠恕之，乃第即嘉焉矜焉者，以示善善從長之意。若以其暫往暫來於國中，（不脱往來。）而法令不忍刻繩也者，此則柔道之用，當較諸吾臣吾民而從寬故也。抑澄叙之方，非所加於殊俗。在吾國尊卑有序，善則登書升之典，不能爲郊遂之移，（以進賢退不肖作襯，是從略。）誰則外乎陶鎔者？以遠疏之，乃惟即嘉焉矜焉者，以徵秉彝攸好之同。若以其自往自來於國中，而教督無庸遍及也者，此則柔克之權，又較諸吾臣吾民而從略故也。試進詳懷諸侯之事。

誰不知切「遠人」著筆？然亦祇從詞條映發耳。此能鑿鑿疏出精義，故佳。

詩曰既明且哲以保其身其此之謂與

引《詩》之詠明哲者，可以證足容之説焉。夫身何以保？惟明且哲者能之。此默之一端，而君子之全量具是矣，《中庸》故引《詩》以釋所謂與？（探原星宿。）昔子言誠身有道，必先明善，蓋察乎人心天命之本然，而後可以身體之也。夫識與降衷相貫，即以充其積理之身而有餘；苟識爲物欲所蒙，即欲守其賦形之身而不足。式詠篇章。有因一端以見全體者，未可以爲遠害而小之也。吾言爲下不倍，而由足興以及足容。容者何謂？容其身也。此必有見於當默之故，而不敢經發其言也。《烝民》之詩曰：「既明且哲，以保其身。」在作是詩者，躬際乎宣王用賢，推本夙夜之匪懈。是乘足興之運，而能裕乎足容之資，知燭理無遺照，亦遇物無遁情，始克儲其源於不匱。（補筆圖。）若讀是詩者，心慕乎仲山克舉，轉思懿德之皆同。苟逢當默之時，而深維乎足容之策，必審勢在幾先，亦周防在事後，庶幾貞夫一以永終。（分按「明」、「哲」，細。）凡身之不能保者，在不量其身之所處，而以氣之激者攖之，惟明且哲者爲能審乎消長之機。嘗見黨庠竊議，妄冀禮樂之將成，有人焉晦迹自藏，（申屠蟠是也。）僉謂所慮過深，而後卒免於清流之禍。誠以身爲父母所遺，不容冒昧以受其毒也。其斯爲防患之獨周者與？抑身之不能保者，又在不度乎身之所安，而以術之巧者避之，惟明且哲者爲能析乎是非之界。（此層更圓，俗手祇見得出比一層耳。）嘗見要路獻諛，謬冀紆迴以自脱，有人焉孤行不附，僉謂所操過峻，而後轉立乎不敗之塗。誠以身爲名教所繫，不容徼幸以求其全也。其斯爲揆幾之至當者與？此固足容之謂也，而足興之謂亦在此。人苟錮蔽不開，至於凶焰之猝投，即何能留此身以有待乎？君子韜光斂采，（補幹俱有精義。）既得爲叔季之完人，知應運乘時，必不享太平之庸福。道所爲從，污隆而各足也。此固不倍之謂也，而不驕之謂亦在此。人苟顓蒙自囿，至於名分之不恤，即何能正其身以帥人乎？君子守法奉公，既克範步趨而不苟，知危明憂盛，斷無挾勢位以自矜。道所爲統，顯晦而咸宜也。蓋德性之所藴，（滴滴歸源。）既深濬其明者，全神畢貫；且問學之所研，更密迪其哲者，萬變無遺。此君子躬行至道，而聖人之道，亦不外是也。人道，一天道也。

固是通章結束，却層層倒補，絶不蒙混紊亂，於此見文律之精。

雖有其位苟無其德不敢作禮樂焉

明禮樂所由作，先不敢恃其位焉。夫位者，作禮樂之具也，然而無德者且不敢作。子思明不倍之故，而先以不驕起其例曰：「吾言爲下不倍，凡以伸居上之權耳。」雖然，世之盛也，權與道合；世之衰也，權與道分。夫至勢處其分，則即權有獨歸，尚未能以創造之任相許，然後知儒者論世而斤斤焉。（筆力健舉，説一面而兩面俱到。）務繩以道者，原非於恃權者有恕詞也。今天下之大同，以議禮制度考文，必歸天子耳。夫三者以議禮爲先，（過接不略。）而言禮即可賅樂，然則作禮樂者，有不重乎其位者哉？顧位者體統獨尊，特禮樂所禀以出耳。（二比先將交關處揭透。）而爲律爲度，若抉其深微之蘊以俱流，藴於理而聲容胥範以正，藴於欲而聲容遂見其偏，此存乎主德之純雜矣。抑位者綱維所繫，特禮樂所附以行耳。而同節同和，必罄其廣博之量以相副，量有餘而器數並運以神，量不足而器數終滯乎迹，此關乎主德之隆替矣。今使有人焉，居天子之位，而又有聖人之德，（墊此一層，方能折出題中數虚字。）上通造化，默受裁成，近監前王，不相沿襲，於以創制，自顯庸也，豈不甚善？而不然者，雖有其位，苟無其德，其於作禮樂也敢乎哉？蓋無其德者，非必居其位而侈然也。雄略之主，功名足函蓋一時，而無學問以馴之，則其氣不静。故或定禮以明等級，而雜采乎霸國之書；（叔孫通定朝儀。）或奏樂以告成功，而參用夫偏隅之響。（《秦王破陣樂》。）當其師心自用，亦謂事經宸斷，可希上古之神靈，而後之人讀史獻疑，有摘其踳駁之端而據爲口實者。夫作焉而致據爲口實，不如其不作矣。此披荆斬棘者所爲，草創而未逮也。且非居其位而奄然也。恭儉之君，舉動皆不違繩尺，而無識力以擴之，則其業不光。故或考禮者茫昧於上儀，乃附會以成其説；訂樂者參差於古尺，乃調停以就其功。（此比包孕尤廣，後世制禮作樂，大約不越此數語。）當其延攬爲懷，亦謂材集衆長，庶幾一朝之明備，而後之人專官世守，有循其瑣屑之節而等諸具文者。夫作焉而第等諸具文，無異於不作矣。此繼體守文者所爲，謙讓而未遑也。萬事根本析焉已精，則後代之書莫加於成説；（遷史《禮樂書》。）百年後興儲焉有待，則至尊之分且絀於儒生。（魯兩生。）凡以作禮樂之難，而居上不敢驕焉故也。夫上不敢驕，而謂下敢倍乎哉？

手寫「不驕」，而言外含「得不倍」一層。相題有識，通首風力遒厚，尤徵葄史之深。

吾學殷禮有宋存焉

聖人明殷禮之存，異於夏之無徵矣。夫殷禮言學，則非僅説之已也，有宋存焉，蓋禮之行於一國者如此。從來立國之初，必欲取前代之典章而掃除之者，此後世猜忌之爲，三代上無是説也。若夫忠厚開基，方兼採乎勝國之法程，即奚禁乎臣子之誦習？當其肄業及之，而欲明吾説之可據，固不患無由取證也已。吾説夏禮，杞不足徵矣。夫繼夏者殷，而某也殷人也，其於禮也，夫豈僅説之已哉？（學禮與説禮不同，文特疏析清楚。）説之者典籍云亡，第想像於故迹而已。至於殷而鼎銘垂戒，不難上溯夫華胄，以證厥源流。當日訂《商頌》之篇，《猗那》爲首，《殷武》爲終，固嘗舉家箴而闡發焉。其肫肫然學之者，蓋略與詳之别也。説之者章程莫考，第寄託於空言而已。至於殷而章甫爲冠，又得躬履夫遺墟，以明其體制。當日稽質家之典，練服而祔，掘霤而浴，（「學」字還他兩確證。）且嘗合弟子爲觀摩焉。其切切然學之者，蓋虛與實之分也。夫使竭旁搜遠紹之勞，而經制所貽，（反照「從周」，鶴盤遠勢。）一一可見諸實事。則夫慨王府之就湮，其爲夏惜者，乃專爲杞咎也。將玉步雖更，何弗因小腆紀叙之餘，而復張其墜緒？然既援後海先河之例，而參詳所及，明明並得其真傳。（殷禮與周禮並稱，學看題得間，筆力亦務追險絶。）則夫過故宫而興慨，其與夏等者，終不敢謂與杞同也。故淵源不昧，猶得藉稽古象賢之裔，而恪守其宗風。何也？第云徵之而已。則所賴以徵禮者，固有宋存焉。凡禮以播諸采章者爲節，而宋之爲國，獨備天子之儀，則異乎杞之即於夷矣。設令元鳥降祥，不移於赤烏之列爵。禮以殷尊，夫豈徒恃乎宋者？而究之存者，自存也。（存焉不作衰颯語氣，最是。）我思宋公之享晉侯也，舞桑林以觀禮。試舉以明末議之由來，則典物具修，良愈於鑿空之無據爾。凡禮以寄諸官守者爲尊，而宋之爲國，獨備六卿之掌，則異乎杞之降爲子矣。設令共球集瑞，不移於黼扆之從王。禮爲殷守，何致分寄於宋者？而究之存者，終存也。我思楚子之合諸侯也，（「存」字還他兩確證。）左師獻公，合諸侯之禮。或援以證師承之不謬，則職司所隸，不得謂游談之無根爾。然而用之於今，舍周奚適哉？

馬章民《有宋存焉》作，哀感頑艷，膾炙人口。然或議其誤以存禮爲存殷，蓋殷禮與周禮並學，惟其實在現存，而不能不宗時王之制，所以謂之爲下不倍也。理脉既真，自不必以才調争勝。

爲能經綸天下之大經

大經待至誠而盡，能事可首舉矣。夫經以分之，綸以合之，皆大經所有事也。然微天下至誠不及此，中庸故首舉之。且夫人藐然中處，固無日不在人倫中也。而權若不屬焉者，未盡乎各正之性，不能析疑似而得其分；未臻乎無間之功，不能融迹象而得其合。亘古及今，主持名教者，不過落落數人。蓋甚矣，真實無妄之難！（全講反做，講下方好頂上。）其選也，惟天下至誠。爲能含真樸之蘊，合天下而莫居其先。（「爲能」二字，總括二句，文於頂上後直接，然後引起「大經」，最見斟酌。他手於中間點出，便隔斷語脉矣。）源清者，理無不周切，求諸人紀肇修，而萬族環觀，盡屬不遺之氣類。爲能積充實之精，合天下而莫窮其量。體備者，用無不足近，驗諸彝倫攸叙，而群情紛糾，已歸不易之折衷。今夫五倫者，天下之大經，所難者，理其緒而分之，比其類而合之，所謂經綸是也。天下之廣，不容無所别也，有大經而等威辨焉。顧何以議禮之家，出己見而徒滋聚訟？（埶筆新穎。）則所以經之者，無其具耳。蓋尊與卑異，先與後異，其緒自不容淆，而更有豪釐千里以爲分者。直諫臣心也，不可施於父子；切偲友誼也，不可施於兄弟。惟至誠周旋中禮，未嘗逐事以求其分。（所以爲大德之敦化。）其泛應各宜，自有以析同中不同，而條理以出，斯能事爲獨絶已。天下之散，不可無所聯也，有大經而恩誼通焉。顧何以獨行之士，行己意而或閡通規？則所以綸之者，失其宜耳。蓋朝廷相接，家室相維，其類各從而感，而更有旁見側出以爲合者。（深進一層，分合兩義，乃搜抉盡致。）王事嚴威也，臣道方諸妻道；徐行末節也，兄事且兼父事。惟至誠情深文明，未嘗徇物以求其合。其旁皇周浹，并可以融不類之類，而曲成不遺，斯能事莫與争已。推皇建其極之義，至誠之應乎天下者，於大經驗之；至誠之宰於天下者，並不於大經始之。（照「大本」。）握要以圖，而儔類更無難處之務。有時恭默無爲，既守常規而不易；有時臨危制變，亦成創格而不驚。溯敕我五典之隆，至誠之反經興民者，於天下著之；至誠之吐辭爲經者，并不於天下求之。（照「化育」。）恃原以往，而舉動皆垂可久之型。有人希風求肖，既苦窮趨步而莫追；有人刻意出奇，亦卒囿範圍而莫越。（照注「可以爲天下後世法」。）由是立本知化，而至誠之功用全矣。

真力彌滿，萬象在旁，入手安頓「爲能」二字，尤見手法。

孟子

齊宣王問曰交鄰國有道乎　一章

告齊君以交鄰之道，爲伐燕發也。夫齊王昧交鄰之道以伐燕，則不能事大事小，而并不能成其勇，因問而答之旨深哉！從來諸侯重邦交，交之云者，非推誠相與，而一無所防也。有道之主，當其常有能容之量，有善守之權，及其變又有不可屈之威。夫是故可以仁，可以智，而亦可以勇。（總挈有方。）齊自伐燕之役，挑釁鄰國，至諸侯將謀救燕，騷騷動天下之兵。（題前立案，通篇從此生出。）宣王患之，以交鄰國之道問，獨是齊之與燕等夷耳。孟子對曰：「古之人尚有以大事小者，亦有以小事大者。大事小，樂天者也，是爲仁；小事大，畏天者也，是爲智。」夫湯未嘗不征葛也，文王未嘗不伐昆夷也。太王非受制於獯鬻，句踐且沼吴也。（從此得間，全題便一綫穿成，益見文主伐燕爲此題確解。）時未可爲，則蓄其萬全之勢，而不敢輕於一逞。凡以保國保天下，而與詩人畏天時保之説，互相發也。交鄰固自有道哉！於是齊王悔於厥心，謂向者伐燕之舉，皆好勇之疾，爲之幾至不能保其國，無論天下，而不知燕非不可伐也。（即以伐燕作轉關，看似從前半章轉入後半，實則從後半章悟出前半也。）昔者密人不恭，侵阮阻共，有藉勇以集天人之慶者，則文王是；獨夫衡行，生民塗炭，有賴勇以代君師之任者，則武王是。今以燕伐燕，平時既不講求於事大事小之義，一朝挫衄，遂相戒不敢言勇，則何如移此一怒，以安天下之民，而顧甘爲一人之敵也哉！夫齊之勝燕，孟子既引文王、武王爲證，齊之取燕，又以湯征自葛曉之。（末段再將此兩章作證，以類相從，彌覺持之有故。）今兹論交鄰之道，未嘗及於桀敦聘問之歡，而兢兢以保境安民爲説，以此知宣王之問，蓋有隱衷焉。卒之齊之與燕兵連禍結，鄰封不睦，天下騷然。孟子之言，如燭照數計而龜卜也，大哉言矣！（補點。）

孟子長章無不滴滴歸源，獨此章愈説愈遠，若與交鄰之旨不相涉者。提出伐燕作主，則兩邊問答，語語針鋒相對矣，讀之令人砉然意解。

齊宣王見孟子於雪宫　一章

進齊君於同樂，借往事以爲諷焉。夫雪宫見孟子，宣王知樂而不知與民同也。爲述景公之已事，豈真以晏子爲足爲乎？戰國時周天子不復省方，列國諸侯王類闢館以招賢者，而獨無意於民。（探原立論，「巡狩」等句，亦不寂寞。）孟子至焉，有意在偕樂，而引《詩》、《書》以爲證者，如梁王之於沼上是；有意在同樂，而述已事以爲規者，如齊王之於雪宫是。考雪宫在齊都東北，昔齊景公嘗見晏子於雪宫矣。（《元和郡縣志》引《晏子春秋》，今本無之，通篇從此生出。）洎齊爲陳氏，得無有念爽鳩之樂而慨然者？顧乃徒事遊覽，延見客卿，是殆以樂爲上所當得，而民所不當得也？是并不能樂民之樂，而何能憂民之憂也？其去王也遠甚。孟子誦法先王，無日不以天下爲念，於列國未嘗屈節。而齊獨稱臣，（「君臣」字順手帶出。）因事納規，將有等王齊於反手者，豈僅晏子之以君顯也哉？雖然，晏子之言不可廢也。孟子論五霸、三王之罪人，詳引夫巡狩述職之規，省耕省斂之制，乃晏子對景公之問先之。至於遐稽夏諺，寄慨今時，庶幾先王毋淫於觀之義焉。（子書傳聞異辭甚多，自當以《孟子》爲正。）或謂據《管子》書，觀海乃桓公事，然觀於興發補不足，若惟恐陳氏厚施於民而預結之者，則終以屬之景公爲是。且自敬仲奔齊，而《韶》樂在齊。今讀夏諺之言曰：「吾王不遊，吾何以休？吾王不豫，吾何以助？一遊一豫，爲諸侯度。」殷然見憂樂之與共焉。晏子之言曰：「師行而糧食，飢者弗食，勞者弗息。睊睊胥讒，民乃作慝。方命虐民，飲食若流。流連荒亡，爲諸侯憂。」（今也節用韵，似晏子依仿夏諺爲之。）凛然見不得之非其上焉。天籟自調，宛轉成韵，不獨畜君，何尤有疑於《韶》樂之逸文也？流連荒亡，（碎處不略。）晏子釋之；畜君之義，孟子釋之。王誠好先王之樂，取民與事而次第行之，於王何有？所惜者，景公雖襲補助之迹，而終難比於先王觀也。（末節不必深看。）大戒出舍，召師作樂，特市恩邀譽之一端。究之君臣相悦，不能勝一梁邱，所期轉附、朝儛，放於琅邪者，未幾而牛山之涕作焉。豈非好樂必荒，而齊將爲陳氏乎？宣王聞同樂之説，（篇終接混茫。）仍不能用賢以致王，是使後人而復哀後人也。

從齊爲陳氏説入全篇，自一氣呵成。點題處，尤極錯綜變化之妙。

老而無妻曰鰥(至)必先斯四者

備舉窮民之目，知王政之所先矣。夫鰥寡孤獨，民之至窮，而未可任其無告也。發政施仁，宜文王以爲先務乎？且人君體天立極，未有不以彝倫攸叙爲要圖也。然而君上之權，能取彝倫之紊亂者而釐定之，不能强彝倫之缺陷者而完聚之。惟留此缺陷數端，而聖王財成輔相之善經於是乎出，則當務之急在是已。昔者文王治岐，仁政之施，既極之罪人不孥矣。雖然，尚有無罪而不能保其孥者。（借徑新穎。）今夫室家相守者，人生之至願也；似續相承者，世及之恒經也。遐想文王當日，雖鳩傳友樂之聲，螽羽廣振繩之緒，一時化起宫廷。「老吾老以及人之老，幼吾幼以及人之幼」，被其澤者，亦既豐昌蕃衍，（頓挫入古。）各得其所矣。然而老而無妻，據藜之禍，誰與陳也？老而無夫，恤緯之嗟，誰與道也？老而無子，幼而無父，落葉孤根之景象，又誰與控訴也？噫！夫非猶是文王之民哉，而竟至於斯！（失勢一落千丈强。）斯四者，當其骨肉摧殘，（重頓「斯四者」，聲情激越。）豈似降罰於彼蒼，而不能自救，而無端之呼籲，常足以干陰陽風雨之和。且其形影落寞，或致取憎於儔類，而莫爲之容，而積憤之圖謀，亦足以樹社稷城池之敵。惟文王深念其窮，遂不忍聽其無告，蓋發政施仁之舉，必汲汲焉先於斯矣。英主樹富强之策，或憐鰥寡之獨處而聯之，以廣滋生；或矜孤獨之無依而收之，以隸軍籍。夫將儲焉以爲用也。（有私意便非仁。）以文王大業浸昌，何至借四者爲用？惟是仳離之狀，陳於目前，直不啻兄弟之顛連，而心常歉然其不適，當其竭誠區畫。若謂人有裨於人而尚或衆擎舉之，彼見棄於人而必當專力維之也，固有怵他人之我先者矣。夫後王垂慶錫之恩，或因鰥寡之砥節，而表以芳名；或因孤獨之群棲，而創爲義舉。將暴焉以爲名也。（無真意亦非仁。）以文王遵時養晦，何樂因四者成名？惟是危苦之情，迫於旦夕，直不啻當躬之痌瘝，而心遂勃然其難安，當其曲意矜全。若謂可喜可賀之事而多由廷議成之，可憐可憫之事而必賴宸衷覺之也，又有争先睹之爲快者矣。《詩》云：「哿矣富人，哀此煢獨。」不可爲文王證乎？

哀弦苦調，凄入心脾，妙！是王者之政，不致説成機權作用，是作家手眼獨高處。

王曰善哉言乎　二節

言有期於必行者，不容以疾解也。夫齊王善孟子之言，而迄於不行者，疾故也。豈知好色好貨，未嘗不可致王乎？且儒者挾高世之説，而徒博世主嘖嘖稱善，亦有識所短氣也。雖然，充此稱善之意，必將實見於設措之間。（渾灝流轉，不必分按貨色，而題中層折俱到。）即或囿於習俗，一聞至論，輒疑高遠不可幾，猶必委曲獎成之，使得終行吾志而後快，此納誨之苦心也。如齊王欲毁明堂，而孟子與言文王之政。凡以功加於百姓，（略扣。）而周之所以王也。然則孟子之意，（落題首，鄭重。）將期王之行乎？抑徒欲王之稱善乎哉？從來獻邪僻之説者，斥其言而陰效之；陳忠正之策者，重其言而隱違之。前席徒事咨嗟，味其旨，終隔膜而不入，即何貴乎水之投也？進傾危之計者，用其言而深忌其人；告遠大之猷者，敬其人而又姑置其言。（古今同慨。）長跽雖云請益，責其效，轉謙讓而未遑，即何異乎規之瑱也？噫！既善其言，而迄於不行。豈真所見之昧，毋亦有隱微深痼之弊存焉，所謂疾也？果也王以好貨好色之説進。夫好貨而與論，天子不言有無，（壓題法。）諸侯不言多寡，則終不行矣。文王之先有公劉，當日豳居允迪，而挾重貲以從事者，亦惟是道塗戒備之辭。乃由《詩》之言，通好貨之説，有積倉，有裹糧，其爲百姓謀宿飽者，何亟亟也！雖謂公劉以好貨王可也，然則何爲不行與？好色而與論，情欲無介容儀，燕私不形動静，（對法堅卓。）則彌不行矣。文王之祖爲太王，當日狄患侵陵，而偕伉儷以遄征者，亦祇形家室靡遑之況。乃由《詩》之言，通好色之説，無怨女，無曠夫，其爲百姓圖完聚者，何殷殷也！雖謂太王以好色王可也，然則何爲不行與？（處處縮入「不行」。）充不行之意，而富者析産，效秦人販鬻之風；嫁娶促期，師越國生聚之策。（二比題後咏嘆，著墨不多，而獨得事外遠致。）舉吾言而誤會之，已異乎文王之用心矣。極不行之弊，而聚斂自雄，徒爲鹿臺散財之具；冶容迭進，不顧驪山烽火之驚。取吾言而倒持之，其可擁明堂以稱尊否乎？

此題自當扼「不行」爲主。陳句山作，從「疾」字生情，才力雄闊，足以横絶一世。必以爲題之正解，則未必然也。課作多沿其説，擬此商之。（自記）

文之妙，祇在如題。題有首數句，則與「王曰寡人有疾」兩段作法自異，處處帶定「不行」，控縱自如。至其筆意秀削，器宇宏深，尤非淺學所及。

彊爲善而已矣

爲善以彊名，大賢爲滕計者盡矣。夫善固當爲，然終無如彼何也，成功莫必所可，彊者如是而已。孟子意曰：「憶自在宋相見，即言性善，且以堯舜爲説，誠謂其安而行之者也。」夫無堯舜之資，而勉彊於愚柔者，皆可臻於善之路；（孔子之對魯哀，與孟子之對滕文，無二理也。）即無堯舜之遇，而勉彊於危難者，亦無疵於善之心。誠知吾力所及，衹此一途，則不必更計成敗以立言，而吾計決矣。成功在天，君且如彼何哉？無如彼何而氣爲之激，則有出於逆施之圖者。夫不揣强弱之勢，輒思僥幸於奇謀，（燕太子是也。）其危機且立致也。禍誠不解，而必自我促之乎？無如彼何而志爲之積，則有出於達觀之説者。夫不求甘苦之同，輒思即安於逸樂，其解體更可知也。（「長星勸汝一杯酒，自古豈有萬歲天子耶？」）基且就傾，而忍自我壞之乎？蓋彼亦有無如君何者，仍無易乎爲善之説也，彊爲之而已矣。從來善心所發，其勢類寬緩而不苛。讀史者追述舊聞，乃有行仁義以亡國者。（徐王偃是也。）究其運籌之失，或由假託使然。迄乎代緒緜延，且謂身列公卿，卒收乎好生之報，（唐代宰相多蕭氏，人以爲梁武佞佛之報。）則仁義以亡國，不猶愈於殘酷以亡國者乎？况乎溯恭儉之真傳，而扶衰救敝，其設策本非迂闊也，夫亦可彊恕而力行矣。從來善政所敷，其業多黽皇而鮮暇。尚論者盱衡往事，乃有躬憂勤而死國者。（明懷宗是也。）究其取效之疏，或由猜忌使然。迄乎時過論定，且謂身殉社稷，無愆乎正斃之名，則憂勤以死國，不猶愈於荒淫以死國者乎？况乎懔瞑眩之深戒，而飭紀整綱，其陳謀迴異煩苛也，夫亦可彊起以從事矣。復古也格於耆舊，（即從滕事激起「彊」字。）行仁也困於遊民，則將疑報施之爽衡，而愼毋爲善之説起。彊焉以抑其心，行乎所安，庶事後不至貽悔也。古名臣流涕上書，（諸葛武侯《出師表》。）惟以開張聖聽，冀光先人之遺業，居心固可共見耳。經界不足陷戎車，守望不能息烽堠，則將慨勞心之寡效，而爲善最樂之趣微。彊焉以堅其志，求其自盡，即利鈍匪所逆知也。古大臣偏隅播越，轉以講求《大學》，（陸秀夫崖山講《大學》。）力陳正本之良圖，用意實亦無他耳。孟子之爲滕謀止此。厥後滕爲楚滅，其子孫亦不見復興，而賢君之名，終不泯於後世，未始非人定之勝天也。（滕縣道旁碑云：「滕文公行井田處」。）

到得齊人築薛，滕自無久存之理。彊爲善者，祇是盡所當爲，乃聖賢精義之極，亦孟子不之欺滕文處也。前人有説到力圖進取者則過，求激切而意反淺矣。

子誠齊人也知管仲晏子而已矣

門人安於齊人，於其所知定之也。夫人非齊人，即所知不限於管、晏。丑舉二子爲問，孟子故深鄙之。若曰：士君子存高曠之懷，則雖不離鄉曲，而所見自超乎鄉曲之外。非然者，志限於偏隅，則有據其偏以爲全者矣；（隨舉兩義，通首分承，大士法也。）習耽於敝俗，并有矜其敝以爲美者矣。其見日陋，其持論日卑，至令人不待辭畢，而已料爲何地之人焉，可鄙甚已！子言管、晏之功，吾竊憶子之爲齊人矣。子本齊人，孰禁其目爲齊人？顧昔之人，荆楚稱珍，而出谷遷喬，猶將觀光於上國，明乎僻陋之不可安也。吾冀子之有以自廣也。（遼東之豕，歸而自慚。）子既齊人，何必深諱爲齊人？顧昔之人，互鄉託迹，而潔身進見，猶得奉教於聖門，明乎污染之不可溺也。吾望子之有以自拔也。（出水之蓮，污而不染。）以今觀之，則誠齊人也。蓋所知者，管仲、晏子而已矣。風雨陰陽之會，其得氣也較全，而齊則僻在海濱之地，故管、晏之階緣遭際，（千將補履，不如兩錢之錐。）已足以施其補偏之技，而成其轉敗之功。子其聞之稔與？夫君子之受裁也，必不求夫因循之便。即齊人之深服管、晏者，率樂其陋俗之相安。具見平日講求，本不期乎遠大矣，則適爲知之所囿而已矣。詩書禮樂之邦，其範趨也較正，而齊則素沿夸詐之風，故管、晏之苟且塗飾，（朝四暮三，衆狙皆喜。）轉足以便其市惠之方，而酬其罔民之志。子其稱之熟與？夫賢者之事上也，必不幸夫煦嫗之恩。即齊人之深感管、晏者，類喜其私求之曲副。足徵凡流希冀，本不出以光明矣，則仍然知之所溺而已矣。閲時久則氣焰已微，而齊人獨存夸張之見，非特據爲雄也。彼既無至高之詣以相抑，遂舉二子才分之所至，而以爲無以尚之。且取法乎上，僅得乎中，凡慕效乎管、晏者，必其學管、晏而未成者也。（形骸之外，去之彌遠。）胡子之弗恢其識也？定論垂則瑕瑜莫掩，而齊人獨多回護之情，微特阿所好也。彼既無至中之的以相衡，將併二子流弊之所形，而以爲不可違之。且作法於凉，其弊猶貪，凡沿襲乎管、晏者，必其視管、晏而加厲者也。（其父殺人報仇，其子必爲盗。）何子之不返其迷也？嗟乎！眈曲説而昧典經，幾樂齊東之爲伍；崇富强而違禮教，并憂齊變之無期。子休矣！

樸山《於齊國之士二句》文奚落齊人，最爲尖穎。此較出以嚴正，然已足爲墨守鄉曲者箴矣。

仁則榮

大賢勉世主以仁，而明其得榮之理焉。夫戰國時，爲上者罕爲仁矣，然爲之則榮，理有外於是者乎？孟子故首揭之，且作善降祥之説，傳之自古而未有殊也。自諸侯王力征經營，而始疑善之不可爲矣。然以吾曠覽當世，終無舍善而别有可爲之理；（神超象外，識據題巔。）且歷稽前事，亦無爲善而終不獲報之理。彼疑爲迂遠者，可留吾説以俟後驗焉，如所謂仁者是已。原仁於賦畀之初，（探原星宿。）仁者安仁，尊爵本性始焉，是仁有自然之榮也。然歸功於淡漠，其論似過高，而非中材所能喻。論仁於全歸之後，求仁得仁，鴻號垂萬世焉，是仁有不朽之榮也。然責效於空名，其勢又太緩，而非急務所能需。則且即世俗難忘之念，（方是本題「榮」字。）而求一術以自安；且就旋至立應之端，而擇一術以從事。抑豈有外於仁者哉？仁則榮矣。目靡曼而耳淫哇，誠非仁人所屑道。然必謂取一而足，致等於貉道之難行，仁者豈若是弇陋乎？遠觀皇古之風，君與民近惟是。（全章俱到，仍於題外不溢一黍。）懷襄以自警，飢溺以思愆，究之大寶克膺。夫且肄腊肌、胝足之勞，而不掩黈纊、垂旒之度，其亦榮施之有赫矣。辟土地而朝秦楚，亦豈仁人所强求？然必謂不鬬其民，致同於徐偃之無具，仁者豈若是尫孱乎？近溯前王之範，圖易思艱惟是。垂戒於克寬，興懷於無逸，卒之貞符沓至。夫且脱羑里、夏臺之困，（異樣精采。）而遂啓亳都、豐鎬之基，抑亦榮號之無窮矣。是故挾憤激之見，陰行罕報，有疑於仁之未必榮者，而君子祇道其常。誠知仁不以畏難而諉，即知榮不以未至爲憂。（意境沈鬱。）則雖蒼茫世局，孤詣誰而毅然者，無所疵其志。逞游説之談，徼幸成功，有冀於榮之不必仁者，而君子務持其正。誠知假仁者難竊近似之名，即知苟榮者終異自臻之效。則雖淆亂群言，（兩「則」字，所謂出乎此，必入乎彼也。）本圖誰問而釐然者，可以折其衷。若去仁而爲不仁，則亦棄榮而即乎辱矣。有國者宜何道之從乎？

含罩下文，處處得欹動時君之意，筆情俊逸，猶其餘事。

詩云永言配命　一節

引《詩》、《書》以申自求之旨，有國家者可鑑矣。夫命苟可幸，則福非自求；天苟可怨，則孽非自作。引《詩》、《書》之言，而禍福之自求也益信。從來論爲善者，每日盡其可知於己，而聽其不可知於天。此儒者之闇修則然，非爲有國家者言之也。（語不離宗。）有國家者，天未嘗私厚於一人，而常視其人靈承之；（字法本《尚書》。）天亦未嘗獨薄於一人，而實由其人中絶之。簡編具在，固可徵吾説之非誣爾。禍福無不自己求，當恍然於仁則榮，不仁則辱之故矣。顧尚有謂不自己求者，何哉？一則因其偶然而諉之也，作史而陳先業，類追術其肇造之艱；草檄而數亡王，亦文致其荒淫之罪。將以爲事後之緣飾，不皆實録也，（**諉諸偶然，疑其未然，總以爲命實爲之，天實爲之耳。二比從反面翻足，轉入正面，乃分外得勢。**）而不妨爲己弛其躬。一則據其未然而疑之也，隆運而侈陳聲色，或無傷殷富之基；末造而躬矢憂勤，或卒蹈傾積之轍。將以爲事前之逆料，未必悉符也，而更可爲己藉其口。顧獨不誦《文王》之詩乎？（**秃接。**）夫以家相而追溯前型，苟使命有所私，何弗曲援夫圖讖之符，以侈陳其盛？乃何以鍾祥於命者？猶待於配而長言申諭，惟此茀禄之躬邀焉。「永言配命，自求多福」，其言福之自己求者如此。抑不讀《太甲》之書乎？夫以嗣王而力圖晚蓋，苟使天爲降罰，何難歷舉夫灾祲之告，以借飾其非？乃何以攖怒於天者？轉有可違而引咎責躬，惟此愆尤之親蹈焉。「天作孽，猶可違；自作孽，不可活」，其言禍之自己求者如此。（**歸併上節，即以蹴起末句。**）此而知偶然者未可諉矣。穆清之託體甚尊，苟爲培爲覆，必下待於陳乞之途，則精神亦黷，乃氣機所轉，人事即有以應之。修省之政不一端，皆見於福臨之日；荒亡之行不一轍，皆見於禍至之時。是不得不奪夫默運之權，（**挽入兩「自」字，筆力千鈞。**）而屬諸顯垂之迹。謂如是則得，如彼則失，此固一定而不移者也。此而知未然者不足疑矣。蒼昊之俯臨至大，苟降祥降殃，必不容有豪釐之誤，則隱憾何窮，乃賞罰所區，義例皆有以通之。亨蕃釐者幾輩，孰則迓福之無因？膺顯戮者幾家，疇則致禍之無具？（出比以善惡相應，破偶然之説；對比以致福致禍之有因，破未然之説。生公説法，足令頑石點頭。）是不得不没其參差之數，而奉爲確當之評。謂如是則安，如彼則危，此又歷驗而不爽者也。禍福之應，榮辱之關，不可不察也。

上節義藴已盡，至此復引《詩》、《書》，正爲諉咎天命者堵截後路耳。看題既真，行文自異常警動。

孟子曰人皆有不忍人之心 一章

人人皆有之心，即人人能充之端也。夫先王有不忍之政，人獨無不忍之心乎？推之四端，亦視乎其充不充耳。昔孟子見齊王，因其不忍觳觫，導之舉斯心以加諸彼，此仁心也，即仁政也。無如世主視爲迂遠而難行，即同朝之人，且謂惡足與言仁者，其歧心與政而二之，實由歧先王與人而二之。（闢節開解。）慨然曰：「天地以生物爲心，而人得之以爲心。」夫不有不忍者在乎？（即以首節作講尾。）今將以並世之人，衡諸先王，鮮不謂相懸萬萬者，吾不知異其心乎？異其政乎？使先王離心以爲政，則必驩虞小補，違道干譽，（即納交數句影子。）其衷既私，其應必左，乃能治天下猶運諸掌者，非恃有不忍人之政，恃有不忍人之心也。然則政爲先王獨有，而心非先王所獨有也明甚！且吾所謂皆有者，非必深求而遠索之也。大人者不失其赤子之心，（請得陪客，題忙我閑。）常人怵惕惻隱之心，可試諸孺子將入於井，非常無僞也。納交要譽，惡其聲而然，當此固不及計也。知無惻隱之非人，而羞惡辭讓是非準此；知惻隱爲仁之端，而義禮與智準此。人即自外於先王，斥爲非人，無不勃然怒者；人即忘乎四端，詆爲無四體，無不啞然笑者。一有莫不有，（從「有」字折出「能」字醒。）即不得云人各有能，有不能，然非孤抱此心而遂已也。（次節「斯」字即具擴充之義。）曰有擴充之道，在孺者誦法先王，具内聖外王之學。所謂推恩以保四海者，往往望諸於其君。是故吾君不能，（「謂其君」二句，人所易略，文偏從此轉入，末節筆勢横絶。）則謂之賊。凡有四端於我者，不必盡操行政之權也，而無不可收擴充之效也。火之然也，泉之達也，其始也，其端也。不然，微特忍於孺子而已？商臣之禍，始於忍人，（每於人不經意處見精義。）究極言之，且不足以事父母，而謂可以不能自諉否乎？嗟乎！戰國之士，目不見先王之政，人欲横流，并其自有之心而忘之。然則怵惕惻隱者，僅觸於乍見之一時，（點醒乍見，恰好應講作收。）猶不忍觳觫者，僅觸於見牛之一瞬也。危矣哉！

章内「人」字十四見，正孟子喫緊爲人處。將題緒逐層梳櫛，而波趣自行乎其間，所謂神明於法者。

無羞惡之心非人也

心有屬於羞惡者，反言以儆人焉。夫己不善則當羞，人不善則當惡，斯乃所以爲人也。無是心而得爲人乎？若曰：「吾言無惻隱之心非人，誠以人性之皆善也。」（跟上説入，是顧母法，非尋常脱卸法。）顧性皆善，不免移於不善。躬爲不善而無以滌其瑕，將有赧然其不安者；人爲不善而無以戢其焰，將有怫然其不悦者。衹此拒不善之念，往來於中，即可覘性之本善。不然，頑鈍成風，無復忌憚，則人道或幾乎息矣。然則人所皆有者，豈獨惻隱之心哉？萬物之生，而人爲貴焉。（抬高「人」字，是羞惡之根。）付畀既尊，斯自待不容稍薄。無端而以賤承之，此則出之自己，何解於劬勞生我之恩？即蹈之自人，難免於族類非我之誚矣。三代之行，而人本直焉。秉彝未昧，斯制行不得稍污。無故而以曲勝之，此則反己自思，固當有衾影難堪之狀；即援人爲鑑，亦將有衣冠若浼之形矣。何也？在己爲羞，在人爲惡。斯人之所以爲人也，孰是無羞惡之心者？天下不善之事何限，吾特不能盡矯之耳。威惕利疚，則蒙面而爲之，而其心若有不可對人之隱，（是羞。）斯即平旦之氣之不容終昧也。無是心則恬然樂爲矣，以污辱之事爲至榮，以順從之態爲至正。（形容盡致，可當牛渚之犀。）而並以所能自炫，以所得自矜，想其寤寐皆安，斯真有靦面目也。夫至有靦面目，而尚得比於人類也歟？天下不善之人何限，吾特不能盡去之耳。形格勢禁，則低首而奉之，而其心常有不甘居下之思。（是惡。）斯即《巷伯》之刺之不能自已也。無是心則欣然樂奉矣，以人望所棄，而明其相結之深；以公論所排，而冀其相助之力。而因之以多自證，以同自慰，（二語采用尤雋。）想其隱微密契，斯真别有肺腸也。夫至别有肺腸，而尚得衡以人理也歟？吾得而斷之，曰：「非人也。」自其可羞可惡者言之，文人執筆工訣，至晚節而悔名節之掃地矣；叛黨反戈相向，即同類而知天道之不爽矣。等是戴高履厚所鍾，而謂有無所不至之勢，此固吾儒忠厚之意所不忍以斥言者也。（此比仍收合孟子語氣。）自其忘羞忘惡者言之，顯榮快於目前，有歷資宰輔而甘儕厮役者矣；諂媚出於意外，有獻頌權奸而推以聖哲者矣。即此同流合污所極，而將有其來者漸之憂，此又世運淪胥之會所不能以逆料者也。（此比索性説開，不復再加收結。）

羞惡三項，由惻隱而推及之，正以明人皆有不忍人之心耳。然世間自有一種安於非人者，文悉力描摹，情態畢露，極似陶庵手筆。

固國不以山谿之險

明乎國之所由固，而知險之未可恃矣。夫地之險，莫山谿若也，而所以固國者不在此，人奈何徒恃地利哉！且自羲《易》著設險之象，《周官》垂司險之名，後世寡謀之主，遂有專恃其險者矣。抑知有形之險易見，無形之險難窮，苟微窺其相勝之緣，而將奪其可憑之勢，乃嘆先王所以鞏基磐石者，又在彼不在此也。域民既不以封疆之界矣，夫民之所居，即國之所由立也，則國有不期於固者哉！（題首二字，微作一讀。）溯舊邦之受命，有卜年獨永者，則見爲國脉之長延矣。（好頓挫。）乃文人殫力研京，或盛推其左抱右枕之奇，以示建瓴之象。承先業而開藩，有兼并無虞者，則見爲國維之獨振矣。乃策士陳書伏闕，類侈陳其被山帶河之迹，以明天府之雄。若然，則國之能固，當無過於山谿之險矣。而以聞古之固國者，則又不以此。西北之地，山多而谿少，故太華有類於削成，井陘不容於旋軌，（二比包舉天下全局，指陳形勢，瞭如指掌，黄岡石臺，有此鉅觀。）而汧渭漆沮之環流而映帶者，且各著其浩瀚之觀，以云險則真險矣。乃者危稱秦棧，已聞間道之通；師擁晉陽，無救嚴城之灌。是豈無負其險者，而何以按籍而稽，直等諸冀野之無興國也？攬全局以相衡，知不拔之基，固别有在耳。東南之地，山少而谿多，故三江誇吴會之雄，七澤著荆門之望，而衡岳方城之鬱律而岧嶤者，且各得乎扶輿之秀，以云險則誠險矣。乃者一沼猶存，空吊荒蹤於故苑；重岡深阻，莫詳遺種於群蠻。是豈無據其險者，而何以升高而望，且不啻漢陽之盡諸姬也？（堅對。）試平心而轉計，知靈長之祚，又非所關耳。故名山大澤，未嘗入封建之區，而擇平衍以定居，或轉示他人以易取者，（中幅徵引賅博，入後則隨舉一端以印證之。）凡以牖户綢繆，别操勝算，而不欲留以憑藉之資；抑虎視龍興，亦競起論都之説，而極恒情之眩耀，必折以今人之法度者，誠以苞桑永繫，自具全模，而非徒恃其阻深之勢。《禹貢》以九州分野，（餘霞散成綺。）而舟車所歷，不詳關塞之形；《職方》爲萬國辨名，而圖籍所陳，僅載土宜之用。無他，險不足恃，而得道失道之故異也。

攄懷舊之蓄念，發思古之幽情。感慨淋漓，總爲下文「道」字樹赤幟耳。

天下有達尊三爵一齒一

爲尊君者言達尊，爵與齒已各居一矣。夫達尊通於天下，齊王恃爵，孟子不僅恃齒，申曾子之説，盍於三者中各先舉一乎？嘗思禮者自卑而尊人，獨至吾人之自命，則不必薄人之尊，亦不必諱己之尊。且竭人之全量而無加於尊，（以意定題，何等筆力。）即出己之緒餘，而已不失爲尊。蓋淺稽世俗之情，而或以居位爲榮，或以引年爲重，已儼然有對待之形焉。曾子言或一道，以其明彼我之分也。顧思彼所恃者，固已盡於富與爵之中；（騰挪得勢，不必硬扣「齒」字，而題界自清。）我所恃者，尚有餘於仁與義之外。彼苟無爵，豈得有富？不能歧爵與富而析之，我不恃人爵，亦姑弗遽言天爵，（語尤險絶。）已可與爵而齊之。蓋嘗曠觀天下，而知有達尊三矣。非有無形之尊，（含「德」字。）則有形之尊亦覺冥頑而無用。然即有形之尊，豈能取顯而置微乎？（從「爵」字串「齒」字。）限之以三，若隱有範圍乎天下者，而放之皆準。非有無定之尊，則有定之尊亦恐杌陧而不安。然即有定之尊，曷嘗重權而輕誼乎？等之以三，若更有維持乎天下者，而率焉莫違。言有尊也，非廢爵也，而要不専恃爵也。由子主敬之説申之，得貴貴之義焉； 由子主恩之説推之，亦得長長之義焉。（「齒」字上文所無，須設法引出。）或謂於禮，同爵則尚齒，是爵尊於齒也。食三老五更於太學，天子且爲降禮，是齒又尊於爵也。究之較其短長，不若區其義類。且吾所取重於天下者，固自有在，特借鑒於世俗所共喻，（妙！妙！「德」字原是主，特爲俗人言，不得不平列耳。）以明取數之較多。夫然，而在彼在我，不可各列其一乎？必執銖視軒冕之説，（以「德」襯「爵」。）以詆爵之不足矜，則彼之心亦不服。要以天澤爲防，古今通義，有虚襟前席而莫損其尊者矣。觀曾子所已言，可知人所挾以爲重者，不必奪其所恃，（平列之中，賓主自見。）而爲是快心滿志之詞。苟挾長而無述之躬，（以「德」襯「齒」。）自謂齒之有加長，則我之技亦易窮。要以少長有序，天地常經，有立監佐史而彌形其尊者矣。廣曾子所未言，可知我所淡焉若忘者，（尚有德一面在。）猶得據以抗衡，以從於後海先河之例。爵一齒一，必合德一而達尊始全。此即曾子仁義之説，而爲輔世長民所深賴者也，有一慢二，奚可哉？

吾鄉武鏡汀郡伯，課崇實書院，出是題。論題有數弊，局法上輕下重，一弊也； 逆提「爵」、「齒」，凌躐位置，二弊也； 因上文有「彼以其爵」句，竟將「爵」字抹倒，三弊也； 略「爵」字而趨重「齒」字，四弊也； 看輕「爵」、「齒」，不切「達尊」，五弊也；　看重「爵」、「齒」，與下文「德」字無分，六弊也。厥論韙矣。鄙意「爵」字上文所有，「齒」字上文所無，題係順綱，則前半尚不得硬伏「齒」字，諸作無見及此者，因存此稿。（自記）

慘澹經營，想見良工心苦。

燕人畔　一章

齊君悔過之心，沮於時人之曲説也。夫燕人之畔，非管叔之畔比。賈欲爲王解慚，而適爲王增過，孟子故深責之。嘗讀《尚書》終於《秦誓》，未嘗不嘆三代以下，人主不能無過，舉而能悔者即善機也。秦穆悔過，而不惜自陳其過，故圖霸既就，其書并可附於王；　齊宣悔過，而有人代掩其過，故圖王不成，（真正可惜。）其事并不成爲霸。孟子無勸齊伐燕之事，逮齊人勝燕，則引文王、武王以止之；　諸侯救燕，又引湯事以形之。誠以肆虐於燕則不仁，圖燕而禍及於齊則不智，（先坐實王之不仁不智。）皆過舉也。無何而燕人畔，王至是始知孟子持論之正，宜乎迴憶而内自慚已。説者謂王即自慚，無解於伐燕之誤。（祇要他能慚。）然苟充此自慚之念，則一誤必不再誤，即由古之君子以幾於古聖人不難。（一筆貫五丈。）何陳賈者，先謂王之仁智不如周公，而直謂周公未盡乎仁智，請見而解，王無患矣。其説維何？則曰：「周公使管叔監殷，管叔以殷畔。」夫周之伐殷，非齊之伐燕比也。當日坶野陳師，以至仁伐至不仁，（與伐燕異。）異乎倍地而不行仁政。厥後武庚復畔，（與燕人畔異。）周公亦卒能討而平之。徒以誤用管叔，爲周公咎，一似知而使，不知而使，二者必居一於是者，而政不必爲周公諱其不知也，何也？周公，弟也，管叔，兄也，親親仁也。然則周公之過，在自處於仁，而不忍過用其智。（金繩鐵索鎖紐壯。）齊王之過，其流弊極於不智，而發端先出於不仁。人之度量相越，豈不遠哉？吾不謂常人有過，聖人無過，而獨有異於古今君子之過。（折入末節，有勢。）當日用孟子之策，謀於燕衆，置君而去，則固不至於畔。即畔矣，盍姑爲事後之補救，而無徒求逞於口舌之間？孔子〔八〕曰：「君子之過也，如日月之食焉。過也，人皆見之；更也，人皆仰之。」如賈之説，不爲改而爲順，且從爲之辭，是使齊王不爲南巢之慚德，而爲大《易》之迷復矣。（可恨在此。）厥後君驕臣諂，道終不行。孟子至爲臣而歸，（引起下章，讀書貫串。）然則促之駕者，陳賈也。嗟乎！藎臣之心事無窮，必不樂禍幸灾，（長言詠嘆，惻惻動人。）以取快於吾説之驗。國是之變端可慮，何樂飾非拒諫，以角勝於建議之人？漢文摧折淮南，袁盎謂有高世行三，不足毁名，（用明人大結法，於《孟子》長章最宜。）已非持論之正。至宋而澶淵之役，引爲國耻，乃詐爲天書以自解。小人工爲諛佞，固愈出愈奇哉！

成湯尚有慚德，紂則智足飾非。陳貫解慚，直將齊王一點羞惡種子盡情斬絶。得此昌言闡發，如然牛渚之犀。

人亦孰不欲富貴　合下節

有私據其富貴者，舉極賤以相形焉。夫富貴不可私，子叔疑以龍斷出之，抑知等於商之賤者乎？孟子釋之，因以明其不可曰：「今者齊王授室之説，欲富我也，而我致爲臣而歸，則已不能貴我矣。」（題是將他人印證自己，講先從自己説到他人。）夫我於富貴處其分，而他人於富貴或處其合。求貴之名而得賤之實，他人已爲失計也；無貴之名而得賤之實，在我更難索解也。季孫異子叔疑，在使子弟爲卿，以爲彼特富貴之念中之耳。雖然，富貴，人所同欲也，有是欲而自遠於欲，吾黨所謂大丈夫也；（函下節無迹。）有是欲而務極其欲，亦世俗所謂大丈夫也。至於主眷易移，門風或替，高臺曲池，往往而有，從未有終身私據於其中。而既失之後，可以復得，復得之後，永不再失者，有之，自子叔疑始。所謂龍斷非耶？今夫富且貴，貧且賤，連及之辭也；富與貧，貴與賤，對待之文也。（「富貴」本習見字面，文將「貧賤」伴説，起下「賤」字，但覺變化迷離，不可方物。）而其間正自有辨。《洪範》「五福」言富而遺貴，誠見夫貴之非福，則介石持躬，清流砥俗，兢兢乎修寒素之業，而爵禄不敢以自專。嘗有觀名臣之晚節，共嘆爲貴而能貧者，知風裁之卓越，厥有由也。位尊多金，由貴以致富，誠見夫富之可求，則幸門廣啓，捷徑旁開，（「龍斷」字有映發。）碌碌乎蹈駔儈之趨，而顯榮直如其故物。嘗有臻仕宦之崇階，共詆爲貴而反賤者，知流俗之卑污，何足算也？且所謂龍斷者何地？而登之者爲何人哉？有賤丈夫焉，所居則市也，所求則利也，（至此方知講下伏「丈夫」之妙。）猶恐利不能盡，則左右望而罔之。夫販鬻之業，以有易無，固士君子所弗道，乃至人皆以爲賤。坐令有司所治者，一變而爲征商之制，則甚矣！人孰不求利，而未有如賤丈夫之獨絶也；亦猶人孰不欲富貴，而未有如子叔疑之獨絶也。（補點「獨」字。）嗟乎！古者禁商之入仕，今且由仕而入商，貨取之風，深入於人心久矣！（慨溢言外。）奈何余混哉！

題勢上簡下繁，而下節實非所重。文將「富」、「貴」二字拆開，通上「富」字即可起下「賤」字，取徑獨别。

孟子去齊居休　一章

大賢辭禄之本懷，至去齊而始見也。夫去齊之日，知不受禄爲得矣。豈知孟子之去志，始於見王，特阻於師命乎？丑以常道求之，淺已。且事君者量而後入，不入而後量，此君子行道之大端也。戰國時此風已渺，但使君稍近正，而其國又處可爲之勢，固將姑試焉，以冀吾道之行。究之，君心不可深恃，則必置此身於事外以自全，（是聖賢安身立命處。）而不以非意之淹蹤，累高蹈之本趣也。記者歷誌孟子去齊，至於出晝莫追，乃始居休，蓋自是真無意於齊矣。（所以記於篇末。）及門如公孫丑，隨孟子留齊最久，見其仕不受禄，未嘗不竊竊然疑之，至今日始服其先見之明，特無解於位定後禄之説。吾謂此皆泥於古之常道，而未窺其深焉耳。且夫聖賢處世，所爲異於策士者，（筆氣疏快，絶似大蘇。）志而已矣。策士之志在富貴，一遇築宫擁篲之舉，則不勝其榮；聖賢之志在行道，非地闢民聚，則無以爲藉手之資。有其資而非遇大有爲之君，終不能舉國以從，甚且强之舍所學而從彼。孟子三見齊王而不言事，（從無可取證中覓證。）曰：「我先攻其邪心。」心之既邪，將自處於世主之列，而視孟子亦無甚異於策士之流，宜乎退而有去志與？維時好勇、好貨、好色，非不因事納規，究之一暴十寒。而陳賈、王驩者流，紛然並進，設變而受禄，能與此輩争乎？又烏知王不以君臨之而不聽去乎？此於崇見王時所早經料及者也。（收束處筆力千鈞。）獨是仕而不受禄，固可免於干澤之譏；（借「尹士」章作翻，恰好引起末節。）辭禄而久於齊，似無解於濡滯之誚。其實非不欲請也，有師命故也。孟子遊齊，在宣王八年。是年與魏會於鄄，九年與魏會徐州，十年楚圍徐州，十一年與魏伐趙，連年有事，分屬賓師。雖不必如子思之居衛，究不同曾子之居武城。翛然舍去，所不忍也。至蚳鼃致仕，早明言夫進退之寬；馮婦興譏，更息意於發棠之請。曾謂此時尚有餘戀乎哉！（末句説得斬截。）然則見王之不合者何事？何以終不言也？曰：「君子去國，不潔其名。」特丑以辭禄爲疑，姑以本志微示之。且齊王雖怠於用賢，以視梁襄、魯平之流，則固勝之。前此尹士見譏，猶言王足爲善，而不屑爲己之不明辨，（補前段剩義，爲通篇結穴。）忠厚之至也。若夫推誠以待孟子者，其滕文公乎？（餘波亦趣。）惜其國小而不可爲也，故下篇類記遊滕之事。

歷記孟子去齊，諸人紛紛質問，皆不著痛癢之談。獨公孫丑較窺其深，故於此稍露本趣，亦借作全篇結穴也。文筆透達，足以宣紆軫之情。

子力行之亦以新子之國

勖滕君以力行之效，知國之可新矣。夫文公雖力行，或疑難比文王也。國亦可新，何獨王者取法乎？且從來爲善之事，惟無所爲者爲足貴乎？雖然，古諸侯側身修行，未嘗沾沾爲後世之謀。及其後寖熾寖昌，遂莫不推本焉以爲發祥之始。則當夫成例之可援，（「亦」字出。）而彌信左券之有獲，夫亦可爲爲善者勸矣。「『周雖舊邦，其命維新』，文王之謂也」，而子顧拳拳於爲國若是。（顧母。）以子也争長宗盟，則世澤漸微，幾莫溯遺徽於叔綉。然而兢業之志不可忘也。（筆勢雄宕。）祖德猶存，必及鼎盛之春秋而躬任之，以是爲繼體守文之責而已。以子也叨居藩服，則彈丸僅守，并難擬百里於岐封。然而擘畫之方何容輟也？民依攸切，必殫憂勤之宵旰而亟爲之，以是爲思艱圖易之資而已。然則子特患不力行耳。文王之國可新，而子之國獨不可新乎？（呼起「亦」字。）今夫世家聚族之居，其去有國也遠矣，而潛德所貽，緜延而弗絶。迨其後一方崛起，或以草昧而成帝業之隆，考古者追溯龍興，乃至從散見之書，追尋宗派，以爲宏基之所自開也，（《左傳》：「其處者爲劉氏。」乃炎漢發祥之始。）謂此固不以微弱嫌也。今夫荒徼一方之長，其爲有國也抑僅矣，而堅貞之操，積久而能完。迨其裔一旅肇興，遂除禍亂而作神人之主，載筆者推原駿烈，乃至起前朝之史，補述淵源，（《晉書》爲凉武昭王立傳。）以爲景命之必有屬也，謂此又不以荒遐棄也。亦以新子之國，又何疑乎？或謂先君無禄，賫志半即於銷沈，（此比從上章得間。）則慮以振奮求名，而形前人廢弛之失。不知力行無姑待之方，大孝者當述事也。姬籙之就衰久矣，子獨以務耕耘，崇孝弟，圖不拔而樹其基，則畫疆恪守者，藩臣奉上之忠；保境自安者，亦肖子克家之美。（借醒「亦」字。）或謂兩大交争，（此比從下章得間。）斂賦幾窮於悉索，則恐以精勤圖治，而啓强鄰猜忌之端。不知力行無顧恤之理，有志者任自爲也。七雄之嗜殺紛矣，子獨以咨田畯，重師儒，矯積習而歸於厚，則正誼明道者，聖賢無私之學；（收束端嚴，聲滿天地。）創業垂統者，亦英雄有待之心。夫至子國之新，幾可媲美於文王，又不僅王者取法已矣。子其免旃！

孟子歷説齊梁，皆言圖王，獨滕則無可假手。此節當與「築薛」章參看，乃聖賢不肯欺人處也。文亦光明剴切，懸諸日月而不刊。

有爲神農之言者　全章

時人猾夏之心，詞窮而始見也。夫並耕之説，許行意別有在。夷欲變夏，弟遂倍師，宜孟子斥其僞與。嘗思春秋之法，諸侯用夷禮則夷之，進於中國則中國之，至戰國始有用夷變夏之事。（大主腦。）許行非耕者也，（從首節説入。）意在引夷於中國，而顧受一廛。廛，市宅也。（以廛爲市宅，方與末節對照。）顧非託爲農夫，則莫與之處。而孟子爲滕制産，躬爲大人之勞心，（消六節。）其憂民不爲不至。計惟並耕之説，可以駕出其上，而自始於農。不然，百工之事，不可耕且爲。（消五節。）而其徒捆屨織席，何爲者耶？一曰易之，（消四節。）再曰易之，已微示其意矣。中國有聖人焉，舉舜者堯，（點七節。）舉禹、皋陶者舜，（消九節。）而掌火之益、教稼之稷、明倫之契佐之。周之初，膺戎狄者周公。（用類叙法帶出十六節、十三節。）周公傳之孔子，而曾子、子貢、有若、子夏、子游、子張佐之。夫神農在堯、舜之前，而陳良則在孔子之後。吾無責乎許行，獨惡夫陳相與辛嘗聞先王之道，（歸獄陳相，點明次節，帶出十四節、十五節。）而甘爲夷用，如下喬入谷而不悔也。然而陳相見孟子之本意，（從第三節揭破隱情。）尚未明也，無論堯之大、舜之巍，（補十一節。）舉仁以賅忠惠者，（補十節。）茫不知爲何語，就令滕君棄其倉廩府庫，以從事於耒耜之間，遂免於許子之揶揄否耶？其意特爲市價來耳。（順落十七節。）詞窮而吐其實，以不齊之物，就相若之價，則可以愚中國之商。始知前之並耕以愚農，特借徑焉。然則夷之敢於變夏者，（點十二節，應講。）自適市始也；夷之得以適市者，以有盡棄其學而學焉者也。僞之爲禍，大矣哉！（即就末節作結。）

著眼市價，有慨乎其言之妙，仍以題還題，絶不添設議論。

勞心者治人　四句

人有判於所治者，轉計焉而知所食矣。夫心與力等勞也，而治人與受治分焉。準是以推，則所食又豈能一致乎？從來才之所限而權分焉，權之所歸而勢判焉。惟權不可以相均，故以尊臨卑，而居卑原無所怨；惟勢不能以相强，故以下供上，而在上不必自疑。（上二句順遞，下二句逆繳，一講特爲統櫛。）或且助淫辭而攻之，何弗稽古訓而述之耶？或勞心，或勞力，是亦足以破並耕之説矣。而子且以自養爲疑，則豈知所勞之不同，即所治之各異哉！今使天生人而不責以治人之方，則賢者獨逸，而固不容其自逸也。制器之精，多由天授，而榛狉並就，裁成專門之業。（戛戛獨造，却自潛心卷軸得來。）遂襲世官，而子弟且爲臣僕，豈其體之過優哉！蓋就其心之可用而用之，而法令既可示於前，亦刑威不嫌隨其後。勞心者治人，斷斷然也。抑使天生人而不限以受治之分，則愚者獨寬，而正不得以自寬也。宫室衣冠，皆所自具，而必範以制度之同。田疇井里，並可相安，而必嚴以經畫之守，豈其遇之過絀哉！蓋因其力之可任而任之，而善良既以飲其化，亦頑梗不得潰其防。（所以謂之通義。）勞力者治於人，斷斷然也。然則治於人者，（承接一片。）不能獨爲食矣。共此犁雲鋤雨之功，物力正宜自惜，而何以蠲租議賑，在上施之爲令辟，在下冀之爲惰民？夫小人無往不處其絀也，我方資爲身心之益，（意平而語雋。）即不得自靳其手足之劬，所以總秸既訂爲經，材服並修其貢，當日輸將恐後，卒未聞以聚斂怨之者，治於人者食人，斷斷然也。然則治人者，不患無所食矣。共此持粱齒肥之好，素餐誠所不安，而何以推食解衣，在下受之爲感恩，在上施之爲市惠？夫君子無往不處其優也，我既殫其區畫之能，（對尤精湛。）即不嫌坐享夫聖賢之養，所以庖厨不妨遠迹，醢醢且設專官，當日珍錯駢羅，卒未聞以養尊議之者，治人者食於人，斷斷然也，天下之通義也。

每句各還實義，議論精闢，油然經籍之光，頗近黄岡風格。

北方之學者未能或之先也

論楚儒之學，轉即北方以相形焉。夫北方之學，豈必遜於陳良哉！孟子明變夷之益，故以爲未能或先耳。嘗思大方無隅，凡畫方隅以爲學者，（高挹群言。）皆後世門户之私，而爲聖道無與也。雖然，學聖者多，則人材自衆，故聲教所聚之地，論學者恒翕然推之。不期有人焉，有志觀光，與當世長者游，轉使積重之群才，（一筆拍合。）見屈於獨營之孤詣也。如陳良悦周、孔之道，而北學中國，豈不以躬爲楚産，而時怵他人之我先哉？且學者多稱北方尚已，粤自周公始封於魯，（緊跟周孔，持論有根。）而《易象》、《春秋》，凡《周禮》具在於魯。越在後嗣，賦事行刑，必訪於彝訓，而咨於故實。及其衰也，洙泗之間，斷斷如也。若夫仲尼之徒，其可考者，魯人三十有奇，齊人六，衛人五，陳人、秦人各二，朱人、晉人各一。雖公孫龍、任不齊、秦商之流，亦未嘗非楚産，然而多寡迥殊焉。使謂偏隅之秀足以掩群彦之奇，晚出之材足以蓋宿成之望也，（反振得力。）其孰從而信之？不知北人之業，淵綜廣博；　南人之業，清通簡要。故有謂難周則識闇，不若易覈則理明者。（南北學派分歧，「問强」章已發其端，後人區别尤甚耳。二比上下千古，掃盡偏護之談。）且學亦不徒在記誦，第此周孔之洞析深微者，北方研精焉而可通，楚産研精焉而非不可通，則其質固無分敏鈍矣。北人之文，詞義貞剛；　南人之文，宫商發越。（《北史》對《世説》。）故有謂取便於時用，異乎可宣於詠歌者。且學亦不盡屬詞章，即此周孔之直臻复絶者，北方追蹤焉而可至，楚産追蹤焉而非不能至，則其詣又無分優絀矣。今以陳良處此，使罄其材力，終不足與於斯道，則亦河伯之遊北海，（涉筆成趣。）還其面目；　白豕之至河東，懷慚而返已耳。乃良自遊學以後，服習聖教，不復自囿於楚産。而北方之學者，遂亦忘其爲楚産，欲以賢智先之，未之或能；　蓋道不遠人，欲之則至。觀夫遊女之歌，（隸事必倫，與前段遥應。）躬漸夫美化；　巫醫之諺，節取於有恒。即周公、仲尼未嘗不許殊俗之自新，又何論乎承學者耶？然則不薄楚産者，（補義尤高。）北方之量之所爲大也；　不讓北方者，陳良之志之所爲專也。彼所謂豪傑之士也。

推許陳良，却不抹倒學者。運筆極圓，持論尤有根據。

惡能治國家

異端思施於國家，大賢直窮其弊焉。夫治國家者，許行之本意，特以孟子闢之，而託於市耳。故以爲僞折陳相，而終斥之如此。從來長國家者，不容以市道試也。有習處於市者，自恃其居積之才，以漸臻豐裕，此其術可行於市，而不可施於國家；有不安於農者，臆逞其荒唐之説，以變亂典章，此其説不可施於國家，而先不可行於市。（平心而論，許行更不如白圭。）何則？從許子之道，相率而爲僞者也。而彼輕去其鄉，貿貿焉叩關而求謁，（二比空中作勢，以下便可推説。）方自謂所傳有緒，直可儕尹壽、緑圖之列，坐邀前席之疇咨；且彼招邀同類，攘攘焉占籍而錯居，方自謂所託者尊，復遠勝雕龍、炙轂之倫，不愧後車之傳食。噫！是將以治國家也，能耶？不能耶？維國家者恃乎名。上古之世，君與民近；中古之世，君與民遠。吾非不知遠不如近，而輿情之競趨於僞者，終不能以褻越承之。則惟於相遠之中，肫然聯之以恩耳。如許子之説，而名不虛設乎？夫求治而第以市道行之，是公卿皆駔儈矣。（緊抱市價，却衹借作引子，仍筆筆歸重並耕，是針鋒相對處。）乃持矛刺盾，即此一鬨者，而已無防僞之方，況乎率育之懷、輸將之誼，更有大於是者也？而欲廢名以爲治也，惡乎能之？經國家者存乎法。上古之世，法簡而賅；　中古之世，法繁而擾。吾非不知繁不如簡，（用老蘇《申法》篇意。）而末俗之日滋其僞者，究不能以闊疏馭之。則惟於至繁之地，晝然示之以信耳。如許子之説，而法不空懸乎？夫圖治而竟以市道概之，是憲令爲質劑矣。乃設身處地，即此三倍者，而立窮辨僞之術，况乎溝洫之經、總秸之賦，更有重於是者也？而欲棄法以爲治也，惡乎能之？見聞永阻於荒遐，瞻望闕廷，炫若神明，而不勝艷羨。此其冒上無等，誠非正論之所得而排。（許行之意，祇欲蠱惑滕君；陳相之意，并欲牽扯孟子。似此昌言排斥，真足斬盡葛藤。）乃至屈開國承家者，易其堯舜爲君之心，而拱手以嘗試。在庸主未必受紿，而何論賢君也？識力未臻乎堅定，驟聞異説，怖同河漢，而誓爲依歸。此其志域神迷，亦非忠言之所得而悟。乃至强黼國黻家者，違其周孔相承之教，而附和爲同聲。在凡民未必脅從，又何論豪傑也？（若夫豪傑之士，本孟子自命。）子休矣！

固是承上市價説來，仍須推開回應「並耕」，方合收束全章語氣。

陳代曰不見諸侯　一章

大賢之不見諸侯，以道之不可枉也。夫陳代引志爲勸，未知尋尺之無一定也，尤未知枉直之不並存也。兩引昔聞以折之，意深哉！春秋時，柳下惠三黜不去，迹其持論，以直道枉道爲衡，豈非直則不容於時，固思之熟歟？然當其時有勸之去者，無勸之枉者，（春秋戰國，升降如是。）則是非之見尚明也，至戰國而風斯下矣。孟子非不見諸侯也，特不能無故而往，亦不能昧心而從。（揭醒眉目。）陳代久列門墻，見其鬱鬱居此，壹似秉道過高，而坐失王霸之業者。又恐一人之言未足取信，且引志曰：「枉尺而直尋。」（醒「且」字。）嗟乎！士君子年少氣盛，急於自見，（一事苟，則其餘皆苟矣。）輒思借徑以就功名，而立身一敗，萬事瓦裂，孰非此説階之厲乎哉！然而驟語以惟直可爲，枉不可爲，而彼不服也，（兩比疊用，然而已成習徑，施之此題乃恰合。）則曷不借鑒於虞人？昔者齊景公田，（兩「昔」字開目。）招之不至，且挾其依勢作威之術，至置之將殺而不辭，彼豈好爲捍網哉？誠以招以皮冠，往焉謂之守官；（用皮冠作開，爲對比地。）招之以旌，往焉謂之越職。「志士不忘在溝壑，勇士不忘喪其元」，非志言孔子之言也？今一見之，則豈非其招不往者，不待其招而轉可往乎？且枉直猶義利也，（醒「且」字。）「君子喻於義，小人喻於利」。執徇利之見，方謂暫屈可以常伸，爲之顛倒其詞曰：「枉尋直尺，而利亦可爲與？」（所謂以子之矛，刺子之盾。）俾知耆心未必取償，折閲翻成失算，而凡陳苟且之謀者，其亦啞然自笑也已。然而僅語以枉未必尺，直未必尋，而彼猶不悟也，則曷不借鑒於王良？昔者簡子使掌奚乘，良乃請辭，且迹其前後反命之詞，（此節較繁，看其檃括之妙。）忽題爲賤工、良工而不恤，彼豈好爲矯情哉？誠以爲之範我馳驅，不獲一而非辱；爲之詭遇，雖獲十而非榮。「不失其馳，舍矢如破」，（《詩》詞對孔子之言。）非志言《詩》之言也？今一見之，則豈御者之所羞者，在儒者而反可從乎？且枉直猶周比也，（比對利。）「君子周而不比，小人比而不周」。充黨比之情，漫謂忘身所以濟物，爲之直窮其弊曰：「枉己者，未有能直人者也。」（此更打穿後壁矣。）俾知屈節徒聞貽悔，援溺豈有成功，而凡作離本之論者，其更嗒然若喪也已。所可訝者，孟子以五霸爲三王罪人，（并「王」、「霸」字，亦還他分曉。）而公孫丑論當路行道，即王霸並稱。今陳代復以爲説，其實王霸即直枉之分，非小大之辯。戰國之時，士之惑溺於功利者，可勝數哉！

首節「且」字是深進一層，下文兩「且」字乃遥遥相應。就此裁對，構局天成。

使禹治之 一節

歷叙治水之功，夏王之不得已也。夫使禹者堯，而導水先下後上，除害先大後小，微禹治之，人安所得居乎？從來奇功不外至理，水奪地則亂，地範水則治；物擾人則亂，人制物則治。（造語似子。）而其中高下洪纖，又各有節次而不容紊。享其利者，或未測其用心也。堯時洚水之儆，此一亂也。堯若曰：湯湯洪水方割，下民昏墊，滄溟幾溢川瀆，莫安其流；怪物紛乘飛走，莫若其性。有能俾乂，鯀績弗成，禹作司空，汝其於予治，（重頓首句。）於是鄭重乎使之。禹以爲天一生水，（意常語警。）自有所以容水之處，大至海止矣。特壅塞者在地，而滂湃之勢，遂至激而與地争，掘而注之，直不啻尾閭之洩已。天生水中之物，并有所以容物之處，奇至龍蛇極矣。特盤據者不在菹，（不將「菹」字對「海」字，是。）而悍毒之資，遂至肆而爲人患，驅而放之，且不待冬蟄之藏已。然則治海之時，（交代極清。）何以不並治江淮河漢？海無畔岸，江淮河漢，終有畔岸也。掘地矣，水之游地上者遂行地中，南條北條之形，豈同於想當然之説乎？（并做是也。）然則除龍蛇之時，何以不並除鳥獸？龍蛇能變化，鳥獸不能變化也。放菹矣，險阻之實逼處者漸推而遠，毛蟲羽蟲之孽，不歸於無何有之鄉乎？（并做「消」字。）夫然後巢者不巢，窟者不窟，錫圭入告，則海訖成功；（末段收束全題，與入手相配。）刻玉來遊，則龍書獻瑞。貢珍就道，九州咸底於攸同；鑄鼎圖形，庶類罕逢於不若。士爲平土，民得安其居。遊斯宇者，相忘於明德之遠，而抑知禹之不負所使者，實出於不得已也。此一治也。

李榕村論此節，以「掘地」二句爲綱，「水由」二句申「掘地」句，「險阻」二句申「龍蛇」句。蓋治水則自下而高，除害則先巨後細，乃此題天然結構也。前明墨藝，但以逐句打疊爲工，近人率重發首尾，而中作一段點過，則彌趨易路矣。擬此正之。（自記）

因題製局，妙不待言，尤難在著墨不多，而題無剩義。結體謹嚴而氣象寬博，是老斲輪手異人處。

處士横議

禍有發於處士者，戰國之通弊也。夫處士非遊士也，然非乘諸侯之放恣，則自不敢横議。孟子所爲慨非聖之禍與？聞之天下有道，則庶人不議。自道與權分，而刑賞之失其當者，賴有清議維持之，此孔子作《春秋》之微旨也。雖然，出秉彝之公，（筆力森健。）而以存三代之直道，是爲清議；逞行怪之私，而自外君子之中庸，是爲横議。聖王不作，而諸侯敢於放恣，斯時之大勢在諸侯哉？吾以爲在處士耳。（出「處士」，辣。）黨庠術序之澤衰，其所以培護士林者，既廢壞而莫爲之所，則本其惄然愁恨之氣，遂若激之而使鳴；行僻言堅之禁弛，其所以約束士類者，復疏略而不爲之防，則中有翹然負異之流，遂思决之以自快。特是士而曰「處」，（洗刷獨清。）則非遊士比也，而其敢於横議者，何哉？材之所産，而豐悴不必齊也，取士必公，亦嘿爾息耳。及見夫抵掌自媒，率多空疏淺陋之徒，有時忽階於顯要，以爲彼何人也，而獨見重於諸侯；（肺肝如見。）予何人也，而顧不禮於諸侯。則以議争勝於遊士矣。且諸侯志存延攬，恒樂得其言大者以爲奇，功利富强之外，忽聞此詼誕之異談，烏知不薄其平昔所聽聞，而變計以相就也？（再補此一層，見得遊士、處士兩般面目，正是一樣肚腸。）宜其剌剌不休與？身之所遭，而遲速常有定也，進士有等，亦恬然安耳。乃際夫上書求試，不辭洪涊喔咿之習，有時終出於徒勞，以爲彼何人也，而得肆志爲諸侯；予何人也，而曾不能分潤於諸侯。則以議自諱爲遊士矣。且諸侯念涉驕矜，尤樂得其名高者以自託，聲色貨利之餘，驟進以洸洋之異說，（漢武雄才，不免爲文成、五利所惑，病正坐此。）烏知不奪其在躬之富貴，而改容以加禮也？宜乎滔滔不返與？四民之業，農並耕，商壟斷，工淫巧，則士之貌爲閒人者，（後二推見本原，與起二遥應，其訓辭深厚，極似儲中子手筆。）特爲桀黠之尤而倡其說，既招徒黨以自豪涉其流，亦奉師宗而不悔。五行之氣，貌不恭，視不明，聽不聰，則言之步於不從者，亦默應乎陰陽之運而發爲文章，賢者泛覽而不免釀爲風俗，（晉之清談、明之心學皆是。）百姓漸染而不知。噫！此楊墨之言所以盈天下也。

橫議即下文淫辭邪說，其害中於人心，非如談天、雕龍之輩，徒爲聳人聽聞起見也，蘇、張、申、韓更麤淺矣。認題既真，而清思健筆，又足以達之，安得不超出前人名作之上？

我亦欲正人心

大賢自明本懷所在，於人心爲尤亟焉。夫孟子生古人之後，而人心不正，更烈於洪水諸禍，亦欲云云，所爲亟思正之哉！且虞廷授受，始於「人心惟危」，而終之以「允執厥中」。夫中庸之德，民久鮮能，特流爲過不及之差，則雖遠乎中，而尚不至大反乎中。世變流極，人人思反乎中以爲快，（此春秋、戰國之别。）斯隱微之受弊爲尤深，而維持世教者，於此尤爲亟亟矣。禹、周公、孔子往事如此，（領題簡净。）而今人所爲，甘蹈於周公所膺，彼豈悟弊之所極哉！蓋作於其心者然也。（鈎「心」字緊。）當此之時，何幸而有我哉？（落「我」字響。）以我方之禹與周公，則得位乘時，豈敢望大權之屬？顧害之興於洪水、夷狄、猛獸者，可以漸推而漸遠；害之中於人心者，或且旋滅而旋生。此不容以無位解。（是「亦」字之根。）以我方之孔子，則上律下襲，豈敢希天縱之奇？顧戕君父於其迹者，一國不過數人；無君父於其心者，當世幾成通俗。此并不容以無德辭。我是以抗懷往哲，退省藐躬，而知轉亂爲治者，必自正人心始。（出「正人心」，鄭重。）人心莫患於好利，苟於中藏之地，已無復湛然者爲之君，則不必静驗其將來，而大惑已成不解。

欲以氣之清者正之，幾何不予以所甚苦也？（兩意括盡下三層，却從「欲」字反收，緣虚題正面祇有二比也。）人心莫患於好怪，苟於發念之初，已無復粹然者納之範，則不必俟其表著，而猖狂莫料所終。欲以理之常者正之，幾何不囿以所甚拘也？雖然，力以孤而愈堅，則前事之成規可例；勢以窮而將轉，則半生之虚願難忘。（上一句頓足「亦」字，下二句頓足「欲」字，可謂筆力如牛弩。）故夫遡觀隆古，設施多在事功，或因比户之可封，而不必爲人心慮。至於今而彝良盡喪，需以時者難惺以平旦，異於物者莫保夫幾希。我誠嚮學徒勞，亦欲增美釋回，以嚴爲之衛。（正面祇此已足，一加論斷，便隔下文。）近考素王，勸懲顯垂筆削，或因指歸之未昧，而不專爲人心憂。至於今而錮蔽難開，浸而長者無望於蒙泉，僅而留者并危於碩果。我即反經無策，亦欲著誠去僞，以大爲之防。既正人心，而後邪説詖行淫辭不得肆，此我所以承三聖也，辨豈得已哉！

「我亦欲」語氣直貫至下文「者」字方住，題既截去下四句，祇應極力騰挪，將下三字縮入上三字中，方與下文不隔，此可爲知者道耳。

匡章曰陳仲子　一章（三首録一）

求勝於飲食之間，其爲廉也亦僅矣。夫廉之爲道多矣，仲子乃以不食見，彼蚓不已勝之耶！且戰國之世，一食客之天下也。齊開稷下之館，遊説之士，趨之若鶩，惟酒食是謀。故當時有齊人，且以與富貴飲食，驕其妻妾。嗟乎！遍國中皆此輩也。而有與妻偕隱者，宜乎翹然稱巨擘矣。聞之《易》曰：「舍爾靈龜，觀我朵頤。」靈龜，不食之物也。（引入趣甚。）若夫蚓，則猶未免於飲與食者也。然何以稱廉者？必以蚓爲宗，則以蚓者不能無食，而要不必有居也。（從「食」折出「居」，有法。）且其所飲所食者，槁壤黄泉而已，不必問何者爲伯夷，何者爲盗跖也。以充其操，庶幾可乎？何匡章稱仲子之廉，而以居於陵特聞？當其居於陵之日，其諸由飽而飢者機耶？從來華膴之胄，其賦質也多奇，故有係出神靈，無端自遁於窮谷者，（首節匡章叙事，五節孟子叙事，恰好抽出，對勘全篇，以蚓作主，一螬一鶃，亦一家眷屬也。）執贄而慕華蟲之性，餓死事小，失節事大，其亦有不樂見聞者耶？則螬餘半李，未始非天之成其廉，而因爲碩果之留也。若夫蚓，并不屑咽也。及其他日之歸，其諸由飢而飽者機耶？從來過當之情，其變節也彌速，故有躬膺辟召，卒致騰笑於故山者，鑄鼎而圖饕餮之形，弱之肉，强之食，（觸手生波，總與「蚓」字掩映成趣。）其亦何在非不義類耶？則客饋生鵝，未始非天之試其廉，而因爲盜泉之餌也。若夫蚓，并不待哇也。蓋匡章之意，徒深嫉夫飲食之人，而因以織屨辟纑爲高節。孟子亦但與之就食論食，而推其例於居，大旨如是。不然母與兄，大倫也；辟兄離母，大惡也。（絶大關目，衹作餘意了之。）何孟子於此，不責其不孝不弟，而但惜其不能廉？并所謂廉者，亦但窮之於所食所居。簞食豆羹之義，其事本無足深論。儒者之廉，比之以雞；世家之廉，充之以蚓。（再添一波，與講下遥遥相應。）姑相與遊於蟲天可也。

「不義與之齊國」章是此章注脚，惟其所成者小，故以極小之物形之。是作包舉全題，亦可謂納須彌於芥子矣。

天下國家（恒言章）

大賢轉述恒言，而但爲渾舉之辭焉。夫天下國家，非不可以置論，惜其出於恒言也。孟子轉述之，姑先人云亦云耳。且自中庸之學不講，而策士好持高論，紛紛馳域外之觀矣。不謂游情於域外者，既罔顧引義之不倫；（妄之與庸，衹是一副肚腸。）即設想於域中者，亦不覺誦言之忘味。蓋處世但循其迹，則泛然而相值，何怪其雜然而前陳也？人有恒言，（講下領「皆曰」，股首入口氣則自然截上。）皆曰：義理之研，其虚焉者耳。吾不有其經濟者乎？居恒之志甚大，夫且此行之而此效，彼行之而彼效，而何至藉手之失其資？繩矩之合，其拘焉者耳。吾不有其恢廓者乎？宇宙之境甚寬，夫且放諸此焉而準，放諸彼焉而準，而何患中處之隘其量？自此道途籍籍，遂喧然以天下國家稱矣。（出題囫圇得妙。）居高位者力易逞，而其言或大而近夸。（題本渾淪，文却以尊卑分比，則三項之必當分析推原可知，却仍融入「皆曰」甲裏，絶不犯手。）今於試天下國家之中，而懔然自維曰：若者爲人所共有，若者爲我所獨有，則囊括席卷，誠爲大福之備，膺而御衆當有較難者矣。乃歷歷舉之，壹似憑藉既尊，自可坐致乎是者。得毋以天下國家，爲循例之名歟？處卑地者藴難窺，而其言或浮而涉誕。今試於天下國家之際，而抑然自忖曰：若者爲我力聽能至，若者爲我力所不能至，則天地萬物，誠屬儒者所有，事而素位終有不越者矣。乃津津道之，壹似遭時雖蹇，無妨旁涉於是者。殆將以天下國家，爲統同之目歟？蓋事勢瞬經百變，而惟略觀大意者，若無餘思，非必謂天下國家動多係戀，（埶筆有思議。）當遁逃焉，以成高蹈也。第既言之，則自曾閲歷於言中，不謂行之不著，習矣不察，而無窮之治化，僅等於街談巷議之紛陳。名理自在兩間，而惟不求甚解者，爲不可救，非必謂天下國家盡爲粗迹，務棄置焉，以示精微也。第既言之，則或且含藴於言表，不謂前者唱于，隨者唱喁，而務外之鋪張，直不啻楚咻齊謳之一轍。（收轉「皆曰」，恰好起下。）噫！其亦反而求其本乎？

余既論《中庸》四字題之難，并思此章四字亦不甚易。蓋彼則苦於無根，而此則三項不容分析也。聊復拈此。（自記）

注定下文，運實於虛，意在筆先，神超象外，具此神妙之技，固應目無難題。

今也小國師大國　一節

小國有耻心，因明其所師之誤焉。夫師大國，則當受命矣。今之小國顧耻之，孟子故爲罕譬以喻之歟？從來處衰勢而能自振者，其此不甘人下之心乎？顧既不甘人下，則必有超出乎人者，而後不爲勢所攝。不然，有與人同惡之實，復辭願爲人役之名，雖心相競乎，奈勢相格也。（收筆冷雋。）如景公涕出女吴，其惴惴焉受命恐後者，何也？

凡以其爲大國故也。往事如此，請驗於今。今也王制不行於藩服，而七雄之互相争長者，遂興兵構怨，以陰快其汰侈之私。彼徒恃大與强之形，而迄無德與賢之美，（緊跟首節，領脉獨真。）是大國本不當師也。今也諸姬見併於鄰封，而彈丸之僥幸圖存者，即制節謹度，而難免於誅求之困。我既處小與弱之地，又何堪并失此德與賢之資？是小國尤不當師大國也。既曰師之，則受命於大國，固其宜矣。而其中若隱然有所耻者，何哉？蓋惟宴安之積習已深，其視聲色便辟之娱，皆以爲有國之所應得。大國備享焉，而可以養尊；（師大國無可著筆，此獨説得雅合。）我略略享焉，而豈得云縱欲？則將自處於等夷之列，而斂賦之悉索，遂致憤懣而不能堪。亦自縱横之權謀久習，其視略地攻城之舉，且以爲有國所不可忘。大國屢試焉，而未嘗稍挫；我微微試焉，而豈遂致後灾？則竟自味其懸絶之形，而積世之深仇，亦或倒行而圖一逞。（燕丹之事，可爲車鑒。）噫！亦思向之所師者何事哉？是猶弟子而耻受命於先師也。凡物莫不從乎類，類之中而無所統，不得不就其鉅細以相形。以小國相率效尤，既不能超乎類之外，（筆外有筆。）則比權量力，何在非細者類也？嘗見師承所及，不必推奉名流，即降而弇陋之儒，（玩本節語氣，「先師」字自不必看重。）亦得憑夏楚之威，萃童孺而供其驅使，誠恃命之自我出耳。而謂既處於類者，能作冰寒於水之思哉？凡事莫不應乎機，機之發而無所歸，不能不因其屈伸以相制。以小國日趨污下，並不能運乎機之先，則智取術馭，何在非屈者機也？嘗見師授所傳，不必祇承正學，即下而異端之説，亦且樹藩籬之固，召徒黨而聽其指撝，誠恃命之自我操耳。而謂見囿於機者，能作惟羿愈己之想哉？（心花怒生。）徒耻無益，盍師文王？

「師大國」字法絶奇，如「卿士師師非度」之例。前路先按定大國之不當師，則轉入正面，批郤導窾，無不如志矣。

人不足與適也政不足間也

有徒求之人與政者，其所補也抑僅矣。夫用人之失則當適，行政之失則當間，然其弊不始於此也，斯則可爲而不足爲耳。且人臣委贄立朝，而俊彦奮興，紀綱修舉，豈不甚善？必其廷有僉人，始不得不爲糾彈之策；必其朝有粃政，始不得不爲匡拂之謀。此其處勢甚艱，致身良苦，而深識之士，（筆勢拗折。）顧或從而惜之者，則以受病固别有在，而區區補偏救弊，抑末也。何則？英賢本世出，而人何以應運而興？良法亦備陳，而政何以待時而理？運會之隆，夫有主持之者，（君心正，則人與政俱正。）而人與政不居功也。按迹而求之，則安能肖歟？匪人誠宜去，而何以得列於朝？虐政誠宜除，而何以先垂爲令？積重之勢，夫有馴致之者，（君心非，則人與政俱非。）而人與政亦不任過也。逐末以矯之，則安可回歟？然而憂時者，有見於人之不可用也，則曰吾其適之。或造膝以鋤奸，或抗章而糾慝，無論其弗從也。即從矣，而謀之不慎，則僉壬之巧爲控制者，轉得激成夫清流之禍，（唐之牛、李是也。）而善類旋傷，是人去而仍可復也。縱使并無此患，（再推進一層，可見君心不正，無有是處。）然人之適我任之，人之用非我任之。奸黨漸清，而浮薄闒冗之徒，或且乘時而幸進，安知不與不去同乎？若是乎用人之失，可適也，而不足與適也。抑有見於政之不可行也，則曰吾其間之。或言天變之可畏，或言民怨之難堪，無論其弗聽也。即聽矣，而持之不堅，則浮議之工於熒惑者，猶得旋興夫紹述之名，（宋之新法是也。）而良規坐廢，是政革而仍可因也。縱令并無此患，然政之間我主之，政之布非我主之。舊瑕盡滌，而苟且更張之治，或且矯枉而彌紛，安知不與不革同乎？若是乎行政之失，可間也，而不足間也。就適之、間之者而論，去一僨事之人，即事有一端之澄叙；除一蠹民之政，即民免一日之瘡痍。唯阿之成習，蹇諤者獨爲其難，安得謂末節之補苴，無當於糾繆繩愆之旨？（不看壞此層，良是。）就用人、行政者而論，必俟適而後除奸，則崇信之端未絶；必俟間而後變法，則因循之習猶存。清議之維持，孤立者且危其繼，安得謂隨時之法拂，已操乎澄源正本之圖？（圖窮而匕首見。）夫大人亦格君心之非而已。

含下意於筆先，落落寫來，自合發端語勢，不徒以包孕史事見長。

人之患在好爲人師

大賢明師道之難，而爲好之者儆焉。夫自人人欲爲師，而師道乃幾乎息矣。孟子以好爲爲戒，人其知所患哉！聞之爲學日益，古之人恒取善於人也，而不求人之取資於我，非吝教也。我即有以應人之求，而已覺自荒其業；我復無以副人之望，而又何能久竊其名？蓋自孤踞一至高之地，（意致灑落。）而欲人之皆出其下，則其人之學問亦略可知矣。今之抗顔而爲師者何多哉！上世政與教合，故保傅皆論道之臣；後世政與教分，故黨塾有專門之業。（二比探原立論，極言師道之重，而「好爲」之弊自見。）夫以韋布之微，而隱分乎覺世牖民之寄，此何如鄭重者，而顧可靦然居之也？古人芻蕘遍採，恒以一人收數十人之資；後人壇坫主持，且以數十人宗一人之學。夫以函丈之地，而坐屈乎聰明材辨之英，此何如危疑者，而曷敢毅然任之也？吾謂師非不可爲，所患者乃在於好之者耳。詣力之相形而見絀也，我自負兼人之器，而人之絶塵軼類，或轉越乎我之所已能，此學之所以相長也。好爲之者，則欲以氣勝之，挾頑鈍之資，而果於自信，（一好之後，遂生出種種私念。）勢且薄高明沈潛之詣，以爲狂簡之未裁。究之才略窘於艱難，則其技易窮者，其分亦終於自屈，然後知矜氣之不足恃耳。義理之日析而無涯也，我自命博物之能，而人之送難質疑，或竟出於我之所不料，此教之所以知困也。好爲之者，則思以辨攻之，守鄉曲之見，而樂於自封，計惟詆廣稽博考之才，以爲玩物之喪志。究之底蕴呈於積久，則其業坐廢者，其名亦不得獨全，（力透紙背。）然後知雄辨之難爲功耳。且夫功名福澤之路，有志者任自爲矣。材力不足以自强，則巧借夫當世建竪之途，指爲吾教之成效，而人或歆而羡之。（讀《文中子世家》，一一摹仿孔子當日門人，亦自有推崇太過者，非好詆前賢也。）古今來講席尸居，謂將相之皆出門下者，其品似甚高，而其情則近鄙也。且夫德性問學之旨，心得者不相謀矣。踐履不足以共信，則襲取夫前人已成之説，標爲吾學之指歸，而人或懾而從之。（講學末流，類摘一二字爲宗旨，所謂市肆招牌，無關貨之優劣。）古今來儒林自負，謂性理之獨得真傳者，其論似甚正，而其意則涉私也。閱歷淺而著書太早，（推論以究其極。）則邪説之毒，中於人心；交游濫而託迹太多，則朋黨之憂，關乎世道。此好爲人師之患，始於一身而終於天下者也。

孟子以傳道自任，顧以「好爲人師」垂戒，講學之流弊其知之矣。文窮源溯流，有上下千古之識。

樂正子從於子敖之齊　一章

大賢之罪門人，婉詰之仍正告之也。夫樂正子從子敖來，即速見亦不能無罪，孟子歷詰之，而終斥以餔啜，學古道者其愧哉！昔孟子爲卿於齊，將以行道也，齊有嬖臣曰王驩，就公行之位，未嘗與言；反齊滕之路，弗談行事。（將孟子之處王驩對照，而樂正子之罪自見。）蓋避之惟恐不速。不謂出其門者，轉以比匪之傷，而疏請業之迹焉，亦異乎守道之初旨已。孟門有樂正子，嘗許爲善人信人，且謂好善優於天下，蓋相期於古道也久矣。況魯平將出，歸咎臧倉，未嘗不深疾嬖人者。曰者因其見孟子而先書其罪，案曰：「樂正子從於子敖之齊。」（特筆。）在行蹤先誤於依棲，即歸命投誠，豈遂樂親乎大雅？顓臾之伐，而季路之不欲難辭，其可罪者原不能以速見解也。抑宵小别工於徵逐，即駢肩累迹，亦且坐耗夫居諸？私事之謀，（兩證恰合一。）而冉子之退朝何晏，其可罪者或更以不速見增也。而孟子若置其罪之大者，第責其罪之小者，曰：「子亦來見我乎？將以發其疑也。」迨詰以子來幾日，則以昔者告；詰以出言之宜，則以舍館辭。是求見長者，必俟舍館既定後也？而樂正子始承其咎曰：「克有罪。」噫！罪則罪矣，（呼起下章。）抑知其所以罪耶？識趣以遞降，而卑位尊多金，猶爲奢望。所希末光之垂照者，惟口實是謀，（二比語長心重，説得戰國遊士不堪奚落，不謂習俗移人，賢者且不免也。）蔽火光而飯惡爲猜，其胸次殆不忍言矣。若夫束躬儒雅，方將以道力爲維持，而豈竟謂要津之厚我？習俗以争趨，而慣雕龍炙輠，猶屬迂談。所竭全力以相營者，祇一餐之惠，遊播間而酒肉是饜，其流品彌無足論矣。若夫禀教緇帷，或庶幾道心爲鎮定，而豈不憂塵壒之污人？此非學古之道也，直餔啜耳。豆觴之款洽，已足以敗賢者之名；醉飽之昏迷，尤足以喪平生之守。得孟子重言申警，而後知從於子敖來，其本罪也；（斷制明確。）來見之遲，猶其輕罪也。不然，使樂正子脱駕齊郊，踵門求見，其遂可告無罪乎？此孟子立言之旨，必參觀而始顯也夫。

首節大書罪案，而本章尚未説明。次章乃聲其罪而責之。文鎔兩章爲一，結構謹嚴，議論名貴，似《經畬堂稿》中文字。

孟子曰不孝有三　一章

大賢陳無後之戒，所以伸庸行也。夫千古孝子莫如舜，知不孝以無後爲大，則無疑於不告而娶矣。豈以猶告曲爲解哉？且孝之藴亦至無窮矣。豪傑之行，務矯乎恒情，（一篇大旨。）故世俗所稱不孝者五，而惟私妻子爲多。此其義，孟子於匡章發之。聖賢之行，不離乎日用，故禮所稱不孝者三，而以無後爲大。此其理，孟子於舜發之。曰：「吾嘗聞禮所稱不孝者矣，阿意曲從，陷親不義，一也；家貧親老，不爲禄仕，二也；不娶無子，絶先祖祀，三也。」夫苟原情推論，（將上兩項併作推原，方見得是賢知之過。）則爲其一者；或懲於賊恩之禍；爲其二者；或慕乎偕隱之風，即爲其三者。亦或鑑於孝哀，妻子不得，已而出此，而君子以爲非。所以垂教者何也？二姓之牉合，非一身之私；百世之烝嘗，不可自我而斬。故權衡於三者之間，以無後爲大。雖然，執是以論不孝，（接筆奇。）而天下之孝者多矣。恒人之情，莫不慕少艾而戀家室，此即告以不娶爲孝，彼猶不爲也，況乎如彼則不孝，如此則孝，其又何樂而不爲？不謂舜亦爲之。（接筆尤奇。）夫事親如舜，亦可以已矣，乃相傳不告而娶一事，壹似無異於恒情。且恒情所未必爲者，豈非告則必不得娶，不得娶則必無後，其理其勢，顯然明白歟？聞之娶妻如何，必告父母，曩者萬章以此爲疑，吾以廢人之大倫解之。顧迂儒責人無已，（繫鈴解鈴，辨才無礙。）恐有謂夫婦之倫，不可以敵父子之倫者，抑知有夫婦，然後有父子。明乎無後之所繫，則父子夫婦之倫，不能畫然竟分而爲二。後世俗情多鄙，一二有志之士，思以琦行矯之。同氣相依，或懼夫婦人之離間，崇親愛，絶親緒矣；（《獨行傳》中人物，非必求諒於人，然究不可以立教。）寢門奉膳，或割夫膝下之恩情，承親歡，傷親心矣。聖人處事，有似通乎道之權，而適合乎道之庸者，君子以爲猶告也，則甚矣，舜之察於人倫也。然則不娶無後，娶焉而必有後乎？（再補此層，方無滲漏。）曰：「亦未必然也。」庭堅之祀忽諸，若敖之鬼餒而，是豈盡不娶之過？特以承先啓後爲孝之大端，故妻無子即可出，而決不忍安於不娶，以自處於必無後之地。人事之當盡者，如是焉已耳。彼匡章者，（應講作結。）得吾說而存之。夫妻子母之間，亦必有道以處此矣。

此章爲賢智之過説法。不孝有三，如不勝喪，乃比於不慈不孝之類，否則世俗好貨財、私妻子者多矣，又孰是甘於不娶者耶？是作酌理準情，和平通達，真有益世教之文。

行辟人可也

即出行以觀君子，有不嫌於自尊焉。夫曰辟人，似君子之自尊於行矣。然施諸平政之後，亦安見其不可者？孟子爲子産反證也，曰：「昔舜耕歷山，而行者讓畔。豈非以德感人，群飲於無争之化哉？」若夫當官而行，（筆力嶄然。）則君子有時而不讓，并不妨安意以受人之讓，非欲以此養尊也。誠以吾之致力於民者，正自有在，而道塗險易之利，更無庸飾讓爲也。夫君子所難者，惟在平其政耳。而亦既平矣，則是一舉一動之地，皆爲斯民所倚賴，（能平其政，即不妨辟人。）而體統不得不隆。「大車檻檻」，國人歌畏子焉。夫豈同衛國招摇，漫詡征輪之過市？且亦趨亦步之間，即爲衆庶所儀型，而制度不容不肅。「周道如砥」，小人詠所視焉。夫豈僅魯君移氣，争傳垤澤之呼門？以云行也，即令辟人，亦何不可？推段干式廬之誼，則樂親於有道者，方自慚車騎之喧，而行則不能並論也。君子屏待從，以尊賢哲，未嘗不嚴儀衛以防宵人。（辟人亦平政之一端。）故後擁前呼，既顯示以森嚴之度，而於人之熙來攘往者，猶必揮之辟易，毋令分道而揚鑣。白龍之游，誠懼見困於魚服也，（設色新穎。）固不得詆爲鋪張已。推桑林禱雨之誠，則勤念乎民依者，復何惜奔馳之瘁，而行則難以概繩也。君子甘貶抑，以迓祥和，（此理原並行不悖。）未嘗不示威重以屏囂雜。故不徑不竇，既優游於坦易之途，而於人之連𧄼掎裳者，猶必明爲辟除，俾之且止而避焉。千金之子，（妙對。）所當守戒於垂堂也，更不得視爲煩擾已。且人情以狎見則不尊，從來政體所關，豈不求通乎幽隱？（二意更深，必辟人而後可以平其政。）要必先泯其殫聰竭明之累，然後有以運吾才。辟人云者，固將宅心於淵穆之區，而無致道聽之棄德，等而上之，即垂旒蔽明之指也。物理以遍窮則坐困，從來政化所布，豈不深念乎痌瘝？要必先絶其形格勢禁之端，然後有以通吾術。辟人云者，又將置身於從容之域，而無虞察見之不祥，約而守之，即庖厨必遠之情也。（道理觸處皆通。）本殊軍旅之容，何待習勞於均服？（反襯恰好起下。）非獻異端之策，豈煩程效於並耕？溱洧之間，夫安得人人而濟乎？

深識治體，吐爲名言；多見史書，蔚成奇采。

言人之不善當如後患何

大賢慨盡言者之禍，而危辭以儆之焉。夫人有不善而我言之，則我獨爲善矣。後患之至，曾不旋踵，可徒取快哉？語云：「聞人有過，如聞父母之名，耳可得而聞，口不可得而言也。」夫爲人掩過，何至竟比於父母之名？蓋極言之之弊，其怨至於積不能明，其禍至於甚不可解，則反是而求自全之地，政不嫌擬不以倫矣。今之好爲盡言者吾惑焉，合天下之人而論，或者上古善良，斯比户有可封之俗耳。降而置身叔季之朝，大抵善之數少，而不善之數多。（先將上句頓足，次句自不煩言而解。）夫多則固非言之所能罄也。就一人之身而論，或者聖賢純粹，斯畢生無可摘之瑕耳。外而綜覽凡庸之俗，大抵善之時暫，而不善之時常。夫常則更非言之所能回也。而必欲言之者何心？其爲進規之言也者，人有不善，未必不自以爲是，而我必力斥其非，是儒行所謂而數者也。夫人而有能受盡言之量，即不爲不善者矣。（腦後針。）非然者，氣不能平，則將務爲怙終，以求勝於吾説，而言者先受其患。試思誼非君父，豈竟迫不及待者，獨不可稍委蛇也歟？其爲泛論之言也者，人有不善，方且謂世莫余知，而我從而暴其醜，是子貢所謂訐直者也。夫人而有深恤人言之隱，即不爲不善者矣。非然者，惡不容掩，則將恃其剛愎，以大拂乎人情，而言者亦終受其患。（分承股意，細。）試思論非史册，豈竟一定不移者，獨不可稍寬假也歟？噫！此後患所由來也。是故持鄉曲之評者，謂可以激揚薄俗；（二比史事奔赴，而出以矜煉。）矜閥閲之望者，謂可以澄汰雜流。卒之矯激之名，千夫共指而不逞者，遂以貽清流之毒也。當如之何？挾成見以衡世者，謂名流概無完人；標宗旨以稱尊者，謂異趣皆爲敗類。究之谿刻之論，衆怒難攖而反噬者，遂以懸僞學之禁也。當如之何？上奉金人抑戒之箴，（結束完密。）下鑒伯宗處父之禍，是以君子慎密而不出也。

理平辭警，可作箴銘。

孟子曰君子所以異於人者　一章

觀君子之存心，知無致患之道也。夫仁禮者，人道之常，君子三自反，正其善用憂也，豈與禽獸校哉？且不爲小人所忌者，非君子以其自命之不高也；（精理名言，可銘座右。）然竟爲小人所困者，亦非君子以其自信之不堅也。孟子曰：「聖人，吾不得而見之矣。」（直貫通章，仍非倒挈。）稠人中有君子，則相與異之。究之君子何嘗立異也？人必心存乎仁，而後所爲不私；心存乎禮，而後所行不滯。蓋兢兢焉求盡人道，實未嘗稍遠乎人情，何也？愛人敬人，（重關疊鎖。）固君子所以異於人；人恒愛，人恒敬，亦人之所以異於禽獸也。如是遂無横逆之至乎？曰：「有之。」其三自反，（併叙法。）奈何君子以聖人自責，以衆人望人，不忍以禽獸待人。此物之至，或者不仁無禮使然。即不然，猶恐其不忠，忠不在仁禮外也。即仁禮之發已自盡者，所謂無忠不能恕也。過此非君子所知，而亦非君子所校，獨是不待存之，而無不存者，（提筆鄭重。）千古惟舜而已。以君子下視流輩，則誠異矣。及觀舜之法天下，傳後世，然後知仁禮之藴，窮焉而益精，亦踐焉而彌篤，竭吾終身之力，能至於舜乎？未也。如是則深可憂，亦如是則別無患。蓋君子蘄至於聖人，即惟恐自儕於鄉人，而無暇角勝於妄人。（包裹完密。）若夫一朝之患，其未至也不勝防，其既至也不必悔，仁禮本不爲禽獸設也。（懸崖撒手。）然則兢業之至意，與浩蕩之天懷，固並行而不悖哉！

以堅瘦之筆，馭汗漫之題，文格於大力爲近。

齊人有一妻一妾　一章（六首録一）

因瞷成羞，齊婦之選事也。夫齊婦之智不如妾，而尤不如富貴之妻妾。瞷則羞矣，於齊人何尤？且天下稱心快意之事，惟不求甚解者爲最樂耳。（滿腔情懣，借端一吐。）使必一一深究其由來，即簞豆之微，且或不堪寓目焉。然後知處華膴而宴然自得者，固別有藏身之地也已。固哉，齊人之妻也！（所謂得福不知享也。）終日處室，不失爲常人婦。良人饜足後，反告以富貴之與，則良人固從顯者遊矣，而已亦幾近於顯者婦。且良人日出東郭，乞食墦間，而其出也，不聞爲斗酒之謀；其反也，不聞有割肉之遺。安知非重視其妻，而不敢以行乞之情告也？乃問之不已，繼之以瞷，備得其情，且牽率其素不與謀之妾，（消納妾一面，别見匠心。）而訕且泣。噫！齊人之乞，直至今日始知耶？且夫良人者，所仰望而終身者也。置同藏之情，爲逆詐之計，是待夫以不肖也；（深文周内，總緣齊婦多事，致遭此種種責備。）違擁蔽之戒，甘行露之勞，是又處己以非禮也。卒之且己則疑矣，而必一告其妾，再告其妾，是己實輕其良人，而并使妾慢其良人也。齊人自外來，驕如故，陽爲弗知也者。若曰汝輩真乞人婦耳，奚堪作顯者婦？（趁勢喝起下節。）雖然，顯者之婦，其初未嘗不羞且泣也。昔者蘇季困歸，妻不下機。及其發篋揣摩，抵掌華屋，則不聞施而從之意，曰：「吾第欲其富貴耳，其所以求之者，吾弗問也。」（此是命婦妙訣，閨中當奉爲枕秘。）一慚之不忍，而終身慚乎？且人情未顯之前有妻，既顯之後往往有妾，妻則心知之而不必言，（通篇側重齊婦，却處處不脱「妾」字。）妾則善防之而并不必使知，以彼終日在可羞可泣之中，而卒偃然稱富貴之室者，匪獨其良人賢，其室人亦解事哉？設必目擊其事，其不羞也而不相泣者，幾希矣。由君子觀之，齊人之乞，富貴利達之求，一也。彼則羞泣，此則不羞泣，瞷不瞷之分也。然遍國中類齊人者，何可勝數！齊婦多此一瞷，卒以中庭之泣，爲終身羞，亦無事自擾矣。語云：「察見淵魚者不祥。」伉儷之際且然，而况宗族交遊之地乎？（無限感慨。）

窺見隱微，涉世當以爲戒，顧以責諸同藏無間者耶？是作歸獄齊婦，似深文，實痛言也。

萬章問曰詩云娶妻如之何　一章

虞帝以父母爲心，隨變而悉當也。夫爲父母而娶妻，則不告所以盡倫。爲父母而喜弟，則信象正以信道，孟子故爲章曲喻之。昔萬章問舜，孟子定以終身慕父母，其於妻帝二女，亦牽連及之，獨於象未之及焉。竊疑舜之得妻，既躬爲其變而近於擅；舜之處弟，又躬逢其變而近於愚。是非折衷於孟子不可。今夫有夫婦，然後有父子，（豎義堅卓。）娶妻正所以爲父母也。而舜之父母異矣，於田號泣，其窮誰爲致之？（借上章支對，不覺添設。）竊其意，若專求象之有後，而必不欲舜之有後者。（互筆天成。）設援蓺麻析薪之例，（用本詩支對。）而以詩人之義推之，則不告而娶。舜其何以自解？而不必解也。告則不得娶，舜固知之也。（補此層是亦知之根，恰好與對比支對。）知之而必瑣瑣瀆陳，致終予父母以懟，則將形父母之不慈，而適成子之不孝。「男女居室，人之大倫」，曾是察倫之舜而爲是乎？且事有連類而及者，舜固知告之不得娶，而帝亦知告之不得娶。當日事舜畎畝，（借上章支對。）直孤行一意而不搖，是堯本自適其經，即舜政不嫌出於權也，何疑於躬爲其變也哉？今夫宜兄弟，然後順父母，（强對。）愛兄亦所以爲父母也。而舜之父母異矣，完廩浚井，其謨誰爲畫之？竊其意，但可分據舜宫所有，而並不顧舜之有妻者。（消第三節，簡而雅，并借作互筆。）及見其鬱陶忸怩之狀，而以臣庶之命託之，則喜出於僞。舜其何以自明？而不難明也。象之將殺己，舜奚而不知也？知之而必斷斷深究，以盡没乎象之憂，則將堅執父母之不慈，而並不許弟之改過。（斡筆義藴完密。）「君子可欺以其方，難罔以非其道」，曾是達道之舜而爲是乎？且事有不類而類者，（融第四節，亦輕便。）舜非不知象之殺己，而子産實不知校人之烹魚。當日始圉少洋，直信爲得所而稱快，是子産且無傷於智，在舜尤不忍不爲其愚也，何疑於躬逢其變也哉？不謂章猶未達，至以舜之放象爲疑也。

以題之層次，爲文之波瀾，恰得第二、三節兩「知」字作通篇關鍵。至其裁繁就簡，銖兩悉稱，令讀者疑爲天造地設，幾不知良工心苦，非神明於法者，烏能辨此？

是爲父不得而子也

古語之難通者，引《書》言以明其義焉。夫父無不可得於子，而獨不能以不善及其子。瞍之見化於舜，孟子故引以爲蒙解歟？從來稱子之賢曰肖子，（發端雋妙。）此從其父之賢而及之也。有反乎是者，則不宜於肖，而正宜於不相肖，乃不惟不相肖而已。翻使父之異趣者，轉而求肖焉，論者遂屈其常尊之分，而從乎俯就之途矣。《書》言舜見瞽瞍，而瞍亦允若如是，是其謹恪自將，祇盡乎分之所當行，而非於其中存比較之見。乃其父之相形見絀者，（先坐實瞍之見化於舜。）忽自慚其面目之非，則孤立之勢在是矣。是其積誠相感，衹冀夫機之有可轉，而非於其中參角勝之私。乃其父之相觀爲摩者，并自忘乎芝蘭之入，則變化之妙在是矣。如子所謂父不得而子者，（千里來龍，至此結穴。）吾向求其説而不得也，乃今悟之矣。以父之加於子者而論，或加焉而以受之爲孝，或加焉而以逃之爲孝，此小杖、大杖之説也。（律文有處死子孫之禁。）夫以不善及其子，豈止於大杖乎？尋繹《書》言，而知摧折其身者，父得而强加之；陷溺其心者，父不得而强加之。則雖以浚井謨蓋之危，而有時陰行其巧避，至以父之力而加焉忽阻，則子之旁稽古諺者，正未可謂立説之無因也。以父之令於子者而論，或令焉而以從之爲孝，或令焉而以違之爲孝，此治命、亂命之説也。（律文有從逆緣坐之條。）夫以不善及其子，豈止於亂命乎？詳味《書》言，而知服勞不怨者，父得而惟吾令；從惡如崩者，父不得而惟吾令。則雖以竭力耕田之順，而有時竟出於背馳，至以父之勢而令焉不行，則子之追述舊聞者，亦烏可謂陳辭之過當也？是故高肥遁之節，臣或可以遠乎君；（借「君臣」句作開，亦爲題補漏法。）窮孤孽之遭，子終不能外乎父。惟姱修克矢，則聽有志之自爲焉。置是弗論，而謂何如乃父固應有異，我請竟回勝母之車。值時代之更，君有不能得於臣之日；極家庭之變，父無不能得於子之時。惟懿德獨完，則固當仁之不讓焉。反是不思，（反掉作結，字外出力，中藏稜。）而謂父之生子亦有何恩，我直決爲空桑之裔。子無囿於齊東之見也可。

題句苦難説圓。有大杖、亂命二襯，則不能以不善及其子，方能曲暢其義。出落處仍參活筆，尤合章旨。

吾聞其以堯舜之道要湯未聞以割烹也

充元聖要主之説，而所以要之者異矣。夫堯舜之道，尹豈真以要湯者？孟子爲章述所聞，即曰要之，亦異乎割烹之説耳。若曰：昔公孫丑論伊尹，而以放桐爲疑，此彰在史册，尚未至如子割烹之説也。夫放者，尹之所有，（落想奇絶。）吾猶爲原心而深慮之；要者，尹之所無，吾何忍隨俗而厚誣之？特非借言而反，則無以窺古人真際所存，而吾子之惑亦不解。吾既歷舉伊尹之行事，而歸於聖人之潔身，今而後可以理子要湯之説矣。（領題得解。）蓋要之心必不可有。攀躋無路，而務巧爲鈎致之圖，猶質神而責其要盟，（援據確。）入井而薄其要譽也，吾必據理以樹其防。若要之迹亦不必辭。遭際既奇，而若出以因緣之術，猶豈弟而歌其干禄，（比例確。）温良而謂其求聞也，吾且權詞以通其義。即曰要湯，亦惟以堯舜之道要之耳。割烹云乎哉？從來物之珍者，必坐擁而有市重之情，以湯之不貳不殖，豈復與外誘爲緣？而堯舜之道，則固翹企而庶幾一遇者也。尹也誦習有年，忽致興王之物色，將是道不啻善價之儲。（「道」字坐得實，「要」字方轉得圓。）夫既爲善價之儲，則以其待售目以求沽，所謂要者，亦何從深辨哉？若過此以往，（即拖起下句。）則有不容不辨者矣。從來氣之通者，每聞聲而有相思之慕，以湯之懋賞懋官，豈復容他途干進？而堯舜之道，則固同原而自然類應者也。尹也嘯歌自適，忽承厚禮之招延，將是道不啻紹介之合。夫既爲紹介之合，則因其來學指爲往教，（天然妙對。）所謂要者，亦何必苦争哉？若每下愈况，則有不容不争者矣。或謂分肉必均，隱寓宰天下之志。（再從割烹映發，通篇一色筆墨。）尹何辭託業之卑，孰知違道以就功名？非特爲湯所見疑，而先爲堯舜所不許。如子之説，則是殷紂肆殘罪，彰刳剔，且得以尹爲流毒之貽。或謂作羹致用，無殊調二氣之和。尹容示匠心之巧，孰知背道以希遇合？非特就湯之可鄙，而并有菲薄堯舜之可誅。佝子之説，則是易牙固寵味，别淄澠，且將以尹爲先路之導。（觀此知孟子爲後世慮至深，非徒爲伊尹辨也。）吾聞其以堯舜之道要湯，未聞以割烹也。

正義至上節已盡，此以語妙作餘波耳。運意雙關，自饒名警。

士之尊賢者也非王公之尊賢也

觀晉君之尊賢，而惜其未辨乎分也。夫士之尊賢，如晉平則已足，然豈所以概王公乎？孟子論友道，所爲推而至於極也。且時至今日，有士前之趨勢，罕有王前之禮士，不已嘆樂善忘勢之難哉？若究論乎友道之極，則所謂勢者，（縱横變化，如龍蛇捉不住。）本非據以自雄之具；所謂善者，亦非别成幽賞之奇。故夫高位而修布衣之節，其事雖遠於恒情，而仍未能充其量也。如晉平公之於亥唐，可謂尊賢矣，然弗與共天位，治天職，食天禄，吾乃今恍然於士與王公之别焉。友道非爲士絀，（兩項先用平列，方能折出「非」字。）而士所不能自致之事，即非能致於賢之事。第使寂寞荒凉，神明不褻，而所以尊之者已無餘。友道非爲王公苛，而王公所獨享之資，皆爲賢人所當共享之資。徒使周旋揖讓，儀節無虧，而所以尊之者殊未至。惜哉，平公之終於是也！「士之尊賢者也，非王公之尊賢也。」儒者爲貧而仕，官守所在而煩劇備經。故當塗博延攬之名，乃謂臣僕，自所不辭。（漢魏藩僚不樂外仕，楊椒山甘典史之貶，而不受山長之數，亦此意也。）獨至氣誼深孚，竟有未敢輕許者，如士之尊賢，豈不轉爲相重之方哉？不知天之命王公，既使離乎士以獨伸；王公之禮賢，斷無儕於士以自屈。準素位以相繩，而末世感憤之談，未足以平交誼已。畸人秉節獨高，（用嚴子陵事。）故人崛興而潛蹤不起。故九重下旁求之詔，乃謂起居，不妨與共。獨至相助爲理，終有不能代謀者，如士之尊賢，豈不成其遠蹈之操哉？不知天之優王公，既并畀以養賢之具；王公之待賢，自難同於爲士之時。明帝心之簡在，而史氏獨行之傳，未足以綜朋情已。如平公所爲，虛心請益，誠足泯夫驕倨之私。然使指王公爲士，而有所不甘，則己之處人，何獨異於人之處己乎？乃知友道之變動而不居，於彼見優，（緊跟章旨，逐節層遞，語勢皆然。）於此或反見絀。此吾人論世所當辨其等級者也。折節下交，或更託於忘形之好。然使以士效王公，而必疑其僭，則僅爲其易，庸大愈於强爲其難乎？乃知友道之彌綸而無間，降乎百乘之家，（此更貫徹首尾，恰好引起下節。）而可以自盡；即加乎大國之君，而非能獨遺。此又吾人窮理所必充其類例者也。

題衹激起下節，並非深詆平公。文反正開闔，曲折靈通，能與全章層遞語氣相副，異乎枝節爲之者。

萬章曰士之不託諸侯　二章

大賢以道自重，因明養賢招賢之道焉。夫託諸侯，冀其養；見諸侯，爲所招也。兩述子思之已事，士不當自重乎？昔孟子之學，受業子思之門人。（子思兩章並見，提出作主。）子思當日，抱道自高，亦嘗受惠於諸侯，而不爲所褻；亦嘗訂交於諸侯，而不爲所輕。此其事書缺有間，有賴孟子以傳其梗概者，則於其答萬章見之。章蓋見孟子之不託諸侯，（首章第一節。）借端爲問，抑知士之爲士，難與諸侯之失國比乎？而非謂不可賜，并不可餽也。（第二、第三節。）賜則尊卑有定，匪頒著爲常經；餽則有無相通，賙恤傳其雅誼。若是者，非孟子之私言也，子思嘗爲之矣。昔繆公以子思之賢，（第四節。）不惜分鼎肉之美，下逮窮檐，宜有當於養賢之義者。其究也，乃摽使而固辭，豈非賢者之禮貌宜隆，不當煩以亟拜耶？然則養賢當奈何？曰：「廩人繼粟，庖人繼肉。（第五節。）君命之將，毋庸屢焉。」夫以君子蕭然自高，方不欲以抱關擊柝效能，而又何堪與犬馬等視？（抽出此兩句，與對比支對。）其不敢比於諸侯者，禮在則然，而所以養之者，不容不優。彼畎畝之中，（第六節。）舉加上位，何弗取鑑於堯之養舜也哉？章又見孟子之不見諸侯也，（次章第一節。）更端爲問，抑知庶人之爲庶人，難與臣之傳贄比乎？而非謂不往見，并不往役也。（第二節。）役則誼關奉上，勞勩誠所不辭；見則迹涉趨炎，崖岸必當自立。若是者，非孟子之私言也，子思嘗爲之矣。昔繆公以子思之賢，（第四節。）不惜紆千乘之崇，締交寒畯，宜有當於招賢之義者。其究也，乃聞言而不悦，豈非賢者之挾持甚大，未易輕言相友耶？然則招賢當奈何？（第七節。）曰：「士以旂，（第六節。）大夫以旌。虞人之取，（第五節。）可類推焉。」夫以君子矯然自異，人競以多聞與賢見許而已，（第三節。）實以禮義爲歸。（第八節。）其不敢比於臣者，禮在則然，而所以招之者，不容不摯。彼君命既召，（第九節。）不俟駕行，何得藉口於孔子之當仕也哉？吾故曰：孟子之學，從子思出也。（應講首作結。）

首章六節七問七對，次章九節五問五對。文能挈清頭緒，支對整齊，與「季康子問弟子七章」題，並是天造地設文字。

君之於氓也固周之

士有自比於氓者，欲君之餽粟有名也。夫君之於氓，似非所以例士，而當其餽則固有周之義焉，士之受亦援此義耳。孟子曉萬章曰：從來君子患受恩多，非寡取以鳴廉也。我所處之位，無以逾於恒人，而徒挾處士之虚聲，以邀人逾格之惠，則自重彌以自輕。（名士汗下）反是以思欲受之者，有例之可援；先求予之者，有類之可比。（取「固」字婉曲。）蓋人安而我之心始安，此際正有權衡矣。子問受之何義，殆以餽粟可受，異於士之不託諸侯乎？抑知義也者，自士裁之，而實於君定之者也。（探驪得珠。）君之國雖大，未必長有寓公；（將上節伴説，是「固」字之根。）君之國雖小，不能一日無氓。從其少而近於僭，何如從其多而守以謙也？君不恤失國之君，世必詆爲寡情；君苟恤在境之氓，世已稱爲施惠。奢望焉而鄰於苛，何如平情焉而出以恕也？夫粟不獨士需也，（題字清出不苟。）氓所同也。餽則因士變名也，實即周之類也。不觀君之於氓也，固周之乎？從者後車所至，或疑於無事之素餐，誠知餽爲無定之名。則困乏在所當資，君於氓而概施之，（沈吟「固」字。）非於士而獨厚之，其起義也甚介。行贐聞戒所關，懼等於無處之貨取，誠知餽爲偶然之舉。則緩急人所時有，君於氓而猶及之，豈於士而轉遺之？其取義也又甚通。乘陽和之令，則慶惠必行；（正面亦有精采。）際鑾輅之巡，則補苴必及。義之係於君者然也。夫大賚是頒，世方幸善人之富矣，而原受餽之初意，壹似理之固然，（明點「固」字。）而例非爲我設也者。憐道殣之繁，則饘餬必給；迎遠人之至，則委積仍供。義之係於氓者然也。夫飢餓不出，君且興悔過之言矣，而綜受餽之歸趣，又似勢之固然，而誼非獨我蒙也者。蓋孤衷自守，雅不以口腹累人，而處世不遠人情，必擇一術焉。以爲藏身之固，（士之謙處，正是士之高處。眼光直注通章，自不至死於句下。）夏屋以隆每食，不猶泛舟以拯阻飢乎？雖異時之士，或可勸君以周氓；而今日之氓，轉若助君以周士。（粲花妙舌。）夫何歉焉？抑天爵自矜，方慮以上交致瀆，而持論不容過激，必存一説焉。予人爲善之資，適館而賦授餐，不猶開倉而誇發粟乎？雖君周士之心，自異於周氓之心；（愈逼愈緊，「固」字十分圓相。）而吾見餽之分，第準於見周之分。夫何溢焉？充類者，義之終，故諸侯之取亦爲盗；素位者，義之始，故四民之首亦稱氓。（直窮到底。）子可知受餽之義矣。

氓之見周，似主實賓；士之受餽，似賓實主。熟於大士《充類句》數藝，不必襲其句調，而義理自曲暢通旁。

且謂長者義乎

大賢窮外義之説，若以義屬長者焉。夫長者所在，可以行義，然不得以長者爲義也。孟子申長人之説，故先以是窮之，若曰：　子以義外爲説，是將欲歧而二之也。至申其説曰：　彼長，是更欲推而遠之也。特恐義與我猶有難解之緣，則不若移而屬之，而其情始快。（曲折取題，盤旋全在頂上，近代惟精東老人具此手段。）夫欲自暢其説，直謂義非我所屬，於心或有所不安，而窮其立説之弊，必至於此，盍先充其類以爲之極也？如長人之道，異於白人，則已足明義之非外矣。而如子之所謂義者，究不知於人何屬也。吾且懸揣而設言之，（急轉妙。）在吾之見，第欲別人於馬。夫必別人於馬，則所以操權衡之宰者，馬不得而知之，人亦不得而預之也，何必震而驚之曰「長者」？在子之見，必欲區彼於我。夫至區彼於我，則所以定裁制之宜者，先就我而堅辭之，即不得不執彼而强予之也，能弗指而目之曰「長者」？則直謂長者義乎？（直點妙。）授與受常相因，磬折徐言，必不加於孩提之輩。至耆艾之漸臻，而推崇之誼，（題句似乎無理，恰從有理處作開，方能自暢其說，非專恃虛機者比。）直可身任而不疑，此亦長者之準乎義以爲受者也。如子之説，則不俟其受之之時，而義已委而付之矣。俟之門而義存焉，（引典匪夷所思。）則亦長之居而義存焉，以是爲定分也與？施與報常相準，乞言憲典，非所望於少壯之流。至桑榆之垂及，而嫗煦之恩，不啻舉鄉而託庇，此亦長者之隨乎義以爲報者也。如子之説，則不待其報之之日，而義已劃而畀之矣。士之沃而義尚焉，則亦齒之長而義尚焉，以是爲確解也與？（定分確解，愈死愈活。）且子即外義，使執子而加以不義之名，子必勃然怒而無可怒也。彼長之説，已舉義全歸於長者，（痛快淋漓，告子有知，亦當失笑。）即子何從分其半也？謂義之冥頑不靈，果如是乎？子即外義，使舉世而群蹈於無義之行，子必訝然驚而不必驚也。彼長之説，且并義聽命於長者，在世何樂代其勞也？謂義之隔膜不親，竟如是乎？苟彼并奪義之名，則義外誠無異説；苟我得參義之數，則義外猶待徐商。且謂長者義乎？長之者義乎？

將「長者義」三字說死，一筆掉轉，使聞之者無從置喙，是謂小題能手。

以紂爲兄之子且以爲君而有微子啓

援商王以論性，先申爲君之説焉。夫紂之不善同於瞍，而其爲君等於堯，合兄子而參觀之，不妨即微子而先屬之。從來古人之文，有從其所重以爲例，而同類可以附見者，省文也。（**起講祇能就文法比擬，別無切題之法。**）通乎祀帝之義，而祭社可該；明乎不食之條，而沽酒並隸。執是以觀近人之論性，則慨陳其例，盍先偏舉其詞耶？堯爲君而有象，瞍爲父而有舜，既可徵性之善不善矣。夫删《書》斷自唐虞，由堯舜至於湯，猶曰若有恒性，得非善之爲名，專屬於君與？然《商書》終於《微子》，（**《微子》是《尚書》篇名，伏下無迹。**）當日咨嗟嘆息於其君者，非他人，固紂也。其與微子往返問答者，爲箕子，則以紂爲兄子者也。（**賴有箕子爲借根，否則「兄之子」句，竟成啞謎。**）爲兄之子，播棄黎老，致令爲諸父者，被髮佯狂，已失乎親親之誼矣。而況毒痡四海，即泛以君論，亦豈君道哉？然紂雖有播棄之罪，而不得謂非兄之子；即有毒痡之虐，而不得謂之非君。（**空中頓住。**）故言性者，復以紂起例。今使以紂爲君，（**重讀首句，跌出「且」字。**）而不復追論其爲兄之子，亦足徵並世之殊趨，然無以加乎？以堯爲君之説也，堯之分止乎君，爲之臣者特齊民； 紂之分不止乎君，爲之臣者皆天屬。 則請充極其致，曰以紂爲兄之子，且以爲君。 今使以紂爲兄之子，而不復遞論其爲君，（重讀次句，跌出「而」字。）亦足徵家門之異稟，然無以加乎？瞽瞍爲父之説也，論瞍之爲父，不妨深没乎舜之爲君； 專論紂爲兄子，不能遍晐乎紂之臣。 則請歧出其辭，曰以紂爲兄之子，且以爲君。而有微子啓。 微子，商王元子，以紂爲弟者也。（爲第一層，必須補出。）生微子時，其母尚微，及生紂，而後正位焉。 設無太史執簡之争，夫烏知微子不爲君，而與堯舜同爲君之善者乎？乃見紂無道，去存宗祀。 當日與箕子定議，箕子曰：「我罔爲臣僕，則固惓念兄子，而不忍奉他人爲君矣。」即我周封微子於宋，猶以客禮待之，是微子固不樂臣周，而不能不謂之臣。 紂有君若彼，有臣若此，（滴滴歸源。）善不善何相懸萬萬哉？性爲之也。 若夫持論之旨，舉一可概其餘。 以紂之爲君而論，舉微子不及微仲； 則以紂爲兄之子且以爲君而論，舉王子比干，亦何必定及箕子哉？（請了他來，仍須打發他去。）

《中庸》「譬如天地之無不持載」，論者以爲難題。 歷觀前人名作，大率於單句之中寓全偏法耳。 惟此處即出至王子比干，於微子一面尚費補幹，再經割截，則「爲兄之子」四字更無置身之處。 文坐實箕子，以紂爲兄子，是算家借根法。 余友陳琴齋廣文云：「子書中稱説古人，舛謬處甚多，孟子亦子也。」作此題者，小講從公都子口中略舉一二爲例，講下入或人口氣，直以微子爲比干同輩，至篇末仍作公都子語結明，則將錯就錯，較易成文。近檢姚惜抱集，竟據《孟子》以駁《史記》，則前人固有言之者矣。（自記）

精心結撰，巧奪天工。

任人有問屋廬子曰　一章

大賢申禮重之説，兩形之而自見也。夫食色與禮，各有輕重，然並舉其重，而禮尤重矣，孟子之折任人以此。且自老氏之學，有曰：「禮者，忠信之薄而亂之本。」孟子時，告子一流，遂以「食色性也」爲説。嗟乎！人欲熾而天理微，人人思倒置焉以求勝，而孰知有不能勝者存，何則？先王之世，禮教修明，承其風者，相尚以周詳之數。當是時，黍稷登而曾孫喜，桃夭賦而之子歸。是禮存，無害於得食，無害於得妻也。叔季之世，禮法積弛，沿其波者，徒高夫脱略之名。當是時，澤鴻嘆而饑饉臻，谷蓷傷而仳離作。是禮廢，無救於不得食，無救於不得妻也。（點次簡括。）彼任人者，明知禮之爲重，而徒執禮食親迎一端，與屋廬子苦相詰難，是何異升寸木於岑樓，而衡鈎金於輿羽哉？今夫食色之重人之情也，（軒然大波起。）此不能以迂談折也。禮之尤重，天之經也，此無待以曲説解也。故以食色之重，與禮之輕者較，（從七節倒挽三節，作大開。）則不禮食者多矣，飢而死者不概見；不親迎者多矣，不得妻者不概見。乾餱愆而怨曠作，雖神聖亦不能恃區區之法，以遍樹其防。知務而寬齒决，採風而録俟堂，夫固不廢原情之論。乃以食色之重，與禮之重者較，則甘食者多矣，紾兄臂者不概見；悦色者多矣，（從七節順落末節，作大合。）摟處子者不概見。名分係而風化維，雖庸愚亦不敢挾求逞之思，以顯爲其敵。采薇抗節於同懷，朝雉甘心於獨處，安在能大潰名教之閑哉？獨惜屋廬子明識其非，而茫然不知置答，致多此之鄒之一行。（補點密。）然自孟子之言傳，而禮重遂爲定論矣。

題緒苦繁，文括以短幅，而波瀾横溢，令人挹之無竭，惟才餘於題者能之。

曹交問曰　一章（三首録一）

大賢以弟道示時人，必因其失而教之也。夫交爲曹君之弟，必有未盡乎弟者。教以徐行，而促其歸求，豈無意哉？從來親一而已，而長之名則有二。（發端便新穎。）有天屬之長，若弟之從兄是也；有人合之長，若弟子之從師是也。然師無當於五服，五服弗得弗親，未有求人合之長，而轉遺其天屬之長者，此其説得諸孟子之詔曹交。昔者孟子居鄒，曹交來謁，何以知爲曹君之弟？（入手先揭清作意。）以其得見鄒君決之也。何以知其未盡乎弟道？以孟子之置孝言弟決之也。嘗觀戰國之時，（軒然大波起。）列國多貴介弟。齊有孟嘗，趙有平原，魏有信陵，孟子皆弗與通。即如滕更在門，禮而弗答；季任幣交，受而不報。豈非挾貴者不足以求道與？彼曹交者，習聞孟子言稱堯舜，又言由堯舜至湯，由湯至文王，遂侈然以堯舜爲問，又衡量於十尺、九尺之間。噫！此食粟之流耳，烏足以言道？然終不忍使之自外於道。（筆力矯健。）夫道一而已矣，堯舜，人倫之至，豈有加於孝弟者？交爲君弟，或不逮事其親，則請置孝而言弟，（筆如分水犀。）亦無不可舉弟以賅孝。歷觀《内則》、《少儀》所載，毋異服，毋傀言，毋琦行。諸侯之子，與士大夫同，而至淺者，莫如徐行一節。今交負其九尺四寸之軀，（妙證即在白文，非深文周内也。）與孟子言，粗率無緒，其不能循循於内行可知，惜無以事長之禮導之者也。改疾行爲徐行，以視强不勝匹雛者，（趁勢消納。）使舉百鈞，孰難孰易？然且遵之則爲堯，而違之即爲桀，則甚矣，道之易知而亦易爲也。於是曹交欣然喜，瞿然興，而以假館之説進。夫受業於門，則固以孟子爲長者矣，其亦知家之有長者乎？古有遊學既成，歸而名其母者，充曹交之念，亦何所不至耶？爲之言道若大路，而病在不求，冀移其折節於師者，以歸事其兄。（將末節亦打入「徐行」甲裏。）孟子之言，殆有善處人骨肉之間，而不徒示門墻之峻者。嗟乎！取法不嫌過高，而材力終有所限，天下無力人多矣，罕聞轉爲烏獲者。自今以往，交其由徐行，而次第推之，或者遠追其國之子臧，（亦自不易。）而免致與叔段、成師等誚母，遽希堯舜也。

玩注「曹君之弟」，則徐行、疾行之説必因其失而教之，讀者勿詫其落想之奇，而忘其持論之確。

魯欲使慎子爲將軍　三章

治道不外乎仁，難與多欲者言也。夫慎子志在彊戰，固與求富者同爲不法堯舜也。然豈必如白圭之輕賦，而後爲道哉？昔孟子歷説諸侯王，而治道必法堯舜，夫亦曰仁而已矣。仁則不屑屑於富彊，未可以既事君而不顧民，亦烏可以未事君而不顧國？（後世論治，不出此兩弊。）今夫欲爲君，盡君道，由堯舜而傳至周公，即太公亦在見知之列，（是三章總綱，恰好爲首章緣起。）所謂「天不變，道亦不變」也。魯爲齊弱，久非始封之舊矣。迄於戰國，魯地五百里，而齊且倍之。乃謂恃慎子之力，一戰決勝，遂取南陽，果操何道哉？曰是特魯之欲耳。欲生於不足，（主句。）不知天子不千里則不足，諸侯不百里則不足，否則地非不足，儉於百里。若忘思損彼益此，至殺人以求之，是則殃民已矣，滑釐烏足以識此？君子之事君也，（牽搭入妙。）其異於今之事君者何？務引於當道也。道者何？志於仁也。君不仁而富彊之是求，於是朝陳聚斂之謀，暮進窮兵之策，曰我能是。我能是，壹似別有所謂今之道者，無論術之未必效也。就令徒取諸彼以與此，（抽出并點。）且與之天下，其能恃此良臣以保民否乎？夫不法堯舜，遂至下儕於桀，誠不可不思變計也。於是白圭以二十取一之説進，（前連此斷，法變。）迹其人棄我取，居積致富，殆駔儈之流乎？陶之多寡，彼識之，若敦人倫，崇君子之中國，異乎五穀不生之貉，彼固未之識也。彼挾一道以冀便其欲，則且即器之不足，（魯欲吾欲，人各有私，其不可行則一也。）以例城郭、宫室、諸務之不足，惟貉則足，故曰貉道。堯舜之道，未嘗於既足者而强爲之益，（手寫末章，而與首章義理相通。）亦何嘗於不足者而强爲之損哉？然白圭亦幸而不事君耳，其不得事君而爲輕賦之説者，（白圭後相中山，然此章自是未仕時語。）必其一旦事君而爲重賦之説者也。何也？欲爲之也，是爲不善變矣。

得隆、萬人移换之法，絶不添設，而議論自行乎其中。欲生於不足，尤爲片言居要。

魯欲使慎子爲將軍　三章（其二）

大賢道宗古帝，富彊所必斥也。夫慎子彊戰，則非道而賊民，然豈可懲求富而用白圭之道哉？且生乎今之世，反古之道，孔子所譏也；生乎今之世，由今之道，孟子所斥也。（抽出次章，末節以爲起結。）今有異於古，不容不以道正之；今有未嘗異於古，不容以似道非道矯之。蓋孟子世非堯舜之世，（提筆貫首尾。）而道則堯舜之道。堯舜之道遠於齊，而尚存於魯，所謂「齊一變至於魯，魯一變至於道」也。何慎子爲將軍，妄思取南陽於一戰乎？（首章九節，末章七節，此比移换得宜，對比便不費力。）以彼得君而事，而求快其欲，不顧殃之及乎民，瘠齊肥魯，由未得有德之君子繩耳。且夫王者之制地，不千里不足以待諸侯，不百里不足以守宗廟之典籍。滑釐詫爲不識，抑知徒取且不爲，況殺人以求之乎？爲溯夫周公、太公之封，而後知道之儉於百里者，不可損而亦不可益也。獨是圖彊者必求富，辟土地，充府庫，今之良臣不一端，而總謂之富桀；且恃富者益逞彊，約與國，戰必克，今之良臣不一端，而總謂之輔桀。（此比之末，恰好接末比之首。）堯舜之道壞於桀，而亦不行於貉，所謂「用夏變夷，未聞變於夷」也。何白圭論二十取一，不殊置一陶於萬室乎？以彼未得君而事，而私便其欲，不顧用之缺乎國，（白圭不事君，堯舜什一，皆題中應補之義，不同添設。）出桀入貉，由未爲有位之君子地耳。且夫中國之人倫，不能無城郭、宮室、宗廟、祭祀之禮，無諸侯幣帛饔飧，無百官有司。圭知其不可，抑知陶寡且不可，況無君子乎？爲懲夫小貉、小桀之弊，而後知道之定於什一者，不可輕而亦不可重也。不仁而專圖兼并，（結醒「仁」字，絶大言論。）則再傳必亡；不仁而崇尚異端，或及身不保。雖與之天下，不能一朝居也。

課卷頗多佳製，獨作蝴蝶格者，尚未精於裁對之法，擬此補之。（自記）

畫沙印泥之迹，五雀五燕之衡，非淺學所能夢見。

欲輕之於堯舜之道者　一節

道有違乎古帝者，畸輕與畸重一也。夫堯舜之道，什一而已，圭欲輕之，抑知貉之與桀，弊正相同耶？若謂在昔諸侯有小水，吾子築隄障之，乃曰：「丹之治水也愈於禹。」夫禹爲千古治水之祖，而子思勝之，則凡古人行事之造極者，宜無不可以求勝，究之無以相勝者。蓋以事理有至當，駕古人而務越之，無異取古人而大反之也。陶以寡，且不可行，奈何二十取一哉？今夫什一而税，其制詳於三代，（提筆有相，補出三代尤密。）而其道始於堯舜。堯舜知垂裳御治以還，庶務方殷，必不能下堂而效並耕之力，而又恐取資無節，致總秸坐困於輸將。其絜矩以爲衡者，誠慮夫輕之難爲上，亦重之難爲下也。堯舜知濬澮距川而後，土宜既闢，并不能履畝而市舍復之恩，而又恐縱欲以求，致耕鑿或形其咨怨。其平情以定制者，誠欲使輕之無可減，亦重之無可加也。如是則安得有輕之説哉？而如子所云二十取一，豈以吾言君不鄉道，不志於仁，而求富之謂之富桀？（題中「桀」字不能於入手逆提，又未便於後路帶出，此處趁勢安根，具徵良工心苦。）憂時如戴盈之輩，方太息於什一之未能，而以子説矯之，庶幾收人心而使之一快哉！噫！是終無以易吾貉道之説也。持已甚之論，以蘇彫瘵之氓，其立意不爲不厚。乃欲舉中國之尚往來、重交際者，掃除務盡，而安於無爲，是由余之從戎俗也。夫窮荒自闢，貉自有因土之宜矣，何貉導其源而子轉沿其委也耶？創非常之原，以救横征之禍，其設想不爲不奇。乃欲使中國之辨文章、别等威者，决裂無存，而未由取給，是衛侯之效夷言也。夫異禀難齊，貉自有彼疆之索矣，何貉興於前而子復承於後也耶？然則爲輕之議，意欲以愧重者之心，而不知議先未平也。（苦心爲分明。）貉之小者，第稍勝於殊方之俗；桀之小者，僅未減於衆惡之歸。是以君子觀理貴得中，而有厥罪維均之戒。然則窮輕之弊，或足以執重者之口，而不知弊正未艾也。由小貉而大貉，直可决百年之爲戒；（究極言之，恰好補點兩「大」字。）由小桀而大桀，亦可卜時日之曷喪。是以君子鑒事不師古，而有其來者漸之憂。孟子告白圭如此，惜乎盈之請輕之舉，（應中段。）姑俟來年。白圭後相中山，亦未聞舉行輕賦之政。一偏之見，竟何益哉？是以孟子言必稱堯舜。（結筆老横。）

本意折白圭欲輕之議，却補出欲重一層，是孟子立言無滲漏處。此作平還側注，運法甚精，讀之但覺風格老成，幾忘其經營慘澹也。

士止於千里之外則讒諂面諛之人至矣

設言士去之效，其繼至者可慮焉。夫士與讒諂面諛之人，不並存也。訑訑距人，則止者止，而至者至矣。人可不好善哉？且難進易退者，善人也。而古人於善人之去，每不勝咨嗟款留之意。何哉？蓋善人之潛制不善人者，本有勢不兩立之防，（全從「則」字咬出汁漿。）不善人之陰伺善人者，恒作萬有一然之幸。至善人真不能留，而群不善遂乘時而得志，然後嘆陽消陰長，其機甚可畏也。不好善者，訑訑聲色，距人千里之外，彼豈能距當距之人哉？其所距者必士也。（「士」字兼兩層説。）士有爲既仕之人言者。犯顔諫諍之概，既難取信於朝廷，則放逐餘生，不能不退修乎初服。千里之外，固知止之區也。以彼虛抱善心，衆人皆醉我獨醒，衆人皆濁我獨清，未始不憔悴行吟，（汲黯之棄淮南。）以冀微文之寤主，而其勢固已孤矣。士有爲未仕之人言者。上書流涕之情，既已深干乎時忌，則韜藏高價，不能不自屏於寬閒。千里之外，又艮止之境也。以彼常伸善氣，入山惟恐不深，入林惟恐不密，未始不堅持素守，（魯兩生是也。）供他日之待清，而其鋒固已挫矣。則讒諂面諛之人至矣。（脱穎而出。）敗法亂常之政，其躍躍以思逞者，不知幾時而正論尚持於朝，彼猶有所憚而不敢發也。（新進變法，大率在老成謝事之時。）今則何所憚乎？前之人憂勤獻策，本爲作計之迂，於是試以細娛，俾知欲之無不可縱；導以峻法，俾知禁之無不可行。此固不好善者所奉爲奇材，而前席恐後者也，况乎屈體以投也？寡廉鮮耻之端，其瑣瑣以干榮者，不知幾輩而清議未淆於野，彼猶有所忌而不敢前也。（所謂善人，國家之元氣也。）今則何所忌乎？前之人耿介褆躬，更屬迕時之矯，而於是進之曲説，可以蓋其深悔之非；奉之高名，可以發其未萌之惡。此又不好善者所引爲密契，而禱祀相求者也，况乎呈身以赴也？蓋止者之遲，恒不及至者之速，乘其機而立應，史所以紀鄭詹之來；（設色名貴。）止者之少，更不若至者之多，呼其類以同升，《詩》所以興皇父之刺。與若人居，國可治乎？而謂人可不好善乎？

陽消陰長，理勢必然，非胸羅全史，不能言之慨切如此。

其下朝不食　一節

所就僅爲飢餓計，而君子窮矣。夫果能行道從言，豈爲其下？然以使餓爲耻，受之固有名矣，士何深望於君哉？昔夷、齊耻食周粟，去隱於首陽山，遂餓而死，士節抗千古焉。抑知士以更姓爲耻，而君不忍故强之，此固君之變境也；（議論奇闢。）君以失士爲耻，而士不忍過拂之，此又士之變計也。不然，將行其言，不行則去，（承上跌出題首二字，有一落千丈之勢。）至徒争禮貌，以爲去就，已出於其次矣，遑論其下哉？而特以先王養士之制，既已漸即於衰微，士復挾其落落難合之情，其勢可以無不至。「朝不食，夕不食，飢餓不能出門户」，不敢謂無是境也。爲之君者，撫有土地，求所謂君子者，曾不得一二數。乃寵賚頒於佞幸，餧飼及於狗馬，而君子竟以飢餓聞，非君使之而何？斯時也，苟任其槁項黄馘而不爲之所，誠無解於殺士之名。然即令責躬引咎，而僅出於周，（此處盡情抹倒，中幅轉身倍有力。）亦豈有當於好賢之實？蓋以君之當務其大也。士既抱道自高，即其表著於言者，皆爲啓沃朕心之助。故既行其道，又能從其言，而禮貌之隆，且不敢自恃焉。（補此層密。）懸夐絶之境以相衡，覺反躬之大謬不然者，怦怦乎耻心之忽觸，此亦庸主一隙之明，所不容自掩者也。（大風捲水，林木爲摧。）乃以士之空懷乎大也。世既與道相左，即其流露於言者，皆有褎如充耳之形。蓋至不行其道，又不能從其言，而禮貌之衰，竝不暇苛責焉。援無告之民以自處，（袁安之僵卧，陶潛之乞食。）覺移時之猶賢乎已者，隱隱乎耻念之相孚，此亦寒士無聊之會，所不嫌降心者也。然則君子聞此悔過之言，其將何以處之哉？既異出亡之重耳，而盍使知之，（極哀颯，題寫得如此悲壯。）以死誰懟，本無煩引咎於他年；并殊爲食之黔敖，而其嗟可去，其謝可食，更無待徘徊於轉念。蓋其身已處瀕死之勢，而周我飢餓者，亦非必不可就之人。夫何爲不受？然抑思君子所望於君者何事，而徒爲是餔啜乎哉？其受之也，不可謂非就也。至曰免死而已，則亦不久而旋去也，（仍歸到去，用顧亭林説。）故曰所去三。

「賢者辟世」章，朱子以爲「非有優劣，遇不同耳」，此章亦然。然至此節，亦真可慨矣。文情激越，直欲擊碎唾壺。

五畝之宅　一節（養老章）

養老自家始，設言至足之境焉。夫老者亦八口中人也，帛資於蠶，肉資於雞彘，而餘資於耕養，豈外於家乎？孟子意謂昔庠以養老爲義，而深衣、元衣隆其制，（一講渾寫大意，而題之層折俱到。）執醬執酳備其文。古先王尊禮耆宿，誠有迥絶乎恒人者矣。不知敬老於國，則風聲所樹，必示異於國之中；娱老於家，則日用所需，初不出於家之外。夫安得生植茂，孳乳蕃，含餔鼓腹，成豐餘之一境耶？吾因伯夷、太公之歸，而計及天下有善養老，則是仁人所歸，不必定俟文王矣。（推開説，至結尾遥應。）雖然，猶有慮。蓋自《豳風》《月令》之政弛，氣化所滋，菁華日竭，老之自託於家者，先無以爲取給之資；（提比帶定「家」字，是一節題作法。）抑且耰鋤箕帚之釁生，囂凌所積，風俗日醨，家之泛視乎老者，亦未必有加隆之誼。抑知天下不善養老，天下斷無無宅之家，即如五畝之外有墻，墻之下有桑，栽種之地無多也。而占戴鵀之候，毓天駟之精，匹婦蠶之，其獲利於桑者，不可勝數矣。夫合天下之老者，爲之求純緜，謀挾纊，必仰賴於内府之儲。（拓一筆，駸駸乎有走下之勢，而收筆恰好勒題。）其爲養也良難，孰知足以衣帛者，即在此遠揚之翦伐也？天下不善養老，天下并少無雞、無彘之家，即如母雞必五，母彘必二，餧飼之費無多也。而賡伏雌之歌，占豶牙之吉，無失其時，其推衍於母者，不可勝計矣。夫合天下之老者，爲之備貳膳，設常珍，必上撤乎大官之饌。其爲養也良難，孰知足以無失肉者，即在此塒苙之滋生也？若夫貢助並行，本三代之常法，通五畝於百畝，在受田則爲經界最先之務，（此處多著筆墨，轉似趨重末段，文用減筆，歸重養老極是。）在養老則爲孝弟並舉之科；耘耔爲業，乃丁壯之本圖，屬匹婦於匹夫，在一家則爲同心作苦之人，在自養則從退就等夷之列。蓋至八口之家，可以無饑。其不敢比於老者之食，可知也；即不敢比於老者之衣，可知也；并求足於老者之衣食，更可知也。回思所謂西伯善養老者，豈有異術哉？（一路泛説，至此方好落下。）亦就是數者，制之教之，導之使養而已，疇謂文王不能法歟？

大注：「此文王之政也。」朱子注書應爾，若行文則有語氣，下文直接西伯，此處豈容預占？須知上文「天下有善養老」句已推開此節，祇是懸擬至足之境，直至「制其田里」云云，方是文王經畫也。又「百畝之田」四句，固不可視若贅疣，亦未便喧賓奪主。謀篇之法頗難，但從岐周映發，以求別於齊梁二章，所謂祇知其一耳。（自記）

題義至實，題位尚虚，祇就「足以可以」字曲折用意恰合，引起下節語氣，而謀篇製局，亦極慘淡經營之致。

子莫執中

時人有以自信者，亦執異端之中而已。夫子莫既不歸楊墨，則必有別成其是者。就二者以求中，不自謂有所執乎？且自堯舜授受，始標允執厥中之指。（莊論壓題，已爲「權」字立根。）厥後禹、湯、文、武，以迄孔子，千五百年，心法相傳，迄無有變其説者。孔子既没，曾不百年，不但學術日出於歧，并執中之名，亦爲無識者所竊據，斯亦古今之變局已。拔一毛而不爲，楊子之失中也；摩頂放踵而可爲，墨子之失中也。二者交譏，莫能相勝，而子莫遂蹶然起矣。以彼生際末流，（空中摹擬，恰合子莫身分。）久不被先王涵濡之澤，惟見楊墨之傾倒一時者，相與周旋，不欲自輸其氣，遂别成一格，以成鼎立之形；以彼躬居宗國，似微聞師儒誦習之傳，迨見楊墨之號召徒黨者，竊窺流弊，而覺不慊於懷，遂用其師心，以爲萬全之策。所執維何？楊墨之中也。有爲有守，而苦難協於極也，則有旨託乎中者。嘗見居心謹愿，易馳鄉曲之名，而秘匿難窺，令人羡爲不狂而不狷，（《集注》「鄉愿不狂不狷，有似乎中道而實非也」，以對「不夷不惠」，恰好。）斯亦竊似之良謀矣。不知狂狷之行真，並矯焉而藏身難固；楊墨之言僞，曲避焉而託足甚寬。如子莫者，定獨尊而掃異説，固實有執持也，夫奚煩冒託與？毗陰毗陽，而未必通乎時也，則有調停乎中者。嘗見處世圓通，不務標榜之目，而游移兩可，令人指爲不惠而不夷，斯又逃虚之勝算矣。不知夷惠之詣精，兩離焉仍致兩傷；（夷之清而不念舊惡，惠之和而不易共介。）楊墨之術粗，交讓焉必無交弊。如子莫者，挾成見以塞歧趨，固明有執守也，又奚待調停與？自其處己者言之，楊子尊己，墨子卑己，非中也，不得已而居間焉，以爲吾無以執其樞，而退者進，兼人者退，（「無權」意從子莫意中看出，自不犯手。）何堪此紛紛乎？懲乎楊之尊而稍俯之，亦懲乎墨之卑而稍仰之，如室之成，不復可移，以是爲子莫之位置而已。自其用情者言之，楊子不及情，墨子過情，非中也，不得已而參半焉，以爲吾無以執其宰，而恩掩義，義掩恩，不徒爲擾擾乎？鑒乎楊之不及而臆增之，即鑒乎墨之過而臆減之，如器之容，不復可易，以是爲子莫之分數而已。此其孤詣獨營，似可苦衷之相諒；即使旁推爲用，亦當流毒之較輕。惜近之而究無權，所爲與虞廷執中之旨異也。（應講作結。）

語意稍揚則侵「近之」，稍抑則侵「無權」，幾於無可發揮。善於運思運筆，不覺題位之窄。

公孫丑曰詩曰不素餐兮　二章

觀大賢所務之大，而知時人所見之淺也。夫人可不爲士，未有士可耕及爲他事者。彼丑與墊，未知君子所益之大，所操之大耳。聞之：士少則天下治。（袁簡齋語，恰好爲本題緣起。）惟其少也，故所詣既精，足以沾溉乎天下。而天下之人，亦各出其力以養之而無難，此三代造士之至意也。時至戰國，可謂多士矣。（可嘆。）遊説之徒，既挾策以干七國之主，而其國豪奢之族，又各有食客數千人。採其説，可以使其君得安，得富，得尊榮。而極其弊，至於不孝、不悌、不忠、不信，而要歸於不仁、不義。彼既不耕，（大處落墨。）何從得食？則不得不取給於農，而士遂爲當世所詬病。公孫丑，齊人也，亦聞管子之法乎？使士就閒曠，使農就田野，士有所就，則尚不至如今日之多也，（此春秋、戰國之别。）然而亦非先王之法也。先王之法，（用《日知録》説。）士之雋異者，既貢而登諸朝矣；其不帥教者，又有移郊移遂之制。然則散處庠序者，固無多耳。幸而見用，將舉君所期者，而悉致於君。不幸不用，猶將與其徒飭躬砥行，使風俗返於忠厚。其所益者大，由其所事者大，（結束上章，即挈起次章。）而實由於所志者大也。顧或者謂學者以治生爲急，爲士當兼爲農，萬不得已則爲商，（張惕庵謂古無喫閑飯，讀書者亦宗魯齋之説。）以通之素餐之説，怪士之不爲農耳。問士何事，并怪其不爲工、爲商、爲賈矣，小人哉王子墊也！夫進刑名之術，而日殺不辜；進功利之謀，而取非其有。投世主所喜，未嘗不可以立致富貴，而毅然不爲者，其志定也。居天下之廣居，謂之仁；行天下之正路，謂之義。大人之事，不當如是耶？然而操是說以衡天下士，（從莊子論儒化出。）其克副斯言者，孟子一人而已。曾謂士可多得乎哉？總之士爲四民之首，（補出正論，爲全篇結穴。）但當嚴其途，而不當卑其格；但當責其學，而不當苦其躬。若陳仲子織屨辟纑，殆鑒於《伐檀》之刺，有激使然。君子謂其所操已蹙，至一朝枋用，無君子，莫治野人，而許行乃有並耕之説，尤聖賢所必斥也。

許魯齋言學者以治生爲急，向嘗以爲疑，近見《應潛齋集》頗駁之，因衍其説，以成此藝。（自記）

正襟而談，足以勵儒修而扶士氣。

孟子曰君子之於物也　三章

仁人之用愛有等，反其道者左矣。夫愛物不能加於民與親，知務之義，堯舜同之。梁惠獨反是，非惟不仁，其亦不智甚哉！從來博愛之謂仁。博之云者，謂夫恃源以往，能操乎至足之數，而用之不竭也。（首章。）非然者，昧其等以泛鶩焉，而遺乎大者已多矣；（次章。）凌其節以逆施焉，而撥乎本者尤甚矣。（三章。）昔孟子先游梁而後至齊，

（入題新穎，恰好與末章聯絡。）宣王以羊易牛，孟子惜其恩及禽獸，而功不至於百姓。然則物不當受歟？夫君子之欲仁天下也久矣，其志願至大，而常量其力之有不能；其怙冒至周，而實明乎分之有所限。是故於物愛之而弗仁，於民仁之而弗親，非仁者之有愛有不愛也，良以親親之殺，而仁民，而愛物，其等固不可誣也。獨不觀堯舜之世乎？（禿接堯舜，却借上三項引入。）九族既睦，親不施焉；萬邦作乂，民胥勸焉；百獸率舞，物咸若焉。然而堯舜雖仁，未嘗取人人而遍給之；且堯舜雖智，先未嘗取物物而遍識之。（從「仁」字析出「智」字，有法。）所以然者何也？智無不知，知之急者爲先務；仁無不愛，愛之急者爲親賢。不此之務，而徒誇旁燭，求博施，事既不可勝窮，甚或沾沾於微末，而大者疏焉。譬猶執喪者昧久暫之時，禮食者忘重輕之節，此其端始於不智，而其禍遂終於不仁。（仍側重「仁」，爲下章緣起。）不仁哉，梁惠王也！惠王所愛者，土地耳，并不若齊之宣王，尚有愛物之心也。物猶可愛，土地何足愛？乃者東攖齊，南擊楚，西拒秦，殺人盈城，殺人盈野，不能逞欲，則并其長子死焉。夫子之不保，民於何歸？民之不存，土於何寄？其亦不智甚矣！（再補「智」字。）而孟子與公孫丑，獨反覆論其不仁者，誠以由不愛以及其所愛，皆其必至之勢，而與君子適相反也。然則推仁者之恩，其基始於宫廷，而飲化且逮於翔泳；（末段將首章、末章兩兩相形，却以次章爲結穴。）窮不仁者之禍，其機肇於疆場，而貽憂直至於宗祊。君子之欲仁天下也久矣，由我而伸其愛則先親，代我而行其愛則尚賢，（「親」字、「賢」字亦是緊要關目，特爲補出。）是以孟子言必稱堯舜。

「不仁哉」章本承前篇末三章之意，題從「君子」章出起，則題中十一「愛」字，尤是天然綫索。特次章智、仁平列，宜加消納耳。文鎔鑄全題，自成機軸，所謂神明於法者。

周於德者邪世不能亂

德周於己，足以禦邪矣。夫戰國之世，邪世也，周於德者如周於利，而疇能亂之哉？孟子蓋隱以自負也，曰：「從來修德之士，未有不以閑邪爲亟亟也。」邪有豪髮之未去，即德有豪髮之未完。若乃沈心默勘，（探本窮源之論。）既祛一身之邪而無餘，則真體内充，即以禦一世之邪而無不足，而猶謂習俗移人，慮賢者之不免也，無是理也。「周於利者，凶年不能殺」，至君子之處世，豈不恃乎德哉？德之懿秉於天，本萬物之皆備，（「周」字精義。）端何爲而能充，形何爲而克踐？復其初者，不離乎直養之無害，而若愚恒等諸若虚。德之成由於學，俟一旦之貫通，多識所以能畜，積小所以致高。有諸内者，自見夫充實之有光，而潤身無殊乎潤屋。（不脱喻意。）誠若是周於德也，世雖邪也，豈能亂乎？便辟側媚之徒進而世運積，趨其勢者若鶩，方以爲進取之有階，初不識其爲邪也。乃至懷貞之士，亦復附會其間，（阮嗣宗作《勸進文》。）以冀巽詞之免禍，君子傷之矣。周於德則所託者尊，光明磊落之懷，終其身而足以自樂。故雖邪佞並列，苦事招延，以免獨爲小人之累，而我終岸然其不摇。蓋嫉其傾險，實亦厭其腥羶也，知氣之無以相攖已。索隱行怪之黨興而世變亟，宗其旨者若狂，方以爲神靈之復出，且幾忘其爲邪也。乃至深識之儒，亦復醉心其説，以矜超悟之殊倫，（後世講學家，有從釋氏得悟者。）君子惜之矣。周於德則所持者正，廣大精微之藴，垂諸久而足以不磨。故雖邪説横行，曲相辨難，以冀廣張彼教之傳，而我終夷然其不屈。蓋惡其矯誣，實亦憐其淺陋也，知理之無以相勝已。如是而德不孤。世途狹隘，幾嘆大道之莫容，究之年凶而我可獨豐，即世邪而我可獨正。惟養之有素者，爲能於傾側擾攘之宇，自闢一優游坦蕩之天，（所謂一國雖亂，吾家自太平也。）以此嘆羲農之未遠也。如是而德可立。世道淪胥，幾謂微言之將絶，究之年無凶而不熟，即世無邪而不平。惟蓄之無遺者，獨留此碩果不食之身，以徐俟貞下起元之會，（隋之文中子、宋之王伯厚，庶幾近之。）以此信松柏之後彫也。嗚呼！群言紛起，嚴以示放淫距詖之防；千聖可承，隱以寄經正民興之望。微孟子，孰克稱是言哉？

嚴重之氣，足以振浮式靡。

孟子曰好名之人　一節

大賢論好名之必敗，而特舉讓國爲例也。夫讓國之事不恒有，而簞豆則恒有。欲觀其人之真，細者可見矣。好名奚益哉？昔鄙夫争一簞食，（引典確切。）聞堯讓天下而非之，蓋以微者之尚争，遂不信大者之可讓耳。其實争必起於微，讓亦不必在大。且果於争者，不遺於微，而豈能忘情於大？僞於讓者矯持於大，（力破餘地。）而轉不免發露於微。孟子曰：「吾嘗曠覽千古，能讓千乘之國者，無多覯焉。」在卓然造此者，固自有人，而非好名者所得託也。（坐實其人，抹倒好名，全篇得訣在此。）其上之處倫常聚順之會，而能潛心以喻於微。故雖家世有熾昌之象，終不忍以乘時之盛運，傷承志之苦心。頌至德者，直歸極於無稱，而名何有焉？其次之鑒同氣戕賊之端，而能高舉以遠其迹。故雖風流具高世之資，終不欲以夷曠之本懷，蹈紛争之覆轍。景遺風者，至推原於棄室，而名何知焉？（坐得實，方轉得醒。）若夫好名之人，所謂讓者，大抵得之而不固者也。精敝才竭之餘，（隱衷如見。）自揣本非人敵，而更恐以一時抗拒，致蹈夫千秋不韙之譏。夫得之而不固，則不如其讓之矣，此好名之一道也。否則辭之而益堅者也。天符人瑞之至，自分莫與我争，而更得以折節謙恭，曲掩其平昔闇干之迹。夫辭之而益堅，則不妨其讓之矣，此好名之又一道也。噫！苟非其人，（一落千丈。）則何必觀之於大哉？簞食豆羹足矣，簞豆豈重於千乘哉？然千乘得之而不固，此則知爲實得矣；千乘辭之而益堅，此則不容飾辭矣。其見於色，有必然者。末世人心大都好利，而以名較之則孰親？徇名而陰弋其利，雖大必爲之；副名而實喪其利，雖小亦不爲也。窮其隱微之蔽，乃知仲子之操，（恰好有兩章以爲證佐。）不受齊國，而僅比於簞豆者，猶能堅持其成見。而此則難問其初心。三代以下惟恐不好名，而以好名矯之則尤弊。以讓國之人窺其簞豆，人或以爲小節而略之；以簞豆之故决其僞於讓國，（數語尤得孟子持論本旨。）人更以爲苛論而排之也。揭其深匿之情，乃知行乞之流，不受簞豆，而貶節於萬鍾者，轉屬未遠乎恒情，而此則更滋其變態。夫讓，美德也。孟子之時，已有子噲讓燕之事，豈非好名之甚，不足以懲貪，而適足以滋亂哉？凡事不由於誠，君子固懼其卒矣。

趙注：「好不朽之名者，輕讓千乘。」朱子釋爲矯情干譽，有疑下文多出「然」字一轉者。文將泰伯、季札一流劃開，而中間補出「得之不固」、「辭之益堅」二義，則理既圓融，而語氣自無齟齬矣。筆氣豪邁，猶其餘事。

鼻之於臭也四肢之於安佚也

即鼻與四肢驗所同，而知氣體之有屬也。夫臭者氣之通，安佚者體之便，鼻與四肢專屬焉，可由口與耳目而及之。且人生而氣與體具焉，（兩項苦其不倫。「氣體」二字，括題最渾。）固所謂呼吸從之，而運動賴之者也。乃有是氣而所以迎其氣者，（折入「之於」字，微妙。）若獨覺微乎微； 有是體而所以養其體者，亦惟求適其適。則外誘之與爲緣者，遂舍是而莫可他屬，豈特口與耳目之各有欲哉？夫氣之聚而收者，則爲鼻；體之散而布者，則爲四肢。鼻符艮止之占，則屬於静； 四肢有隨行之象，則屬於動。

（不類處用雙字鈐束法，得之正希《惡紫》篇。）乃静者不交於動，而吹息難通； 動者不休於静，而形骸不適。 蓋必有係戀之端矣。 鼻爲心芳之位，則屬於虚； 四肢爲從令之區，則屬於實。 乃虚者不資於實，而寥廓莫承； 實者不運於虚，而劬勞何已。 蓋又有汲引之途矣。 其與爲緣者維何？則臭是，則安佚是。 今使天地之間，長此沕穆[九]之風，而不復有郁烈之品，（二比從「命」字作開，從「性」字作合，手寫本題，而下文兩層並到。）則鼻之與接爲構者，亦自耽於寂而無所知。 乃機緘既闢，而蘭室不能與鮑肆同科，然後知致神明[一〇]之饗，而焄蒿且達其忱； 寄畸士之蹤，而芳草亦將其慕。 非惟事後之緣飾則然，亦鼻自有以迎之也，以是爲氣之所通而已矣。 今使陰陽之際，惟此轉旋之迹，而不復有宴息之時，則四肢之勤動無休者，亦自任其勞而不敢怨。 乃遭遇既殊，而驕人不能與勞人一致，然後知定膠庠之制，而游息以適其神； 考蜡祭之文，而一日以行其澤。 非惟順情之品節則然，亦四肢自有以暱之也，以是爲體之所便而已矣。 豈無逐臭之夫，不識苾芬之趣？（賦性各殊者，不得爲例。）豈無好勞之士，絶無耽樂之從？而要不能并鼻與四肢而廢之。 故夫滅鼻之免咎，支離之神全，計惟持激論，以盡託空虚。 外此即難杜其紛營之路，而臭胡弗聞也？而安佚胡弗溺也？見美人而不潔，或來掩鼻之譏；（暫拂乎性者，終非所安。）爲長者而服勤〔一一〕，亦有折肢之説。而要不能并臭與安佚而忘〔一二〕之。故夫「無臭」詠於《詩》，「無逸」垂爲典，亦第援上哲以姑爲程式，下此終莫釋其嗜好之情，而鼻不自知也，而四肢不自解也。性也，然而有命存焉。

五句之中，末二句最爲枯寂。文能支對渾成，兩「之於」字，説來是性之所具，而言外見得有命以限之，尤合章旨。

禮之於賓主也

禮有宜盡，於賓主見其概焉。夫賓主，禮之所賴以行也。繼仁義而及之，則禮不有其當盡者乎？且自世風以脱略相高，動曰禮非爲吾輩設，爲是説者，非惟不知禮所由出也，并不知禮所從施。夫往來之地，既不能漠然而不相親；則酬酢之緣，又豈能紛然而無所紀？祇此倫類之周旋，而禮之流行其間者，遂以爲得所憑藉焉。豈特仁於父子，義於君臣已哉？（從父子、君臣引出賓主，新穎絶倫，是爲讀書人吐屬。）三加而有成人之道，子也，且以賓接之，此必告、必面所以莫敢專主也。然復禮爲仁，而恩有降於父子之親者，則非仁之所能盡矣。臨幸而就阼階之位，君也，即以主奉之，此師事、友事所由用賓於主也。然禮緣義起，而分有遠於君臣之嚴者，更非義之所能賅矣。夫禮之爲用，不可徵於賓主之間乎？制禮之權操於有位，朝聘之儀，陔夏之奏，何不可定之爲成規？然而嫌疑之地，豈得而盡制之乎？我思强侯高會，遂思幸中於投壺；孱王入關，亦得爭雄於擊缶。慨遭逢之百變，壹似等威幾有所難行，而終未聞以創造之功爲多事，（從「命之不齊」處騰挪，而言外自見得性之不可易，恰好收合之於神理。）則禮之發凡者，非無故已。習禮之學考於平居，獻酬之典，揖讓之容，抑豈不懍之爲法守？然而權變之用，安得而預習之乎？我思夏屋延英，莫副初心於陳簋；豪門好客，翻勞深慨於處囊。極情狀之參差，壹似憲典亦處乎可廢，而卒未聞以講求之業爲徒勞，則禮之繫屬者，伊可懷已。布衣修天子之交，賓之勢或凌乎主；（後路再將「賓主」字互勘盡致，總之命實爲之。）投轄締故人之好，主之情且勝於賓。殷勤之雅意，有衡諸禮而覺其盈者。夫禮之用誠不可盈，而何以氣類相孚，或則娛賓以筵，或則遇主於巷，欲稍逾其品節而不能也？禮之所爲，放而皆準也。乘興而中途遽返，豈無不見主之賓；造訪而箕踞以臨，（殷意祇一過、一不及耳，却有如許史事供其佐證。）遂有不接賓之主。簡率之高風，有揆諸禮而形其歉者。夫禮之用自不容歉，而何以往來交應，或則序賓以不侮，或則得主而有常，欲稍缺其儀文而不敢也？禮之所爲，措之咸宜也。（如土委地。）蓋命也而性存焉。

巧心濬發，無窮清新。前篇注「性」字，却處處含得「命」字；此篇注「命」字，却處處含得「性」字。他手祇説得一半耳。

人能充無欲害人之心　一節

求仁義於共有之心，而得充之之用焉。夫無欲害人，無穿窬，心之共有者也。然而仁義不可勝用矣，是在充之者耳。且吾言仁義之端，始於惻隱羞惡之心，蓋期舉斯心而推之也。顧就心之所藴者深言之，不若就心之所著者淺言之；且就心之所趨者正言之，尤不若就心之所拒者反言之。惟由反以悟正，自即淺以求深，將一念所周，遂遞推遞衍而無終極。由不忍不爲而達之，即爲仁義，人亦何樂而不爲仁義哉？然而能之實難，無他，亦未求諸心焉耳。（「心」字此節所獨。）冥漠無知之見，梏亡焉旋昧其初，任舉一不忍不爲之事，而幾於莫或承也。惟心之無端感觸者，忽不覺其天良之見，（是炯然不昧處。）則旦氣之惺在是矣。頑鈍無耻之風，遞降焉彌趨於下，相勉以不忍不爲之流，而轉若非吾族也。惟心之默商位置者，忽猶覺其自命之高，（是确然可憑處。）則伐柯之則在是矣。有如猝然指人曰：是欲害人！人必瞿然驚，是其心明明無欲害人者也。顧仁之用，豈止此乎？被澤之遺也，方於推納憔悴之告也，（理題例用白戰，此則穿穴經義，而題藴彌見醒透。）比於倒懸。充是心以往，而周浹旁皇，有不啻萬物之在宥者。然後知殺人以刃，殺人以政，固甚賴能之者反其隅耳。有如猝然語人曰：是爲穿窬！人必勃然怒，是其心明明無穿窬者也。顧義之用，豈止此乎？雞豚之察也，儆以盜臣諸侯之取也，甚以顛越。充是心以往，而堅厲刻苦，有必求一介之不苟者。然後知竊鉤者誅，竊國者侯，（天然妙對。）又全在能之者援其例耳。而幸也，猶存一充之資也。今使淪胥不返，并不以害人爲悔，以穿窬爲慚，（此比歸重兩「心」字，是溯其所從來。）則吾所謂不忍不爲者，先無以爲起例之端，而仁義之途終絶。乃心之動，既端倪之自露，而所爲致於用者，即不得云推暨之無由。此吾之推己及人，而不嫌切以繩之者也。而惜也，猶多一充之勞也。今使一得自矜，（此比歸重兩「能充」，是究其所終極。）惟是以無害人爲慈，無穿窬爲介，則吾所謂不忍不爲者，若第操乎得半之數，而仁義之施亦微。乃心之存，雖眴子之偶萌，而相期於不可勝用者，必不聽其偏端以自畫。（題字個個咬出汁漿。）此吾之不薄今人，而不禁殷然望之者也。試更即義而申其説，可乎？

求不忍不爲於心，乃皆有實據。充不忍不爲之心，即達之實功。文勃窣理窟，具縋幽鑿險之能，而出以軒豁。理題至此，已是怡然涣然境界矣。

鄉墨

不知命無以爲君子也　二節

道光乙未鄉墨　錢振倫（榜名福元）

命與禮皆致知之要，不知則無以修己矣。夫知命則可勵其爲，知禮則可求其立，如其不知，不先無以修己哉？且千古境遇之殊，莫不有定數以限之；千古軌物之垂，莫不有定制以維之。究之定數、定制之貫於心者，尤貴有定識以宰之者也。精其識於菀枯榮辱之中，（棱棱露其爽。）斯心純而不爲境所累；持其識於名教綱常之地，斯心堅而不爲物所撓。非然者，理欲不分，操持不確，而欲求定志而希定力也，勢必不能。今夫學者欲却萬感而端其趨向，則命不可期；欲通萬變而樹其範圍，則禮不可越。謂報施盡無憑，何以慰好修之志？謂報施皆可據，何以成節義之風？（精理名言，包得《運命》、《辨命》諸論。）吾儒人定勝天，信義理不信氣數，則知福善禍淫之説，原不足以律聖賢。謂儀文皆末節，何以懲脱略之風？謂儀文即全功，何以探本原之學？（**對義亦深穩。**）修士因心作則，見法度即見精神，則知謹小慎微之功，亦不可以恕豪傑。然則求爲君子，求自立，不要諸知命知禮也哉！（**反面抉透，妙在義豐而辭約。**）是必熟察夫盈虚迭運之由，舉人世之得失窮通，一無所攖於真宰。知是非可必，而吉凶難必，乃能膺天下之大任而不疑。是必洞悉夫制作精微之意，舉一世之經權常變，悉無不酌其會通。知矩矱有權，而血氣無權，乃能處天下之非常而不奪。而奈何有不知命者？而奈何有不知禮者？且夫命由我俟，而違命與棄命皆非也；（**提振開後半篇文字。**）禮順人情，而變禮與廢禮皆誤也。其在英奇自好之士，以時運爲可力争，以儀節爲可臆造，以修悖之理爲不足信，以等威之辨爲不必循，無論爲非所爲，立非所立也。（**卓犖爲傑，擲地當作金石聲。**）意氣之雄，有時争勝於造物，一臨以利害之地，而爲者皆虚；老成之範，有時見屈於後生，一涉於險阻之交，而立者中蹶。卒之命不可違，禮不可變，徒見其知之不精而已矣。其在放曠自恣之徒，以存理遏欲爲迂，以揖讓周旋爲苦，以齊物之論爲妙論，以簡略之風爲高風，無論一無所爲，一無所立也。邪慝之染濡已久，即欲矢爲聖爲賢之志，（**力破餘地。**）猶將自即於迷途；形骸之恣肆日深，即欲求立功立德之方，亦難自新於末路。卒之棄命者狂，廢禮者蕩，皆由於知之不審而已矣。求爲君子，求自立者，可不實致其知哉？

聚奎堂原批：精力彌滿，風骨端凝，三藝一律，是真九轉丹成之候。

本房薦批：風格峻整，氣度端凝，次三均宏肆。

博厚則高明　三句

道光乙未鄉墨　錢振倫（榜名福元）

由博厚以驗所發，而覆載之量該焉。夫高明從博厚而生，實從至誠而出也。觀博厚高明之及物，不已該覆載之量哉！且萬理充實之處，即萬象光輝之處也。（入門下馬氣如虹。）而以其充實者，爲百族之主持；即以其光輝者，爲一元之不冒。積其氣於本原之地，可以攝含生負氣之倫；顯其功於宇宙之間，可以統食德飲和之衆。故遞觀焉，（曲折赴題。）而積厚與流光相貫；亦分著焉，而仰承與俯幬咸宜也。由悠遠而驗之博厚，至誠之德，殆已持載之悉當，而遍覆之咸該哉！未已也。今夫至誠之崇峻則曰「高」，至誠之普照則曰「明」，非博厚何能致此？精氣有所存而後能有所達，（精奥似子。)至誠既絶夫驩虞小補之圖,自極夫文焕功巍之盛,而光華之外達,天下不能仰而企其程;　神明有所蓄而後能有所流,至誠既極夫淵雅閎深之量,自形爲顯庸懿鑠之規,而大化所旁流,斯世莫不進而瞻其極。　且夫博厚者,持乎物之先者也;(提筆先通「物」字。)高明者,周乎物之表者也。　由博厚而發爲高明,即含宏光大,而品物所以咸亨也。　惟德之遞形者,本乎積中發外之規,(二比中權扼要,束上起下,題解了然。)故器宇之深沈,藏而必顯;　文物之燦著,亦樸而彌華。　而博厚既非薄植所能窺,即高明自非浮華所可託。　惟體之分驗者,該乎類聚群分之大。　故堅凝之氣質,百昌皆足植其材;廣運之精神,群生不能外其化。　而博厚自可統承夫九有,亦高明不難繼照於四方。　夫然,而載物之量,吾將於博厚驗之。　德不足以該庶類,則紛紜而不能載;　德不足以神統馭,則涣散而不能載。　惟博故本根既固,風俗殊而教化不殊;　厚故刻薄不形,世運轉而人心不轉。　以博厚開高明之先,是不必有載物之事,而所以載物之量固已具也。(迴缴不脱題首,并題中兩「所以」字亦不略。)氣類之區分,皆形神之統轄而已矣。　夫然,而覆物之理,吾將於高明證之。　德不臻乎夐絶,則卑近而不能覆;　德不溥於照臨,則闇汶而不能覆。　惟高故德堪號峻,芸生咸就其範圍;　明故華可稱重,品彙莫逃其燭照。知高明從博厚而生，是不必有覆物之形，而所以覆物之理固已該也。群材之託處，皆隆恩之怙冒而已矣。觀於載物覆物，則其本博厚以發爲高明者，非皆至誠之德所分見哉？試進言悠久之用。

本房加批：順遞分承，皆有精義爲之貫注，理足而法自隨之。

書曰天降下民　四句

道光乙未鄉墨　錢振倫（榜名福元）

《書》言天心之爲民，而深賴於助之者焉。夫作君作師，天皆所以爲民也。《書》明帝心不深，賴有助之者哉？且人知天之畀人者，恃乎其道；不知天之畀人者，尤重乎其權。予之以馭世之權，所以救化育之偏也；予之以訓世之權，所以補聰明之闕也。天所不能爲而人爲之，（一氣輸灌題中，層折俱到。）人所不能盡爲而權爲之，斯繼天以立極，開天以明道，所貴盡人之權以贊天之權。臣言文王之勇，而述《皇矣》之詩，誠以通帝謂者，無援無羨；懷帝德者，無色無聲。（承上有情，勒題無迹。）我周世德相承，無不本乎天心，而參乎天事者也。試進述《書》言，以見天之求助於人者。溯乾元資始之原，（虛籠不略題首。）惟天陰騭下民，惟天孚佑下民，要心歸諸首出之神靈，則政刑以布，教化以推，乃以臻輔相裁成之妙；推大鈞播物之理，天視自我民視，天聽自我民聽，要必示以祇承之真宰，則法制可申，彝倫可範，於以寓經綸調燮之宜。《書》蓋深見天之求助於人也，而曰「天降下民，作之君，作之師」。且夫君也者，繼天立極者也。配三才之象，可以爲大造之功臣；（振采欲飛，負聲有力。）占主器之隆，可以爲乾坤之宗子。天不能自治其民，即以治民之權全寄之。上帝監觀，所由殷於求莫也。（挾經之心。）且夫師也者，開天明道者也。劑剛柔之性，三德胥歸皇極之中；探名教之原，萬世咸識尊親之義。天不能自教其民，即以教民之權專屬之。上帝降衷，所由賴於綏猷也。（每對必堅。）然則膺君師之任者，豈惟是創顯庸之號，示軌物之嚴哉？天以作君作師者求助於人，人即以作君作師者仰助於天，惟曰其助上帝而已。蓋天有愛民之心，而不必有化民之事，故雨露雷霆，機本藏於至隱，而以作君作師者顯之。同聲同氣以類從，（句法似宋四六。）聖人作而萬物睹；先覺先知非異任，師道立則善人多。持其顯以助乎其隱，而德曰天德，威曰天威，不可見天工人代之旨哉！天有生民之德，而不必居牖民之功，故湏濛鴻洞，理每蘊於至虛，而以作君作師者實之。居其所而不遷，位爲聖人之大寶；修乎道以爲教，德爲斯世之達尊。（截金爲句，雕玉作聯。）盡其實以助乎其虛，而命曰天命，討曰天討，尚無忘靈承於帝之資哉！進觀《書》言，「寵之四方」，蓋天之爲民如此。武王所以伐有罪而成爲大勇乎？

本房加批：矜煉名貴，對偶天成，風格於儲經畬爲近。

會墨

言必信行必果

道光戊戌會墨　錢振倫（榜名福元）

聖人欲存言行之真，而猶取必於信果者焉。夫言宜信，行宜果，士之常也。乃有出於必然者，夫子取之，非存言行之真乎？且持身涉世之地，無特識以運之，猶貴有確見以執之。執其不敢自欺之見，（筆力沈摯。）而矢口有即赴之程；執其不能遽化之見，而趨事有堅持之力。彼豈有所激而爲此？而平生之梗概，遂有獨成一是者焉。賜於士而又問其次。夫士之大端，不外言行；而言行之大坊，期於信果。謂諾不可留，輕許者或情多而識寡；謂義貴能徙，鋭進者或理屈而氣伸。（二比用壓題法，先以「大人之不必信果」作襯。）此必有辨於信果之先者，而後慊心之論，能自貫乎初終；置身之方，并兩忘乎通介。謂成約不可爽，守愚者或弗審先幾；謂有志者事竟成，强制者或坐荒末路。此必有主乎信果之内者，而後詞可爲經，胥協是非之凖；動不過則，能參常變之宜。孰謂言行而有必於信果者哉？惟是降格以求，詎有無方之妙用？而相權以取，必推不易之操持。則有如「言必信，行必果」者，世事之多艱也。復言者每自困其身，而肫懇之懷，期以必赴，雖險阻有弗避焉。夫豪傑志大才疏，（此以「言行之不盡信果者」作襯。）而一言偶食，有薄其居心者矣。茲則片語必踐，要雖久而弗忘，故信之協於貞者，天下莫不鑒其誠；信之涉於諒者，天下又莫不原其戇也。（純乎史味，不在覼縷事迹。）蓋其言真也。時勢之多變也。孤行者恒莫遂其志，而趨向所專，往而莫禦，雖成敗有弗計焉。夫學人從容養望，而一行偶愆，有議其貶操者矣。茲則貞固所形，節雖亨而彌苦，故果之本於毅者，（下字俱極斟酌。）固有一往無前之概；果之鄰於窒者，亦有萬主不渝之操也。蓋其行真也。且夫言行之極致，原期變通耳，而諧時媚俗之流，轉藉口於因應多方，（此以「全不信果而託於大人者」作襯。）以售其反覆無常之技，則至性果安在乎？必於信者可經而不可權，必於果者能暫而亦能久。迂拙之衷，直追往古，則未足語於至人之裁制，猶足以愧末俗之澆漓。且夫言行之至理，仍不外中庸耳，而唯諾浮沈之輩，轉假託於隨時處當，以便其游移兩可之私，則昭質又安存耶？必於信者有初念斷無轉念，必於果者容一途不容兩途。遥情所託，力矯恒流，則駭俗或來畸士之稱，實獨行堪載史臣之筆。硜硜如此，不亦可爲士之次乎？

聚奎堂原批：華實並茂，文質相宣，足以辟易千人。

本房加批：合觀三藝，理精義備，氣静識高。非面壁功深，安能臻此文境？

萬物並育而不相害　二句

道光戊戌會墨　錢振倫（榜名福元）

即物與道觀覆載，而其理有各足矣。夫並育則虞其害，並行則虞其悖，而顧不然，覆載之量，不可徵諸物與道哉？且宇宙一積氣之區也，氣散而飛潛動植著其形，氣升而寒暑陰陽呈其象，此亦至繁至賾之數矣。乃形之著者，既日長日滋而無虞角逐；（渾灝流轉，題藴畢宣。）象之呈者，更遞推遞嬗而無慮參差。則其機不停，其度不忒，而其用遂彌綸於保合太和之宇，而不可終窮。吾言仲尼之道，既譬諸天地矣，則試即天地之孕毓，而以萬物概其名；　則試即四時日月之燦陳，而以道該其藴。物之生也必蒙，蒙則鼓蕩絪緼，必有待於大造之煦嫗。所謂育也，句萌者達，角觡者生，（頓住上半截，方能折出兩「而」字。）氣有長而無消，何以儲蓄變之形而不匱？道之形也爲上，上則燠凉明晦，無不聽於元氣之轉旋。所謂行也，盈縮異時，遲速異度，運無久而不變，何以協經緯之次而不移？甚矣，並育者易至於害，並行者易至於悖也！而抑知不然。芸生亦何限，而必求異説於《山經》？其名或有所難考，然不害之理，固自明也。毛羽有分形，以各得爲育，而相聚不致相凌；（取鎔經義，自鑄偉辭。）仁暴有互變，以轉移爲育，而相嬗適以相濟。和氣所凝，戾氣消焉。蓋至魚躍鳶飛，亦闢悟境，而物之鉅者，更無論矣。躔次本有常，而專執渾儀於顓帝。其説或有所難通，然不悖之理，固自寓也。南北判其温肅，以偏至爲行，而相懸正以相劑；　盈虧分於消息，以迭更爲行，而相繼亦以相成。太極之運，會極符焉。蓋至辰居星共，亦驗治機，而道之微者，概可知矣。（股首用撇筆，股末用拓筆，自無罣漏之譏。）百昌而休於蟄育之理，似有時窮；（翻論奇闢。）庶徵而應以恒行之功，亦有時息。乃返之不害不悖，無停機，安有滯機乎？元會運世之數，物得之爲長養，道得之爲昭回。而靈蠢咸臻，（雍容揄揚，吉祥止止。）不必矜河馬洛龜之瑞；　升恒長在，奚待侈和風甘雨之祥？豺祭獸而獺祭魚，物有自相害之日；　朝用鼓而社用幣，道有自相悖之時。乃還之並育並行，無止境，安有盡境乎？綱維主宰之原，包乎物之洪纖，貫乎道之終始。而裁成有制，遂懸爲覆巢伐木之條；（無義不搜。）調燮有經，更重以坎壇雩宗之祀。進觀小德大德，自此而分，此天地之大也，而仲尼之量可想矣。

本房加批：意極精奥，詞極丰腴，而義理仍極平實，故佳。

頌其詩　五句

道光戊戌會墨　錢振倫（榜名福元）

即詩書而論其人，可以友古人矣。夫詩書足以傳其人，而論世始足定其人。求尚友者，可不知人以取善哉？嘗思簡册之昭垂，古人將援後人爲同心也，後人亦可引古人爲同志。顧或淺求乎古人之迹，而古人之心晦；或妄測乎古人之微，而古人之心更晦。惟即升降各判之時，（一筆貫五丈。）常變各分之勢，以進揣委曲各盡之心，而精神之息息相關者，一氣類之，默默相感者矣。由友天下之善士，而尚論古人，謂〔一三〕非欲擴其識，高其懷，而進與古人爲友乎？（略扣得法。）然而古人往矣，則傳其人者，固幸有其詩其書在。夫風雅之名，以正變而各異；典謨之體，與誥誓而懸殊。古人亦因風會所趨，必難强合，（從對面説入，爲「尚友」伏根。）而惟是各存其説，以俟異日之知音。況《小弁》寫怨，衷曲未易明言；《金縢》釋疑，聖賢幾難深諒。古人亦以艱虞所迫，不忍求原，而猶將獨存其真，以邀曠代之知己。是則誦〔一四〕焉讀焉，其亦可論其人，知其人，而並友其人矣。而顧不盡然，則以其詩其書，猶待衡之於其世者也。小儒考訂殘編，每以一事之參差，輒滋聚訟，不知渾穆之世與文明之世異，開創之世與守成之世異。古人求一是，古人實不苟爲同也。（包掃一切。）故綜群言以歸獨見，論世者有參酌之宜焉。末俗緣飾經術，恒以一時之口實，冀便私圖，不知征伐之世與揖讓之世異，叔季之世與治隆之世異。我欲效古人而行，古人並不先我而行也。（意深而語渾，故不涉獷。）故析疑似以别公私，論世者有防維之道焉。何也？論其世正以知其人，而不徒恃誦〔一五〕讀已也，是尚友也。且夫賞音正難覯耳，摹《陔華》之奏，六什終湮；注帝典之篇，（二比抑揚唱嘆，味美於回，令人百讀不厭。《陔華》四語，設色尤新。）萬言猶贅。落落者，誠罕合哉！而尚友者，獨能即詩書已陳之迹，爲之力窮其源；更即詩書深諱之文，爲之曲原其隱。設令古人復生於今世，當亦許爲神交也。風雨無儔，而夢琴如晤，（文情駘宕。）則陳編尚其啓牖我乎？且夫孤芳亦自賞耳，《采薇》傳孤竹，他説僅存；舊學重

《甘盤》，緒論未著。茫茫者，誰與言哉？而尚友者，獨能即所已頌已讀，而致其相視莫逆〔一六〕之情；並即所未頌未讀，而抒其千載寸心之慕。設令我生於古人之世，更不知若何投契也。（對有變换，是「尚友」盡頭。）形骸與隔，而性命相依，在昔賢何遽遐棄我乎？至是而友善之心足矣。

本房加批：崇論閎議，讀書之特識也；密詠恬吟，懷古之深情也。

跋

吾師楞仙先生《示樸齋時文》，曩刻於杭州講舍。浙西陷後，倉猝北渡，行篋所携，遂成孤本。同治壬戌冬，主講袁江，時節使盱眙吴公方搜擇才俊，使肄業先生之門。每命一題，輒自作以示準式。凡四子書中，極枯窘、極深細之題，必精研默究，窮其秘奥而後止。比部吴稼軒先生絶重先生之文，以爲壹意孤行，而法自寓焉，慫恿刊布，以惠後學。因取舊刻，略加芟薙，并附以近作，而乞比部點定之，彙爲一集。

先生少以文字受主知，歷清秩詞館，應制之作，散佚無存。近年間，爲散文、古近體詩，亦都不存稿，惟駢文最有聲於時，所作較富。今以所注《樊南文集補編》付梓，意在取古人名篇，示人以修辭之法，而非必沾沾自傳其文也。同時徇比部之請，亦冀習舉業者稍範以先正之法而已。輪承先生之緒論，數年於兹，誠未能升堂睹奥，而仰蒙許可，以爲小異乎俗，似猶可語於斯事者。輒書緣起，以附於後，俟當世論焉。

同治五年，歲在丙寅夏四月，刻既竣，受業張輪謹跋。

校勘記

〔一〕「爲」字疑爲衍文。
〔二〕「君子人與君子人也」，《兩論聯章合璧》作「惟君子克副□名矣」。
〔三〕「情」爲「清」之誤。
〔四〕「二」，原誤作「三」，依文意，當爲「二」。
〔五〕「矣」，原誤作「已」，今據《兩論聯章合璧》本改。
〔六〕「杖」，原誤作「枚」，今據《兩論聯章合璧》本改。
〔七〕「忘」，原誤作「忩」，今據《兩論聯章合璧》本改。
〔八〕此句出自《論語・子張》，當爲子貢所言。
〔九〕「沕穆」，《孟題一新》本作「渾噩」。
〔一〇〕「神明」，原誤作「明神」，今據《孟題一新》本改。
〔一一〕「服勤」，《孟題一新》本作「致恭」。
〔一二〕「忘」，原誤作「忩」，今據《孟題一新》本改。
〔一三〕「謂」，《三朝墨準新編》本作「夫」。
〔一四〕「誦」，《三朝墨準新編》本作「頌」。
〔一五〕「誦」，《三朝墨準新編》本作「頌」。
〔一六〕「逆」，《三朝墨準新編》本作「隨」。

近科通雅集初編

〔清〕文海主人 編

李文韜
陳維昭 點校

近科通雅集初編提要

《近科通雅集初編》不分卷，文海主人編。

文海主人或即文海書局之託名。文海書局於光緒初年即活躍於上海，據《申報》所載，文海書局早於光緒八年（一八八二）即在《申報》上發布新書通訊。書局出版有《古神醫盧人扁鵲心書》、《曾文正公水陸行軍練兵志》、《農政全書》、《蜃樓外史》等書。

《近科通雅集初編》於光緒己卯（一八七九）至癸巳（一八九三）年間的鄉、會試中選録制義三十五篇，經文十五篇，策對十篇。行間有圈點，文末有尾評。所選作者均爲當時科舉文之名家，其尤著者如廖平、俞樾等。制義内容則涵蓋經學、算學、西學等知識，甚至有「有滿紙聲光化電者」（劉瑞璘《制藝始末考》），頗能反映一時之風尚。

是書初刻於光緒二十年（一八九四），文海書局編印，石印本，現藏上海圖書館（以下稱「上圖本」），共三册，分别爲制義、經文和策對。無序文。復旦大學陳維昭所藏本（以下簡稱「陳藏本」），僅制義一册，卷首有陸紹庠於光緒甲午（一八九四）所作序。光緒乙未有上海書局復刻本。今以上圖本爲底本，以陳藏本、光緒乙未本參校。

近科通雅集初編序〔一〕

《四庫全書》載《經義模範》以存八股初體，録《欽定四書文》以示清真雅正，此外闕如，則選本亦可已矣。然而源探星海，衆派雖趨，而分布之支流自在；樂奏鈞天，群英可廢，而自然之聲籟常存。故俞長城輯《百二十名家稿》，張希良謂其以史法論文，五百年之文，五百年之史也。蔡寅斗繼起，選三十家，博大昌明，其光熊熊。本朝人文蔚起，接漢經師而衍宋學家者，前後相望。聖祖仁皇帝特詔，天下經注之與學官異者，悉收入秘府，著爲令甲。儒生稽古之榮，或未能躬進其書以匄聖鑒，而春、秋兩試，和其聲以鳴國家之盛。邊孝先笥，谷那律庫，以俟舜威鑰開之，非徒刻意以求新，亦摛藻揚芬於萬一耳。此文海主人《近科通雅集》之所以編也，媲美俞、蔡矣。編成以示予，乃樂得而爲之序。光緒甲午八月中浣上海雲荪陸紹庠撰。

近科通雅集初編目次

制義三十五篇（闈藝三十次，前傳刻通行者十有二。擬墨五附後，皆傳刻通行。）

經文十五篇（傳刻通行者五）

策對（傳刻通行者四）

通雅集制義

子張學干禄子曰多聞闕疑愼言其餘則寡尤多見闕殆愼行其餘則寡悔言寡尤行寡悔禄在其中矣

辛卯浙江　謝昌期

賢者問干禄，聖人蘉以學之全焉。夫張言行中人，固不艷乎禄，特讀《詩》至干禄而問其義。問即學也，夫子蘉以全功，張之學乃益進。昔聞之，尼山開儒家教，高弟子七十有二人，大都懷抱魁博，而以高言孟行，掇盛官，欲厚秩，豈終身倮然而爲窮閭中人哉！子張藴礀磕之英，遊鄉衮之間，才邈志抗，而忠信篤敬諸大務，亦殫劬顇而勿能已已。課心俞邃，奮迹俞遲，讀《詩》感遇，起而詢之。洎子曉以問學奥區，而其心壙如焉。蓋張平晝以儒術進，飽味詔指，倜然鏗奇，稔非齒利噉名之客。設當日者，朝廷有大典故而難能定鴻議，大疑難而鮮能置奇莿。國典弗張，王業幾頓。張可以過人大才，挺然立論，特止有爲，用宏兹賁，期以旦夕，史人物者，豈不尊儒珍之爲寶，而榮以稿飫哉？張何必以干禄問？彼域域於縠禄問者，其機心亦良苦矣。喬宇不能干也，雕勵乎言之讜正；　沓墨不能干也，假宿乎行之利跂；　橋泄不能干也，曲呈乎言之巽娓。行之謙光，營欲茂滋，火馳勢利，務使當路名公巨卿，混然不知是非，而遽以纚纚綬、纍纍章，投之而後止。於乎！是亦庳世中醜儕爾。子張氏握文握正，侍函丈左右者，已不知幾閱年所。曠居讀古人書，聞見大博，一切揣摩曲術，萬不致萌意方寸，朋疊靡已。而猶不免以干禄問者，亦大丈夫嘿嘿日久，氣結思噫之爲耳，豈真於學外而有所干哉？而夫子乃覆其學之全曰：「愛其一日之鼎食，不若愛其一日之景鐘也；　昌其蟲藻之冠裳，不若昌其精神之竹册也。」伊古丕時，在廷無闇僿之人，厠列盡閎博之士，凡騁其碎智而鄣過於言、張其小慧而宿憾於行者，皆毋得幸乘焉。張果能窮居邃廬，孟晉罔間。墳索皇緯，譯之而無疑；　覆鬴寶篆，思之而鮮殆。捃拾前代，華昌偉紀，猶不敢奮於言，壯於行，而時時以尤悔爲戒。是亦足以享大名，席厚寵，而杆杆然爲功名中人也。禄在其中，非幸也，宜也。且夫天有明不憂其闇，地有財不憂其貧，士有學不憂其窮，千古至論焉。士苟密樞機，若金之緘，如玉之温，將見言在區蓋間；　行無轍迹病，而司馬、司徒，自得於歲進數百人時。任爵辨官,從而富貴之,尚何致喟戹鬱於屯數,悼回刺於君卬,而以寒賤子終其身耶?敬告世人:天府絲馬,學古乃獲;旁搜沈博,厎厲稡學;橋門璧水,天人與期;迪禄在茲,毋以干爲。

寢饋子史,用爾許精誼造一篇眇文,冢學淺識,祇訒後世,孳益俗書。不識通段,全昧古誼,遂詫爲怪誕,譏爲欺炫,陋甚矣。

子貢曰夫子之文章可得而聞也夫子之言性與天道不可得而聞也

子路有聞未之能行唯恐有聞

庚寅會試　蔡元培

記二弟子之言行,爲諸弟子藥也。蓋諸弟子有越所聞而冀於不得聞者,有屯所聞而不行者。子貢之言與子路之行,皆藥也。且吾黨有耳學也。耳者,心之譯,躬之督也。離語言文字而標其高義,而譯之道窮;即開宗明義而誦以終身,而督之權失。其窮也,其過也,其失也,其不及也,君子齊之,順譯道、張督權而已矣。何以順?質諸子貢,願有所息,生無所息。夫子語子貢,則張之事也。而子貢則已於誦書學禮之餘,得窮理至命之要，而知受以漸也。斷之曰：「夫子之文章，可得而聞；言性與天道，不可得而聞。」何以張？繩諸子路，未能事人，焉能事鬼；未知生，焉知死。夫子語子路，則順之謂也。而子路則且以先甲後庚之相續，爲日成月要之趣增，而由惡其需也。擬之曰：「未之能行，惟恐有聞。」從經典散失之餘，而楷模古昔。大師正讀，遺工爲容。守所聞而粟積圭譜，非不盡各行所知之責。高心者厭其膚末，而有時傅會單文，以標爲心得。圖成太極，義立良知，而性分理質；傳作五行，學明五際，而道貫天人。録語名家，謂起千百年之覆是矣。而一再傳後，異端孫之，方士曾之也。迹其横厲無前，不敢作能是亦足之想。蓋亦仲氏子及群孟晉之遺規，而進不以漸，遂以市失足旁門之罪也。君子存子貢之語，所以艮其止也。以官師代更之後，而申明家法。文學之屬，專而爲經生；言語之學，散而爲文士。積所聞而道海達河，自有與聞大道之幾。戔識者甘於小成，而不思廣味前言，以論思本義。誦數行墨，讀諸經大義之論，而以爲課無；師放從衡，得因文見道之法，而以爲敗律。杜塞異家，以奉一先生之言足矣。而師儒論定，逐末而蠹，失志而妖也。迹其無甚高論，故遠於愚不知量之爲。誠亦端木氏心苦分明之本意，而葸積成需，遂以晝多學一貫之道也。君子論子路之行，所以震其志也。後之學者，於所不可聞，當以子貢之言節之，且莫不敢冀也； 於所得聞，則以子路之行迫之，毫髮無所遺也。日積月加，歲集世最，而學富，而理足，而心乃開也。天命之謂性，一陰一陽之謂道，庸有不聞者與？

讀此文者，祇賞其古義古言，挹美無窮，此膚末之見。須知作者借題發揮，抉漢學、宋學家之弊，通漢學、宋學家之郵，爲近今極有關係文字。

述而不作信而好古

戊子浙江　凌師皋　副

有述無作，惟信好故然也。夫使不信不好，烏能禁其不作哉？則知善述古者，誠難其人。今試語人以盤古九頭之紀，人必駭然曰：「此野史之談，未足爲據也。」又試示人以太極兩儀之圖，人必艴然曰：「此腐儒之説，非所樂聞也。」夫以三皇内文，誣爲野史；五行要義，詆爲腐儒。而謂不足據、不樂聞，勢必盡廢古書，而各逞其好作聰明之論，則世道憂也。嗟乎！此不信古也，此不好古也，此所以述者日寡，而作者日多也。雖然，盍博學而深思之？蒼天煉石，而黄土摶人，鴻濛開闢以來，造物幾同兒戲，則信固難。然而井鼃夏蟲之見，徒自笑鯤鵬也。戊己測星垣，胡弗述天元之玉册？庚辰剿水怪，胡弗述岳瀆之真經？遁甲開山，而靈蘭闈秘，恍惚杳冥之際，大道莫測端倪，則好尤難。然而銜華佩實之餘，自能窮根柢也。談兵鈐龍虎，胡弗述風后之《握機》？格物釋蟲魚，胡弗述神農之《本草》？人苟述古，何敢不信，何至不好哉？而無如當今之世，作者如林也。作《通釋》以貫古義，而《易》學壞；作《疏證》以攻古文，而《書》學壞；作《韵表》以合古音，而《詩》學益壞。《舜典》删二十八字，猶强附乎古之名；《聲類》分一十七部，乃顯違乎古之實焉。作《通考》以詳古制，而《禮》意失；作《黍尺》以考古律，而《樂》意失；作《志乘》以紀古事，而《春秋》之意又失。鐘鼎彝器多贋文，猶貌託乎古之迹；騆儈庸夫皆列傳，乃盡瀉乎古之真焉。噫！孰是能信古而能好古者？信五位生成之數，則圖呈龍馬，何必非河？信九宫錯列之精，則書負靈龜，安知非雒？信之篤，斯述之殷，胡爲著象數之辯，而群焉以述爲疑耶？夫八索或稱八素，九邱亦作九墟，苟勤於述古，雖倚相所讀，其逸文猶有足徵者，矧爲經義之大綱也。故一十六字之謨訓，豈容强别爲道家；百二十國之寶書，亦必網羅其舊説。好連山歸藏之學，則首坤首艮，統合乎丑寅；好先天卦氣之篇，則納甲納丁，象符乎弦望。好之真，斯述之富，何必存門户之見，而毅然以述爲非耶？夫柏翳存百蟲之號，《竹書》紀五帝之年，苟敏於述古，雖故府所遺，其蠹簡不無晚出者，矧有篆籀之堪摹也。故十鼓勒周勳，汧毆請釋岐陽之石；二龍稽禹迹，衡麓願尋岣嶁之碑。吾是以憶柱下之遊，景猶龍之度，而獨惓惓於老彭也。

從「信」、「好」中勘出「述」、「作」，較常解鞭進一層。謂人苟「信」、「好」不真，稍存菲薄古人之見，則雖日日考古，仍不免不知。而「作」之咎，爲今日力攻古文《尚書》、先天八卦至疑及河圖雒書者，加一針砭。至其臚舉古書，幾於商、周以前，六經以外，搜索無遺，尤爲難及。

子曰桓公九合諸侯不以兵車管仲之力也如其仁如其仁

辛卯江南　洪鐘

聖人仁伯佐，大其功也。蓋仲不事桓，則諸侯不可合，而兵車之禍，無已時矣。其力也，其仁也，仲之功曷可少哉！嘗讀《管子》一書，竊嘆管子真天下才也。其書未始不言兵法，類皆本先王遺法，以與時變通，而不主戰勝攻取之説，則以兵止兵之意，可於

《心術》一篇推其隱焉。第其不進於王，而止於霸，議者訾之。然其人可訾，其功要不可没。而或以區區小節相繩，則未思民惡危墜，我存安之；民惡滅絶，我生育之。其身係天下之存亡者，非淺尠也。子路以未仁責管仲，第知仲無死糾之節，而未知仲有輔桓之功耳。子曰：「自古仁天下者，不爲一身。」仲之語忽曰：「夷吾生則齊國利，夷吾死則齊國不利。」吾謂夷吾之生，豈惟齊國之利？實亦天下之利也。春秋之世，天下之患在諸侯，桓不得仲，何以霸諸侯？仲不輔桓，何以仁天下？蓋天下之困於兵車也久矣。雖然，仲之輔桓，亦何嘗不以兵車哉！仲謂：「德不及黄帝唐虞，天下不順，不可以廢兵。」乃請薄刑罰，以厚兵甲；制軌里連鄉之法，以正卒伍；行牧民、乘馬、幼官、輕重諸政，以富其民，而興其教。修兵四年，同甲十萬，車五千乘。其時楚横於南，狄强於北，皆犯天子令，爲中國患。仲欲發小兵以服大兵，使告諸侯，請相救伐，以附於齊，諸侯皆諾。由此言之，桓合諸侯，不以兵車，其曷有濟？顧嘗考桓之合諸侯也，南伐以魯爲主，西伐以衛爲主，北伐以燕爲主。用是救徐州，服荆楚，禽狄王，敗胡貉，伐山戎，斬孤竹，拘秦夏，服西虞，兵車之會，則有六焉。城緣陵以封杞，築夷儀以封邢，城楚邱以封衛，乘車之會，則有三焉。然而九合諸侯，甲不解壘，兵不解翳。弢無弓，服無矢，寢武事，行文道，大朝諸侯於陽穀，以定周室而尊天子，即謂不以兵車也亦宜。而或謂此桓之力，非仲之力也。葵邱之會，天子賜胙，其歸功於桓可知矣，不知桓非能安天下者也。觀其初立，欲修兵革者三，仲三止之曰：「貧民傷財，莫大於兵；危國憂主，莫速於兵。」以故伐魯不可，伐宋不可，伐楚又不可，由是中外諸侯莫不賓服。微仲之力，桓將逞志諸侯，兵車之禍，且加甚矣。嗟乎！仲存而天下生民不知有兵，仲亡而桓公遂以不振，此其力爲何如力，此其仁爲何如仁哉！吾蓋讀《大匡》、《小匡》諸篇，而益嘆其功之不可及也。

議論精當，斷制謹嚴，祇足推倒八股豪傑耳。至其取材《管子》，成一家言，爲此題下鐵板注脚。文思既新，素學亦顯，方今才人、學人一齊稱許。

子曰行夏之時乘殷之輅服周之冕樂則韶舞

己丑會試　費念慈

監於四代，治法備矣。夫夏時、殷輅、周冕，綜三代之制，而樂則宗有虞，治法不大備乎？且孔子嘗言：「觀夏道，學殷禮，而繼以從周。」適齊聞樂，三月忘味，退而修《春秋》，游、夏不能贊。顔氏之子，其殆庶幾，乃答其問曰：「儒者生明備之後，創不如因；酌損益之中，作不如述。以定中氣，以尚素質，以昭大文。又必盡善盡美，神人以和，而後帝者之上儀，炳焉與上古同風矣。」子問爲邦。夫爲邦者，明堂之法，易時陳輅，冕而大裘，奏六代之樂，昭代隆軌也。然尊一王之制，禮貴從今；垂百世之經，治宜法古。夏受虞禪，首法夏。夫天有三統，月有三微，惟夏數得天，故授時巡岳，積分置閏，必以寅爲春首。春者何？歲之始也。亦越我周，魯先君元公《豳風》、《月令》諸篇，言明堂、陰陽等例之義綦詳，不獨郊祀、禘祫、務農、講武之載在官禮也。五德之運，終而復始，《小正》一書，禮家世守之，有王者起，不易吾言矣。一在行夏時。代夏者殷，次法殷。一器而衆工聚者，輅是也。有虞氏鸞車，夏后氏鈎車，稍稍有文采矣，而未備也。周五輅，飾以金玉象革。惟木輅殷制，周郊乘玉輅。魯備四代之典，雖得郊，嫌於同王，則乘大輅。大輅，殷輅也。殷輅三，繁纓皆不過五就，其制最善。龍勒鵠纓，載弧韣，旂十有二旒，華而不靡，琱而不侈，可以法矣。以此爲坊，後世猶有車澤人瘁者。一在乘殷輅。周監二代，終法周。禮有以文爲貴者，則曰冕。《周禮》：「弁師掌王之五冕，皆五采，璪十二就」，玉如之。冕有六，而云五者，大裘冕無旒也，或云朱緑藻，殆夏、殷制。

冕始黄帝，有虞氏皇，畫羽飾焉。夏收殷冔，其文不彰，至周而燦然，故言冕者必法周。一冕既首服，又重典。粤若稽古大禹，惡衣垂訓，且致美也，有天下者，所當法後王也。其在服周冕。雖然，聖人在上，澤及飛走，治定功成，而樂興焉。其在《易》曰：「作樂崇德，比物此志也。」設聖仁之事既該，而鳳皇不至，將何以炳炳麟麟，爲萬世規？其樂惟何？則法《韶》舞。且夫《韶》舞云者，兼聲容而言，大司樂言樂德樂語，而終以樂舞。舞者，樂之成也。至矣哉！如天幬地載，雖甚盛德，疇能加之？所謂簫韶九成者是，蓋帝王之道備矣。憲章祖述，意在斯乎？爲邦者何多讓焉？然而有法者必有懲，鄭樂亂雅，利口危邦，放之遠之，《春秋》之志也。回也識之。

「周郊乘玉輅」，祖鄭誼甚確。隆農師調停二車之説固非，金誠齋輩以素車非殷制闢鄭，尤非。文脱盡恒蹊作法，仍極完密，貫通經典，落落揮寫，通人之文，大抵似此。但學究意中，正以博徵繁引，不諧墨律，殊多詬疵。然楊維斗先生嘗爲此題文矣。先生舉業文大家，海内宗仰，試附載其文以質之，不知又謂之何，諒亦擲而棄之，惟恐不速也。蓋之群公者，相桎梏則高頭講章，相授受則坊行選本，開口則曰：「有口吻，有神情，代聖賢立言也。」口吻肖，神情似，聖賢之事業也。噫！

聖賢之口吻神情，以積學研理，無意合之，則時藝之本意也。若哦之乎，諷者也，描摹虛字得之，豈其本意與？萬人安之而不察，褻甚矣。故康熙初，嘗厭薄之，裁革之。嗣以積重難返，復行其法，風氣之固結，耳目之濡染，雖至極弊，其間不乏偉人，未有肯變通也。然文章取人，人固非即文章，何工何拙，一任風氣之固結而已，風氣之變遷而已。

楊藝云：合帝王，而聖人之禮樂法矣。夫禮以乘運也，樂以象成也。分取王，合取帝，惟夫子爲大云。且夫五運乘焉，四德備焉，故皇居元，帝居亨，王居利，至於貞而春秋之素王合之，化古今之大統也，統在而禮樂興矣。禮謀其始，樂謀其終，帝以爲經，王以爲緯。七政齊則禮數明，取夏時之行以協天紀，亦璣衡曆象之精；百度貞則禮器一，取殷輅之乘以察地宜，亦律度量衡之則；五采施則禮儀煥，取周冕之服以炳人文，亦山龍黼黻之章。而於是可以作樂。蓋樂者，禮之情，時之會，文質之和，有其清明廣大者以開夏，有其廉直莊誠者以開殷，有其文采節奏者以開周，則《韶》中具有三代，而三代不出一《韶》，故以是爲美、善云爾，豈僅取其舞哉！是知禮從陰制，樂由陽來，得陰者王，得陽者帝，仁近於樂，義近於禮，裁割三王之爲義，涵有五帝之謂仁。吁！正統固在洙泗間矣。然損益四代，不及乎堯，何也？韶，紹也，所紹者何？堯也。三王皆有帝之一體，而舜之視堯，則具體而微。夫子獨以「大哉」歸堯，而兼用四代，則居然堯矣。始乎帝者，天應以《圖》；始乎王者，天應以《書》；　終乎帝王者，天應以麟。龜焉成《易》，麟成《春秋》，《易》與《春秋》相表裏，而夫子與帝王相禪代。夫麟，仁物也，於五行爲木，則夫子殆以木德王云。

子曰君子矜而不争群而不黨子曰君子不以言舉人不以人廢言

壬辰會試　林頤山

欲消争黨之隙，於舉廢間見之矣。夫或争或黨，大抵爲有舉莫廢計也。君子平之以矜群，而重人不重言，不即見於舉廢間哉！且昔儒家者流，出於司徒，説者以儒爲學校中人，德性既由此甄陶，賢能亦由此進獻。降及後世，司徒曠官，則凡託於爲儒者，或聚訟以鳴異，或標榜以從同，學校中弋取功名，自恃爲有舉莫廢之術。卒之君相求賢，推崇太過，轉或輕信人言以受其欺。及其敝也，則又概從屏絶以防其濫。而儒術終歸於不用，此則大聖人所深慮也。不然，司徒官屬師氏、保氏，其職皆教養國子。儒即國子通稱，師氏教國子以三德三行，德行皆人所自勉，争何有焉？保氏養國子以道，又教以六藝六儀，藝、儀雖兼及於言，而道則人所共由，黨何有焉？後世厭故喜新，程途漸别，凡師、保氏所教養者，渺焉無存。由是荒古訓而不式，逞私智以自雄。論説必伸，謬爲臆斷；指陳偶拂，力與詆訶。言語之間，輒思争勝。况乎抉瑕索疵，則勢必嫌孤；别户分門，則情必求暱。陰爲借助救援之實，陽市同方合志之名。朋黨既分，争競愈熾，立言不朽，詎假强爲。君子觀於此，而嘆儒術之不古若也。顧或謂儒以道得民，其所以得民者，或以事舉，或以言揚。彼争與黨爲求舉計，兼爲不廢計耳。争則傾軋潛萌，異類者黜而退；黨則攀援互結，同志者進而升。然後世巧宦之夤緣，猶不止此也。今夫與人爲國，而去典籍以泯争端，嚴法律以申黨禁者，春秋時曾不數覯。一二好賢之主，類因謀士廷争，漫用調停之術；諫官植黨，適開引重之階。是徒用其言，不復核其人也。是人必因言而重，即言或因人而輕也。《周書》云：「以言取人，人飾其言。」仕宦情形，亦似有察之未審者，君子觀於此而益嘆儒術之不古若也。且夫矜於古爲廉，君子必化其争也；群以涣爲吉，君子必去其黨也。而舉之莫敢廢，廢之莫敢舉者，又君子用人聽言之準則也。爲君子儒而在於下，則莊以持己，和以處衆，不枉道以肆其營求；爲君子儒而在於上，則明試以功，敷奏以言，因入官以端其習尚。守師、保氏教養之法，而矜群樹其型。人言神其用，不足爲千古儒林所準則哉。夫子蓋見夫儒術之壞也，因亟勉在下君子曰：「矜而不争，群而不黨。」又望儒術之復振也，因明告在上君子曰：「不以言舉人，不以人廢言。」

通解禮意，原本經術，理爲精理，言爲名言。經學大師之文，非八股家所能作，非訓詁小儒所能擬也。

君子之道孰先傳焉孰後倦焉譬諸草木區以别矣

己丑浙江　汪康年

道有先之而反後者，故區别爲教者之責焉。夫先傳則必致後倦，明乎道之難速成，則分學之品類，如區别草木然，非設教之要事乎？曰：商不佞，不忍先師之遺經，遽放失於天下。是以於《易》爲《傳》，於《詩》爲《序》，於《禮》爲《喪服傳》，又親授《詩》於曾申及高行子，授《春秋》於公羊高、穀梁赤。夫豈猶有所吝惜哉，顧以道遠者不可以一蹴幾，任重者不可以一旬至。古昔明師，教思多方，未有可以陵躐爲之者。然則審道術之差數，考學問之流別，以徐導其機，非夫設教者之盛心耶？今者游之咎我，何其刻深而不察實哉！游豈不知褚小不可以懷大，綆短不可以汲深？良弓之子爲箕，良冶之子爲裘，非不欲遽爲弓、冶也，患其不能也。是故弓調而後求勁焉，馬服而後求良焉，士信慤而後求知能焉。羈貫之子，章句之未辨，師法之未明，而卒使之服習仁義，稱説先王，始雖黽没，終必倦[illegible]。《學記》曰：「當其可之謂時，不陵節而施之謂孫。」然則先傳者後倦，進之鋭者退必速。游非故與商從夫子游者，何不審思君子之道，而輕以責商也。且夫君子設教，固非能伸傴起躄，發瞽披聾也。又非能責疲者以舉千鈞，責兀者以及走兔也。道在因之而已。夫跂以爲長，偃以爲廣，强之終日，逾時復故。是故因其求能也，而教之藝；因其求知也，而教之記誦；因其志氣之發揚也，而教之《詩》；因其動作之祇惕也，而教之《禮》；因其搜討於憲典也，而教之《書》；因其好善而惡惡也，而教之《春秋》；因其歡欣鼓舞不能自已也，而教之《樂》。然則明其聲讀，晰其訓故，正其師法，而先分其品族，俟時至而語之焉，斯亦足以待學者已。且游獨不聞大匠與良醫乎？夫草木生深山菹澤之中，匠者睨之，若者爲楹棟之材，若者爲枅櫨之材，若者爲棍楗檽檻之材。以至柀可爲船，柍可爲橦，椵作床几，樗爲鉏柄，櫛之用樿，杯之用樓，下至荓之爲帚，臺之爲笠，莞藺之爲席，杜茅之爲繩，悉舉致其家，以待用者之取材焉。醫之於藥也亦然，讀《靈素》之書，案《本草》之經，凡夫小辛大蒙、黄寅白昌、茈胡齊芘、雞雍豕零之屬，以至蛇床蘼蕪之相亂，房葵狼毒之相似，悉籠蓄之，以待病者之求飲焉。向使匠者不問用之大小，而悉與之良材；醫者不問病之差劇，而悉與之重藥。則必稱賤工，號庸醫矣。子何不知此，而猥以相責乎？

時文自有時文家一副字面。其始因就熟避生，取便場屋；其後遂習非勝是，守若模楷。雖有魁偉閎達之士，意見横胸，牢不可破。甚至束書不觀，鑽仰故紙，反自爲持正，訕空滑陳腐之譚，爲清真雅正之旨。古人諧語所謂「甘蔗渣兒，嚼了又嚼」者，誠痛惜深之也。此作詞達理舉，證引諸説，面貌雖新，不出六經子史之外。然時文家見之，定已訶其作怪，目爲欺人，何也？其語固非八股名家所知，亦非學究先生所教也，吁！國家馮文取士。文者，祇藉覘胸中所學也。應舉之士，乃不務有用之學，殫精極頳，畢生致力於揣摩。嘵嘵然，如是爲文，如是非文，一旦出而用世，壹是皆非素學。文自文，官自官，洎教養才絀，挂名白簡，尚博得文理優長之目，叨半生喫著之恩，待之者固不嫌過厚，受之者亦能無疚心歟？然大旨非謂學此等文即彼善於此，以學此等文者必檢書，檢書則稍變空疏之習，可漸趨有用之學也。若誤會之世，固已怪譎誕妄，波涌雲興。壬辰會試落卷，傳聞有所謂「鼉鳴一堂，蓊飛八方」者，又有所謂「君子裸孰，睎若無蠹」者，變本加厲，流弊又曷勝言耶！況心思才力，大都相同，安知涉獵家之枕中秘本，必讓於村學究之兔園册子乎？何種甘蔗不成渣，在有志之士善爲之而已。

旅酬下爲上

辛卯浙江　劉燕翼

證旅酬於禮經，下爲上之義可考焉。夫旅酬之禮，雜見於古經十七篇中。下爲上之義，可執經以求，不必泥諸家之説云。且《記》所謂：「日莫人倦，齊莊正齊，而不敢解惰者。」此正獻以前之禮也。主乎敬，若正獻既畢，一人舉觶爲旅酬始，二人舉觶爲無算爵始。夫爵至無算，凡執事者皆得與飲酒。旅酬者，無算爵之發端也，以尊酬卑之禮也，主乎歡也。夫所謂以尊酬卑者，即下爲上也。謹求之《鄉射禮》：「旅酬，司正升自西階，相旅，作受酬者曰：『某酬某子。』某爲字，某子爲氏。稱酬者之字，受酬者曰某子。」《傳》曰：「字不若子。」尊之也，此即下爲上之確證。謹再求之《鄉飲酒》、《燕禮》，合參《特牲饋食》、《有司徹》諸篇，以證下爲上之義。若後儒之説，踵訛襲謬，無能辨正，吾無取焉爾。《鄉飲酒》「旅酬」：「自賓北面坐取俎西之觶，阼階上北面酬主人，至賓拜送主人，賓揖，復席」，此賓酬主人也。「自主人西階上酬介，至主人揖，復席」，此主人酬介也。「至司正退立序端東面之時，所謂受酬者自介右，衆受酬者受自左者」，此介酬處衆賓，衆賓又以少長爲次序相酬也。《鄉射》「旅酬」同，惟無介，大夫當之，蓋賓尊於主人，主人尊於介，介尊於衆賓，是以尊酬卑也。下爲上之可證者其一。《燕禮》「旅酬」：「自公取大夫所媵觶，興以酬賓。賓降，至賓升，再拜稽首，公答再拜」，此公酬賓也。「自賓以旅酬於西階上，至卒受者以虛觶降，奠於篚」，此賓酬大夫。諸大夫又以爵之尊卑爲次序相酬也。大夫卒受者興，酬士於西階上，亦以士之尊卑爲次序。《大射》「旅酬」大略相同。蓋公尊於賓，賓尊於卿大夫，卿大夫尊於士，以公酬賓，以賓酬卿，以卿酬大夫，以大夫酬士，亦以尊酬卑也。下爲上之可證者又其一。凡此皆爲飲酒正禮之旅酬。至《特牲饋食》篇，有賓酬長兄弟之禮，有長兄弟酬衆賓之禮，有衆賓酬長兄弟各以尊卑少長爲次序之禮，有長兄弟又取弟子所舉之觶以酬賓之禮。蓋賓尊於衆賓，長兄弟尊於衆兄弟，交錯以辨，亦以尊酬卑也。下爲上之可證者又其一。《有司徹》，有尸酬主人之禮，有主人酬侑之禮，有侑酬長賓之禮，有長賓酬衆賓之禮，有衆賓與兄弟及私人各以尊卑少長爲次序相酬之禮。蓋尸尊於主人，主人尊於侑，侑尊於長賓，長賓尊於衆賓兄弟及私人，是亦以尊酬卑也。下爲上之可證者又其一。凡此皆爲祭畢飲酒之旅酬，吾乃恍然於武周制禮，所爲鈞神惠以合歡心者，誠在於此也。下爲上，所以逮賤也。

據凌氏說：「以脉絡條貫之稍加點綴，洞中竅要。」衛櫟齋云：「人之著書，惟恐其言之不出於己。吾之著書，惟恐其言之不出於人。」蓋謂裁斷之爲難，非穿鑿之難。著書爲然，作文宜然矣，信與！

明乎郊社之禮禘嘗之義

己丑江南　丁福申

禮義存於祀典，重望有明之者焉。夫郊社禘嘗，各有禮義在矣。舉其禮而原其義，是所望於明之者。嘗考六書，而從示從豊者爲禮。豊，禮器也，從乎示，則凡有事神示者，皆有其禮之不容紊。至「誼」之古文爲「義」，誼所聯即義所繫，况其文從我，則由我而追所自始。更有深義之存，分之則禮主尊而義主親，合之則禮難詳而義難曉，世有制度考文之責者，吾知講明切究之無他屬矣。事帝祀先，各有禮在。顧先王緣義制禮，義皆由宗廟推之也。而由宗廟旁舉之，則有郊社；由宗廟晰言之，則有禘嘗。考之五十里曰近郊，百里曰遠郊，祭於郊故曰郊。郊禮有三：南郊祭天，北郊祭地，四郊祭四方五帝。是郊固兼地示、方示之祭，故統曰上帝也，安在專指祭天者？若社文從土，故專祭土示，又於地無與。《祭法》曰：「瘞埋於泰折以祭地。」地見郊内，何社之有乎？至欲以后土當地，雖武城有言曰：「敢昭告於皇天后土。」而以謂地可，謂社則不可。况社神自有社主，后土則相傳爲共工氏子，與后稷並爲土穀之官，蓋在社主外矣，社顧以后土當之耶？試反覆於郊社之禮，有難爲庸近喻者。「禘」與「諦」通，祭之宜審諦者曰禘。其禮有三：五年一舉曰大禘，三年禘廟曰吉禘，行之於夏曰時禘。兹禘與嘗並舉，其殆時禘，非大禘乎？不知禘雖大祭，要即於時祭中而並舉之。《魯頌》曰：「秋而載嘗。」《春秋》：「文公八月丁卯，大事於太廟。」此禘行於嘗之確證。要之，礿禘，陽義也；嘗蒸，陰義也。必拘拘辨禘嘗之大小，分禘嘗之疏數，猶經生泥古不通之見耳。而先王立祭之義，固不在是。且夫創一禮而義斯存，申一義而禮斯建。郊社非無義，而義起於所親，則郊社以禮重；禘嘗非無禮，而禮從乎外飾，則禘嘗以義伸。是故義有不同者，晰之以禮，彼日月星辰，山岳川瀆，皆郊社類也，是可取郊社之禮該之；禮有未備者，裁之以義，彼曰禴曰祠，或烝或祫，皆禘嘗類也，是可援禘嘗之義例之。明睿無慚，亦明發如昔，非仁至而孝盡，夫孰得而明之？由是觀之，局高蹐厚，誠直與上下相周；合漠通微，敬不以幽明而隔。明其禮而隆殺尊卑，千載息議禮之獄；明其義而水源木本，萬方伸嚮義之風。世果有深切而著明者乎？吾將起訂禮之先王而問之。

邃於故訓，熟於禮典。駁正舊説，不必矜張，自然意解；闡發經誼，不必艱深，自然理足。此種文，看似容易，作便難，非老斲輪弗辨也。

知所以治人則知所以治天下國家矣凡爲天下國家有九經

庚寅會試　蔡元培

以人貫天下國家，所以治之者九也。夫未有能治人而不能治天下國家者也。何以治之？有九經在。今夫人積而家，家積而國，國積而天下，未有無人而可以爲天下國家者也，則未有能治人而可不謂之能治天下國家者也。雖然，治云耳，所以治云耳。果何以哉！果何以哉！越如先代，員及後王，當兹鴻任，莫不有萬世常行之道在焉。以其近乎仁、近乎知、近乎勇者知所以修身，則知所以治人矣。人者何？家人也，國人也，天下人也，盡此矣。君爲國家者也，臣所言文武，爲天下國家者也。治家，治家人耳；治國，治國人耳；治天下，治天下人耳。無人則無所謂天下國家，無人則天下國家亦無所庸其治，不治人而以爲治天下國家也，臣未之聞也。臣嘗數古之治天下國家者矣，若任名之世，若任法之世，若任意之世，不以治人者治家人，而曰：「吾以治家也。」不以治人者治國人、天下人，而曰：「吾以治國、治天下也。」則家人不治，則家不治。則國人不治，則天下人不治，亦如是。烏乎！未有不治人而可以治天下國家者也，則未有不知所以治天下國家，而可謂知所以治人者也。知所以治人，則知所以治天下國家矣。夫曰所以治，則實有所以也。彼夫山林處士，若朝齊莫楚之輩，聲之舌，聿之書：「吾能治家也，使井井其有理也；吾治國也，敦敦其順也；吾治天下也，庚庚其平，邐邐其安也。」一人云云，十人亦云云，未有以此若人治天下國家者也，不則其所以治者立見。雖然，盍竟其語矣。其必相羊其言，張皇其道，使人蒙於其所以也，而今之所謂知焉者，庸如是乎哉。越爲廣徵之。文武以前，天下有王，天下有帝，天下有皇，咸所謂爲天下國家者也。爲之言治也，治之則有所以治者矣。外史所掌，師所陳，瞽使所觀，楚臣所讀，凡爲天下國家者，事具十九也；越理官屬，越史官屬，越議官屬，支爲諸子，别爲百家，凡爲天下國家者，事具十五也。年而讀之，世而學之，會其要，最其目，有九經也。以是爲經，其餘事爲緯。《易》曰：「君子以經綸。」斯之謂與。凡數，中數曰五，不及曰三，過曰九。九經則實有九事也，其一修身，其八皆以治人也。信乎知所以治人，則知所以治天下國家與？

熟於周秦諸子，句奇筆峭，能規放定盦王農部評作者文也。此作談理精簡，陳誼嚴正。知作者爲文，雖胎息諸子，而折衷儒流，卓然名世之業，不近橫議之家。所謂至奇之文，有極平正之理者也。

日月星辰繫焉

己丑浙江　方克猷

謂天有所繫，《中庸》之創論也。夫自來言日月星辰者衆矣，未有謂其有所繫者，有之則自《中庸》始。且觀象者，不知各曜之重數，不知天之高；不知各曜之實徑，不知天之大。然非合各曜之重數，與各曜之實徑，實測其所以運行之故，則仍不足以驗天之無窮。今夫在天而統乎月與星辰之行者惟日，故觀天者首論日。借日之光以爲光者謂之月，故次論月。與月並隱見者謂之星，故次論星。日月星之所會謂之辰，故終論辰。凡此皆麗乎天者也，而吾獨謂其繫乎天者，曷故？謂天常左旋，日月星辰常右旋，其道以順逆而異勢，斷無一時兩動之機，此繫之説不可解者一也。謂天循赤道，日月星辰循黄道，其度又以斜正而殊形，斷無同處一天之理，此繫之説不可解者二也。且也依歲輪之算，日天既高於月，而星辰尤寥闊而無垠，不得統遠近高卑，繫屬於一圜之内，此不可解者三也。且也據實測而言，日徑既大於月，而星辰亦體質之各異，不得以珠聯璧合，謂真有相繫之形，此不可解者四也。或曰：「此繫於形也。」則太虚無體，何來附麗之區？宫次所分，亦盡憑虚之構。繫之無所繫也，而凡飛流薄蝕之不安於繫者無論已。或曰：「此繫於氣也。」則高寒之宇，本無攝物之功；軌轍無常，安見並行不悖？繫之無從繫也，而凡合伏遲留之顯違所繫者無論矣。是特未知日月星辰之行有九重也。高卑各運，並根宗動之樞；朓朒所行，不越次均之度。使非有宰制之者，而能如是之不遚推步乎？互相附麗爲繫，各自附麗亦爲繫，繫之所以言懸也。是又未知日月星辰之力能挈斂也。其氣質各本健行之運，故不爲天氣所撓；其性體各有攝引之能，故常就橢圓之軌。使非有牽率之者，而能如是之得主有常乎？互相牽制爲繫，互相圍繞亦爲繫，繫之所以言維也。推之黄樞四游，常環北極；歲差微杪，可驗東移。則知普天宿度，各有常行，故可以定立成之法。推之恒星凌犯，盡可推求；彗孛飛流，亦行軌道。於是天象變遷，莫非預定，故可以廢占驗之書。而天之無窮，猶不止此。

前半爲「繫」字設疑，後半爲「繫」字立解。祛盡衆惑，獨標精誼，乃知嚮來作此題者，皆門外咆哮，糊涂訖事。作者於先正八股之則，大圜九重之理，亦已俱臻絶顛。是科闈藝，名作如林，惟此作尤爲精到。

日月星辰繫焉

己丑浙江　蔡元培

有繫於天者，未可泥九重之説焉。夫繫之言屬也，日月星辰，大抵屬於天耳。而或以九重之説實之，誤矣。嘗聞在天成象者，謂之天官，又謂之天文。训者言其移焉，顧自其行於天言之，謂之移；自其屬於天言之，謂之繫。泥者誤以爲兩歧也，而援後世天文家言，所謂日天、月天、五星天、列宿天以通之，而古義夢矣。説者曰：「天無窮，所謂九重天者也。其上爲宗動天，而列宿天次之。於是有填星天也，有歲星天也，有熒惑天也，有太陽天也，有金星天也，有水星天也，有太陰天也。太陽爲日，太陰爲月，五星爲星，列宿爲二十八宿，辰之所麗也。日天、月天、五星天、列宿天，各以其時動。而日月星辰，各居其天而不動，是以謂之繫也。」雖然，是説也，覈之於古有不合者五。古書曰：「天傾西北，故日月星辰移焉。」又曰：「天左行，日月右行。隨天左轉，故日月實東行，而天牽之以西没。」如後世之説，則日月不行，重復謂之天行也。不合一。古書曰：「夏日道上與四表平，下去東井十二度，爲三萬里。謂日上極萬五千里，星辰下極萬五千里也。」又曰：「日道出於列宿之外萬有餘里。」如後世之説，列宿在日上，安得日道出列宿外，而下至東井也？不合二。古書曰：「日月之形如丸。」或疑其遇以相礙，則有以有形無質應之。如後世之説，則日月無相礙理，不必爲是曲説也。不合三。古書曰：「星有好風，星有好雨。月離箕、畢則風、雨。」如後世之説，則列宿天至高，太陰天至下，不相關會也。不合四。古書曰：「日月所會謂之辰。」謂星紀之屬十二次。

如後世之説，則析木之宫，俄而爲星紀；　大火之宫，俄而爲析木。名實繆差，或議更爲丑宫也，或議更爲初宫也，而古法不聞患此。不合五。綜五不合，而古法無九天之名審矣。然何以言繫也？繫之言屬也。如車之傅山，舟之行水，大都言之耳。泥「繫」字之解，而以後人心得，爲古人傅會，古人不受也。至有謂日月皆星，地亦星，而疑星月之上，有山川人物也。尤於古無徵，不足述矣。

天文家古今疏密、中西同異，已歷經明曆者疏通證明。此作疑非所疑，初見殊爲駭怪。既悟作者之意，因泥古之徒非可言曉，故有意出奇，支離其詞，使讀者因其言之太甘，從而疑，從而悟。周秦諸子往往有此文字。又陳陳相因之中，有欲語羞雷同之概，亦矮屋制勝之技，故重蔡作而存之。

及其廣厚載華岳而不重振河海而不洩

戊子江南　劉奉璋

以測地法觀地球，載與振已形其廣厚矣。夫廣也厚也，宜立法以測之。而載且振於地球之上者，不已形其廣厚乎？且《周髀》立覆矩、卧矩之法，而角與綫生於矩者，其三角、三邊，邊皆直綫，可以測廣遠深厚，而觀地球之全量焉。説者以方里計圜球，謂球之面有土四萬三千四百八十一萬，球之面有水十二萬一千二百四十六萬。而球之氣，或凸而突，或凹而深者，極崔巍浩瀚之奇，均流峙於一球之内。非不貳而不測，其孰能若此？一撮者，四圭也。圭爲六十四黍之所積，渺乎小矣，將何以形地之高，何以形地之深哉？則試以縱横之法，求經緯之端，而測廣厚也可。夫所謂地球者，蓋地之大體，圜轉如球也。球之兩端，謂之南北極，其中半謂之赤道。以赤道匀析三百六十，謂之經度；自赤道至北極匀析九十，謂之北緯度；自赤道至南極亦匀析九十，謂之南緯度。凡地之浩乎無垠者，胥球之渾然一氣者包之。斯即從球之中心，平分爲兩半圓體。又從兩半圓體中心，各分爲無數尖體。以求球體之積，究不能測夫地之所窮，則亦第見其廣而已矣，第見其厚而已矣。若夫托體於球之上，流行於球之中者，名山三百，支山三千，而華嶽爲尊；名川三百，支流三千，而河海爲大。考之《職方氏》，豫州鎮爲華，雍州鎮爲嶽。《爾雅》曰：「河南曰華，河西曰嶽。」「華」本作「崋」，「嶽」或作「岳」。無論巨靈劈之以通河流，分爲太崋、少崋，而皆以華括之。無論廣乘在東海，長離在南海，麗農在西海，廣野在北海，昆侖在海中，爲天之五岳，而皆以嶽該之。若發源於昆侖者爲河，其始實濫觴於星宿海，歷權勢、距樓、別符、營室、卷舌、樞紀、輔虚諸星度而九曲焉。至所謂大瀛海者，更環乎赤縣神州。而南滃朱崖，北灑天墟，東演析木，西薄青徐，以爲重誠重矣，以爲洩可洩矣。然球之理實氣空者，實有以包之。而傾缺之説誣，潰決之時少，則亦第見其載焉而已，振焉而已。雖然，此特球之本體耳。華嶽即地，河海即地，而非强附於地，何重焉，何洩焉。且近北極處爲北冰海，近南極處爲南冰海。而地球之半，地脉自北極披垂而下者，其分部立國，綿亘乎重洋絶徼，且不可窮極矣。若萬物載於地者，又不僅土之環繞於海，披離下垂，形如肺葉已也。

此題闈藝，衆工薈萃，技巧畢呈，發盡造化之奇，各有觀止之嘆。集中刻行三藝，尤爲其間上駟。此作通曉算術，伯仲江篇，淹貫古籍，頡頏劉藝。其文勢浩瀚，筆陳從横，又與兩作分鑣殊軌，各有卓絶之處。

及其廣厚載華岳而不重振河海而不洩

戊子江南　江衡

地之廣厚爲員體，可悟不重不洩之故矣。夫廣視乎周，厚視乎徑。地體渾員，而其動不息、不重不洩之故，斷以此耳。且自有地員之説，所謂地法覆槃，滂沱四隤者，見於《周髀》之文。而爲峙爲渟，俱在員界之内焉。蓋方輿寥廓，經與緯上應乎天；而大氣包函，艮與坎下安其位。近世談瀛之士，漸悟地爲渾員，觀於止者不遷，流者不潰，益信地動之説，無妨於其所受也。以撮土視地，猶未及其全耳。考地之東西南北，各一周有九萬里。以周求積術入之，其廣可知也。天度三百六十，地亦如之。以一度二百五十里計之，其廣更可知也。地以德言，則曰方；地以形言，則曰員。地爲員體，其徑約三萬里，徑即其厚也。地居天中，隨人所立。目窮其周，得天體之半，亦即地體之半，所謂地平者是。且地體之半，以半徑爲其厚，仍以全周爲其廣，合全體言之，是以全徑爲其厚也。地體小於日而大於月，月尚繞地而行，况附於地者哉，况附於地而何莫非地者哉！則試就大者言之。覆土簣於平地，載之固易易耳，而華岳則至高也。夫河南華，河西岳，既詳《爾雅》之篇；華屬豫，岳屬雍，聿重周官之掌。然吾考岳爲吴岳，當徵諸「導岍」之文，其並舉夫華者，以地屬周畿。《職方氏》均稱山鎮，如所謂「降神生甫」者，與此岳不相涉也。且夫華岳固以地爲基址耳，任地之東西旋轉，有攝力以固之，更無墜落之虞，此地動之證，而即不息之旨也。惟其載而不重，故岳臺晷景，測候者得據高處而無危；日觀登臨，紀遊者且薄雲霄而忘險。浮芥舟於坳堂，振之又易易耳，而河海則至大也。夫河可播，海可漸，既有遐邇之殊；海爲委，河爲源，又有後先之别。然吾思海爲統宗，直極諸環瀛而遠，其先言夫河者，以地居中國。古大禹曾樹奇勳，如所謂南瀹北灑者，要惟海爲尤遥也。且夫河海亦隨地而左旋耳，任地之日夜轉移，有元氣以充之，自有附依之力，此地動之證，亦即不息之説也。惟其振而不洩，故槎犯斗牛，好奇者得誌遊蹤之異；源探星宿，釋地者據爲典要之辭。或又曰：「地心自有其力，所載所振，皆其力之所舉，則重心是矣。」君子曰：「此即所謂誠也。」誠故不息，地動之説可無疑。

作者精於疇人之學，用算術詁題處，數言扼要，洞達癥結，不似淺學之士，以繁偁博引炫耳目、誇材能者也。敷陳華岳、河海，亦引據詳明，考證匝密。

及其廣厚載華岳而不重振河海而不洩

戊子江南　劉樹屏

至以廣厚觀地，而所載、所振忽異矣。夫華岳至重，河海易洩，而載、振之即一撮土之地，何又廣厚如此乎？且閎深之原，其氣質本極凝固，無所謂瘠薄與滲漏也。乃明明不瘠薄，不滲漏，推其原又並非閎且深。至鎮以穹窿，蕩以横溢，彼且若維若絶，從古無欹側枯竭之患，則又何也？一撮土之多，其間豈有名山巨壑爲之控帶？度不過如培塿之卑，洞酌之潦而止，烏睹所謂廣厚乎？乃極之繩行沙度之艱危，《大荒西經》、《大荒北經》，凡人迹不常至者，恒有崇岡峻陂，綿絡數千里，爲都會城邑，以壯環拱之勢。其廣其厚，廓乎無垠矣，然猶鑿空而難稽也。抑極之風檣估舶之出没，島夷皮服、島夷卉服，凡泥行所未到者，恒有洪波巨浸，奔湍數百丈，爲潮汐吞吐，以閎瀦蓄之觀。其廣其厚，接乎混茫矣，然慮談瀛爲無據也。則近扼秦隴全局，而規畫地脉之雄。入中原有崧高爲之盤紆，東北走則岱恒遠蹠，南趨則衡陽極峻，群望森列，皆足資屏蔽於關中。而要不若華鎮渭南，岳據涇南，實總攝群幹於西北最高之域。更細覈川澮經流，而推究地輿之闊。於蜀徼則岷源從而首受，入荆楚則漢沔分匯，吴地則全淮合流，巨瀆激趨，皆足塹形勝於外服。而要不若河匯兩源，海下百谷，實中貫華夏爲東南水利所争。岳自岐山以東，其岡漸迤爲平地，似渡灃水而脉已窮。不知入洛之交，深巖阻百千重，屈曲蜿蜒，勢乃遠趨岍嶺，至商於益下，遂中東而爲函谷之崔巋。是岳本通太華呼吸之靈。而華復與岳胚胎，相望於隴坻間，争負其蔽虧日月之異，夫豈撮土所能載乎？然策杖探烏鼠之穴，岳居左，華特居右，窮地力之負戴，不聞共工再出，能觸我不周之峰。則知華岳縱極崎嶔，地氣足以凝之，而成一静體，必不如梁山之朽壞，歷歲月而忽崩也。其不重如此。河自沙漠以上，其源全絶於西來，似望崑崙而迹已阻。不知日入之地，有大淵周萬餘里，渟瀯吐納，脉乃伏地東流，至雪嶺稍西，始上涌而爲列星之璀璨。是河實吸西海地中之絡。而海復受河灌注，迴環於大瀛外，互神其播蕩陵谷之威，夫豈撮土所能振乎？然泛舟自扶桑而東，河之委，實海之始，附地體以圜轉，不待改轍南向，仍還自越裳之濱。則知河海縱極汪洋，地氣足以攝之，而成一圓象，必不至如漏卮之難塞，一旋折而忽竭也。其不洩如此。物尚有不載者哉？

陳形勢如指掌，説山川能徵實。戴次仲善解經誼，楊孟文通曉地理，作者兼之。其援據賅洽，詞條雄俊，固餘事而已。

今天下車同軌書同文

戊子浙江　凌師皋　副

地球一統，車、書大同焉。夫地球之大，車不一車，書不一書矣。同軌同文，請於今天下徵之。且嘗環遊五大洲，而汽車日行數千里，捷書電達數萬言。竊嘆今天下威靈所及，無遠弗屆也。夫越裳創指南之製，而窮工極巧，險涉夫冰洋；倉頡造科斗之篇，而字母合音，理通乎象譯。萬國來朝，輪輻湊焉；百蠻賓服，盟約遵焉。懿歟鑠哉！何其盛耶！今夫地球之大，豈得以亞細亞洲之一隅，自封其見哉？請先以車、書徵之。讀《山經》而考奇肱之國，飛車似近乎荒唐。豈知結氣成球，雲梯自有登天之路；運輪以火，陸路益徵致遠之功也。則機器精也。輯《瀛録》而觀紀載之詳，讀書益難於博識。豈知廣方言之館，切音不外乎諧聲；增算學之科，弧綫實根於勾股也。則中西合也。今天下固車、書一統之天下也。同軌同文，有必然者。而或者謂乘車所以通商，兵車即以禦敵。故萬國所造之車，必以不同軌者，各權其利權。土耳其之軌，必不同日耳曼之軌；日耳曼之軌，又不同比耳西之軌。皆所以嚴疆域之限也。然今天下將混一而同之。而或者謂梵書則右行，佉盧書則左行。故萬國所行之書，久以不同文者，各沿其舊制。鄂羅斯之文，必不同唐古特之文；唐古特之文，又不同歐羅巴之文。皆不僅在方音之異也。然今天下已繙譯而同之。猶是車也，自以汽力代馬力，而造父之馭、章亥之步皆瞠乎後焉。汽筩通而直，汽櫃圓而長，消息升降定其數；汽尺準以平，汽制持以正，盈虚動静握其樞。明乎此以造車，而汽質既能束之使縮，汽力又能加之使大，夫豈環涂、經涂之軌，所能限其程乎？故無論坦蕩之區，推行盡利。即使山川險阻，而龍門可鑿，開蟻隧以潛通；鱷港能逾，駕鼍梁而飛渡。一時行四百二十里，一晝夜行五千四十里。中外商民，孰不遵斯軌以沐聖天子懷柔之化哉！猶是書也，自以電傳代郵傳，而象寄之官、狄鞮之職皆無所用焉。以精錡發電，以銅片觸電，陰陽增減協乎宜；以鐵綫引電，以羅輪報電，遠近幽深罔弗達。審乎此以觀書，而電鐘鳴則其應如響，電機動則其語即傳，雖在普國、奥國之文，孰不通其意乎？故無論尋常尺牘，謦欬如聞。即有軍國要謀，而羽檄飛馳，千里捷於一瞬；鯨津暗逗，重洋亦止須臾。旋針環列二十六母，檢字仍遵二百餘部。普天率土，孰不奉斯文以頌聖天子聲教之施哉！

火車、電報，創亘古未有之奇。文借題發揮，亦亘古未有之作。使必以巾車五輅、保氏六書繩之，則此作固與周制不合。然康、雍、乾、嘉以來，制藝家久有包孕史事之一格。既可以包孕史事，豈不可以包孕今事乎？必謂述聖人口氣，則周以後之典故，皆不得入文，此老學究之談，非鄙人所敢知。

考諸三王而不繆建諸天地而不悖質諸鬼神而無疑百世以俟聖人而不惑

辛卯江南　姚鵬圖

繼身、民以言，考、建、質、俟有在也。夫三重之道，三王具焉。於此不繆，而建天地，質鬼神，俟聖人於百世，我知其必有合也。且王道大矣，往哲邈矣。方其鴻濛闢，卦畫分，一幽一明，何智何瞀。迨其後，統紹乎神哲也，理孕乎蒼冥也，用翕乎陰陽也，緒待乎繼承也。自古迄今，王者之學，無不懸是以爲的者。是即所謂君子之道也。亦既課之身而植其本矣，亦既施之民而有可徵矣。然而猶未已也。蓋嘗上下古今，而有三王之道焉。三者，參也，陽數之極也；王者，往也，天下之歸也。觀於井田之制也，封建之規也，社稷之設也，廊廟之度也，燕饗也，祭祀也，夏之時也，殷之輅也，周之冕也。因其所盡善，考之不苦其拘；革其所未盡善，考之不病其創也。其不繆有如此者。又嘗俯仰觀察，而識天地之文焉。天者，顛也，道之覆於上者也；地者，底也，體之載於下者也。觀於日星之繫也，風雨之時也，河海之渟也，泰岱之峙也，晦明也，寒暑也，爲灾祥也，爲春秋也，爲晝夜也。法其所能爲，建之不厭其同；贊其所不能爲，建之不嫌其異也。其不悖有如此者。因而升降精慮，而得鬼神之契焉。鬼者，歸也，氣之凝乎陰者也；神者，申也，氣之純乎陽者也。觀於焄蒿之感也，昭明之著也，精氣之化也，遊魂之變也，屈伸也，往來也，二氣之良能也，百物之至精也，一誠之感格也。其質之而無不合者，幽明之理一；其質之而有不合者，人神之分殊也。其無疑有如此者。於是履蹈中和，以待聖人之出焉。聖者，通也，無所不達之謂也；人者，仁也，合氣之命以生也。觀於百世之師也，五行之氣也，萬物之靈也，兩間之秀也，著作也，勳業也，讀書之先訓詁也，通經之先識字也，八德之先小學也。其俟之而無可變易者，道無遠近；其俟之而有可變易者，時有後先也。其不惑有如此者。君子自重如此，夫何驕之有？

積理富，故詞達；積學富，故氣盛。此作行卷未出，都下已從磨勘諸公録出，傳鈔殆遍。洛陽少年，譽滿公卿，誠非浪得名矣。

考諸三王而不繆建諸天地而不悖質諸鬼神而無疑百世以俟聖人而不惑

辛卯江南　胡炳益

無繆、悖、疑、惑之慮，極言不驕之道焉。夫三王、天地、鬼神、聖人，皆先後君子而備道者也。考、建、質、俟，非不驕之道哉。粤若襲竅重勳，百年懷軒帝之靈；經乾緯坤，終古麗盤皇之宇。祀瓊茅而沃酹，真宰潛通；鏤金版而姚聲，精誠斯貫。夐乎懿哉！厥有氏號，斟元御寓，則古昔，參鈞冶，燭情狀，驗方來。嶢嶢乎，僢僢乎，皋牢項軒，縈鏡寓宙，幽冥斯焉表裏，統系永以繼繩已。君子之道，豈特本身徵民已哉？今夫譽德堯勳，韡往牒焉；羲繩唐象，楫群元焉。自開闢闡繹以來，固已滌萬物之荒屯，飾鈲摫以藻朗矣。然而泰上成鳩之道，職植瞑蹎；中天帝者之儀，鴻藻懿鑠。豈況四七之際火爲主，一千之歲聖當興，舛錯糾紛，誰爲融其乖繆哉？王天下者於焉考諸。握皇極以臨宸治，焕乎隨山刊木；張帝紘而恢緒業，光乎坶野南巢。又奚論乎靈貺甄而方軒邁扈，皇塗焕而比舜陵嬀也乎？今夫輕清積氣，顥蒼踱焉；凝重積塊，柔祇奠焉。

自墋黷剖分而後，固已五緯鳌其劉流，九寓奠其莽罠矣。然而陰陽霴霴，靈監未闢旭卉之藴；甌臾甀甀，富媪祇呈沈奥之觀。又矧雨暘有淫翳之儓，陵谷極升沈之變，齵差儓忒，豈易弭其悖逆哉？王天下者於焉建諸。御風雷七曜於上，祥光燭乎九霄；用山川六府於下，醲化覃乎八極。復何論乎體乾元而比崇兩大，闡坤珍而侔訾四維也乎？若夫亘天地而常存者，則有鬼神。顧我思黎邱爲厲，設鬱律而創傩侲；靈場揚威，殛九嬰而戕鑿齒。疑孰甚焉！王天下者曰：「我其質諸。澄乃心以逆鳌，斯靈來迟迡，布濩流衍而不韫韣；臚乎岱以封禪，斯皇升肸蠁，鯄鰺泔淡而格馨香。」蓋鬼神與天地，猶兩而化；君子與鬼神，直一而神也。而何疑於鬼有七十二化，夜半而前席問臣；國有千五百神，制禮而重壇謁款。若夫繼三王而作睹者，則有聖人。顧我思據龍圖而受命，蒼姬夷擁篲之班；負鳳邸以承天，翠嫣入扶輪之列。惑孰甚焉！王天下者曰：「我其俟諸。革狉獉於絢髮閹首，制禮作樂，闢尊盧太始之蒙；溯椎輪於鳥迹蹏迒，畫卦演圖，勵文字自然之運。」蓋聖人既能上駕乎三王，君子自可下要諸百世也。而何惑於聖人生而黄河清，必沈玉捐金以爲治；聖人死而大盗止，欲折衡剖斗以消争。夫惟聖天子在上，軼三王之轍迹，孕天地之珍符，鬼物潛形，神靈翊運，中外喁喁，嚮風慕義，知聖人之自有真也。吁！君子之道，俟其禕而。

相如亶有浮艷，班固自咎失言；子雲能通奇字，劉歆推爲絶學。文沈博絶麗，躡相如而跨子雲，必有孟堅、子駿其人交口許之。

上律天時

癸巳江南　方恒

明於測算之術，天時斯可律矣。蓋天時有自然之運，非測算莫能知也。聖人明之，所由以身律之乎？且千古測天之術，皆爲授時計也。置閏定時，昉於上古，由是合數千年之積測，以定歲差；合數萬里之實驗，以定里差。中星既正，密率可求，已然之迹，予人以易知，實其自然之運，示人以可法。而能通測算以仰體之者，厥惟聖人。祖述憲章，是第觀仲尼之法古，而未觀仲尼之法天也。則且驗之於天時。今夫天體至圓，周圍三百六十五度四分度之一。其左旋也，常一日一周而過一度。太陽少遲，一日一周而不及天一度。太陰尤遲，一日一周而不及天十三度有餘。故太陽之與天會也，一歲而多五日有奇，所謂氣盈也；而其與太陰會也，一歲而少五日有奇，所謂朔虚也。非測算也定之。不數十年，冬夏且將互易，其何以敬授民時歟？有聖人作，合氣盈朔虛而置閏焉，始置於歲終，繼置於無中氣之月。初用平氣平朔，後用定氣定朔。立法有古今疏密之不同，而其求自然之運以調劑盈虛，則皆有合於消長之理者也。仲尼仰而法之，則觀乎置閏，遂以悟盈虛之故，而所謂上律者在此矣。今夫天行至健，歲行亦三百六十五度四分度之一。其成歲也，常四分之一而有餘。天漸差而西，歲則漸而東，此歲差之所由；地則分東南西北，視亦别平側偏正，此里差之所由。故差因時而異，而有謂爲恒星差者，有謂爲節氣差者，要之，皆歲差也；差因地而殊，有謂爲清蒙氣差者，有謂爲地半徑差者，要之，皆里差也。非測算以準之，越數千年，寒暑亦將倒置，其何以不忒其時歟？有聖人興，就歲差、里差而求合焉。恒星則差於蒙氣，太陰則差於半徑。或五十年而差一度，或百年而差一度。用法有遠近先後之各異，而其因自然之運，以遷改舛誤，則亦有合於修省之道者也。仲尼仰而法之，則求乎歲差、里差，以明遷改之端，而所謂上律者在此矣。抑又聞之，律有均布之義，而其訓亦爲法爲常，《易》所謂「師出以律」也。誼又爲述，又通乎銓，所以銓量輕重也。兹之言律，殆如樂之有律，而爲一定不易之法乎？而仰觀者遂以俯察矣。

蒙氣之差，不獨恒星，然極而至於恒星，最卑之太陰。可知半徑之差，不獨太陰，然最顯則爲太陰。恒星距地，地成一點，則差數甚微。文云：「恒星差於蒙氣。」謂蒙氣中所見恒星，非謂漸移而東，歲有差分之恒星。「恒星」兩語，言視差；「五十年」兩語，言歲差。句例視出比小變，大旨不繆。通觀全藝天文家説，作者大率通曉，不當致訛。草草讀之，鮮不謂恒星之差誤解，太陰之説偏漏。「五十年」兩語，言歲差，遺視差矣，毋乃未深諒歟？

夏后氏五十而貢殷人七十而助周人百畝而徹

戊子浙江　凌師皋　副

貢、助、徹異其名，尺步異而畝數亦異也。夫五十、七十、百畝，其畝數異，特由其尺步異也。夏貢、殷助、周徹，非即因是異其名乎？且隸首《九章》，一曰方田。方田者，所以御田，畝法由是推也。抑知畝法始於步，步之廣狹異，即畝之多寡亦異；步法始於尺，尺之長短異，即步之廣狹亦異。間嘗考夏尺十寸，殷尺得夏九寸，周尺得殷八寸。因尺異而步異，因步異而畝異，而制産以取諸民者，其名亦即因之而異。何言之？自水患靖而平成奏，地輿恢而疆界分。唐虞分州，初不聞越塞而北；春秋分國，亦不聞逾江而南也。然則夏、殷、周授田計畝，盍據算學而詳核之。畝由綫以測面，開方則統縱横兩綫，而專論一綫。算法以繪形而易悟，肖厥形則確有可憑。平方面自一綫測之，形可繪而按畝適符也。而夏、殷、周井疆舊制，遂因綫測面之有象，而畝乃各究其原。畝由邊以求積，開方則兼長闊兩邊，而第計一邊。算術以審理而潛通，燭厥理則迭有可證。平方積自一邊測之，理能審而記畝不爽也。而夏、殷、周井地成規，即據邊求積之有方，而畝可遞詳其數。不然，夏何以五十畝也？夏尺十寸，八因之，每步八尺，自乘得六十四尺，爲夏一步之面積。以步百爲畝核之，五千步即三十二萬尺，適得五十畝也。而行貢法在是。不然，殷何以七十畝也？殷尺得夏九寸，九以八因之，每步七尺二寸，自乘得五十一尺八十四寸，爲殷一步之面積。以步百爲畝核之，僅得六十一畝五千一百八十四分畝之三千七百七十六。以成數言之，則七十畝也。而行助法在是。不然，周何以百畝也？周尺得殷八寸，七二以八因之，每步五尺七寸六分，自乘得三十三尺一十七寸七十六分，爲周一步之面積。以步百爲畝核之，僅得九十六畝四萬一千四百七十二分畝之一萬八千六百八十八。以成數言之，則百畝也。而行徹法在是。是從綫測面而見更面法焉。神州衹此幅員，山陵川澤之交，必以平方面測之，則其隙間田不少也。聖天子詳明算數，方矩能絜，復自更面悟真詮。而更平圜、橢圜面，則用徑綫以推；更鈍角、鋭角面，則用垂綫以推。他若五等邊、六等邊、七等邊，其迭用更面法者，亦見比例法也。而夏、殷、周則舉其大數而已矣。是從邊求積而見截積法焉。亘古衹此疆域，城郭市廛而外，概以平方積求之，則其餘萊田孔多也。聖天子手定《算經》，方羃既成，又從截積窮妙術。而截直田成勾股積，得其二之一；截圓田成象觚積，得其四之一。他若環形田、錠形田、錢形田，其參用截積法者，亦見互容法也。而夏、殷、周則核其總數而已矣。此孟子論貢、助、徹之法，由於授田計畝。作集説者，亦謂不必寸寸求之。蓋有異數無異實也，其實皆什一也。

夏、殷、周畝數多寡，諸説紛如。《欽定王制義疏》取《獨斷》「夏以十寸爲尺，商尺得夏九寸，周尺得殷八寸」之説，謂較諸説近是。張氏方田《通法補例》據此推算極詳，與萬氏、姚氏之説並合。文即本之，自是此題應有之義，足補朱注所未詳。後二以更面、截積兩術，會通三代井田，不必盡作正方形，尤爲經學極有關係文字。古所謂方百畝、方九百畝，僅用此法記數，實則田形未嘗正方。説井田者悟此。今之溝洫猶承三代，秦鞅開阡陌，但紊亂科則而已，非有填塞溝洫之事也。後世欲復井田，於一井畫爲九區之説，自不必拘泥。

序者射也

辛卯浙江　王澤霖

更明序之爲義，可於諧聲識通轉焉。夫序之爲射，其聲似不諧矣。而轉其音則無不諧，固與養、教之聲訓一例耳。且以聲釋名之法，肇於諧聲。諧聲之要，又有二焉：其以聲同爲諧者，則於偏旁得聲求之，如江從工聲，河從可聲。故學者，效也，以學、效之同爻聲也。其以聲近爲諧者，則於通轉皆聲取之，如江之言公，河之言下。故術者，遂也，以術、遂之聲相近也。知此者，可與言序、射之訓矣。庠者，養也。校者，教也。此以聲同爲義也。曷言乎其同也？庠從羊聲，養亦羊聲，無二聲，即無二義也。校從交聲，交從爻聲，教從孝聲，孝從爻聲，可疾言，亦可徐言也。而序之爲射又稍異矣。序爲形聲之字，得聲於予者也。以同聲之法例之，則序之訓豫宜矣。然序與豫固同聲，而序之義，非豫所得專也。故州序名豫，通其字而不必兼其詁。射爲會意之字，取義於矢者也。以象聲之義推之，則以射釋榭當矣。然射與榭本一聲，而射之訓，非榭所得罄也。故習射稱榭，合其聲而不必主其名。序者，射也。不可明通轉之故乎？論五聲之屬，則序與射俱係於徵，以是爲音之近，猶淺也。一字自有本音，而稽之古籍，字同而聲異者，轉音也。故東，同也。讀《管子》之書，東與鄉諧，則音如當矣；誦《桑柔》之什，東與辰叶，則音如丁矣。然則序音近邪，射音近舍者，概可知矣。論七音之分，則序與射皆居於齒，以是爲聲之通，猶末也。每字各有正音，而考之《方言》，字同而音殊者，亦轉音也。故天，一也。兖、冀之邦，以舌腹言之，則釋天爲顯矣；青、徐之境，以舌頭言之，則釋天爲坦矣。然則序之通徐，射之通余者，從可識矣。古無四聲之分，而長言、短言，矢口亦殊其高下。序緩其讀則爲舒，舒促之而射亦近；射急其言則爲釋，釋徐之而序可通。轉而諧之，同聲不煩改字。而養之通饗，教之通覺者，胥等此也，是無論刓注參連。所謂射者何若？而顧名思義，已無疑於正轉、旁轉之條。詁一字於肇嘉，聲義兼明，而一切釋名解字之書可以讀。地有九州之别，而聲清、聲濁，殊方或異大重輕。列叙本列序之字，通其用而形以分；無厭即無射之文，假其音而體遂異。轉而注之，其義不妨殊名。而庠言詳事，校言效法者，皆有然也，是無論禮容樂節。所以射者何如？

而尋訓求聲，要無泥於部異、部同之例。溯六書於保氏，淵源在昔，而一切雙聲疊韵之譜可從删。試更進而詳之

是題闈墨，名作如林。然大率鑽仰字書，作訓詁家陳譚。惟此一藝，於六書七音，俱有門徑，不必矜張，自然斥異。

經界既正分田制禄可坐而定也

辛卯江南　江朝銘

正經界者極有其效，而仁政可行矣。夫經界之正，爲仁政計耳，而田禄即由是而定，夫何尚有愆忒乎？且談《周髀》者，謂卧矩知遠，平矩正繩，天下縱横之數以定，用非僅在《方田》、《粟米》章也。然釐綉甸而形成平羃，準畮法可判公私；亦藉編氓而利獲均輸，按差分可籌錫予。蓋在上者既能申畫郊圻，斯廣袤與盈朒兼權，而足食養廉，經法於焉悉備已。不均不平，其害如是，則欲定均平者，舍經界之正奚由乎？必繪大地圓周之綫，則二極之度狹，赤道之度舒，似經界亦難執一。然迤平徵大勢，度地者且合弧三角、平三角而同衡。知溝澮分而句股區呈，並不事析畸零以曲綫。必執儀器準望之

規，則人行之道紆，鳥行之道直，似經界容有少差。然交距著明形，測遠者且欲植後表、參前表而演式。知川涂判而延斜悉泯，直若可據積數以求邊。夫經界特患不正耳。苟既正矣，人猶曰田不均乎？夫草萊早闢於司農，苑囿復弛於聖主。爾田各畋，尚何虞受廛之無從？縱區其數者，或家百晦、家二百晦、家三百晦，而苟舉相當之率以衡之，斯多寡悉可齊同，不啻呈形於積段。且猶曰禄不平乎？夫濫賞不加於近幸，益封不請於强藩。授禄有經，自足見報功之不爽。縱判其等者，或大夫倍上士、上士倍中士、中士倍下士，而苟取遞加之法以御之，斯次第各形差實，無難析數於相和。審是而分田制禄，不亦因之俱定乎？謂古者以周尺八尺爲步，今以周尺六尺四寸爲步。考東田之制，方積已莫得其真。不知《王制》本有乖訛，算以三率互視之方，斯今田之較多五十六畝餘者，乃立見耳。夫數有加而地實無異，命遂人而詳爲區畫，官與民各有取資，鱗隰其攸殊矣。雖步弧田者以弦矢求積，步畹田者以周徑兼商，而聖天子審訂章程，凡伍我田疇，固不下堂階而理爾。謂六鄉七萬五千户，設官已有萬八千餘人。論詔禄之繁，負數常虞其不給。不知《周官》原多兼攝，律以以少約多之術，斯廩人之頒於三百六十屬者，本足供耳。夫官無冗而惠自堪周，詔冢宰而肅爾班寮，尊與卑共承嘉貺，雉膏其幸食矣。雖受一旅者爲田五百頃，受一卒者爲田百頃，而我國家特垂治法，凡施禄及下，固胥以垂拱相期爾。分田制禄，可坐而定如是。子亦念五十里之滕，以開方計之，可得田二千五百井。爲夫二萬二千五百，急待經理乎？

此題拾算術緒餘爲之，幾同學究常譚。文妙〔二〕在簡當無枝葉，浮囂净則鋪排少，真能造疇人家堂奥者。

經界既正分田制禄可坐而定也

辛卯江南　翁炯孫

知田禄之本者，一正而無不正矣。夫經界，田禄之本也，正之而分與制可坐而定，非本正而末自正乎？昔隸首作《九章算法》，其一曰方田，以御田疇畛域。蓋方則無盈朒。無盈朒，則無華離徑斜交距之形章，而畸零多寡之數，遂𨐌若畫一。提綱挈領，有不必逐事求之者。不然，將不揣其本而齊其末，吾幾見其末之治也。暴君污吏，慢其經界，此分田制禄之法，所以紛然不定也。今夫景臬攲斜，則姬旦無以審其嚮；繩墨蹉踽，則公輸無以榷其直。醫者之療病也，病在標則治標，病在本則治本。夫人五藏鬱蔚，形苑神枯，而僅以湯液針灸，治於皮膚腠理之間，不可得也。知此者，可與語分田制禄之事。今試有人於此，目擊夫當世犬牙相錯，狼戾無親，强兼弱，衆暴寡，智詐愚，大陵小。田禄之法，諸侯惡其害己也，而去其籍。遂闕而不修，廢而莫舉。總總撙撙，洶洶旭旭，貪婪競進之徒，且接迹於天下。若人獨慨然於古道之不復也，雞鳴而起，日昃不暇，辨溝塍之錯繆，権升斗之纖悉，剖析豪釐，摸蘇微妙，其唼喋苛事，雖計然不能紀。如是而争田之訟可以息，讓畔之風可以興矣。胡爲乎遲之又久，而强兼弱者如故也，衆暴寡者如故也，智詐愚、大陵小者如故也。使於此而語以可坐而定，吾知其必囅然笑，瞿然疑，以爲大言而不切於事情也，其孰從而信之？雖然，亦嘗於經界加之意乎。昔先王之建諸侯也，命大司徒修其封疆，審其端徑，設以郵表，經以樹木。而詔之曰：「凡爾庶邦冢君，往即乃封，敬哉！無廢我溝塗封植。」迄於今而佩邪離絶，遞相侵入，遂人之遺迹，已渺不可得。誠考輿圖於匠氏，求古尺於鄭人，豎亥步經，大章步緯，以復其爲通、爲成、爲終、爲同之舊。然後分田之上下，以制禄之厚薄，不過一二算術家，合以九九之數，而已灼然無疑，秩然不紊，若是者何也。夫事有本末之分，即有當務之急。不正其所當正，而正其所不必正，猶立朝夕於運均之上，檐竿而欲定其末。無惑乎分田制禄之法，終韞韣而不可行也。

閑閑著筆，毫不矜張，皆文法熟、積理多之故。至點綴處，徵典如數家珍，亦繇種種學問，俱有涂徑，故雅博如此。非學究先生衹見得《文料觸機》一部也。

井九百畝其中爲公田八家皆私百畝同養公田

壬辰會試　劉可毅

覈井田之數，通民力以養公田也。夫每井凡九百畝，八家各私百畝居其外，則中百畝爲公田矣。公非八家之所同乎？且井田之形，分四正四隅，而以其所贏爲中。從四正四隅外而見爲贏，非其田贏於四正四隅，而獨優之爲吾君之田也。亦公田之界，抵四正四隅，而以其所餘爲中。從四正四隅内而見爲餘，則其力餘於四正四隅，而合奉之爲吾君之田也。凡此皆言井也，即皆言公也。方里而井。滕，今者東北拒鄒嶧諸嶺，北承沂泗之下流，西控平原，南錯於徐方，截長補短，凡五十里，無高山沮洳，足以妨開方測矩之用。但見芳塍綉壤，平沙淺草，方春蔚薈，極目無際，凡得四萬五千畝，蓋井凡九百畝積算云。夫此九百畝者。滕，今非爲豪暴之徒所兼并，即瘠苦小民，蟻聚方寸之地，營營一瓜一蓏，以爲生計。而子之君，亦就此每井所産之多寡征之，不復知有公田在其中矣。嗚呼！自遂人溝洫之制廢，而井亡；什一之賦壞，而公田亦亡。徒令逐末諸饒商，得以壟斷其利，侵漁公田所入，妨農民生理，致本富日以絀，末富日以增益而不已，害孰有大於是者！子之君，固不得不先綜其利權，而晝每井爲九百畝也。然吾猶恐子之君獨私此九百畝也。滕之大，僅僅四萬五千畝地，一切公家之用，取給於是。宜乎足國之道，首在濬利源矣。然利源分給於民而始開，多寄之民而勢益均。操之於上，則日見其蹙，未有每井九百畝，可盡私之爲公田也，民誠將何所私耶？妻孥勤劬，蒙犯霜露，以至卒歲，而恒無一尺之地，引爲己有，民亦何樂而養我公田耶？蓋必百畝者八家皆得私之，僅僅其中爲公田，斯可耳。顧八家仍非敢自私其公田也。僅就夫每百畝中言之，則誅茅兩三，落日依依，下西牖者，非八家田中之廬乎？濃陰緑縟，雞鶩飛鳴，棲息其下者，非八家廬外之桑柘乎？一碧瑩然，清可鑑影者，非八家田間之溝澮乎？各以三時耘耡其間，春雨韭畦，秋風豆隴，長醉嗚嗚，擊缶爲樂，不虞攘奪，又鮮追呼，豈非快事？然一言公田，又有瞿然色動者。以爲公田之廬，則吾曹同偃息之所也；公田之桑柘，則吾曹同飼蠶之植也；公田之溝澮，則吾曹同灌溉之資也。何得自私其百畝而忘養我公田也？於是庤我錢鎛，命我婦子，率我亞旅，饁我壺漿，以從事於公田。

貢、徹各有公田，皆按什一取盈。惟助法，公田八家同養，凶豐均收，有公田之名，并行公田之實。助法不行，公田之實先廢，公田之名旋亡，井田亦自此而壞。滕君當日，井田未嘗盡廢，公田之名久已放失。因其所不知而陳説之，就其所將毀而修復之，此孟子本義也，文深得此旨。諸家辨晰公田之制、什一之法，雖精博不可廢，已落第二義。作者才華雄秀，學問淹博，固是第一流人物，海内久推許矣。

井九百畝其中爲公田八家皆私百畝同養公田

壬辰會試　汪康年

詳井田之制，周法猶可考也。夫一井也，而九百定其數，中外定其區，公私定其名，同異定其事，周制不已具哉！且昔農田之事，司徒掌之，載師、遂人任之，凡名數形制之詳，按籍可稽也。逮至後葉，圖策墮廢，疆畎圮壞。阡陌之制，田師未詳；賦税之則，司牧不辨。致使分田定制之意，亦湮没不復彰。然而我則嘗習其辭矣。方里而井，里長一千八百尺，自乘之爲三百二十四萬方尺。又以三十六尺爲一方步除之，得步九萬。

又以步百爲畝除之，得畝九百。因畫爲九區，而以其中爲公田焉。夫八家皆治田百畝，則公田亦百畝可知。或謂公田僅八十畝，其二十畝爲民廬舍者，非也。五畝之宅，皆在邑中，《詩》所謂「中田之廬」者，蓋在田旁，大不逾畝。且如其説，則是什一而稅一，非九一之助矣。於是八家皆私百畝焉。或謂八家通治九百畝者，非也。夫共治則差等無别，分治則功力始判。所謂徹者，以通用徹、助名，非以通力合作名。且如是，則上農下農，何自而見，其不然必矣。至於公田，則八家同養之。或以爲公田分之九夫，而取其所獲之十一者，又非也。周之有公田，見於《甫田》之詩，此蓋泥於遂大夫「九夫爲井」之文，不知九夫者，以地言，非以人言，如《考工记》「市朝一夫」是也。今據以改「八家同井」之文，謬矣。或又謂餘夫之田，即以公田給之者，亦非也。公家之田豈能給餘夫？假使八家皆有餘夫，公田豈能盡給？且既給餘夫，則八家遂不治公田乎？有以知其不然矣。闢謬説而得舊章，辨傳聞而明古制，周井田之法彰彰也。是知經野之典，備極周詳，區九列以象字形，儼若有四角中央之勢；授地之經，首尊君上，處中權以臨四宇，儼若有居外衛内之形。疆畔雖近，貴賤宜殊，故公私各定其名，而上下之義嚴焉；旱潦雖同，勤惰宜課，故八家各任其事，而彼此之形著焉。均此給用官之義，而服疇未嘗相誘，分田近則致力無殊，故曰同也； 共此報君上之心，而率作非由勉强，感德深則課功倍力，故曰養也。是則有私田之百畝，而養父母、畜妻子之用足； 有公田之同養，而急賦税、均力役之義昭。周制之確然者如是，若夫先公後私，守君民之分，此則存乎百姓之心，有非立法之所能該者矣。

闢趙氏諸家曲説而空之，前駁後疑，叙次秩然。駁處精確簡當，疑處詳覈矜貴，真解經之老手，八股之專家。

水由地中行江淮河漢是也

辛卯湖南　曾榮甲

經正而緯從，萬世疏滌之策也。夫天下之水，四瀆其經也，經正斯緯從矣。天鍾水患，所以顯一禹之用，即以定萬世之策。且天有柱，古稱昆崙，《爾雅》所謂「河出其虚」者，而不知江實同其源。蓋昆脊之北出不經内地，南出不注中區，惟西北一源，西南一源，爲九土南北條之經。然北條祖河而宗濟，南條祖江而宗淮，主其小大言之。而濟雖小，終與河同祀； 淮雖短，究與江稱瀆。因其獨源獨入名之。乃予叙南條入江之漢，並不及北條諸水入河者，舉一緯以概從經之義例。然此亦水自爲經緯，而禹因得以經緯焉。夐哉遠矣！予言掘地注海，「掘」之云者，不得以鑿龍門，劈砥柱，執治河之上游，遂疑治江之上源如是也；亦不得以江至揚州掘三派，河至兖州掘九津，執治江河之下流，遂疑治淮濟之下流復如是也。夫《禹貢》記禹治水之功，曰導，曰疏，曰滌。蓋淤者滌之，塞者疏之，不越因其利而導之。予推禹治水之力，曰瀹，曰決，曰排。蓋排者，同施以分其力；決者，穴出以殺其勢；瀹，則使衆水合流之義也。綜之曰掘。明禹雖神，不廢人事，而受治之水，則仍行所無事，而由地中焉，曰行，曰由，亦曰禹即創而水自因耳。雖然，非熟審九州之地形，深度水土之利病，則一江也，梁宜内，荆宜洩，揚宜瀦，反其功，則江不治而漢可憂；一淮也，豫土厚，徐土輕，揚土浮，失其宜，則淮不治而泗沂益張。况河患之自禹始不自禹終乎？其揣大勢，河之治難於江者，江固有瀦、洩之地，而河則自犯龍門，折而東出，徑豫全土，無大澤以分其流，非由行得抒其勢，故冀、兖、青受河患獨深，而禹之力亦多萃於是。是以江漢宗，而荆梁之潛沱，得資其蓄洩；淮泗安，而徐西之大地，足備其旱澇。横覽大河朔南，猶是先王疆理也，而水利足參農政所未備。况梁貢浮潛逾沔，荆輸沂漢逾洛，限以地者濟以人；揚賦沿及江海，徐粟達自沂淮，僻在夷者憂將進於夏。景懷安邑宏規，具徵會同制作也，而貢道並非河渠所能詳。是則昔之以江淮河濟病者，今轉於是收其利也。或曰：「北條有埒於河，南條有埒於江。」以導黑水入南海例之，則南界非盡於江；以嵎隅爲朝鮮例之，則北界非盡於海。然而南江北河以外，不聞别經刊滌者，殆棄在荒裔與？抑東北高，而南之嶺嶠，均未及受害與？夫禹固爲民除害者也。

經正緯從，治水要義。作者於漢水雜出江淮河三水之中，經緯分明，一眼覷破，非具高識者不能，非有積學者亦不能也。禹時九州大勢，亦洞達胸中，整襟而譚，滔滔不竭。昆脊之水北出，不經内地；南出，不注中區。所謂昆侖，蓋據近世考定之説，以葱嶺當之。然河源、江源，皆在其東，而云西北、西南，何據？如據僧宗泐説，謂：「黄河出西番抹必力赤巴山，東北流爲河源，西南流爲犛牛河，一名金沙江，至叙州府入江。」此本作者「江河同源」之所據。然河源，此云「東北」，又非「西北」，且抹必力赤巴山亦非葱嶺。河出昆侖西北，惟《山海經》云：「敦薨之水。」注「泑澤，出乎昆侖之西北隅」有其説，然《山海經》所云昆侖，固非葱嶺，亦非抹必力赤巴山也。講中云云，猶俟考定否耶。

霸者之民驩虞如也王者之民皞皞如也

庚寅會試　蔡元培

君天下者異，別於其民也。夫云王云霸，皆君天下者也，觀其民何如？別之矣。且氏而皇，皇而帝，皆後王所目也。君天下者二道，王天下、霸天下而已。世徒以王王，侯霸，制作王，傅麗霸，命迴於遠王，命闋於近霸，而乃右王也，而乃左霸也。將封建一壞，而王運相嬗，霸業不復乎？盍亦一一於易姓受命之初，觀其民同也異也。且夫民何常之有，生鼎叔季，賈禍賣利，家人陸陸，婦子愁愁，卧而朝慮，起而莫謀，如旁壞墻，而別風淮雨蕩也。則相與語曰：「有王者作，風風我，雨雨我，樂何如，樂何如。」則讋而言，矘而思，淒淒也下泣數行。他日又語曰：「王不作，庶其霸。」烏乎！霸不作，皇於王，則又椎心頓足，泣盡而血也。嗟[三]乎，際斯之民，所聞世，所傳聞世，有王也，有霸也，民烏知祖考高曾之生其世，而俞俞夷夷者何如也？蓋昔昔夢見之，而又昔昔韋異不同也，則蒙然願爲王者之民而已。則有如甲休丙王，土退金貴，創業之君，位如王者，制作如王者，土廣輪如王者，民富有如王者，懷遠方如王者。君則蘇蘇也，慮民不吾是，而室於涕，而市於議，而謗於學，而頌聲不作，而民已如顑而饑，如寒而常，如瞽而明，齊心同願，謂吾輩幸得生王者之世也。於是臣頌其君王者，君觀其治實王者，鴻識之士吴言曰：「其民如是，其王也，霸也。」則且敦之，君天下，王天下也，何其霸？昔者，龔工氏介羲、農之間，以水德君天下，而儒者謂之霸九有。所謂霸天下不也，獨是君天下如是。民如是，由云是霸不王，王則何如與？嗟〔四〕乎！如以張皇耳目，震董心志者素之，即無論斠三正，厠五德，長駕遠武，已霸天下者，則與繙彭豕實録，籀齊桓、晉重之春秋，林林壬壬，咸足已敖王者。烏乎！前民相期，思至於定甲；後人追想，哀甚乎子雟。而生其時者，何曾自以爲王者之民乎？魚之於水也，鳥之於風也，冬日之陽也，夏日之陰也，民於王者亦若是，則已矣。烏乎！此其所以爲王者與？

言霸，呆述春秋戰國之君；言王，泛填夏后殷周之世。紛紛擾擾，千口雷同，不知此王若霸之分，論氣象不論勢分。文云：「將封建一壤，而王業相嬗，霸業不復乎？」數言昭如發幪。他藝亦有解此意者，辨晰簡當，無逾此作。至詞之山厲水崛，古必己出，亦時文中之樊宗师，久推重當軸矣。

霸者之民驩虞如也王者之民皞皞如也

庚寅會試　劉樹屏

辨霸之不如王，即民風而已見矣。夫驩虞如之民，樂矣。然猶霸而非王也，不見皞皞如之民乎？且民生疾困之秋，忽焉有神武之君，起以力征經營爲己任。其氣足以恢拓土宇，使吾民油然於境内，歡聲未始不動一國。然試與遊景風淑氣之朝，熙熙然，陶陶然，又何如太平之象。數千百年來，固非一轍也。始焉穴居之世，榛榛狉狉，斯民各安於鷇音卵食。而遊夫天者，但聞揮伏羲之瑟，叩女媧之簧，以鼓吹其昇平而已。更何知有霸者，亦不聞有王者也。推之龍荒之表，渾渾茫茫，斯民雜處於海隅山陬。而望其庭者，恍見物産之瓌奇，人文之奧險，以鋪張其富强而已。并不能如霸者，又何論如王者也。至觀夫周轍既東而後，其西京舊族，雖猶分布於潁上、宜陽，而彼黍既離，可以壯關中陳寶之祠，不可復振夫天作岐山之業。回思流泉夕陽之下，先君餘蔭，不容再承也。於是始分爲霸者之民，王者之民。更觀夫盟主共戴之時，其鋒車所摧，未嘗不震於淮南、河朔，而義聲遠播，可以感海外血氣之士，不可復睹夫昭代官儀之隆。回思豐亭碭澤之間，故老遺風，何容再接也。於是儼成爲霸者之民，王者之民。同戴此正朔車旂，吾民之奉上惟謹者，並不敢顯有所異。然其間霸者、王者之隱相感召，固各自成爲風氣。而汧隴間動人之光景，伊洛間食墨之聲靈，可各摹爲圖，以表斯承平之瑞。同深此飲食教誨，吾民之獲庇宇下者，並未嘗儼有所分。然其間霸者、王者之别具規模，固自不相爲沿襲。而邊亭無烽火之宵騰，上林有充盈之符應，可各紀其實，以兩訂食貨之書。巴蜀之民饒金銅，南陽之民勇鼓鑄，雍汧之民好稼穡，勃碣之民富魚鹽，坐享其都會一隅之生機，歷亘古而其俗不變。然高議於巖廊者，各挾一策。則夫草澤之下，殷阜之家，亦默爲轉旋以隨夫霸者、王者之氣，而釀爲甘雨和風之盛事。忽焉而如聞樂歲，忽焉而如登春臺，將不勝其擬議矣。殆驩虞如也，皞皞如也。近水澤之民多女，近林木之民多癃，近邱陵之民多狂，近山谷之民多痺，各禀夫宙合一偏之生理，雖聖世而不能爲功。然日與爲撫循者，各戴一天。則夫陰陽之毗，疲殘之疾，業依夫霸者、王者之宇，而自成爲飲和食德之隆規。肩摩轂擊而争來，鑿井耕田而終世，將各自適其寤寐矣。蓋驩虞如也，皞皞如也。

文章之奇，吴司業云：「興酣落筆摇五岳，詩成嘯傲凌滄州。」允矣。尤難及者，古今全局，熟籌胸中，王霸原委，憭然紙上。推尚姬劉，誠當日所慨慕冀幸也；感喟嬴秦，誠當日所憂傷憔悴也。略先古，屏異族，誠當日前後審顧兩茫茫也。此文爲不苟作矣。

堂高數仞榱題數尺我得志弗爲也食前方丈侍妾數百人我得志弗爲也般樂飲酒驅騁田獵後車千乘我得志弗爲也在彼者皆我所不爲也

戊子江南　竇鍾驤

歷驗巍巍之勢，所欲不存矣。夫堂高數事，大人所恃爲巍巍者也。得志皆弗爲，不可豫爲決乎？且夫達視乎其所不取，士惟終身牖下斯已耳。一旦綰朱組，佩青紱，木不衣綈錦，膳不備珍錯，姬侍不曳綺縠，娛游不事畋獵，無他，志不可易也。吾之藐巍巍也，彼未始知我所不爲耳。客有爲巍巍説處士者曰：「將以暮春之末，朱明之始，恢台將屆，祝融未威，於時未被赫曦之酷也。而其勢卹然足以畏矣。彼將爲子置閑館，焕凉室，丹梁虹申，朱桷霞鋪，雕玉瑱於檀材，銜金釭以和璧。乃命般倕執斤，隸商布算，仿合宫以爲基，聳世室之圜方，引手以爲尋者。蓋不止以一數，藻棁飛甍，箕張翼舒，蹇産槎枒者，矗𧁻乎其中。銀牓綉楣，旁接承霤，布指以爲寸者，以百十計，此亦宫觀之奇也，子能從我樂之乎？」曰：「余習繩牖，未暇此居也。」客曰：「洞庭之柑，大谷之梨，庖丁鼓刀，易牙斟羹。伊摯負鼎而腼熊，彭鏗滌鬺而烹雌，屑瑶蘂以爲糧，折瓊枝以爲脯。二八徐侍，四上並奏，乃使西施、南威之倫，咢吴歈，舞楚招，逾八佾之綦布，象萬舞之星羅。頤指則舉衽成帷，執巾則濺沫如雨，處乎斯列者，蓋以百計，此亦服御之奓也。子能從我飫之乎？」曰：「余躭澹泊，未暇此安也。」客曰：「秋深馬肥，風高草青，駃騠驕嘶，鷹隼騰空，虞衡告期，角弓勁弦，此禽獮之時也。於是召衆賓，集五騶。乃命伯樂、造父之儔，戒徒御以綏旌，選騂騮以服驂，酌儀狄之清醪，頒杜康以解酲，啜醨嚼醨，一鼓而牛飲者，以千百計。肉林山積，𩡧羶錯雜，賓從既醉，晨光始昕。乃策騄駬之駿，下陵厄之阪，歷崔嵬，轢原野，斮卬虚，洞羆犛，中疊雙，樂忘歸。乃命談天衍，雕龍奭，伸赫虓，抽妍辭，鋪張麗藻，變本加厲，曲終奏雅，諷一勸百，屬車之倫，殆以千計。此又羽獵之壯觀也。子能從我馳之乎？」曰：「余務寂静，未暇此勞也。且夫客知瑶臺瓊館，不知寒熱之媒也；吴酸楚酪，不知腐腸之藥也；燕歌趙彈，不知伐性之斧也；

乘輕軒，下危涂，不知銜橛之變，絶脰之機也。燕雀處堂，不知鴻鵠之志；駑駘伏櫪，不知騊駼之御也。我將堂構仁義，肴核道藝，嬉酣乎文雅之囿，馳驟乎禮樂之肆。彼之所爲，又安足法乎？」客乃逡巡自失曰：「僕不敏，謹受教。」

是題效七體爲之，極合。文精熟《選》理，雕藻淫艷，陳思美麗之慕，不能已已。不知當日傅、崔一流，躡武枚叔，視此奚若。

堂高數仞榱題數尺我得志弗爲也食前方丈侍妾數百人我得志弗爲也般樂飲酒驅騁田獵後車千乘我得志弗爲也在彼者皆我所不爲也

戊子江南　劉富曾

歷舉巍巍之狀，在彼者皆無與於我也。夫宫室飲食侍御宴游之樂，大人自以爲巍巍者也。得志弗爲，豈以在彼而視之哉！今使經由乎禮義之門途，而廣居足以宅我身也；饜飫乎道德之滋味，而經腴足以適我口也。追蹤乎三代之英賢，方駕乎百王之制作，優游泮涣，足以發我慮而娛我神也。彼爲所欲爲者，將鄙我之所爲而弗之屑。且轉而以其所爲者，傲我而驕我也。嘻！是特彼之自視則然，而我之視彼，固不作如是觀矣。客有游於大人之門者，習見當世諸侯王。巍巍若彼，凡在彼者之所爲，皆我之所不得爲。我乃從而藐之，則告我曰：「此大丈夫得志於時者之所爲也，子能强起而從我游乎？」予曰：「僕病未能也。吾子既極天下之大觀，願聞其狀。」客進而言曰：「今有連闥洞房，赤墀青鎖，露臺百尋，月榭千尺。觚棱標而觀名鳷鵲，虹梁拖而樓倚鳳凰。四注連廊，層構臺城，温房而嚴冬生煦，清室則中夏含風。綉棁刻藻而翠焕，春苑步輦而塵香。此固宫室之至美，彼得志者之所爲也。先生亦願爲之乎？」我則曰：「否。」客又曰：「今有瓊山之禾，不周之稻，鱸獻松江，麋取逢澤。調以吴酸，進以楚酪。於是燕趙歌姬，荆越舞女，蕙心蘭質，玉貌絳唇，綺組繽紛，紅羅颯纚，舞態迴雪，悲歌遏雲。此又飲食侍御之至娱，彼得志者之所爲也。先生亦願爲之乎？」我則曰：「否。」客又曰：「今有元碧之釀，縹清之樽，在鎬賓歌，如澠客賦，儀愆乎側弁，歡極乎絶纓。既醉而出，請游於田，右夏服之勁箭，左烏號之雕弓。豹尾生抽，犀肩怒裂，控牡駿之乘，駕飛軨之輿，雷動而縵輪競發，雲屯而鐵騎争馳。此更宴游之至樂，彼得志者之所爲也。先生亦願爲之乎？」我則曰：「否，否。且我非不知堂高數仞，榱題數尺，華於一畝之宫，環堵之室也。乃未幾而處斯堂者，辭樓下殿矣。非不知食前方丈，侍妾數百人，侈於躬執爨汲，羹藜含糗也。乃未幾而享斯食者，更衣行炙矣。非不知般樂飲酒，驅騁田獵，後車千乘，榮於聚徒講誦，師弟追隨，敝車羸馬，傳食諸侯也。乃未幾而逞斯游者，侍輦秦庭，投輪黽塞矣。其得志也則如彼，其失志也有欲仍爲故我而不得者。則請告於客曰：『鄒魯有大人焉。修學好古，守先待後，生平所樂，固在此不在彼。』」

賓藝富艷，此作隱秀。孟瞻、伯山兩先生父子，爲海内經師，詞壇文伯。作者伯山先生叔子，昆季齊名，姚聲江表，家學有素。文視賓藝，工拙不必論，望而知爲健者，無疑矣。

子曰攻乎異端斯害也已

辛卯江西　俞樾　擬

不攻異端，異端不爲害矣。夫攻者，攻擊之也。孰知攻擊異端，適以成異端之害乎？子故正告之。昔倉史製「攻」字，從攴工聲。而聲亦兼義，工師攴擊，此攻金攻木之説也。於是凡有所擊，皆謂之攻。吾黨撰述《論語》，「攻」字屢見，曰：「攻其惡，無攻人之惡。」曰：「小子鳴鼓而攻之。」皆主攻擊之義。攻乎異端，何獨不然？竊因「攻」字之本義，推闡聖人之微言，若曰：「不爲已甚，吾之本懷也；有教無類，吾之大願也。世之斷斷與異端辨者，吾惑焉。」古者道一風同，並赴蕩平之路，會其有極，歸其有極。雖有奇材間出，不過以日用飲食，儕伍群黎。後世支分派别，各營門户之私，彼一是非，此一是非。雖以天子考文，不能與律度量衡，概歸一律。於是乎有異端焉。外而觀之當世。國異政，家殊俗，各奮其材力聰明，而徑途判焉。陰陽家一流，名法家一流，縱横家一流，悉數難終，或且區之而爲九。内而稽之吾徒。性相近，習相遠，並列於門墻几席，而趨向歧焉。有顓孫氏之儒，有漆雕氏之儒，有仲良氏之儒，其餘不數，亦已判之而爲三。朝廷大度包容，方且就其宜而各爲政教。道並行而不悖，物並育而不害，萬國衣冠而下拜，不妨各適其天。師儒量材造就，方且因所近而曲予裁成。知者見之謂之知，仁者見之謂之仁，百家騰躍乎環中，適足自形其大。斯固不足爲害也，害則在乎攻之者。偏見之士，各護其私。以我爲正，必以彼爲邪；以我爲直，必以彼爲曲。始而以口舌争，繼而以筆墨争。於是異端之人，懼其理之不足以勝也。侏離之説，附會乎儒書；汗漫之游，駕言乎天外。甚者謂生人生物，惟我獨先，洪荒未判之前，别有主持之真宰。而天地父母，盡失其尊嚴，其理益不可究詰矣。斯亦攻之者所意不及料已。好勝之夫，各營其黨。一君子興，衆君子附之；一小人出，衆小人和之。在朝廷則朝廷亂，在天下則天下亂。於是異端之人，懼其力之不足以敵也。假讖緯之文，以聳動乎衆聽；施錐刀之惠，以收拾乎人心。甚者挾異服異言，乘虛而入，主客相持之際，稍成齟齬之微嫌。而玉帛兵戎，兩窮於肆應，其勢益莫可挽回矣。斯又攻之者所力不能争已。噫！斯害也已。並吾世者，則有墨子。聞其説者，幾以爲神禹式之遺教。吾意後世必有荒外之人，拾其唾餘。其始以布衣蔬食，自别於冠帶之倫；其繼以善果福田，盡奪我農桑之利。斯亦墨子一端之爲害長也。而吾不攻也。觀其守城之方，或亦爲兵家所取。至《經説》上下，則姑存其旁行文字，以付諸若明若昧之中而已矣。與我游者，則有老子。見其人者，幾以爲陶唐氏之舊臣。吾意後世必有方外之士，師其故智。愿者以吐納爲導引，修性命於山林；黠者以符籙逞神奇，弄威權於宫禁。斯亦老子一端之爲害大也。而吾不攻也。考其議禮之説，或亦於經義有關。至《道德》五千，則姑聽其流播窮荒，以化彼無父無君之衆而已矣。天生祥麟瑞鳳，而虎狼亦雜出乎其間；地産壽木嘉禾，而荆棘亦叢生於其際。竊願世人之於異端視此。泰山之大，豈必與土壤争高？江海之深，豈必與細流争潤？竊願吾黨之於異端視此。彼有所言，而我付諸不聞；彼有所爲，而我付諸不見。竭么麽之伎倆，立見其窮矣。不與角力，彼何所用其力；不與鬬智，彼何所施其智。游清净之乾坤，久而自化矣。敬以告攻之者。

何氏《集解》於此章云：「攻，治也。而攻其惡，無攻人之惡。」邢疏亦云：「攻，治也。」然則攻乎異端，與攻人之惡，兩「攻」字固同義。

子曰必也正名乎

癸巳四川　俞樾　擬

聖人正名之説，不專为衛發也。夫正名者，一則正物名，一則正書名也，豈區區爲衛發哉？昔孔子至衛，而衛有人倫之變，祖孫父子，攘臂而争。説者謂夫子必有以正之，不知聖人之處家國，非如後人之議大禮也。且使聖人之意如此，則聞其説者，將慮其太切於事情矣，轉病其不切於時務乎？嗟乎！古義不明，聖言遂晦，竊因古義，敬闡聖言。夫子曰：「衛君果待我爲政，吾將奚先哉？必也正名乎！」是其義有二。一則正物名也。自黄帝審定百物，於是取之「離」以爲網罟，取之「益」以爲耒耜，取之「涣」以爲舟楫，取之「睽」以爲弧矢，取之「小過」以爲臼杵，取之「大壯」以爲棟宇，一任後人之創造，而皆有可以指目之端，名之正也久矣。乃弁一而已，夏則以收焉，殷則以冔焉；爵一而已，夏則以琖也，殷則以斝焉。既因一王之制度，而肇錫以嘉名。鍑一而已，楚謂之錡焉，吴謂之鬲焉；罍一而已，周謂之甒焉，秦謂之甀焉。復因方俗之語言，而變更其舊號。傳之後人，不且紛紜而難詰乎？其小焉者，蘇與菽莫辨，楫與櫂不知，流播詞章，笑學士見聞之陋；　其大焉者，麃與麟相同，鶡與鳳相類，薦陳朝右，貽國家典禮之羞。異日者，安知無以鹿爲馬，以素爲青，眩亂時人之耳目，而播弄其大權者乎？我觀周公之爲《爾雅》也，釋草木各一篇，釋鳥獸各一篇。雖珍奇之犀象，概就驅除；　而瑣屑之蟲魚，猶煩箋注。物名顧不重乎？必也正之。吾庶幾無慨於觚不觚乎！一則正書名也。自倉史始制六書，於是「上」、「下」之類爲指事，「日」、「月」之類爲象形，「江」、「河」之類爲諧聲，「武」、「信」之類爲會意，「考」、「老」之類爲轉注，「令」、「長」之類爲假借，一任後世之變通，而總無可以混淆之處，名之正也久矣。乃「覺」、「學」之從與也，「泰」、「恭」之從小也；　「賣」、「匠」之從走也，「巢」、「藻」之從果也。既因簡策流傳，而沿訛其點畫。百念之爲憂也，不用之爲罷也；　追來之爲歸也，更生之爲蘇也。又因嚮壁虛造，而別創其形聲。著爲新説，不且儻怳而難憑乎？其一望而可決者，「齊」之誤爲「立」，「趙」之誤爲「肖」，不過費儒臣讎校之勞；其聚訟而不休者，「霸」之通爲「魄」，「荷」之通爲「河」，乃寖開經學異同之論。異日者，安知無以「魚」爲「魯」，以「帝」爲「虎」，私改内府之圖書，以自成其私説者乎？我觀《周禮》之撫邦國也，七歲而屬象胥諭言語，九歲而屬瞽史諭書名。雖官府之科條，務崇寬大；而文章之體例，不厭謹嚴。書名顧可忽乎？必也正之。吾庶幾無慕於史闕文乎！

聖人所過者化，必不如宋之議濮園、明之爭大禮也，以祖禰爲言，失之。此題宜從古注，如古注，故子路見爲迂。若如今注，子路宜病其太切矣。古注有馬、鄭二説，皆可從也。

冉有曰既庶矣又何加焉曰富之曰既富矣又何加焉曰教之

戊子河南　俞樾　擬

既庶謀加，皆本務也。夫庶而不富，不如其寡；富而不教，不如其貧。冉子請加，告之以此，非皆本務哉！且後儒論治，至纖至悉，井田學校，世遂議其迂闊而不可行。

大聖人撫殷繁之衆，商保聚之方，落落兩言，而千古治術括其中。然使舍其本而事其末，又雅非聖意也。子適衞，而有庶哉之嘆，意在衞而不僅在衞也。祖宗樂利之遺，尚存於今日；天地生成之責，實屬於吾徒。喜此庶乎，惜此庶乎。胥一國之人，而聚而作，則一人之力寡，不如十人之力多也；胥一國之人，而聚而食，則十人之費多，又不如一人之費寡矣。夫攘往熙來之衆，而囂然無以遂其生，固有國者之大患也。衆寠人聚而語，不過飢寒嗟嘆之聲，無他圖也；衆富人聚而語，必有淫泆驕奢之舉，不可問矣。夫暖衣飽食之餘，而漫然無以善其後，亦有國者之隱憂也。彼冉有者，殆默窺夫子所未言之意，而乃爲之殷殷然一再請加乎。既庶何加？富之而已；既富何加？教之而已。然而富與教正自有説。先王分上地、下地以授民也，畫百畝之田以爲井，使之耕鑿乎其中，良亦勤勞而寡穫。至於逐什一之利，以操奇贏，以來珍異，則多方以抑之，繁其科條，苛其税斂，僇然使不得自列於齊民。若是者何也？富必富之以其本，重農貴穀，三代之所同也。後世則不然。良賈操居積之術，入以至賤之價，而出之以貴，則《貨殖》之傳成，而爲富之一途；計臣工龍斷之謀，立一至公之法，而行之以私，則《平準》之書出，而又爲富之一途。已使負耒之民，輟耕而嘆矣。又其甚者，求金巉巖，採珠深蝨，罄兩間未出之儲；南通閩越，北走幽燕，立萬國交通之市。遂使販夫販婦之賤，挾其心計，而與官争；異言異服之人，操其利權，而爲我難。豈聖人所謂富之者哉？然則保庶之道，殆不在此。先王設小學、大學以化民也，奉一先生以爲師，使之服習乎其訓，實亦平淡而無奇。或有創一家之説，異其訓詁，離其章句，則衆起而攻之，禁絶其學，焚毁其書，群然皆相詫而以爲異物。若是者何也？教必教之以其本，經正民興，百王所莫易也。後世則不然。谷神不死，託之黄帝；至人無爲，本之老聃。其説主乎清静，是爲異教一大宗。穆王之世，化人來游；莊王之時，異人誕降。其説遁於空虚，是又爲異教一大宗。已使好古之儒，抱書而泣矣。又其甚者，溯造物權輿之始，謂生天生地，别有主宰之人；竊疇人子弟之傳，謂極遠極高，皆有推求之法。於是以吾之舊術，爲彼之新術，變其名目，遂擅神奇莫測之名；以彼之邪説，奪吾之正説，廣其招徠，遂成盜賊逋逃之藪。豈聖人所謂教之者哉？然則保富之方，殆不在此。吾故曰：「既庶謀加，皆本務也。」

前二比，言人所欲言，言人所難言。先生之長技，先生之絶技也。後二比自記，走筆成此，借酒杯澆塊壘而已。場屋中遇此等文，棄擲惟恐不速。先生之憤世語，先生之謾人語也。

吾猶及史之闕文也有馬者借人乘之

癸巳福建　俞樾　擬

追述所見，知能皆實也。夫史闕文，不以不知爲知也；馬借乘，不以不能爲能也。夫子猶及見之，能不追念及之？且夫婦之愚，可以與知者，而聖人有不知焉，則不知何病；夫婦之不肖，可以與能者，而聖人有不能焉，則不能何病。古之人不强不知以爲知，是謂真知；不强不能以爲能，是爲真能。竊追溯生平，而得一二事焉。其不强不知以爲知者，史闕文是也。先王萃千二百國之寶書，七歲諭言語，九歲諭書名。稽之故府，宜無不備之典章，明明有文，闕將焉在？然而「趙」或誤爲「肖」，「齊」或誤爲「立」，偏旁之缺略已多；人持十爲「斗」，馬頭人爲「長」，俗體之變更彌甚。則存其本有之文，而付之闕如之例。蓋古人不强不知以爲知，類如是也。且夫人不强不知以爲知，豈惟是闕疑云爾哉？夫固有所不必知也。上古荒唐難詰，而攝提、合雒、連通、敘命諸紀，吾不必讀其書；遐荒遼闊〔五〕無徵，而平林、質沙、義渠、曲集諸邦，吾不必考其地。溯文字之初，最先者右行，稍後者左行，吾但守象形、指事之常，而佉盧之文章，付之以不習；講聲音之道，長於音者從聞入，長於文者從見入，吾但明疊韵、雙聲之理，而字母之紐弄，謝之以不知。恣睢之主，創造神奇，地則變爲埊，臣則變爲忠，吾不必附會，而謂於古書有合；博古之士，講求金石，周姜敦之冏，毛伯敦之郝，吾不必援據，而謂於小學有功。由是而有典有則，朝無自作之聰明；不識不知，野有相安之耕鑿。膠庠之內，無嚮壁虚造之人；搢紳之門，無載酒問奇之客。則史闕文之爲功大也，吾猶及見者。此其一也。其不强不能以爲能者，有馬者借人乘之是也。先王總十有二土之物産，其畜宜六擾，其畜宜四擾。掌於有司，應無不詳之品物，區區一馬，乘又何難？然而七尺則爲騋，八尺則爲龍，既秉賦之各異；肅霜進於唐，小駟入於鄭，更遷地而勿良。則假借他人之力，而俾施乘習之功。蓋古人不强不能以爲能，類如是也。且夫人不强不能以爲能，豈惟是持重云爾哉？夫固有所不必能也。閩之爲蛇種，狄之爲犬種，吾不必强同之於冠帶之倫；貉能與獸言，夷能與鳥言，吾不必盡列之於苑囿之内。上古之世，有駕龍以爲御者，吾但修七騶之法，而不必效其神；遠方之國，有驅象以臨戎者，吾但演八陣之圖，而不必師其智。渥洼之騎〔六〕，從天池而出，吾不曰此神物也，而頓改我從前馳道之常；　奇肱之軫，從天外而來，吾不曰此奇器也，而一新我此後考工之制。由是逐水曲而舞交衢，自中馳驅之範；　騁邱墟而涉豐草，不貽銜橛之憂。吉行五十，師行三十，而廐不畜騂騮、騄駬之良；　戎馬一物，田馬一物，而史不書師子、狻猊之貢。則有馬而借人乘者之用意深也，吾猶及見者。又其一也。

不曰「與人乘之」，而曰「借人乘之」，則包注視朱注爲長；　邢疏以爲舉喻不合語氣，則皇疏視邢疏爲勝。此文詮題，似乎得旨。

旅酬下爲上

辛卯浙江　俞樾　擬

旅酬之禮，有二説焉。夫旅酬使下者爲上，此一説也。以下者爲上，又一説也。是可具説之。且自經師有長言、短言之別，而音隨義轉之字益以多矣。即如一「爲」字也，長言之，則乾爲天之爲；　短言之，則臣爲上爲下之爲。蓋重輕之讀異，而虚實之義分。竊嘗本此以説旅酬之下爲上。旅者何？衆也。酬者何？勸酒也。凡飲酒，主人飲賓曰獻，賓飲主人曰酢，主人又飲賓曰酬。然酬也，非旅酬也。宗廟之禮亦然。至祭畢之時，使一人舉觶之後，乃始行旅酬之禮。自古相傳，有旅酬下爲上之説，而其説則有二，蓋即「爲」字長言之、短言之爾。短言之奈何？則使下者爲上也，卑之也。考《特牲》之篇，主人既獻，長兄弟衆兄弟衆賓弟子則於西階，兄弟弟子則於東階，各舉觶於其長。蓋既使得襄夫盛典，即使得效其微忱，則是下者之各爲上也。先王若曰：「爾弟子奉盤奉水，本有服勞奉養之常。今日奔走廟中，乃缺然無以自伸其情誼乎？」洗爵而興，亦如歲時上壽之儀，而於弟子之心乃盡。異日萬鍾之奉，五鼎之陳，當不徒區區博長者歡也。此旅酬之禮，使下者爲上也，就「爲」字而短言之也。長言之奈何？則以下者爲上也，尊之也。考《鄉飲》之禮，主人實觶酬賓，必先自卒觶，則弟子舉觶於長，亦必先自飲。蓋雖厠階除之末，而得霑罍瀝之先，則似下者而反爲上矣。先王若曰：「爾弟子佩觽佩韘，本在隅坐隨行之列。今日恪恭祀事，曷嶄然稍見其頭角乎？」引觴自酌，亦如飲食先嘗之例，而於弟子之分何嫌。異日子可克家，孫能繩祖，安知不赫赫迪前人光也。此旅酬之禮，以下者爲上也，就「爲」字而長言之也。考《春秋》之義，名不若字，字不若子。而鄉射之禮，司正相旅，作受酬者曰：「某酬某子。」稱酬者之字，而稱受酬者爲某子，是受酬者尊，而酬者卑矣。此二説也，自以前説爲允。然如後説，則於逮賤之義，尤有合焉，亦未始不可以備一説也。

鄭注但云：「賓弟子，兄弟之子，各舉觶於其長。」此即朱注所本。但朱注又增益「而衆相酬」四字，則因《鄉飲酒義》「終於沃洗」之文，而誤「終於沃洗」自兼「無算爵」言，非謂旅酬也。賈公彦《鄉飲》篇疏已糾正矣。至孔穎達，此疏則先引經文「旅酬下爲上，所以逮賤也」，而釋之曰：「卑下者先飲，是下者爲上，賤人在先，是恩意先及於『爲上』之義。」實非。鄭注所有，或自唐以前相傳之古説乎？此作以鄭義爲一説，孔疏所云又自爲一説。

聖人養賢以及萬民頤之時大矣哉

庚辰會試　王頌蔚

頤下養上，卦氣應故大也。夫乾爲聖人，《頤》以初養艮，故由賢及民，卦氣在子，時之大其以此夫。且卦爻言養夥矣，而《井》之養而不窮，從《既濟》來。《蒙》之養正，《大畜》之養賢，《鼎》之大亨以養聖賢，皆從《頤》來。實則《頤》三五上易位體乃正，故有養義，《頤》亦從《既濟》定也。顧同一養賢，而《頤》之初陽在下，萬物萌動，鍾於太陰，此其理又從消息得之。頤者，養也，自養則吉，求養則凶。三五上不正，故以身養爲義，所謂養正吉也。五之正爲功，三出坎爲聖。《頤》之聖人，猶《蒙》之聖功也。反震爲巽，巽爲風，故《鴻範》「休徵」曰：「時風若。」聖之言聲，聞聲通知曰「聖」。《震》逸象爲響爲音，蓋取諸此。或曰：「聖，生也。以生物言之謂之聖。」案，訓「聖」爲「生」，與「養」義尤合。蓋《頤》者，大、小《畜》之盛也。畜本訓養，《小畜》之懿文德，《大畜》之剛上尚賢，皆養賢之義。《蠱》四至上體《頤》，其象曰「育德」。育即養，德即賢也。乾與艮俱爲賢人，《頤》上體艮，以乾初養之，是其義。《繫辭》曰：「可久則賢人之德，可大則賢人之業。」可久可大，非聖人之養不及此。《頤》自二至五有二川，地之氣萃在其中。川爲民，故曰萬民。民，萌也，言萌而無識也，義與「甿」通。旅師新甿，謂新徙來者也。或曰：「變民言甿，異外内。」要之，對文鄉遂異稱，散文不别也。爻例陽貴陰賤，《頤》與《屯》並初正居下，故《屯》象曰：「以貴下賤，大得民。」民，陰也，乾無陰故高而無民。以四陰二陽卦例之，於《觀》曰：「觀我生。」觀，民也。於《臨》曰：「容保民無疆。」是頤養及民之證。蓋《易》之言民，皆取川象。《井》「勞民」，《兑》「先民」，《泰》「左右民」，《益》「民説無疆」，《謙》「萬民服」，其義悉同。而《頤》體互兩川，其卦反復不衰，故獨得萬物致養之義。《周禮》：「鄉大夫……使民興賢……入使治之。」非化有次序歟？《易》尚時中，故言時特詳。《彖詞》贊大者十有二卦，曰時義，義不盡於時也，《豫》、《隨》、《旅》、《遁》遘應之。曰時用，謂因時施其用也，《坎》、《睽》、《蹇》應之。其直云時不兼義用者，惟《頤》與《大過》、《解》、《革》四卦，皆據用事之日言。《頤》爲十一月卿卦，孳萌在子，陽氣施種於黄泉，實惟大統之正。天氣三微而成一著，五日爲一微，十五日爲一著。緯書：「冬至前五日，商旅不行，兵甲伏匿，人主與群臣左右從樂五日。」《頤》之用事，在此時也。曆元起於冬至，歲星起於牽牛，律本起於黄鐘，卦氣起於《中孚》。《豳》詩十月曰「改歲」，周正建子，以夜半爲朔。王者大居正，《頤》之時實啓之。《易》例陽大陰小，故《泰》、《否》二卦稱「小往大來」、「大往小來」。爻位初當陽，《頤》之時大，蓋從震陽見也。明乎旁通，而養之義盡；明乎卦氣，而時之理彰。宓羲什言之教最重消息，有以夫。

其解《易》通漢、魏人之家法，其箋經爲訓詁家之大師。文亦精卓簡當，可爲法式。

爻也者效此者也象也者像此者也

庚寅會試　廖　平

以效像釋爻象，音訓之通例也。夫古無效像晚出之字，但以爻象解爻象耳。改爻象爲效像，不可據別本以明其例乎？且《春秋》立二伯，統八伯千七百國，以奉王法。天下雖大，馭以齊、晉而不繁，孔子之推桓文是也。《周易》立乾坤，統六子三百六爻，以衍大素。萬變雖殊，歸之乾坤而就緒，《大傳》之説爻象是也。齊、晉無不順之部署〔七〕，乾、坤皆克肖之子孫，《易》所以通於《春秋》，而爻象亦無待煩言而立解。爻象何以名？因其爻象而爻象之也。爻爲兆形，象陰陽相交錯，有母無子〔八〕，乃卜筮之專名； 象入圖畫，想牙鼻之離奇，由文生情，考《説林》之確證。爻者，爻也，《方言》存其通義，聞聲可喻，何必偏旁之加； 象者，象也，五家本有明文，晚俗可嗤，不如舊本之善。爻與效，義分虛實。好好惡惡，同其字猶易其音。苟仍而不改，恐反似重言之形況。然賢賢親親，貴貴賤賤，不異讀而人亦不疑。事本易明，則讀若、當爲皆可省。象與像，迹類引伸。仁人義我，依其聲特減其筆。苟連彙而書，恐誤作形似之衍文。然父父子子，君君臣臣，雖累言而人亦能解。理無二致，則省形、省聲不必言。乃未幾而易爻爲效矣，謂伐者爲主，伐者爲客，終嫌齊語之未明。莫贊其辭，特謂史文之筆削。又久之而變象爲像矣，謂道者自道，齊之言齊，原非詁訓之通例。已意屬讀，庶免後人之疑難。古無孳生之晚字，鐘鼎彝器，多借同聲，通人續增，書契乃能大備。改籀篆而爲隸古，此經傳所以稱今文也。不然，「三倉」數止三千，而何以帝典王謨，已多形聲之體？蟲旁加虫，水族著魚，其所由來者久矣。古無一定之經文，金馬書刀，隨人自寫，學官判定，傳字乃有準繩。賄蘭臺以求合己，此師弟所以分門户也。不然，「三傳」同出一源，而何以姓氏地名，不勝互異之事？音近相通，異同相借，其所變更者廣矣。於此而欲改效爲爻，改像爲象，易通行而爲古本者，泥也。先師首重授受，縱筆畫小有異同，不敢因文而害意。師説簡直，正可藉異本以搜求。苟拘成例而變更，則信心之流弊，未可勝言。於此而欲以效定爻，以像定象，左新説而右舊義者，亦過也。訓故不用言詮，即讀法標其緩急，亦可聞聲而得本。妙悟無方，正可即本文而啓發。苟循枝節而貴解説，則不盡之精微，誰復探討？《公羊》存口繫之條，黑肱加邾，孟子氏吴，且以師讀補經之闕；《戴記》有旁識之語，畝録東田，冠言昭帝，更有以晚事附記而行。是在學者好學深思，心知其意而已矣。

據《釋文》，孟、京、虞諸家，「像」作「象」。作者頓悟「效」字亦此例，命意已頗岸異，而尤精於孳乳形聲之學。篇中演其餘技，塗徑秩如，一鱗一爪，望而知爲神物。

爲電

戊子江南　江　標

卦有取象於天文者，可以體用驗之也。蓋離爲火，故取象爲電。電有體用，不可繼日以驗之乎？今夫有象而無遠近者，燿燿兮若烈火之始翔，爚爚兮若初日之未央。始凝睇於東隅，繼轉眴於西方。爍明金，攝奇璜，引之擠擠，即之茫茫。外澤純氣，中含幽光，胡觸手而思慄？忽值吐而耀芒。偶蓄之而淫裔，乃疾去其無方。占象者乃屬使者求之，三反而無見也。於時小學元士，天文之家，萬畢方術化冶變幻之上卿客儒，矚斯象也，翕然而動，惛然而靈，眩者遇之而明，瞀者睹之而精，剸掞者僝之而飽，靨痿者觸之而醒。占象者神思屏然，穆若有間，以屬元士。元士乃起而對曰：斯殆黔易激燿而致歟？聞之黔易相薄爲靁，黔激易爲電。電是靁光，蓋易氣之發，硫石之精，地氣陰冷，格鬥而成。説其文則从雨从申，从申雨者，天氣之降，地氣之騰，氣之回屈則爲靁，氣之引伸爲電，電者乃自其光燿言之。或有謂電即餘聲之霆者，此訛説也。或曰電，殄也，乍見則殄滅。此説也，吾於《釋名》得之。蓋展轉相訓，不離初音。乾，健也；坤，順也。即此證也。聲音之理通，而六經之旨得矣。占象者聞之而色喜，方以爲盡説矣。天文之家乃推而進之曰：此説也，吾雖聞之，而未得爲確也。斯電也，浩蕩兮無極，倏忽兮不識，胎乎無始之鄉，釀乎自然之域，環行乎地球九萬里，則一眴可三匝焉。電本無光，礴蕩而出。光極而後得聲，則爲靁，靁者居乎電之後。試證諸激火之理，則先見火而後聞聲。其聲則以光之遠近，而後分遲速。小學家以靁霆而次電之前者，此亦未得其確理也。電有氣，氣有黔易，有暵濕，有冷熱。電之體如是，其用則僕病未能也。於是方技之家，並起而對曰：卦之爻，有互象，有假象，有專象，專象者蓋取諸用也。今且徵夫電，則有漫漫衍衍，不絕如綫。執其兩端，各蓄其電。電以金爍，彼動此擊，應也如響，萬不錯一。重溟絕域，彈甲可接，目以瞟眇，耳亦髣髴，燀爍五金，腐解木石，光幻陸離，力攝虎伯。或有瘀傷顛眴，蹈齰嗽獲，亦能啓其惰窳，和其血脉。雖令扁鵲治內，巫咸治外，何能及哉？占象者曰：善，此離之所以爲電也。遂命通《易》者筆諸書，破二千載不傳之惑。

通諸家之癥結，括諸家之要義，不必鋪張，不必辨駁，設爲問答，徵引略備，得失自見。作者果是通才，不愧智囊。

平章百姓百姓昭明

壬午江南　朱銘盤

德及於百官，視睦族又進矣。夫國有百姓，而均之明之，其事難於睦族矣。蓋至百姓昭明，而其效益可睹耳。且堯都冀州，其土俗甚樸，而其官則有四岳、九佐、百揆、三公之名。其爵或尊卑不等，而其人則皆在吹律賜姓之列。於此而匡之、直之、輔之、翼之，俾知雍雍於皇路，以左右我唐，爲天子光，蓋亦甚難者。而以觀於堯，夫堯固已睦其九族矣。然而九族雖繁，則猶是伊耆一姓也。伯父伯兄，仲叔季弟，幼子童孫，有不率訓者，惟朕羞。於戲！蓋已難矣，則莫如更驗之百姓。今夫人而曰姓，固所謂天子建德，因生以賜姓者也。其在《傳》曰：「唐虞稽古，建官惟百。」殆即其人歟？夷考其名，則天官惟稷，地官爲司徒，春官爲秩宗，夏官爲司馬，秋官爲士，冬官爲共工，爲六官。其庶僚則曰謁者，曰射官，曰掌庾。又謂士大理謂稷曰師，其後有理氏者，爲皋陶之後。皋陶生益，生恩成，世傳爲大理，乃堯時以官命族者，非百官爲百姓之證歟？顧世祿之家，鮮克由禮。當時渾敦、窮奇、檮杌之輩，何一非帝者裔？其不率教固然，而堯固顧有以移之。粵稽五帝大學，概名成均。又有虞氏有上庠、中庠，或在國，或在郊。其在舜典，則以教胄子命夔。胄子非他，天子至卿大夫之適子也。移風易俗，莫善於樂，堯豈有異於是耶？且堯所謂後德者何德也？古訓之文，俊義爲馴馴，順德也，聖天子以孝治天下之謂也。惟此百姓，國之大族，人之望也。說者謂堯師子州支學君疇，而帝德大進。此皆不經之言，薦紳先生難言之，宜勿信。然則平章何以言也？曰：《虞傳》不云乎：「予辯下土，使民平平，使民無傲。」夫堯之典，虞史之筆也。古史多世官，虞之史，未必非堯史之裔也。堯之史，又未必非百姓中之一姓也。就帝如日，望帝如雲，遂自發奮於進德修業之途。而後人述之，固確乎可信也。至謂「平」與「便」通，又同「辯」，以人政爲訓。其在《傳》曰：「辯言而不顧行。」義有可相證者。要之，王道平平，帝王不易之軌也。由親以及百官，順而推之之義也。由百官以及萬民，其勢如水之就下也。吁！唐帝之德，侯其禕而！

運氣舒緩，鑄詞雋雅，以秦漢之胎息，行考據之文字，看似平淡，而所詣固極精矣。作者是當今巨手筆，獨創此體，直前無古人，後無來者。

淮海惟揚州

戊子江南　劉奉璋

即分野以定揚州，淮與海其界也。夫牛星分野之處，皆揚州域也，而地實以淮海界之。嘗聞夏王肇域，本於五行。冀居北爲水，水生木爲東方，故次以青兗；木生火爲南方，故次之以揚，是揚固屬於南矣。然執五行以定疆域，不如據《周禮》分星之説，所謂星土辨九州者，以東南爲揚越，揚越主星紀，星紀屬牽牛者言之。考之《元命苞》曰：「昴畢散爲冀州，分爲趙；觜參散爲益州，分爲荆州，分爲楚；虚危散爲青州，分爲齊；東井散爲雍州，分爲秦；觜參散爲益州，箕散爲幽州，分爲燕；營室流爲并州，分爲衛；而牽牛則散爲揚州，分爲越。」〔九〕則揚之爲越，屬於牽牛也决矣。獨是分疆之初，必曰北距淮，東南距海者，又何説哉？蓋聞天下山河之象，存乎兩戒。東自外方桐柏，循嶺徼，達東甌暨閩中，是謂南紀。《星傳》曰「南界爲越門」是也。夫桐柏爲淮水之源，而甌閩爲負海之域，則揚之爲越，而屬於東南又明矣。昔吴起爲楚南收揚越，楚地始逾嶺而瀕南海。秦使王翦悉定江南地，降百越之君，置會稽郡，又曰廢閩越王。及越東海王以其地爲閩中郡，一曰南越，又名揚越，而解者獨於九州之外别列南越，謂嶺南近接荆州，不當捨荆而屬揚。又謂南越縱在九州，當分繫荆梁，而以屬於揚州，爲誤中之誤。抑何不參考群書，而觀其分野之次也。要之揚州之地，在春秋時有古汪芒氏之封，凡吴、蔣、弦、黄，計十七國，戰國時屬越，楚滅越而有其地。秦并天下，置九江鄣郡南海，而傳之後世，復置揚州。然則揚之爲越，有確然無疑者，安得以分野之説出於讖緯，而以爲不足信哉？

主分野，證揚州南境，據海非故，佐杕傳，闢杜君卿説，實其理確鑿不可易也。惟篇尾所舉揚境諸郡國不逾潮海西南，説沿胡朏明。胡本主杜説，故所定揚境不逾潮海，未免與中間力辨南越屬荆梁之非略有牴牾，然南越尚屬揚境，所舉郡國固皆揚州之屬也，亦未可深非。

先知稼穡之艱難乃逸

乙酉順天　屠　寄

一張一弛，無忝官箴矣。夫稼穡之事，匪上所親，然必知租税皆艱難中來，乃可稍逸也，非一張一弛之道哉！昔周公作《亡逸》，戒成王。若曰：「古盛時旅穀彌望，嘉禾叢生，民龢年豐，中外禔福，而老成忠愛，雖休勿休。時以四方偏灾，入告我后。」何者？懼皇心之説豫，忘天命之祇畏也。是以側席而坐，減膳而食，徹宫懸而罔奏，辟正殿而勿居，發德音於神倉，出儲穡於御廩，必使九土之宜是任，四人之勿咸壹，朝有代耕之秩，野靡菜色之氓。夫而後考符瑞以施尊名，備威儀而巡春甸，一人有慶，而萬國驩虞也。我周自后稷公劉以來，躬秉耒耜，肇兹丕基，故《生民》之什，神述樹藝；《七月》之章，侈陳物候。先世艱難，可概見已。外此《楚茨》、《甫田》諸詩，《思文》、《臣工》諸頌，罔不於稼穡之事三致意焉。蓋高以下爲基，民以食爲天。善其後者慎其先，正其末者端其本。必多畜以虞災，不竭藏而待歲也。雖然，時則有雨暘寒燠之殊，地則有沃衍磽确之異，中間昆蟲水旱，土木兵革，奔走疾疫，往往而有。是以一夫荷鉏，身不得息；百畝布種，歲不常升。胼胝阡陌之間，倉皇總秸之賦。什一之數，天庾取必於盈；三九之餘，蔀星乃嗇於用。此其艱難，無所控愬。雖欲求佚，必不可得。誰則知之，誰則知之。且夫玉衡規運，仰同星辰，授時也；青壇岳立，筮用元日，祈穀也；冕而三推，洪縻在手，耕耤也；六宮婉穆，春獻穜稑，婦職也。然則黄屋左纛，出入警蹕，當知主伯亞旅，沾體塗足之勤；椒房掖庭，列侍巾櫛，當知夫耕婦鉏，蓬首椎髻之苦。遂乃戒農官，薄征賦，重兼并之法，行補助之政。知雕文刻鏤之傷農事，而采椽不斲；知珠玉錦綉之害女紅，而弋綈是衣。率天下之人，盡力於南畝。夫豈不知暇佚而徒自苦哉？展三時之宏務，固百世之盛業，節盈溢以圖匱，薦馨香以致孝也。於斯時也，膏澤必下究，疾苦必上章。協氣旁流，時雨滲漉，天降嘉種，貽我來麰。或異畝而同穎，或一莖而六穗。棲紅腐於太倉，攟遺滯於膏壤，則亦可以逍遥上皇之事，高蹈風塵之表矣。於是臣民拜首而請曰：「今天子盛德洋溢，福應衆至。始乎憂勤，終乎佚樂。宜命禮官，考文章，備法物，千乘萬騎，登封乎泰山，以答天庥。」天子沛然改容曰：「愉乎！朕其試哉！」

作者駢儷之文傾動海内，此作擷東西京之英華，含魏晉間之氣息，不必警才絶艷，神采在骨，自然岸異。

既伯既禱田車既好

辛卯江南　吴翊寅

「禱」、「好」與「禂」、「敃」通，假借明而古均叶矣。夫「禱」爲「禂」之借，亦猶「伯」爲「禡」之借。而古文「好」亦借「敃」，與「戊」叶。考古均者，可不明假借乎？且三百五篇皆古文也。自宣王中興，太史籀作大篆，與古文或異。《吉日》諸雅，美宣王祭告之虔，與畋獵之盛。當時以籀易古，殆未可知。而壁中經則寫定皆用古文，多假借。後世傳者有齊、魯、韓三家，各述章句，且諷誦人口，不獨著於竹帛。又改隸寫，故文字時有異同。其後三家寖微，承學之士，師説未明。訓故形聲，莫究厥旨。而古文假借之字，或執本誼以求之，沿今讀以叶之，遂至古義日湮，古音日晦，則未即《吉日》之篇，而紬繹其均也。如「吉日維戊」，與「禱」、「好」叶，豈古均與今異哉？或曰：「『禱』讀若『斗』。『好』讀若『丑』。」此改讀以叶均，而不知古音本無煩改也。夫「既伯既禱」，三家《詩》有作「既禡既禂」者矣。考《周官》「甸祝」，掌禂牲禂馬之祝號。解者云：「禂，禱也。爲馬禱無疾，爲田禱多獲禽。」所謂禂馬，則馬祭是。而禂牲之祭，單文亦稱曰「禂」。其作「禱」者，假借字也。蓋禱乃告事求福之名，田獵之祭，惟祈多獲，而無福可求，於禱義未盡合。至「禂」則專訓禱牲馬祭，故「禂」爲本字，而「禱」爲假借。又「禱」或體作「䬞」，殆亦三家《詩》之異文，與「禱」形聲並相近。古聲近之字，得相通假。《小星》詩「抱衾與裯」，即「禱」之假，可證「禂」、「䬞」與「禱」，皆可通也。「禂」讀若「俦張」之「俦」，則古音與「戊」、「好」叶矣。且禂與禱聲近相借，禡與伯亦聲近相借。何以徵之？《周官·大司馬》：「有司表貉」，甸祝掌表貉之祝號。後儒讀「貉」爲「百」，與「什伯」之「伯」同，故《書》或作「禡」。《爾雅》：「是類是禡，師祭也；既伯是禱〔一〇〕，馬祭也。」箋注家言：「田者習兵之禮，故亦禡祭，禱氣勢之十百而多獲。」是禡祭即師祭，亦即馬祭。「禡」爲本字，而「貉」與「伯」皆假借。今説《詩》者以伯爲馬祖之祭，謂將用馬力，必先禱其祖，則知禡祭而禱氣勢之十百者，蓋即指祭馬祖而言。昔武王東觀兵，上祭於畢。解者曰：「畢，天駟也。」是師祭正禱天駟之神。《爾雅》：「天駟，房也。」《孝經》説房爲龍馬，則以天駟爲馬祖者甚確。禡從示馬，故訓祭馬祖。或作「伯」者，「禡」、「伯」聲近，古文多假借。《爾雅》稱《吉日》詩，從古文不改字耳。彼訓伯爲長，豈知古文假借之例哉？至「田車既好」，《車攻》已載詠之，然「好」古音與「戊」叶，則未有定其讀者。今試徵之於《詩·叔于田》，「好」與「酒」叶也；《清人》，「好」與「抽」叶也；《遵大路》，「好」與「醜」叶也；《還》，「好」與「牡」叶也；《車攻》，「好」與「狩」叶也。是「好」古音本讀若「魗」。而壁中古文《商書》「無」有作「敄」，即《鴻範》之「無」有作「好」。可證「好」與「敄」相通假。三百五篇同出壁中，其古文當有作「敄」者。考「敄」本訓人姓，從女丑聲。而古文假爲「好惡」之「好」。則「好」、「敄」同聲，與「戊」、「禂」叶無疑矣。周宣王狩於岐陽，爲《雅》詩被之金石，其文相傳用籀書，而「遊車既孜」，即「好」之或體，益信「好」在六書爲會意字，古或作「敄」，籀或作「孜」，其形聲皆與今異也。而必治今讀以相叶，殆未考三百五篇之均者耳。夫叶均之説，古所不詳，然師法相承，當守舊讀。彼以臆解疑且改者，曷不於古文之假借、古字之形聲與古均之通轉加之意也？

題截去上下句，正以古音異今讀也。作者研精許書，爲毛、鄭之調人，折中三家，深合義法，論古均亦甚通曉。

倬彼雲漢爲章於天

癸巳江南　陳澹然

雲漢昭回，天章爛矣。緊彼雲漢，起自東方。倬哉亘天，焕乎文章。卬而觀之，越燦其光。猗歟大圜，苴橐萬物！清都太乙，載麗日月。群星大萬，元精翕舒。孰貫其間，神燭天衢？皎皎雲漢，靡弦靡朔。維襟維帶，彪此大宅。元胎剖判，太素氤氳。抗暉東曲，式曜帝庭。有赫園宰，九元環著。雲漢蔚之，益恢厥度。我稽天官，遐矚箕尾。邈彼澄波，光華斯緯。婉婉織女，雲錦七襄。含涕宜笑，窈窕霓裳。莞彼牽牛，劭劭天陌。靈軿亶逶，停機脉脉。載瞻蘭渚，載禱薇宫。如何昊天，生此盈盈！我聞雲漢，下通溟澥。有客乘槎，維戾維届。瓊樓瑶室，玉草琪葩。鬱鬱繽繽，組錦綸霞。客曰愉哉，天章貺我。孰躋斯都，弗貽弗夥？恢此懵説，實託齊諧。孰麗太清，探此根荄？維彼神區，窈乎靡究。無容無則，藻華斯受。式彼芒霏，雲漢是張。委蛇帶天，維静維明。輪曲繩直，狼弧蔚列。緊厥水精，匪崖曷涉。五月維夏，大陰胚胎。乃萌乃芽，天稷之街。爰稽并鉞，得坤維氣。陰達乃升，與群宿互。璀彼七緯，氣乃旁通。積素成華，式濯其文。若城若闕，若繚若室。若妍斯娥，若愿斯僕。玉霎霏霏，曷極曷罊。乃詫神奇，幻彼靈端。我當素秋，登高遐矚。明河無塵，萬里一掬。丹霞紫蜺，錯綺回棼。信星卿月，涵璧曜精。浩乎穹蒼，被此殊采。閶風冷然，曳我襟帶。下視雲漢，拂幌棲檐。騫然長嘯，曠乎若仙。於皇盛宙，天澄地燭。慶雲輪囷，甘露淋漉。華芝醃郁，朱草紛綸。青龍任轡，赤雁敖廷。穆穆天子，靈臺斯陟。載運天璣，載參雲物。廓彼漢津，有垠無垠。式歆天章，耀我皇靈。煒煒天子，維光維緝。明被萬寓，文覆八極。輯此群瑞，神曜麗天。上燭雲漢，萬藻璸瑱。文應允協，於萬斯億。被諸樂府，以頌功德。辭曰：天門開，詄蕩蕩。星留俞，塞紫幄。璸瑜燦，濯麟般獸紛階墀。泰壹見，光於於，河漢無聲天皎潔。象載瑜白，集輝南北，梢雲總總。天馬徠，殣月華，穆穆靈曜桄蓬萊。益延壽千萬歲，懿我后烝哉！

植矩《雅》、《頌》，掇英漢魏，作者生家遷人固之鄉，兼臣馬隸揚之才，即此一鱗一斑，足貴重矣。

既景乃岡相其陰陽觀其流泉

戊子江南　汪　濟

備舉建都之法，相地之權輿也。夫考日景於高岡，復相陰陽、觀流泉，建國之法備矣，其後世術家之所本乎？且形法家之學，其興於上古乎？志藝文者引其言曰：「形與氣相首尾，有有其形而無其氣，亦有有其氣而無其形，此精微之獨異也。」及讀《周詩》，乃知形出於陰陽，氣止於流泉。相觀之法甚備，術家所謂形止氣蓄，化生萬物，無逾於此，即謂此詩爲相地家之權輿可矣。「既溥既長」，則其地之美可知矣，然而未也。史氏制四方之字，其義皆起於太陽，此旭日所以出榑桑也。憑日晷以考極星，而後方向不訛，乃得以暘谷定寅賓之正。古帝造指南之車，其理蓋通於地氣，此磁石所以拒曲針也。據立表以端南面，而後坎離相見，乃得以嚮明規王氣之宜。「既景乃岡」，此即《周禮》所云「匠人建國，置槷以縣，視以景」者也，然而更有進。地有四勢，氣從八方，故背邙面洛之形，千年不變，則陰陽宜講也。山南曰陽，山北曰陰，可不識乎？夫愚蒙椎魯，目不知生氣之名。然居之騰漏之鄉，噫氣所侵，往往痟首瘧寒，相率致纏綿之疾，則向背之未分也。於焉相之，若龍若鸞，禽伏獸蹲，若萬乘之尊焉。夫同一高山，頌王業者，驚爲天作。當日自然形勢，必有後岡前道之奇。宅其陽而據之，則侯甸男邦采衛大和會矣。《大戴》釋邱陵之文，而下者爲死，高者爲生，谿谷必分其牝牡，此即陰陽之説也，安得不識明堂之數也哉？乘風則散，界水則止，故浮渭據涇之象，歷古常新，則流泉宜識也。如山之苞，如用之流，可不察乎？夫京國朝官，身不到窮源之地。然歷考謫遷之苦，龍城作録，往往瘴烟蠻雨，不時防疾疫之虞，則水土之甚惡也。於焉觀之，或潴或洩，朝海拱辰，無五害之侵焉。夫共茲黎水，作《洛誥》者，卜曰天休。爾時開國淵源，皆知左澗右瀍之妙。聚其流而止之，則天地寒煖燥濕參相得矣。《考工》詳地防之精，而兩山有川，大川有涂，水屬必歸於理孫，此即流泉之義也，豈得不爲營國之經也哉？河朔圖東土之基，公相多材，實啓楚邱之營度，不謂辨方正位，細微一一其周詳。乃知鎬京豐水，必由考卜以立孫謀。而十數葉之丕承，不難在乃立皋門，正難在聿來胥宇也。乃知家學相承有自，不僅創形家占驗之先。黄帝有《宅經》之作，故家珍蓄，皆疑贋鼎之依憑，不謂趨吉避凶，條目寥寥其包括。乃知土厚水深，復有渭水以流其惡。而八百年之氣運，不決於東遷以後，直料之西顧以前也。知堪輿古有其書，不得謂術數荒唐之論。故曰備舉相地之法，術家之權輿也。

是題數語固是形家之祖，作者即略用形家説輔佐經誼，尤妙在中二偶，一據《大戴》，一據《考工》，以證此經陰陽流泉，所謂語不離宗，不必專鈔彼説以炫譎詭也。

寔來（桓公六年）

辛卯浙江 王萬懷

經有承上而書者，以其同在一策之中也。夫前年冬則書「州公如曹」，此云「寔來」，以其同在一策之中，故可徑省其辭也。疑爲闕文，過矣。且治《春秋》而不得《春秋》之旨，其始由於疑傳，其繼因以疑經。疑傳説之不可通，而自逞其臆説。至臆説復不可通，則遂并經文而疑之。以法家之科罪擬聖人，而鍛煉周内，《春秋》竟爲深刻之爰書；以後世之文法繩聖經，而蠹蝕叢殘，《春秋》幾成無用之公牘。二者説《春秋》之大蔽也。如桓六年大書曰「寔來」，而紛紛異説，尤可怪焉。則嘗取三傳而讀之，雖説各不同，而要皆本師承以爲之解，其以實爲寔者，以州公前年冬如曹，今由曹而朝於魯。將書朝，則遂留魯而不去； 將書奔，則實行朝禮。故變其文曰「寔來」。其以寔爲是者，寔本從是得聲，其誼自可通也。而一以爲簡言之，一以爲慢之，則各謹守其家法，經師之例然也。而要以爲蒙上文而言，則三傳之説，夫固殊塗而同歸矣。乃有以寔爲州公之名者，其説曰：「前年冬如曹，尚爲君也，故以諸侯書之。今不能反國，則匹夫也，故名之。」夫失地而名，則當以名繫國與爵之下，《春秋》之通例也。況即失國，而諸侯之名分自在也。鄰國之君若臣，尚不得以匹夫之禮禮之，安有《春秋》而竟賤之如匹夫耶？或曰：「是闕文也。」蓋以「春正月」之下，而突書曰「寔來」，統《春秋》萬八千言，未有屬辭如此其味晦者。則以爲闕文，亦自有見。而要「寔來」兩言，可以爲闕文。若五年冬大書曰「州公如曹」，則文固完好也，藉非爲後此之來而書，則《春秋》中從無他國相如，而勞我魯之特紀於策者。他如不書而此獨書，則又何以解之？綜而觀之，則三傳所謂蒙上而言者，義自確不可易矣。而或疑相隔一年，牽連而反之。《春秋》亦無此例者，則尤有説。聞之左氏家言，大事書策，小事簡牘。單執一札謂之簡，連編諸簡乃名爲策。一行可盡者，書之於簡； 簡不容，書之於方； 方不容，書之於策。《春秋》之策長二尺四寸，不修之《春秋》，皆策書也，聖人即約策書以成文者也。《記》曰：「百名以上書於策。」一策可容百名以上，則必有合書數年之事於一策者。同在一策，而其中又無他事以間之，則連類而及，而徑省其文，夫復何疑？夫簡策之説，治《春秋》者之舊説也。乃後人讀經文簡，故書之簡；傳語詳，乃書之策。務與先儒相反，亦獨何哉？

蒙上文之説，三傳既無異辭，獨怪後人何以又創爲貶名闕文之説，好與古人爲難。作者信從三傳，審題既得其要，而駁去後來兩説，各據《春秋》通例。使筆又極精鋭，末更補出同策省文之旨，周匝完密，非素於此道者烏克臻此？

夏五（桓公十有四年）

戊子江南　費念慈

經文止「夏五」，其説無聞也。夫「夏五」何以無聞？無師説也，故傳者謹記之。在昔孔子，仰推天命，俯察時變，却觀未來，以作《春秋》。文成數萬，其指數千，有所褒諱貶損不可書見，乃以口説授弟子。弟子退而異言，惟子夏傳其學以授公羊高。其後乃著於竹帛，師師相承之説聞之聖人。故《春秋》分爲五，而公羊氏最尊。然年代湮遠，偶或亡失，不敢妄意也，則凡無師説者皆不著。通全經計之，大都無聞者三焉，如「夏五」其一已。或曰：嘗聞之夫子矣。曰「吾猶及史之闕文也」，又曰「多聞闕疑」，然則「夏五」闕文耳，史之舊耳。信以傳信，疑以傳疑，《春秋》之旨也，奚無聞者？曰：「然。然非『夏五』之謂也。」其例二，皆見本經有師説。昭十二年春，齊高偃帥師納北燕伯於陽。師説曰：「公子陽生也。」當是時，孔子年二十三，知其事。其爲「公」誤「伯」，「子」誤「于」，自「生」以下並滅失，無可疑也。乃仍而不革曰：「如爾所不知何？」此闕文例也。桓「五年春正月，甲戌，己丑，陳侯鮑卒」。師説曰：「怴也，甲戌日亡，己丑日得。不知卒日，故二日卒之，疑之也。」此闕疑例也。若「夏五」所闕果「月」耶？何疑之有？然則其無聞奈何？曰：考時月日之例，隱十一年春無正月，將讓乎桓，故不有其正月也。定元年春王，何以無正月？即位後也。定、哀之間多微辭，推之桓十七年五月去夏，以例求之，蓋譏。又《春秋》雖無事，首時過則書。而莊二十二年書「夏五月」，五月不可首時，則亦譏。若「夏五」既書時矣，五不可以句絶，非春王例也。此「夏五」以事書，非彼「夏五月」例也。去時斯去時，不月斯不月矣。何既書「夏」，又書「五」？其非此例已明白。又考盟例，蒞與來皆時，如僖三年冬、定十一年冬、宣七年春，是惟文十三年三月月之。然而夏五桓盟也，桓盟之例日，所以重著其無信，則非文十三年之三月例也。夏下明有五，則亦非僖三年、定十一年、宣七年例也。子夏聞之聖人，不如若何。而先師公羊高受之子夏氏者，則惟此經文「夏五」而已。家法、師説所無，雖有異聞不著録，爰謹爲傳以著之竹帛曰：「夏五者何？無聞焉爾。」然則無聞止此乎？曰：隱二年，「紀子伯、莒子盟於密」。紀子伯者，爵耶？名耶？字耶？先師未嘗言之。文十四年，「宋子哀來奔」。子哀，字也。《春秋》主内娶，何爲書字？先師亦未嘗言之。蓋通全經計之，凡無聞者三焉，而「夏五」其一，故傳之從同同。

注家或言脱月，或言脱月及幹枝，皆鑿空擬議。公羊氏親爲孔氏再傳弟子，尚以師説無聞，不敢强説。後之經師反毅然獨斷，自欺欺人，真爲可噱。文力主公羊家説，廓清後儒臆談，少加駁詰，已足息衆喙而袪群疑。

於越入吴秋公至自會（哀公十有三年）

己丑浙江　凌師皋

越人航海以入吴，聖門有救世之才也。夫春秋用兵，未有以海道取勝者。有之，自越入吴始。入吴而後會盟，蓋子貢之力歟？且春秋輿圖，東南濱海之國，惟齊與吴越。若吾魯則逼近海邦淮夷，未嘗設舟師也。襄二十四年，楚子爲舟師伐吴。嗣是昭五年，吴敗楚鵲岸，六年戰豫章，十七年戰長岸。楚獲吴餘皇，吴復奪以歸。二十四年，楚爲舟師略吴疆，吴踵楚而滅巢及鍾離。定二年，吴人見舟於豫章，潛師於巢，獲楚公子繁。大率江淮之間，半用舟師，而未有海戰者。獨哀十年，吴使徐承帥舟師自海入齊，此浮海出師之見於《内傳》者。獨哀十三年，於越乘黄池未會，水陸並進以入吴國，國幾亡，而在會諸侯皆不知，此可異矣。方吴晉争盟黄池之日，正於越乘虚入吴之時，其入吴奈何，越子勾踐以其師分二隊，其自南至者，誘敵之師也。丙子至乙酉，凡十日而敗，疇無餘、謳陽兩大夫皆爲吴禽，蓋疲吴師於十日之間，而居守者力竭矣。於是越子始至丙戌一戰，而獲太子友、王孫彌庸、壽於姚。越日丁亥入吴，先後凡二日耳。以《外傳》考之，句踐遣范蠡、舌庸沿海泝淮，以絶吴路，敗王子友於姑熊夷。句踐率中軍泝江，襲吴，入郛，焚姑蘇，徙大舟，此即《内傳》所謂北隊者也。《吴越春秋》曰：「越聞吴伐齊，使范蠡、舌庸率師屯海通江，以絶吴路。通江淮，轉襲吴。」夫既曰江淮，曰襲，則句踐之中軍自海道入，徑朱方，下姑蘇矣。其據《外傳》「泝江」，删「淮」字，謂泝吴江者，非也。若泝吴江，則安得二隊乎？且疇無餘之旗，彌庸自泓上觀之。泓者太湖，即笠澤也。轉戰十日，不容不知句踐之至，且亦不可謂襲。且吴師在黄池，地當宋魯之間，絶吴路，必在江北。然則以海師獲勝者，句踐其權輿也乎？噫！此豈會黄池之諸侯所能料哉！且夫差遽至黄池時，吴晉爭長，尚未成也。吴曰「周室我長」，晉曰「姬姓我伯」，卒以王孫雄之計，臨時先吴。其昨日之載書，猶長晉也，此《春秋》前文所謂晉侯及吴子者也。夫我魯自三分公室以後，前年齊人及清，我幾不支。以冉有之智，樊須之勇，僅得一勝。旋以吴子伐齊，大敗齊師，國書授首。今以正史考之，蓋吾黨子貢之力居多。上年徵會於衛，子貢説太宰嚭舍衛侯。是會也，子服景伯之對，殆亦受辭子貢。故相傳謂子貢出，而存魯、亂齊、破吴、强晉、霸越，即其事也。蓋公至自會之後，又九年而越滅吴矣。魯非吴不足以解齊患，非越則魯與齊皆吴之虞虢也。他日，越子使后庸來徵盟，康子言及子貢曰：「賜在此，吾不及此夫。」武伯曰：「然。何不召之？」叔孫文子曰：「他日請念。」蓋后庸即舌庸，與子貢有舊，知黄池之會。及越入吴，皆子貢爲之也。聖人不幸而爲素王，諸弟子不能禁春秋之不爲戰國，僅得存魯國於一綫。至七雄蹶而猶存，孰謂聖門無定天下之才也哉！

合內、外《傳》證明越師二隊南隧即笠澤之軍，北隊爲航海之師，已徵考古精密。至其歸功端木子，證據分明，議論確鑿，尤見事機洞達，識力超卓，真命世傑才有數奇文！

學書計

己卯江西　李盛鐸

以書與計啓蒙，及年者所當學矣。夫書與計，生人日用之經也。以之啓蒙，非及年者所當學乎？且自蒼頡造字，而六書之制以詳；大章步天，而九數之名以立。乃者烏呈迹，蟲識形，考文者輝煌玉策；勾廣三，股修四，測度者焜燿銅儀。搜訪舊聞，而宏探妙蘊。蓋鼓篋橫經之日，要在髫齡問業之初矣。十年出就外傳，亦課其學而已。今夫啓蒙之學有二：一曰書。辨亥豕之訛，登闕文於晉乘；析皿蟲之義，獲新解於秦醫。書之易辨無論已，其或皇言諻，帝言諦，既會意而諧聲；慘者憂，勩者勞，亦象形而指事。他如多爲夥，豬爲都，來爲離，音有流於轉注者矣；畝爲晦，原爲邍，鮮爲鱻，字有出於假借者矣。推之問絳老之年華，二首六身詳其說；溯循蜚之紀載，三墳五典讀其辭。以及碑仿岣嶁，炫録字赤文之異；奇探宛委，發金匱石室之藏。書之淵源靡盡也。學之而史籀古篆，離奇參石鼓之文；汲蒙遺書，古雅編紀年之册。廣搜羅而考金石，他年讀史，無庸空肆其浮談；遺糟粕而採菁華，後世箋經，亦可旁參其别解。正不獨止戈爲武，反正爲乏，爲書之所共見者耳。一曰計。制器者數之實用，可以利民生；渾儀者事之極功，可以定歲月。計之後效無論已。其或因和求較，因較求和，法詳於盈朒；積點成綫，積綫成面，説始於開方。他如方田少廣商功，皆以量而統於句股也；粟布差分均輸，皆以算而統於方程也。推之四率比例，二率三率可類推；三角弧弦，鈍角鋭角各殊用。以及割圜爲法，徑一不止於圍三；累黍成形，積分自可以得寸。計之曲折無窮也。學之而倍端倍兩，晰毫釐絲忽而無訛；二缶二鍾，增億兆京垓而不爽。取借根之捷徑，流傳異域，可以識商高、公旦之遺；辨大地之渾圜，測驗恒星，可以廢宣夜、周髀之術。正不獨尺寸之微，斗筲之細，爲計之所共知耳。啓蒙者如此，非學之要乎？或者謂六書之義藴，九數之精詳，非十歲時所能遽曉。不知今人之所謂絶學，皆古人之所謂小學也；今之人皓首而不能窮，古之人髫齔而已習矣。使徒疑摹仿形聲，效鄉塾課徒之陋；累記多寡，同市廛學賈之流。不亦淺之乎視古人哉！

籀史之學，疇人之術，必欲標異炫奇，恐累牘而不能竟。作者酌取而裁偶之，胸有智囊，故能任所驅遣，莫不率順。

犧象周尊也

辛卯江南　翁炯孫

魯用犧象，當王者貴也。夫犧尊飾以牛，象尊飾以象，此按圖可考者也。當王者貴，故繼虞夏殷而言之。且昔帝嬀侈流髹之飾，夏廷陳塗鬃之觀。彝鑿鷹文，壺蟠蛟篆，煌煌乎用以享鬺神祇，盥薦考妣，誠藻國之鴻寶也。乃若光翹兩耳，銅函揚鬈鬌之華；香薦一升，金薤攝佗那之影。撫茲重器，錫自時王，迄今陳於大庭之庫，登於魯公之廟，猶赫然見周天子肖侯剖器之聲靈也。魯用四代之尊，豈特虞泰、夏罍、殷著云爾哉？於斯時焉，苟使瓦缶削華之制，翕最紫庭，雲雷無足之形，駢羅瑱座，未嘗不足樹戴玉懷鈐之鏡，布柞型埴甂之庥。而天子當陽，藏府無錫，擁璿祀祖，能不愧心？惟周有尊，曰犧與象。繹河間之傳，「犧」讀如「沙」，謂沙然又莎羽之飾焉。顧博士傳經，各尊家法。異義詎無足采，不容開破字之例，別創新詮。考解詁之書，「象」通作「像」，謂像之以鳳皇之形也。顧經生立解，墨守字書。正文苟有可通，不必援轉注之條，更生枝説。然則犧者何？牲之純色者也。象者何？獸之有力者也。此周尊之説也。《分器》之篇，載在《周書》。一時縹鎏青鐐，與載束同黄而並錫。試觀曾霥作伯，汝淮鐫寶簠之勳；虢旅重對，陽曲拜大棽之賜。推之鐘寺公望，擇此金鏐；盤賚臣寰，呼彼覃減。立庭佩册，莫不膺吉金黄錯之榮，犧象非猶是分器乎？叢銅花於册府，而素牙齒齒，位儕介鼅大路之班；斟曼醁於西階，而碧采嶙嶙，光騰夏瑞封弓以外。寶之哉！賢尊不足媲其華，邑尊亦將掩其采。爰剔蘚而誦太史之册曰：魯侯拜稽首，敢對揚天子之丕顯魯休。象物之制，創自禹鼎。一時鈎金畫鐵，照梟羊罔象而畢呈。試觀龍爵龍觚，鏤鈑鬱蟄蟠之氣；兕卣兕敦，填金章出柙之凶。推之威鳳棲林，鐸金嵌影；單鶵銜鏃，盉蓋雕形。欲山吐川，恍然睹懸鏡然犀之朗，犧象非猶是象物乎？鏄鋁蒙文角之華，而騂鬣髤髹，不用朱帶之纚絡；棋俎吐瑶光之燦，而奇姿閑佶，何來翠羽之婆娑。陳之哉！犧爵恍同其鎔鑄，象鼎並耀其雕鍍。爰斷章而取太室之銘曰：師旦作尊彝，子孫億萬年永保用亨。故曰當王者貴也。

借犧象者，信贋器則沿誤子雍，尊古注則曲阿康成。此獨兩無所取。依據阮圖，與近時定海黃氏《禮書通故》之説，不謀而符，自是不刊之解。文古采的爍，亦爲三代彝器，非近世寶玩。至其不略周尊，尤徵精密。

言語之美穆穆皇皇朝廷之美濟濟翔翔祭祀之美齊齊皇皇

戊子浙江　章炳森

歷狀言語朝祭之容，知經無誤字焉。蓋或以美爲儀，或以祭祀之皇爲往，皆不足據也。歷觀言語朝祭之容，經豈有誤字哉？嘗謂解經者遇經不可解之字，必思一説以通之。況經字本通，而謂可輕爲改易哉？蓋詞令之善，不淺不深；颺拜之善，不躁不急；駿奔之善，不懲不忘。此皆文義顯然，無待曲説。而或欲改字焉，謬矣。何則？美與善同意，美訓好，善亦訓好，故美者儀容之好也。字亦通「媄」，媄，好也。是美可晐儀，而儀不可晐美。即謂《爾雅》儀亦訓善，則以善易善，更何必改？乃或者曰：此皆容儀，美當是儀誤。推彼之意，或以美與儀皆從羊，而儀或省作義，義篆美篆形近，故誤。又美或臆爲從大聲，大或轉音墮，義本從我聲，故儀亦從我聲，《書》「無偏無頗，遵王之義」、《詩》「在彼中阿，樂且有儀」是也。不知儀固從我聲，而美從羊從大會意，非諧聲字，然則美、儀相誤之説不足據。然不獨此也。經明載「言語之美，穆穆皇皇」矣。案《爾雅·釋詁》，穆穆、皇皇，本皆訓美。《詩·清廟》：「穆，美也。」《文王》及《那》篇並解云：「穆穆，美也。」「穆」與「茂」同，茂亦訓美。又《詩》「繼序其皇之」、「上帝是皇」，解者並云「皇，美也」。「烝烝皇皇」，亦曰：「皇皇，美也。」「皇」亦通「煌」，煌煌，大貌，故皇亦訓大，美大義同，此其證也。然則穆穆皇皇，正當謂美，不當謂容儀。至「朝廷之美，濟濟翔翔」者，《詩》：「棒楛濟濟」、「濟濟多士」，皆訓多訓盛。多與大近，大與美近，而盛亦有美意。又《爾雅》：「濟濟，多威儀也」，威儀之多，其美可知。翔翔略同蹌蹌，蹌蹌，行動也。而翔翔，行更舒徐。行而舒徐，容止必美矣。又「翔」通「祥」，《易·豐》：「天際翔也」，别本皆有作「祥」者。祥爲嘉瑞，亦美意也。故濟濟翔翔，皆即美，而不得改爲儀也。若「祭祀之美，齊齊皇皇」者何？齊整貌，所以齊不齊而致其齊也。又齊，戒絜也。整與絜皆治使美，故齊與美意亦通。而復言皇皇者，或曰「皇」當改讀爲「往」，謂祭祀心有繼屬也。此説非是。晧晧，《爾雅》訓大，而往往無訓。且皇皇爲求之專，於義甚順。《禮·檀弓》「皇皇焉如有望而弗及」、「皇皇焉如有求而弗得」是也。若改爲往往，則不辭矣。「皇」亦作「惶」、作「偟」，所謂祭先祖門内傍偟也。「皇」爲本字，

「惶」、「偟」後起字，故字仍從皇。皇本訓美，則皇皇與言語之皇皇，意異字同，而亦可爲美也。故曰歷狀言語朝祭之容，而後知經之無誤字也。

改字解經，雖考訂之家不廢，而穿鑿之弊因之，苟不必改字於經誼，了無周章，自以不改爲善。文隱駁鄭注，兼正近時俞氏諸説，依經立誼，六通四闢，真有功經訓之文。

通雅集策對

第一問

己卯順天　黄紹箕

問：漢儒傳經，師説各别。《易》家虞翻納甲，旁通參同；鄭衍爻辰，出入㦸緯。略短論長，精粹安在？王注後出，雅近清談，然而法律之解，與九家同。其玆之訓，與蜀才合。漢學淵源，流風未泯，見於何卦？試言其詳。《尚書》今古文篇目授受，盍爲分析？《説苑·臣術》，别有《泰誓》；《漢書·律志》，更出《武成》，將毋真古文耶？《詩》齊、魯、韓、毛，何家流於緯書？何家與毛相近？《春秋》三傳，西漢何家最盛？隋季何家先微？佞《公羊》者撰《膏肓》、《廢疾》之篇，袒《左氏》者騰餠家、官厨之論，抑揚已甚，孰爲持平？《周禮》先鄭後鄭，音讀多異，得失若何？《儀禮》今文古文，康成並從，義例若何？《禮記》之學，六朝分爲南北二派，南北經師以誰稱首？師傳著述，其備陳之。聖朝經學樸茂，遠紹兩漢，多士熟精甲部，業守專門，略述前聞，用徵根柢。

經學之有家法，始於孔門七十子之徒，微於秦而盛於漢。不考家法，不能通漢儒之説也。不通漢儒之説，則無由取長棄短而通經也。《易》家虞翻納甲，即《參同契》進退詘伸之法，長於消息盈虚；鄭衍爻辰，本《乾鑿度》四維正紀之言，長於會通典禮。語厥精粹，則鄭不如虞，以無變動也。王注後出，雅近清談，然解師出以律爲法律，與九家同。訓箕子爲荄，兹與蜀才合。其它陰用漢義，變易其文者，不一而足。亦可見漢學流風，終不可得而泯矣。《書》本百篇，秦火後，伏生所傳者爲今文二十九篇，亦謂之三十四篇者，分《盤庚》、《大誓》各爲三，分《顧命》爲《康王之誥》也。傳張生、歐陽生，至歐陽生子，世世相傳，而有歐陽氏之學。至夏侯勝而有大夏侯之學，至夏侯建而有小夏侯之學。孔安國得自孔壁者爲古文，於二十九篇外增多十六篇，亦謂之二十四篇者，分《九共》爲九篇也。傳都尉朝，遞相授受，至東漢不絶。衛宏、賈逵、馬融、鄭康成，皆爲其學。迄東晉，而二十四篇之真古文皆亡。迄西晉，而二十五篇之僞古文始出。而今文《大誓》亦由是亡矣。《説苑·臣術》别有《大誓》，《漢書·律志》更出《武成》，皆真古文，幸以見引廑存。《詩》分四家，惟治《齊詩》者有四始、五際、六情之説，流於緯書。魯、韓皆與毛近，其佚時見於它説，可以互證，雖有參差，大致尚合。《春秋》三傳，西漢《公羊》最盛，隋季《左氏》獨盛，《公》、《穀》皆微。佞《公羊》而撰《膏肓》、《廢疾》之篇者，何休也；祖《左氏》而騰餅家、官厨之論者，鍾繇也。惟范武子作《穀梁集解》，而其序歷舉三傳之蔽以爲傷教害義，不可强通。又曰：「《左氏》富而艷，其失也巫；《穀梁》清而婉，其失也短；《公羊》辨而裁，其失也俗。」斯真持平之論，異乎門户之見矣。《周禮》先鄭後鄭，音讀多異。康成序曰：「其所變易，灼然如晦之見明；其所彌縫，奄然如合符復析。」此謂杜、衛、賈、馬及二鄭之能事也。曰：「猶有差錯，同事相違，則就其原文字之聲類，考訓詁，捃秘逸。」此謂已補正之功也。又謂：「二鄭者，同宗之大儒，發疑正讀，亦信多善，徒寡且約，用不顯傳於世。今讚而辨之，庶成此家世所訓。」蓋康成經傳洽孰，囊括大典，網羅衆家，删裁繁誣，刊改漏失，自序之言，誠篤論已。《儀禮》今文古文，康成並從。若從今文，則今文在經，注出古文；若從古文，則古文在經，注出今文。案其去取義例，約有數端：有必用其正字者，取其當文易曉，從甒不從廡，從盥不從浣之類是也；有即用其借字者，取其經典相承，從辨不從遍，從膉不從嗌之類是也；有務以存古者，視爲正字，示乃俗誤行之，而必從視是也；有兼以通今者，升當爲登，升則俗誤已久，而必從升是也；有因彼以決此者，則別白而定所從，《鄉飲》、《鄉射》、《特牲》、《少牢》諸篇是也；有互見而並存者，可參觀而得其義，《士昏》從古文作「枋」，《少牢》從今文作「柄」之類是也。《禮記》之學，六朝分南北二派，同遵鄭注。其爲義疏者，南人有賀循、賀瑒、庾蔚之、崔靈恩、沈重宣、皇侃等，北人有徐遵明、李業興、李寶鼎、侯聰、熊安生等。南皇北熊，最偁大師。孔穎達撰《正義》時，惟二家疏尚存，餘悉不可見矣。聖朝經學樸茂，遠紹兩漢，猗歟盛已！

深明學術源流，能通諸經條例，是漢學家巨子。虞氏説《易》，我朝諸先生皆宗之，至近世頗有異議。作者獨毅然稱其高出鄭學，足見謹守家法，篤信師説。論《儀禮》今古文義例，並釐然有當，精核無倫，此又作者素通小學，故非人可及也。

第五問

庚辰會試　王頌蔚

問：北徼之地，古書所略，然呼韓内屬於漢，而康居等國亦送侍子頡利入臣於唐，而僕骨等部咸設州郡，見於史者班班可考。漢時南北單于奄有朔方，由漢北達於北海。厥後北單于爲漢破走，其地遂空，鮮卑、烏桓據之。北康居、奄蔡迭起爭雄於西北，其略見於何書？元魏時通使西域，故魏收《書》所紀邊外山川形勢尤詳，能舉其説歟？隋時北方之國，突厥最盛，自遼海至西海，東西萬里；自漠北至北海，五六千里，吞諸小國。迨於唐初，東西突厥皆爲唐滅，回紇繼居其地，服屬於唐，於是北荒諸國皆爲羈縻，郡縣設官以護之，其所設何官？所領何地？能陳其崖略否？遼金諸史於北徼皆不詳，惟元時則舉北徼之地盡設藩封郡縣，其設州之地及諸王所封之國，能歷舉之歟？國家聲教遠暨，重譯輸誠，朔方形勢與華夏相屬，多士於地輿疆域考之有素，其悉所聞以對。

北狄之患，與中國相終始，楊雄所謂「三垂比之懸」者也。唐虞以上，山戎、獫允、薰粥居於北邊，至秦始並爲匈奴。其東直上谷以東，接濊貉、朝鮮。西直上郡以西，接氐羌，而單于庭直代雲中。宣帝時匈奴乖亂，呼韓邪稱臣，郅支殺漢使西走，擊烏孫破之，遂並烏揭、丁令、堅昆三國，郅支留都堅昆。堅昆東去單于庭七千里，南去車師五千里，當在今科布多北也。郅支西阻康居，康居當今哈薩克部。《漢書・西域傳》曰：「康居西北可二千里，有奄蔡國。臨大澤，無崖，蓋北海云。」案「奄蔡」，《漢書解詁》作「闔蘇」，

《後漢書》作「阿蘭聊」，《魏書》作「粟特」，一名「温那沙」。以今道里準之，則俄羅斯之西部，近北冰海者是也。《魏略》云：奄蔡西與大秦國通。大秦以在海西，亦名海西國。漢延熹九年，大秦國遣使自日南徼外表貢，則由阿萄富海而至越南，其取道最捷。鮮卑、烏桓者，東部濊貊之别種也。和帝時竇憲破北匈奴，其地遂空，而鮮卑、烏桓竊據之。鮮卑檀石槐尤驍桀，南抄緣邊，北拒丁零，東却夫餘，西擊烏孫，盡有匈奴故地。是時西域雖小有吞併，亦頗休息。故由漢迄晉，月氏、姑墨、温宿等國，存者什六七。魏太延中，散騎侍郎董琬使西域還，具言其地分四域：葱嶺以東，流沙以西，爲一域；葱嶺以西，海曲以東，爲一域；者舌以南，月氏以北，爲一域；兩海之間，水澤以南，爲一域。案葱嶺以東，流沙以西，則今嘉峪關外至布魯特是也；葱嶺以西，海曲以東，則今安集延至布哈爾機窪等部並裏海者是也；者舌以南，月氏以北，則今哈薩克西部至納林河者是也；兩海之間，水澤以南，無考，或即今波羅的海、黑海中間，大峩、東峩、南峩等部乎？由周至隋，而木扞可汗，稱雄突厥，破挹怛，走契丹，拓境日廣。自遼海至西海東西萬里，自漢北至北海五六千里，西海印度海也，北海北冰海也。隋時，突厥蓋全有今俄羅斯地云。突厥衰而特勒復振，「特勒」即「回紇」譯音之轉也。突厥滅於唐，回紇既居其地，奉表服屬。於是唐置單于都護府，領狼山、雲中、桑乾等三都督，蘇農等二十四州。瀚海都護府，領金微等七都督，仙萼等八州，即擢領酋爲都督刺史。凡錫伯利路諸國，如骨利幹、都播、僕骨、同羅、拔野古、多覽、思結、斛薩、契苾、跌結、阿布思、結骨、俱羅勃等地，皆爲羈縻郡縣。懿宗咸通間，俄羅斯酋長禄利哥始建國，傳至烏拉的米爾訝、羅斯訝，其國漸大。元太祖西伐滅之，並滅其北之欽察國，南之阿速國，以封其長子术赤於此，其地皆在葱嶺西北，未至東方也。阿羅思族裔，逃於北海計由之地，臣服於元。元氏既衰，假鄰國西費雅兵力，盡驅元裔蒙古出境，恢復舊疆。迨後日益强盛，沿北海漸拓而東，繞出西域回部外蒙古之北，直達黑龍江東北徼外。證以古地輿，則漢之奄蔡瀕北海，其西部也，漢之丁令，唐之骨利幹，皆在瀚海北。其東部也，或以魏收《書》烏洛侯國，當今俄羅斯。案《舊唐書》云：烏羅渾國即後魏之烏洛侯，在長安東北六千三百里，東與靺鞨，西與契丹，北與烏桓相接。據此則烏洛侯當在今索倫錫伯之地，非俄羅斯明甚。《元史》稱阿羅思，南去大都萬餘里，則初境狹小尚不及今地十之二，至近日乃横絶東西北海，又南侵印度界，蓋視漢之匈奴，隋之突厥，唐之回紇，地且過之。然而東有内外蒙古，衛我神京。西有準回舊壤，健鋭雲屯，足以絶其南牧。且彼所有者，皆北裔荒漠之野。西伯利部，與我外興安嶺接壤，層水積雪，户口稀少，牲畜不繁。迆西入歐羅巴界，部落稍盛，辟諸人身，則腹心我有。而彼所據，皆髖髀也。特因其疆土之廣，故倔强爲諸國最。投鞭飲河之志，未嘗一日忘。要之，由陸則芻輓不貲，由海則循太平洋而南，間關數千里，不能多載重兵。主客勞逸之分，豈待智者而後喻哉！班固云：來則懲而禦之，去則備而守之。其慕義而貢獻，則接之以禮讓，羈縻不絶，使曲在彼，誠得控禦遠人之經矣。

此問有汪公寶樹作，敷對較詳。此作有通識，有偉議。北徼古今形勢原委，洞悉胸中，竟略去問題，自抒心得，亦創矮屋一格，令績學之士不煩與鈔胥競一日之長。惟云俄羅斯達中國，由陸則芻輓不貲，由海則間關數千里，似皆未安。蓋自咸豐季年以黑龍江爲界，□□北部創設鐵路，則海甸固已逼處，芻輓亦極便利矣。

第二問

壬午順天　文廷式

問：正史編年尚已，此外有足資參考者，其類有二，曰别史，曰雜史。别史原於《東觀漢記》，梁武敕群臣爲《通史》，至宋鄭樵爲《通志》，意亦補史家之闕，其間所爲《譜略》者，義果何仿？蘇轍作《古史》六十卷，蓋修改《史記》之作，有謂出史遷之上者，然歟？否歟？《續後漢書》、《古今紀要》、《東都事略》等書皆出誰手？能指其人而論列之歟？雜史昉於《國語》、《戰國策》、《吴越春秋》諸書，《國語》韋昭注謂爲左邱明作，又有疑非一人作者，《戰國策》有入史類，有入子類，有他書所引爲今本所無者，盍析言之？《吴越春秋》内吴外越，本末咸備，而不免荒誕之譏，果乖《春秋》之體例歟？魏晉而後史類尤多，事迹之載、人物之志、郡國之紀，果足與正史相經緯歟？唐代雜史見於開元著録，今所存者凡幾？宋之《五代史》補《十國紀年》、《南唐書》，著述諸人皆可考證歟？多士生逢聖世，枕經尤宜葄史，其就素所聞見者縷析陳之。

史學之書，正史爲經，編年爲緯，旁摭廣引，載籍彌繁。《東觀漢記》，别史所宗。以班固之宏材，兼劉珍之博學，張衡論其體例，傅毅擅其高文。述之百九十年，今存二十餘卷。《通史》作於梁武群臣，專任吴樵，至宋已亡，遺文莫考。鄭樵《通志》，抄襲爲多，其所用心，在二十略。譜之名沿於周，「譜略」之名，本諸《魏略》，持論每涉之悍，博聞未得其精。《古史》六十卷，爲宋蘇轍所編。逞彼筆鋒，謂高遷史。雖補苴罅漏，粗足擬於褚生，而推重無爲，究何殊乎司馬？自信之過，抑又何譏！蕭常、郝經，咸成《續漢》，存正統則本之習氏，絀霸朝則符乎紫陽。然蕭則採摭不廣，專據范、陳；郝則榛梏勿芟，間收漢、晉。是其蔽也。《古今紀要》，作於黃震；《東都事略》，傳自王偁。括諸史之綱要，綜九朝之事迹，咸簡括不支，是非無謬，擬之前代，蓋亦荀、袁之流亞歟！《國語》一書，取材宏富，考之韋昭之注，謂爲左氏所編，或謂事有異同，疑非成於一手，則猶之《新序》、《説苑》，並出劉向，而時復牴牾；注《禮》、箋《詩》，咸出鄭君，而輒多異義也。至於《國策》，體更不純，《漢志》以其紀事，列之史家；晁氏謂其縱横，屏諸子部。持説雖異，分類則通。各有所見，毋庸軒輊。至於他書所引，或爲今本所無，則如鄭康成所引碣石在九門，徐廣所引韓兵入西門，李善所引吕不韋言周七十二王，歐陽詢所引蘇秦謂元戎以鐵爲矢，遺説具存，良堪掇拾。《吴越春秋》十卷，爲漢趙氏所編，内吴外越，本末咸備。然其説參神怪，實開干寶之先聲；文極瑰奇，不數袁康之舊作。雖難繩以史例，固有益於文章。魏晉以後，史類尤多。載事迹則侯瑾皇德之紀，實創其規；志人物則賈執英賢之篇，爰臻其備。若夫郡國之紀，尤爲更僕難終。常璩《華陽》，足補蜀書之闕；顧夷《吴郡》，可搜孫氏之文。若博採而無遺，庶史材之不漏。唐代雜史，較昔尤繁。言論既哤，見聞多誤。若劉昫《唐書》所載，實開元著録之遺。今其所存，十無一二，蓋實録既採諸正史，則蕪詞可附於秦焚。雖偶存遺事之編，亦難爲讀史之助矣。陶岳《五代史補》，實無當於史裁，惟載南事稍詳，故亦流傳不廢。《十國紀年》，作於劉恕，信史才之不苟，惜遺籍之難求。若夫南唐有書，蓋自胡㭺首創。厥後馬令、陸游，聯翩繼作。然馬則多徵小説，既同延壽《南》《北史》之多誣；陸則竟作正統，亦非姚察《梁》《陳書》之舊例。取其紀實，則亦可矣；例之載記，不誠得乎？學者生當聖世，敢謝三長，敬即肄業所及者縷陳焉。

傾寫胸臆，即以考據爲議論；補苴罅漏，即以議論爲考據。真名世學人之談，矮屋斲輪之手。

第四問

乙酉順天 張 謇

問：《虞書》詢事考言，實爲千古掄才所由昉。周取士之制，其途有三：一爲侯國之士，一爲王畿之士，一爲國學之士，射義所陳，鄉大夫所掌，王制所詳，能備舉其制歟？漢以鄉舉里選，魏晉以九品中正，雖亦有失實，而風俗敦厚，清議猶存，其得失可考而知也。唐制取士之科最繁，有八十有六，能略舉之否？其最重者莫如進士、明經二科，其制若何？宋罷明經，復之者何年？金止進士一科，而亦分二目，能詳言否？明初試士之法既分三場，又試以五事，能詳其制歟？自人心不古，日趨於下，由是防範愈密，禁令愈嚴，《宋選舉志》言舉人之弊凡五，可縷陳之。搜索懷挾，始於何時？糊名易書，詳於何代？其悉數之。試卷末添注塗改之式，唐宋時已有之，見於何書？能詳舉之否？士人學古，入官貴端其始，宜如何爭自濯磨，以仰副聖主求才之至意歟？

古無不須人而理之天下也。《虞書》官人，詢事考言；成周取士，三途並進。凡所爲知、仁、聖、義、中、和之德，孝、友、睦、姻、任、恤之行，禮、樂、射、御、書、數之藝，由閭胥、族師、黨正、州長各任其所爲教而遞課之，積以歲月，稽其行習，次第其優絀，以待三年之大比。鄉學則由鄉大夫而升之大司徒，國學則由大學正而升之大司馬。由鄉學進者曰造士，擢用之爲鄉遂吏；由國學進者曰進士，論辨之爲大夫士。其外由諸侯所歲貢者曰貢士，天子親試之射宫，擇其容節之宜否，與中之多少，以衡其與祭不與祭。蓋待之者厚，而課之者嚴；進之者慎，而倚之者重。射義所陳，鄉大夫所掌，王制所詳，如此其勤勤也。漢去古近，其初賢良方正、孝廉、秀才，憑州郡之舉察以爲用，則猶有鄉舉里選之遺焉。魏晉相承，立九品中正之法，其意與漢不甚相遠。當時論者雖以漢之末造，請謁繁興，魏晉之際，登進苟簡，然士習廉耻之防，人尚清議之節。往車已折，而來車方遒；風雨如晦，而鷄鳴不已。何其效之遠也！唐制取士之科，有秀才，有明經，有進士，有俊士，有明法、明字，有一史、三史、開元禮，有道舉，有三禮、三傳、史科，品目雜出，至於八十有六之繁。而當時士族所趨，尚以明經、進士須官長特薦，視之尤重。然楊綰所謂幼能就學，皆誦當代之詩，長而博文，不越試家之藝者。當時之明經、進士，概可知矣。宋於神宗初紀，迄乎哲宗元祐，數十載之間，明經之科，忽罷忽復。金於進士一科，雖祇分詞賦、經義二目，而其大要，實等乎唐宋。逮至明太祖身歷艱難，戡定天下，又得宋、劉諸臣以爲之輔，宜乎可復三代選舉之法矣。而洪武三年舉行鄉試，初場四書疑問、本經義、四書義各一道，二、三場論、策各一道，中式者十日復試以騎、射、書、算、律。騎觀其馳驅，射觀其中之多寡，書通於六藝，算通於九法，律觀其决斷，一似一科之中，得以悉收乎文武智能之效。而上顲以區區科第，奔走天下之人；下顲以浮文末技，收人主之爵禄。所謂習之既久，上不以爲疑，下不以爲怨，一出其外而有所取捨，則上踧踖而不安，下睥睨而不服者也。况乎刻覈太至，則不肖之心應之。《宋選舉志》所謂科舉有傳義、换卷、易號、卷子出外、謄録滅裂五弊者，方且與端平、乾元按索懷挾之令，景德、祥符糊名易書之令，皇慶添注塗改逾五十字不録之令，相爲終始。雖其權輿，實本於唐之唱名搜索。吏部試選人糊名，而屑屑乎嚴文奇法，如防盜蠹。有志者俯首短氣，引就功令，而素行騫污者，亦得以一日之揣摩，傲然與委它方領之倫，决取終身之富貴，而鄉舉里選之意，纖悉無遺矣。雖然，蘇軾有言，得人之道，在於知人；知人之法，在於責實。使背乎此焉，縱日易一法以試士，而弊之緣法而生者，必且舉賢良則争門齰指，不足喻其情；舉方正則側肩攫金，不足况其態。弊有甚於科舉者矣。夫欲人爲君子，必先有待以君子之心；恐人爲小人，必先有不忍其爲小人之意。而後教化敦而風俗隆，節義固而人才茂。周之賓興，先以三物，漢賢能有道之舉，衡以鄉評，此道得也。我朝教學罔外，登進至公，不已軼漢唐而比隆三代哉！

敷對極詳，佐以偉論，而不屑屑於考據，方見日試五策，是通才大業，非小儒陋學。

第二問

乙酉順天　屠寄

問：上古軼事，刪書之後，猶時見於他說。《春秋元命苞》謂天地開闢，至春秋獲麟之歲，分爲十紀。能歷舉之歟？太皞伏羲氏或作炮犧，或作庖犧，其義安在？《帝王世紀》有大庭氏以及赫胥、尊盧諸氏，《漢書·古今人表》俱在伏羲以後，而羅泌《路史》謂皆伏羲以前君號，有證據否？惟僞三墳書以爲皆伏羲之臣，然歟？葛天氏之歌，陰康氏之舞，詳於何書？伏羲之六佐，黄帝之六相，能悉舉其名歟？古樂或名《扶來》，或名《下謀》，或名《咸池》，或名《九淵》，或名《承雲》，或名《六莖》，能確指其時代歟？黄帝命倉頡爲左史制字，或云倉帝名頡，創文字，在伏羲前，能證其説歟？至如椈鼓之曲，巾几之銘，猶有可考否？漢初去古未遠，帝王遺書猶有存者，賈誼書多引之，能略舉之歟？世所傳古書，如《陰符經》、《素問》、《握奇經》之類，果皆可信否？好古之士，博覽所不廢也，其以所習知者著於篇。

唐虞以前，書闕有間，然其軼猶時時見於他説，如《春秋元命苞》曰：「天地開闢至春秋獲麟之歲，凡二百二十六萬七千年，分爲十紀：其一曰九頭紀，二曰五龍紀，三曰攝提紀，四曰合雒紀，五曰連通紀，六曰叙命紀，七曰循蜚紀，八曰因提紀，九曰禪通紀，十曰疏仡紀。」述叙荒渺，薦紳先生難言之。太皞伏羲氏，伏者服也，羲者化也，伏羲畫八卦以治天下，天下服而化之，故曰伏羲。「伏」或作「宓」，宓者别也，變也。「羲」或作「戲」，戲者獻也，灋也，於義亦通。或説伏制犧牛，故曰伏羲。教民炮食，故又曰炮犧，取犧牲以充庖厨，故亦曰庖犧。或謂庖者包也，言包含萬物，以犧牲登薦於百神，民服其聖，故曰庖犧。凡此皆支離破碎，望文生義。其實「伏」、「宓」、「炮」、「庖」四字，「羲」、「戲」、「犧」三字，皆古今通假，聲同義同，不必曲爲之説。太古之世，有大廷氏、柏皇氏、中央氏、栗陸氏、驪連氏、赫胥氏、尊盧氏、昊英氏、有巢氏、朱襄氏、葛天氏、陰康氏、亡懷氏、祝融氏，《路史》皆列之伏羲前，是也。案「大廷」或作「大庭」，廷，庭省。「中央」或作「中皇」，央皇聲近假借。「驪連」或作「昆連」，解者曰：昆連，昏晦之謂。竊謂「昆」當作「毘」，昆、毘形近之訛。驪、毘聲近互通也。况毘連雙聲，昆連則聲不順。「驪」又作「鼇」，驪、鼇同聲相借。「赫胥」或作「赫蘇」，胥、蘇聲近假借。「亡懷」或作「無懷」，亡、無古今字。班固《漢書・古今人表》列之伏羲後，應劭承之，未知何本。而僞三墳乃以柏皇、朱襄、昊英、栗陸、赫胥、昆連、葛天、陰康諸氏爲伏羲之臣，則尤謬妄。《上林賦》云：「聽葛天氏之歌。」張揖云：「三皇時君也。其樂三人持牛尾捉足以歌八曲。」韋昭云：「事見《呂氏春秋》。」「陰康氏之時，水瀆不疏，江不行其原，陰凝而易閼，人既鬱於內，腠理墆著而多重膇。得所以利其關節者，乃制爲之舞，教人引舞，以利導之，是謂大舞。」見《呂氏春秋》，亦見孟頫《帝王統録》及《教坊記》。伏羲六佐：金提、烏明、視默、紀通、仲起、陽侯，見《論語摘輔象》。「視默」或作「視冒」，默、冒聲轉。「紀通」或作「紀侗」，通、侗聲近。黄帝六相：蚩尤、大常、奢龍、祝融、大封、后土，見《管子》。或謂「蚩尤」當易以「風后」，説見《春秋内事》及陶氏《職官要録》。「大常」當作「恒常」，漢辟文帝諱改之，亦作「太常」，大、太古今字。「奢龍」或作「奢比」，龍、比雙聲。「祝融」，「融」或作「誦」，亦作「頌」，又作「庸」，皆聲近通借。伏羲之樂名《扶來》，「來」或作「徠」，古今字，亦曰立本。神農之樂名《扶持》，亦名《扶犁》，或云即伏羲之《鳳來》，亦曰《下謀》，蓋神農仍用伏羲舊樂也。扶、鳳聲轉，扶、下古音近，來、犁古音同，持、謀亦聲轉。黄帝之樂名《咸池》，「池」或作「虵」，古今字，是謂《雲門大卷》。少皥作《大淵之樂》，是曰九淵。顓頊作《六誙之樂》，命曰《承雲》，「誙」或作「莖」，考宋宣和古器中有誙鐘，其銘有六，其字作「諲」，蓋即所謂六諲也。「諲」本字，「莖」假借字。《世本》曰：「史皇作畫。」《淮南子》曰：「倉頡作書。」《外紀》曰：「或云黄帝命倉頡爲左史制字，或云倉帝名頡，創文字，在伏羲前。」案《春秋元命苞》：「倉帝名頡，姓侯岡，生而能書。」又《河圖玉版》：「倉頡爲帝，南巡臨於洛汭，靈龜負書授之。」據二書，皆以倉頡爲帝號，非史臣矣。「倉頡」，《孝經援神契》作「蒼頡」，倉、蒼古今字。至如檲鼓之曲，見《雲笈七籤》。巾几之銘，見《歸藏啓筮》。二書荒誕傅會，不足信。漢初去聖未遠，帝王遺書，猶有存者，如《賈誼書·修政語》引黄帝曰「道若川谷之水。其出無已。其行無止」云云；顓頊曰「至道不可過也，至義不可易也」云云；帝嚳曰「緣巧者之事而學爲巧，行仁者之事而與爲仁也」云云；帝堯曰「吾存心於先古，加志於窮民」云云；帝舜曰「吾盡吾敬，而事以吾上，故見爲忠焉」云云；「大禹會諸侯，則問於諸侯曰：諸侯以寡人爲驕乎」云云；湯曰「學聖王之道者，辟其如日」云云。又引周文王、武王、成王問鬻子，武王問王子旦、師尚父，此皆帝王大訓之存於漢者也。至若《陰符經解》一卷，舊題黄帝撰。太公、范蠡、鬼谷子、張良、諸葛亮、李筌六家注，黄庭堅謂此經乃筌僞撰。然則注亦筌作，託名五家也。朱子以其時有精語，爲作《考異》一卷，可見先儒讀書論古，平心如此。《素問》

二十四卷，唐王冰注，原本殘闕，冰采《陰陽大論》補之。别有隋楊長善注，亦殘闕，日本傳鈔本，其書疑周秦間人傳述舊聞，著之竹帛，故通貫三才，包括萬變，雖張、李、劉、朱諸人，終身鑽仰，莫罄其藴。《握奇經》一卷，舊題風后撰，漢平津侯解，晉馬隆述讚。漢、隋、唐《志》皆不載，宋《志》始著録。翔考其文，蓋因唐獨孤及《八陣圖記》而依託之。夫上溯汾穆，洪洞無垠，雜史紛云，言不雅馴。考古丹壺之紀，探奇吕梁之碑。湛學之士，上諏萬載，猶得旁引曲徵，聯屬墜緒，因疑成信，合異爲同，雖違道而離本，將索隱而耆博也。

對本逐易原問次第，别以條理貫通之，足見有本有原，是通人之學，非鈔胥之事。此便於檢核，繆爲割裂，意頗不安。作者從事小學，於諸書同異多所考定，實有功古書，非意存炫博。惟毘連、龍比之雙聲，持謀之聲轉，揆以七音，似訛，有不敢阿好者。

第四問

戊子順天　楊士燮

問：西藏爲唐吐蕃舊地，藏之稱名以何爲義？今稱唐古特者，或言即突厥遺種，有可證歟？全藏道里遠近幾何？其分野自秦蜀推之，應當何宿？吐蕃未興，藏地何屬？《北史》：「蜀西北有附國嘉良夷，即其東部。所居有水，與附國弱水皆南流，以皮爲舟。」此二水當今何水？贊普都邏沙城或居跋布川，其地可指否？泥婆羅今何國？樂陵川今何地？西僧叙唐古特世系，與《唐書》所述合否？昔人著録如《蠻書》、《寰宇記》所志吐蕃山川，及《唐書》所稱悶懼盧川、鶻莽峽、漾濞江諸地，能按今輿圖證合之否？阿耨達山與瀾滄、金沙二江之源，藏中山川之最著者，形勝何若？唐入吐蕃之道與今入藏之道，同異有可言否？吐蕃東南西南皆達天竺，天竺今印度，厥道何繇？其西北通西域者，以何國當其衝？藏地舊分四部，今實三部，西陲屏蔽，山川有截，見聞所及，其各詳著於篇。

今之西藏，古之吐蕃也。藏之稱，以臧水得名。臧、藏字通。《吐蕃傳》云「臧河之所流」是矣。今雅魯藏布江，青海所屬七十族，並明正迤西各土司，至西藏附近各部落，其語言文字同，名唐古特。唐古特者，或云突厥之遺種。以對音而論，「唐古」、「突厥」，誠若可通。然突厥乃北狄之遺，吐蕃則氐羌之别，一則游牧靡定，一則碉處有常，種類風俗，皆爲殊絶。遍考《隋書》、《唐書》，突厥起金山，雄漠北，蔓延於西域，獨未涉赤嶺以南一步。唐古特爲吐蕃之遺，不得復以爲突厥之族也。藏地東西六千四百餘里，南北六千五百餘里。自四川打箭鑪至前藏，三千八百里；前藏至後藏，九百里；後藏至聶拉木，一千一百二十里。乃坤維極遠之區，分野古無可考。惟瀾滄江出於青海，南通藏地，後人或以爲即《禹貢》黑水。夫黑水雖不足據，而地實雍梁西界，其北方當與秦同分野，起東井入鬼度；其南當與蜀同分野，起觜入參度。蓋亦南粤附荆，閩粤附蜀之類也。藏地於三代爲苗域，於漢爲西羌，而魏時秃髮利鹿孤之後樊尼者有其地，日益强大，隋時羅卜藏索贊普始開國。《北史》：「附國在蜀郡西北二千餘里。」當今巴塘北，嘉良夷爲附國東部，居嘉良水旁，水即今雅礲江。又西有東女國，與茂州党項接，東南與雅州接。王所居名康延川，中有弱水南流，以地形推之，水當爲大金川。今各土司多用皮船者，不獨此二水也。初，秃髮樊尼西走，居跋布川，或邏娑川，其後遂因以爲城，世爲贊普所都。今前藏布達拉城，藏人稱爲拉薩，即「邏迯」之轉音。唐和親碑猶存，其大招相傳即唐文成公主所立，是明證也。跋布川即今後藏之沙布楚河，「尼婆羅」與「尼泊爾」音近，即今廓爾喀地。以《唐書》所稱國有耆婆彌池，物投生焰，及頗解推測盈虚，兼通天算等語證之，皆合。樂陵川疑即剛噶江也，蕃僧所叙松贊噶木布，即《唐書》之贊普弄讚。所叙綽爾濟赤松特贊，即《唐書》之棄隸縮贊，世系並相符合。唐人所稱吐蕃山川，若悶懼盧川，今《唐書》作「悶恒盧川」。書稱在邏娑川南百里，臧河之所流，河之西南地如砥，原野秀沃，贊普之夏衙，蓋即今穆楚河間薩木葉桑鳶寺地。鶻莽峽當爲喀喇木庫楚山。漾濞水，據《通典》云：「吐蕃有可跋海，去赤嶺百里。東南流入蠻，與蠻西二河合流而東，號爲漾濞水。」西二河即西洱河，漾濞水即漾備江。阿耨達山即岡底斯山。瀾滄江上游即鄂穆楚河，下流由交阯入南海。大金沙江即雅魯藏布江，下游由緬甸入南海。若溯二川而上，則藏之南面不能固；若逾岡底斯山，則藏之西面不能固。此藏地形勝之宜爭者也。唐入吐蕃，有東西二道。東道由維州，即李德裕受降之地，西道由積石逾大非川。今布喀河，即藏北貢道，而驛道則自蜀西行，由打箭鑪折而北，經察穆多，復西行抵前藏。唐時此道未通也，吐蕃入天竺，其西道由大小勃律，以達個失密。勃律今布魯特，個失密今克什米爾，此由藏西以入北印度路也。其南道經驃國之西彌臣國境，以達大小婆羅門國。驃國今緬甸，彌臣蓋野夷之屬。大小婆羅門，則今孟加拉地，此由藏東入東印度路也。藏地先分四部，後分其地爲三，曰康，曰衛，曰藏。康爲喀木屬，即昌都。衛爲前藏，藏爲後藏，元人謂之烏斯藏。自明以來直謂之藏。皆服習帝師帕思克之教，而爲中國西南之屏蔽。地利形勝，今古不殊，所宜詳考，以備邊要。談地者，無徒馳域外之觀，效山川之對也。

條對精核，辨唐古特非突厥遺種、隱正或説之誤，尤見實事求是，不肯率爾附和。惟吐蕃通西域，何國當其要衝，徑未置答，殊爲遺憾。按唐時吐蕃由西域通中國，似以吐谷渾及白蘭最爲衝要，然篋中未携多書，無可詳徵，益想見矮屋短晷之難也。

第三問

戊子江南　江　標

問：六經既興，諸子競顯。五千《道德》，戰國盛行。韓非《解老》、《喻老》兩篇所引《老子》，與漢後本即有異文殊解，能舉之歟？《莊子》有逸篇，散見何書？宋代何人曾爲搜聚？郭象注相傳襲取向秀，其説出於某書？引於某氏？有據無據？孰是孰非？可略言歟？《尸佼》亡於何代？《尹文》佚於何時？《墨子》所散失者何篇？後來兵家所創算學、力學、重學、光學，相傳是其遺法，其説安在？昭烈帝教後主謂《商君書》益人神智，有謂諸葛亮治蜀，其學近似，果有徵否？孫子有「度生量，量生數」之語，《孫子算經》果一人所撰否？《素問》、《靈樞》胡見遺於《漢志》？燕丹、慎到或不棄於通人。多士研究九流，必有其説。

自六經以外立説者，皆子書也。其初亦相淆，自《七略》區而别之，名品乃定。其中或佚不傳，或傳而後復散失，或古無其目而今增，古各爲類而今合。老子《道德經》二卷，凡五千七百四十八言八十一章。《隋志》載河上丈人注《老子經》二卷亡。韓非子《解老》篇：「故曰：方而不割，廉而不穢。」本引《老子》文，王弼作「廉而不劌」，河上公作「廉而不害」。案害與劌義相近，「穢」即「劌」之誤文。《禮記·聘義》：「廉而不劌。」《荀子·榮辱》篇：「廉而不見劌者，賞也。」《鄦書》：「劌，利傷也。」與利害義可證。《喻老》篇：「故曰：白圭之行隄也，塞其穴；丈人之慎火也，塗其隙。」二篇凡有「故曰」，皆《老子》文。而《老子》今本無之，故或謂此文佚去，或疑「曰」字衍文也。《莊子》逸篇，如《閼奕》、《意修》、《危言》、《游鳧》、《子胥》之篇皆佚。他如北齊杜弼注《莊子·惠施》篇，今無此篇，謂之爲逸可也。若《索隱》以《老莊列傳》之「畏累虛」爲篇名。按之《正義》，以亢桑子爲庚桑楚，而庚桑楚居畏累之山，似畏累虛即《庚桑楚》篇中所指之畏累山，不得與上文「漁父」、「盜跖」、「胠篋」同指爲篇名也。故《漢志》五十二篇，今止三十三篇，是逸十有九矣。《淮南鴻烈解》、司馬彪《後漢書》、《文選》、《世説》注、《藝文類聚》、《太平御覽》間見之，宋王伯厚頗爲搜捃，近又有搜漢嚴遵《老子指歸》所引《莊子》，以補王氏之漏。至向秀爲《莊子解義》，未竟《秋水》、《至樂》二篇，卒，郭象遂竊以爲己注，自注《秋水》、《至樂》二篇，又易《馬蹄》一篇。其後秀義别本出，故今有向、郭二莊注，其説出於劉氏，引於《晉書》。宋王伯厚至以何法盛竊郗紹《晉中興書》相比。今向逸郭存，以陸氏《莊子釋文》暨張湛《列子注》中，凡文與《莊子》同者，兼引二注，互校同異。所謂竊據向書，點定文句者，始非無證。又《釋文》於《秋水》篇亦引有向注，則併《世説》所云象「自注二篇」者，尚未必實録。而錢曾乃曲爲之解，謂傳聞異辭，《晉書》云云，恐未可信。何哉？《尸子》書以商鞅誅，入蜀造書二十篇。《藝文志》列之雜家，後亡九篇。魏黄初中續之，至南宋而全書散佚。或從唐以來傳注字部類書内典，雜爲輯存，大旨近於名家之説。《尹文子》出於周之尹氏，齊宣王時居稷下，與宋鈃、彭蒙、田駢、慎到同學老子之道，作華山之冠以自表，著書二篇，後多脱誤。雖經仲長統撰定，尚有不可讀者。陳振孫《書録解題》尚存其書，亦佚於宋後。《墨子》七十一篇。今佚《節用》下第二十二、《節葬》上第二十三、《節葬》中第二十四、《明鬼》上第二十九、《明鬼》下第三十、《非樂》中第三十三、《非樂》下第三十四、《非儒》上第三十八，凡闕有題八篇，無題十篇。據陳氏《解題》、《館閣書目》，有十五卷六十一篇者，多訛脱不相連屬，是無題十篇，宋本已闕，有題八篇，闕文又在宋本以後。近人校刊《墨子》，列其篇目於後，詳且確也。其文頗多合於格術之學，如所云端體之無序而最前者，即今算學點綫面體之説。又如有間中也，間不及旁也，説云：「有間謂夾之者也，間爲夾者也，此算學夾角之理。」中同長也，説云：「心中自往相若也。」又云：「圓，一中同長也。」此算學圓徑圓心之理。「挈，有力也；引，無力也。」此即力學之理。「均髮、均縣，輕重而髮絶，不均也。均，其絶也莫絶。一少於二而多於五，説在重。非半弗櫡，倍二尺與尺，去其一。」此即金錢、鷄毛之喻，實爲重學之祖。又云：「臨鑒立景，二光夾一光，足被下光，故成景於上；首被上光，故成景於下。鑒者近中則所鑒大，景亦大；遠中則所鑒小，景亦小。」此即窪鏡、突鏡之謂，尤爲光學所本。然則西人之學，雖明季始入中國，而墨子已早發其端矣。秦商鞅撰《商子》二十九篇，今佚其五。太史公論鞅天資刻薄，而《三國志》注載昭烈帝教後主，謂《商君書》益人神智。諸葛亮治蜀，信賞必罰，嚴法不避謗，亦似有取於徙木示信者。《孫子算經》三卷，不著撰人名氏，或以爲孫武撰，蓋以首言度量所起，次言乘除之法，設爲之數，合乎兵法「地生度，度生量，量生數」之文。又十三篇中所云廓地分利，委積遠輸，貴賤兵役分數，比之《九章》方田、粟米、差分、商功、均輸、盈不足之目，往往相符，而要在得算多，多算勝，是以指是篇爲出孫武。然據本書長安、洛陽相去九百里，又云《佛書》二十九章，章六十三字，似後漢明帝以後人語。且上考韋曜《博弈論》「枯棋三百柱」，引邯鄲《藝經》，謂棋局十七道，今云棋局十九道，則其人當更在漢以後矣。《黄帝素問》二十四卷，按《漢志》但有《黄帝内外經》，而無「素問」之名。至後漢張機《傷寒論》引之，始偁《素問》。晉皇甫謐以《針經》九卷、《素問》九卷合《漢志》十八篇之目。《隋書・經籍志》：「《針經》九卷，《黄帝九靈》十二卷。」是《九靈》自《九靈》，《針經》自《針經》，不可合爲一。王砅以《九靈》爲《靈樞》，不知其何所本。或以即王砅所依託，或謂從《倉公論》中鈔出，故至南宋史崧，始傳於世。《燕丹子》三卷，長於敘述，嫺於辭令，亦略與《左氏》、《國策》相似，在縱横小説之間。且多古字古義，故《史記・刺客傳》即引天雨粟、馬生角之言。李善注《文選》，亦多援引其書。《宋志》尚著於録，至明遂佚，後采輯《永樂大典》所載，併爲三卷。慎子之學，近於釋氏，然《漢志》

列之於法家。今考其大旨，欲因物理之當然，各定一法守之，不求於法外，亦不寬於法中，則上下相安，可以清净而治。然法所不行，勢必刑以齊之，道德之爲刑名，此其轉關，所以申、韓多偁之。其書久佚，今存七篇，亦皆從故書中得之也。蓋諸子爲六經郛郭，豈如劉勰所譏，徒裨文章，無益經術？故雖流别不同，純駁亦異，但有其名，無不著録。近日佚子古書，又多得從海外。聖朝丙部之學，不綦重哉！

據問置答，矮屋短晷，已極不易。復逐條刊其訛繆，加之辨駁，非讀破萬卷書，具有兼人力，無不對之色沮，見之咋舌。

第五問

己丑江南　閔彤章

問：别集導源東漢，率皆後人追録，自爲編撰，肇自何時？自製集名傳於後世者，或標玉海治道之稱，或題達生文人之號，或區分其部帙，或各署以官名，體例所開，宜知作者。洎夫唐代，名目益繁，然雲卿、陽冰編時人之著作，梁蕭、李漢哀先師之遺文，追録之風，於焉未替。能廣徵之歟？三國人集有史傳備載其篇目者，六朝人集有太子勇命人爲之注者，能言其人歟？唐人文集，《舊書》所載與《新志》多寡懸殊，能約言兩志家數歟？詩集體例亦有數端，有一人之集止一題者，有一集止爲一事者，有一集止一體者，有一集皆同時倡和者。宋以後又有追和古人一家之詩、一代之詩以成集者，試備言之。經術詞章，此邦稱盛，學文之下，諒悉源流。

先秦樸質，不尚雕文。屈騷宋賦，未見稱美。天漢以降，始重詞人。長卿遺書，煩近臣之徵索；北海巨製，懸兼金以購求。然《班志·藝文》，列叙五種。靈均以下，百有六家。詩賦之類，千三百首。僅注篇目，不立集名。炎轍既東，厥有别集。蔚宗所志，權輿蘭陵。亦後人所追題，入史宬之甄録。渡江文物，南齊稱盛。張融《玉海》，實維俑始。玉以比德，海崇上善。自爲撰最，流風聿扇。文博治道之集，公緒達生之編。嘉名肇錫，繼起愈夥。至於區分部帙，躬親排比。梁臺初建，即垂睿藻。湘東入纂，亦焕天章。文通瓌辭，遂傳前後之集；家令麗構，不無正别之殊。暨乎王筠，更創新例。洗馬中庶，尚書太府。各署一官，都凡百卷。李興楊蹶，如日方中。哲彦駢羅，髦俊鱗者。臨海丞之著作，述自雲卿；謫仙人之文章，纂從將作。毘陵定本，成於晚學之敬之；昌黎遺編，輯於女夫之李漢。追録之風，斯爲未沫。諸葛佐蜀，解帶寫誠。逸群之才，英霸之器。心秉公直，形於文墨。承祚《國志》，深相推挹。文集篇目，載諸本傳。開府作牧，北出南征。綢繆兄瑾之書，奏記吴主之作。得十萬餘字，計二十四篇。駢偶之文，蘭成最爲巨擘，導四傑之先路，綜六朝之大成。然臺城應教之日，音尚雜夫雅鄭；都亭北遷之後，氣更助以江山。隋廢太子，尤加篤嗜。魏澹之注，惜乎不傳。等諸張廷芬之三家，雖纂注而未播；觀於倪雲林之一札，思借讀而未能。視若景卿，珍同球璧已。三唐文集，登諸國史。劉昫《舊志》，僅餘百家。子京《新書》，多逾五倍。蓋小宋秉筆，或少剪裁。獵艷攟華，貪多務博。有詩無文，間亦充數。蒙拾未當，能辭譏乎？詩集體例，約有數端。步兵《詠懷》，不及百首；應璩《百一》，彙爲八卷。集止一題，妙絶千古。王建《宫詞》之瑰偉，或録出單行；羅虬《比紅》之凄艷，亦别無他什。至如蕭梁元帝，有《燕歌行》之作。君唱臣賡，蔚成專集。踵其後者，承禎還山之日，賦詩以寵其行；壽昌倅蒲之年，分韵以贈其别。集爲一事，此爲最著。唐賢之中，有崔道融。詩盡四言，編分二卷。單絲獨繭，僅存斯本。他若元、白往還，劉、李唱和，段、温題襟於漢上，皮、陸耽隱於松陵，皆聚同人以聯吟，鬭新句而騁秘。譬諸笙鏞在列，而各奏其鏗鏘。雖涣分流，而並彰其采色。爰洎趙宋，下逮勝朝。或追和一家之詩，或橅擬一代之製。和陶一卷，傳於眉山長公；和唐幾篇，聞諸慈谿張氏。大抵詞宗之别子，近乎學海之磬泉也。經術辭章，江左頗盛。先輩餘緒，永永弗替。劬學之暇，嘗瀏覽及之。不揣譾陋，敢陳其厓略焉。

簡質矜煉，淹博賅覈，迥非尋常四六策之比。核其文品，亦能突齊梁之籓，覷晋宋之室。篇中推挹蘭成位置，已自貶損，具見氣度温雅，不染文人相輕之習。

第四問

己丑會試　費念慈

問：《管子》書八十六篇，見存者七十六篇，中多古字古義，流傳既久，訛誤滋多，如《形勢》篇「抱蜀不言而廟堂既脩」，「脩」當爲「循」字之誤。《立政》篇「一道路博出入」，「博」當爲「摶」字之誤。《内業》篇「謀乎莫聞其音」，「謀」當爲「誺」字之誤。能言其故歟？《宙合》篇「下泉於地之下」，「泉」字義不可通。《七臣七主》篇「男不田女不緇」，「緇」字義不可通。能定爲何字歟？《地員》篇「其木宜櫄擾桑」，又「其木乃品榆」，「擾」、「品」皆當爲木名。《地圖》篇「苴草林木蒲葦之所茂」，苴亦草名。能據書以證之歟？《法禁》篇「漁利蘇功」，「蘇」當訓「取」。《大匡》篇「耕者農農用力」，「農」當訓「勉」。《君臣下》篇「騰至則北」，「北」即「背」字。「兼上下以環其私」，「環」即「營」字。能疏通之歟？績學之士，稽合異同，必有心得，其臚舉所知以對。

《管子》世無善本，今存者以紹興本爲最善。《漢志》「《管子》八十六篇」，今佚其十。其書多古字古誼，爲先秦所遺舊籍。然經後人羼亂，至傳寫之訛敚，遂易之踳駁，幾不可讀。今據紹興本及它書校之，多可勘正。如《形勢》篇「抱蜀不言而廟堂既脩」，「脩」爲「循」字之誤，隸變「循」，與「脩」形近而訛。《立政》篇「一道路博出入」，「博」者「摶」之訛，是「專」之假借字。「專」或作「嫥」，亦作「摶」，音轉也。《左傳》「琴瑟專壹」之「專」，或作「摶」，「摶」本訓「聚」，引申之爲握領，猶言一道路專出入矣。又《内業》篇「謀乎莫聞其音」，「謀」當爲「訹」字之誤，「訹」訓爲「無人聲」，即「寥寂」字。《宙合》篇「下泉於地之下」，「泉」當爲「臮」字之誤。《説文》：「臮，及也。」《尚書·堯典》文曰「讓於稷、契臮皋陶」是也。《七臣七主》篇云：「男不田，女不緇。」尹知章注：「染，緇帶也。」按，「不緇」與上「不田」對文，「女不緇」不辭。古者農與蠶並重，女職也，「緇」字疑「繅」字之誤。

《地員》篇：「其木宜櫄擾桑。」又曰：「其木乃品榆。」以句例求之，櫄即杶幹，栝柏之杶，則擾、品皆當爲木名。按《爾雅·釋木》「槄山榎」，陸元朗《釋文》曰：「舍人本作櫝。」《玉篇》「榎」同「櫝」，《説文》無「榎」字。《學記》「夏楚二物」，鄭注：「夏，槄也。」疑即《爾雅》「榎」字。後加木旁，則「擾」豈「榎」之誤耶？品之爲木名未詳，古書亦罕見，本之重文𣡕，象根竅形，豈品有本誼耶？然不曰「宜品榆」，而曰「乃品榆」，又疑與「宜櫄擾桑」爲對文。「擾」當訓「馴擾」之「犪」。《尚書》「犪而殺」，《玉篇·牛部》：「犪，牛柔謹也。」《史記集解》徐廣曰：「犪，一作柔。」擾、柔音近互訓。疑「擾桑」之「擾」當從牛。「犪桑」即《詩》之「柔桑」，品讀如字，品，衆庶也，引申爲凡物之多，言其木多榆耳。《地圖》篇「苴草林木蒲葦之所茂」，按，苴亦草名，《説文》：「苴，履中草也。」《賈誼傳》：「冠雖敝，不以苴履。」引申之爲苞苴。《詩》：「九月叔苴。」傳曰：「麻之有子者，則草名無疑。」《法禁》篇：「漁利蘇功。」「蘇」之假借爲「樵蘇」，蘇者，取也，亦與「漁利」對文。《大匡》篇：「耕者農農用力。」「農」當訓爲「勉」。《書·洪範》：「農用八政。」舊訓爲「勉」，與「敬用五事」等文同例，是其證。《君臣下》篇：「騰至則北。」「北」即「背」字本字，亦即古别字，即《書》「分别三苗」之「别」。《詩》「言樹之背」，《爾雅》：「背，堂北也。」《國語》曰：「北，古之背也。」《説文》：「北，背也。从二人相背。」引申爲北方。《尚書大傳》、《白虎通義》皆言：「北方伏方也。陽氣在下，故曰背也。」又曰：「兼上下以環其私。」「環」當作「營」。《説文》：「營，市居也。」言環繞而居，市營曰闤，軍壘曰營。《西京賦》：「通闤帶闠。」薛注：「闤，市營也。」《韓非子》：「自營曰厶。」今本作「自環」。「煢煢在疚」，亦作「嬛嬛」，蓋環、營古音相通互假也。嘗思據紹興本及各家校正之説，稽合同異，勒成一書，爲治《管子》者先河，當亦好古者之所許也。

場中不暇遍檢群書，故與高郵王氏之説全不相襲。「不緇當爲不纅」，較王氏以爲「不績」，其理似長。首尾紹興本云云，固不相關，言之動色，亦自制勝。

第三問

辛卯江南　翁炯孫

問：截竹爲筩，陰陽各六，爰有律吕之名，而《周官》言六同，《國語》言六間，其名義詎無别歟？《淮南子》：「黄鐘之律九寸。」《史記》：「黄鐘長八寸七分一。」他書或稱三寸九分，或稱四寸五分，異同之故，可略言歟？上生下生本《吕覽》之舊說，變律半律實京房之緒餘。荀勖定尺，見誚於阮咸；胡瑗橫黍，貽譏於房庶。凡茲聚訟，曷爲折衷？隋唐以來，通用四聲二十八調，創始者何人？其大食、小食、般涉諸名，果出中土歟？今世俗樂以五、凡、工、尺等十字爲譜，其名見於正史，能舉證歟？或謂《楚詞·大招》「四上競氣，極聲變只」，即字譜所由昉，然歟？否歟？以字譜合律見於《律呂新書》，其以合字屬黃鐘，果無歧誤否？我朝正音定律，超越漢唐。諸生討論有年，盍舉所知，用徵心得。

在昔黃帝，截竹爲筩，此律呂之權輿也。《漢志》：「陽六爲律，陰六爲呂。」《周禮·大司樂》「六同」，鄭注云：「合陰聲者也。」《國語》：「又名六間，謂在陽律之間也。」《淮南子》：「黃鐘之律九寸。」指律管之度而言，每寸十分。《史記》：「黃鐘長八寸七分一。」「七」乃「十」字之訛，此化實度爲虛率，乃專爲旋宮之數，以別五音之變。黃鐘一均，五音之正也。餘律爲宮，非五音之正也。《呂覽》云：「嶰秋之竹，其長三寸九分，吹之以爲黃鐘之宮。」蔡邕則謂四寸五分。按黃鐘半律，乃三寸九分，非四寸五分，當以《呂氏春秋》爲確。或謂三寸九分，與九寸當爲同形之管，形同則聲同，非有全半之異，不指黃鐘半律而言，非古義也。上生下生，詳於《呂氏春秋》，黃鐘至應鐘，皆陽律下生陰吕。蕤賓至仲吕，皆陰律上生陽吕。若應鐘生蕤賓，以陰吕生陰律；仲吕生黄鐘，以陽吕生陽律。乃相生變例。然仲吕原不必復生黄鐘，而應鐘生蕤賓，在兩截交會間，亦不必與諸律之上生下生相雜成章也。自京房始創變宫變徵之説，五聲之外有二變，亦音聲自然之理。半律謂十二律正律外，各有半度，有倍度。至用於旋宫，則黄、大、太、夾、姑、仲、蕤，有半無倍；林、夷、南、無、應，有倍無半。先參明倍律，而後半律可得而言。荀勖校太樂音不和，依《周禮》制尺，减魏尺四分七釐。阮咸譏其聲高，謂必古今尺短長不符所致。後始平得古尺，果長勖尺數分。胡瑗定樂，取羊頭山黍，用三等篩子篩之，取中等者定焉。房庶《樂書》，譏其未是。隋唐以來，通用四聲二十八調。略見於蔡元定《燕樂》一書，創始當在六朝。商聲七調中有大石調、高大石調、小石調，羽聲七調中有般涉調、高般涉調，角聲七調中有大石角、高大石角、小石角。大石、小石之「石」字，或誤作「食」。蠻國有名大食麻囉拔、小食麻囉拔者，或即大石、小石之名所由起也。又考陳暘《樂書》云：「商調，胡名大乞食調。羽調，胡名般涉調。」據此，則大食諸名，信出於胡俗也。俗樂用字紀聲之法，謂之字譜。《遼史·樂志》云：「大樂聲：各調之中，度曲協音，其聲凡十，曰五、凡、工、尺、上、一、四、六、勾、合。」考遼之大樂，乃唐之遺聲，是字譜始見於遼，而實起於唐。《大招》：「四上競氣，極聲變只。」或謂「四上」即笛色譜中「四」與「上」，近於附會。《律呂新書・燕樂》篇：「黄鐘用『合』字。」按字譜「工」、「尺」等字，當作宫商用，猶宫謂之重，商謂之敏。五音之別名，或以「合」字專屬黄鐘。於是下四爲大吕，上四爲太簇，而字與律亂矣。蓋黄鐘非「合」字，有十七聲可證，無疑也。

通曉樂律，不足爲作者難。其精當簡要，斷制謹嚴，一語勝人千百語，此最不可及，非真學人弗辨也。

校勘記

〔一〕上圖本無此序，今以陳藏本補入。
〔二〕原作「眇」，光緒乙未石印本作「妙」，今據光緒乙未石印本徑改。
〔三〕原作「子」，光緒乙未石印本作「嗟」，今據光緒乙未石印本徑改。
〔四〕原作「子」，光緒乙未石印本作「嗟」，今據光緒乙未石印本徑改。
〔五〕原作「所以」，蘇大本作「遼闊」，光緒乙未石印本作「所以」，今據蘇大本徑改。
〔六〕「騎」，蘇大本作「駒」，光緒乙未石印本作「騎」。
〔七〕「部署」，舒大剛、楊世文編《廖平全集》作「部屬」。

〔八〕「有母无子」,《廖平全集》作「由母生子」。

〔九〕此段引文與現存各《元命苞》輯本(如《古微書》、《黄氏逸書考》、《緯書集成》等)有異,或爲此文作者之撮引。

〔一〇〕「既伯是禱」,《爾雅》鄭樵注本作「既伯既禱」。

圖書在版編目(CIP)數據

稀見清代科舉文集選刊:全六册/陳維昭編. —上海: 復旦大學出版社, 2022. 10
ISBN 978-7-309-16285-1

Ⅰ. ①稀…　Ⅱ. ①陳…　Ⅲ. ①科舉考試-中國-清代-文集　Ⅳ. ①D691. 46-53

中國版本圖書館 CIP 數據核字(2022)第 121847 號

稀見清代科舉文集選刊(全六册)
陳維昭　編
出品人　嚴　峰
責任編輯/宋文濤

復旦大學出版社有限公司出版發行
上海市國權路 579 號　郵編: 200433
網址: fupnet@ fudanpress. com　http://www. fudanpress. com
門市零售: 86-21-65102580　團體訂購: 86-21-65104505
出版部電話: 86-21-65642845
江陰市機關印刷服務有限公司

開本 850 × 1168　1/32　印張 100. 75　字數 1 625 千
2022 年 10 月第 1 版
2022 年 10 月第 1 版第 1 次印刷

ISBN 978-7-309-16285-1/D · 1123
定價: 850. 00 元